AF287197

Rebekka Jost

In der Dämmerung
Band III
Oileán na mBrón
(Island of sorrows)

Historischer Roman

2025

Klappentext

Irland 1848.
Die Insel erlebt die furchtbarste Hungersnot ihrer Geschichte,
die das Land für immer verändern wird. Doch sie wird auch
die Menschen verändern.

An einem verhangenen, regenschweren Junitag besteigen die
Schwestern Madeleine und Isabella Dubois eines der
zahlreichen Segelschiffe, welche in dieser verzweifelten Zeit in
die verheißungsvolle Neue Welt aufbrechen.
Auch der Arzt Laurence Huton ist auf dem Weg zu diesem
Schiff, entschlossen, seine Heimat unwiderruflich hinter sich
zu lassen.

Wie es dazu kam, davon handeln die ersten drei Bände von "In
der Dämmerung".

In der Dämmerung I Rising of the moon
In der Dämmerung II Against the famine and the crown
In der Dämmerung III Island of sorrows

Es wird weitergehen mit:

In der Dämmerung IV Sailing out on the ocean

Historischer Roman

Die Autorin
Rebekka Jost ist gebürtige Hamburgerin, lebt jedoch in
Mecklenburg-Vorpommern. Sie ist Rechtsanwältin und
Schriftstellerin.

Von ihr erschienen sind zudem:
Das Versteck im roten Haus – Roman
Tiefes Vergessen – Roman
Murias Vermächtnis – Roman
Murias Vermächtnis – Kinderroman
Mathilda und der Mann auf der Bank – Kinderbuch
Von Zahlendrachen und Schulterzwergen - Kinderbuch

Rebekka Jost

In der Dämmerung
Band III
Oileán na mBrón
(Island of sorrows)

Historischer Roman

Bibliographische Information der Deutschen Nationalbibliothek:

Die Deutsche Nationalbibliothek verzeichnet diese Publikation in der Deutschen Nationalbibliographie; detaillierte bibliographische Daten sind im Internet über http://dnb.d.de abrufbar.

Verlag: BoD · Books on Demand GmbH, Überseering 33, 22297 Hamburg, bod@bod.de
Druck: Libri Plureos GmbH, Friedensallee 273, 22763 Hamburg

1. Auflage 2025
ISBN: 978-3-8192-3139-1

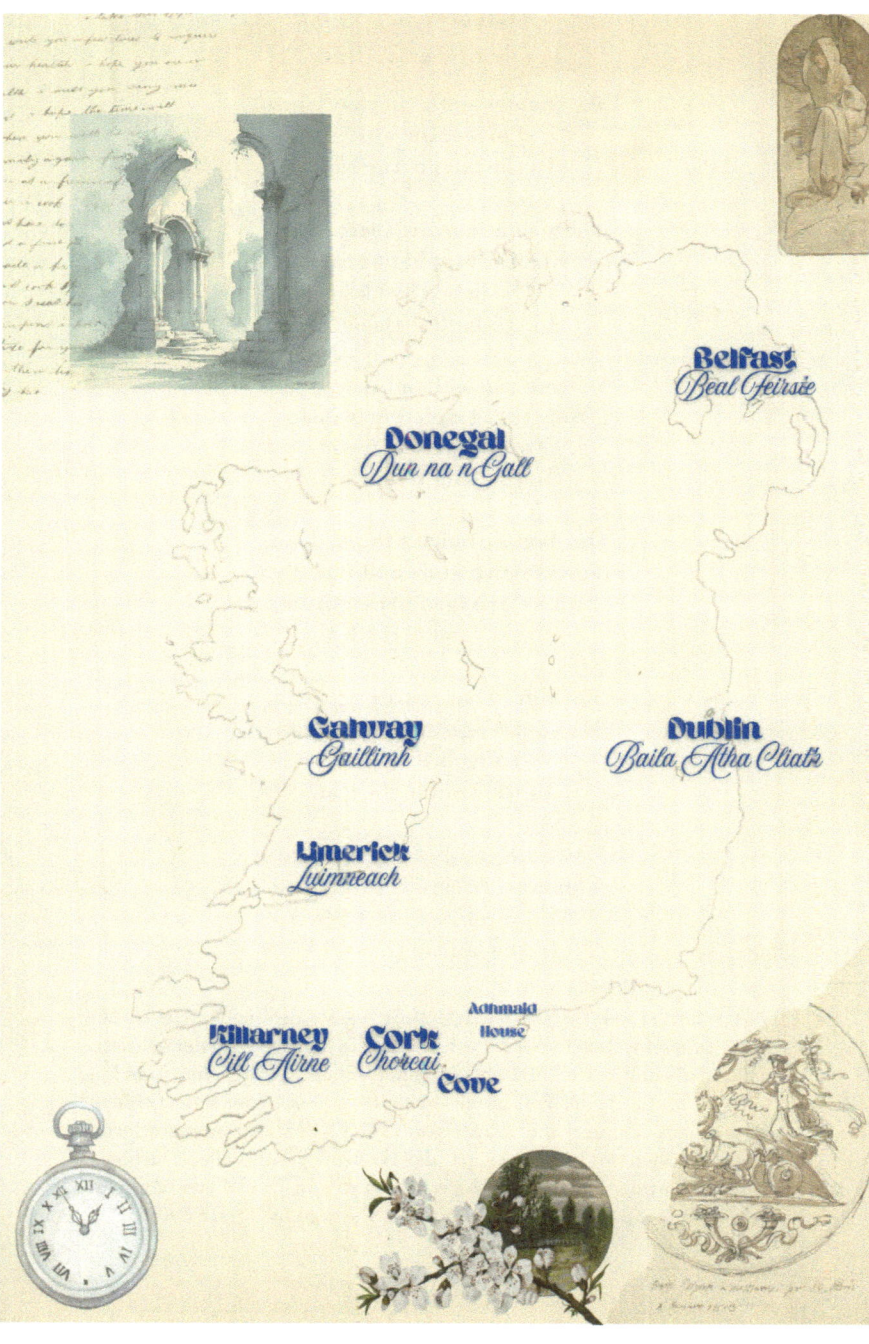

Belfast
Béal Feirste

Donegal
Dún na nGall

Galway
Gaillimh

Dublin
Baile Átha Cliath

Limerick
Luimneach

Killarney
Cill Airne

Cork
Chorcaí

Adhmaid
House

Cove

The Land o´ the leal (altes schottisches Volkslied)

I'm wearin' awa', Jean,

Like snaw-wreaths in thaw, Jean,
I'm wearin' awa'
To the land o' the leal.

There's nae sorrow there, Jean,
There's neither cauld nor care, Jean,
The day is aye fair
In the land o' the leal.

Ye were aye leal and true, Jean,
Your task's ended noo, Jean,
And I'll welcome you
To the land o' the leal.

Our bonnie bairn's there, Jean,
She was baith gude and fair, Jean,
And we grudged her right sair
To the land o' the leal.

Then dry that tearfu' ee, Jean,
My soul langs to be free, Jean,
And angels wait on me
To the land o' the leal.

Now fare ye weel, my ain Jean,
This warld's care is vain, Jean,
We'll meet and aye be fain
In the land o' the leal.[1]

Trad. schott. Lied. Der Text wird häufig Lady Caroline Nairne (1766–1845) zugeschrieben, einer schott. Dichterin, die viele Lieder schrieb, die heute als Teil des schottischen musikalischen Erbes gelten. Das Lied hat sich im Laufe der Zeit als ein beliebtes Stück in der schottischen Volksmusik etabliert und wurde von vielen Künstlern interpretiert, einschließlich Andy M. Stewart, der für seine gefühlvollen Darbietungen traditioneller schott. Lieder bekannt war. Die Übersetzung ins Deutsche finden Sie am Ende des Romans auf Seite 390.

---

[1]   Quelle:https://en.wikisource.org/wiki/The_Book_of_Scottish_Song/Land_o
%27_the_Leal, zuletzt abgerufen am 20.02.2025 um 20:33 Uhr.

I.

„Das Sterben in der Dämmerung ist schuld
An dieser freudenarmen Ungeduld;
Herb ist´s, das langersehnte Licht nicht schauen
Zu Grabe gehen in seinem Morgengrauen."

Aus „Die Albigenser" von Nikolaus Lenau[2]

Adhmaid House nahe Shannagarry, County Cork, Irland

Obgleich Madeleines Herz seit ihrem Entschluss, ihrem Vater
zu trotzen, in höchster Aufregung schlug, erfüllte sie gleichermaßen ein erhebendes Gefühl der Freiheit, als sie sich leise an
dem robusten, hölzernen Küchentisch niederließ. Sie betrachtete schweigend und mit einem Anflug stiller Freude Margret,
welche ihr den Rücken zugewandt hatte und ihre Ankunft
vorerst nicht gewahrte.

Die Zuneigung, die Madeleine für Margret hegte, glich jener,
die sie wohl einer innig geliebten Großmutter gegenüber empfunden hätte, dächte man sich die Existenz einer solchen.
Diese Einsicht nährte ihr aufrichtiges Bedauern darüber, Margret allzu lange vernachlässigt zu haben.

---

[2] Die deutsche Literatur in Text und Darstellung, Der Vormärz, Reclam,
S. 130.

Würde Margret Madeleine jemals ihre lange Abwesenheit verzeihen? War es doch ihr gutes Recht, enttäuscht und verstimmt über ihre lange Vernachlässigung zu sein.

In diesem Augenblick wandte sich Margret um und zuckte erschrocken zusammen. „Ó uafás[3], Sie haben mich erschreckt!", entfuhr es ihr mit weit geöffneten Augen. Sodann musterte sie Madeleine schweigend und ein Ausdruck, der gleichermaßen Staunen wie zurückhaltende Freude in sich trug, legte sich über ihre Züge.

Eine Etage höher blickte Isabella erstaunt aus dem Fenster. Eine Kutsche fuhr soeben in den Innenhof des Anwesens ein. Vater und Mutter hatten kein Wort über einen angekündigten Besuch verlauten lassen.

Mit gespannter Aufmerksamkeit beobachtete sie, wie der Kutscher behände vom Bock sprang und mit geübtem Griff das Gefährt öffnete.

Eine Dame entstieg dem Vehikel der Kutsche. Sorgsam ordnete sie ihre Krinoline, bevor sie den Blick hob und ihn über die Fassade des Hauses schweifen ließ. Isabellas Herz machten einen Hüpfer. Es war Jane.

Sie warf einen flüchtigen Blick in den Spiegel. Rasch verließ sie ihr Gemach, eilte den Korridor entlang und stieg die Treppe hinab. Noch auf den Stufen vernahm sie das Klopfen am Portal. Auf der untersten Stufe verharrend, erwartete sie in gespannter Haltung, dass jemand vom Hauspersonal die Tür öffnen würde.

Hallende Schritte verkündeten, dass sich jemand näherte und Mrs. Leahy trat ins Foyer. Sie hatte Isabellas Anwesenheit wohl noch nicht wahrgenommen.

„Miss Cahill!", rief Mrs. Leahy.

„Ich wünsche, Miss Isabella zu sprechen. Ist dies wohl möglich?", hörte Isabella die Stimme Janes.

An Janes bestimmtem Unterton erkannte Isabella, dass ihre Freundin eine gewichtige Nachricht zu überbringen hatte. Sie trat hervor. „Jane, wie liebenswürdig, dass Sie mich besuchen!", rief sie. „Treten Sie doch ein."

---

[3] Irischer Ausdruck des Erstaunens oder Entsetzens.

Mrs. Leahy deutete höflich eine Verbeugung an und trat zur Seite, um Jane Einlass zu gewähren.

Jane wirkte sichtlich erleichtert beim Anblick Isabellas.

Nachdem Mrs. Leahy Jane die Mantille und den Hut abgenommen hatte, bedeutete Isabella Jane, ihr zu folgen. Sie suchten die Bibliothek auf. Dort wären sie ungestört. Vater war vor einigen Tagen erneut nach Dublin abgereist und wurde erst am Abend zurückerwartet, während Mutter sich aufgrund ihrer jüngst häufiger einsetzenden Unpässlichkeiten zurückgezogen hatte.

Im Kamin glomm ein Feuer, dessen spärliches Licht flackernde Schatten über die in den deckenhohen Regalen aneinander gereihten Bücher warf. Jane trat ein und ließ ihren Blick einen flüchtigen Moment unschlüssig über das Interieur der Bibliothek schweifen.

Isabella schloss sorgsam die schwere Eichentür und betrachtete Jane unschlüssig. Eine vage Angst nagte in ihr und löste das dringende Verlangen aus, den Anlass dieses unverhofften Besuches zu ergründen.

Jane wandte sich zu Isabella und ihre Blicke trafen sich.

Isabella suchte Janes Blick zu deuten, doch dies gelang ihr nicht, was ihre Sorge verstärkte, dass etwas Bedeutendes vorgefallen sein musste.

Während sie Jane betrachtete, überkam Isabella der sehnliche Wunsch, sie in die Arme zu schließen und Janes weiches Haar durch ihre Finger gleiten zu lassen, doch das unbestimmte Gefühl, dass etwas geschehen sein musste, hielt sie davon ab.

Jane schien es ähnlich zu ergehen, doch sie hatte offenbar keineswegs vor, sich ihrem Verlangen zu widersetzen. Sie trat zielstrebig auf Isabella zu und zog sie an sich.

Isabella schloss ihre Augen und ließ sich von der Wärme von Janes innigem Kuss einhüllen. Ein Schwindel der Glückseligkeit ergriff sie, doch die Intensität von Janes Umarmung verstärkte das schwere Gefühl in ihr, dass etwas Ernstes geschehen sein musste.

Schließlich fand Isabella den Mut, sich sanft doch entschlossen von Jane zu lösen und die brennende Frage in Worte zu kleiden: „Jane, hat sich etwas Erhebliches zugetragen?"

Jane tat einen tiefen Atemzug. „Ich musste dich einfach sehen." Sie zupfte ihre feinen, mit Spitzen besetzten Handschuhe von ihren Händen und warf sie energisch auf einen der gepolsterten Sessel. „Mein werter Bruder hat mir eröffnet, er sei der Ansicht, ich müsse nunmehr baldigst vermählt werden!", offenbarte sie nach einer Weile des bedrückenden Schweigens mit gepresster Stimme.

Diese Worte durchbohrten Isabellas Herz wie eine scharfe Klinge. Ein düsteres Vorahnen legte sich wie ein Schatten auf ihr Gemüt, denn nichts war geeigneter, die Brüchigkeit ihrer tiefen Freundschaft augenscheinlich werden zu lassen, als diese Entwicklung. Kein Ereignis barg größere Gefahren für sie als der Entschluss von Janes Bruder, sie zu verheiraten und keine Vorstellung verursachte größere Ängste in Isabella als diese.

Für einen anhaltenden Moment schwiegen beide. Die Vergänglichkeit ihrer innigen Verbundenheit lauerte wie ein stummer Kontrahent im Raum.

Isabella, innerlich aufgewühlt, schwindelte. Sie sank in einen der Sessel. Unterdessen trat Jane ans Fenster und ließ ihren Blick hinaus in die graue Tristesse des Bildes hinter den beschlagenen Glasscheiben schweifen, an denen die Rinnsale des Regens in schlängelnden Linien hinabliefen. Der Wind rüttelte erbarmungslos an den kahlen Zweigen der Bäume, und der Regen, langgezogen und strähnig, fiel in gekreuzten Linien zur Erde hernieder.

Eine Weile verging, bis sich Janes Miene schließlich unvermittelt aufhellte. Ein entschlossener Glanz trat in ihre Augen, und sie kehrte zu Isabella zurück. Behutsam setzte sie sich an ihrer Seite nieder und umfing sanft ihr Gesicht mit den Händen. „Wir dürfen unsere Zeit nicht von solchen Sorgen trüben lassen. Es wäre töricht, meinem Bruder Andrew eine solche Macht über uns zu gestatten", sprach Jane mit fester Stimme.

Isabella nahm das glückliche Gefühl von Janes Nähe in sich auf, doch zugleich konnte sie den beißenden Schmerz nicht verdrängen, der als unheilvoller Vorbote ihrer Tränen heraufzog. Es bedrückte sie zutiefst, dass ihre Liebe zu Jane ein streng gehütetes Geheimnis bleiben musste. Sogar vor den ihr nächsten Angehörigen war sie gehalten, die wahre Natur ihrer

Freundschaft zu verbergen. Isabella war sich des Verbots ihrer Empfindungen nur allzu bewusst, und in diesem Augenblick wurde ihr schmerzhaft klar, wie verzweifelt und aussichtslos ihre Lage war. Sie kämpfte gegen das Aufsteigen der Tränen an. Zum ersten Mal in ihrem Leben verspürte sie wahres Glück. Ein Glück, das sie sich unmöglich mehr aus ihrem Leben denken konnte. Jane aus ihrem Leben hinfort zu denken, war für sie unmöglich geworden. All dies war jedoch grundlegend falsch und musste unweigerlich in eine Katastrophe münden, wenn sie sich nicht entschließen konnte, es zu beenden. Doch sie vermochte es nicht – niemals würde sie es vermögen. In diesem Moment lösten sich schließlich ihre Tränen und liefen ungebremst über ihr Gesicht und ihren Hals hinab, wie der Regen an den Fensterscheiben. Sie verspürte Janes warmen Atem an ihrem Hals, als diese begann, sie zu küssen. Nun zog Jane Isabellas Gesicht an sich, küsste ihre Stirn, ihre Nase, dann die geschlossenen Augen, während Isabellas Tränen unaufhaltsam über ihre Wangen rollten. Traurigkeit und Freude vereinten sich in einem Augenblick, der trotz allem Trost und Zuversicht spendete. Diese intime Verbindung, die sie miteinander teilten, sprach von der tiefen Wahrheit ihrer Zuneigung die keine Macht der Welt brechen könnte. Dessen war sich Isabella in jenem Augenblick gleichwohl gewisser denn je.

In eben jenem Moment fuhr, von Isabella und Jane unbemerkt, eine weitere Kutsche in den Hof ein.

Jules Dubois sprang schwungvoll zu Boden und eilte zügig die Treppen zum Portal empor, dem schauderhaften Wetter entfliehend.

Nun, in Dublin war das Wetter nicht viel besser gewesen und es vermochte seine Stimmung ohnehin nicht zu dämpfen.

Oben angelangt, konnte ihm der peitschende Regen nichts mehr anhaben. Er nahm den Zylinder ab und schüttelte den Regen von dessen Filzkrempe herunter, bevor er den Hut erneut aufsetzte. Sodann betätigte er den Türklopfer aus glänzend poliertem Messing und zog sich seinen gestreiften Seidenschal enger um den Hals, denn der kalte Wind, der um die Türme von Adhmaid House pfiff, blies ihm rau entgegen, während er wartete, dass ihm Einlass gewährt würde.

Die Monate des ausbleibenden Erfolgs, die ihn an den Rand des Ruins gebracht hatten, schienen ihm nun wie ein ferner Albtraum, kaum mehr als ein dunkler Schatten, aus dem triumphale Hoffnung hervortrat. Das kürzliche Gespräch mit seinem Geschäftspartner Carter, hatte keinerlei Zweifel daran gelassen, dass ihr gemeinsames Unterfangen ein unvergleichlicher Coup werden würde.

Jules konnte sich eines siegesgewissen Lächelns nicht erwehren. Er hatte Carter mitgeteilt, dass er nunmehr sämtliche benötigten Leute versammelt habe, um die wertvolle Ladung sicher von den Häfen Frankreichs nach England zu schaffen. Der sorgfältig ausgearbeitete Zeitplan war festgelegt, ein sicherer Lagerplatz gefunden, und die Koordination der Transporte gelungen. Zu einem überragenden Teil würde die erdrückende Last der Verantwortung nun ohne sein weiteres Zutun vonstattengehen.

Diese vielversprechende Entwicklung war ein wohltuender Trost nach all den schrecklichen Monaten zuvor. So konnte er bereits früher als beabsichtigt und angekündigt nach Adhmaid House zurückkehren. Er würde sich sogleich in die Bibliothek begeben, wo er sich am knisternden Feuer des Kamins aufwärmen konnte. Jener Raum, mit seinen goldverzierten deckenhohen Wandregalen und jenem leise stechenden Geruch alter Folianten, war stets sein Rückzugsort gewesen. Nun endlich empfand er ihn wieder als jenen Ort, der ihm ein Ankommen bedeutete.

Doch lange würde er sich in dieser friedlichen Behaglichkeit nicht vergraben. Zu groß war der Wunsch, Mary aufzusuchen, um ihre zarten Konturen im weichen Licht zu betrachten und die Bestätigung seiner Neuigkeiten in ihrem Lächeln zu suchen.

Kurz flackerten Carter und dessen Forderung in seiner Erinnerung auf. Mit einem Ausdruck belustigten Amüsements erinnerte er sich daran, wie dieser darum gebeten hatte, dass ein gewisser Bekannter von ihm eine kleine Beschäftigung bei ihrem Projekt erhalten möge. Jules konnte nicht anders, als zu schmunzeln. Dabei hatte er durchaus wahrgenommen, dass

12

dieses Anliegen keineswegs von solch nebensächlicher Bedeutung für Carter zu sein schien, wie er es hatte vermitteln wollen. Vielmehr schimmerte deutlich durch, dass dies für Carter von großer Wichtigkeit war. Jules hatte jedoch keine Muße, sich hierüber den Kopf zu zerbrechen. Carter, dieser scharfsinnige und manchmal faszinierend verrückte Kopf, war nicht nur klug, sondern bemerkenswert erfinderisch in seinen Einfällen und Plänen. Er würde gewiss seine Gründe haben.

In jenem Augenblick öffnete endlich Mrs. Leahy die Tür und er trat ins Haus, sogleich Hut, Mantel, Schal und Handschuhe abstreifend.

Mrs. Leahy nahm alles entgegen und unterwies den Kutscher, der das Gepäck hereintrug.

„Nun denn", murmelte Jules, während er mit weit ausholenden Schritten den Eingangsbereich durchquerte und sodann die Treppe zur Bibliothek hinaufeilte.

Dort angelangt öffnete er und trat ein. Überrascht hielt er inne, den Türgriff noch in der Hand, als er gewahrte, dass sich dort seine Tochter Isabella und deren Freundin, Miss Cahill, aufhielten.

Sie saßen auf einem Sessel beim Kamin und waren offenbar in ein vertrautes Gespräch vertieft gewesen. Erschrocken starrten sie ihn an und nahmen hastig Haltung an.

„Mon dieu[4]!", entfuhr es ihm vor Überraschung, ehe er sich rasch wieder fing. „Guten Tag, die Damen."

Es war ihm nicht entgangen, dass seine älteste Tochter in innigster Vertraulichkeit mit der Schwester des Lehrers Umgang pflegte. Möglicherweise präsentierte es sich als keine schlechte Fügung, die beiden einander vorgestellt zu haben. Doch musste er unweigerlich erkennen, dass dieser Umstand zwar zu Isabellas Annehmlichkeit gereichte, indes kaum ihren gesellschaftlichen Aufstieg zu befördern imstande war.

Bei diesem Gedanken wurde ihm wieder einmal bewusst, dass es unumgänglich war, in Bälde für Isabella eine vorteilhafte Heirat zu arrangieren.

Jules kam der flüchtige Gedanke in den Sinn, dass seines

---

4 Die französische Redewendung „Mon Dieu!" lässt sich wörtlich mit „Mein Gott!" ins Deutsche übersetzen. Sie ist ein Ausruf der Überraschung, des Erstaunens.

Tochters Blick von eigentümlichem Ausdruck war und ihre Augen gerötet wirkten. Überdies erschien ihm das Haar seiner sonst stets adretten Tochter etwas in Unordnung. Doch maß er diesen Beobachtungen keinen weiteren Wert bei. Es war zuweilen das Naturell der Damenwelt, sich in abgetrennter Gesellschaft etwas gehenzulassen. Eine Gegebenheit, über die er gönnerhaft hinwegzusehen bereit war. Nichtsdestotrotz war dies ein weiterer Beweis dafür, dass es an der Zeit war, für Isabella eine gesicherte Zukunft zu schaffen. Er würde sich in naher Zeit gründliche Gedanken hierzu machen.

„Dürfen wir mit Ihrer Anwesenheit beim Abendmahl rechnen, Miss Cahill?", fragte er mit großer Höflichkeit.

Isabellas Gesichtsausdruck zeigte offenkundige Verwunderung. Jane indes richtete einen kurzen Blick auf Isabella und erwiderte sodann zustimmend.

Während ihrer Fahrt durch die nächtliche Dunkelheit nach Cork nahm Jane die Kälte, die durch die feinen Ritzen des Vehikels drang, kaum wahr. Ihre Gedanken weilten unablässig bei dem Abendmahl, bei Isabellas Familie und gleichermaßen bei ihrer eigenen. Wieder hatte sie jenes starke und bedrohliche Gefühl ergriffen, welches sie schon bei ihrem ersten Zusammentreffen mit Isabellas Vater beschlichen hatte. Es hatte ihr unüberhörbar zugeraunt, dass ihr Glück mit Isabella allzu vergänglich war und sich nicht nur der Gefahr durch die von Andrew beabsichtigte Verheiratung Janes ausgesetzt sah. In wirren Bahnen schwirrten ihre Überlegungen ziellos in ihrem Kopf umher, während sie über Andrews Entschluss, über ihre beunruhigenden Empfindungen gegenüber Isabellas Vater und über ihre tiefen Gefühle für Isabella nachsann. Was hätte Mutter in dieser Situation geraten, getan, entschieden? Mit unerwarteter Heftigkeit bedrängten die Gedanken an ihre Eltern ihren ruhlos wandernden Geist. Nicht einmal zur Weihnachtzeit hatte sie in dieser Intensität an ihre Mutter gedacht, wie an diesem Abend. An die Zärtlichkeit ihrer Stimme, die Liebenswürdigkeit ihres Wesens, den Duft von Lavendel in ihrem Haar – all dies lebte klar und deutlich in Janes Geist.

Jane ließ ihre Augen sanft zufallen, lehnte sich zurück, fand indes bald lieber die Haltung wieder, die ihren Kopf freihielt, denn das ruppige Gerüttel der Kutsche schlug sie heftig gegen die hölzerne Wand. Sie spürte Tränen ihre Wangen hinablaufen und auf ihren Hals tropfen. Wie sehr sehnte sie sich ihre Mutter in diesem Augenblick herbei.

Es war nun bereits ihr halbes Leben her, dass ihre Mutter sie verlassen hatte, doch der Schmerz war unverändert heftig und brennend. Würde dies jemals ein Ende finden?

Sie wusste, dass sie sich die letzten Jahre mit ihrem leichtfertigen, unsteten Lebenswandel Ablenkung verschafft hatte. Auch war ihr bewusst, dass sie William in dieser Hinsicht benutzt hatte. Wohl mochte es sein, dass dieser Umstand William gelegen gekommen war, doch, wenn sie ehrlich gegen sich selbst war, musste sie eingestehen, dass sie zum einen nicht wusste, ob das wirklich in seinem Sinne war, es hatte sie schlichtweg nie interessiert, zum anderen wusste sie auch ganz genau, dass sie sich bewusst niemals die Frage gestellt hatte, ob sie als Schwester nicht besser hätte dazu beitragen sollen, Williams eigenen fragwürdigen Lebenswandel nicht noch zu unterstützen, sondern diesem etwas Besseres entgegenzusetzen.

In ihren Gedanken kehrte sie zurück zu William. Dem jungen William, wie er einst war, als Mutter und Vater noch unter ihnen weilten.

Seither hatte sich William dermaßen gewandelt, als sei er ein anderer Mensch geworden.

Ihr Bruder, der seinerzeit der Mutter innig zugetan war, besaß einst ein künstlerisches, ruhiges und freundliches Gemüt. Oftmals hatte er sich mit Mutter über gewichtige Fragen des Lebens ausgetauscht, über Fragen, die Jane damals kaum begriffen hatte.

Doch seit dem Verlust der Eltern hatte sie William nie wieder auf diese Weise sprechen hören.

Er war Detective geworden und hatte nur noch davon gesprochen, dass gegen böswillige Umtriebe mit aller Härte vorzugehen sei.

Böswillige Umtriebe? Sie entsann sich eines Gesprächs, das sie einst belauschte, als Mutter William erklärte, dass Vaters Arbeit dem Recht und der Gesetzmäßigkeit zur Durchsetzung verhalf.

Auch diesem Umstand hatte Jane damals keine tiefere Beachtung geschenkt.

Ihr Vater war ein hochgeschätzter Advokat gewesen. Er verbrachte die meiste Zeit in seiner Bibliothek, häufig suchten ihn bedeutende Persönlichkeiten auf, sodann wurden hinter verschlossenen Türen lange Gespräche geführt. Anschließend verlor er sich nicht selten in tiefen Gedankengängen.

Jane wischte die Tränen mit einer entschlossenen Geste fort und atmete tief durch. Wie gern hätte sie gewusst, was hinter dem Verlust der Eltern steckte.

Jenes düstere Ereignis war wie ein Schattenschleier über ihre Erinnerungen gebreitet worden. Ihre Eltern waren eines Tages gänzlich unerwartet nicht mehr heimgekehrt.

Für Jane hatte stets festgestanden, dass es nur zwei Möglichkeiten geben konnte: Entweder war ein Verbrechen an ihren Eltern verübt worden, oder es war ein schreckliches Unglück geschehen. Zwar war dies lediglich eine Annahme, doch eine andere Erklärung vermochte sie sich nicht vorzustellen.

Sie blickte aus dem Fenster der Kutsche in die Dunkelheit. In ebensolchem Dunkel würden wohl auch die Umstände des Verschwindens ihrer Eltern für immer bleiben.

Cork, Irland

Eine düstere Melancholie hing wie ein unsichtbarer Nebel über den klammen Gassen. Der Geruch von Rauch und Asche vermischte sich mit dem metallischen Hauch der Feuchtigkeit.

Das unnachgiebige Kreischen der Pferdekutschen und die scheppernden Räder auf dem, mit eisbedeckten, Pflaster konnten seine Aufmerksamkeit nicht auf sich ziehen.

Die Passanten eilten hastigen Schrittes, ohne ihn zu beachten, durch die engen Straßen, ihren Blick gesenkt, die Schultern hochgezogen.

Für ihn waren die Bürger Corks nichts weiter als verzweifelte Kreaturen, die in ihrem Elend verharrten, unfähig, sich aus dem Sumpf ihrer eigenen Bedeutungslosigkeit zu befreien. Jede

Geste, jeder Blick, der ihm zugeworfen wurde, verstärkte nur seine Abscheu vor diesem Ort und dessen Bewohnern.

Sein Blick fiel auf Tadhg Brennan, dessen Existenz ihm wie eine stete Erinnerung an die Unruhen und den Widerstand erschien, die zu bekämpfen sein Auftrag war. „Was für eine Torheit", dachte Cahill mit stiller Verachtung, „zu glauben, dass er gegen die Krone aufbegehren könnte." Er beobachtete Brennan mit einer Mischung aus Überlegenheit und Berechnung. Zugleich vermied er jeden Gedanken daran, dass es wieder einmal vergeblich gewesen sein könnte, diesem Narr nachzustellen. Doch nach dem letzten Gespräch mit Warner stand fest, dass er nun in naher Zukunft Fortschritte erzielen musste und so konnte er nicht mehr nur abwarten, dass Brennan sich entschloss, ihm die Türen zu den Verschwörern zu öffnen. Zudem hegte er mittlerweile Zweifel, ob Brennan in seinem halsstarrigen Misstrauen nicht doch noch einen Rückzug erwog und sich aus der Unternehmung zurückzöge, so dass all seine, Williams, Bemühungen, über Brennan an die Hintermänner zu gelangen, vergeblich wären. Sein Instinkt sagte ihm, dass Brennan kein Mann klarer Entschlüsse war.

Cahill verachtete diese Schwäche. Ein wahrer Mann sollte sich nie von Zögern beherrschen lassen. Sorgsam hielt er sich im Schatten einer Unterführung, während Brennan missmutig die Straße auf und ab schritt, als warte er auf jemanden.

„Was für ein elendes Schauspiel", dachte Cahill und schüttelte innerlich den Kopf. „Diese Menschen wissen nicht, was es bedeutet, wahre Disziplin und Verantwortung zu tragen."

In jenem Augenblick bemerkte er plötzlich die Gestalt eines Mannes, der zielstrebig auf Brennan zusteuerte. Anfangs blendete er diesen Neuankömmling als unbedeutend aus, doch etwas im Auftreten des Mannes ließ Cahill innehalten und erneut hinschauen. Ein unbestimmtes Ziehen in seiner Erinnerung forderte seine Sinne heraus und machte ihn aufmerksamer. Konnte es wirklich sein, dass dieses Gesicht ihm aus völlig anderen Kreisen vertraut war? Cahill blinzelte, sein Blick schärfte sich, und er nahm eine tiefere Miene an, während der Fremde stetig näher kam.

Langsam begann die Erkenntnis in seinen Verstand zu

sickern, wie Wasser, das durch poröses Gestein dringt. „Unmöglich", flüsterte er fast unhörbar in den kalten Abendwind.

Cahill durchforschte fieberhaft seine Erinnerungen, suchte nach weiteren Bestätigungen für diese unglaubliche Möglichkeit. Mit jedem Schritt, den der Fremde auf Brennan zutrat, verstärkte sich Cahills Eindruck, um schließlich an Kontur zu gewinnen. „Doch, es muss ..." Die Erkenntnis durchbrach endgültig die Oberfläche seines Zweifelns. Oder war es möglich, dass seine Augen und sein Gedächtnis ihm einen Streich spielten? Waren gar die Stunden des Wartens und Grübelns verantwortlich für diese vermeintliche Wahrnehmung? Nein, die Züge waren zu prägnant, die Gestalt zu unverwechselbar. Cahill musterte jedes Detail, jedes Merkmal mit größter Sorgfalt und fand sich zunehmend in der unabweisbaren Gewissheit wieder: Dies war kein Irrtum, er kannte diesen Mann.

Tadhg Brennan sah mit einer tiefen Unruhe zur Turmuhr hinauf. Die kalte Luft biss ihm ins Gesicht und der Hunger zerriss ihm die Eingeweide. Zu Hause wartete Caoimhe auf ihn, sie brauchte seine Hilfe mehr als je zuvor. Wo auf Erden blieb Daoiri?

Plötzlich sah er ihn mit eiligen Schritten heranmarschieren. „Dia duit, mo chara[5]!", rief Daoiri über die Straße.

„Go hifreann[6], wo bleibst du?", rief Tadhg zurück. „Ich habe nicht viel Zeit. Caoimhe erwartet mich zurück, ehe die Stunde vorüber ist."

„Ah, tar ar aghaidh[7], du wirst doch wohl einen Augenblick für deinen besten Freund übrighaben?", entgegnete Daoiri mit einem gewinnenden Lächeln.

„Ah, du hast leicht reden, Daoiri! Du weißt doch nicht, welch ein Elend bei uns herrscht", schnaubte Tadhg, seine Hände tief in den Taschen vergraben.

Daoiri erreichte ihn in diesem Augenblick und legte schwer seine Hand auf Tadhgs Schulter. Kurz war sein Blick ernst und

---

[5] Begrüßung „Hallo mein Freund" ausgesprochen ungefähr wie „dsie dets, me khar-ah". (das 'r' wird im Irischen leicht gerollt).

[6] „Zur Hölle" ausgesprochen ungefähr wie: „gu hiff-rin".

[7] „Ach, komm schon" ausgesprochen ungefähr wie "Ah, tar ar-aye".

seine Stimme schwer. „Ich habe von eurer Not gehört, und es bricht mir das Herz, was ihr durchmachen müsst. Doch höre, ich bringe dir gute Nachrichten. Wahrlich gute Neuigkeiten."

„Dann rück schon raus damit", antwortete Tadhg, wenngleich seine Stimme noch immer verbittert klang.

„Nicht hier. Lass uns einen Schluck im Pub nehmen, da können wir in Ruhe reden."

„Das ist nicht möglich. Ich habe keinen einzigen Penny mehr in meiner Tasche", gestand Tadhg in einem Ton der seine Bitterkeit nicht verbergen konnte. Nur vor Daoiri konnte er so offen sein.

„Seo, tóg é seo.[8]" Daoiri griff in seine Tasche und hielt Tadhg eine Handvoll Münzen hin. „Keine Widerworte, mo chara[9]. Bald wirst du noch mehr davon erhalten."

Tadhg zögerte. Sein Stolz kämpfte gegen seinen dringenden Bedarf. Es widerstrebte ihm zutiefst, eine Handreichung anzunehmen, auch wenn es von seinem engsten Freund kam. Doch der Hunger war unerträglich und seine Familie brauchte jede mögliche Hilfe. Jedoch wäre es nicht möglich, hiervon auch nur einen einzigen Penny im Pub auszugeben.

Daoiri schien seine Gedanken lesen zu können. „Mo chara, dies ist kein Almosen, sondern nur ein Vorschuss auf das, was du bei dem Auftrag verdienen wirst. Und den Whiskey, den trinken wir heute auf meine Kosten, denn wir haben etwas zu feiern."

Tadhg zögerte noch immer, nahm dann aber doch das, was Daoiri ihm reichte. Es war mehr, viel mehr, als er erwartet hatte. Er steckte das Geld ein und fühlte sich augenblicklich stärker. Was Caoimhe sagen würde, wenn er es ihr zeigte?

„Nun komm." Daoiri klopfte ihm freundschaftlich auf die Schulter. „Lass uns auf bessere Zeiten anstoßen."

Als sie das „The Mutton Lane Inn" betraten, fühlte sich Tadhg angesichts der Münzen in seiner Tasche, so erleichtert wie seit langem nicht mehr. Der Raum war durchdrungen vom Duft geräucherten Torfs.

„Mach dir keine Sorgen", sagte Daoiri. „Es geht voran."

---

8 „Hier, nimm das" ausgesprochen ungefähr wie „Sho, toug eh sho".

9 „Freund" ausgesprochen ungefähr wie „mo kharah".

„Was bedeutet, es geht voran?", fragte Tadhg, als er seinen ersten Schluck nahm. Der Whiskey brannte angenehm in seiner Kehle. „Ich hoffe darauf, dass Caoimhe und die Kinder bald in einer besseren Welt aufwachen werden."

„Na aber sicher, Tadhg. Ich habe durchklingen gehört, dass sie bereits in Kürze Leute für den Transport benötigen."

Mit zweifelndem Blick musterte Tadhg Daoiri. Ein innerer Zwiespalt tobte in ihm, denn er war hin- und hergerissen zwischen dem tief verwurzelten Vertrauen, das er zu seinem Jugendfreund hegte, und der Sorge, in Widerspruch mit den Gesetzen der Krone zu geraten. Zugleich übte die Sorge um seine Familie einen nicht unbeträchtlichen Druck auf ihn aus.

Daoiri sah ihn mit ernstem Blick an. „Mach dir keine Sorgen, Tadhg. Wir werden es schaffen. Die Gemeinschaft steht geeint."

„Ich habe bereits zwei meiner Kinder begraben. Caoimhe wirst du nicht wiedererkennen, wenn du sie siehst. Sie steht kurz davor, den Verstand zu verlieren."

Daoiri verharrte in Schweigen. Sein Blick wanderte von Tadhg zu seinem Glas, als ob er in dessen Tiefe Rat suchte. Nach einer Weile hob er den Blick. „Tadhg, bei allem, was mir heilig ist, ich beschwöre dich, du musst dir keine Sorgen machen. Die Sache wird gelingen und du wirst deine Sorgen hernach vergessen können. Reicht dir das nicht?"

Tadhgs Antwort kam knapp und bestimmt: „Nein, Daoiri, das reicht mir nicht."

Daoiri wirkte nun, als ringe er mit sich.

Tadhg konnte nicht erahnen, welcher Art Daoiris Gedanken waren und eine schreckliche Sorge erfasste ihn. Wenn nun Daoiri einräumen würde, dass er selbst zweifelte? Dar le Dia[10], möge dies nicht so sein. Tadhgs Nerven waren bereits zum Zerreißen gespannt.

Endlich brach Daoiri das Schweigen. „Gut, Tadhg, so sei es. Doch schwöre, dass du keinem gegenüber ein Wort darüber verlierst. Ich will dich ins Vertrauen ziehen. Wenn ich dich in dem Glauben ließ, nur am Rande mit der Sache zu tun zu haben, so tat ich dies, um dich nicht zu sehr zu involvieren. Mei-

---

[10] „Bei Gott" ausgesprochen ungefähr wie „Dar le dsie".

ne Verwicklung in diese Angelegenheit reicht in Wahrheit weit tiefer, als du vermutest."

„Was?", entglitt es Tadhg in ungläubigem Erstaunen.

„Ich bin nicht bloß irgendein Mitglied der Organisation", fuhr Daoiri leise fort. „Ich bekleide die Position eines Mittelsmannes."

Tadhg versuchte zu ergründen, was das bedeuten mochte.

„Ich bin auch nicht irgendein Mittelsmann sondern der Mittelsmann. Während der Jahre, die ich in England, vornehmlich in Cambridge, verbrachte, habe ich bedeutende Verbindungen geknüpft. Solche Verbindungen, die es braucht, um etwas zu bewegen. Es liegt mir, die richtigen Personen zusammenzubringen und Handelsgeschäfte gewinnbringend zu koordinieren. Meine Verschwiegenheit und Verlässlichkeit sind in diesen Kreisen bekannt und hochgeschätzt. Der alte Handel mit Whiskey war mir irgendwann zu dreckig und bot auch wenig Aufstiegschancen", erläuterte Daoiri mit einem nachdenklichen Ausdruck, „wenngleich meine Verbindungen zu den angesehensten Schwarzbrennereien mir beträchtliche Umsätze einbrachten, da deren Erzeugnisse in den feinsten Gesellschaften geschätzt wurden. Die Bekanntschaften, die ich damals pflegte haben nun eine neue, weitreichendere Bedeutung erlangt. Ich habe meine wertvollen Beziehungen genutzt und begonnen, die richtigen Menschen einander vorzustellen. Verstehst du? Keine Entscheidung wird ohne mich getroffen, denn von all diesen Leuten bin ich es, der die Fäden zusammenführt."

Tadhg schwirrte der Kopf ob der Enthüllungen, die Daoiri ihm soeben preisgegeben hatte. Mit solch tiefgreifenden Verstrickungen hatte er keineswegs gerechnet. Er war gänzlich ahnungslos gewesen. Mit unsicherem Blick betrachtete er seinen langjährigen Freund, und in seinem Inneren lauerte die quälende Frage: Hatte er Daoiri all die Jahre hindurch so schlecht gekannt?

„Du musst über all dies absolutes Stillschweigen bewahren", mahnte Daoiri eindringlich, „denn andernfalls setzt du die gesamte Unternehmung und das Leben eines jeden von uns höchster Gefahr aus. Die Redcoats[11] verstehen keinen Spaß,

---

[11] Die Bezeichnung „Redcoats" für die britischen Soldaten, und ihre Rolle

wenn sie Wind von solcherlei Machenschaften bekommen."

„Ich hab' dir immer vertraut, Daoiri", sagte Tadhg leise. „Und dabei habe ich anscheinend nicht viel von dir gewusst."

Daoiri nickte ernst. „Aye, Tadhg. So ist es. Manchmal macht uns das Leben zu Schatten, die im Dunkeln agieren müssen, um das Licht zu bewahren. Doch du hast immer alles von mir gewusst. Alles von Bedeutung."

Tadhg blickte Daoiri eine Weile schweigend an. „Und nun, nachdem du mir all dies anvertraut hast", sagte Tadhg schließlich, seine Stimme nun fester, „vertraue ich dir noch mehr als zuvor."

---

in der irischen Geschichte sind gut dokumentiert und in verschiedenen historischen Quellen zu finden. Offizielle Dokumente und Aufzeichnungen aus dieser Zeit enthalten viele Hinweise auf die „Redcoats" und ihre Einsätze. Dazu gehören militärische Protokolle, Regierungsberichte und zeitgenössische Zeitungen.

II.

„Wo ruhig sich und wilder
Unstete Wellen teilen,
Des Lebens schöne Bilder
Und Kläng´ verworren eilen,
Wo ist der sichre Halt? -
So ferne, was wir sollen
So dunkel, was wir wollen,
Fasst alle die Gewalt."[12]

Joseph von Eichendorff

Adhmaid House nahe Shannagarry, County Cork, Irland

"Zweifel, Lady Mary, sind nunmehr gänzlich zerstreut, und Sie dürfen sich freuen", verkündete Dr. Baker mit einem Lächeln.

Mary, die längst von der Ahnung beseelt gewesen war, fand nun ihre Annahmen bestätigt. Doch diese neue Erkenntnis brachte eine unklare Mischung der Empfindungen mit sich, da auf der einen Seite ihre Vorfreude für das Kommende in ihr wuchs. Auf der anderen Seite standen ihre Sorgen, Jules ins Bilde zu setzen und war bisher jeder Anlauf hierzu gescheitert. Eine unausgesprochene Angst hielt sie zurück, ihm die Nachricht zu überbringen.

Jules, ein Mann von neuem Elan und wachsender Zuneigung

---

[12] Die Deutsche Literatur in Text und Bild, Die Romantik II, S. 224.

für sie, wie es schien, war freilich keiner, der Überraschungen mit Heiterkeit begrüßte.

In ihren Beobachtungen hatte sie zudem erkannt, dass sein Geist von manch anderem Gedanken schwer beladen war, ohne dass er hierüber mit ihr sprach.

Mary fühlte die schwere Last der Entscheidung, nicht wissend, wie sie die Botschaft zu Jules bringen könnte.

Obschon seine Zuwendung offensichtlich war, regierte eine selbstbezogene Rücksichtslosigkeit oft seinen Umgang und er war gleichwohl kein Mann von großem Einfühlungsvermögen. Mary fürchtete sich vor dem bevorstehenden Gespräch mit ihm und so lastete eine sorgenerfüllte Angst wie eine dunkle Wolke über ihrer Beziehung und ihrer gemeinsamen Zukunft.

Nachdem sie in den zurückgezogenen Refugien ihrer Gedanken lange verweilt hatte, drang jedoch mit unvermeidlicher Klarheit die Erkenntnis durch, dass es nunmehr nicht länger statthaft war, zu zögern und Jules in Unwissenheit zu lassen. So beschloss sie, ihn aufzusuchen. Sie machte sich sogleich auf den Weg zu seinem Arbeitszimmer.

„Mary, welch erfreuliche Überraschung. Welch Umstand führt dich zu mir?", sprach er mit einer Mischung aus aufrichtiger Freude und maßvoller Neugier.

Mary, die durch die wohlwollende Wärme seines Tons einen Hauch von Erleichterung verspürte, zog die hölzerne Tür sanft ins Schloss und wandte sich ihm zu. „Es war der ehrwürdige Dr. Baker, der eben noch bei mir weilte", begann sie bedächtig und mit einem leichten Zögern.

„Dr. Baker? Ist deine gesundliche Verfassung wiederhergestellt?", erkundigte sich Jules mit freundlichem Interesse und ließ den Federkiel sanft auf die Tischplatte sinken.

„In der Tat", erwiderte Mary, deren Lippen ein beschwichtigendes Lächeln zierte, das die Versicherung ihres Wohlbefindens übermittelte. „Die Untersuchung war darauf bedacht, die Genesung meiner Lunge zu bestätigen."

„Ah, und welches Resultat hat sie ergeben?", fragte Jules erwartungsvoll.

„Indes, Dr. Baker vermeldete auch, dass...", setzte Mary mit einer kurzen Pause nach.

Jules musterte Mary mit besorgtem Interesse. Ihr war anzumerken, dass sie etwas Bemerkenswertes zu verkünden hatte. Ihm fehlte jede Vorstellung, um was es sich handeln mochte. „Ja?", fragte er, als ihre Antwort auf sich warten ließ.

„Dr. Baker vermeldete, wir erwarten ein Kind."

Die Worte trafen ihn wie ein Blitzschlag und die anfängliche Überraschung erweiterte sich schnell zu einem Gemisch widersprüchlicher Empfindungen. Bald jedoch erweiterten sich seine Gedanken zu einem Gemisch eindringlicher Besorgnis und verhaltener Hoffnung, als sich seinem Innern die Sorge auftat, ob Marys schwächelnde Gesundheit, deren Zustand weiterhin wie ein Schatten über ihnen lag, dieser Herausforderung gewachsen wäre und zugleich keimte in ihm eine Hoffnung auf – die Möglichkeit eines Sohnes, worauf er insgeheim immer gehofft hatte. „Mary, diese Botschaft kommt wahrlich unerwartet", sprach er hin und hergerissen zwischen seinen widerstreitenden Gedanken, ohne dass diese Antwort in irgendeiner Weise geeignet gewesen wäre, den wahren Kern seiner Empfindungen zu umfassen.

Mary, der der feine Ausdruck des Entgeisterten aufs Gesicht geschrieben stand, blickte mit offenem, ungläubigem Staunen zu ihm hinüber, als suchte sie in seiner Miene eine versteckte Bestätigung oder ein leises Flüstern wahrer Freude. „Jules, möge es sein, dass dein sehnlicher Wunsch endlich in Erfüllung geht, und du den heißersehnten Sohn erhältst?", sprach sie mit sanfter Stimme, als wäre ihre Absicht, seine Aufmerksamkeit auf diesen erfreulichen Umstand zu lenken und ihn von durchaus berechtigten Bedenken abzulenken.

Er erhob sich zu voller Größe in einem tiefen Atemzug. „Gewiss, mo chra!", erwiderte er, trat näher an sie heran und ergriff ihre Hände mit zärtlichem Festhalten. „Gewiss, es war wahrlich mein erster Gedanke, gleichwohl fürchte ich um dein Wohlergehen."

Nun wandelte sich Marys Blick und der sorgenvolle Ausdruck entschwand. Sie sah ihn mit hoffnungsvollen Augen an. Er zog sie behutsam in eine Umarmung. „Wir können nicht in die Zukunft blicken. Wir wollen diesem Ereignis hoffnungsvoll entgegensehen."

Cork, Irland

William Cahill stieß die Tür zum Pub mit einer überaus widerwilligen Handbewegung auf. Sogleich umfingen ihn ein ungestümer Wirbel lärmender Stimmen, und scharfer Torf - und Zigarrenrauch. Zumindest ließ sich konstatieren, dass es hier drinnen weit wärmer war als draußen. Sobald die Sonne sich hinter den Horizont zurückzog und der Wind stärker auffrischte, setzte die unbarmherzige Kälte dieser Jahreszeit ein.

William ließ seinen prüfenden Blick durch den Schankraum schweifen. War Brennan bereits zugegen? Obgleich ihn wenig Neigung dazu trieb, einen weiteren Abend in Gesellschaft jenes Mannes zu verbringen, hing an dieser Begegnung die vage Hoffnung, seinem Ziel, der Aufdeckung der Verschwörer, ein Stück näher zu kommen. Vor allem musste er erfahren, in welcher Verbindung Brennan mit jenem Mann stand, mit welchem er ihn beobachtet hatte. Diese Verbindung war ungeheuerlich. Es musste eine simple Erklärung geben, doch welche konnte dies sein? Am heutigen Abend galt es nichts weniger, als ein Rätsel zu lösen, welches ihm die letzten Tage schier den Kopf zerbrochen hatte.

Dabei hatte er unentwegt die Worte seines verfluchten Bruders im Kopf, der die Unverfrorenheit besaß, sich in seine, Williams, ureigenste Belange einzumischen und von ihm zu verlangen, sich alsbald zu verheiraten.

Gerade jetzt! Sollte er etwa gar eine Irin heiraten? Welch ein absurder Gedanke! Am besten noch eine Katholische. Mit rotem Haar und in kürzester Zeit hätte er eine Schar von fünf Kindern am Rockzipfel hängen. Um Himmels Willen, welch ein Schicksal!

Beinahe vermochte er seine eigene düstere Stimmung nicht länger zu ertragen. Mit einem Seufzer des Unmuts ließ er sich einen Cognac einschenken und suchte sich einen freien Tisch. Brennan würde vermutlich jeden Augenblick eintreffen.

Doch die Zeit verstrich unaufhaltsam. William hatte den ersten Cognac in einem Zug geleert, um sogleich einen weiteren zu bestellen, der sich ebenfalls wie Wasser trinken ließ, und

26

schließlich gar einen dritten, der nun bereits halb geleert vor ihm stand.

Um ihn herum herrschte eine ausgelassene Stimmung, gänzlich im Gegensatz zu der Stimmung, die ihn im Griff hatte. In seinem Kopf schwirrten Zornestiraden umher wie ein Schwarm Wespen. Endlich spülte er auch den Rest des dritten Cognacs hinunter und bestellte sich den vierten. Allmählich begann er die Wirkung des Alkohols zu verspüren, eine angenehme Betäubung, doch selbst unter der leichten Benebelung seines Geistes vermochte er nicht vollständig die Gedanken an die unerträgliche Einmischung seines Bruders zu vertreiben. Welche Dreistigkeit, ihn zur Eheschließung zu drängen.

Er trank den Vierten und bestellte den Fünften. Diesen trank er jedoch, sich mit einer deutlich entspannteren Haltung zurücklehnend, gemächlicher, während er die Stimmung des Raumes auf sich wirken ließ. Ein leichter Nebel umgab ihn nun, und alles wirkte wie durch einen Schleier auf seinen Geist ein. Die Stimmen im Raum verschmolzen zu einem belanglosen Einheitsbrei. Langsam kehrte das Wohlbehagen zu ihm zurück, und das lange Warten störte ihn nun nicht mehr.

Er wandte seinen Blick erneut zur Tür, als eine Gruppe zu musizieren begann. Die Stimmung stieg schlagartig an. William verabscheute die irische Musik. Es war ihm jedes Mal ein unsägliches Graus, wenn er ihr im Pub ausgesetzt war. So auch heute. Sie spielten „Roddy McCorley"[13].

„When he stepped up the narrow street
Smiling proud and young
Around the hemp, around his neck
The golden ringlets clung

---

[13] Das Lied "Roddy McCorley" erzählt die tragische Geschichte von Roddy McCorley, einem jungen irischen Republikaner, der an der Rebellion von 1798 beteiligt war. Das Lied beschreibt, wie McCorley, tapfer und stolz, zum Galgen geführt wird, nachdem er von einem Verräter ausgeliefert wurde. Obwohl er für seine Taten bestraft wird, wird seine Erinnerung von den Iren geehrt. Das Lied betont seine Mut und den ungebrochenen Geist im Angesicht des Todes. Es hebt auch seine Rolle im Kampf für die irische Freiheit hervor und ehrt sein Vermächtnis als ein tapferer und ehrenhafter Mann. Quelle: "Irish Songs and Ballads" von Donal O'Sullivan. Es wurde unter anderem vertont von The Clancy Brothers und von Shane MacGowan & the Popes.

There was never a tear in his blue eyes
But sad and bright were they
And young Roddy McCorley goes to die
On the bridge of Tuam today."[14]

William spürte, dass Boden und Tisch vibrierten. Der Cognac im Glas schwappte gar leicht hin und her. Der Geräuschpegel war gewaltig. In eben jenem Augenblick betrat Brennan endlich den Raum, hastig umherblickend und sichtbar in Eile. William empfand keinerlei Verlangen danach, mit Brennan zu parlieren. Er sehnte sich vielmehr danach, die wohltuende Wirkung des Alkohols zu genießen, um den Ärger über Andrew zu betäuben. Wie befriedigend es wäre, von diesem tristen Ort weg zu einer Feier bei Cole aufzubrechen. Doch sogleich drängte sich ihm erneut die ungeheuerliche Erkenntnis auf, die es unverzüglich aufzuklären galt. Und der Teufel wollte es ohnehin so, dass Cole ausgerechnet an diesem Abend keine Feierlichkeiten ausrichtete. Erst am kommenden Sonnabend würde dort wieder das Parkett zum Schwingen gebracht werden. Indes sah er sich nun genötigt, sich mit der gegenwärtigen Situation auseinanderzusetzen. William atmete tief durch und winkte Tadhg resolut zu sich herüber, bereit, sich den ungeliebten Pflichten zu stellen, während seine Gedanken bereits um die ominöse Tatsache kreisten, dass seine ungeheuerliche Entdeckung den Schluss auf eine Verbindung dieses Mannes mit den glänzenden Salons Londons geradezu erzwang.

„Nimm mir meine Verspätung nicht übel, Cahill. Ich habe mich so sehr beeilt, wie es mir möglich war", rief Brennan so laut er konnte gegen den allgemeinen Lärm an.

„Schon gut, Brennan. Setz dich. Nimmst du auch einen Cognac?"

„Ich nehme lieber ein Guinness, oder einen Whiskey, wenn es recht ist."

---

[14] „Als er die enge Straße hinaufschritt, Lächelnd, stolz und jung, Um das Hanfseil um seinem Hals schlangen sich die goldenen Locken. Es fand sich keine Träne in seinen blauen Augen, aber traurig und leuchtend waren sie. Und der junge Roddy McCorley geht zum Sterben, Heute, auf die Brücke von Tuam." (Frei übersetzt).

„Trink, was dir beliebt. Ein Mann kann wohl wenigstens noch selbst entscheiden, was er trinkt!", sprach William gereizt, wobei seine Zunge bereits ein wenig schwerfällig war. Diese Anspielung auf seinen Bruder Andrew konnte Brennan naturgemäß nicht verstehen, doch William scherte sich nicht weiter darum.

Nachdem Brennan einen Krug vor sich stehen hatte, suchte William vergeblich nach einem geeigneten Ansatz, das Gespräch zu beginnen. Sein benebelter Geist wollte ihm jenen Dienst nicht erweisen und der unsägliche Lärm der Kapelle machte es ihm noch schwerer, seine Gedanken zu ordnen und seine Arbeit zu tun. Zudem wog die Gefahr zu schwer, das Gespräch in diesem Zustand in unvorteilhafter Weise zu beginnen und Brennans Argwohn zu erregen. So hegte er die Hoffnung, Brennan würde einen Anfang finden, doch auch dies erwies sich als trügerische Erwartung. Brennan schien in den Untiefen seiner eigenen Gedanken versunken und machte keine Anstalten, ein Gespräch in Gang zu setzen. So verstrich der Abend in einer nur schwer zu ertragenden Öde und Langatmigkeit. Brennan sprach nicht viel, und das Wenige, was er äußerte, war von solch eintöniger Monotonie, dass William gegen die aufsteigende Müdigkeit ankämpfen musste. Der anfängliche, schöne Rausch seiner Trunkenheit hatte sich bedauerlicherweise in eine bleierne Schwere verwandelt.

Es war vermutlich töricht gewesen, zu meinen, in dieser Stimmung würde er irgendetwas Bedeutsames aus Brennan herausbekommen. Er hätte sich den ganzen Abend ersparen können.

Tadhg hätte gern gewusst, welche Stunde es war. Jedoch, er hatte keine Uhr, wie sollte er auch? Vielleicht könnte er Cahill fragen - der Mann war ein Gentleman, der sicher eine Uhr besaß. Doch Cahill wirkte abwesend, die Müdigkeit stand ihm ins Gesicht geschrieben. Tadhg überlegte, ob auch Cahill wohl bald den Heimweg antreten würde.

Daheim wartete Caoimhe auf ihn. Sie brauchte ihn, das wusste er, doch der Gedanke, nur einen Abend den Sorgen zu entfliehen, war verlockend. Die lebendige Stimmung im Pub zog ihn magisch an - die lauten, fröhlichen Stimmen, die Klänge der Fiddle und des Tin Whistle, die er so liebte, und das Stampfen der Füße, welches den Boden unter seinen Stiefeln zum Beben brachte.

Die Musiker spielten „Roddy McCorley" - ein Lied, das jeder Ire kannte und das auch ihn ergriff. Tadhg fühlte, wie die ausgelassene Stimmung sanft von seinem Inneren Besitz ergriff, als ihn urplötzlich die Wirklichkeit wie ein unvorhergesehener Faustschlag traf und vor seinem inneren Auge die leblosen Gesichter seiner Kinder aufblitzten. Schlagartig erstarb jeglicher Hauch von Freude, und ein eiskalter Schauer kroch ihm den Rücken hinauf.

Er errang schwer die Fassung zurück, indem er seine Gedanken auf Caoimhe lenkte.

Wie es ihr wohl ergehen mochte, wenn ihm als Mann dies schon so zusetzte, wie mochte sie erst leiden? Von ihm wurde erwartet, dass er stark blieb, die harte Hand des Schicksals ertrug und weiterkämpfte. Gewiss, auch er legte diesen Maßstab an sich, doch es war schwerer, ihn zu halten, als er es sich einzugestehen vermochte.

Oh, wenn er doch nur diese trübsinnigen Gedanken abschütteln könnte. Ein Gespräch, das ihn und Cahill auf andere Ideen brächte, das wäre wohl das Beste. Doch worüber reden? Nur ein Thema beschäftigte ihn zur Zeit stark, ohne von düsterer Schwermut durchzogen zu sein. Doch das musste er für sich behalten, so schwer es auch fiel. Und doch, das Verlangen, sich jemandem anzuvertrauen, nagte an ihm und Cahill war an der Sache mächtig interessiert.

Es war kaum zu glauben, welch wichtige Rolle Daoiri in der Organisation spielte.

Und doch – die Erinnerungen an die Versammlung, bei der die anderen Daoiri wie einem alten Kumpan behandelten, kamen ihm wieder in den Sinn. Damals hatte er die Zeichen abgetan – jetzt erkannte er, dass er dies nie hätte tun sollen.

Wenn er doch nur sicher wüsste, dass Cahill sein Vertrauen wert war ... Gerade in diesem Augenblick hörte er Cahill sagen: „Ich werde wohl bald aufbrechen, denn der Tag war lang und überaus ermüdend. Auch du wirst sicherlich den Wunsch hegen, heimzukehren."

Tadhg, zwischen seinen widerstreitenden Gefühlen zerrissen, nickte ihm zu. Einerseits bedauerte er, Cahill nicht ins Vertrauen gezogen zu haben, andererseits war er erleichtert darüber, dies nicht getan zu haben.

Cahill wiederum ärgerte sich darüber, dass er nicht in der Lage gewesen war, das Geheimnis zu lüften, welche Verbindung Brennan zu dem Mann hatte, mit dem er ihn beobachtet hatte.

Gerade als Cahill im Begriff war zu gehen, kam ihm ein Geistesblitz. „Sag, Brennan, ich wollte mich noch nach Daoiri O'Monroe erkundigen", begann er scheinbar beiläufig. „Ich würde zu gerne einmal seine Bekanntschaft machen. Jener Abend, an welchem ich dich zur Versammlung begleitete, er war da verhindert, doch nach all dem, was du von ihm erzählst, hege ich den Wunsch, ihn unbedingt kennenzulernen. Es muss höchst anregend sein, ihm zuzuhören. Wird dies wohl eines Tages möglich sein? Was denkst du?"

Brennan zögerte einen Augenblick, doch konnte er seine Überraschung ob der unvermittelten Frage nicht ganz verbergen. Bald jedoch wich dieser Ausdruck einer erkennbaren Freude über das bekundete Interesse. „Nun, in der Tat habe ich ihn kürzlich getroffen", entgegnete er zögerlich. „Er ist in diesen Tagen außerordentlich beschäftigt."

In jenem Moment erkannte William Cahill eine günstige Gelegenheit. Vorsichtig darauf bedacht, sich nichts anmerken zu lassen, überlegte er, wie er auf geschickte Weise in Erfahrung bringen konnte, ob Brennan in dieser Woche weiteren Personen begegnet war. Ein hintergründiges Lächeln spielte um seine Lippen, während er sich für eine beiläufige Frage rüstete.

„Weißt du, Brennan", hob Cahill an, „es scheint, als wäre hier ein jeder in stetem Austausch begriffen, wichtige Zusammenkünfte führend. Zuweilen beschleicht mich die Empfindung, ich könnte etwas Wesentliches versäumen. Da wird mir wieder bewusst, dass ich es versäumt habe, die rechten Männer kennenzulernen. Du kennst diese Leute und erfährst sämtliche Neuigkeiten aus erster Hand, doch mir dünkt, mein Leben gleitet wie ein träger Strom an mir vorüber und alles Bedeutsame spielt sich fern von mir ab. Gewiss, du hast selbst in der vergangenen Woche unzählige Gespräche mit Freunden und Gleichgesinnten geführt."

Mit nachdenklicher Miene musterte Tadhg Brennan sein Gegenüber. „Ach, woher solche Gedankengänge? Wer hat nicht viel um die Ohren in diesen Tagen? Die Lage ist kein leichtes Spiel. Um bei der Wahrheit zu bleiben, der Einzige, dem ich begegnete, war Daoiri. Wir trafen uns vor zwei Tagen unten am Lee und verbrachten eine oder zwei Stunden im Pub. Abgesehen davon war ich damit befasst, Arbeit zu suchen und etwas Essbares aufzutreiben."

William Cahill taumelte auf der Schwelle zwischen Triumpfgefühl und Ungläubigkeit. Das Treffen, welches er beobachtet hatte... Es konnte einfach nicht wahr sein. Wie konnte dieses Rätsel nur aufgehen? Wie vermochte eine derartige Verknüpfung überhaupt möglich zu sein? Er mühte sich redlich, seine äußere Fassung zu wahren, doch innerlich tobte ein wahrer Sturm an aufwühlenden Gefühlen. Brennans Aussage hallte in seinem Geist wider und er konnte das Gehörte nur schwerlich begreifen. Sollte tatsächlich stimmen, was Brennan ihm gerade mitgeteilt hatte, so war der Mann, den er unter einem anderen Namen kannte, tatsächlich Daoiri. Die schiere Ungeheuerlichkeit dieser Erkenntnis ließ ihn für einen Moment den Atem anhalten.

Ungläubigkeit rang mit triumphierender Freude in ihm um die Vorherrschaft. Zweifel an dem, was er soeben erfahren hatte, drängten sich ihm auf, doch es fügte sich sämtlich allzu nahtlos ineinander. Es musste wahr sein. Cahill war hin- und hergerissen zwischen Misstrauen und Genugtuung. Diese Entdeckung bedeutete eine geradezu unfassbare Wende in seinen Ermittlungen und verhieß, dass er dem Herzen der Verschwörung näher war, als ihm bisher je bewusst gewesen war.

Zugleich konnte er kaum fassen, dass er all die Zeit so nahe an Daoiri gewesen war, ohne dessen wahre Identität zu erahnen. In harmloser Konversation hatte er Champagner mit ihm getrunken, und Jane hatte sich auf einen Flirt mit ihm eingelassen, während dieser Mann insgeheim mit den Verschwörern gemeinsame Sache gemacht hatte.

Wenn er tatsächlich mit den Verschwörern paktierte, dann war diese Verschwörung von gänzlich anderer Dimension, als Cahill jemals vermutet hatte. Dies offenbarte einen Abgrund von bisher ungeahnter Tiefe.

Die Aufregung brodelte in ihm und es kostete ihn alle Beherrschung, sie nicht offen zu zeigen. Ein schweißkalter Schauer lief ihm den Rücken hinunter, als er versuchte, ruhig zu bleiben. Er versuchte, sich auf das Gespräch zu konzentrieren und seine Gedanken zu ordnen, während die durch diese Einsicht entstehenden neuen Möglichkeiten wie ein Regenschauer auf ihn einprasselten. „Durchaus, du hast wahrlich recht. Es sind in der Tat schwere Zeiten“, sprach Cahill unter Aufwendung all seiner Contenance, während er Brennans Blick erwiderte. „Ich bedaure zutiefst, dass ich nun aufbrechen muss. Doch es lässt sich nicht ändern, fürwahr“, verabschiedete er sich hastig und trat hinaus in die kalte Nachtluft. Cahill konnte ein Lächeln kaum unterdrücken. Er hatte etwas Außerordentliches herausgefunden. Nun musste er diese Informationen klug nutzen, um weiter in das Netz der Verschwörung vorzudringen. Mit diesen Überlegungen machte er sich auf den Heimweg, seine Aufregung kaum zügelnd.

Dublin, Irland, eine Woche später.

Laurence stieß die schwere Tür des Hospitals auf, und sogleich empfingen ihn die Dunkelheit und der schneidende Wind des frühen Jahres. Er zog den Mantel dichter um sich, hob die Schultern und neigte den Kopf, um den Wind davon abzuhalten, in seinen Kragen zu dringen. Er sehnte sich nach den ersten wärmenden Sonnenstrahlen des Frühlings.

Die frische Luft tief einatmend, begann er, zügigen Schrittes den Heimweg anzutreten. Zwar verspürte er den Wunsch, eine Kutsche zu nehmen, doch wusste er, dass ein einsamer Spaziergang nach der Arbeit guttat. Er beschloss, seine Gedanken auf erfreulichere Dinge zu lenken, wohl wissend, dass der heutige

Tag im Klinikum zu jenen erfreulichen Dingen zählte. Er stellte sich vor, wie erholsam es wäre, gleich nach Hause zu gelangen und sich auszuruhen. Lizzy würde ihn wie immer voller Freude erwarten! -

Die Straßen waren nahezu verwaist. Normalerweise herrschte hier stets ein geschäftiges Treiben, das zu jeder Tages- und Nachtzeit die Stadt erfüllte. Doch der unbarmherzige Wind hatte die Menschen offenkundig dazu bewogen, sich klügeren Beschäftigungen zuzuwenden, als sich ihre Ohren abzufrieren. Laurence wandte sich noch einmal prüfend um. War denn tatsächlich kein Mensch unterwegs? Doch, glaubte er, wenige Häuserblocks entfernt eine Bewegung wahrgenommen zu haben. Dennoch konnte er keine menschliche Gestalt ausmachen. Da huschte plötzlich eine Katze lautlos über die Straße, als habe sie einem unsichtbaren Befehl gehorcht. Sie schien aus genau jener Richtung zu kommen, in der er zuvor die Regung bemerkt hatte. Gewiss, es musste diese Katze gewesen sein, die seine Sinne getäuscht hatte.

Mit dieser beruhigenden Gewissheit setzte Laurence seinen Weg fort, während die Dunkelheit der Nacht sich weiter ausbreitete und der Wind wie ein unsichtbarer Begleiter über die verwaisten Pflastersteine fegte.

Als er soeben um eine Ecke bog, nahm er abermals eine Bewegung in seinem Augenwinkel wahr. Dennoch, als er danach Ausschau hielt, woher sie gerührt haben konnte, sah er nichts. Nur einen kahlen Baum, dessen Äste und Zweige sich unter dem Wind bogen. Vermutlich lag dies an seiner Müdigkeit. Er hatte den ganzen Tag voller Aufmerksamkeit auf jede kleinste Regung achten müssen und keine Sekunde nachlässig sein dürfen. Jetzt spielten ihm seine Sinne Streiche. Er nahm sich vor, diese sonderbaren Gedanken zu vertreiben, denn sein Heim war nicht mehr fern. Seine Wangen brannten bereits unter der unnachgiebigen Peitsche des Windes, und seine Ohren waren von der Kälte beinahe taub geworden. Mit festem Entschluss beschleunigte er abermals seinen Schritt und brachte den letzten Rest des Weges schnell hinter sich.

Kurz vor seinem Ziel erblickte er zwei Kinder, die fröhlich lachend die Straße entlangliefen. Ihre ausgelassenen Stimmen hallten durch die sonst stille Umgebung.

Laurence beschritt die wenigen Stufen zur Eingangstür, hob den Türklopfer und schlug ihn gegen das schwere Holz. In dem Moment wandte er sich noch einmal um und blickte die Straße hinab. Dabei bemerkte er eine Gestalt, die um die Ecke bog, welche er selbst zuletzt passiert hatte. Für einen kurzen Augenblick schien es, als blickte die Gestalt in seine Richtung, nur um dann abrupt kehrtzumachen und aus seinem Blickfeld zu verschwinden.

Nein, das musste er sich eingebildet haben. Er schüttelte diesen sonderbaren Eindruck entschlossen ab, während sich die Tür öffnete.

Als er in sein Dubliner Zuhause eintrat, umfing ihn sogleich die Wärme, die sich vom Kamin ausgehend im Haus ausgebreitet hatte. Mrs. O'Sullivan schloss die Tür hinter ihm, so dass der Wind nur noch hilflos an der Verankerung zerren konnte, ihn aber nicht mehr erreichte. Er überlegte soeben, noch einen Blick zurückzuwerfen durch das Fenster an der Tür, als Lizzy eilig angelaufen kam. Sie verscheuchte alle Geister, indem sie mit einer lustigen Mischung aus Ungestüm und zärtlicher Anhänglichkeit seine Beine umkreiste. Ihre Begrüßung war gleichwohl so stürmisch, dass er Mühe hatte, nicht seiner eigenen Standfestigkeit verlustig zu gehen.

„Nun, du Große", rief er mit einem Anflug von Heiterkeit. „Wie hast du deinen Tag verlebt?"

„Sie wird wohl durchaus einen angenehmen Tag verlebt haben", bemerkte Mrs. O'Sullivan in ihrer gewohnt nüchternen Weise. " Versteht sie es doch meisterhaft, zu erhalten, was sie begehrt." Sodann wandte sie sich an Lizzy. "Nicht wahr, mo chrá[15], du weißt darum. Doch hast du mich auch begleitet auf meiner Einkauftour sowie zum Schneider, ist es nicht so?"

Laurence schätzte die unverstellte Wesensart der Haushälterin und Köchin. Ihre Herkunft aus Donegal verriet sich an ihrem Akzent.

„Das Essen ist bereits bereit zum Servieren. Wünschen Sie, dass ich es auftrage?", fragte sie mit jener wohltuenden Bereitwilligkeit, während sie ihm den Zylinder abnahm und emsig

---

[15] „Meine Liebe" auf Irisch.

versuchte, ihn auf den Hutständer zu setzen. Jene Szene spielte sich unveränderlich Tag für Tag ab, wenn er heimkehrte. Da sie jedoch kleiner von Statur war, erforderte das Aufhängen des Hutes stets einen beherzten Sprung, um diesen auf den dafür vorgesehenen Haken zu bugsieren. Laurence unterdrückte sein amüsiertes Lächeln.

Einst hatte sie ihm in einer stillen Stunde anvertraut, dass sein Anblick sie an ihren Sohn Eoghan erinnere. Doch Eoghan war dem blassen Schrecken der Schwindsucht erlegen, ebenso wie ihr treuer Gatte inzwischen das Zeitliche gesegnet hatte. Der Dienst in diesem Hause diente ihr nunmehr als letzter Lebensinhalt

Laurence nahm ihr Angebot mit höflicher Dankbarkeit an. Schon wenige Minuten später, nachdem er sich erfrischt und sein Haar geordnet hatte, begab er sich in den Speisesaal. Ein köstlicher Duft von gebratenem Fleisch und frisch gebackenem Brot erfüllte den Raum.

Laurence ließ sich an der kleinen Tafel nieder. Verglichen mit der prächtigen Opulenz von Tallwood Manor, war dieses Ambiente von einfacher Eleganz, was jedoch seinem Geschmack vollkommen entsprach. Jeglicher übertriebene Luxus wäre reine Verschwendung gewesen, die er nicht schätzte.

Er nahm das feingeschliffene Glas entgegen, als Mrs. O'Sullivan ihm Rotwein einschenkte.

Auch das Essen war wesentlich genügsamer als jenes, welches er von Tallwood Manor gewöhnt war und doch lebte es sich für sein Empfinden bedeutend angenehmer hier in Dublin.

„Haben Sie Dank, Mrs. O'Sullivan. Mögen Sie sich ebenfalls etwas nehmen und sodann Ihren Tagesabschluss begehen", sprach Laurence. Der Gedanke, dass die alte Köchin bloß seinetwegen ausharren musste, bis die Tafel abgedeckt war, schien ihm unangemessen. Auch dies war ein auffallender Unterschied zu den Gegebenheiten auf Tallwood Manor, wo zahlreiche Dienstboten solch persönliche Rücksichten kaum erforderlich machten.

Mrs. O'Sullivan knickste und verließ den Raum.

Längst wusste Laurence jedoch, dass sie solchen Befehl niemals befolgte. Abend für Abend vollzog sich der gleiche Ablauf. Sobald er sich zurückzog, begann sie sogleich damit, die Tafel mit geübter Hand abzuräumen. Das Licht ihrer Kerze erlosch nicht vor der späten Stunde von dreiundzwanzig Uhr und zu früher Morgenstunde, schon um sechs, gar zuweilen um fünf, sah er sie bereits wieder emsig bei der Arbeit. Hatte er Frühschicht, bereitete sie ihm mit rührender Sorgfalt bereits um vier Uhr seinen Kaffee und ein kleines Frühstück.

Nun leerte Laurence den letzten Rest des Weines aus seinem Glas und erhob sich. Er spürte eine schwere Müdigkeit über sich kommen. Doch war ein Spaziergang mit Lizzy unerlässlich, damit auch sie noch ihre Bewegung erhielt. Ihm graute es vor dem erneuten Gang in die eisige Kälte der Nacht, doch es führte kein Weg daran vorbei.

„Lizzy!", rief er in die Küche, wo der Hund sich meist treu in der Nähe von Mrs. O'Sullivan aufhielt.

Kaum hatte er ihren Namen ausgesprochen und die Tür ein wenig geöffnet, da kam sie schon heraus. Doch sie eilte nicht freudig auf ihn zu, noch wedelte sie in freudiger Erregung mit dem Schwanz. Nein, sie schritt zur Tür und begann leise, aber deutlich drohend zu knurren.

„Lizzy?", rief Laurence verwundert.

Doch der Hund zeigte keine Anzeichen des Verstummens.

Im selben Moment erinnerte sich Laurence an jenes beunruhigende Gefühl von Verfolgung, das ihn auf dem Heimweg beschlichen hatte.

Er ging zu Lizzy herüber und kniete sich zu ihr. „Lizzy, vermagst du mir zu sagen, was dich ergreift?", flüsterte er ihr zu. Solch ein Verhalten des Hundes war ihm gänzlich fremd.

Während er so vor ihr kniete, in der Hoffnung, die wahren Ursachen ihres Unmuts zu ergründen, begann er, seine nächsten Schritte zu erwägen.

Sein Blick fiel schließlich auf das Fenster neben der Tür. Vielleicht, wenn er hinausschaute, würde er erblicken, ob sich tatsächlich jemand dort befand. Ein unbehagliches Gefühl kroch ihm über den Rücken, dennoch entschied er sich, das Gefühl der Furchtsamkeit abzuschütteln. Es war töricht, sich zu verstecken. Er trat dichter an das Fenster und bemühte sich, in die tiefschwarze Nacht zu spähen. Doch die Schwärze war allumfassend. Weit dunkler als es der Natur gemäß hätte sein sollen ... Und dann erstarrte er förmlich. Der Grund, weshalb er nichts erblicken konnte, offenbarte sich in Form einer dunklen Silhouette direkt vor ihm. Jemand war draußen und suchte, ins Innere zu spähen. Ein Schauer fuhr ihm eisig über den Rücken und für einen flüchtigen Augenblick stockte ihm der Atem.

Rasch und entschieden riss er sich vom Fenster los und presste sich gegen die schützende Wand daneben, außer Sichtweite des unerwünschten Beobachters. Hier, verborgen vor den forschenden Augen draußen, bemühte er sich, einen klaren Gedanken zu fassen und überlegte, wie er dieser beunruhigenden Situation beikommen sollte.

Cork, Irland

Isabella verspürte eine überwältigende Aufregung und war ganz und gar in Anspruch genommen von dem unablässigen Bemühen, jene sorgsam zu verbergen. Die Tatsache, dass sie diesen Abend im Beisein von Janes älterem Bruder William, verbrachten, machte dies keineswegs besser, sondern erfüllte sie vielmehr mit großem Unbehagen.

Ihr Blick richtete sich auf Jane, die jedoch, wie gewohnt, eine vollkommene Gelassenheit und Souveränität ausstrahlte. Ob sie Isabellas inneren Aufruhr nicht bemerkte oder nur vorgeblich darüber hinwegsah, vermochte Isabella nicht zu ergründen.

Auch William Cahill präsentierte sich in heiterer Stimmung. Noch bevor sie das Cahill´sche Haus verlassen hatten, hatte er sich zu ihnen gesellt und mitgeteilt, dass er in Bezug auf seine berufliche Unternehmung einen bedeutsamen Fortschritt erzielt habe und sich nun am Rande eines großen Durchbruchs befände. Auf Janes interessierte Nachfrage, ob er näheres darüber enthüllen könne, hatte er geantwortet, es sei ihm leider nicht möglich, weitere Einzelheiten zu offenbaren, sofern er das Gelingen seines Vorhabens nicht gefährden wolle.

Isabella hatte sich die Frage gestellt, welchem Beruf Janes

Bruder wohl nachging, doch sie hatte nicht gewagt, sich derart indiskret zu zeigen und nachzufragen.

„Du kannst ganz unbesorgt sein. Heute Abend wirst du Bekanntschaft mit vielen interessanten Persönlichkeiten machen, und morgen wirst du das Gefühl haben, bereits ein Teil dieser Gesellschaft zu sein", sprach Jane mit einem aufmunternden Zwinkern zu Isabella.

Isabella jedoch schenkte ihren Worten wenig Beachtung. Ihr Blick wanderte rastlos umher. Vor dem prächtigen Anwesen hatte sich eine stattliche Anzahl von Gästen versammelt. Der Hof war von Laternen erhellt, so dass der Mond, umringt von zahllosen funkelnden Sternen, in seiner Pracht beinahe verblasste.

Alle Gäste waren in eleganter Abendgarderobe erschienen und strömten der breiten Treppe aus hellem Stein zu, die zum imposanten Eingangsportal führte. Isabella nahm die klirrende Kälte der Winterluft kaum wahr, so sehr überwältigte sie die Anspannung des Augenblicks.

„Ich entschuldige mich, die Damen!", rief William Cahill unvermittelt. „Ich habe soeben jemanden entdeckt, den ich begrüßen will!" Mit jenen Worten verschwand er.

Isabella blickte ihm verwirrt nach.

„Beachte ihn gar nicht. Ich ahne schon, wohin er strebt. Jedoch, das ist niemand bedeutendes." Jane ergriff vertraulich Isabellas Arm und zog sie dichter an sich, bevor sie leise weitersprach. „Cole ist geradezu unerhört wohlhabend, musst du wissen", flüsterte Jane leise zu Isabella, "zudem scheint er Bekanntschaft mit jeglicher hohen Persönlichkeit zu pflegen. Sogar Daniel O´Connell[16] ist hier bis vor wenigen Jahren ein und aus gegangen. Dies jedoch trug sich zu, bevor wir nach Cork kamen, sodass mir die Ehre, ihm zu begegnen, verwehrt blieb."

Isabella war nicht bekannt, wer dieser Daniel O'Connell war, von welchem Jane sprach.

---

[16] Daniel O'Connell war ein irischer nationalistischer Politiker und Anwalt, der als der „Liberator" bekannt war, aufgrund seiner Anstrengungen zu Gunsten der Katholikenemanzipation im frühen 19. Jahrhundert. Quelle: https://de.wikipedia.org/wiki/Daniel_O%E2%80%99Connell, zuletzt aufgerufen am 2.3.2025 um 18:02 Uhr.

„Sir Robert Peel[17] ist ebenfalls ein häufiger und geachteter Gast in diesem Hause und man erwartet sein Erscheinen auch an diesem Abend", fuhr Jane fort.

Ein Gefühl der Beklemmung überkam Isabella, da sie sich unvorbereitet fühlte. Hätte Jane sie doch im Voraus in Kenntnis gesetzt, so hätte sie sich in die Ergründung der Identität dieses Sir Peel oder jenes O'Connell vertiefen können. Der Gedanke an eine sofortige Umkehr und Rückkehr zur Kutsche schoss ihr durch den Kopf. Doch solch eine hastige Flucht wäre wahrlich unwürdig gewesen.

In besagtem Augenblick gelangten sie zum prächtigen Eingang des Anwesens. Jane nickte dem Portier freundlich und unbefangen zu und schritt mit Isabella am Arm zügig an ihm vorüber. Sie hatte Isabella erörtert, dass man keine Fragen stellen würde, wenn sie eine Freundin mitführte.

Als sie den hell erleuchteten Saal betraten, aus dem Tanzmusik erklang und in welchem sich bereits viele Menschen versammelt hatten, wies Jane mit einem dezenten Fingerzeig auf einen Herrn hin, der mit einer Gruppe anderer Personen heiter plauderte. „Spricht man von des Teufels Advokaten, so erscheint er prompt", bemerkte sie mit leiser Ironie. Jenes also war Sir Robert Peel. Isabella hoffte inständig, Jane möge nicht zu der Gruppe streben, da sie keinerlei Kenntnis hatte, welcher Art diese Leute waren und welche Worte wohl angemessen wären, sollte man sie ansprechen.

„Wir sollten es tunlichst vermeiden, Peel als ersten zu begrüßen. Er wird dir kaum genehm sein und ich möchte nicht, dass du gleich wieder fort möchtest, nachdem er seine Ansichten dargelegt hat," flüsterte Jane verschmitzt und mit einem verschwörerischen Lächeln.

In jenem Moment näherte sich ihnen William Cahill, Janes Bruder, mit energischen Schritten.

„Ah, da bist du ja. Hast du jenen Prahler bereits begrüßt? Was konntest du nur in einer Unterredung mit ihm von Interesse

---

[17] Sir Robert Peel, geboren 1788, war ein britischer Staatsmann der Konservativen Partei, der als Premierminister des Vereinigten Königreichs diente und für die Gründung der modernen britischen Polizeikräfte bekannt ist. Quelle: https://de.wikipedia.org/wiki/Robert_Peel, zuletzt aufgerufen am 2.3.2025 um 18:01 Uhr.

finden?", zog Jane ihren Bruder auf.

„Man muss nützliche Bekanntschaften in allen Gesellschafts-kreisen pflegen, teuerste Schwester. Du bist lediglich zu jung und unbedarft, um dies in seiner ganzen Bedeutung zu erfassen", konterte William Cahill.

Isabella verfolgte Jane und deren Bruder mit stillem Interesse, während sie sich unterhielten. Mit einem Mal überkam sie jedoch das unbestimmte Gefühl, dass William Cahills Blick auf ihr ruhte. Schnell wandte sie den Kopf und sah in eine andere Richtung, doch ein Gefühl des Unbehagens blieb zurück. Sein Anblick löste in ihr eine gewisse Befangenheit aus, obgleich sie insgeheim vermutete, ihm diesbezüglich Unrecht zu tun, was wiederum ihr Bedauern hervorrief.

„Sieh nur an, wer dort steht. Sir Robert Peel!", bemerkte William Cahill in eben jenem Augenblick und seine Worte brachten Isabella erschrocken zurück zur Gegenwart. Sie ahnte sofort, dass Janes Bruder die Absicht hegte, sich Sir Peel vorzustellen, und dass dies bedeutete, dass auch sie mit Jane seiner Gesellschaft würde beitreten müssen.

„Übrigens ebenfalls eine Persönlichkeit, dessen Bekanntschaft nur von Nutzen sein kann, liebe Schwester. Ist er übrigens verheiratet? Ich sollte wohl in Betracht ziehen, Andrew auf ihn aufmerksam zu machen." Er grinste Jane mit einem verwegenen, boshaften Lächeln an.

„Untersteh dich, du Scheusal! Er ist uralt." Jane stieß ihn heimlich mit dem Ellenbogen an.

William Cahill rieb sich den Arm an der Stelle, wo ihn Janes Ellenbogen getroffen hatte, und ging nun geradewegs in Richtung Sir Peels.

Jane und Isabella folgten ihm.

Nach wenigen Schritten hielt Jane inne und wandte sich Isabella mit verschwörerischer Miene zu. „Das ist der halbe Travellers Club[18]! Da stehen auch Lord Russell und der Iron Duke[19]!"

---

[18] Der Travellers Club war ein renommierter Londoner Club. Die Los Angeles Times bezeichnete diesen Club einst als „the quintessential English gentleman's club". Quelle: https://de.wikipedia.org/wiki/Travellers _Club, zuletzt aufgerufen am 2.3.2025 um 18:21 Uhr.

[19] Der Beiname "Iron Duke" wurde Arthur Wellesley, dem ersten Duke of

Isabella hatte keine Ahnung, worüber oder von wem Jane sprach. Sie erkannte eine Gruppe älterer Herren, die sich rege austauschten.

William Cahill hatte die Gruppe Herren bereits erreicht und trat ohne Umschweife ihrer Runde bei.

Isabella fand solches Verhalten höchst verwegen. Niemals hätte sie dies gewagt. Mit wachsendem Erstaunen wurde sie Zeugin, wie die Herren Janes Bruder höflich zunickten und ihn sogleich in ihr Gespräch einbezogen. Es war offenkundig, dass man sich untereinander wohlbekannt war.

Als Isabella und Jane sich der Gruppe näherten, meinte Isabella plötzlich alle Blicke auf sich gerichtet. Dies führte bei ihr zu dem dringenden Wunsch, augenblicklich im Erdboden zu versinken, und mit Schrecken bemerkte sie, dass ihre Beine ohne Vorwarnung jegliche Zuverlässigkeit verloren und ihr den Dienst zu versagen drohten. In eben diesem Augenblick spürte sie abermals William Cahills aufmerksamen Blick auf sich ruhen und, ehe sie sich versah, hatte er ihren Arm mit entschlossener Zuvorkommenheit ergriffen.

Isabella blieb nichts anderes übrig, als mit einem verwirrenden Gemisch aus aufrichtiger Dankbarkeit und innerem Widerstreben, diese unverhoffte Offerte anzunehmen und sich an seinem Arm festzuhalten.

„Wollen Sie uns nicht Ihre Begleiterinnen vorstellen, Mr. Cahill?", fragte der Herr, der William Cahill offenbar am nächsten bekannt war.

Es war ein Mann von gewiss sechzig Jahren mit einem freundlichen Gesicht. Sein gelocktes, ergrautes Haar war seitlich aus der Stirn frisiert und über den Ohren kunstvoll toupiert. Seine Augen leuchteten in einer fröhlichen Heiterkeit, während sein

---

Wellington, verliehen. Dieser britische Staatsmann und Militärführer ist vor allem für seinen Sieg über Napoleon Bonaparte in der Schlacht von Waterloo im Jahre 1815 bekannt. Der Begriff "Iron Duke" symbolisiert seine entschlossene und unbeugsame Natur sowohl auf dem Schlachtfeld als auch in seiner politischen Karriere. Wellesley diente später als Premierminister des Vereinigten Königreichs und hinterließ einen bleibenden Eindruck in der Geschichte durch seinen unermüdlichen und disziplinierten Führungsstil. Quelle: https://de.wikipedia.org/wiki/ Arthur_Wellesley,_1._Duke_of_Wellington, zuletzt aufgerufen am 2.3.2025 um 18:26 Uhr.

Mund in ernster Strenge verharrte. Sein Aufzug, ebenso wie jener seiner Begleiter, verriet unzweideutig seine hohe Herkunft und Stellung.

„Selbstverständlich, Sir. Erlauben Sie mir, Ihnen meine Schwester Jane sowie ihre Freundin Miss Isabella Dubois vorzustellen", sprach William Cahill, auf Isabella deutend, die sich, wenn auch nicht in allzu eleganter Weise, jedoch unauffällig genug, fest an seinen Arm klammerte.

Die hohe Gesellschaft hatte ihre prüfenden Blicke auf die Damen gerichtet, und Isabella, in einem inneren Zwiespalt gefangen, fand doch etwas Halt in der resoluten Sicherheit, die ihr der Arm William Cahills gewährte.

Isabella versuchte, ein Lächeln in die Runde zu schicken. Vorsichtig warf sie einen Blick zu Jane hinüber, und zu Isabellas großer Erleichterung ergriff Jane soeben das Wort.

„Lord Peel, Lord Russell, Lord Wellington, Lord Ripon, es ist mir eine große Ehre, Ihre Bekanntschaft zu machen", sprach Jane mit einer Anmut und Sicherheit, die Isabella zutiefst beeindruckte. Die Herrschaften erwiderten Janes Worte mit höflichem Nicken und entzückten Blicken, und einer von ihnen ein würdevoller Herr mit einem wissenden Lächeln, griff das Wort auf: „Soeben stellten wir fest, dass John gerade erst in die Politik eingezogen war, als unser geschätzter Duke of Wellington bereits in der Schlacht bei Waterloo Napoleon trotzte."

Isabella ließ ihren Blick auf dem Herrn ruhen, der wohl zweifellos Wellington sein musste. Sogleich nahm sie seine fortgeschrittenen Jahre wahr, doch ebenso seine stattliche Erscheinung, die keinerlei Zeichen von Schwäche verriet. Sein Haupthaar war ebenso weiß wie seine Side-Whiskers und seine Brauen, und gab eine hohe Stirn frei. Tiefe Furchen zogen sich von den Wangen zu seinem Mund. Seine lange, leicht höckerige Nase und die kleinen, dunklen Augen verliehen ihm ein ernstes, ruhiges und gewissenhaftes Aussehen. Bedächtig neigte er den Kopf zur Seite, während er aufmerksam den Worten der anderen Herren lauschte. Wenn er das Wort ergriff, so tat er dies in einem ruhigen, leisen Ton, der dennoch vollkommen durchdrungen war von Autorität und Sachverstand.

„Und Ihr, Lord Ripon, mit welchem Müßiggang habt Ihr im

Jahre 1815 Eure Zeit vertrieben?", brachte sich der Redner, der zweifelsohne Sir Robert Peel sein musste, weil William Cahill ihn wohl am besten zu kennen schien – jener, den Isabella auf etwa sechzig Lebensjahre schätzte, mit den heiteren Augen und dem strengen Mund, in das Gespräch ein.

„Lasst mich kurz nachdenken. Frederick, 1815...", kam einer der anderen Herren ihm zuvor und ließ Lord Ripon nicht zu Worte kommen.

Es musste Lord John Russell sein, wenn Isabella den Blicken der Anwesenden richtig gefolgt war.

„1815, da habt Ihr Euch doch mit der Kornrechtsbill den Unmut der Londoner auf Euch gezogen, nicht wahr?" Lord Russell lachte herzhaft auf.[20]

Isabella bemerkte mit Erleichterung, dass ob des zwanglosen Austausches unter diesen hochrangigen Staatsmännern ihr Anfall von Schwäche allmählich nachließ. In diesem Augenblick wagte sie es, William Cahill geschickt ihren Arm zu entziehen und rückte mit einiger Erleichterung näher zu Jane. Aus den Augenwinkeln nahm sie wahr, dass William Cahill kurz überrascht schien, sich jedoch sogleich wieder dem Gespräch widmete.

„Wahrlich, Russell, der Jungspunt hat seine Geschichtslektion gelernt!", entgegnete Lord Ripon mit einem fröhlichen Lachen.

„Doch, meine Herren, ich muss gestehen, dass die Zerstörung meiner gesamten Gemäldesammlung ein Umstand war, den ich ihnen keineswegs leicht vergeben kann."

„Es ist nicht zu unterschätzen, welche Bedeutung die Durchsetzung von Ordnung und Gesetz besitzt, doch das muss ich Ihnen nicht eigens erläutern, nicht wahr, Cahill?" Sir Robert Peel legte William Cahill freundschaftlich die Hand auf die

---

[20] Frederick John Robinson, Lord Ripon, begann seine politische Karriere zu dieser Zeit, während Sir Robert Peel und Lord John Russell bedeutende politische Figuren während dieses Zeitraums im britischen Parlament waren. Sir Robert Peel, der für die Einführung der Metropolitan Police Force bekannt ist, hatte sich ebenfalls als Reformer hervorgetan, während Lord John Russell maßgeblich an den Reformakten beteiligt war, die zur Demokratisierung des britischen Wahlrechts beitrugen. Historische Aufzeichnungen belegen, dass Parlamentarier zu jener Zeit heftig über die Getreidegesetze (Corn Laws), debattierten, wie auch in „The Peel Web: An Online Resource" dokumentiert.

Schulter. „Ich für mein Teil hatte im Jahre 1815 das zweifelhafte Vergnügen, mich mit Daniel O'Connell auseinandersetzen zu müssen. Es ist ein wahrer Segen, dass diese Konfrontationen nun der Vergangenheit angehören und an jener Front endlich Ruhe herrscht."

„Das ist nun mein Amt, doch damals oblag es anderen, diese Aufgabe zu erfüllen", sprach Janes Bruder William.

„In der Tat, jede Generation hat ihre Zeit und Pflichten. Ihre Zeit, und jene Ihrer verehrten Begleiterinnen, ist die Gegenwart, unsere war die Vergangenheit!" Mit diesen Worten erhob der Herzog von Wellington feierlich sein Glas und die übrige Gesellschaft folgte ehrerbietig seinem Beispiel.

„Doch so ein angenehmer Abend in ehrwürdiger Gesellschaft und ohne die Auseinandersetzungen von einst, ist wahrhaftig nicht zu verachten." Ripon nickte den übrigen zu.

„Da wir Sie nun gerade unter uns haben, Mr. Cahill", begann Sir Robert Peel in ernstem Ton und wandte sich sodann an William Cahill, „möchte ich Ihre fachkundige Meinung einholen. Als Kenner der Materie, der Zugang zu den wertvollsten Informationen hat und an vorderster Front operiert – müssen wir in naher Zukunft mit Problemen seitens der Iren rechnen, oder haben sie mit O'Connell endgültig ihren Kopf verloren?"

Isabella blickte William Cahill mit großen und verwunderten Augen an. Wovon sprachen die Herren nun wieder? Welche Art Schwierigkeiten sollten denn die Iren bereiten?

„Nun, meine Herren, ich kann nicht leugnen, dass es gewisse Unruhen gibt, doch es besteht kein Anlass zu größerer Besorgnis. Die relevanten Personen werden genau überwacht und hinreichend observiert, sodass keine Bewegung von Bedeutung unbemerkt bleibt, die eine potenzielle Gefahr darstellen könnte", antwortete William Cahill mit ruhiger Bestimmtheit.

„Das heißt, sie haben sich neuformiert?", fragte Sir Robert Peel mit durchdringendem Blick an William Cahill gewandt.

„Sie haben neue Anführer gefunden und sie reden davon irgendwann aufbegehren zu wollen, doch die gesamte Organisation ist selbstverständlich unterwandert von Sicherheitsleuten und die Anführer können nur als dilettantisch, die Anhänger als unorganisiert bezeichnet werden. Es gibt keinerlei Anlass zur Besorgnis."

„Es ist wahrlich unverkennbar, wie sich die Ereignisse der Geschichte stets wiederholen. So war es bereits damals, als wir mit berechtigtem Nachdruck die Getreidegesetze durchsetzten."

Lord Ripon nickte bekräftigend. „Sie begreifen es einfach nicht. Sie verlangen, ihre Interessen kundzutun, sie begehren, dass die Politik ihre Probleme löst, ohne die tieferen Zusammenhänge zu verstehen. Und so entstehen diese unnützen Unruhen, die nichts als Chaos und Verwirrung stiften."

„Nun, wir können also unbesorgt sein und uns in Irland frei bewegen, wenn uns dies beliebt? Habe ich Ihre Antwort korrekt vernommen?", fragte Lord Russell und fixierte William Cahill mit einem durchdringenden Blick.

„Dies ist gänzlich korrekt", antwortete William Cahill mit fester und entschlossener Stimme. „Selbstverständlich kann sich jeder Brite völlig frei und ohne Sorgen auf seinen Ländereien in Irland sowie auf den öffentlichen Straßen bewegen. Dafür sorgt die Irish Constabulary, und unsere Sondereinheit ist hierfür im Besonderen zuständig."

Isabella meinte zu spüren, dass ein Aufatmen durch die Gruppe der hohen Herren ging.

Dann nahm Sir Robert Peel einen Schluck von seinem Scotch und rief in wieder fröhlicherem Ton: „Es ist wahrlich ein erheblicher Vorzug, wenn man Informationen aus erster Hand bezieht, auf dass man den Abend in aller Unbeschwertheit genießen kann."

„Da es mein Privileg ist, Eure Person zu befragen, Lord Wellington, und da wir schon über Informationen direkt aus erster Hand sprechen, so berichtet mir doch bitte von Eurem epischen Gefecht bei Waterloo", wandte sich William Cahill nun an Lord Wellington.

Lord Wellington kniff seine Augen zu schmalen Schlitzen zusammen und ein verwegener Hauch eines Lächelns umspielte seine Lippen. „Waterloo ..., das waren Zeiten ... Doch zum einen, mein lieber Cahill, lassen sich derlei Erzählungen besser in einer beschaulicheren Umgebung tauschen, denn wir haben Ihre Begleiterinnen nun gewiss genug gelangweilt, zum anderen hüten Sie sich, junger Freund: Geschichte ist nichts als die

Lüge, auf die man sich geeinigt hat. Das ist ein allgemeiner Grundsatz, der unzweifelhaft noch in Jahrhunderten gültig sein wird."

Die Eindrücke, welche an diesem Abend in einer unbeschreiblichen Fülle auf Isabella niederprasselten, waren derart überwältigend, dass sie sich schließlich wie in einem tranceartigen Zustand neben Jane dahinschleppte und keinen Laut hervorzubringen vermochte.

Stille Gebete flehend, wünschte sie sich sehnlichst Momente, in denen Janes Bruder sich woanders aufhielt und in denen sie nicht von Mosaikstücken der Gespräche und unerträglichen Äußerungen bedrängt wurde, die ihre gesamte Weltanschauung zu erschüttern drohten.

Sie flehte zu irgendeiner Instanz, die es nicht gab, dass Jane sich endlich entschlösse, mit ihr aufzubrechen und die Feier zu verlassen.

Von allen Seiten drangen abfällige und verstörende Aussagen über die Iren an ihr Ohr. Sie selbst war Irin. War sie die einzige ihrer Herkunft in diesem Raum? Konnte man ihr womöglich ansehen, dass sie eine Irin war? Was hatten die Iren verbrochen, oder was taten sie, um solch tiefe Verachtung auf sich zu ziehen? Sie konnte nicht fassen, dass diese Gesellschaft solch tiefes Unverständnis und boshafte Geringschätzung zu hegen vermochte.

Auch Janes Bruder William hatte sie verächtliche Worte über ihr Land und dessen Bewohner aussprechen hören.

Ebenso hörte man von allen Seiten Schmähreden gegen die Franzosen, deren Blut auch durch die Adern ihres Vaters floss, wie sie wohl wusste.

Isabella fühlte sich wie auf einem Schlachtfeld, als ob sie tatsächlich auf Feindesgebiet weilte. Sie versuchte sich zu erinnern, ob Alexander der Große, über welchen sie gelesen hatte, auch solch ein Gefühl der Fremdheit und Bedrängnis empfunden hatte, fern seiner Heimat auf fremdem Boden.

Doch sie befand sich in Irland, ihrer Heimat; es waren die Gäste dieser Feier, die offenbar nicht hierhergehörten.

Eine unbestimmte vage Angst und eine tiefe Unsicherheit

erfassten sie angesichts dieser unverhohlenen Verachtung und Geringschätzung. In einem verzweifelten Versuch, diesem Gefühl zu entfliehen, ließ sie sich mehrmals von den flanierenden Bediensteten Gläser von Champagner reichen.

Schließlich hatte sie jedoch so viel Alkohol zu sich genommen, dass sie sich ausgesprochen unwohl fühlte. Ihr schwindelte und der Raum schien sich zu drehen.

„Jane, ich muss mich setzen", flüsterte sie.

Jane drehte sich zu ihr. „Komm hier entlang." Sie ergriff Isabellas Handgelenk und führte sie behutsam zur Tür. Von dort aus schritten sie durch eine imposante Halle und fanden ihren Weg durch eine prächtige gläserne Seitentür hinaus in die kühle, erfrischende Nachtluft.

Jane führte Isabella sacht die Steinstufen hinab zu einer Bank im stillen Park. „Setz dich, Isa", bat sie mit freundlicher Bestimmtheit. Die kalte Abendluft hauchte Isabella neues Leben ein, während der Boden unter ihren Füßen allmählich aufhörte zu schwanken.

Jane legte einen Arm um ihre Schultern und zog sie leicht an sich. Sie lehnte ihren Kopf an Isabellas und blickte etwas von unten her zu ihr auf. Ein verschmitztes Lächeln umspielte Janes Lippen. „Liebste Isabella, was ist geschehen?"

Isabella atmete tief ein und antwortete mit einem Hauch von Verlegenheit: „Ich ..., es tut mir aufrichtig leid, Jane. Ich habe wohl ein Glas zu viel geleert, doch es geht schon wieder."

„Wir werden besser noch einen Moment warten. Ich werde dir ein Glas frischen Wassers bringen. Verharre du hier und ruhe dich aus." Mit diesen Worten erhob sich Jane und setzte an, schnellen Schrittes davon zu eilen.

Isabella griff eilig nach Janes Hand und hielt sie zurück.

„Nein, verweile bei mir, ich bitte dich, gehe nicht", flüsterte sie in dem plötzlichen Anflug einer unbestimmten Angst.

„Was bedrückt dich?", fragte Jane sanft, indem sie sich neben Isabella setzte und sie mit einem besorgten Blick musterte.

„Ich vermag es nicht zu sagen", flüsterte Isabella, während die Tränen unaufhaltsam in ihren Augen aufstiegen.

Plötzlich löste sich eine erste Träne und rollte ihre Wange hinab, worauf Jane sie entsetzt anstarrte.

„Deine Freunde ..., sie ertragen meine Anwesenheit hier nur, weil sie mich nicht kennen, weil sie..."

„Wovon sprichst du?", unterbrach Jane mit beunruhigter Miene.

„Weil sie nicht wissen, dass ich eine Irin bin", flüsterte Isabella, ihre Stimme voller Betrübnis.

Jane musterte Isabella mit einem Blick, der schwer zu deuten war. Plötzlich unterbrach sie das Schweigen und sprach: „Isa, es tut mir unendlich leid. Dies habe ich nicht in Betracht gezogen. Wisse, dass ..." Jane stockte für einen Augenblick und fuhr dann entschlossen fort: „Wir werden die Feier augenblicklich verlassen. Wie töricht von mir, dich an diesen Ort zu führen. Und eines, Isabella, vergiss niemals ..."

Isabella sah Jane überrascht.

„Diese Leute sind ganz gewiss nicht meine Freunde."

Isabella spürte schlagartig, wie unbändig sie Jane liebte. Sie blickte in Janes Augen, die sie ebenfalls liebte, und hätte darin versinken können.

„Ich will nur William darüber in Kenntnis setzen, dass wir nun gehen. Und du wirst in dieser Zeit ein Glas Wasser trinken." Jane nahm Isabella in den Arm.

„Ich liebe dich so sehr", flüsterte Isabella.

Dublin, Irland

Eingedenk der Umstände lehnte er seine Gestalt an die kühlende Mauer und versuchte sich von dem unerwarteten Schreck zu erholen.

Lizzy knurrte weiterhin grollend.

„Beruhige dich", sprach Laurence mit sanfter, aber bestimmter Stimme, zu dem aufgebrachten Tier. Lizzys Anwesenheit verlieh ihm ein Gefühl von Sicherheit. So wagte er einen beherzten Schritt nach vorne, griff nach Lizzys Halsband und öffnete die Tür. „Wer ist da?"

„Dr. Huton? Ich bin Devin O'Ryan, ein Patient, den Sie kürzlich behandelten."

„Was wünschen Sie?", fragte Laurence und bemerkte, wie die

49

Anspannung schlagartig von ihm abfiel. „Schweig", befahl er zugleich Lizzy. Die Gestalt im Türrahmen trat ins Licht, welches durch die geöffnete Tür nach draußen drang.

Überrascht erkannte Laurence jenen Patienten, an welchem er unlängst eine Beinamputation vorgenommen hatte. „So kommen Sie doch herein!" Er machte Platz und ließ Devin O'Ryan eintreten. Sofort schloss er die Tür hinter ihm.

O'Ryan rieb sich die Hände und zitterte erbärmlich.

Laurence konstatierte, dass er keineswegs angemessen gekleidet war für die frostige Nacht. „Haben Sie keinen Mantel? Warum erschrecken Sie mich um diese nachtschlafende Zeit?", fragte Laurence mit einer Mischung aus Besorgnis und Tadel.

„Verzeihen Sie, Dr. Huton, wenn ich Ihnen einen Schrecken eingejagt habe, doch blieb mir keine Wahl. Ich musste Sie aufsuchen!", entgegnete O'Ryan mit dringlicher Stimme.

Lizzy war indes verstummt, ließ O'Ryan jedoch keine Sekunde aus ihren wachsamen Augen.

„Meine Frau", fuhr O'Ryan fort. „Es geht ihr sehr schlecht, und ich weiß nicht, an wen ich mich wenden soll. Die Hebamme, welche sie betreute, ist kürzlich verstorben ... an der Cholera. Es ist nun drei Wochen her ..."

Laurence fühlte sich nur kurz überrumpelt. Dann jedoch erkannte er, dass es doch nur eine Frage der Zeit gewesen war, bis auch an ihn Hilfegesuche herangetragen würden. Die Menschen in Dublin, ja, die Menschen in ganz Irland, litten unter unsäglichen Nöten und Bedrängnissen; es mangelte an allem – Nahrung, medizinischer Versorgung, und vielerorts auch an Hoffnung.

„Sie haben mein Leben gerettet. Ihnen verdanke ich, dass ich wieder gesund geworden bin. Sie sind auch jetzt meine einzige Hoffnung. Wenn es um mich allein ginge, würde ich es niemals wagen, Sie um Hilfe zu ersuchen, doch meine Frau ... Wir haben vier Kinder, keines älter als sieben Jahre, und drei davon hat der Vater im Himmel bereits wieder zu sich genommen. Verzweifelt flehe ich Sie an, da ich keinen anderen Ausweg sehe ..."

Laurence war sich jener Tatsache bewusst, von welcher der arme Mann keine Kenntnis haben konnte, nämlich dass alle diese Worte der Bitte kaum nötig gewesen wären, denn ohne jeden Zweifel würde er ihm helfen. Das war seine Pflicht als Arzt.

Auf dem Weg zur Unterkunft der O'Ryans durch die dunkle Nacht, eilte Lizzy mit flinken Schritten neben Laurence her. Sie blickte immer wieder von einem zum anderen.

Laurence, bedacht, keine Zeit zu verschwenden, nutzte diese Strecke, um dem Mann eingehende Fragen über den Gesundheitszustand seiner Gemahlin zu stellen und zu welchem Zwecke sie im Einzelnen seiner dringlichen Hilfe bedurfte.

Seine düsteren Vorahnungen bezüglich der elenden Umstände, in welchen diese Familie hausen mochte, wurden weit übertroffen, als sie in die winzige und bitterkalte Stube traten, in der es faulig, sauer und scharf nach Erbrochenem und Exkrementen stank.

O'Ryan, mit einer Geste voll unausgesprochener Hoffnungen, wies auf ein Bettgestell in dem Schattenwinkel des Raumes.

Dort, auf einen elenden Strohsack gebettet, lag eine schwache, bleiche Gestalt, welche sich vor Schmerzen wand. Ein leises Flüstern entrang sich ihren Lippen: „Devin ...“

„Tá mé ar ais[21], und siehe, ich habe den besten Arzt von Dublin an meiner Seite. Die Dinge werden sich nun zum Besseren wenden", rief O'Ryan seiner Gattin mit zuversichtlicher Stimme zu, wobei er Laurence einen Blick zuwarf, der gleichermaßen bittend und hoffnungsvoll war.

Laurence wandte sich der Patientin zu. „Wo verspüren Sie Schmerzen?"

„Das Kind ... möchte ... kommen, aber es ... dauert ... schon so lange ...", erwiderte sie, ihre Stimme kaum mehr als ein tonloses Flüstern.

„Wie lange, sagen Sie, währt die Geburt bereits?", fragte Laurence, während er sich dicht an ihre Seite stellte und ihre klamme Hand ergriff, einerseits zum Trost, andererseits um den Puls zu erspüren.

„Drei Tage...", erwiderte sie mühsam, und ihre Worte schienen unter der Last der Entbehrung und des Schmerzes zu zer-

---

[21] „Ich bin zurück."

51

brechen.

Laurence erkannte die Dringlichkeit, sich einen umfassenden Überblick über den Fortgang der Geburt zu verschaffen. „Ich werde Sie untersuchen müssen", sprach er mit gewogenem Ernst.

„Das ist unmöglich ... Sie sind doch kei ... ne Hebamme ...", ächzte die Frau mit einem Blick der keinen Zweifel ließ, dass dies für sie unter keinen Umständen in Betracht käme, während die Schmerzen offensichtlich zunahmen.

Laurence begriff, dass der Vorbehalt weniger seiner Profession als vielmehr dem Umstand galt, dass er keine Frau war. „Ich verstehe Ihre Bedenken, doch wenn ich Ihnen in dieser bedrängten Lage helfen soll, so muss ich Sie untersuchen", insistierte er.

Doch die verängstigte Frau sperrte sich mit aller Vehemenz gegen die Untersuchung, was Laurence in ihrer ganzen Haltung deutlich wahrnahm.

„A Meggan, a stór, caithfidh tú ligean don dochtúir thú a scrúdú![22]", sprach O'Ryan in drängendem Ton.

„Níl, ní féidir é sin a dhéanamh[23]", sprach sie mit abwehrendem Kopfschütteln und bäumte sich unter Schmerzen auf, um sodann kraftlos in sich zusammen zu sinken.

Laurence verstand die Worte nicht, indes begriff er den Inhalt gleichwohl. Er überlegte fieberhaft, wie er in dieser prekären Lage Abhilfe schaffen könnte, denn ohne ihre Zustimmung vermochte er ihr keine Hilfe zu leisten. Plötzlich durchzuckte ihn ein Geistesblitz: Lizzy! Er sah sich nach seinem Hund um, kniete sich zu ihr nieder und sprach ihr eindringlich ins Ohr. Dann entließ er sie aus dem Haus und wandte sich wieder O'Ryan zu. „Wenn ich sie nicht untersuchen darf, kann ich nichts für sie tun, doch vielleicht mag sich dennoch eine Lösung finden."

Bevor jedoch O'Ryan antworten oder irgendetwas unternehmen konnte, ließ sich eine klägliche Stimme aus einer anderen

---

[22] „Meggan, mein Schatz, du musst den Doktor dich untersuchen lassen!" Ausgesprochen in etwa: „ah stohr kah-heev too lig-an done dock-toor hoo a skroo-doo."

[23] „Nein, das geht nicht." Ausgesprochen in etwa: „Neel nee fay-der ay shin ah yan-uh."

Ecke des Raumes vernehmen.

Laurence erkannte, dass es sich um den Laut eines Kindes handeln musste.

O'Ryan schritt in Richtung der Stimme. „Codail leat ar aghaidh, tá gach rud ceart go leor.[24]", äußerte er in sanftem, beschwichtigendem Ton.

Für Laurence indes blieb nichts anderes übrig, als in geduldiger Erwartung zu verharren. Er konnte lediglich hoffen, dass Lizzy ihren Auftrag mit Erfolg und in gebührender Schnelle ausführen möge.

Die Minuten erstrichen in qäulender Zähigkeit.

Das klagende Kind hatte sich erbrochen und O'Ryan war redlich bemüht, ihm zu helfen. Dann wieder trat er an die Seite seine Frau und sprach ihr beruhigende Worte zu.

Mrs. O'Ryan quälte sich indes sichtlich mit unerträglichen Schmerzen.

Wiederholt bot Laurence seine Hilfe an, doch sie verweigerte sich vehement einer Untersuchung.

Laurence empfand es als unerträglich, in diesem kleinen Raum auszuharren und untätig bleiben zu müssen, während O'Ryan an allen Stellen zugleich versuchte, die Lage unter Kontrolle zu bringen.

Laurence argwöhnte, dass das Kind von der Cholera befallen war, was die fürchterlichen Miasmen[25] im Raum hinreichend erklärte. Bei der Frau indes, die in heftigen Wehen lag, mochte die Geburt sich bereits zu lange hinziehen. Und wie aus den Äußerungen des bedrängten O'Ryan hervorging, die jener bei der Befragung zu erkennen gegeben hatte, war wohl ein Misslingen des Geburtsvorgangs eingetreten.

---

[24] „Schlaf weiter. Alles ist gut." Ausgesprochen in etwa: „Koh-dil lat ar ah-ee taw gakh rud kart guh lohr".

[25] Miasmen, ein zu dieser Zeit unter Medizinern bekannter Begriff, bezeichnen in der medizinischen Theorie des 19. Jahrhunderts und früher die krankheitsverursachenden Ausdünstungen oder schädlichen Einflüsse in der Luft. Die Theorie der Miasmen wurde im späteren 19. Jh. allmählich von der Keimtheorie der Krankheit abgelöst, insbesondere durch die Arbeiten von Wissenschaftlern wie Louis Pasteur und Robert Koch, die nachwiesen, dass Mikroben – und nicht Miasmen – die wirklichen Erreger vieler Krankheiten waren. Pasteur, Louis (1857) "Mémoire sur la fermentation alcoolique".

O'Ryan hatte berichtet, dass seine Frau vor zwei Tagen, bei dem Versuch ihrem Kind, welches am Erbrochenen zu ersticken drohte, beizustehen, gestürzt war. Seit jenem unglückseligen Unfall hatte sich ihr Zustand beständig verschlechtert.

Auf die Frage, ob sie noch Kindsbewegungen verspürte, hatte er bejahend geantwortet, was Laurence vorsichtig hoffen ließ, nichtsdestotrotz zählte jede Sekunde, wie er wusste. Und jede Minute, die verstrich, ohne dass er in die Lage versetzt wurde zu handeln, schmälerte die Aussichten, dass sowohl Mutter als auch Kind rechtzeitig die erforderliche Hilfe erhielten. Vor seinem inneren Auge schwanden die kostbaren Augenblicke. Oh, wenn nur Lizzy bald zurückkam. Die Zeit war ein flüchtiges Gut, ein kostbarer Schatz, der hier zusehends knapper wurde.

Als er endlich die nahenden Geräusche hastiger Schritte vernahm, atmete er erleichtert auf und eine Woge der Hoffnung ergriff ihn, dass es wohl Lizzy und Theresa seien. Alsbald zeigte sich Theresas Kopf im Rahmen der Tür und Lizzy ließ ein vertrautes „Wuff" vernehmen.

„Gott sei Dank, da bist du ja, Theresa, ich benötige dringend deine Hilfe!", sprach Laurence mit einer Mischung aus Dringlichkeit und Zuversicht.

„Das habe ich wohl vermutet", erwiderte Theresa mit einem Hauch trockener Ironie.

Zuerst brachte ihre überlegte Antwort Laurence in eine kurze Unsicherheit, doch als sich ihre Blicke trafen, erkannte er die in ihren Augen liegende Schalkhaftigkeit. Er lächelte erleichtert „Vielen Dank, dass du gekommen bist. Wir sollten unverzüglich beginnen." Mit ebensolcher Eile wies Laurence Theresa in die zu tätigende Arbeit ein, doch bedurfte es keiner ausufernden Worte, um ihr den Kern der Angelegenheit zu erläutern. Schon während er sprach, legte Theresa ihren Mantel und ihre Handschuhe ab und machte sich bereit, sich der drängenden Aufgabe zu widmen.

„Laurence, in der Tat fühle ich mich unzulänglich vertraut mit der Kunst, eine Frau in ihrem heiklen Zustand zu betreuen. Mir fehlt das Wissen und die Erfahrung einer weisen Hebamme, da ich lediglich die Schulung und Aufgaben einer Krankenpflegerin erfahren habe", erwiderte Theresa, während sich ein Hauch trübseliger Beklommenheit in ihrem Tonfall bemerkbar machte.

„Theresa, dessen bin ich mir wohl bewusst und ich hege großes Verständnis für deine Besorgnis; jedoch haben wir unter der gegenwärtigen Not keinerlei andere Möglichkeit, ihr unsere Hilfe zu gewähren. Du wirst die Untersuchung vornehmen, und ich werde dir mit Bedachtsamkeit und Ausführlichkeit die Schritte erläutern, die vonnöten sind. Setze dein Vertrauen in mein Urteil", sprach Laurence mit einem sanften, doch bestimmten Nachdruck in seiner Stimme.

„Soll ich sie nochmals höflich ersuchen, sich deiner Untersuchung anzuvertrauen?", fragte Theresa mit zaghaften Worten.

„Ich fürchte, dies wird keinen Erfolg zeitigen", entgegnete er mit Fassung, wenngleich nicht ohne spürbaren Bedauern. „Diese Lage, die sich uns hier darstellt, ist wahrhaftig absurd und birgt Gefahren, gleichwohl wiegt die Gefahr einer gänzlichen Verweigerung jeglicher Hilfe umso schlimmer."

Theresa richtete ihren Blick auf Laurence, ihre Augenbrauen in einer Mischung aus Zweifel und Entschlossenheit erhoben während sie einen tiefen Atemzug holte, als ob sie die Reserven ihres Mutes und ihrer Gelassenheit zu ordnen suchte. Mit äußerster Sorgfalt in Wortwahl und Tonfall sprach sie schließlich mit Mrs. O'Ryan, deren Gesicht von gequälter Ergebung geprägt war: „Werte Mrs. O'Ryan, ich werde nun die Untersuchung an Ihnen vornehmen."

Mrs. O'Ryan nickte leise, der Ausdruck auf ihrem Gesicht ein beredtes Zeugnis ihrer inneren Aufgewühltheit und des stillen Haderns mit ihrem Schicksal.

„Ich muss Sie indes ersuchen, Ihren Rock abzulegen", fügte Theresa mit sanfter, aber unerschütterlicher Entschlossenheit hinzu, bemüht, eine Atmosphäre des Vertrauens und des Respekts zu schaffen.

Die arme Frau begann heftig und stockend zu atmen, sichtbar ergriffen und überfordert von der Situation.

„Ich helfe Ihnen. Kommen Sie", sprach Theresa weiter, und mit fester, jedoch behutsamer Hand griff sie nach dem Rock und mühte sich mit dem widerspenstigen Knopf ab. Nach einigen angestrengten Momenten gelang es ihr endlich, den Rock zu entfernen.

Laurence trat ein wenig näher und begann, Theresa in gedämpftem Tonfall zu erklären, wie sie den Muttermund ertasten könne. Mit einer Mischung aus Entschlossenheit und Unsicherheit bemühte sich Theresa, den Anweisungen nachzukommen. Doch die Untersuchung war ihr gänzlich neu. Zudem trug Mrs. O'Ryans Widerstreben nicht zur Erleichterung der Lage bei, sodass Laurence konstatieren musste, dass sie Minute um Minute verloren. Obgleich Theresa ihre Bemühungen mit ernstem Engagement fortsetzte, verzögerte sich die Hoffnung auf Erfolg, was eine bedrückende Schwere über den Raum legte.

Schließlich konnte er Theresas Untersuchung entnehmen, dass der Muttermund weit genug geöffnet war für die Geburt, dass jedoch der Kopf des Kindes nicht sehr weit in das Becken abgesenkt sein konnte.

Zudem hatte die Untersuchung offenbart, dass die Patientin bereits beträchtliche Mengen an Blut verloren hatte, die nun den Strohsack tränkten, auf dem sie lag.

Laurence fühlte sich unfähig, wie ein Arzt, dem die Hände gebunden waren. Eine Woge der Frustration und Verzweiflung stieg in ihm auf, und er hätte am liebsten laut geschrien. Doch in dieser verzweifelten Lage hätte dies wahrlich niemanden weitergebracht; es galt, einen ruhigen Verstand zu bewahren und rasch zu handeln.

„Nehmen Sie die Bewegungen des Kindes wahr?", fragte er mit gezügelter Dringlichkeit an Mrs. O'Ryan gewandt.

Sie stöhnte gequält auf. „Ich weiß ... es nicht ...", stammelte sie mühsam.

„Ich will mit dem Stethoskop nach dem Herzschlag hören", entschied Laurence und öffnete seinen Arztkoffer, um das kostbare Instrument hervorzuholen.

Mit vorsichtiger Hand beugte er sich über Mrs. O'Ryan und setzte das Stethoskop behutsam auf ihren Leib. Mit angespannter Aufmerksamkeit lauschte er, versuchte sowohl den Herzschlag des ungeborenen Kindes als auch mögliche Bewegungen zu erfassen.

„Vorhin, vorhin habe ich es gespürt ...", flüsterte Mrs. O'Ryan schwach, den Blick leer und vor Schmerz getrübt.

„Als ich bereits hier war?", fragte Laurence, Hoffnung in seiner Stimme, dass das Kind noch lebendig und die Situation noch zu retten sei.

Die gequälte Frau nickte schwach, ihre Kräfte fast erschöpft.

Laurence' eigene Hoffnung hing an einem seidenen Faden, als er weiter lauschte, in der verzweifelten Hoffnung, die winzigen Zeichen des Lebens inmitten des so prekären Augenblicks zu vernehmen.

Laurence überlegte fieberhaft. „Auch als Schwester Theresa hier war?"

Mrs. O'Ryan biss die Zähne zusammen und kämpfte sichtlich gegen eine aufkeimende Schmerzwelle an, die ihren Körper ergriff. „Ich weiß es nicht ... nein, ich ...", brachte sie mit Mühe hervor.

Laurence ahnte, dass es nur eine erschütternde Erklärung für das unheilvolle Schweigen im Mutterleib geben konnte. Das Herz des kleinen Wesens mochte aufgehört haben zu schlagen.

Andererseits, eine tröstliche Möglichkeit blitzte in seinem Geist auf – das Kind konnte vor Ermattung in einen tiefen Schlaf gesunken sein. Doch sollte dies der Fall sein, könnte man es wachrütteln. Er musste es jedenfalls versuchen, da die Frage nach dem Lebenszustand des Kindes von entscheidender Bedeutung war.

Lebte das Kind noch, so galt es, vornehmlich sein Leben zu retten, denn es musste die Taufe empfangen, bevor es verstarb, so war die gesetzliche Vorgabe. Lebte es nicht, dann galt es vor allem die Mutter zu retten, denn dann konnte man für das Kind ohnehin nichts mehr tun.

In jener bedrückenden Gewissheit beugte sich Laurence erneut über Mrs. O'Ryan. „Ich werde jetzt versuchen, das Kind aus seinem Schlaf zu wecken", erklärte er mit ernster Miene. Er sprach bewusst nicht aus, dass es galt, sich davon zu überzeugen, ob es noch lebte, um die verzweifelte Mutter nicht in unnötige Besorgnis zu versetzen. Unterdessen bemühte sich Theresa, Mrs. O'Ryan zu beruhigen und ihr Trost zu spenden.

Laurence begann mit sanfter Entschlossenheit, irgendein Zeichen von Leben in dem kleinen Wesen hervorzurufen. Jeder

Augenblick zählte, und die Anspannung im Raum war schier greifbar.

Nach einer Weile, die ihm wie eine Ewigkeit erschien, horchte er wieder. Er legte seine Hände behutsam auf den Bauch und wartete, zwischen Hoffnung und Verzweiflung hin- und hergerissen. Doch es war nichts zu spüren, so sehr er es auch wünschte und innerlich erflehte.

Er musste seinen Zorn zügeln, denn er wusste wohl, dass es eine Frage der Zeit gewesen sein mochte, dass das kleine Geschöpf dem erbarmungslosen Kampf erlegen war. Einmal noch versuchte er es mit fast verzweifelter Entschlossenheit.

Doch seine Anstrengungen blieben vergebens. Er konnte am Bauch rütteln so viel er wollte; er konnte nach Bewegungen und Herztönen horchen, doch es geschah nichts, nichts mehr. Alle seine Bemühungen blieben ohne Erfolg. Alles wies darauf hin, dass für das Kind keine Rettung mehr möglich war.

Schließlich richtete er sich auf.

Theresa beobachtete ihn mit sorgenvoller Miene, wohl wissend um die Tragweite seines stummen Ausdrucks, doch auch sie verharrte in Schweigen.

Es lag nun einzig und allein bei ihm, eine Entschließung zu fassen, wie weiter zu verfahren sei. Er musste einen Plan schmieden, wohl überlegt und entschieden, wie er fortschreiten wollte. „Wir werden unser Augenmerk auf die Rettung von Mrs. O'Ryan richten", sprach Laurence mit fester Stimme und einer Entschlossenheit, die keinen Widerspruch duldete. Er hatte seinen Blick fest auf Mr. O'Ryan gerichtet, doch bei diesen Worten konnte er aus den Augenwinkeln sehen, dass Theresa ihn voller Entsetzen anstarrte. Ihre Reaktion verriet ihm, dass sie die Tragik der Lage begriff. Dennoch war es unabdingbar, dass sie der Kindsmutter nichts von der Lage des Kindes verriet und sie keiner unnötigen Verzweiflung aussetzte. Laurence fixierte Theresa mit einem strengen Blick, eine stumme Warnung, dass sie unter keinen Umständen die Hoffnung der Mutter zerschmettern dürfe.

Der Augenblick der Wahrheit würde unweigerlich kommen, doch zunächst galt es, genug Lebenswillen in Mrs. O'Ryan zu erhalten, um das Kind zur Welt zu bringen. „Ich muss Sie bitten, den Raum zu verlassen und uns zu vertrauen, dass wir alles in unserer Macht Stehende tun werden, um Ihre Frau zu retten", wandte sich Laurence eindringlich an Mr. O'Ryan.

Mr. O'Ryan blickte unsicher von Laurence zu Theresa und zurück. „Dann soll ich ..., aber ich kann doch nicht ...“

„Wir haben nicht viel Zeit. Ihre Frau hat enormen Blutverlust erlitten. Nehmen sie das Kind mit hinaus. Gehen Sie", befahl Laurence mit unnachgiebiger Dringlichkeit.

O'Ryan, gefangen in einem Strudel hektischer Unschlüssigkeit, blickte hilflos hin und her, den Ernst der Lage vielleicht erst schrittweise begreifend.

Unversehens ergriff Laurence Mr. O'Ryans Arm und führte ihn mit entschlossenem Griff zur Tür. Mit geschickter, doch sanfter Bewegung nahm er das in eine Decke gehüllte Kind auf und trug es in seinen Armen. „Die Zeit ist knapp", sprach er mit ernster Bestimmtheit. Damit schob er Mr. O'Ryan, auf seine Krücken gestützt, zur Tür hinaus und schloss sie leise hinter sich und Mr. O'Ryan.

Im dunklen Treppenhaus ergriff Laurence das Wort mit unmissverständlicher Eindringlichkeit: „Hören Sie mir jetzt gut zu.“ Mit der einen Hand sicherte er das Kind, während er die andere schwer auf Mr. O'Ryans Schulter legte.

O'Ryan blickte ihn mit großen, verstörten Augen an.

„O'Ryan“, begann Laurence mit ernstem Ton, „Ihre Gattin befindet sich in einem überaus ernsten Zustand.“

O'Ryan erblasste und stand wie versteinert. "Was ist geschehen? Was wird mit ihr?"

Laurence zögerte einen Augenblick, um die Worte mit Bedacht zu wählen. „Ich kann für das Kind nichts mehr tun“, begann er, bemüht um Klarheit und Einfühlsamkeit. „Es haben sich ernsthafte Komplikationen ergeben, die das Leben Ihrer Frau in erheblicher Gefahr schweben lassen. Ich werde versuchen, sie zu retten, doch Ihre Zustimmung ist vonnöten. Die Geburt des Kindes auf natürlichem Wege ist nunmehr unmöglich. Um das Leben Ihrer Gattin zu sichern, muss das Kind geholt werden. Es ist ein schwerer und nötiger Eingriff, eine Entscheidung, die Ihre Frau in ihrem jetzigen Zustand selbst nicht treffen kann.“

"Wird sie dies überstehen?"

Mit Entschlossenheit in seiner Stimme erwiderte Laurence: „Ich werde alle meine Kräfte und Fähigkeiten mobilisieren, um sie zu retten. Doch jede Minute ist kostbar. Können Sie mir Ihr Einverständnis geben, um unverzüglich zu handeln?"

O'Ryan zögerte einen Augenblick, dann sprach er: „Ja, tun Sie alles, was notwendig ist. Bitte, retten Sie meine Frau!"

Laurence erwiderte mit fester Stimme: „Danke. Ich verspreche Ihnen, wir werden alles in unserer Macht Stehende tun. Verstehen Sie indes die Bedeutung dieses Augenblicks und benachrichtigen Sie einen Pfarrer. Halten Sie sich dann in der Nähe", sprach er eindringlich.

„Kann ich nicht ...", wagte Mr. O'Ryan zaghaft einzuwenden.

„Nein, Sie können nicht", entgegnete Laurence und schüttelte entschieden den Kopf.

Laurence bettete das Kind, sanft in die Decke gehüllt, vorsichtig auf den Boden und atmete tief durch, bevor er die Tür öffnete und wieder eintrat. Mit einem geübten Blick nahm er wahr, dass Theresa begonnen hatte, die notwendigen Instrumente sorgsam auf einem sauberen Tuch auf dem Tisch auszubreiten. Als er den Raum betrat, wandte sie ihm das Gesicht zu. Er sah an ihrem Blick, dass sie die unerbittliche Realität erkannt hatte.

Laurence trat zu ihr und blickte sie ernst und bedauernd an, bevor er in einem gedämpften Tonfall sprach: „Es gibt keinen anderen Weg. Wir müssen handeln, sonst stirbt auch sie." Über der Sorge, die er für Theresa empfand, spürte Laurence seinen eigenen Widerwillen nur schwach und das verlieh ihm Stärke.

Theresa richtete sich innerlich auf und straffte ihre Haltung. „Ich weiß, ... ja, ich weiß das."

„Bedenke", fuhr Laurence fort, „das Kind weilt nicht mehr unter uns. Es ist nur eine leblose Hülle."

Theresa nickte nachdenklich, ihre Augen zeugten von ihrer inneren Zerrissenheit. „Bist du ganz sicher, dass es nicht mehr lebt?"

Laurence überlegte einen Augenblick, dann antwortete er: „Überzeuge dich selbst. Nimm dieses Stethoskop und überzeuge dich selbst."

Theresas Blick spiegelte Verwirrung und Unsicherheit wider. Es war offensichtlich ungewöhnlich für sie, dass ein Arzt sie aufforderte, sich eine eigene Meinung zu bilden. Laurence erkannte dies und spürte zugleich, dass die Eingebung, sie sich selbst ein Bild machen zu lassen, geeignet war, ihn ein Stück weit zu entlasten. Es gab ihm zusätzliche Sicherheit, wenn Theresa als zweite Instanz seine Einschätzung bekräftigte. Mit ruhiger Entschlossenheit reichte er ihr das Stethoskop.

Bedächtig trat Theresa zum Lager der Patientin und setzte das Stethoskop mit sanfter Hand an die Stelle, an der sie den Herzschlag des Kindes vermutete. Sie horchte gründlich, ihre Konzentration auf das feine, erhoffte Lebenszeichen gelenkt, doch schließlich schüttelte sie kaum merklich den Kopf.

Laurences Annahme war somit bestätigt. Er atmete schwer ein und aus und war sich darüber klar, dass er nun einen kühlen Kopf bewahren musste. Die Möglichkeit, dass solch eine grausame Situation eines Tages eintreten könnte, hatte ihn stets begleitet, wenngleich er gehofft hatte, dass dieser Moment ihn nicht gar so früh ereilen möge. Jetzt jedoch war er eingetreten und Laurence gezwungen, als Arzt zu agieren und gemäß seiner Ausbildung und Unterweisung zu verfahren. Die bevorstehende Operation zählte zu den entsetzlichsten Praktiken, die er im Rahmen seiner medizinischen Ausbildung zu meistern gezwungen gewesen war. In jüngster Zeit wurden sämtliche aspirierenden Ärzte genötigt, sich diese Techniken anzueignen, da die grassierende Rachitis die Embryotomie zu einer beinahe routinemäßigen Prozedur hatte werden lassen[26].

Im Vergleich dazu trug die Vornahme eines Kaiserschnittes ein wesentlich höheres Risiko für die Mutter und war keineswegs zu rechtfertigen, wenn das Kind bereits den Schleier des Todes trug. Bei dem hier zu behandelnden Falle war es nicht anders.

Mit großer Erleichterung besann er sich auf das Chloroform, welches er stets bei sich führte. Er verschaffte sich einen letzten Überblick über den Koffer und die auf dem Tisch ausgebreite-

---

26 Quelle: Dr. William Smellie beschrieb in „A Treatise on the Theory and Practice of Midwifery" diese Technik und ihre Anwendungsgebiete; Dr. med. R. Töllner, Illustrierte Geschichte der Medizin, Band 3 S. 1338 ff.

ten Instrumente, es war alles vorhanden, was sie benötigen würden. Sodann machte er sich an die Vorbereitung der Betäubung. Er griff er zu dem kleinen Fläschchen, welches das Chloroform enthielt, und öffnete es mit geübten Händen. Er faltete ein feines Tuch, sodass es von der Größe und Form geeignet war, es vor das Gesicht der Patientin zu halten. Mit beruhigender Stimme sprach Laurence zu Mrs. O'Ryan, während er das Tuch vorbereitete: „Ich werde Sie nun mittels einer Betäubung in einen tiefen Schlaf versetzen, damit Sie keine Schmerzen verspüren."

Mrs. O'Ryan blickte ängstlich zu Laurence und richtete sodann ihren Blick auf Theresa, indes ohne die Kraft oder den Willen, sich ihrer Fügung entgegenzustellen.

Theresa fasste die Hand der Patientin und blickte ihr in die Augen. „Erlauben Sie mir, die Versicherung auszusprechen, dass wir all unsere Anstrengungen aufbieten werden, um Ihnen die beste Pflege zuteilwerden zu lassen."

Mrs. O'Ryan fasste nun merklich Vertrauen. Ihre Augen verankerten sich in dem beruhigenden Blick Theresas, während Laurence für sie bereits in die Bedeutungslosigkeit zu entschweben schien. Behutsam tränkte Laurence das seidene Tuch mit einer genau bemessenen Dosis Chloroform und näherte sich gemessenen Schrittes der Patientin, sorgsam darauf bedacht, ihre Ängste nicht zu wecken.

„Atmen Sie ruhig und tief ein", sprach Theresa mit sanftmütiger Bestimmtheit, bewusst, ohne ihre Augen von der Patientin abzuwenden.

Die schwer atmende Mrs. O'Ryan befolgte Theresas ruhige Anweisungen und nahm das Chloroform in tiefen Zügen in sich auf. Ihre Augen begannen sich allmählich zu schließen.

Laurence hielt das Tuch in einer kontrollierten Bewegung, und wartete darauf, dass die Wirkung des Betäubungsmittels sie in einen tiefen schlafähnlichen Zustand versetzte. Sein Blick glitt immer wieder zu Theresa, die nicht nur die Instrumentarien für den bevorstehenden Eingriff bereithielt, sondern auch die Zeichen der einsetzenden Bewusstlosigkeit der Patientin überwachte.

Mrs. O'Ryans Atmung wurde gleichmäßig und tief, so erkannte Laurence den Zeitpunkt, in dem sie nun vollständig betäubt und bereit für die Operation war.

„Es ist vollbracht", sagte Laurence leise, während er das Tuch beiseitelegte. „Sie schläft nun tief und schmerzfrei." Mit einem letzten prüfenden Blick auf die Patientin wandte er sich Theresa zu. „Es ist ein Glück, dass in den letzten Jahren neue Apparate hervorgebracht wurden, welche diese Operation erheblich erleichtern." Er hoffte, in diesem an Theresa gerichteten Zuspruch auch für sich selbst eine Stütze zu finden.

Theresa schenkte ihm nur ein gequältes Lächeln, das den schweren Schatten der kommenden Aufgabe nicht zu mildern vermochte.

Laurence sammelte all seine innere Kraft und führte seine gesamte Konzentration der bevorstehenden, mühe- und gefahrvollen Aufgabe zu. In der stillen, nun nurmehr durch die dringliche Notwendigkeit des Augenblicks bestimmten Atmosphäre begannen sie gemeinsam mit der heiklen und doch unabdingbaren Prozedur, die das Leben von Mrs. O'Ryan retten sollte.

Während er durchführte, was er gelernt hatte, war es, als wären sie ein einziger Mensch mit vier Händen und zwei denkenden Köpfen, die in wortloser Eintracht jeden Schritt vollzogen.

Laurence konzentrierte sich auf jede Bewegung seiner Hände, wie auf das beruhigende Gefühl, Theresa fest an seiner Seite zu wissen. Ihre Präsenz verlieh ihm die nötige Gelassenheit und Sicherheit, um das Grauen von sich abzuweisen, das ihn nicht befallen durfte. Es galt, die Ruhe zu bewahren, während er mit größter Vorsicht und Genauigkeit mit Hilfe der Zange und des Kephalotribs[27] den kindlichen Leib aus dem Schoß Mutter barg.

---

[27] Ein Kephalotrib ist ein heutzutage veraltetes medizinisches Instrument, das im 19. und frühen 20. Jahrhundert in der Geburtshilfe verwendet wurde. Es war speziell dafür konzipiert, den Schädel des fötalen Kindes im Falle einer schwierigen Geburt einzudrücken und zu zerdrücken, um den Durchtritt durch den Geburtskanal zu erleichtern. Dieses Verfahren, bekannt als Kephalotripsie, wurde in Situationen angewendet, in denen das Kind durch keinen anderen Weg geboren werden konnte und das Leben der Mutter dadurch zu retten versucht wurde. Obwohl solche Instrumente dramatisch und grausam klingen mögen, waren sie in einer Zeit vor der modernen Geburtshilfe manchmal die einzige Möglichkeit, eine schwere Geburtskomplikation zu bewältigen. Quelle: Dr. med. R. Töllner, Illustrierte Geschichte der Medizin, Band 3, S. 1350 f.

III.

Adhmaid House nahe Shannagarry, County Cork, Irland

Mit den ersten Zeichen der Dämmerung spürte Isabella eine angenehme Ruhe in sich. Sie blickte in das Geschehen vor dem Fenster. Es war, als ob ein samtweicher Schleier aufgehoben würde, um die Schönheit des anbrechenden Morgens zu enthüllen. Vor ihrer Begegnung mit Jane hatte sie die Dämmerung weder bewusst gekannt noch wirklich erlebt, doch Jane hatte ihr die magische Schönheit dieser stillen Stunden offenbart.

„Isabella", flüsterte Jane. „Die Morgendämmerung schickt ihre ersten Strahlen."

„Gewiss, ich sehe es", erwiderte Isabella, ihre Stimme zärtlich und voller Zuneigung. Sie zog Jane näher zu sich, ihre Köpfe dicht beieinander, ihre Hände ineinander verschlungen.

Bei ihrer Ankunft in Adhmaid House war die Nacht bereits fortgeschritten gewesen, zu spät, um Jane den beschwerlichen Heimweg nach Cork zuzumuten. „Du solltest hier übernachten", hatte Isabella vorgeschlagen. Jane hatte zugestimmt – eine Frage der Höflichkeit, doch mehr noch, ein Ausdruck gegenseitigen Verlangens.

Nachdem Mrs. Coughlan und Grace sich zurückgezogen und das Haus zur Ruhe gefunden hatte, war Jane, wie ein flinker Schatten, über den dunklen Flur geschlichen und hatte sich zu Isabella unter die Decke geschmiegt. Ihre Füße waren eiskalt gewesen, doch die Wärme ihrer Nähe hatte das Gefühl schnell vertrieben.

Stundenlang hatten sie schlaflos beieinander gelegen, jede Minute ein kostbares Geschenk. Viel zu schnell waren diese Stunden nun verstrichen.

Schließlich hatten sie bemerkt, dass die Nacht dem Morgengrauen wich und sie hatten die Vorhänge weit aufgezogen, um dieses Schauspiel zu beobachten.

Langsam verfärbte sich der Himmel, der zunächst in tiefes Schwarz getaucht war, in fließendes Grau. Dann begannen rosane und violette Töne, sich wie gleißende Nebelschwaden über das Firmament auszubreiten und ein Bild zu schaffen, an Zauber kaum zu übertreffen. Das Zimmer, zuvor in tiefe Schatten gehüllt, erhellte sich allmählich mit den zarten goldenen Strahlen des erwachenden Tages.

Isabella blickte durch das große Fenster in die Ferne, versunken in den zarten Empfindungen, die Janes sanfte Berührung auf ihren linken Oberschenkel malte.

„Oh Jane, erzähl mir eine Geschichte", flüsterte Isabella. Sie wusste, dass Jane ihre Leidenschaft für Gedichte und Geschichten teilte und sie schätzte Janes literarische Beredsamkeit. Sie kannte so viele von ihnen aus den zahllosen Büchern, die sie gelesen hatte und Jane war nicht nur in der angelsächsischen Tradition belesen, sondern auch in den Werken der Dichter und Literaten des Kontinents. Oft schon hatte sie Isabella daran teilhaben lassen.

Ein leises, versonnenes Lächeln stahl sich auf Janes Lippen. „Wenn Du mich immerzu darum bittest, fürchte ich, dass bald meine Quellen erschöpft sein mögen. Doch wie es der Zufall so will, stieß ich erst gestern auf eine neue Erzählung. Die Brüder Grimm, mit ihrem Faible für Märchen und Legenden, haben sie niedergeschrieben. Dies sei eine recht freie Übersetzung, gewiss, jedoch musst du mir dies gestatten, denn ich las sie erst einmal. Ich hoffe, dass sie dir ebenso gefallen wird."

Isabella, sich behaglich in die seidenen Kissen zurücklehnend, blickte Jane voller Erwartung an.

Jane lehnte ihren Kopf an Isabellas Schulter und begann zu erzählen. „Es waren einst ein Mann und eine Frau, die lange Zeit vergeblich ein Kind wünschten. Schließlich jedoch sollte der Wunsch in Erfüllung gehen. Das Paar indes wohnte neben einem prächtigen Garten, der von einer hohen Mauer umgeben war und welcher einer Zauberin gehörte, die allen Zutritt streng verbot."

„Oh, wie geheimnisvoll", flüsterte Isabella entzückt.

Jane fuhr fort: „Eines Tages, da die Frau aus einem Fenster in den Garten schaute, erblickte sie ein Beet voller Rapunzeln — wie sagt man? Ah, Feldsalat. Seither fand sie keinen Augenblick Ruhe, sondern sehnte sich danach, davon zu essen. Sie sprach zu ihrem Gatten, ,Ach, wenn ich keine Rapunzeln zu essen bekomme, so sterbe ich.' Der Mann, der seine Frau über alles liebte, wollte ihr diesen Wunsch nicht verwehren. Er kletterte in der Nacht über die Mauer und pflückte hastig einige der Pflanzen. Indes, daraufhin wollte sie nur umso mehr davon. Doch als er in der folgenden Nacht wiederkehrte, um seine Frau ein weiteres Mal glücklich zu machen, erschien plötzlich die Zauberin und rief aus: ,Wie kannst du es wagen, in meinen Garten zu steigen und wie ein Dieb meine Rapunzeln zu stehlen!' Der Mann, erschauerte vor Angst und sprach zu der Zauberin von der Not seiner Frau. Die Zauberin milderte ihren Zorn und sprach: ,Du darfst so viele Rapunzeln nehmen, wie du willst, doch unter einer Bedingung: das Kind, das deine Frau zur Welt bringt, soll mein sein.'"

„Wie grausam", flüsterte Isabella.

„Die Furcht traf den Mann ins Herz, und er stimmte schweren Herzens zu. Als das Kind geboren wurde, kam die Zauberin und nahm das kleine Mädchen mit sich. Sie nannte es Rapunzel und sperrte es in einen hohen Turm ohne Tür und Treppe, hoch inmitten des Waldes." Jane hielt kurz inne, dann fuhr sie fort. „Rapunzel wuchs heran, doch ihre Einsamkeit war groß. Wenn die Zauberin zu Besuch kam, stellte sie sich vor den Turm und rief: ,Rapunzel, Rapunzel, lass dein Haar herunter!' Und Rapunzel ließ ihre goldenen Zöpfe herausgleiten, und die Zauberin zog sich daran hoch."

Isabella schloss gebannt ihre Augen und stellte sich die Szene lebhaft vor.

„Eines Tages, ritt ein Königssohn durch den Wald und vernahm Rapunzels Gesang. Er war verzaubert von der Melodie und suchte, woher die Stimme kam. So fand er den Turm. Doch als er keine Möglichkeit fand, hinaufzugelangen, versteckte er sich und beobachtete die Zauberin, als sie am Abend erschien. Nachdem diese wieder fort war, wagte er sich vor und rief gleich ihr: ‚Rapunzel, Rapunzel, lass dein Haar herunter' Und so zog er sich hinauf. Als er Rapunzel erblickte, war er hingerissen. Sie fürchtete sich anfangs, doch bald erkannten sie ihre Liebe füreinander. Nacht für Nacht besuchte er sie heimlich." Jane lächelte sanft und schob ihre Finger zwischen Isabellas Finger, bevor sie fortfuhr. „Die Zauberin, misstrauisch geworden, fand jedoch heraus, dass der Königssohn Rapunzel all abendlich aufsuchte. Eines Tages, als Rapunzel ihre Haare hinuntergelassen hatte und er hinaufgeklettert war, blieb sie vor dem Turm stehen und entzifferte das geheime Flüstern. ‚Wenn ich zu dir komme, oh Rapunzel, ist es, als hätte ich die Sterne selbst berührt', flüsterte der Königssohn. ‚Und wenn du fern bist, scheint auch die Sonne ihren Glanz zu verlieren', antwortete Rapunzel." Jane blickte Isabella zärtlich an.

„Ebenso ergeht es mir, wenn du nicht bei mir bist", flüsterte Isabella und strich Jane durchs Haar.

Jane lächelte und fuhr fort, zu erzählen. „Ganze Nächte hatte die Zauberin in finsterem Versteck verbracht. In einem Anfall von wütendem Zorn überraschte sie schließlich das Paar in deren Umarmung. ‚Rapunzel', rief sie mit einer Stimme, die von kaltem Groll durchdrungen war, ‚wie konntest du mich verraten! Wie wagst du es, diese zarte Verbindung aufzubauen!' Der Königssohn sprang auf, doch bevor er seine Geliebte in Sicherheit bringen konnte, war die Zauberin bereits herangetreten. Mit einem schnellen Hieb ihres scharfen Messers trennte sie Rapunzels prachtvolle goldenen Zöpfe ab. ‚Du verdienst dieses Glück nicht!', zischte die Zauberin. ‚Brachst du nicht mein Herz, indem du dich mit diesem Mann vereinigtest? So sei es – in die Wüste mit dir! Kein Brot, kein Wasser, nichts als die sengende Sonne und die trostlose Kälte der Nacht sollen deine Begleiter sein.' Die Zauberin warf einen bitteren Blick auf den Königssohn, der versucht hatte, Rapunzel zu schützen. ‚Und du', fluchte sie, ‚du sollst für deinen Wagemut leiden und in der Finsternis wandern. Die Augen, die ihre Schönheit sahen, sollen nie wieder Licht erblicken!' Mit diesen Worten stieß sie ihn aus dem Turmfenster. Der Königssohn fiel, und als er auf dem Boden aufschlug, erblindete er durch die Dornen, die ihm die Augen zerstachen. Die Zauberin packte Rapunzel mit unbarmherziger Gewalt. ,Fort! Fort von diesem Ort des Verrats!' Sie schleppte sie in die karge Wüste, fernab jeglicher Hoffnung und fern ihrer Liebe. Nachdem die Zauberin Rapunzel in die Wüste verbannt und den Königssohn geblendet hatte, lebte Rapunzel in dieser Einöde, einsam und verlassen. Doch ihr Herz blieb erfüllt von der Liebe zu ihrem Prinzen. Die Zeit verging, und Rapunzel brachte einen Sohn zur Welt, er war ihr einziger Trost in ihrem hoffnungslosen Dasein. Die Jahre vergingen und der Königssohn irrte, schmerzerfüllt und blind, umher. Sein Herz jedoch gab die Hoffnung nie auf, Rapunzel wiederzufinden. Seine Ohren lauschten stets nach dem Klang ihrer Stimme. Eines Tages, er schwankte müde durch ein endloses, ödes Gebiet, hörte er eine ferne Melodie. Sogleich erkannte er die Stimme seiner geliebten Rapunzel. ,Rapunzel!' rief er. ,Mein Prinz!' erklang Rapunzels Stimme, voller Tränen und Erleichterung. Sie eilte zu ihm, ihre Hände suchend nach seinen. Als sie endlich aufeinandertrafen, umschloss sie sein Gesicht sanft mit ihren Händen, und ihre Freudentränen trafen auf seine Augen und heilten, was die Zauberin zerstört hatte. Wie durch ein Wunder begann das Licht zurückzukehren. ,Ich kann dich sehen', flüsterte er überwältigt und nahm erstmals seit langen Jahren wieder Rapunzels Antlitz wahr. Gemeinsam kehrten sie mit ihrem Kind in sein Königreich zurück, wo ihre Geschichte zur Legende wurde." Jane schloss ihre Erzählung mit einem zärtlichen Blick in Isabellas Augen. „Und so, Isabella, fanden Rapunzel und ihr Prinz schließlich ihr Glück."

„Oh Jane, welch eine zauberhafte Geschichte. Sie erscheint mir wahrlich von besonderer Art, gleichwohl vielsagend und geheimnisvoll."

Jane lächelte und nickte. „In der Tat, auch mich hat diese Erzählung augenblicklich in ihren Bann gezogen. Mir scheint es, als wolle sie mir etwas Bedeutungsschweres offenbaren, indes kann ich es nicht recht fassen. Es bleibt ein undeutliches, vages Gefühl. Ich hegte die Hoffnung, du könntest Ähnliches empfinden und es mir erklären.

Isabella richtete einen nachdenklichen Blick auf Jane. Auch in ihr schwebte jenes unbestimmte Gefühl, doch vermochte sie es ebenso wenig in Worte zu fassen. „Nein, mo chrá, es geht mir gänzlich wie dir."

Jane blickte wieder still in die aufgehende Sonne. Doch obgleich solch ein ruhiges Bild sich vor ihren Augen darbot, tobte in ihrem Inneren ein Sturm von Gefühlen. Gedanken, wie Nebelstreifen durch ihr Bewusstsein ziehend, verschwanden wieder, ehe sie Form annehmen konnten. Da kam ihr Andrew in den Sinn und dessen Erwartung, dass sie sich mit der Vorstellung einer Heirat abfände, und sie sah vor ihrem inneren Auge das Bild von William, dessen leichtfertige Lebensart ihr gemeinsames Leben und den Frieden der Familie ernstlich bedrohte. Schließlich erschien das Abbild von Isabellas Vater vor ihrem geistigen Auge, ein Mann, der ihr von allen am gefährlichsten schien, ohne dass sie benennen konnte, woher diese Sorge rührte. In seinem Blick lag ein geheimnisvolles Etwas, das in Jane eine tiefe Unruhe weckte – er erschien ihr gleich der Zauberin in der Erzählung, voller undurchschaubarer Absichten. Dennoch zögerte sie, Isabella an diesen Gedanken teilhaben zu lassen, besorgt, wie diese reagieren würde. Zweifellos würde Isabella es ihr übelnehmen, sollte Jane in ungünstiger Weise von ihrem Vater sprechen. Zudem konnte Jane kaum in Worte fassen, was genau ihre Besorgnis erregte. Möglicherweise lag es daran, dass sie tief im Innern ahnte, dass ihre Freundschaft mit Isabella nicht auf ewig bestehen würde, dass Isabellas Vater diese eines Tages verheiraten wollen würde.

So bemühte sie sich, die unheilvollen Gedanken abzuschütteln, die wie schwarze Schatten über ihrem Gemüt lagen.

Indessen suchte Isabella ebenfalls nach dem Ursprung ihrer vagen Empfindungen. Sie erinnerte sich deutlich des quälenden Gefühls der Einsamkeit, das sie so lange erfüllt hatte, ehe sie Jane traf. Nun war ihr nur zu bewusst, wie sehr ihr eigenes Glück von Jane abhing und welche Gefahren drohend über ihnen schwebten. Es erfüllte sie mit großer Sorge zu wissen, dass Mr. Cahill den Entschluss gefasst hatte, Jane zu verheiraten. Ebenso war ihr bewusst, dass auch ihr eigener Vater letztlich den gleichen Weg für sie vorgesehen hatte. Die Erinnerungen des vergangenen Abends drängten erneut an die Oberfläche ihres Bewusstseins und das Gefühl des Unbehagens, das sie dabei verspürt hatte, durchdrang sie abermals. Zwischen Janes Welt und ihrer schien ein tiefer Graben zu verlaufen, nur überbrückt von einem wackeligen, brüchigen Steg, der von der einen Seite zur anderen führte. Diese Verbindung war ihre Freundschaft, ausgesetzt einer Vielzahl von Gefahren.

In diesem Augenblick trat das Bild von Janes Bruder William vor ihr inneres Auge und tiefes Unbehagen durchrieselte sie. Sie hatte sich das Verhalten nicht eingebildet; seine wiederholten, stechenden Blicke waren von ihr nicht unbemerkt geblieben. Es war kein Zufall, dass er sofort bemerkt hatte, als ihr schwindelig geworden war, und ihren Arm ergriffen hatte. Wann immer sein Blick auf ihr ruhte, schienen seine Augen sie zu durchbohren, als suche er nach einem Geheimnis. Dies war ihr bereits mehrmals aufgefallen. Doch warum war dies so? War es schlicht ein natürliches Interesse, das er der Freundin seiner Schwester entgegenbrachte? Oder verbarg sich hinter seiner höfischen Freundlichkeit eine tiefe Verachtung, vielleicht aufgrund ihrer irischen Herkunft oder da sie nicht so weltgewandt war wie er und Jane? Oder, noch beunruhigender, hegte er einen Verdacht über die wahre Innigkeit ihrer und Janes Freundschaft und suchte einen Beweis, um seinen Argwohn zu bestätigen?

Diese Ungewissheiten nagten an ihr und erfüllten sie mit Besorgnis. Doch sie wollte Jane von dieser Sorge nichts berichten, nicht wissend, wie sie reagieren würde, sollte sie erfahren, dass Isabella ihren Bruder nicht leiden konnte. Das Grübeln allein brachte sie keinen Schritt weiter, so entschloss sich Isabella, die Richtung ihrer beider Gedanken in andere Bahnen zu lenken. „Jane, wer waren jene Herren, mit denen dein Bruder sprach?", fragte sie, bemüht, eine unverfängliche Konversation herbei zu führen.

Jane hob den Kopf bei der Frage und schien für einen Augenblick in Gedanken versunken.

Isabella erschien es, als habe sie Jane aus tiefen Gedanken gerissen. Doch Jane fing sich sogleich. „Natürlich, wie solltest du sie kennen? Es sind Engländer. Doch in London kennt sie jeder. Wellington heißt bei vollem Namen Arthur Wellesley, Duke of Wellington. Er ist Oberbefehlshaber der Armee. Das Amt des Leaders des House of Lords hat er vor etwa einem Jahr abgelegt. Er hat bei Waterloo gegen Napoleon gekämpft und war zweimal Premierminister. In London gehört er zur Royal Society. Lord Ripon heißt eigentlich Frederick John Robinson, Earl of Ripon, Viscount Goderich. Er war ebenfalls Premierminister und Präsident im Kontrollausschuss der Ostindienkompanie. Auch er hat sich vor etwa einem Jahr aus dem öffentlichen Leben zurückgezogen. Baronet Sir Robert Peel bekleidete bis zuletzt das höchste politische Amt des Premierministers, bevor jene Welle aus Not und Elend über Irland hereinbrachte und er unvermeidlich unter gewaltigem Druck geriet. Als erste Maßnahme schritt er zur Aufhebung der Corn Laws. Ein Schritt, der als besonnen und in mancherlei Kreis als radikal betrachtet wurde. Doch letztlich musste er der Schwere der Verantwortung weichen und trat vor gut einem Jahr von seinem Amt zurück. Seine Bande zu Lord Russell, dem momentan amtierenden Premierminister, bleiben indes eng geknüpft, sodass gemunkelt wird, Peel halte noch immer heimlich das Zepter der Macht."

„Von Lord Russell hat Mr. Ca ... hat dein Bruder Andrew uns berichtet."

„Nun, es wäre in der Tat eine Schande von hohem Maße, sollte es ein Lehrer versäumen, seine Schüler über die amtierenden Staatsmänner zu unterrichten. Anders als ihm begegnet man Wellington, Ripon und Peel nur noch selten und nur zu besonderen Anlässen. Bei Cole kommen sie gelegentlich zusammen. Da hat man das Privileg, ihnen zu begegnen."

„Waren sie sich denn auf den politischen Bühnenbrettern wohlgesonnen?"

„Das wäre eine zu simple Deutung; der öffentliche Diskurs ist ein anderes Stück als jene vertrackten Geflechte gesellschaftlicher Anlässe und privater Vernetzungen. Doch in der Sphäre des Politischen scheint es mir durchaus, dass Lord Russell und Sir Peel in einer gewissen verwandten Geistesart verharrten."

„Und dein Bruder William kennt diese Herren persönlich?"

„„In der Tat, William ist sich der Bedeutung guter Verbindungen und Bekanntschaften bewusst, insbesondere jene, zu solchen, welche ambitioniert ihren Weg gehen. Wir hatten wohl das Glück, in eine Familie hineingeboren zu werden, die über entsprechende Verbindungen verfügte, indes nach dem unsere Eltern verschwanden, brachen auch die Verbindungen ab. Andrew war es nicht vergönnt, solche nützlichen Kontakte zu knüpfen. Es ist unzweifelhaft allein Williams Geschick zu verdanken, dass wir mittlerweile mit einigen bedeutenden Persönlichkeiten bekannt sind. So hat er auch durch einen in der Tat geschickten Schachzug Peels Bekanntschaft gemacht. Die anderen Herren, hat er an diesem Abend zum ersten Mal getroffen. Jedoch, er versteht sich hervorragend darauf, Kontakte zu knüpfen und da er es nicht versäumt hat, Peel mitzuteilen, dass er den Auftrag hat, in Irland für Ruhe zu sorgen, hat dieser auch immer wieder das nötige Eigeninteresse, sich bei William zu erkundigen, wie die Sicherheitslage zu beurteilen ist. Der Umstand, dass die anderen Herren heute ebenfalls William, als die für die Sicherheit vor Ort zuständige Person kennengelernt haben, wird William zweifellos von großem Nutzen sein.“

„Was meinst du mit der Sicherheit vor Ort? Was meinst du mit Ruhe in Irland?“ Isabella vernahm all dies zum ersten Mal.

„Die Leute, die sich bis vor kurzem um O'Connel geschart haben, sind mit seinem Tod nicht verschwunden. Der immer weiter um sich greifende Hunger treibt viele in die Verzweiflung, und in eben solcher Verzweiflung geraten sie oft in die Arme jener, die Unruhe stiften. Viele halten noch immer eisern daran fest, dass Irland besser unabhängig von England wäre. Indes, O'Connell, so radikal in seiner politischen Überzeugung, hatte doch stets eine mäßigende Hand über die Heißblütigeren, indem er sie von der Anwendung von Gewalt abhielt. Doch nun, da er starb, werden jene Stimmen lauter, die ungesetzliche Wege zu beschreiten bereit sind.“

„Und dein Bruder hat den Auftrag erhalten, gegen diese Personen vorzugehen?“, fragte Isabella sichtlich besorgt.

„In der Tat, so ist es. Sein Dienst geschieht im Namen der Irish Constabulary, obgleich es ein Unterfangen größter Geheimhaltung ist.“

Isabella fühlte sich überwältigt von der Fülle an neuen Informationen, die auf ihren Sinnen lasteten wie ein schweres Gewand. Nie zuvor hatte sie diese Gedanken bedacht. Die Schrecknisse der Hungersnot waren ihr wohlbekannt; jenes entsetzliche Schauspiel hatte sie aus den Erzählungen Margrets vernommen und das Elend selbst in Cork erblickt. Doch der Gedanke, dass die Verzweiflung dieser armen Menschen solches Maß an Gewalt zeitigen könnte, war ihr fremdgeblieben Womöglich, sinnierte sie, mangelte es ihr an der Fähigkeit, sich wahrhaftig in die Existenz jener zu versetzen, deren täglicher Kampf ums Überleben ihr fern und unvorstellbar schien.

Cork, Irland

William Cahill traf erst in den frühen Morgenstunden in seinem Haus in Cork ein. Er legte den Mantel ab und stellte sich an den Kamin in der Eingangshalle. Er war erloschen, indes, die Glut wärmte noch nach.

Er rieb sich die kalten Hände. In der Kutsche hatte er erbärmlich zu frieren gehabt. Das war einesteils der Jahreszeit geschuldet, gewiss, jedoch auch seiner Müdigkeit.

Er warf einen Blick auf seine Taschenuhr. Die feinen Zeiger zeigten acht Uhr.

Wenn er jetzt zu Bett ging, würde er gegen zwölf einigermaßen ausgeruht sein.

Doch nichts drängte ihn, sich zur Ruhe zu begeben. Nein, vielmehr war es eine innere Rastlosigkeit, seltsam und unerklärlich, welche ihn an Schlaf nicht denken ließ.

Er grübelte über seine Enthüllung und den bedeutsamen Fortschritt seiner Ermittlungen. War dies die Quelle seiner Unruhe? Die Zielperson, auf die sich seine Nachforschungen richteten, war auch am heutigen Abend zugegen gewesen. In Williams Erinnerung tauchte sie lebhaft auf. In seiner gewohnt charmanten und geschmeidigen Manier, hatte er sich unter den hohen Herren und Damen bewegt, als wäre er ebenso ein ehrenwertes Mitglied dieser wohlbestallten Gesellschaft – gänz-

73

lich ohne Verdacht zu erregen, in welche finstren Machenschaften er offenkundig verwickelt war. Wie war dies möglich?

William kannte diesen Mann nur flüchtig, wusste jedoch, dass er aus gutem Hause aus Cambridge stammte. Entsprechend seiner Herkunft war er ein Meister der Worte und des Ausdrucks, der stets mit gewandter Eleganz die Gespräche führte. Sein Auftreten war geprägt von einer gewissen Nonchalance und äußerstem Selbstbewusstsein, welche ihm scheinbar mühelos den Respekt und die Aufmerksamkeit der Anwesenden sicherten. Er war gewitzt und treffend in der Eloquenz seiner Reden. Wie konnte dieser Mann mit einem Mann wie Brennan bekannt sein? Was veranlasste ihn, sich diesen Hochverrätern anzuschließen und sein Land zu verraten.

Voller Widerwillen bemerkte William, dass mit seinem Empfinden der Verachtung ein widerstreitendes Gefühl der Anerkennung einherging, welches er entschlossen abschüttelte. In einem Anflug von Ärger wischte er diese Gedanken beiseite. Dieser Mann verdiente keinerlei Respekt – nur Verachtung. Jene seltsamen Anwandlungen mochten dem Umstand geschuldet sein, dass seine Beweggründe sich William nicht erschließen wollten.

Er hatte sich vorgenommen, bei der zwölften Stunde, wenn er erwacht wäre, einen Plan zu erarbeiten, um sein weiteres Vorgehen zu bestimmen. Doch spürte er mit Bestimmtheit, dass die wahre Rastlosigkeit, die ihn des Schlafes beraubte, tiefere Gründe hatte und nicht allein in der strategischen Planung seiner nächsten Schritte wurzelte.

Mit einem schweren Seufzer ließ er sich auf das Sofa fallen, schlug ein Bein über das andere und lehnte sich zurück. In der Hoffnung, dass Ruhe einkehrte, schloss er die Augen.

Doch sogleich tauchte ihr Bild vor seinem inneren Auge auf.

Tief atmete er durch, in einem vergeblichen Versuch, das beherrschende Bild zu verscheuchen. Dann beugte er sich vor, stützte seine Ellenbogen auf die Knie und rieb sich die Augen, als könne er die Vision auf diese Weise vertreiben. Doch vergeblich, ihr Bild verschwand nicht. Er konnte nicht bemessen, wie oft er ihr Bild vor sich sah, wie oft ihre Gestalt seine Gedanken durchdrang und beherrschte.

Längst hatte er das vergebliche Bemühen aufgegeben, es vor sich selbst zu verleugnen. Ja, ihr Bild begleitete ihn stets, wohin er auch ging, immerwährend und unverändert, sobald er einen Augenblick der Ruhe fand. Es war, als ob sie beständig in seinen Gedanken wandelte.

Er ließ den Abend in seinem Geist erneut an sich vorüberziehen. Vor seinem inneren Auge sah er sie, an der Seite von Jane, eine stille und unsichere Gestalt inmitten der belebten Gesellschaft. Ihre Anwesenheit, zart und ungewiss, hatte gleichwohl seinen Abend erfüllt, gleich einem feinen Nebelschleier.

Sodann kehrte die Erinnerung an jene Momente zurück, als sie sich zu Sir Robert Peel und den anderen ehemaligen Premierministern begeben hatten, nicht zuletzt zu Lord Russell, und mit ihnen in angeregtem Gespräch verweilten.

Vor seinem inneren Auge spielte sich die Szene ab, als sie unvermittelt gestrauchelt war und sich an seinen Arm geklammert hatte, und es schien ihm, als wäre dieser Augenblick eben erst geschehen, denn er spürte abermals den zarten Druck ihrer Hand an seinem Arm, ein Gefühl, das in ihm für einen Moment Raum und Zeit zu überwinden schien.

Er mochte sich nicht erinnern, wann jemals zuvor jemand in seiner unmittelbaren Nähe so offenkundig seiner Hilfe bedurft hatte, doch als dies geschah, hatte sein Bewusstsein es sogleich und instinktiv wahrgenommen. Im letzten Augenblick hatte er ihr den Arm anbieten können, eine spontane Handlung, die ihn selbst erheblich in Erstaunen versetzte.

Warum sie gestrauchelt war, entzog sich seiner Kenntnis. Was er jedoch mit Gewissheit sagen konnte, war, dass dieser Augenblick unversehens eine Welle der Sorge und Betroffenheit in seinem Innern ausgelöst hatte. Dieses neue und unerwartete Gefühl war ihm bis zu jenem prägenden Moment völlig unvertraut gewesen.

Auch jetzt, in diesem Augenblick, stellte sich ihm unweigerlich die Frage, ob sie wohlauf wäre. Hatte sie sich womöglich eine Krankheit zugezogen? Könnte jener Schwindel das erste beunruhigende Anzeichen einer solchen gewesen sein? Er hoffte inständig, dies möge nicht der Fall sein und ertappte sich bei dem Gedanken, dass er die Hoffnung hegte, sie möge Jane bald wieder besuchen. Denn allein der Gedanke, sie erneut in seiner Nähe zu wissen, erfüllte ihn mit einer angenehmen Erwartung. Er konnte noch etwas nicht formulieren, nämlich, wann er zuletzt ein so wunderbares Gefühl verspürt hatte, wie in dem kostbaren Augenblick, als sie seine Nähe suchend, ihre Hand an seinen Arm gelegt hatte. Es war eine Empfindung von solch seltener Intensität, dass er Mühe hatte, sie in Worte zu fassen. Es war ihm erschienen, als habe die Welt für einen kurzen Moment stillgestanden.

Wie beschwerlich waren ihm die letzten Wochen und Monate geraten. Der Ärger mit Warner, der ihm wie ein unbezwingbarer Fels im Weg stand; die mühevolle Kleinstarbeit bezüglich Brennan, deren zermürbende Drudgery[28] seine Kräfte zu erschöpfen drohte; und der Streit mit Andrew, der so plagvoll wie stetig schwelte.

Inmitten dieser wirren Gefühlslandschaft stellte sich ihre zarte Gestalt wie ein unverhoffter Lichtblick dar.

Und nun? Nun sollte der Streit mit Andrew wahrscheinlich noch weitere Zeit andauern, da ein Ende in jener Angelegenheit nicht abzusehen war. Jedoch schien in Bezug auf Warner und Brennan endlich die Aussicht auf einen Fortschritt greifbar, ein Umstand der durchaus als erfreulich zu bewerten war.

Wiederum drängte sich das Bild von Janes Freundin in seinen Kopf und da schoss ihm ein Gedanke durch denselben: Womöglich war es gar kein so unsinniger Gedanke, eine Heirat ins Auge zu fassen. Ja, mit Isabella Dubois konnte er sich dies durchaus vorstellen. Dieser Gedanke war ihm gewiss ungewohnt, und doch verspürte er keinerlei Unbehagen dabei.

Könnte es denn sein, dass Andrew recht gehabt hatte, als er von der Vorzüglichkeit und Notwendigkeit einer Eheschließung sprach? Eventuell würde diese Verbindung gar den Zwist mit Andrew beenden und so den Frieden wieder herstellen.

Doch mit jener Einsicht stellten sich ihm neuerliche Fragen. Wäre sie ihm wohlgesonnen? Würden ihre Eltern ihm mit Wohlwollen begegnen? Und wie sähe eine gemeinsame Zukunft aus? Sollte er nach London zurückkehren und sie an sei-

---

28 Das Wort "drudgery" stammt aus dem Englischen und bedeutet "schwere, unangenehme oder eintönige Arbeit".

ne Seite holen? Womöglich hegten ihre Eltern bereits andere Pläne für ihre Tochter? Gab es etwa gar Rivalen?

William spürte mit einem Mal eine unbändige innere Aufgewühltheit, wie er sie zuvor nicht gekannt hatte. Vor wenigen Wochen hätte er sich kaum träumen lassen, über eine Heirat nachzudenken, doch angesichts der bezaubernden Isabella Dubois wendete sich alles. Er erkannte hier den Ursprung seiner inneren Unruhe.

William befand sich angesichts solcher tiefen Einsicht in einem Zustand großer Zerrissenheit. Es war evident, dass er der Ruhe und des Schlafes bedurfte, indes, er würde in diesem Zustand gewiss nicht in den Schlaf finden.

Dublin, Irland

Laurence breitete behutsam die Decke über den geschundenen Leib der Patientin und richtete sich dann mühsam auf. Sein Rücken schmerzte entsetzlich. Seine Kräfte waren zur Gänze erschöpft.

Ihre Anstrengungen hatten letztendlich zur Vollendung der traurigen und grausamen Aufgabe der Embryotomie geführt. Wie er selbst, so war auch Theresa von der entsetzlichen Prozedur gänzlich verausgabt und in einem Zustand tiefer Demoralisierung.

Kurz hielt Laurence inne. Er blickte Theresa müde und dankbar zugleich an. Schließlich lenkten sie ihre Augen gleichermaßen zum Instrumententisch, wo die chirurgischen Werkzeuge in ordentlicher Reihe lagen und daneben, auf einem leinenen Tuch, die sterblichen Überreste des unglückseligen Kindes ruhten.

In diesem Moment fühlte Laurence jenes Grauen, welches er bis dahin weit von sich gewiesen hatte. Tief einatmend, und mit einer Geste aufrichtiger Anteilnahme sowie des tiefsten Mitgefühls, überdeckten sie gemeinsam die sterblichen Überreste des Kindes sorgsam mit einem frischen, sauberen Tuch, in stiller Würdigung des verlorenen Lebens.

Sodann schritt Laurence zur Tür und öffnete sie, um Mr. O'Ryan und den Pfarrer hereinzuführen.

Sobald jene den Raum betraten, konnte Laurence erkennen, dass der Geistliche bereits Trost gespendet hatte. Mr. O'Ryan schien gefasster und beruhigter als in dem Moment, als Laurence ihn zuvor hinausgeführt hatte. Die tröstliche Gegenwart des Pfarrers hatte ihn gestärkt. Und so trat O'Ryan, beschwerlich humpelnd und still weinend an die Seite seiner Gattin.

Laurence war erleichtert, denn er wusste, dass er selbst keine Kräfte mehr besaß, um diesen notwendigen Trost zu spenden.

Sein besorgter Blick wanderte zu Theresa, deren Gesicht von Müdigkeit und tiefer Erschöpfung gezeichnet war. Doch sie verharrte schweigend und standhaft trotz der erdrückenden Umstände.

Laurence wandte sich nun an den Pfarrer, um ihm die betrübliche Sachlage darzulegen. „Die Operation ist vollendet. Unglücklicherweise war es unumgänglich, das Kind durch einen chirurgischen Eingriff zu entnehmen, und das Ergebnis ist ein trauriger Verlust. Ich werde einen ausführlichen Bericht über den Vorgang verfassen und Ihnen zukommen lassen. Bis dahin bitte ich Sie inständig, sich um Mrs. O'Ryan zu kümmern und ihr Ihren Beistand zu leisten."

Der Pfarrer nickte ernst. „Gewiss, ich werde mich um sie sorgen und ihr den nötigen Trost spenden", versicherte er in ruhigem Ton und wandte sich sogleich Mrs. O'Ryan zu, um seine seelsorgerische Pflicht zu erfüllen.

Laurence und Theresa packten die Instrumente sorgsam zusammen, jede Bewegung bedacht zwar, doch von unvergleichlicher Müdigkeit.

Beim Verlassen des Hauses warf Laurence einen besorgten Blick auf die offensichtlich gänzlich erschöpfte Theresa. Ihre Schritte waren schwer und ungleichmäßig, sodass er ihr seinen Arm zur Unterstützung anbot. Gemeinsam schwanden sie in den nunmehr angebrochenen Tag.

Die Straßen waren bereits von geschäftiger Betriebsamkeit erfüllt, doch niemand schenkte ihnen Beachtung. Laurence suchte angestrengt nach einer verfügbaren Kutsche und war froh, als er schließlich eine entdeckte. Er beschloss, Theresa nach Hause zu bringen, damit sie sich ausruhen konnte.

Die Räder begannen knirschend ihre Fahrt über das unebene Kopfsteinpflaster, und eine schwere Stille senkte sich zwischen sie, jeder von ihnen versunken in seinen eigenen Gedanken.

Theresa blickte mit leerem Ausdruck aus dem Fenster, ebenso Laurence. In seinem Inneren tobte ein unerbittlicher Kampf, während er sich bemühte, das Chaos und die wirren Gedanken, die das grauenhafte Erlebnis hervorgebracht hatten, von sich zu weisen.

Als sie vor dem großen Haus hielten, in welchem Theresa Quartier bezogen hatte, stieg jene in gemessener Langsamkeit aus der Kutsche und wandte ihren Blick zu Laurence. Der Ausdruck in ihren Augen sprach Bände - eine stille, tiefempfundene Bitte um seine Gesellschaft lag darin. Ungeachtet der Flut an Fragen, die ihn nun bedrängten, entschloss er sich, ihr zu folgen. Zwar war er sich unschlüssig, ob diese Entscheidung die richtige sei, doch brachte er es nicht über sich, ihre wortlose Bitte geringzuschätzen. Er konnte weder sagen, ob er in jenem Augenblick lieber der Einsamkeit den Vorzug gegeben hätte, noch wollte er die Gefahr auf sich nehmen, ihren Ruf durch unbedachtes Handeln zu kompromittieren. Ebenso wenig wollte er den Eindruck erwecken, sie zu bedrängen, noch ihr den Wunsch abschlagen, ihr Gesellschaft zu leisten. Angesichts der Unauflöslichkeit dieser widerstreitenden Interessen, schüttelte er seine ungewissen Gedanken ab, zumal die Notwendigkeit seiner Gegenwart, wie von Theresa kundgetan, ihm in diesem Augenblick zweifellos höchste Priorität zu genießen schien. So erübrigten sich alle Einwände und Bedenken und jeglicher Zweifel verflüchtigte sich angesichts der stillen Dringlichkeit ihrer Bitte.

Gleichwohl schritt er mit einem befremdlichen Gefühl hinter ihr her. Nachdem sie einige Treppen erklommen hatten, öffnete Theresa eine Tür und trat ein. Sogleich nahm Laurence die unerbittliche Kälte des Raumes wahr. Doch die darauffolgende Erkenntnis, dass er niemals zuvor die Schwelle der Wohnung einer Dame, die nicht seiner Familie angehörte, überschritten hatte, ließ ihn die schaurige Kälte schlagartig vergessen. Er betrat mit gemischten Empfindungen die schlichte, doch gepflegte Wohnstätte Theresas. Einerseits ergriff ihn eine ungekannte Faszination, in diesen Raum einzutreten, und Gast zu sein in dem Refugion von Theresa, die er so schätzte und doch nur von öffentlichen Orten her kannte. Andererseits war er noch immer in Gedanken gefangen in dem Geschehen der letzten Stunden und hatte kaum Kraft, sich auf die nunmehrige Situation einzulassen. Dennoch stellte er fest, dass ihr Heim von gepflegter Schlichtheit war, was ihm durchaus zusagte. Zugleich jedoch empfand er es als befremdlich, diese privaten Räume zu betreten, was hinsichtlich der Intimität die Grenzen üblicher gesellschaftlicher Konventionen überschritt.

Theresa schloss die Tür hinter ihm, was ihm die Eigenart der Lage aufs Neue verdeutlichte, und lud ihn ein, ihr durch den kleinen Korridor zu folgen. Sie traten in einen Raum, der mit einem Bett, einem Schrank, einem Tisch und Stühlen, sowie einem kleinen Sofa eingerichtet war. Das spärliche Licht des Wintermorgens fiel durch das schmale Fenster und tauchte den Raum in ein sanftes Rosa und Orange, was die Schwere des Erlebten beinahe erträglicher machte.

Laurence fühlte sich überwältigt. Seine Augen glitten über das Mobiliar. Obgleich er kaum etwas wirklich wahrnahm, so tief war er in seinen eigenen Gedanken versunken, das grauenhafte Erlebnis noch vor seinem inneren Auge.

Theresa legte ihre Sachen ab und nahm seinen Mantel entgegen, während sich merklich die Kälte, die im Raum herrschte, um sie legte.

Er blickte sie nachdenklich an und erkannte, dass die Erschöpfung ihr Gesicht zeichnete. „Leg dich zur Ruhe. Ich werde mich auf das Sofa begeben. Wenn es dir recht ist", sprach er, selbst vollkommen erschöpft.

Sie nickte. Dann zögerte sie.

Laurence begriff, dass es für sie auch befremdlich war, dass er im Raum stand, während sie sich zur Ruhe begab. So wandte er seinen Blick abrupt von ihr ab und schritt mit gemessenen Schritten auf das Sofa zu. Dort ließ er sich nieder, und das Gefühl, sich in den weichen Polstern zurückzulehnen und die Augen zu schließen, war unbeschreiblich.

80

Als er seine Augen wenig später wieder öffnete, fand sich Theresa unter ihrer Decke geborgen. Er lächelte und schloss die Augen aufs Neue, im Bestreben, den lang ersehnten Schlaf zu finden. Doch der Schlaf entwich ihm, unerreichbar wie eine Illusion. Eine geraume Zeit verharrte er in stillem Ausruhen während er den gleichmäßigen Atemzügen Theresas lauschte.

Er merkte zunehmend die eisige Kühle, die unheilvoll von den Wänden kroch. Es war ihm schließlich nicht länger möglich, die klirrende Kälte zu ignorieren. So trat er zum Kohlenofen hin und öffnete die eiserne Klappe, wo seit Theresas letztem Verlassen des Raumes kein Feuer mehr gelodert hatte.

Seine Augen wanderten entlang der Wände, durch die die unbarmherzige Winterkälte unaufhaltsam ihre frostige Hand ausstreckte.

Leise und bedacht verließ er das Zimmer. Sein Weg führte ihn in eine kleine Küche, wo er die Kohlenkiste erblickte, nach der er suchte. Er ergriff die Kiste und eine Zeitung, die daneben lag und kehrte zurück zum Ofen. Sachte legte er Zeitungsblätter und Kohlen hinein und entfachte das Feuer, um der klirrenden Kälte Einhalt zu gebieten.

Alsbald begann es, sich lebendig durch die Kohlen zu kämpfen und den Raum mit wohltuendem Knistern und sanft wärmenden Flämmchen zu erfüllen. Zufrieden nahm Laurence wieder auf dem Sofa Platz.

Das Überwachen des Kohlenfeuers gestattete ihm, die befremdliche Situation besser zu ertragen und sich von seinen widerstreitenden Gefühlen abzulenken. Doch die Erschöpfung der nächtlichen Strapazen legte sich drückend und schwer auf seine Schultern.

„Danke, Laurence", hörte er unvermittelt Theresas leise Stimme, als das Feuer endlich aufgeflammt war und die Wärme begann, den Raum zu füllen.

„Es war mir ein Vergnügen", antwortete Laurence mit einem müden Lächeln, während er die Augen schloss und sich von der wiedergewonnenen Wärme des Raumes einhüllen ließ.

Nun, in der sich ausbreitenden Wärme, übermannte Laurence endlich der Schlaf und seine innere Unruhe ließ nach.

IV.

Port Royal, Jamaika, April 1680

Leon Dubois rückte sich gemächlich zurecht, bis sein Rücken gänzlich an der rauen Steinwand zur Ruhe kam. Sodann verschränkte er die Arme über seiner Brust. Das geschäftige Treiben von Port Royal, der berüchtigten Piratenstadt, entfaltete sich wie ein Schauspiel vor seinem Auge.

Der Rum war nicht sonderlich nach seinem Geschmack, bitter und doch süßlich, doch das schwirrende Gefühl, welches seine Wirkung hervorrief, genoss er umso mehr. Leon fühlte sich stark, frei und ungebunden.

Die Bank unter ihm und die Mauer hinter ihm erbebten ob des pulsierenden Lebens dieser geschäftigen Stadt. Wohin er auch seinen Blick wandte, alles zog ihn in seinen Bann. Als er und Pascale beschlossen hatten, hierher zu segeln, hatte er wahrlich nicht geglaubt, dass ihnen das gelingen möge. Doch an Bord der Santa Maria unter dem geschickten Befehl von Kapitän Chavez schien ihnen das Glück hold, und sie vollbrachten ihr Vorhaben ohne Mühe.

Abermals versuchte eine der zahllosen Dirnen, mit ihren flatternden Röcken und verlockenden Blicken, seine Aufmerksamkeit auf sich zu lenken, doch er wollte sich nicht einlassen mit diesen Weibern. Pascale hatte sich längst vor einer Stunde in den Armen einer solchen verloren. Auch Kapitän Chavez, ohne Zögern, hatte eine erwählt und war in die Schatten jener lauen Nacht verschwunden. Doch Leon fühlte keinen Reiz für diese Weiber, deren Anmut ihn nicht berührte.

Er wandte seinen Blick zu einem edel herausgeputzten Mann, hochgewachsen und stattlich, dessen Mantel im Licht der Laternen glänzte wie die Abendröte. Auf dessen Schulter thronte ein Papagei, bunt und stolz und unablässig von dort aus die Vorbeigehenden lautstark beschimpfend, rief, kreischte und schrie er in ohrenbetäubender Lautstärke.

Nun drängte sich der Mann durch die Menge, wohl im Bestreben, sich etwas Trinkbares zu verschaffen, während am Nebentisch ein unflätiges Schauspiel sich manifestierte: Mehrere Trunkenbolde grölten und rauften, und einer unter ihnen, welcher offenbar das Kartenspiel verloren hatte, bezichtigte die anderen des unerlaubten Betruges und versuchte ihre Ehre zu beschmutzen.

Die Luft war erfüllt von Rohheit und Tosen, doch Leon verharrte still, Beobachter und Wanderer zugleich.

In eben jenem Moment stürmte eine Horde soeben in Port Royal vor Anker gegangener Seeleute das Wirtshaus.

Leon nahm einen kleinen Schluck Rum. Große Schlucke brachte er nicht herunter.

Dies war wahrlich eine andere Welt als seine Heimat Frankreich. Doch an Frankreich wollte er gar nicht denken. Es war ihm nun fern, wie ein Traum, der beim Erwachen verblasst.

Das einzig Gute in seinen Erinnerungen war der Holländische Krieg gewesen, denn jener Krieg hatte ihn der gestrengen Macht seines Vaters entzogen.

Dort hatte er gemeinsam mit Pascale Seite an Seite für den König gegen die Vereinigten Niederlande gekämpft.

Leon erinnerte sich, wie die Fahnen Frankreichs im Wind flatterten, wie die Trommeln und Trompeten den Schlachtfeldern eine blutige Poesie verliehen. Neben Frankreich waren auch das Königreich England, Schweden, das Fürstbistum Münster und das Fürstbistum Lüttich in den Krieg getreten. Prompt verbündeten sich Spanien und das Heilige Römische Reich mit den Niederlanden in dieser langen und erbitterten Fehde.

Es war ein Flächenbrand gewesen, dessen Flammen durch die Städte und Dörfer zogen und deren Asche die Felder und Herzen der Menschen bedeckte. Leon konnte das Schreien der Soldaten und das Klirren der Schwerter noch hören, die Sicht der blutgetränkten Erde und das Gefühl des kalten Stahls, das durch Fleisch und Knochen schnitt, war auf ewig in ihn eingebrannt.

Pascale und er, Leon Dubois, waren erst später in die Reihen der Kämpfer eingezogen worden, da ihr Jugendliches Alter sie lange Zeit vor den blutigen Auseinandersetzungen bewahrt hatte. Doch für sie hatte der Krieg nur Glück gebracht. Inmitten der erbitterten Kämpfe waren sie auf eine Gruppe von Spaniern gestoßen, welche bereits am Rande des Verderbens standen, zermürbt von den vorangegangenen Schlachtgetümmeln.

Nur Chavez hatte noch einen Funken Leben in sich gehabt und sie hatten es nicht über sich gebracht, ihn zu töten. Besonders Leon hatte das nicht über sich gebracht.

Stattdessen fassten sie den Entschluss, Chavez wieder auf die Beine zu bringen. Mehrere Wochen heimlicher Pflege folgten, während die Schlachtfelder um sie herum weiter brannten, doch so gelang es ihnen, und Chavez wurde nicht nur ein gerettetes Leben, sondern ein treuer Freund. Pascale, stets mit einem schalkhaften Lachen im Gesicht, hatte sich darüber halb totgelacht. Er behauptete, es sei typisch für Leon, in einem Konflikt, der ganz Europa in Flammen hüllte, sich mit dem Feind anzufreunden. Die Wahrheit lag jedoch darin, dass diese Freundschaft ihnen ermöglichte, Frankreich endgültig hinter sich zu lassen und

84

sich gemeinsam unter Chavez' kundigem Befehl auf das Abenteuer ihres Lebens zu begeben. Und gleichwohl erkannte Leon keinerlei Anlass, der ihn gezwungen hätte, Chavez zu verachten. Das Gegenteil war der Fall. Chavez öffnete ihnen den Zugang zu ungeahnten Freuden und einem bunten und freien Leben.

Und also waren sie nun hier, in Port Royal, in der wohl übelsten aller Städte, deren Namen selbst die erfahrensten und härtesten Seefahrer mit einem gewissen Schaudern aussprachen. Die Nacht war gespickt mit fahlen Gestalten und die Tavernen voll von Schurken und Freibeutern. Die Klänge von Gelächter und rauen Gesängen erfüllte die Luft, das Klirren von Bechern, das Schlagen von Karten auf Tischplatten und das Flüstern geheimer Absprachen erfolgten in einer unaufhörlichen Symphonie.

Und so fand sich Leon nun in diesem Ozean der Ausschweifung und der Unruhe, einer Stadt, die wie ein wildes Tier seine Klauen ausstreckte. Hier, unter dem Schutz und der Führung des klugen Chavez, fanden sie eine Freiheit, die sie sich nie hätten träumen können, weit entfernt von der strengen und kalten Disziplin ihres Heimatlandes.

„Wo steckt Chavez!", hallte es plötzlich unheilverkündend durch die verrauchte Luft der Taverne. Leon schreckte hoch, seine Hände fest um die Bank geklammert.

Der Ruf erhob sich von einem der roh und ungeschlacht auftretenden Seefahrer, welche soeben das Gasthaus erstürmt hatten. Der Mann, markant und stark, hatte den Wirt, einen abgemagerten, alten Gesellen, welcher mit roten Augen und greulich befleckter Schürze hinter der Ausschank stand, am Halsfetzen gepackt und erhob ihn etliche Summen hoch über den Erdboden.

Ehe Leon einen Gedanken zu fassen, geschweige denn zu handeln vermocht, deutete der Schankwirt hastig gegen deren Stiege zu den Gemächern der Dirnen. Die bebende Bewegung seiner Hand war gleichwohl deutlich sichtbar; Furcht und Ungewisshet hatten selbst ihn ergriffen

Leon sann mit ängstlichem Eifer nach, wie er Chavez und auch Pascale zu warnen vermöchte. Sein Herz klopfte wie eine Kriegstrommel seiner Jugendtage, jener lauten Begleiter, die ihn einst zu den Schlachten Europas riefen. Der Raum hallte wider von dem drohenden Schritt des Seefahrers und dem leise beklagenden Flehen des Schankwirts. Leon war gleich einer Statue verkehrt, so als läge eine unsichtbare Hand um seine Brust, die ihm das Atmen schwer machte. Er konnte nicht zusehen, dass seine Gefährten, Chavez und Pascale, in Not gerieten; doch was konnte er in solcher Hast erwarten zu tun?

In eben diesem Augenblick erhob sich ein Mann, etwas zur Rechten von Leon, und rief mit mächtiger Stimme dem vorne stehenden Mann zu: „Was begehrt Ihr von Chavez?"

Leon erkannte in einem Augenblick, wer dieser war. Kein Geringerer als der berüchtigte Henry Morgan persönlich stand dort, ein gefürchteter Korsar und Anführer, dessen Name Ehrfurcht und Schrecken über die Karibischen Meere verbreitete.

Leon wusste wohl, dass dieser Mann hier die Herrschaft zu führen pflegte, denn sein Name war aller Orten wohlbekannt.

Der Seemann, welcher den gequälten Schankwirt noch immer grimmig bei dem Halsfetzen hielt, sprach ohne Hemmungen: „Er schuldet mir einen Betrag. Dies werden wir unter uns regeln."

Ein Raunen und Lachen erhob sich von den Männern, die um ihn standen, eine bunte und grobschlächtige Truppe, die keinen Arg vor Zerwürfnissen verspürten.

In jenem Moment erhoben sich die Gesellen des Henry Morgan, ihre Hände fest die Griffe der Waffen umfassend, bereitwillig ihrem Gebieter jeden Wink zu erfüllen. Morgan, mit einem funkelnden, durchdringenden Blick, richtete seine Augen auf den Seemann und sprach mit mächtiger Stimme: „Wer hier etwas mit wem zu klären hat, bestimme ich und keiner sonst."

Dies war Leons Gelegenheit. Mochten die Zwei sich ruhig stritten. Dies gewährte ihm Zeit, um seine Gefährten zu warnen.

Gleichwohl - der Zugang zur Stiege war durch die Konfrontation vollständig verwehrt und offenbarte sich als unüberwindbares Hindernis.

Leon konnte sich wahrhaftig seines Glückes erfreuen, denn seine zierliche und wohl unscheinbare Statur und mädchenhaft kleine Gestalt erlaubten ihm, ohne großes Aufsehen zu erregen, das Gasthaus eilends zu verlassen.

Draußen blickte er sich um und Verzweiflung nagte an ihm; wie sollte er wohl Zugang zu den Gemächern finden, welche sich im ersten Geschosse der Schenke befanden?

Just in diesem Momente fühlte er eine Hand auf seiner Schulter. „Hej, junger Bursche. Wohin strebst du gar so hastig zu entschwinden? Welche Geheimnisse bewahrst du in deinem Innern, dass du so plötzlich Johnnys Gaststätte verlässt?", sprach eine der holden Damen mit süßem Honig und einem Schimmer von Spott in der Stimme.

„Ich bitte dich inständig, mir geschwinde kundzutun, wie ich von außen in die Gemächer des ersten Stocks gelangen kann," entgegnete Leon, indem er seine Anspannung durch den dringlichen Ton zu offenbaren suchte.

„Welches Vorhaben trägst du in deinem jugendlichen Gemüt, dass du dort oben ein ruchloses Abenteuer beginnen willst? Bist du nicht ein wenig gar zu grün für derlei tollkühne Unternehmungen? Und obendrein zu versuchen, Johnny zu entweichen, ohne ihm die rechtmäßigen Abgaben zu leisten, zeugt nicht von feiner Sitte, Sir!", entgegnete die holde Dame, und in ihren Augen blitzten Belustigung und wissbegierige Neugier.

Leon fühlte ein schier unwiderstehliches Verlangen, die Dame bei den Schultern zu packen und zu schütteln, so drängte die Not ihn immer mehr. Die Zeit lief ihm unablässig davon. Deshalb sprach er, bemüht Ruhe zu wahren: „Ich biete dir diese Münze". Dabei zog er aus der Tiefe seiner Tasche eine prächtig strahlende Goldmünze hervor. „Weis' mir geschwind den Weg hinauf." Verlockend hielt er ihr nun das glänzende Gut entgegen.

Sogleich erwiderte diese mit einem Anflug von Argwohn: „Ob die wohl wahrhaftig echt ist?"

Leon zog die blitzende Münze rasch zurück und verbarg sie sicher in seiner Faust, ein Ausdruck des entschlossenen Handelns spielte auf seinem Gesicht. „Willst du es wahrlich darauf ankommen lassen?" sprach er, fest im Blick mit ihren gierigen Augen, denen er gleichwohl mit unerschütterlicher Stärke begegnete.

„Nun denn, wohl. Eine Hintertür gibt es, mit einer Stiege eigen. Folge mir!" Und so eilte sie vor ihm her, ihre Schritte rasch und mit Bestimmtheit, derweil es schien, als habe sie selbst ein persönliches Interesse, das Vorhaben in zügiger Eile zu vollführen.

Leon folgte ihr mit nicht minder raschen Schritten, sein Herz pochte in unregelmäßigen Schlägen, da er förmlich die verrinnenden Sekunden spüren konnte. Als sie endlich die unscheinbare und etwas versteckte Hintertür erreichten, hielt seine Begleiterin unverhohlen ihre Hand auf, ein listiges und erwartungsvolles Funkeln in ihren Augen.

Leon streckte die eine Hand aus, um des Tores Beschaffenheit zu prüfen, wiewohl er mit der anderen Hand die verheißen Münze darzureichen gedachte. Das Tor ergab sich sachte seinem Druck, und alsobald trat er einen Schritt vorwärts, bereit, hindurch zu stolpern. Unversehens brachen jedoch seine Gefährten, Chavez Pascale, ihm eilends entgegen. „Dort bist du endlich, bei allen Heiligen!", rief Pascale, dessen Stimme eine Zweiung von Erleichterung und Dringlichkeit barg, und packte ihn mit Entschiedenheit am Arm. Ohne weitere Erklärungen zog er Leon hinter sich her.

Chavez hastete hinterdrein, so geschwind es ihm möglich war, gleichwohl ihn des Schicksals widriger Ratschluss nicht gnädig behandelt hatte: Verwundungen, erworben im Krieg, hatten ihm ein lahmendes Bein beschert. Diese Plage aus vergangener Zeit erwies sich nunmehr als hinderndes Mal der Flucht und erschwerte ihm das Voranschreiten. Alsbald verlangsamten sich seine Schritte, während sich die unsäglichen Schmerzen des Beines regten. Die Verfolger, unheilvoll und mit finsterem Entschluss, eilten durch die engen Gassen und kamen bedenklich nahe. In dieser verzweifelten Lage gewahrten Leon und Pascale die dringende Not, innezuhalten und den bedrängten Chavez aufholen zu lassen.

Leon ergriff mit kräftiger Entschlossenheit den Herrn Chavez und zog ihn geflissentlich voran. Wenngleich diese Tat seine eigene Schnelligkeit herabsetzte, so ward doch durch sie des verletzten Kameraden Eilfertigkeit merklich erhöht und wurde somit zu einer ehrenwerten Rettungsaktion. Pascale indes stand, durch heldenmütigen Entschluss gefestigt und ohne Rücksicht auf die eigene Sicherheit, den näherkommenden Verfolgern entgegen. In seiner Hand blitzte ein Säbel, entschlossen die drohende Gefahr zu zerstreuen.

„Du niederträchtiger Hund!", rief einer der Männer, während er schnell auf Chavez zustürmte, doch sein Jähzorn vermochte Pascale nicht zu bedrängen. Virtuos führte jener seinen Säbel und schlug den Angreifer alsbald nieder, streckte ihn zu Boden. Es war ein kurzer, doch äußerst gereizter Kampf, in welchem sich Pascale als wagender und geschickter Fechter erweis, welcher keinen Gegner unbedacht ließ.

Auch einen weiteren Verfolger vermochte Monsieur Pascale mit eleganter und doch tödlicher Bewegung unschädlich zu machen. Die gewonnenen Momente nutzte er weise und kehrte zurück zu seinen Kameraden, während die verbleibenden Gegner ungeschickt über die gefällten Gesellen steigen mussten, um die Verfolgung fortzusetzen.

Sie erreichten das Schiff, welches dalag wie ein leuchtender Stern auf den dunklen Wogen des unruhigen Wassers, im letzten Augenblick.

Sie erreichten Nuevo México und bald darauf Santa Fe, wenige Wochen hernach ihrer entbehrungsreichen Seefahrt und mühseligen Reise über Land.

Dies war also jenes Land, das der Spanier Francisco Vásquez de Coronado aus Salamanca auf der Suche nach den sieben goldenen Städten von Cibola zu erobern gedachte. Der Südwesten den unendlich weiten Amerikas.

Hier war er auf die List von El Turco hereingefallen, hier hatte der Mixtón-Krieg getobt, hier hatte Coronado bei einem Gewitter einen Großteil seiner Pferde verloren.

All diese Geschichten hatte ihnen Chavez während der wochenlangen Überfahrt erzählt.

Leon war erfüllt von Stolz, da er sich bewusst wurde, dass er selbst dieses abenteuerlichen Unterfangens teilhaftig war.

Es war ein dürres, raues Land. Die Sonne brannte erbarmungslos vom Firmament herab und der Boden bestand aus heißem, rotem Sand. Nur wenige Pflanzen wiegten sich sachte im Wind.

Auf den Haziendas der spanischen Siedler, die ihnen während der Reise begegneten, plagten sich die Ureinwohner und oftmals auch die Sklaven unter schwerer körperlicher Arbeit, während des Tages kämpfend gegen das unbarmherzige, dürr wirkende Klima.

Die Eingeborenen, welche Leon erblickte, unterschieden sich merklich von jenen Franzosen oder Spaniern. Klein an Gestalt, mit schwarzem, glattem und glänzendem Haar, die Haut durch die Sonne gebräunt. Ihre Gesichter rundlich und zart, die Augen dunkel und tief.

Leon observierte sie mit großer Aufmerksamkeit von seinem Ross herab, doch schienen sie seiner nicht zu achten.

Er indes war höchst entzückt und voller Verwunderung ob dieser fremden Welt, fern seiner Heimat. Das Gefühl der Freiheit, welches ihm zuteil wurde, genoss er mit ganzer Seele – jene herrliche

Freiheit, niemals befürchten zu müssen, seinem Patriarchen zu begegnen, der ihm mit zunehmender Drangsal näher rückte, endlich einer gläubigen protestantischen Jungfrau das Ehegelöbnis zu schenken. Zuletzt hatte jener ihm gar fortwährend seine strengen und kompromisslosen Glaubensdogmen aufgezwungen, deren Fesseln Leon sich in keiner Weise verbunden fühlte.

Selten sinnierte Leon darüber, ob es seinem Seelenheil schade, sich nicht so streng an den protestantischen Glauben zu halten wie jener. Sein engster Freund, Pascale, folgte der päpstlichen Kirche, und Leon konnte nicht glauben, dass er ein schlechterer Mensch sei als er selbst oder Vater.

Auch Chavez war von der katholischen Glaubensrichtung. Chavez, ein Haudegen sicherlich, doch ein Mann von Ehre. Leon fühlte sich befreit und wohl in der Gesellschaft seiner Freunde.

Wohlan, in der Nähe seines gestrengen Vaters fühlte er sich stets, als habe er eine Schlinge um seinen Hals, welche unentwegt enger zog. Ein abscheulicher Gedanke war es, eine Protestantin heiraten zu sollen und ihrer Glaubensrichtung zu folgen, gleich wie sein streng gläubiger Vater es tat. Daher kam ihm diese Seereise gerade zur rechten Zeit. Wie es hernach weitergehen würde, wollte er weder wissen noch spekulieren. Die Gedanken daran mochten ihm fernbleiben.

Santa Fé, Juli 1680

La Villa Real de la Santa Fé de San Francisco de Asis, kurz: Santa Fe lag in 1700 Meilen Höhe, im nördlichen Teil Nuevo Mexicos, nahe dem zu den Rocky Mountains gehörenden Teilgebirge Sangre de Cristo mit seinen über 2600 Meilen aufragenden Bergen.

Spanier, Ureinwohner und Sklaven belebten die Straßen.

Leon konnte sich gar nicht satt sehen an dieser wunderschönen Landschaft und an dem lebendigen Treiben in der kleinen Stadt.

Mit Chavez besuchten sie den Gouverneur Antonio de Otermin und trafen wichtige Personen, mit welchen Handel und Geldangelegenheiten zu erörtern waren.

Leon war mehr ein stiller Beobachter. Immerhin hatte er in den letzten Monaten am Kartentisch mit Chavez so viel Spanisch erlernt, dass er den Gesprächen und Beratungen durchaus zu folgen im Stande war.

Wann immer keine Verpflichtungen ihn banden, erkundigte er die Stadt und deren Umgebung.

Er wurde Zeuge vieler schwer arbeitender Sklaven auf den Feldern. Es war um die zwei Wochen nach ihrer Ankunft in Santa Fe herum, als er sie das erste Mal erblickte. Überrascht stellte er fest, dass er augenblicklich innegehalten hatte und seinen Blick nicht mehr abwenden konnte.

Sie mochte wohl eine Sklavin sein, doch wahrlich, sie war die schönste Frau, die seine Augen je erblickt hatten. Trotz ihres niederen Standes strahlte sie Stolz und Mut aus, als wäre sie eine Königin unter den Feldarbeitern. Ihr Haar war zu einer kunstvollen exotischen Frisur hochgesteckt, an welche keine Haarpracht heranreichte, die er jemals erblickt hatte.

Klein war sie, mit weichen, dunklen und ernsten Gesichtszügen.

Er stand am Feldrand, als wäre er dort festgewachsen, und starrte zu ihr hinüber, als hätte er einen seltenen Schmetterling entdeckt.

Am nächsten Tage fand er sich erneut am Feld ein, denn er wünschte sich, sie wiederzusehen. So vergingen zwei volle Wochen, in denen er täglich den Ort aufsuchte, als wäre es eine heilige Pilgerstätte.

Die Arbeiter hatten längst seine Anwesenheit bemerkt und deuteten auf ihn.

Auch sie hatte ihn irgendwann bemerkt. Manchmal war ihr Blick in seine Richtung gewandt, und er zwang sich zu einem Lächeln.

Schließlich entschied er auf Chavez Rat hin, ihren Besitzer aufzusuchen, um eine kühne Frage zu stellen.

Es war Ende Juli, als er in das große, herrschaftliche Anwesen eingelassen wurde. Die Villa, umgeben von prachtvollen Gärten, in denen Yucca-Pflanzen und duftende Rosen wuchsen, und hohen, strahlenden Mauern, zeugte von dem gestohlenen Reichtum der Spanischen Krone.

Jacinto, der mächtige Spanier, saß an einem großen Tisch von dunklem, glänzendem Mahagoniholz, der mit Papieren und Schreibutensilien bedeckt war. Die Luft war schwer, obgleich ein Fensterflügel weit offenstand und den Blick auf den imposanten Innenhof mit seinen sonnenbeschienenen Arkaden und Kolonnaden freigab. Anstelle frischer Luft drang der schwere und süße Duft des Jasmin und der Orangen- und Zitronenbäume in die Halle.

Jacinto, ein Mann von stattlicher Erscheinung und beeindruckender Autorität, die ihm sowohl durch sein Auftreten als auch durch seinen umfassenden Besitz verliehen wurden, gekleidet in feinstem Brokat, das mit aufwendigen Stickereien und Goldfäden verziert war, und mit Spitzenbesatz versehenen Ärmeln, erhob sich nicht, sondern beäugte Leon misstrauisch aus dunklen und durchdringenden Augen. „Ihr seid nicht von hier?", fragte er und nahm dabei eine feine Kristallkaraffe zur Hand, um sich Wein einzuschenken. Seine Hände waren geschmückt mit schweren Goldringen.

Leon zweifelte, ob er Gehör finden würde. Doch er schüttelte die Unsicherheit ab und besann sich auf seine Mission. „Wir weilen nur für einige Wochen hier, ehe wir zurück gen Spanien segeln', erklärte er, bemüht, einen festen Ton zu treffen. Er strich sich eine Locke aus der Stirn und hielt dem eindringlichen Blick seines Gegenübers stand. „Ich bin gekommen, um bei Euch einen Preis für eine Eurer Sklavinnen zu erfragen."

Jacinto lehnte sich zurück, seine dunklen Augen funkelten mit einer Mischung aus Skepsis und Belustigung. Seine beringten

Finger trommelten leise auf der polierten Oberfläche des Mahagonitisches. „Ich nehme an, es geht um eine bestimmte? Denn ansonsten kämt Ihr wohl in der Stadt billiger an Sklaven."

Leon wusste, dass der Spanier ihm einen stolzen Preis abverlangen würde. Mit einer Kälte, die er mehr vortäuschte als fühlte, erklärte er: „Sie hat mich beleidigt und verdient eine Strafe. Ihr habt die Wahl. Entweder Ihr überlasst sie mir für einen günstigen Preis, oder ich beschwere mich über Euch und Eure Sklaven beim Gouverneur."

Jacintos Augenbrauen zogen sich zusammen, Falten bildeten sich auf seiner sonst glatten Stirn. Fast unmerklich wich er in seinem Stuhl zurück, seine Haltung veränderte sich subtil. „Darf ich wohl fragen, was sie getan hat?" Seine Stimme war ruhig, doch ein Hauch von Anspannung lag darin.

„Sie hat in ihrer Sprache mit den anderen Sklaven über mich gesprochen und gelacht. Sie gehört ausgepeitscht." Leon's Worte hingen schwer in der parfümierten Luft des Arbeitszimmers.

Der Spanier schien zu überlegen. Er spielte, scheinbar gedankenverloren, mit dem Siegelring an seiner Hand. "Für die Bestrafungen meiner Sklaven bin ich selbst zuständig. Ich werde die Arbeiter auf dem Feld befragen und für Ordnung sorgen", sprach er schließlich mit ungerührtem Gesichtsausdruck, seine Augen jedoch verrieten eine gewisse Beunruhigung.

Leon, der spürte, dass er am längeren Hebel saß, sah dem Spanier fest in die Augen. Seine Stimme war leise, gleichwohl bestimmt:

„Ich habe Euch bereits gesagt, was ich verlange. Wählt."

Die Spannung im Raum war greifbar, das leise Ticken der mit kunstvollen Schnitzereien versehenen Standuhr in der Ecke schien die Sekunden zu zählen, während Jacinto seine Entscheidung abwog.

„Ihr stellt Euch das einfach vor, gleichwohl, ich bin mit dem Gouverneur gut bekannt. Er wird mir glauben, nicht einem Fremden", erwiderte Jacinto mit einem Lächeln, das gleichermaßen überlegen und amüsiert war.

Leon wusste, dass dies nicht stimmte. Sein Freund Chavez hatte ihn aufs gründlichste instruiert, was er in dieser Situation tun sollte. „Wenn Ihr meint, dass er Euch gar auch mehr Glauben schenkt, als Kapitän Chavez, der Zeuge der Beleidigungen ist, dann lasst es darauf ankommen."

„Chavez, sagt Ihr?" Jacinto überlegte, die Spannung in seinem Gesicht deutlich sichtbar. Er kannte den Namen und verstand die mögliche Reichweite von Leons Drohung. „Nun gut. Sklaven sind billig zu kriegen. So viel Scherereien ist mir die Sache nicht wert. Wir werden zum Feld reiten und Ihr zeigt mir, welche es ist. Ihr könnt sie mitnehmen", sagte er schließlich ausweichend.

Leon musste sich zwingen, gleichgültig zu erscheinen, doch sein Herz schlug schneller, als er sich mühte, die Freude über den bevorstehenden Erfolg zu verbergen. Er nickte kalt als Antwort, und die beiden Männer machten sich auf den Weg.

Am Rand des Ackerlandes wies Leon auf die junge Sklavin hin, und empfand sogleich ihre Schönheit, welche durch die Schlichtheit ihres Gewandes und die Härte ihrer Arbeit nicht geschmälert war.

Die übrigen Sklaven, welche das Erscheinen des Spaniers gewahrten, schienen beunruhigt und verängstigt.

Jacinto rief die Frau heran und begann alsbald, sie mit scharfen Worten zu beschimpfen. Ihr Ausdruck zeugte von völligem Unverständnis.

Leon hätte Jacinto am liebsten davongejagt; es bereitete ihm keinerlei Vergnügen, dieser Szene beizuwohnen. Doch er musste sein Schauspiel fortsetzen, um seine Gelegenheit nicht zu verderben. Sein Herz begann schneller zu schlagen, als er den Blick des Spaniers auf sich ruhen fühlte.

Doch dann, unerwartet und vehement, griff der Spanier nach

seiner Geißel[29] und riss den Arm empor. Leon stockte der Atem, und ohne zu überlegen, trat er instinktiv vor und ergriff den Arm des Spaniers. „Haltet ein!", entwich es ihm mit drängender Stimme. Geflissentlich suchte er nach den rechten Worten. „Es obliegt nicht Euch, diese Züchtigung zu vollziehen. Das überlasst mir."

Jacinto schaute ihn zunächst mit überraschten Augen an, sodann verärgert, ehe er schließlich den Gesichtsausdruck eines gemäßigteren Gemüts trug. Endlich ließ er die Hand sinken und bedeutete der Frau, Leon zu folgen. Leon musste alle Fassung bemühen, um das Schauspiel weiterzutreiben, obgleich er gewahrte, dass ihr verständnisloser Gesichtsausdruck einem furchtsamen wich. Er zwang sich, voranzuschreiten, während sie ihm folgte.

Immerdar blickte sie rückwärts, da sie neben Leon dahinschritt, welcher von seinem Pferd abgestiegen war. Leon war froh, dass seine List geglückt war, doch nunmehr standen ihm gänzlich neue Herausforderungen bevor: Welches Wort mocht' er zu ihr führen? Ihre Sprache war ihm unbekannt, und daher vermochte er nicht kundzutun, was sein Vorhaben war. Nichts wusste er von ihr. Er hatte sie aus ihrem gewohnten Leben herausgerissen. Unwiederbringlich, wie er wohl wusste.

Die Landschaft der weiten Felder und der Wohlgeruch der Blumen, die ihren Pfad säumten, boten einen seltsamen Kontrast zu der gespannten Luft, die zwischen ihnen stand. Leon dachte fieberhaft über das Weitere nach; wie sollte es nunmehr fortgeführt werden? Er war sich indes gewiss, dass er in Ruhe die folgenden Schritte bedenken musste, um ihr Vertrauen zu gewinnen und ihr Begehen zu bessern.

Also führte er sie, deren Schicksal nun in seinen Händen lag, weiter, in dem festen Entschluss, ihren Blick zu gewinnen und ihr

---

[29] Eine Art Peitsche, die historisch als Werkzeug zur Bestrafung und Züchtigung eingesetzt wurde. Sie besteht zumeist aus einem Stock oder Stab, an dessen Ende Riemen oder Stränge befestigt sind. Die Geißel war besonders in früheren Jahrhunderten ein Symbol der Strafe und der Disziplinierung, sowohl in weltlichen als auch religiösen Kontexten. Quelle: "The History of Corporal Punishment" von George Ryley Scott.

die Freiheit zu schenken, die er ihr wünschte. Und dies war allein dasjenige, woran er nun denken wollte. Dieser Weg würde nicht leicht zu beschreiten sein, doch hatte er einen Anfang getan, und nun musste er das nächste Kapitel ihrer Geschichte schreiben. Er hatte sich selbst in diese Lage manövriert und es wäre eine große Unwahrheit gewesen, zu sagen, dass er nicht über alle Maßen voller Freude war.

„Welch' Plan hegst du nun mit ihr?", fragte Pascale, indem er sich zurücklehnte und die Arme hinter seinem Haupt verschränkte. Mit einem belustigten Grinsen betrachtete er Bis'dii, deren Namen Leon nun kannte, da sie ihn ihm offenbart hatte, und die auf der Bank nahe der Tür unbewegt saß.

Auch Leon wandte seinen Blick zu ihr und ihre Augen begegneten sich.

Gerne hätte er ihr verkündet, dass sie in Freiheit wandeln solle, dass seine Absicht, in Bekanntschaft zu treten, aufrichtig wäre. Doch wie sollte er solches vollbringen?

Seit der Stunde, da er sie in seine Obhut genommen hatte, harrte sie, was sich noch zutrage. Doch auch ihm selbst war dies ungewiss.

„Ich vermag es euch nicht zu sagen. Ihre Sprache ist mir fremd", sprach er mit bekümmerter Miene.

Pascale, frei von Rücksicht, brach in lautes Gelächter aus, sodass die junge Frau erschrak und zurückwich. „Ach, das hätte ich dir zuvor wohl ankündigen sollen", entgegnete Pascale mit spöttischem Unterton.

„Nicht so laut, du versetzte sie ja aufs Höchste in Schrecken!", entfuhr es Leon.

Pascale sah ihn mit Verwunderung an und sprach letztlich: „Es steht dir frei zu tun, was dir beliebt. Sie ist dein Eigentum."

Diese Reden verursachten in Leon ein tiefes Unbehagen. Solches durfte keineswegs geschehen. Niemals konnte er sie als sein Eigentum betrachten, noch wünschte er dieses. Es musste ihm gelingen, dass sie selbst das Recht der Freiheit über sich begriff. Doch wie vermochte er dies zu erreichen?

Am andern Morgen war er voller Hoffnung, seine neue Aufgabe zu vollführen.

In seiner ersten Bestrebung, ihr die Freiheit anzutragen, führte er sie mit sich unter den weiten Himmel des offenen Marktplatzes. Er gedachte, ihr zu zeigen, dass sie nun selbst wählen möge, nach ihrem Gefallen, doch erwies sich solches als mit allerlei Schwierigkeiten beladen, die er nicht erwartet hatte. Es wollte ihm nicht gelingen, ihr seinen Willen kundzutun. Immerfort folgte Bis'dii ihm vielmehr in respektvoller Distanz, zurückhaltend wie ein Schatten, den die Sonne nicht erreichte.

Des Abends, im Gespräch mit Pascale und Chavez musste er sich manchen Spott gefallen lassen, doch begriff er dabei zuletzt, dass Freiheit wohl nicht per Dekret erworben werden konnte, sondern ein Pfad der Erkenntnis wäre.

Heiteren Gemüts brachte Leon am Folgetag ein Gewand von edler Machart, mit Stickereien so prächtig wie das Morgenrot, hoffend, dass dies sie erfreuen möge — ein Zeichen der Wertschätzung und ihrer neuen Würde. Doch blieb auch jetzt ihr Wille unbeugsam, und sie vermochte nur ein zaghaftes Lächeln zu erwidern. Fortan sah er das Kleid sauber zusammengelegt auf einem Stuhl ruhen. Er glaubte nicht, dass sie es jemals angerührt hatte. Was er auch zu vollbringen suchte, stets schien es ihm, als rücke sie ferner und ferner in Gedanken. Er wähnte, es seien Erinnerungen an ihre verlorene Heimat.

Indessen unbeirrt, beschloss Leon, ein Festmahl bereiten zu lassen. Er ließ sich beraten, welche Speisen ihr zusagen mochten, und lud sie ein, mit ihm zu tafeln. Doch Bis'dii, in ihrer stillen Anmut, verharrte schweigend in einer Geste der Demut und Vorsicht. Leon fragte sich endlich, ob doch alle Worte und Mühen vergebens seien.

Was er auch anstellte, Bis'diis Antwort war Zurückhaltung und Misstrauen. Sie war es wohl gewohnt, Angebote mit Argwohn zu betrachten, da das Leben sie gelehrt hatte, dass Geschenke oftmals Bedingungen verborgen hielten.

Leon erkannte, dass Freiheit mehr als eine äußere Befreiung war. Die einzige Brücke, die er mit Gewissheit zu schlagen vermochte, war die Sprache. Woche um Woche verrann im Gespräch, und mit langsamem Fortschreiten begannen seine Worte, sie zu erreichen. Und aus ihren Worten verstand er zuletzt, dass sie sich danach sehnte, ihre Familie wieder zu finden. Diese Einsicht fiel Leon allzu schwer.

Er rang sehr mit sich, denn er ahnte, dies könnte der Abschied sein. Doch endlich begriff er, dass dies der Weg wäre, ihr wahrlich die Freiheit zu schenken und obgleich dies ihm schwerfiel, begann er, sich umzuhören und zu ergründen, woher sie gekommen war, wie sie hierher gelangt war und wo ihre Familie weilen könnte, und mit diesem Entschluss begann ihr Vertrauen zu ihm zu wachsen, als befinde er sich gleich einem Band zwischen ih-nen welches sich stetig festigte.

Leon verspürte in seinem Innern große Besorgnis, sie nun verlieren zu müssen, doch zugleich überkam ihn ein unbeschreiblich freudiges Gefühl, diese Tat für sie zu vollführen. Es war an ihn gedrungen, dass sie eine Apachin sei: Der Spanier, von dem sie einst gekommen, hatte sie vor zwei Jahren von einem Kaufmann erworben, welcher sie wiederum von den Yavapai erstanden hatte, die sie bei einem Beutezug an einem Stamm der Westlichen Apachen geraubt hatten.

Da sie sich ihrer eigenen Geschichte, Schritt um Schritt, näherten, ward es Leon deutlich, dass sie sich unablässig von jener Welt entfernte, in der er verweilte. Gleich einer Abenddämmerung die unerreichbar am Horizont fern herabsinkt, schien ihre Existenz sich ihm zu entziehen. Mehr und mehr ersehnte er einen Weg, sie zurückzuhalten, obgleich er zugleich tiefe Zufriedenheit empfand in dem Anblick ihres neuen Aufblühens.

Endlich offenbarte sich ihm die bittere Wahrheit. Er erkannte wohl, dass er sie in ihre Ursprungsheimat zurückführen müsse, denn allein dort mochte sie die Freiheit erlangen. Am Tage, da er diesen Entschluss für sie fasste, war er von tiefer Schwermut ergriffen. Doch seine Beweggründe widerstrebten ihm nicht, und so stellte er sich der Aufgabe. Er sattelte zwei Pferde und entbot sich mit ihr auf jene Reise.

Auf ihrer Wanderung durch das weite, wilde Land, da begann Bis'diis Lächeln häufiger zu erscheinen, Es war, als ob ihre Seele erwachte, da ihre Augen die vertrauten Bilder ihrer Heimat erblickten. In ihren Bewegungen lag die Grazie einer anmutigen Tänzerin und Leon sah in ihr eine Lebendigkeit, einen Zauber, der sich ihm zuvor nicht offenbart hatte. Ihm war, als lernte er hier ihre Wesenszüge kennen und er empfand sie als schöner denn je. Er blickte auf Bis'dii und ihre Augen funkelten wie das Licht der Sterne auf einem klaren Nachthimmel. Ihre Sprache war nun voller Geschichtenerzählen und Gleichnissen, welche ihm enthüllten, wie unzertrennlich das Band ihrer Kultur in ihrer Seele ruhte. Sie wusste den Flug der Vögel und das Flüstern des Windes zu deuten, als wären es Botschaften, die nur ein Kind des Landes verstehen konnte. In den Schatten der Bäume konnte sie mit einem Blick das nahende Wetter erspähen und anhand der Fährten im Staub die Geschichten der dortigen Kreaturen erschließen. Er sah in ihr die Schönheit der Freiheit. Und verstand nun, dass Liebe die Freiheit des anderen begehrt. Diese Erkenntnis bereitete ihm Schmerz und Glück zugleich.

Nach sieben Tagesritten, die ihm die seligsten und schönsten Augenblicke seines Daseins beschert hatten, kam die Stunde des Abschieds.

Als der Moment nahte, da sie sich trennen mussten, verweilte er, während Bis'dii den letzten Abschnitt des Weges allein beschritt. Mit sehnsüchtiger Traurigkeit folgte sein Blick der anmutigen Gestalt, deren langes, schwarzes Haar im Sonnenlicht glänzte.

Dann, als sie seinen Blicken entschwunden, und nur die Erinnerung an ihre Nähe ihm verblieb, lenkte er sein Pferd gen Santa Fe zurück. Die Einsamkeit seines Rittes war ihm ein stilles, bittersüßes Glück, denn er begriff, dass keineswegs er ihr die Freiheit geschenkt, sondern sie ihn die Freiheit gelehrt hatte. Dennoch, es war ein Gedeihen, dass er allein den Heimritt vollbrachte, denn seine Verfassung war wahrlich keiner Gesellschaft zuträglich.

Im Anbeginn des Monats August kündigte Chavez an, dass sie in vierzehn Tagen gen Europa segeln würden.

Doch Leon wollte nicht zurückkehren. Am liebsten wäre er geblieben. Er sehnte sich nach Bis'diis Gesellschaft und hatte doch keinerlei Hoffnung, sie jemals wiederzusehen.

Die Tage verrannen im stillen Fluss der Zeit, und mit jedem vergehenden Tag wurde seine Seele schwerer, von Traurigkeit und bedrückender Gewissheit erfüllt.

Da, am neunten Tage des Monats August, erhielten sie ein Schreiben, das sie vor Gouverneur Otermin rief.

Der Gouverneur, mit sorgenvoller Miene, warnte sie, dass die Zeichen der Zeit Unruhe verhießen. Die Pueblo-Indianer, angeführt von einem Häuptling namens Popé, hegten offenbar den Plan einen großen Aufruhr zu entfachen. Dieser Aufstand sollte am dreizehnten Tag des Augusts seinen Anfang nehmen.

Chavez wollte keineswegs in Santa Fe verweilen, wenn es Ärger und Tumult gäbe, denn solches gefährdete den Bestand seiner Waren. Er befahl daher die Abreise am kommenden Morgen.

Doch alle Bemühung der Eile konnte das unentrinnbare Schicksal nicht wenden. Schon hatte die finstere Stunde ihre Vorboten gesandt, und es war für die Flucht längst zu spät.

Wohl hatte Popé von dem hinterlistigen Verrat Kunde erhalten und den Anbeginn des Aufstandes vorgezogen, um die spanische Besatzung unvorbereitet zu treffen. Bereits in den frühen Stunden des Tages erreichte Gouverneur Otermin die beunruhigende Nachricht, dass ein Angriff auf eine Kirche nördlich von Santa Fe stattgefunden hätte.

Es dauerte nicht lange, und weitere erschütternde Berichte trafen ein; offenbar hatten sich die Streiter des Aufruhrs gegen mehrere heilige Stätten und priesterliche Diener gewendet.

Chavez, von Vorsicht geleitet, beschloss, die geplante Abreise aus Santa Fe zu verschieben, um nicht unversehens den anbrandenden Horden in die Hände zu fallen.

Im Laufe des Tages und bis zur Dämmerung strömten die Spanier aus den umliegenden Gebieten gen Santa Fe und suchten in der Stadt Zuflucht vor dem Unheil, das über das Land gezogen war. Auch viele prächtige Haziendas waren dem Zorn der Aufständischen anheimgefallen und standen in Trümmern.

In den darauffolgenden Tagen blieb es Chavez und den Seinen weiterhin verwehrt, die Stadt zu verlassen. Am dreizehnten Tage des Augusts sahen sie Santa Fe gänzlich von einer Schar aufständischer Indianer umzingelt, die zu allem entschlossen schienen.

Jeglicher Versuch der gütlichen Einigung und Friedensverhandlung lief aus ins Leere, und das auflodernde Feuer der Empörung fand Entladung in einem erbitterten Angriff, der mit aller Wucht gegen die Tore der Stadt gerichtet wurde.

Etwa 150 spanische Soldaten der Garnison Santa Fe traten den Indianern entgegen und anfangs schien es, als ob die wohlgerüsteten Spanier den Vorteil in der Schlacht auf ihrer Seite hätten, denn ihre Waffen, aus Eisen und Feuer gefertigt, waren mächtig gegen Pfeil und Bogen.

Doch der Zorn, der sich immer mehr einfindenden Angreifer war ungebremst, und die Wogen der heranziehenden Kriegsmänner wollten nicht verebben. Schließlich mussten die spanischen Verteidiger sich zurückziehen, die Mauern der Stadt als letzte Bastion nutzend.

In den darauffolgenden Tagen war Angst wie ein finsterer Schatten über Santa Fe gelegt. Die Spanier, darunter auch Chavez und die Seinen, waren in der Stadt gefangen.

Drumherum lagerten, wie es den Anschein hatte, Tausende von Indianern, und bald wurde bekannt, dass auch die Apachen, ein anderer mächtiger Stamm, sich der Allianz der Pueblos angeschlossen hätten.

Am sechzehnten Tage des Augusts ereignete sich das unfassbare: Mit furchtbarer Gewalt brachen die Indianer in die Stadt hinein und setzten sie, in ihrem flammenden Zorn, in Brand.

Das Feuer der Revolution loderte auf und verschlang Gebäude und Geschichte.

In jener ungewissen Stunde, da der Himmel Feuer und Rauch über Santa Fe gesandt hatte, galt es für die Belagerten, einen Ausweg zu ersinnen. Der Palast des Gouverneurs, obgleich unversehrt im Sturm entfesselter Zerstörung, konnte auf ewig nicht die letzte Zuflucht sein. So fassten Gouverneur Otermin und hundert weitere Spanier am achtzehnten Tage des Augusts den furchtlosen Plan eines gewagten Gegenangriffes.

Unter ihnen befanden sich auch Chavez, Pascale und Leon, die in vereinter Kraft den Entschluss fassten, ihren hoffnungslosen Standort aufzugeben. Chavez, mit Entschlossenheit, führte die Spanier zu einem eisernen Ringen gegen die aufständischen Indianer, mit dem Ziel, einen Fluchtweg durch die Menge der Angreifer zu schaffen.

Pascale währte im Gefecht mit festem Willen, ehe ein Pfeil ihn niederstreckte.

Leon zog ins Feld daneben, doch auch ihn ereilte das grausame Geschick eines geschossenen Pfeiles, der ihn mit schwerer Wunde zurückließ. Die Schmerzen brannten gleich einer Feuerklinge aus seiner Schulter hervor, und die niederbrennende Sonne entließ ihre unnachgiebige Glut auf ihn nieder. Hilflos war er, zu keiner Bewegung imstande, die ihm Rettung bringen konnte. Im letzten Gedanken, da die Ohnmacht der völligen Erschöpfung ihn hinfort nahm, war der dringende Wunsch nach Wasser. Sodann umfing ihn die Dunkelheit.[30]

---

[30] Die Ereignisse der Pueblo-Revolte, einschließlich des Angriffs auf Santa Fe und die Belagerung durch eine große Allianz von Pueblo-Indianern unter der Führung von Popé, sind historisch verbürgt. Während dieser Erhebung im Jahre 1680 wurden Kirchen und spanische Einrichtungen in vielen Teilen von New Mexico angegriffen und zerstört. Die Schlachten und die Belagerung von Santa Fe während der Pueblo-Revolte führten tatsächlich zu einer dramatischen Wende des Umfelds, wobei die spanische Bevölkerung von einer erdrückenden Übermacht bedrängt wurde. Quellen: "The Pueblo Revolt: 1680 - Insurrection in New Mexico" by Joe S. Sando and Herman Agoyo, 2005 und "The Pueblo Revolt of 1680: Conquest and Resistance in Seventeenth-Century New Mexico" by Andrew L. Knaut, 1997.)

V.

„Der Wind nur geht bei stiller Nacht
und rüttelt an dem Baume,
da rührt er seine Wipfel sacht
und redet wie im Traume...“

Joseph Karl Benedikt Freiherr von Eichendorff

Dublin, Irland

Stille hatte sich um sie gelegt.

Zwischendurch erwachte Laurence aus seinem Schlaf und blickte auf die schlafende Theresa. Er legte Kohlen nach, um die Wärme des Feuers aufrechtzuerhalten, und fiel selbst gleich wieder in den Schlaf zurück.

Es war jene Stille, die beide nach der anstrengenden Nacht benötigten.

Jene Ruhe ließ die Erlebnisse der letzten Stunden sich gleich einem sanften Schleier in ihren Gemütern niederlegen.

Das grelle Licht des Tages drang unaufhaltsam durch die Fenster, als Laurence erneut erwachte. Sein Blick fiel auf Theresa, die die Vorhänge zuzog, um die grellen Sonnenstrahlen zu dämpfen.

Er nahm wahr, dass sich Theresa wieder schlafen legte und er folgte ihrer stillen Einladung, in den Schlaf zurückzukehren.

Draußen hatte der neue Tag lange seine Geschäftigkeit begonnen, mit all der Unrast und dem Drängen der erwachenden Welt. Doch innerhalb der Wände von Theresas Heim herrschte eine vollständige Ruhe.

Plötzlich und unvermittelt schreckte Laurence auf, als ihn ein Gedanke siedendheiß durchzuckte. Theresa hatte Dienst. Die Bedrohung der verpassten Zeit und der damit einhergehenden Disziplinarmaßnahme malte sich als unerwünschte Konsequenz in seine Gedanken.

Schlagartig wach und alarmiert, richtete er sich auf und blickte besorgt zu ihr hin, doch keine Regung war bei ihr sichtbar.

Er erhob sich, von den Strapazen der vorangegangenen Nacht schwer ermüdet. Er trat an ihre Seite und legte seine Hand auf ihre Schulter. „Theresa, du hast Dienst!" sprach er, seine Stimme von der Dringlichkeit der Lage erfüllt.

Theresa regte sich mit einer träge anmutenden Verzögerung.

„Theresa, es ist spät, und du hast Dienst!"

Endlich schien sie zu erwachen, ihre Augen öffneten sich, und ihr Blick, zunächst von Überraschung erfüllt, wandelte sich zusehends zu einer zufriedenen Sanftmut.

Ehe Laurence sich des Augenblicks und seiner Bedeutung gewahr werden konnte, spürte er ihre Hand, die rasch die seine ergriff und ihn sanft, aber bestimmt zu sich zog. Die unerwartete Berührung ließ ihn innerlich erstarren.

„Ich bin nicht in der Lage, den Dienst auszuführen. Laurence, leg dich wieder schlafen", sprach sie mit ruhiger Entschlossenheit, während ihre Augen sich wieder schlossen und sie im Anschein völliger Ruhe verharrte. Ihre Hand hielt die seine indes weiterhin mit sanftem, doch unmissverständlichem Druck fest, als wolle sie ihm unausgesprochen bedeuten, sich glrich ihr, niederzulegen.

In seinem Innern tobte ein Sturm aus widerstreitenden Gefühlen. Die Lage erschien absurd in ihrer Zwiespältigkeit. Theresa schien bereits wieder in die Tiefen ihres Schlafes zurückgesunken zu sein, und doch gab sie seine Hand nicht frei.

Während Laurence sich noch fieberhaft besann, wie er auf

diese Situation zu reagieren hätte, seine Schlafstatt, das Sofa, nunmehr eine unerreichbare Fluchtmöglichkeit, hörte er Theresas Stimme. „Leg dich schlafen."

Kurz noch haderte er, doch dann ließ er den Kampf seiner Gedanken zurück und fand auf dem Bett neben ihr Platz. Dies war eine Erfahrung, die neu und beispiellos für ihn war, und dennoch, da war keine Fremdheit in dieser Nähe, vielmehr ein Gefühl tiefer Verbundenheit. Er spürte Theresa an seiner Seite, welche eine innige Ruhe ausstrahlte.

In der Weichheit des Augenblicks, der Wärme des Kohlenfeuers und der dankbaren Stille des Ortes, sank Laurence ebenfalls zurück in den Schlaf.

Als er erwachte, war er sofort der Nähe Theresas gewahr, die sich still an seine Seite geschmiegt hatte. Ein Schreck durchfuhr ihn und er fand sich in einem Zwischenraum von Überraschung und dem Versuch, seine Gefühle in Einklang mit jener unverhofften Nähe zu bringen.

Theresa, die offenbar das Stocken seiner Bewegungen und seine Anspannung bemerkt hatte, hob ihren Blick, der durchaus von einer gewissen Entschlossenheit zeugte. Sie begann unvermittelt zu sprechen: „Laurence, ich bin mir der unüberbrückbaren Unterschiede unserer Welten wohl bewusst und weiß, dass wir keine gemeinsame Zukunft beschreiten werden, doch jene Momente, die ich mit dir teile, sind mir von großem Wert. Sie sind wie Licht in einer manchmal finsteren Welt."

Ihre Worte legten sich wie ein sanfter Schleier über seine Gedanken und Vorbehalte. Sie hatten eine Unmittelbarkeit, eine authentische Zärtlichkeit in sich, die die Hürde der Vergänglichkeit akzeptierte.

Sein Blick traf auf Theresas ruhige, gleichwohl entschlossenen Augen. Und während er eben noch die dröhnende Präsenz der gesellschaftlichen Erwartungen spürte, fand er in Theresas Blick einen stillen Hafen, der jenseits solcher Erwartungen lag. Ihre Blicke teilten das unausgesprochene Einverständnis, ihren eigenen Weg jenseits der gelegten Pfade suchen zu wollen.

In seinem Inneren klopfte eine dunkle Stimme, eine Einsicht, die über diesen einzigen Moment hinaus Widerhall fand. Doch in seinem unbewussten Streben, diese Einsicht zu unterdrücken, lenkte er seine Gedanken eilig in andere Bahnen und sprach: „Theresa, der Standesunterschied ist nicht das eigentliche Hindernis zwischen uns; vielmehr ist es das drückende Gewicht der Erwartungen, die mir mein Stand auferlegt; eine Verbindung mit einer bestimmten ..." In diesem Augenblick erschienen ihm das Verlöbnis mit Cara und die blassen, eindimensionalen Erwartungen, auf denen eben jene Verbindung beruhte, erschütternd absurd. Er hielt inne, davor zurückschreckend, diesen unvergleichlichen Augenblick durch die enthüllende Hässlichkeit so unerbittlicher wie banaler Wahrheiten zu entstellen, denn Theresas schonungslos ehrliche Worte hatten das wahre Bild ihrer Beziehung enthüllt, die sich für Laurence wie eine natürliche Fügung des Schicksals anfühlte.

Theresa antwortete mit der Stille ihrer Stimme, doch ihre Augen, deren Ausdruck reicher war als jedes ausgesprochene Wort, vermittelten schweigend ihre Botschaft.

Jener Moment war eine stille Einladung, sich im gegenwärtigen Augenblick zu verlieren, wo jene Wesenszüge Raum fanden, welche sie in Zukunft zu verleugnen gezwungen sein würden. Fernab der zermürbenden Last aufgezwungener Erwartungen und jener trügerischen Versprechen, die wie geisterhafte Silhouetten am Horizont schwebten und unaufhörlich nach ihrer Erfüllung verlangten.

Laurence legte seine Hand auf die von Theresa und mit bedächtiger Zärtlichkeit, näherten sich seine Lippen den ihren.

Theresa erwiderte den Kuss nicht nur mit Hingabe, sondern mit einem stillen Versprechen.

Cork, Irland

Hinter seinem hölzernen Pult thronte Warner, gleich einer unerschütterlichen Bastion, als William Cahill den düsteren Raum in dem ebenso finsteren Gemäuer der Irish Constabulary betrat. Ein Schatten des Unbehagens, wie ein melancholisches Moll erklingend, erfasste ihn augenblicklich. Inspektor Warner, wiewohl an Selbstgefälligkeit reich und an Empathie arm, blickte auf den eintretenden Cahill herab wie die mächtige Festung des Dublin Castle persönlich auf den nahenden Feind.

Auf den Eintritt Cahills hin ließ Warner seine Feder sinken und musterte ihn mit einem Blick, der zwischen Langeweile und Geringschätzung schwankte. „Nun, Cahill", sprach er mit einer rauen Schroffheit, die sich jeglicher Begrüßung enthielt, „was werden Sie mir heute zu berichten haben?" Seinem Ton war zu entnehmen, dass er keinerlei Erwartungen hegte.

William Cahill, mit dem Bestreben, seine tiefe Abneigung sorgsam hinter der Maske der Professionalität zu verbergen, antwortete mit jener gebührenden Zurückhaltung, „Ich habe Informationen, die von großer Wichtigkeit sind."

Warners Mund war zu einer Linie gleich altem Pergament gespannt. „So denn, enthalten Sie sich jeglicher Umschweife - mein Geduldsfaden heute ist ebenso dünn wie Ihre Argumente es wohl sein werden."

William, wohl wissend, dass die Glaubwürdigkeit seiner Enthüllungen allein in den Händen des missbilligenden Warners lag, ging aufs Ganze. „Es bestehen erhebliche Indizien, die zu dem Schluss führen, dass Sir Adrian Carter in der Tat niemand anderes ist als Daoiri O'Monroe."

Ein spöttisches Lächeln kräuselte sich auf Warners Lippen, als er sich zurücklehnte, seine Fingerkuppen zusammenführend in einer Haltung des geringschätzigen Unverständnisses. „Cahill, wenn dies ein Witz sein soll, so verfehlt er jedwede Komik. Einen Mann von solchem Renommee auch nur dergestalt zu verdächtigen, setzt beträchtliche Beweise voraus - weitaus mehr, als Sie hier bieten."

„Meine Beobachtungen und Feststellungen sind nicht aus luftiger Substanz gesponnen, Inspektor. Ich selbst habe Carter mit jenem Mann sprechen sehen, den ich nun seit Monaten observiere und Brennan selbst hat mir bestätigt, dass besagter Mann Daoiri O'Monroe sei. Ich bin der festen Überzeugung, den Beweis hierfür erbringen zu können. Eine sorgfältige Untersuchung der Charaktere beider Herren ist unabdingbar."

Inspektor Warner, eine Weile in nachdenklichem Schweigen verharrend, durchbohrte Cahill regelrecht mit seinem Blick.

Schließlich sprach er. „In der Tat, es wäre eine Fahrlässigkeit, diesem Verdacht nicht nachzugehen. Doch es ist unerlässlich, dass mit der höchsten Diskretion verfahren wird. Sollte Ihr Argwohn sich bewahrheiten, werde ich Ihre Entdeckung in keiner Weise schmälern. Jedoch sollte er sich im Nichts verlieren ...", und mit einer Präzision, die seinesgleichen suchte, hob er eine Braue in warnendem Tadel.

„Ich bin mir der Folgen gewahr, Inspektor", entgegnete William, dessen Verachtung zugleich einer verhaltenen Befriedigung wich. „Für die Observierung Carters benötige ich die Mitwirkung eines zweiten Mannes." Zwar bedauerte William dies zutiefst, doch klaren Verstandes erkannte er, dass er zweifellos aufgedeckt würde, ginge er diesem selbst nach.

Ohne zu zögern und mit entschlossenem Schritt begab sich William Cahill zum Archiv der örtlichen Constabulary. Dort, so hegte er die Hoffnung, würde er rasch in den verstaubten Berichten der vergangenen Jahre die Spuren eines Unruhestifters wie Daoiri O'Monroe finden. Denn ein Charakter wie er musste dem aufmerksamen Auge der Obrigkeit sogleich ins Visier geraten sein. Die Polizeiberichte würden mit größter Wahrscheinlichkeit Daten bieten, wie auch Informationen über Haftbefehle oder gar ein Verzeichnis von Verhaftungen umschließen. Ferner, so hegte Cahill die berechtigte Erwartung, könnten jene Aufzeichnungen Hinweise auf Aufenthaltsorte und mögliche Adressen jener offerieren, die mit O'Monroe in ungute Berührung geraten waren. Doch sein erster Elan erlitt bald eine unliebsame Dämpfung, als sich der allzu eifrige, junge Archivar an seine Fersen heftete, dessen unbändige Neugierde Cahill mehr behinderte als förderte. Wie ein allgegenwärtiger Schatten hing er, von lebhaften Fragen erfüllt, an seiner Seite, unbeirrbar und unaufhaltsam in seiner Begleitung.

Cahill, bedrängt von dieser ungeduldigen Plage, indes befand sich gezwungen, wertvollen Informationen über Daoiri O'Monroe auf die Spur zu kommen, sodass er die unliebsame Begleitung wohl dulden musste. Doch trotz seiner akribischen Suche und der Unterstützung seines eilfertigen Begleiters blieben die Regale des Archivs stumm vor seinem suchenden Blick.

„Der wird sich nicht hier in Cork aufgehalten haben", mutmaßte der Archivar unverhofft scharfsinnig, und erwies sich hiermit letztlich doch noch durchaus als nützlich.

So fasste William den Entschluss, seine Nachforschungen in die belebte Hauptstadt Dublin zu verlegen.

Dublins enge, gewundene Kopfsteinpflasterstraßen, überfüllt mit abertausenden, vom Land hierher geflüchteten Hungerledern, führten ihn unweigerlich zu den Toren der hiesigen Polizeibehörde. Die Schatten der Vergehen, dieser verruchten, düsteren Stadt, schwebten wie verhüllte Geister in der Atmosphäre des Archivs, als William desselbigen Schwelle überschritt.

Dort begegnete er einem Archivar von erhabenem Alter, dessen Mund – mehr noch als seine von dieser Stadt Erlebtem gezeichneten Augen – unmissverständlich von den Lasten einer schweigenden Existenz zeugten.

Der alte Mann schien beschlossen zu haben, dass William der Auserkorene sei, dem er die facettenreichen Erzählungen dieser Stadt nun anvertrauen würde. Nicht erkennend, wie gering Williams Neigung war, sich in die vielverzweigten Erzählungen zu vertiefen, die ihm nunmehr aufgezwungen wurden, während seine Absicht sich allein auf die dringliche Suche nach Informationen über O'Monroe konzentrierte, schöpfte der alte Archivar aus dem unerschöpflichen Fundus an Kenntnissen, aus Williams Sicht vollkommen irrelevater Ereignisse.

Während er sich durch das staubige Archiv mühte, eisern darum bemüht, die unablässigen Geschichten des betagten Archivars fernzuhalten, glitt die Zeit – gleich einem gemächlichen Fluss – an ihm vorüber. Sein Geist, für einen Augenblick abrückend, schweifte zu jenem Kollegen, der mit der Aufgabe betraut worden war, Carter im Auge zu behalten. William überlegte, wie die Dinge wohl stehen mochten.

Die nicht zu verleugnende Misslichkeit, in Dublin verharren zu müssen, lastete wie eine dunkle Wolke auf Williams Gemüt, und er verlor sich für einen flüchtigen Moment in allerlei Gedanken, die ihn von seiner gegenwärtigen Mühsal ablenkten. Zur nächtlichen Stunde gedachte er, im Shelbourne Hotel einzukehren, einem Ort, der Reisende gewiss aufs Vorzüglichste beherbergte. Doch wie er zweifellos hoffte, würde diese Unterkunft nur von kurzer Dauer sein, da es ihn unablässig zu einer raschen Rückkehr nach Cork drängte.

Gewiss, sein Zimmer im Hotel war in dunklem Holz getäfelt und von weichen Teppichen unterlegt, geschmückt mit der diskreten Eleganz, die den guten Ruf eines solchen Etablissements begründete. Und doch, trotz der angenehmsten Umgebung, vermochte nichts das leise Gefühl der Fremde zu mildern, das mit wachsendem Unbehagen in ihm aufkeimte – verursacht durch die räumliche Distanz zu Isabella. In einem Anflug von Erkenntnis ertappte er sich bei dem unverhofften Wunsch, sie baldmöglichst wiederzusehen.

Und siehe! Inmitten seiner Betrachtungen ereignete sich etwas Entscheidendes. Da war er, offenbart in unerwarteter Deutlichkeit – sein Name! O'Monroe. Auf einer Akte, datiert auf das Jahr 1835.

Erfüllt von einer inneren Zufriedenheit, die alle anderen Gedanken schlagartig verdrängte, ergriff er die Dokumente und begab sich zu einem soliden Holzstuhl an einem nahegelegenen Tisch. „Ich muss Sie nun bitten, mir die Ruhe zu gewähren, die diese Angelegenheit erfordert", richtete er sein Wort an den Archivar.

Seine Aufmerksamkeit wurde bald belohnt: Die Akte enthielt Aufzeichnungen über die Beobachtungen und Vermutungen, welche die polizeilichen Ermittler mit unermüdlichem Fleiß zusammengetragen hatten, um die subversiven Aktivitäten von Daoiri O'Monroe auszuleuchten. Mit prüfendem Blick und der Genugtuung solchen bestätigten Verdachts, las William von den Vermutungen der Polizei, welche besagten, dass O'Monroe sich den Reihen der irischen Reformer angeschlossen habe, die für die Rechte der Katholischen und für die Unabhängigkeit kämpften.

William fand eine Fülle von Aussagen bezahlter Spitzel und Denunzianten, welche den Verdacht erhoben, der genannte O'Monroe habe wiederholt geheime Zusammenkünfte besucht. Diese Treffen, initiiert von jenen, deren Geist zunehmend von radikalem Gedankengut erfüllt zu sein schien, wurden in den Berichten als wahre Brutstätten beschrieben – Ursprungsstätten für die Streiks und Proteste, welche die unermüdliche Aufmerksamkeit der Behörden abverlangten und ihre Gemüter in erhöhter Alarmbereitschaft hielten.

William, dessen Kenntnis der menschlichen Neigungen ihm oft untrügliches Gespür verlieh, wusste wohl, dass es für die Obrigkeit ein Leichtes war, diese Spitzel zu gewinnen. Die Städte, allen voran Dublin, waren überfüllt von den vielen Söhnen die nicht die Pachtstelle ihrer Väter weiterbewirtschafteten und aus Mangel an Perspektiven wie hungernde Scharen durch die Straßen zogen. Es waren diese wirtschaftlichen Flüchtlinge, die vielfach als dankbare Verräter entfremdet wurden. Die Umstände verlangten zahllosen von ihnen ab, sich auf den Weg zu begeben, der zu den Türen der lokalen Polizei- oder Milizsysteme führte. Dort boten sie ihre Dienste als Informanten an – bereit, für nur wenige Almosen alles zu tun, um ihre Daseinsnot zu lindern. Solches Verhalten entsprach einem pragmatischen Überlebensinstinkt, doch William, mit der Abgeklärtheit eines Mannes, der die Schattenseiten menschlichen Tuns schon vielfach erlebt hatte, konnte nicht umhin, einen Anflug von Verachtung gegenüber dieser Handlungsweise, die nach seinem Dafürhalten durch und durch irisch war, zu verspüren.

Indessen offenbarten die Zeilen, die vor ihm lagen, einen durchaus bemerkenswerten Aspekt der Persönlichkeit des jungen Daoiri O'Monroe. Er, trotz seines jugendlichen Alters, schien mit der Gabe einer glühenden Rhetorik gesegnet gewesen zu sein – eine seltene Fähigkeit, die ihm gestattete, öffentliche Reden zu halten, die die Zuhörerschaft aufwiegelte und die Gefühle des kämpferischen Irlands in einer mitreißenden Flut zusammenführte. Die Akte offenbarte ferner, dass O'Monroe seine Unzufriedenheit mit dem ungeliebten Status quo offen bei Versammlungen kundtat, ein Talent, das ihm unter Gleichgesinnten nicht nur Ansehen, sondern gar eine vorübergehende Führungsrolle einzubringen geeignet war.

Die Erzählungen der Polizei zeichneten das Bild eines charismatischen Anführers, dessen Worte gleich einem schallenden Ruf durch die Reihen der Rebellen hallten. William hatte Mühe, diese Erkenntnisse mit seinen bisherigen in Einklang zu bringen. Konnte das der O'Monroe sein, den er suchte? Fragen drängten sich unaufhörlich in seine Gedanken. Was hatte O'Monroe bewogen, im Jahre 1835 nach Dublin zu kommen? Welche Wege hatte er davor beschritten, welche Ziele verfolgt? Allem voran: In welcher Verbindung stand er zu Tadhg Brennan und welche verborgene Beziehung mochte er zu Adrian Carter haben? Die Aufzeichnungen, die ihm nun vorlagen, schienen ihn nicht recht zu jenem O'Monroe zu passen, den Brennan kannte, und noch weniger vermochte er, eine Verbindung zu Adrian Carter herzustellen. William, bemüht, keine vorschnellen Schlüsse zu ziehen, verscheuchte diese verwirrenden Überlegungen, wissend, dass es entscheidend sei, einen unbefangenen Eindruck zu gewinnen und alle Möglichkeiten in Erwägung zu ziehen, um sie schlussendlich auf den Prüfstand zu stellen. Wie sich alles ineinander fügte, galt es im letzten Schritt herauszufinden.

Und dann fand er einen besonders interessanten Hinweis, der den Schleier der Vergangenheit ein wenig mehr lüftete. Es war die Erwähnung der Eltern O'Monroes, da dieser zur fraglichen Zeit erst siebzehn Jahre zählte. Man hatte nicht nur ihre Namen, Aidan und Deirdre O'Monroe, gewissenhaft aufgelistet, sondern auch den Umstand enthüllt, dass auch sie zu den Aufrührern zählten.

Durch diese Hinwese um viele Anhaltspunkte reicher, forschte William noch lange in dieser Nacht. Die Dunkelheit umgab ihn, während er die gesammelten Daten und Informationen über die Familie O'Monroe durchforstete und sorgfältig in seinem Notizbuch verzeichnete.

Er fand Akten zu O'Monroes Eltern und er konnte die frühe Geschichte Daoiri O'Monroes erschließen.

Daoiri war das zweite Kind von Aidan und Deirdre[31] O'Monroe. Deren erstes Kind, eine Tochter mit dem Namen Máire[32] hatte 1812 das Licht der Welt erblickt, und fünf Jahre darauf folgte Daoiri, im Jahre 1817.

Máire war unter der Obhut ihrer Eltern aufgewachsen, wohingegen Daoiri, aus Gründen, die nur das Vermächtnis der Familie kannte, in der Abgeschiedenheit bei einer Tante an der Süd-

---

[31] Ausgesprochen „E-den" und „Dear-dra".

[32] Ausgesprochen „Maw-re".

küste im County Kerry bei Kenmare seine Kindheit verbrachte. Er war sodann 1835 erstmals in Erscheinung getreten.

Er schien zu seiner Familie zurückgekehrt zu sein, um seinen Teil zu deren aufrührerischem Streben beizutragen. Die Familie O'Monroe wurde zunehmend mit den Ereignissen des Tithe-Kriegs in Verbindung gebracht, einer Bewegung, die in jenen Tagen an Stärke und Bedeutung gewann. Die irische Bevölkerung weigerte sich mehr und mehr, den Zehnten an die anglikanische Kirche zu entrichten, und die O'Monroes, Aidan und Deirdre, sollen zu den Organisatoren von Demonstrationen gezählt haben, ihre Stimmen bei Kundgebungen erhoben und damit den Unmut des Volkes nachhaltig befördert haben.

In den polizeilichen Berichten erfreuten sich die O'Monroes eines besonderen Interesses der Behörden, standen sie doch im Verdacht, an Unterstützungsaktionen für die Landbevölkerung mitzuwirken. Doch entgegen den Erwartungen konnte man ihnen nie endgültig eine illegale Handlung nachweisen, was angesichts der Fülle an Akten und Zeugenaussagen erstaunlich war. In einem immerwährenden Spiel voller geschickter Manöver und kluger Schachzüge schienen sie den Fängen der Justiz entkommen zu sein, bis zu jenem schicksalhaften Jahr 1838.

In diesem Jahr wurden Aidan und Deirdre schließlich gefasst und nach einem langwierigen Prozess zur Deportation nach Australien verurteilt.

Daoiri hingegen entzog sich der Ergreifung und verschwand aus den formellen Aufzeichnungen, die die Behörden über ihn führten. Diese endeten ebenso abrupt, wie entscheidend, im Jahre 1835 mit der Notiz, die vermerkte, dass der Unruhestifter als Matrose auf einem Schiff des bekannten Handelsmannes Jules Dubois angeheuert habe.

Für William, der derlei Verbindung in seinen kühnsten Vermutungen nicht erwartet hatte, stockte der Atem. Diese ungeheuerliche Neuigkeit implizierte, dass Jules Dubois, niemand anderes als der Vater von Isabella und der Arbeitgeber seines eigenen Bruders Andrew, entweder bewusst oder zufällig eine Verbindung zu Daoiri O'Monroe unterhielt oder unterhalten hatte.

Diese Enthüllung veranlasste seine Gedanken zu unermüdlichem Kreisen. Welche Rolle hatte Jules Dubois in den Geschehnissen jener Jahre gespielt? War er nur zufälligerweise in Kontakt mit O'Monroe gekommen, oder gab es eine tiefergehende Verbindung? Und welche Auswirkungen könnte dies auf seine Beziehung zu Isabella und Andrew haben?

William, mit der Plötzlichkeit der Entdeckung ringend, zwang sich zur Ruhe und ließ seine Augen über die verbliebenen Aufzeichnungen gleiten. Eine spätere Notiz aus dem Jahre 1842 stellte unmissverständlich klar, dass bis dahin keine kriminellen Machenschaften von O'Monroe ausgegangen seien. Ein Umstand, der unerwartet war angesichts seiner vorangegangenen Beteiligung an den rebellischen Bewegungen.

Und so endeten die Aufzeichnungen unvermittelt. Das Ende der Akte ließ viele Fragen unbeantwortet. Sie erlosch, ohne weitere Hinweise auf den späteren Lebensweg oder Verbleib O'Monroes zu geben. Die Konturen seines Daseins verschmolzen mit dem undurchdringlichen Nebel des Ungeklärten und des Verborgenen, und dieses Rätsel forderte von William zweifellos weiteres Bemühen.

Dublin, Irland

Laurence betrachtete die im sanften Halbdunkel des Zimmers, von dem flackernden Licht des Kerzenstumpfes auf dem Nachttisch, an die Wände geworfenen, tanzenden Schatten.

Einen Arm um Theresa gelegt, gelang es ihm doch nicht, die sich ihm aufdrängenden, schweren Gedanken von sich zu weisen, die ihm unaufhörlich zuflüsterten, dass all dies nur noch kurz währen konnte.

Theresa, dessen Haupt zärtlich an seine Schulter gelehnt ruhte, schien ebenfalls in der Welt ihrer Gedanken verloren.

Um sich jener drückenden Überlegungen, die ihn hinsichtlich seiner persönlichen Zukunft belasteten, zu entwinden, suchte er sich auf die Lektüre zu besinnen, die er tags zuvor gelesen hatte, als er viel zu lange über den Schreibtisch gebeugt bei der Arbeit verweilte. Er erinnerte sich seiner Studien der

Abhandlungen „Kaiserschnitt, unglücklich für Mutter und Kind, Mittheilungen aus dem Gebiete der Medicin, Chirurgie und Pharmacie" und des „Merkwürdigen Falls von einem zum vierten Male bei der selben Frau mit glücklichem Erfolge vorgenommenen Kaiserschnitte", aus dem bekannten Journal 'Mittheilungen aus dem Gebiete der Medicin, Chirurgie und Pharmacie', von Michaelis.

Bei dieser gedanklichen Reise kam ihm Semmelweis in den Sinn.

Es war durch Michaelis, dass Laurence auf die Ansichten von Semmelweis aufmerksam geworden war. Michaelis, der im Gegensatz zu der großen Mehrheit an Ärzten und Professoren in Europa die Erkenntnisse Semmelweis' begrüßte, stellte somit einen einsam funkelnden Stern in einem Meer der wissenschaftlichen Ablehnung dar. Semmelweis hatte durch seine gründliche Studie aufgezeigt, dass das Risiko des Sterbens beim Austragen eines Kindes ebenso hoch sei, wie jenes, das eine Lungenentzündung mit sich brachte — eine These, die in scharfem Kontrast zu den herrschenden Theorien über die Ursachen von Krankheiten stand. Dieser Vorwurf war zwar zutreffend, indes welche Schlüsse man daraus ziehen musste, war schließlich eine ganz andere Frage.

Laurence vermochte trefflich zu erahnen, welche Gründe es waren, die die illustre Ärzteschaft veranlasste, Doktor Semmelweis mit solch entschiedenem Widerwillen zu begegnen. Tag für Tag war er Zeuge der Praktiken und Überzeugungen, die im Krankenhauswesen vorherrschten. Es war wahrhaftig kein leichtes Unterfangen, die Menschen dazu zu bewegen, sich einzugestehen, dass die Methoden, denen sie seit Jahrzehnten vertraut hatten, tatsächlich irrten. Auch Laurence hatte sich auf diesen Gedanken zunächst einlassen müssen, forderte Semmelweis doch auf absonderliche Weise die der Tradition verhaftete menschliche Natur heraus, indem er die Praxis der Händewaschung unter Einsatz chlorhaltigen Wassers predigte, um das Übel des Kindbettfiebers zu bannen[33]. Wahrlich, auf jenen Ge-

---

[33] Ignaz Philipp Semmelweis war ein ungarischer Mediziner, der im 19. Jahrhundert lebte und bahnbrechende Entdeckungen im Bereich der Hygiene machte. Geboren am 1. Juli 1818 in Buda, dem heutigen Budapest, begann Semmelweis seine medizinische Laufbahn in Wien, da-

danken musste man sich wohlwollend einlassen, doch angesichts der hohen Kindbettsterblichkeit musste es doch jeden Mediziner drängen, hier neue Erkenntnisse zu gewinnen und muteten sie auch noch so befremdlich an. Doch zu solchem war augenscheinlich nicht jeder Mediziner berufen. Nicht zuletzt führte solch eine Einsicht zwangsläufig zu der Erkenntnis, dass man über lange Jahre hinweg schwerwiegende Fehler begangen hatte. Wer könnte sich schon ohne weiteres derart selbst infrage stellen?

Von diesen Gedanken erfüllt, überkam Laurence abermals ein Gefühl des Unbehagens angesichts der Zustände um ihn herum. Würde sich jemals Wandel einstellen in dieser erstarrten Welt?

Da wurde er plötzlich aus seinen trübsinnigen Überlegungen gerissen, als Theresa mit sanfter Stimme zu ihm sprach: „Meine Eltern haben mich befragt ..."

„Befragt?", wiederholte Laurence mit ernsten Augen.

„Ja, befragt," antwortete Theresa mit einer Stimme, die von Nachdenklichkeit und Klarheit durchdrungen war. „Meine Eltern sind in Sorge um mich."

Die Schwere ihrer Worte senkte sich wie ein leises, fallendes Herbstblatt durch die Stille des Raumes und verweilte dort, unfähig aufzurütteln und doch von unverkennbarem Gewicht.

Ein leises Lächeln umspielte Theresas Lippen. „Laurence, meine Eltern sind sich bewusst, dass mich ein ernstes Gemüt auszeichnet, und ebenso kennen sie die Tiefe der Empfindungen, die ich für dich hege." Ihre Stimme war von einer Sanftheit getragen, die gleichwohl nichts an Entschiedenheit vermis-

---

mals ein führendes medizinisches Zentrum Europas. Nach eingehender Beobachtung und Analyse erkannte Semmelweis, dass die Übertragung von infektiösen Materialien durch unzureichend gereinigte Hände für dieses tödliche Fieber verantwortlich war. Daraufhin begann er, die Ärzte und Studenten dazu zu bewegen, ihre Hände mit chlorierten Lösungen zu waschen, was die Rate an Infektionen und Todesfällen drastisch senkte. Seine Entdeckung stieß zunächst auf Widerstand und Skepsis, insbesondere da sie den bestehenden medizinischen Praktiken und Ansichten widersprach. Erst nach seinem Tod am 13. August 1865 wurde die Bedeutung seiner Arbeit in der medizinischen Welt zunehmend anerkannt, wobei seine Ansätze maßgeblich zur Entwicklung moderner hygienischer Standards beitrugen. Quelle: https://pmc.ncbi.nlm.nih.gov/articles/PMC3881728/, zuletzt abg. am 17.3.2025 um 21:37 Uhr.

sen ließ, während sie fortfuhr: „Ich habe ihnen mit all meiner Aufrichtigkeit versichert, dass es mir an jeglicher Hoffnung mangelt, unsererseits eine Zukunft zu erwarten, die über die Bande der Freundschaft hinausreicht. Dies ist ihnen in vollem Maße bekannt und sie hegen gewiss keinerlei Ahnung darüber, wie vielschichtig das Band zwischen uns tatsächlich ist. Indes bleibt ihre Sorge bestehen, dass ich, bei aufkommendem Geschwätz, meine Stellung in Gefahr bringen könnte."

Laurence empfand jene erlösende Leichtigkeit, die ihm stets zuteilwurde, wenn Theresa die Dinge mit ihrer bewundernswerten Direktheit und ohne unnötige Umschweife darlegte, und dies gab ihm das nötige Vertrauen, diese selbst zu dulden. So strich er ihr mit dem Zeigefinger zärtlich über den Handrücken. „Nun, vermutlich ist es das auch."

Theresa sprach, von innerer Entschlossenheit geleitet, weiter: „Meine Entscheidung, diese Dinge zu beenden, rührt jedoch nicht aus Furcht vor Folgen beruflicher Art. Vielmehr bin ich mir bewusst, dass dies alles nur ein flüchtiger Streifzug in die Freiheit war." Ihre Augen, entschieden und klar, suchten die seinen mit jenem Blick, der mehr vermochte, als Worte je vermögen, indem er die wahrhafte Tiefe ihrer Empfindungen sichtbar machte.

Laurence, wohlwissend um die Richtigkeit ihrer Worte, hatte bislang erfolgreich diesen Gedanken vermieden, denn solche Überlegungen schienen ihm zu wenig erfreulichen Schlüssen zu zwingen. Wie sehr er sich wünschte, dass alles bleiben könne, wie es war. So schwieg er.

„Willst du denn gar nichts dazu sagen?", fragte sie schließlich.

Er seufzte. „Natürlich will ich das nicht. Es widerstrebt mir zutiefst, die Wahrheit zu akzeptieren, dass unsere Freundschaft unwiderruflich zu scheitern bestimmt ist." Seine Worte fanden nur widerwillig ihren Weg in die Stille.

Theresas Augen suchten die seinen mit einem Blick, dessen Nachdenklichkeit wie ein leises Flüstern durch die stumme Luft strich. Schließlich brach sie das Schweigen mit sanfter Entschlossenheit: „Das bedeutet auch das Ende meiner Arbeit im Hospital. Ich werde mich nach einer neuen Arbeitsstelle umsehen."

Er verharrte in stillem Einklang, denn er war sich der Antwort wohl bewusst.

Eine Weile schwiegen sie beide.

Als die Worte dessen, was nicht ausgesprochen werden wollte, in der Luft hingen, wurde die Traurigkeit spürbar, jene leise Gefährtin, die sie so lange hatten im Schatten der gemeinsamen Stunden ruhen lassen.

„Ich danke dir, Theresa. Ich danke dir, für diese Augenblicke der Freiheit."

Theresas Blick traf seinen, bevor sie sich fest an ihn schmiegte, als wollte sie ihn nie mehr loslassen, als würde hierdurch das Unvermeidliche für einen flüchtigen Moment aufgehalten.

„Zu Ostern", sprach Laurence mit einer Stimme, die ebenso entschlossen wie voller Sanftmut klang, „werde ich fortgehen, und all jene Pläne, die meine Eltern für mich festgelegt haben, werden ihre Erfüllung finden. Es ist somit nicht von Notwendigkeit, dass du das Hospital verlässt."

London, England

William Cahill blinzelte in das wärmende Sonnenlicht dieses ansonsten kühlen Frühlingsmorgens, als er dem Vehikel der Kalesche entstieg, die ihn vor einem eindrucksvollen, neoklassizistischen Gebäude am nördlichen Ufer der Themse, zwischen den Straßen Strand und Victoria Embankment, abgesetzt hatte. Er reichte dem Kutscher einige Münzen und rückte seinen Gehrock mit Bedacht zurecht, bevor er sich von dem gleichmäßigen Murmeln der dahinfließenden Themse begleitet, zum Eingang des Somerset House begab.

Er wusste, dass das Gebäude in der zweiten Hälfte des 18. Jahrhunderts von Sir William Chambers entworfen und ursprünglich als Zentrum für verschiedene Regierungsbüros und öffentliche Institutionen erbaut worden war. Seine Geschichte reichte indes bis ins 16. Jahrhundert zurück, als das ursprüngliche Gebäude unter Edward Seymour, 1. Duke of Somerset, errichtet worden war.

Über ihm erhob sich die prächtige Fassade, gekrönt von kühn gemeißelten Skulpturen, Zeugnisse jener unnachahmlichen Kunstfertigkeit von Sir William Chambers.

Mit entschlossener Hand klopfte William Cahill an das ehrwürdige Tor und trat ein. Das Innere offenbarte ihm eine stattliche Kombination von Marmorsäulen und Holzarbeiten.

Kaum hatte er den Raum durchschritten, als ein Portier geschäftig auf ihn zuschritt. In gebührender Kürze stellte sich William vor und brachte sein Anliegen zum Ausdruck.

Kurz darauf fand er sich in den Archiven wieder und in Begleitung des Archivars.

„Ich suche nach Informationen über eine gewisse Person mit dem Namen Daoiri O'Monroe. Jede Spur, wie gering auch immer, könnte von großem Nutzen sein."

Der Archivar, ein Mann von ruhiger Autorität und vertraut mit den verschlungenen Pfaden seines gewaltigen Reichs, geleitete ihn durch die musealen Korridore, einem Labyrinth gleich, bis sie in die stille Ruhe eines Leseraums traten. Die Wände, von kunstvollen Holzregalen geziert, bargen eine Schatzkammer an Folianten und Pergamenten. Die Luft war erfüllt von dem staubigen Geruch alten Papiers, im Spiel von Licht und Schatten tanzten Staubkörnchen.

„Wir bewahren eine Vielzahl von Dokumenten", bemerkte der Archivar, während er eine alte Akte vorsichtig öffnete. „Sollten Ihre Nachforschungen Handelsregister, Korrespondenzen oder sonstige Aufzeichnungen betreffen, so könnte sich hier das Gesuchte finden."

Unter der Ägide des Archivars begann William seine Suche und tauchte ein in Verzeichnisse und Akten, die den Namen O'Monroe enthielten.

Die Stunden vergingen, als er akribisch die Archive durchforstete. Schließlich, nach geduldigem Studium gelangte er zu den Registern, in denen Geburten und Heiratsdaten niedergeschrieben waren. Cahill durchblätterte die Aufzeichnungen, bis er schließlich auf eine bemerkenswerte Entdeckung stieß: Seine sorgfältig umblätternden Hände hielten inne bei einem Eintrag, der die Heirat der jungen Maire O'Monroe mit Jules Dubois im November des Jahres 1829 dokumentierte. Dieses Da-

121

tum wiederum rief eine Regung in seinem Inneren wach, eben jenem zusätzliche Beachtung zu schenken, noch bevor er seine Überraschung über den Fund verwunden hatte. Es war ihm wohl bekannt, dass das Geburtstagsdatum Isabellas auf den fünfzehnten Tag des Aprils im darauffolgenden Jahr 1830 fiel. Die Eheschließung im trüben Monat November ließ wenig Raum für Zweifel, was die Gründe für die Vermählung gewesen sein mochten. Mit einem verächtlichen Schnauben quittierte William das Offenkundige. Doch dann, während seine Augen die Schriftstücke weiter durchforsteten, geriet ihm ein weiteres Geschehnis in den Blick – das Anwesen der Familie O'Monroe war bald darauf auf Jules Dubois überschrieben worden.

Cahill traute seinen Augen kaum. Das Anwesen hatte den O'Monroes gehört? Und Dubois hatte die Schwester von Daoiri O'Monroe geheiratet? Beide waren also familiär verbunden!

Während seine Augen langsam den vertrauten Namen erfassten, wollte er fast nicht glauben, was sich ihm offenbarte: Dort stach ihm ein Name ins Auge, der ihm vertrauter war als jeder andere. Theodore Cahill, seines Vaters Name, zierte mit prächtiger Gravur die Dokumente.

In einer Mischung aus Unglauben und innerer Erschütterung verharrte William, unfähig, einen klaren Gedanken zu fassen. Voller bestürzter Verwunderung blickte er auf diese Schrift, als enthielte sie die Schlüssel zu Rätseln, die ihm zuvor unzugänglich gewesen waren.

Indes raubten ihm die unaufhörlich kreisenden Gedanken jedwede Klarheit. Sein Vater, ein Mann von Stand und Ansehen, ein geachteter Advokat mit dem Namen Theodore Cahill, hatte in den Tiefen dieser Angelegenheiten eine Rolle gespielt, deren Implikationen nun von ihm zu klären waren.

Während er eben noch akribisch jede neue Information in sein Notizbuch vermerkt hatte, saß er nun wie erstarrrt.

Die Luft in dem Raum begann ihn zu erdrücken mit ihrer stillen Enge. Er musste hier raus. Er musste an die frische Luft.

Draußen stützte er sich in einem Anflug von Übelkeit gegen die Brüstung der Brücke, die über die Themse führte.

Die Erinnerungen an seinen Vater hatten ihn mit einer Wucht eingeholt, die er nicht erahnt hatte.

Seinen Namen auf diesen Dokumenten zu finden, die die Übertragung des Eigentums der O'Monroes auf Jules Dubois besiegelten, nahm ihm fast den Atem. Welche Bedeutung barg dieser Umstand in sich?

Die Angelegenheit war von unausweichlicher Klarheit: Die O'Monroes, hatten, durch die strenge britische Gesetzgebung und zusätzlich durch die leichtfertigen Eskapaden ihrer Tochter in die Enge getrieben, sich gezwungen gesehen, all ihren großen und kleinen Besitz an jenen zu übertragen. Eine tragische Entscheidung, die den eigenen Sohn letztlich der Enterbung anheimfallen ließ. Dubois hatte mit dieser Heirat ein beträchtliches Vermögen gemacht. Ein flüchtiger Augenblick jugendlicher Leichtfertigkeit der Tochter hatte den Erben der O'Monroes alles gekostet. Nun, was sollte einen britischen Gentleman schließlich mehr mit Stolz erfüllen, als zu sehen, dass das Gesetz in seiner gerechten Strenge herrschte? William verachtete die Iren und fand es nur rechtens, dass das Gesetz in solcher Weise über sie waltete. Doch nun suchte er fieberhaft nach dem Grund, der sein Gemüt in solch gewaltige Unordnung brachte. Unzweifelhaft, es musste das unerwartete Auftauchen des Namens seines Vaters gewesen sein, das ihn seiner gewohnten Fassung beraubte.

Was hatte jener mit den Dubois zu schaffen gehabt? William schnaubte wiederum verächtlich, während er sich hin und her gerissen fühlte zwischen dem galligen Übel des Zorns, mit dem er kaum zu ringen wusste, und der noch viel unerträglicheren Ohnmacht seines Unwissens. Denn die Wahrheit schien nun verborgener denn je. Vater war einfach verschwunden und er wusste nichts. Nicht was zuvor geschehen war, nicht was mit ihm geschehen war oder mit Mutter. William fühlte, wie ihm die Übelkeit gleichsam den Hals zuschnürte, und er empfand eine unheilvolle Enge in der Brust. Er lehnte sich an die Brüstung der Brücke und besann sich darauf, ruhig zu atmen.

Und dann wusste er, was er tun musste. Er würde nach Hause zurückkehren und sich im Arbeitszimmer seines Vaters umsehen. Denn dort mochten Hinweise ruhen, die der Aufklärung dieser Geheimnisse den Weg bereiteten.

Als William die vertraute Schwelle des elterlichen Heims überquerte, umfing ihn, trotz der Kühle und des Staubs, die Einzug gehalten hatten, seitdem sie in Cork lebten, sogleich eine vielschichtige Atmosphäre, die Erinnerungen an eine sorglose Kinderzeit und zugleich an die stillen Jahre, die er mit Andrew und Jane unter diesem Dach verbracht hatte, in sich barg. Doch in diesem Augenblick war jeder Lichtstrahl der Vergangenheit überschattet von der unheilverheißenden Vorahnung darüber, was ihn erwartete, wenn er jenen Raum betrat, der ihm in seinen Kindertagen verboten war.

Obgleich die vertraute Umgebung in ihm eine Reihe von Erinnerungen zu wecken drohte, war William fest entschlossen, diesen Versuchungen zu entsagen. Die altbekannten Erinnerungsfragmente, die zu wecken nicht minder reizvoll als gefährlich war, schob er mit bewusster Willenskraft beiseite.

Der jähe und klare Entschluss ließ ihn seine Schritte zielgerichtet zum Arbeitszimmer seines Vaters lenken – jenem Raum, der ihm nunmehr wie eine Schatzkammer erschien.

Schnell durchstöberte William Akten und Papiere, auf der Jagd nach jenen Hinweisen, die die Namen Dubois und O'Monroe trugen.

Endlich, nach einer sorgfältigen Suche, stieß er auf jene Dokumente, die ihm in ihrem unerbittlichen Inhalt zu erkennen gaben, dass sein Vater eine noch tiefere Verbindung zu den Dubois und deren Angelegenheiten gepflegt hatte, als er eben noch vermutet hätte.

Dort offenbarte sich ihm, dass der alte Dubois, der Vater von Jules Dubois, ein Kaufmann aus Dublin, der zu den protestantischen Iren zählte, und offenbar ein Mann von nicht unerheblichem Ehrgeiz, nach Einfluss in England strebte. So hatte er die Verbindung zu dem angesehenen Anwalt Theodore Cahill gesucht, um seinen Einfluss in London geltend zu machen. Offensichtlich genügte es ihm nicht, sich in Dublin Castle Gehör zu verschaffen.

Und auch die Dokumente, die er zu der Übertragung des Besitzes der O'Monroes auf Jules Dubois zutage förderte, offenbarten, was damals vor sich gegangen war, und sie trugen das Siegel seines Vaters. Es war als ob der O'Monroe-Besitz, einst

Teil einer wohlhabenden Familie, für nichts weiter als die Heirat ihrer Tochter geopfert worden war, während der rechtmäßige Erbe, Daoiri O'Monroe, am Ende völlig entblößt dastand Es war ein gnadenloser Streich gewesen. Ein Streich, wahrlich den William keineswegs als schändlich beurteilte. Indes, was William dann entdeckte, verwirrte ihn ganz und gar. Theodore Cahill war nicht nur mit den Geschäften der Dubois betraut sondern vermeintlich auch mit den Interessen der O'Monroes, deren Besitz er auf solch kritische Weise verwaltet hatte. Er hatte in einer doppelten Rolle gehandelt. Dass sein Vater gleichermaßen die Interessen der O'Monroes gewahrt haben sollte, während er die Abwicklung zugunsten von Jules Dubois vorantrieb, war ein unmöglicher Interessenskonflikt. War sein Vater nicht nur Schutzpatron der Geschäfte, sondern auch der Verwalter einer komplexen und verschwörerischen Fügung, die den Transfer von Besitz und Reichtum zu Lasten seiner eigenen Klienten umgesetzt hatte? Wie war dies möglich? In seinen Erinnerungen war sein Vater der Inbegriff der Integrität gewesen mit einem unerschütterlichen Gewissen. Doch diese Zeugnisse, die nun zweifellos vor ihm lagen, zwangen zu dem Schluss, dass Theodor Cahill in dieser Sache jedenfalls seine Integrität eingebüßt hatte.

Und eben in diesem tumultvollen Durcheinander widerstreitender Gedanken und aufkeimender Erkenntnisse, entgingen William die Zeugnisse weiterer Ereignisse aus früheren Tagen, die in den vor ihm liegenden Akten begraben lagen. In seinem aufgewühlten Zustand übersah er jene Dokumente, die unter dem Namen Carter verzeichnet waren.

VI.

Adhmaid House nahe Shannagarry, County Cork, Irland

Der Märzmorgen über dem noch kargen Land entfaltete sich mit jener zauberhaften Schönheit, die allein dem Betrachter vorbehalten ist, der die Entbehrungen des strengen Winters überwunden hat. Der Himmel, gleich einem endlosen Baldachin von Azur, spannte sich in seiner Endlosigkeit über die rau anmutende Landschaft, die unter der zurückweichenden Herrschaft der frostreichen, dunklen Tage ihre ersten zarten Grüntöne entfaltete. Und die Sonne warf ihre ersten, die Kühle durchdringenden, wärmenden Frühjahresstrahlen und überzog die erwachende Landschaft mit einem verheißungsvollen goldenen Schimmer.

Die Luft, erfüllt von einer unverwechselbaren, geradezu magischen Frische, schien alles zu umhüllen, als wollten die Wiesen und Wälder für einen kostbaren Moment von der Feenwelt selbst künden. Madeleine konnte sich indes nicht recht entscheiden, ob sie voller Erwartung eilig ausschreiten, oder doch ob ihrer inneren Aufgewühltheit, langsam dahinschreiten sollte.

Während sie die Frage in sich trug, weshalb sie nicht viel eher auf den Gedanken gekommen war, Nachforschungen nach ihrer eigenen Herkunft anzustellen, und fühlte, dass Antworten in Reichweite waren, umfing sie zugleich die Sorge, ob Vater dieses Handeln ihrerseits billigen würde und was sie in Erfahrung bringen könnte.

So begab sich Madeleine, in Gedanken versunken und ein wenig zerstreut auf dem Weg zum Cottage der Sheehans und durchquerte, gegen die doch noch recht frische Brise, die von der See her wehte, geschützt durch ihren wärmenden Mantel und zugleich durch die wunderbaren warmen Strahlen der ersten Frühlingssonne in Verzücken versetzt, das weiträumige Anwesen ihres Vaters. Ihr Weg war gesäumt von den ersten Frühlingsboten, die sich in zartem Lila, Weiß und Gelb um sie breiteten. Das Lächeln der Natur war allenthalben sichtbar, gleichsam ein stiller Wegweiser zu den Antworten, die sie suchte.

In Gedanken weilte sie bei Margret, deren überraschender Rat, „den jungen Shanachie" aufzusuchen, in Madeleine ein nicht unerhebliches Erstaunen entfacht hatte. Ein Shanachie, so wusste sie, war nicht nur ein einfacher Erzähler, sondern ein Bewahrer der Geister der Vergangenheit, ein Vermittler zwischen der sterblichen Welt und jenen, die einzig durch Worte und Geschichten zum Leben erweckt werden. Dass Cilian Sheehan, ein Mann so jung an Jahren, diese Rolle einnehmen könnte, erschien ihr wie ein Rätsel. Mit jedem Schritt, den sie tat, wurden die Fragen lauter, und in ihrem Innern wuchs der Ruf nach Antworten zu ihrer Familie, über die Abgeschiedenheit, in der sie lebten.

Margret selbst sei erst im Jahre 1832 eingestellt worden. Zuvor sei die Mutter von Cilian Sheehan die Köchin gewesen. Doch sie sei kurz nach Cilians Geburt gestorben und da sei sie, Margret, gekommen.

Als Madeleine schließlich das Cottage der Sheehans erreichte, nahm die Verwirrung eine Wendung, als sich herausstellte, dass der Shanachie nicht Cilian, sondern sein Vater, der alte Mr. Sheehan war. Madeleine fand ihn, unter einem alten Baum, dessen Schatten in milden Tupfern über sein Gesicht huschten, sein Gesicht, eine freundliche Mischung aus Knitter und Lächeln. „Ich habe schon lange auf Sie gewartet", die Worte trafen Madeleine just in dem Moment, da sie von Cilian geleitet, zu ihm hintrat.

„Doch eine Geschichte sucht sich niemals ihre Zuhörer. Der

127

Zuhörer hingegen findet stets seine Geschichte."

Madeleine blickte den alten Gärtner verwundert an.

„Setz dich nur zu ihm. Er wird schon zu sagen wissen, was es zu sagen gibt", ermunterte Cilian Sheehan sie und nahm selbst recht ungezwungen zu den Füßen seines Vaters Platz.

Ohne viel Umschweife tat Madeleine es ihm gleich.

Während der alte Sheehan in schweigender Einkehr verharrte, ließ Madeleine ihren nachdenklichen Blick über den Garten schweifen. Es war ein zauberhafter Frühlingsmorgen, der seine Melodie in den ersten Vogelstimmen offenbarte und die sanfte, salzige Luft des nahen Meeres umgab sie mild und lau.

Schließlich vernahm Madeleine die raue Stimme des alten Sheehan, der ihr mit einem listigen Funkeln in den Augen von seiner Jugend erzählte. „Aye", hob er an. „Ich bin in meiner Jugend jenem wahren Shanachie begegnet – einem dieser Männer, die mehr Geschichten sammelten als die Briten Münzen aus den Taschen der Iren herausklopften." Sein Lachen klang wie das Murmeln eines Baches, der Geheimnisse von den Bergen zu den Tälern trägt, und es hallte wider in der Stille um sie herum. „Er war der alte Shanachie, und mir wurde der Titel des 'jungen Shanachie' verliehen. Welch große Ehre war es mir, denn immerdar war ich lediglich sein aufmerksamer Zuhörer."

Und so lauschte Madeleine dem leisen Murmeln der vergessenen Zeiten, die, wie sie erkannte, wie Schatten stets bei ihr gewesen waren, unaufdringlich und doch allgegenwärtig.

„Der alte Shanachie verließ diese Welt im ehrwürdigen Alter von 82 Jahren. Es war dies im Jahr nach den schrecklichen Exekutionen des Jahres 1803, als der bedauernswerte Robert Emmet hingerichtet wurde, zusammen mit dem unglücklichen Sohn des Bruders des Shanachie. Im Jahre des Hinscheidens des Shanachie zählte ich fünfzehn Jahre und war damit jünger, als mein eig'ner Sohn heute ist. Der ehrwürdige Shanachie ward im Jahre des Herrn 1722 geboren. Von zahlreichen fatalen Geschehnissen konnte er wohl berichten, denn er sah sie mit seinen eigenen Augen. In den langen Jahren seines Lebens wurde er selbst Zeuge bedeutsamer Ereignisse wie des Catholic Relief Acts und der Unionsakte. Einer seiner letzten Blicke indes fiel auf seinen sterbenden Bruderssohn, zu einer Zeit, da sein Bruder Aidan bereits lange das Diesseits verlassen hatte. Verstrickt in das tragische Schicksal Emmets, ward er sowohl durch den Galgen als auch durch grausames Vierteilen zur Rechenschaft gezogen. Ich entsinne mich jenes düsteren Ereignisses deutlich, gleichwohl es einen dunklen Schatten auf die Chronik der Familie warf", sprach Sheehan, dessen Augen weit entrückt zu sein schienen.

Madeleine verharrte in Schweigen, ohne eine Unterbrechung zu wagen, obgleich sich ihr zahllose Fragen aufdrängten.

Wann waren ihre Eltern in diese stille Landschaft gekommen und was hatte sie veranlasst, all das hinter sich zu lassen? Warum schien es, als seien sie allein in einer weiten Welt, ohne vertraute Verwandte, um Rat zu fragen oder Geschichten zu teilen? Wer hatte zuvor auf diesem Land gelebt, und welches Schicksal hatte die ehemaligen Grundherren ereilt? Diese Fragen hatte sie sich schon als Kind gestellt, und dann doch vergessen. Abermals wurde ihr gewahr, wie unermesslich ihre Unkenntnis und die Dürftigkeit ihres Wissens waren. Da ergriff Cilian Sheehan das Wort und sprach: „Vater, worin lag der Umstand, dass dieses Ereignis die Familie derart erschütterte?"

Der alte Sheehan richtete sich in seiner Haltung und erwiderte: „Der verehrte Shanachie war der Bruder des Grundherrn, zudem eben nicht nur irgendein Bruder, sondern dessen Zwillingsbruder. Des Weiteren war jener unglückliche Neffe nichts weniger als der Erbe des Grundherrn selbst. Indes, jener hatte einen Nachfolger. Im Jahre 1788 geboren, zählte er gleichwohl gerade erst 15 Jahre. Als Aidan, denn auch der Enkel des Bruders des Shanachie trug diesen Namen, seinen Vater begrub, und nicht an einem Stück, da war eine neue Zeit eingeläutet." Sheehan seufzte. „Doch gewiss, es wurden alsbald mit dem Catholic Relief Act neue Gesetze erlassen; jener Rechtsakt gewährte den Katholiken erstmals seit langem das Recht, ihren Besitz zu vererben und sich wieder ungestört dem öffentlichen Gottesdienst zu widmen. Für diejenigen katholischen Iren, die wohlhabend in Landgütern waren, eröffnete sich das kostbare Privileg der Wahlbeteiligung und die Erlaubnis, Berufe zu ergreifen, von denen sie vormals ausgeschlossen waren. Dennoch, gleichzeitig schlug das Schicksal in jenem schicksalhaften Jahr

1803 mit voller Härte zu und brachte Adhmaid House einen Schlag, der jeden hier zutiefst erschütterte." Nach dieser Erzählung schwieg Sheehan.

Schließlich fuhr er fort. „Doch, so sprechen Sie, was führt Sie zu mir? Welche Zeit ist es, die ihren Zuhörer gefunden hat?" Er lächelte abermals, ein schelmisches Funkeln in seinen Augen.

Madeleine, gänzlich gefesselt von den gehörten Berichten, fand sich in einem inneren Ringen der Verwirrung über all jene unbekannten Ereignisse und Begriffe wieder, die ihr Denken lähmten und sah sich doch deren Anziehungskraft ausgesetzt. So schwankte sie zwischen dem Wunsch, einfach still weiter zu lauschen, diesen Geschichten, die sie nie hätte erfragen können, da sie so gänzlich ohne Ahnung war und dem innigen Verlangen, Sheehan von der Chronik ihrer eigenen Familie berichten zu hören.

Nach kurzem Zögern entschloss sie sich, ihre Neugierde über jene so lange gehegte Frage zu formulieren: „Verehrter Mr. Sheehan, wenn ich es wagen darf, nach der Herkunft meiner Eltern zu fragen? Was ist der Ursprung jener Ereignisse, die sie hierher nach Adhmaid House führten?"

Der alte Sheehan, seine geistige Gewandtheit trotz seines fortgeschrittenen Alters ungebrochen, musterte Madeleine mit einem Blick, welchen Madeleine nicht zu entschlüsseln vermochte. „Ah, Adhmaid House, Ort zahlreicher Erinnerungen. Die Geschichte eurer Ankunft in diesen Mauern ist reich an entschwundenen Ereignissen. Jules Dubois, Ihr Vater, führte im Jahre 1829 die junge Lady Maire hierher. Sie fanden diesen Weg in einer Zeit des Wandels, der sowohl Verheißungen als auch Herausforderungen mit sich brachte. Ihre Eltern suchten hier nicht nur die Ruhe und Abgeschiedenheit, sondern auch die Gelegenheit, einen Neuanfang zu wagen, fernab der Schatten der Vergangenheit, die gleichwohl über so manch einer irischen Familie lasteten."

Madeleine hielt gebannt den Atem an.

„So war es im trübsinnigen Monat November, als Lady Maire nach langer Abwesenheit erneut die Schwelle von Adhmaid House überschritt und die Dienerschaft in frohe Erwartung versetzte. Sie gelangte heim nicht allein, sondern vermählt mit dem Erbe der Familie Dubois."

„Dann bedeutet dies, meine Mutter lebte zuvor bereits auf Adhmaid House?", konnte Madeleine ihre drängende Frage nicht zurückhalten.

„Go fírinneach[34]", entgegnete er mit sanftem Nicken, als ob er mit seinen Worten den Schleier der Jahrhunderte lüftete. „Adhmaid House war einst das angestammte Heim der Familie O'Monroe. Die Eltern von Maire waren Aidan und Deirdre. In der Tat. Die meiste Zeit brachten sie in Dublin zu, jener Hauptstadt der freimütigen Gedanken, und Maire war allzeit in ihrer Obhut. Als die Eheschließung zwischen Maire und Jules Dubois vollzogen ward, übertrugen sie ihm all ihren angestammten Besitz."

„Doch weshalb sollten sie solch eine Entscheidung treffen ...?"

Sheehan lächelte mit dunklen Augen. „Die Familie O'Monroe war in Dublin tief in die Reihen derer verstrickt, die den Aufruhr suchten. Sie fanden sich involviert in den sogenannten Tithe-Krieg, jene erbitterten Kämpfe gegen die kirchlichen Abgaben[35]. Dies war ein Teil. Hinzu kam: Ihr Vater fand sich wegen seiner beabsichtigten Heirat mit Maire O'Monroe entzweit mit seinem eigenen Vater, sodass er sich enterbt sah."

„Vater wurde von seinem Vater verstoßen?" Madeleine em-

---

[34] „Wahrlich" auf Irisch. Gesprochen in etwa: „guh FIH-rih-nyach".

[35] Der Zehntkrieg, auch bekannt als der „Tithe War", war ein Widerstand irischer Bauern und Landpächter gegen das britische System der Zehntabgaben, das im frühen 19. Jahrhundert in Irland erhoben wurde. Diese Abgaben wurden von den irischen Landwirten eingefordert, um die protestantische Kirche von Irland zu unterstützen, obwohl die überwiegende Mehrheit der Bevölkerung katholisch war. Der Widerstand begann in den 1830er Jahren und mündete in einen Konflikt, der durch zivilen Ungehorsam und passive sowie aktive Opposition gegen die Erhebung des Zehnten gekennzeichnet war. Die Landwirte weigerten sich, die Abgaben zu zahlen, und die Exekution dieser Forderungen führte in mehreren Fällen zu gewaltsamen Auseinandersetzungen. In einigen Fällen griffen die britischen Behörden zu repressiven Maßnahmen, was zu Eskalationen und tragischen Vorfällen führte, wie dem berüchtigten „Massaker von Rathcormac", bei dem es Tote und Verletzte gab. Der Widerstand führte letztlich zu einer Reform: 1838 wurde das Tithe Commutation Act erlassen, das den Zehnten durch eine geringere, festgelegte Grundsteuer ersetzte und damit die unmittelbaren Zahlungen an die Kirche beendete. Der Zehntkrieg ist ein Beispiel für die irische Unzufriedenheit mit der britischen Herrschaft und den kirchlichen Missständen im 19. Jahrhundert. Quelle: Ireland: A History, Robert Kee.

pfand diese Botschaft als ungeheuerlich. „Doch weshalb?"

„Sin mar a bhí[36]", erwiderte Sheehan mit bedächtiger Stimme. „Die Familie Dubois stammt aus Frankreich. Es ist eine protestantische Familie. Und als Protestanten hatten sie jene Rechte, die die Katholiken, zu denen die O'Monroes zählten nicht besaßen. Doch Jules Vater führte ein Handelsunternehmen von einigem Ansehen. Ihm war wohl bewusst, dass sein Sohn, als einziger Erbe, mit seiner geplanten Heirat die Unternehmung, die auf eine lange Tradition zurückblickte, gefährdete. Dies mochte in ihm umso größere Bestürzung auslösen, als die Familie Dubois seinerzeit vor den Verfolgungen durch die Katholiken aus Frankreich geflohen waren. Nun gefährdeten die Eskapaden seines einzigen Sohnes mit einer katholischen Irin alle Mühen, die in Jahrhunderten unternommen worden waren, um die Familie durch die Religionskriege zu bringen. Doch Jules bestand darauf, dieser Verbindung mit Maire die Treue zu wahren, denn beide waren sich sehr zugetan. Ihr Vater ließ sich nicht beugen unter dem schweren Gewicht des väterlichen Verstoßes. So stand er vollkommen mittellos da. Es war die großzügige Wohltätigkeit und die unverbrüchliche Unterstützung der Familie O'Monroe, die ihm den Grundstein legte zur Errichtung seines Handelsunternehmens. Jene hegten in ihrem Scharfsinn wohl die Gewissheit, dass ihr Besitz unter der Bedrohung der britischen Gesetze stets einem ungewissen Schatten ausgeliefert wäre. Sie übertrugen daher ihren gesamten Besitz an Jules Dubois und billigten ihm so die Verantwortung zu, wodurch Maire gesichert war und der Besitz in protestantischen Händen ruhte. Doch schicksalhafte Zeiten brachen an, und als die O'Monroes wenige Jahre nach der Eheschließung in schwere Bedrängnis kamen, bot er all seine Kräfte auf, sie vor dem Schicksal zu bewahren. Leider jedoch blieb sein Unterfangen ohne den erhofften Erfolg, ungeachtet der Hilfe eines britischen Advokaten." Sheehan hielt inne, ein Schatten des Bedauerns legte sich über seinen Blick, bevor er fortfuhr: „Lediglich Maires Bruder konnte er wohlbehalten in Sicherheit bringen. Doch Aidan und Lady Deidre wurden verurteilt und in die Ferne deportiert. Seither erhielt Lady Maire

---

[36] „So war es" auf Irisch. Ausgesprochen in etwa: „Shinn mar a VEE".

kein Lebenszeichen mehr von ihnen."

Madeleine kämpfte mit den aufsteigenden Gefühlen, während sie die Wucht der Enthüllungen begriff, und schluckte schwer. „In jenen Tagen, als Isabella und ich noch kleine Kinder waren, geschah unseren Großeltern solch ein Schicksal und beraubte Mutter ihrer Eltern für alle Zeit?"

Sheehan blickte sie mit nachdenklicher Miene an, bevor er weitersprach. „In jener dunklen Stunde nahm sich Ihr Vater mit großer Ernsthaftigkeit und sorgsamer Hand seines Schwagers an. Wie ich berichtete, fand er den Weg, jenen vor der Verurteilung zu bewahren." Ein sanftes Lächeln spielte um Sheehans Lippen, während er sich in Erinnerung zu vertiefen schien. „Lady Maires Bruder war ein ungestümer junger Mann von eigenwilliger Freiheit. Er wuchs in der Abgeschiedenheit auf, im Gegensatz zu seiner Schwester, denn als er das Licht der Welt erblickte, da kannten Aidan und Deirdre wohl die Gefahren, denen ihre Kinder ausgesetzt waren. Doch Deirdre vermochte es nicht, die kleine Maire, an die sie bereits gewöhnt war, von ihrem Schoß zu nehmen und in fremde Obhut zu geben. Nur mit schwerem Herzen überließ sie die Erziehung des jüngeren Kindes einer Verwandten an der Südküste. Als er jedoch das siebzehnte Lebensjahr erreicht hatte, loderte der Drang in ihm auf, zu seinen Eltern zurückzukehren, um sich dem Widerstand anzuschließen, zumal jener Ruf wie Donner übers Land dröhnte. Doch seine Eltern, mit der Sorge um sein Wohlgehen ringend, wollten ihn von jenem gefahrvollen Pfad abhalten. Sie sorgten sich zutiefst, denn er war erfüllt von glühendem Eifer. Er vermochte mit mächtigen Worten, gleich Flammen, die Menschen um sich zu versammeln. Jedoch fehlte ihm gänzlich das Gespür für die drohenden Gefahren. Da er im Jahre 1817 geboren war, hatte er selbst das erbarmungslose Vorgehen und die blutrünstigen Verfolgungen gegen die irschen Rebellen nicht mit eigenen Augen erblickt. Seine Jugend gab ihm ein Gefühl der Unbesiegbarkeit, ein Trugbild, das ihm zur Torheit gereichte. Bald schon zog er den Blick der Behörden auf sich und nicht lange danach schlich ihm fortwährend ein Constabler in seinem Schatten nach. Lady Deirdre und Aidan wurden von übermächtiger Sorge bedrängt, als sich das düstere Verhängnis in ganzer Grausamkeit erfüllte und ihr Sohn Daoiri verhaftet und unter groben Misshandlungen verhört wurde. Es gelang ihnen abermals nur mit der Unterstützung jenes Londoner Anwalts, ihn aus den Händen der Gesetzeshüter zu befreien. In der sicheren Obhut von Jules und Lady Maire fand Daoiri Zuflucht, und unter ihrer wohlwollenden Pflege genas er bald. In jenen Tagen der Genesung sah man die Herren häufig beieinander und eine unverhoffte Freundschaft verband sie bald. Nicht selten hörte man ihre Stimmen, und ihr Miteinander war von Freude und Zugewandtheit erfüllt, als ob die Unterschiede in Jahren und Erfahrungen lediglich Ziffern ohne Bedeutung wären. Nicht selten erfüllte ihr Lachen die Räume. Ihr Austausch war von einer Vertrautheit geprägt, gleich der Beziehung von Brüdern oder gar wie Vater und Sohn, die vom Schicksal zusammengeführt worden waren." Mit diesen Worten wandte sich der alte Sheehan mit einem leisen Lächeln an seinen Sohn: „Eile, mein Sohn, und bring uns die Tin-Whistle sowie die Fiddle. Es ist recht und billig, dass unser Gast die Melodien höre, die zu jener Zeit nicht selten in den Hallen von Adhmaid House erklangen, denn beide Herren hatten stets ihr großes Vergnügen daran."

Als Cilian Sheehan mit den Instrumenten zurückgekehrt war, erhellte ein zwinkerndes Lächeln das Gesicht des Alten, während er die Tin-Whistle ergriff und, von Cilian auf der Fiddle begleitet, eine melodische Weise erklingen ließ. Madeleine erkannte das Lied. Es handelte sich um „Jock Stewart".

„Now my name is Jock Stewart,
I'm a canny gaun man,
And a roving young fellow I've been.

So be easy and free,
When you're drinkin' wi' me,
I'm a man you don't meet every day. I have acres of land,
I have men at command,
I have always a shilling to spare.

Now, I took out my gun,
With my dog for to shoot

134

Along by the banks of the Spey.

So. come fill up your glasses
Of brandy and wine,
And whatever the cost, I will pay."[37]

Nachdem die letzten Töne des Liedes verklungen waren, setzte Sheehan die Tin-Whistle ab und lächelte. „Beide machten sich einen Scherz daraus, ein Wort durch andere auszutauschen, sodass die Bedeutungen sich wandelten. „So tauschten sie mit Vorliebe das Wort „meet" durch „need" aus. Ich entsinne mich noch lebhaft der armen Lady Maire, wie sie im Salon stand, und ihren Gatten mit einer Mischung aus Erstaunen und Tadel bedachte, als sie ihn fröhlich singen hörte: ‚I'm a man you don't need every day.' Ja, wahrlich, es waren Zeiten voller Leben und Lachen. Auch erinnere ich mich der munteren Anblicke, die Sie und Ihre teure Schwester Isabella als kleine Mädchen boten, fröhlich spielend und lachend durch den Garten tollend. Doch selbst in diesen heiteren Tagen war Lady Maires Gemüt von den Sorgen um ihre fernen Eltern bekümmert, ein Schatten, der sich auch in den lichten Stunden gleich einem lautlosen Begleiter hielt. Der Kampf mit der Ungewissheit lastete schwer auf ihr."

Madeleine wandte sich mit fragendem Blick an Sheehan. „Waren meine Großeltern in jener Zeit bereits deportiert worden?", fragte sie mit einer leisen, jedoch eindringlichen Stimme, die die Bedeutung dieser Wahrheit in ihrem Innern verriet.

Sheehan nickte bedächtig, als er in die Erinnerungen zurückkehrte, die in seinem Geist lebendig waren. „Es folgten in kürzester Abfolge jene tragischen Ereignisse", begann er ernst. „Es

---

[37] Jock Steward ist ein schottisches Volkslied und ist von vielen verschiedenen Künstlern interpretiert worden, beispielsweise von The McCalmans. „Nun, mein Name ist Jock Stewart, Ich bin ein schlauer Mann, Und ein umherziehender junger Geselle bin ich gewesen. Also sei unbeschwert und frei, Wenn du mit mir trinkst, Ich bin ein Mann, den du nicht jeden Tag triffst. Ich habe Landbesitz, Ich habe Männer, die mir gehorchen, Ich habe immer einen Schilling übrig. Jetzt, ich nahm meine Waffe, Mit meinem Hund zum Schießen, Entlang der Ufer des Spey. Also, füllt eure Gläser nach Mit Brandy und Wein, Und egal, was es kostet, ich werde bezahlen." (Frei übersetzt).

war die aufgeheizte Zeit nach dem Massaker von Rathcormack, unweit von jenem Ort, an dem wir soeben weilen. Jenes Ereignis schwärzte den 18. Dezember des Jahres 1834 für alle Zeiten. Ein Ereignis, das aus dem Zorn ob der unbilligen Last der sogenannten 'Tithes' erwuchs – dieser Kirchensteuer, die von den irischen Katholiken an die Staatskirche der Anglikaner entrichtet werden musste. Der Widerstand gegen diese Steuer führte zu einer Reihe von Protesten und Unruhen. In einer Zeit der drückenden Armut erhoben sich die Stimmen der Pächter, die der Bürde der Abgaben und der erlittenen Heimtücke nicht länger standhalten konnten. An diesem verhängnisvollen Tage schritt eine Schar von über hundert Mann, ausgerüstet mit der Autorität der Polizei und Miliz und bewaffnet, zur Vollstreckung der unheiligen Forderung. Mit Reverend Archdeacon William Ryder, der sich in der unliebsamen Rolle des Steuereintreibers verdingte, an der Spitze, wurden sie von einer Gruppe entschlossener Dorfbewohner empfangen, die in aufrechter Verweigerung dastanden. Die Verwerfung am besagten Tage arteten in eine gewaltsame Begegnung aus, da die Geschosse der bewaffneten Kräfte das Blut von mindestens zwölf Unschuldigen, die bereits am Rande ihrer Existenz wandelten, vergossen, während weitere Menschen verletzt das Feld verließen.[38] Das Massaker von Rathcormack führte zu einer verstärkten Opposition gegen die Tithes. Diese Missstände bekämpften Aidan und Deirdre. Und in jenen Tagen, da Daoiri in der Obhut Ihrer Eltern genas, und Sie und ihre Schwester kleine Mädchen waren, da wurden sie gefasst und vor den Richter gestellt. Ihr unbeugsamer Geist und ihr fortwährender Protest gegen die Tithe-Abgaben sowie ihr Engagement für die Sache der Unabhängigkeit Irlands wurden von den britischen Autoritäten nicht geduldet. Als Jules Dubois und sein Londoner Anwalt sich mit aller Macht bemühten, hochrangige Verbündete zu gewinnen und bei den Behörden Einfluss zu nehmen, verschlimmerte sich ihre Lage durch die unerbittlichen Verhöre und rücksichtslosen Verhandlungen zusehends."

„Vater …", flüsterte Cilian kaum vernehmlich, als er den Ausdruck von Bestürzung in Madeleines Augen erkannte.

---

[38] John O'Rourke, The History of the Great Irish Famine of 1847.

„Ich bin mir bewusst, dass die Wahrheit keineswegs angenehm ist", entgegnete Sheehan in ruhigem Ton. „Doch hat unser Gast ihr Erscheinen nicht deshalb erwogen, um von der Wahrheit abgeschirmt zu werden, sondern um sie zu vernehmen."

Madeleine atmete tief durch und nickte entschlossen. „Ja, so ist es. Ich wünsche, die volle Wahrheit zu wissen."

„Lady Maire war es nicht mehr beschieden, sie auch nur noch ein einziges Mal zu sehen und Abschied zu nehmen und Jules Dubois, um das Wohlergehen seiner Gemahlin besorgt, bemühte sich, sie zu schonen vor der vollen Härte der Wahrheit. Doch solche Bemühungen vermochten nicht die Schatten von ihr fernzuhalten. Es war eine Zeit voller Drohungen und unsäglicher Sorge, und als die bittere Gewissheit des Urteils sie ereilte, dass Lady Deirdre und Aidan übers endlose Meer verschifft würden, war Lady Maire in ihrer Verzweiflung gefangen. Lady Deirdre und Aidan wurden ungeachtet dessen verschifft, wie es das Gesetz der britischen Krone verlangte. Und Lady Maire wurde schließlich, als Jules Dubois und ihr Bruder Daoiri eine lange Handelsreise antraten, von Melancholie befallen. Einerseits war diese von wirtschaftlicher Bedeutung, andererseits bot sie Daoiri den notwendigen Schutz vor abermaliger Ergreifung, da bald Anschuldigungen gegen ihn laut wurden, erhoben in den Verhören durch die O'Monroes. Dies jedoch bleibt für mich bis zur Stunde ohne Glauben, denn selbst, da solcherlei gesprochen worden sein mag, so ist gewiss, dass unter der qualvollen Tortur der Folter manch Wort gesprochen wird, das in der Wirklichkeit keinerlei Bestand findet."

Auf diese Worte folgte eine Weile des Schweigens.

Schließlich jedoch wandte sich Madeleine erneut an Sheehan, denn in ihr brannte die Frage, wie die Familie Dubois nach Irland gekommen war.

„Diese Geschichte begann", so sprach Sheehan, „als die Dubois, ihre Heimat in Frankreich zum Ende des 17. Jahrhunderts verließen und sich hier niederließen. Denn es war Adhmaic House, wo sie sich niederließen. Die Geschichte dieses Hauses ist sehr bewegt." Eine kleine Pause legte Sheehan ein, bevor seinem Bericht ein neues Kapitel hinzugefügt wurde. „Das Anwesen gehörte zu jener Zeit einem englischen Earl, der wahrlich als Musterbeispiel von imperialer Erhabenheit bezeichnet werden konnte. Er hatte das Anwesen erstanden, nachdem 1640 die katholischen Grundherren durch die Penal Rules enteignet wurden. Nun, es kam jedoch anders als gedacht, denn seine erhabene Gemütsruhe sollte auf eine harte Probe gestellt werden", sprach er, mit einem Anflug von verschmitzter Heiterkeit. Mit kaum unterdrücktem Lächeln fuhr er fort: „Man sagt, dass Sir Reginald Ashcombe, Earl of Braxton, untermalt von plötzlich krachenden Geräuschen und unerklärlichen Erscheinungen, die ihm jegliche Freude an seinen geliebten Jagdgesellschaften verdarben, schlagartig packte, was er an edlem Tuch und gestohlenem Porzellan zu fassen bekam, und zurück nach England floh, so schnell ihm seine Titel es erlaubten. Unerschrocken ließ er seinen neu erworbenen Besitz zurück, mehr aufgezehrt von Schrecken, denn von Verlusten. Stattdessen reiste der arme Verwalter, ein Mann von kleinerem Stand, an, mit dem Auftrag, die Güter zu hüten und die Pächter zu schröpfen, doch ein Verwalter nach dem anderen erlag bald den spukhaften Umtrieben des Anwesens. Ja, die Geschichte erzählte von nächtlichen Klopfereien, vom Flüstern der Wände und vom Klirren von Geschirr in den leeren Hallen. Der wackere Lord atmete erleichtert auf, als er vernahm, dass ein französischer Hugenotte die Absicht hegte, das unheimliche Gut zu erwerben. Damit fand das Anwesen seinen Weg von englische in französische Hände. Und jener neue Gutsherr war ein Mann von anderem Kaliber. Monsieur Dubois bezog das Haus zudem nicht etwa allein, sondern mit seiner Gemahlin. Und Monsieur Dubois Gemahlin war von einer außergewöhnlichen Art und Grazie; anmutig wie die leisen Nebel der Morgendämmerung und doch mit einem Blick, der die Elemente zu bändigen schien. Noch heute findet sich in dieser Gegend niemand, der die Kunde anzufechten wagte, dass sie eine Zauberin gewesen sei. Unter ihrer Obhut verstummten die klagenden Stimmen, und das nächtliche unheilvolle Gepolter fand ein jähes Ende."

„Sheehan", sprach Madeleine, „Warum erzählen die Leute solche Geschichten über sie? Weshalb hielt man sie für eine Zauberin?"

„Ah, Madeleine, Ihre Frage ist so berechtigt wie interessant. Die Geschichten der Menschen sind oft ein Geflecht aus Wahrheit und Fantasie. Doch werden Sie niemanden finden, der auch nur im Geringsten an diesen Dingen zweifelt. Sie war eine Frau von bemerkenswerter Andersartigkeit. Nie wurde sie gesehen mit den aufwendig verzierten Kleidern, wie sie die Mode des Tages verlangte. Nein, stets kleidete sie sich in schlichte Gewänder, zusammengehalten von einem einfachen Band. Ihre Kleidung war noch schlichter als die der Pächterfrauen, doch ihre Erscheinung war gleichwohl von unvergleichlicher Anmut. Ihr langes, tiefschwarzes Haar und ihre ungewöhnliche Hautfarbe trugen dazu bei, sie in einer besonderen Sphäre erscheinen zu lassen."

Madeleine lauschte gebannt. „War sie denn so anders?", fragte sie leise.

„Go deimhin[39]", nickte Sheehan, „sie war von magischer Ruhe umhüllt und sprach nur das Nötigste. Doch ihre stille Anwesenheit sprach Bände, vor allem in ihrem Umgang mit den Pächtern. Sie war bekannt für ihr offenes Ohr. Und ihr ehrliches Interesse fand rasch den Weg in die Herzen der Menschen. Und mehr als das: Nicht lange weilte sie auf Adhmaid House, da riefen die Menschen stets nach ihrer Hilfe bei Geburten. Und es ist wahr, in all den Jahren, die sie hier verweilte, kam kein Kind und keine Mutter im Kindbett ums Leben. Ihre Fähigkeiten, Leiden zu lindern und Heilmittel zu finden, führte zu ihrem Ruf."

---

[39] Das Irische „go deimhin" [gə dʲɛˈvʲiːnʲ] mit Schwerpunkt auf der zweiten Silbe, bedeutet so viel wie „In der Tat".

VII.

„Im Licht des Vollmonds
kommt nun der Dunst gekrochen
Dort auf dem Wasser."
Ransetsu

Arizona, Salt River, Juni 1680

Ehedem musste eine Ohnmacht ihn ereilt haben. Als er erwachte, befand er sich in einer Kammer wundersamer Gestalt. Mit tastender Hand gewahrte er, dass die Wände ledernen Baues waren. Leon wusste nicht, an welchem Ort er sich befand.

Der Raum war allerweilen still. Doch drangen von außen Stimmen ein, deren Artikulation ihm fremd war. Kinderruf und Männerstimmen vernahm er wohl, doch diese Töne waren nicht jener einer belagerten Stadt gleich.

Er ruhte auf einem Fell und auf gewebten Decken. Jederlei Bewegung bereitete ihm große Schmerzen an der Schulter. Er gewahrte, dass die Wunde, die durch einen Pfeil geschlagen war, mit Blättern und einer seltsamen Paste versorgt war.

Leon hielt ob der inneren Angespanntheit seinen Atem an, als jemand durch die Türöffnung in das Gemach eintrat. Nahe herbei kam ihm die Gestalt. Er sah, dass es sich um eine Frau handelte.

Dann blickte er in ihr Gesicht. Kaum wagte er zu atmen, als er sie erkannte. Sie lächelte. Bis'dii lächelte ihm zu.

Es verhielt sich über viele Wochen, dass Leon sich von seiner Unpässlichkeit einigermaßen erholte und es war Bis'dii, die sich unablässig seiner Pflege annahm und ihm beistand.

In diesem Zeitlauf lernten sie gleichermaßen die Sprache des anderen.

Leon wurde aufgenommen bei den Ndeé genannten, in einer Welt so fremd und voller seltsamer Bräuche, dass selbst Port Royal und Santa Fe ihm dergleichen nicht zu bieten vermocht hatten.

Nie zuvor hatte Leon eine Gemeinschaft kennengelernt, in welcher die Frauen ein so bedeutendes Ansehen innehatten, wie bei den Ndeé. Hier war es Brauch, dass nach dem Bund der Ehe der Mann bei seiner Gemahlin und deren Angehörigen Unterkunft nahm.

In der Gemeinschaft Bis'diis erkannte Leon bald, dass die Welt auch durch gänzlich andere Augen betrachtet werden konnte. Jenen Menschen waren die Streitigkeiten, die in Europa vielen Disputen Anlass gaben, ganz und gar fremd. Stattdessen bewahrten sie andere Tugenden als dermaßen wertvoll, dass diese hoch verehrt wurden. Ein König regierte nicht über sie. Ihr Führungsrecht ward jenem zugetragen, der sich das höchste Ansehen vielfältig erworben hatte.

Verlor dieser seine Wertschätzung, so ward er aus seiner Hoheit entlassen, und ein anderer, mit größerem Ansehen bedachter Mann, ward an seine Stelle gesetzt.

Bald erkannte Leon, dass der Stamm sich beständig in wandelbaren Bündnissen und Feindschaften befand. Besonders verworren war die Beziehung zu den Yavapai. Sie waren es gewesen, die Bis'dii entführt hatten, wie auch viele andere Ndeé.

Der Stamm war nicht in festen Gemäuern heimisch, sondern

hielt sich in Zelten auf, welche bei Ortsveränderung leicht mitzuführen waren, nicht ungleich einem Feldlager aus jenem Krieg, in dem Leon einst gefochten hatte. Ja, er musste sich gewahren, dass sein gegenwärtiges Leben jenem in Kriegszeiten glich. Doch war es nicht ein Feldlager, sondern eine Lebensgemeinschaft, für die der stetige Wechsel des Aufenthalts sowie Bündnisse und Fehden ganz und gar gewöhnlich war.

Während seiner Genesung wurde Leon von Bis'dii in die Familie aufgenommen, und je länger er verweilte, desto mehr schwand sein Verlangen, in seine ehemalige Welt zurückzukehren.

Leon wurde als Gatte Bis'diis ein gastliches Mitglied ihrer Familie, und seine Aufgabe war es, seinen Teil zum Wohlergehen derselben beizutragen.

Kein Drang wurde ihm auferlegt, die Verantwortung für die Familie allein zu tragen, denn die Familie sorgte als Gemeinschaft für sich, und die Sippen sorgten als Stammesgemeinschaft füreinander. Auch fand sich kein Wettstreit unter den Männern um die größte Habe oder die oberste Gewalt.

Leon hätte sich nicht träumen lassen, dass ein solch anderes Zusammenleben möglich war, geschweige denn irgendwo auf der Erde währte.

Bis'diis Brüder begegneten ihm freundschaftlich und herzlich. Sie ließen ihn teilhaben an ihren Zusammenkünften und gaben ihm einen Platz in ihrer Versammlung.

Er nahm all dieses Neue und Ungekannte in sein Innerstes auf, als füllte es einen Raum, der bis dahin hohl und verlassen gewesen war. Als seine Genesung so weit fortgeschritten war, dass eine Rückkehr möglich schien, fasste er die Einsicht, dass er dazu nicht imstande wäre.

Leon hatte nunmehr drei Jahre unter den Ndeé gelebt. Mit Bis'diis Brüdern zog er hinaus auf die Jagd, durchstreifte die weiten Lande, ob seiner Geschicklichkeit in der Gemeinschaft geachtet. In jener Zeit hatte er Bis'dii geehelicht, und eine glückliche Zeit war ihnen beschieden gewesen.

Seine einstige Vergangenheit schien im Nebel der Vergessenheit verloren, denn er mied selbst den leisesten Gedanken an jene ferne Welt. Doch gleich einem Schatten, der nie ganz verschwand, lag seine Vergangenheit zwischen ihm und Bis'dii, wie ein unbetretener Raum.

Bis'dii spürte, dass ein Teil von Leon weit fort und unerreichbar war. Sie war ihm nah und doch schien etwas sie zu trennen, ungreifbar und still, wie der Dunst, der am Morgen lautlos über die Erde zieht.

Leon begann schließlich, ihr seine Geschichte zu öffnen. Mit jedem Wort, das er sprach, formte sich ein Bild aus der Ferne, von jener Welt, über die er geschwiegen hatte. Bis'dii indes hörte mit Erstaunen, wenn er von seinem Leben in Frankreich sprach. Sie kannte die europäische Lebensweise nur von den spanischen Invasoren, bei welchen sie hatte leben müssen. Unbegreiflich war ihr, dass ein Land einen König thronend hielt, der prächtige Steinhäuser erbaute, während sein Volk in Armut und Hunger dahinvegetierte. Es schien ihr ein Unding, dass solche ausgedehnten Ländereien einem Herrscher untertan waren, wie ungerecht jener auch walten mochte, ohne dass sich mutige Männer erhoben und ihn niederstürzten, um stattdessen einen würdigen und tüchtigen Anführer zu bestimmen. Es erfüllte sie mit Befremden und letztlich auch mit Verachtung. In jener Zeit des Erzählens wurde Leon seiner selbst mehr gewahr und fand sich in vielerlei Nachsinnen verstrickt. Er grübelte über den Mann, der er geworden war und den Mann, der er in der fernen Heimat gewesen war. Der Gedanke, bald zurückzukehren und sich erneut unter das väterliche Joch zu fügen, bedrängte sein Gemüt. Jenes Joch, das von einem Manne herrührte, für den ihm jegliche Achtung und Respekt fehlte und vor welchem er, wenn er bei der Wahrheit verharrte, nun schon seit geraumer Zeit entflohen war. Dennoch behielt er diese Gedanken in der Stille seines Herzens verschlossen. Nicht wollte er, dass Bis'dii vielleicht wahrnehmen könnte, dass er selbst möglicherweise nicht mehr denn ein beklagenswerter Feigling wäre.

Eines Tages, in einer Zeit, da Leon solcherlei nicht gewärtigt hatte, sprach Bis'dii zu seiner vollkommenen Verwunderung, dass nun die Stunde gekommen sei, gemeinsam in seine Welt aufzubrechen. Leon musste sich die Frage nicht stellen, ob dies sein Verlangen war. Sie hatte den Entschluss allein gefasst.

Erst nachdem der Abschied von den Ndeé vollzogen war und sie ihre lange Reise begonnen hatten, fand Leon die Ruhe, über diesen neuen Weg, den sie beschritten, nachzusinnen. In seinem Inneren war er hin und hergerissen zwischen dem Drang, umzukehren und bei den Ndeé zu bleiben und dem Ansinnen, seiner Erkenntnis gemäß, einen Weg zu finden, sich aus der Umklammerung der Erwartungen seines Vaters zu lösen und frei zu werden. Ob ihm dies gelingen könnte? Er schwankte zwischen dem Wunsch, den Fesseln zu entfliehen, und dem Mut, der sich in ihm regte, sich der Aufgabe, die vor ihm lag, endlich zu stellen.

Schließlich erkannte er mit großer Gewissheit, dass er sich dieser Aufgabe würde stellen müssen, denn bliebe dies unerfüllt, es trennte ihn und Bis'dii auf immerdar.

Nicht nur hatte er die Künste des Maisanbaus gelernt, Körbe zu flechten, Teppiche zu weben und Töpfereien zu gestalten. Während seines Lebens inmitten dieser Welt war sie ihm vertraut geworden; ohne solches Eintauchen hätte er sie niemals wahrhaftig gekannt.

Die Überfahrt auf dem großen Wasser war für Leon ein Wechselbad widerstreitender Empfindungen gewesen. Voller Freude gedachte er des Wiedersehens mit seinen Geschwistern, seiner Mutter und Tante Thérèse, und doch mischte sich in seine Gedanken die Furcht vor der Begegnung mit Vater Henry.

Er grübelte über die Lage der Protestanten in Frankreich und fragte sich, wie es um das Kontor seines Vaters bestellt sei und welche Erwartungen dieser nun an ihn hegen würde. Insbesondere freute sich Leon auf das Wiedersehen mit seinem Bruder René.

Doch da war auch die Sorge, wie seine Familie Bis'dii aufnehmen würde? Und er fragte sich, ob sich Bis'dii in den Gassen und Straßen von Le Havre, einer Stadt so anders als ihre Heimat, wohlfühlen könnte?

Da waren gleichsam zwei vollkommen verschiedene Welten, die aufeinandertreffen würden, und Leon sann still darüber nach, wie Bis'dii mit dieser wichtigen Entscheidung Zufriedenheit finden könnte. Doch verging der Tag in Schweigsamkeit; ein stilles Einvernehmen hielt sie in ihrer Reise nach Frankreich gebunden, und es schien für Bis'dii nichts zu sagen zu geben zu diesem Schritt. Leon spürte jedoch, dass sie voller stiller Erwartung war, ohne dass zu erkennen war, ob eine Furcht oder Freude in ihrem geistigen Umdrang vorherrschte.

Sie hatte ihre prächtig gearbeiteten Gewänder und die fein gewirkten Röcke sorglich in ihrem Bündel verstaut und trug nun ein schlichtes Gewand von Blau. Es war ein Wechsel zu den bunten Farben der Trachten, die sie in ihrer Heimat trug. Leon fühlte in ihrem Wandel, dass sie sich auf die neuen Umstände einzustellen suchte. Er sprach hierzu nichts. Es gab nichts zu sagen. Sie war derart, dass sie stets wusste, was sie tat, und Leon hatte nichts anderes zu tun, als sie in ihrem Tun zu begleiten.

Dennoch, als sie das Deck des Schiffes in Le Havre verließen und sich anschickten, mit der Kutsche zum Hause Dubois zu fahren, wurde Leon gewahr, dass Bis'dii viele Blicke auf sich zog.

In einer Welt, da die Damen ihre Gestalt in enge Schnürleiber und steife Mieder zwängten, war Bis'dii eine Erscheinung voll Eigenart. Die feinen Damen rafften ihre mit Fischbein und Stahlschienen in Format gebrachten Überröcke hoch, um die Hüften besonders hervorzuheben, und ihre schweren Röcke erschwerten ihnen das Gehen. Ihre Dekolletés betonten den Vorbau, als ob nichts anderes einem weiblichen Wesen Bedeutung beimaß.

Bis'dii trug ihr schwarzes, geschmeidiges Haar mal gebunden mit selbstgewirkten bunten Bändern, mal offen und in lebendiger Freiheit um ihre Schultern fallend. Die Damen in Frankreich hingegen verbargen ihr straff zurückgebundenes Haar unter hoch aufgetürmten, gepuderten, weißen Perücken, garniert mit Spitzenhauben und aufwändigen Hüten.

Wo Bis'dii einen gesunden, schönen, dunklen Teint ihr Eigen nannte, da suchten die Frauen in Frankreich einen alabasterhaft weißen Teint zu erreichen, der nur durch die fast völlige Meidung des Lichts der Sonne und unter der Last unzähliger Schichten von Puder zu verwirklichen war.

Die Damen des französischen Hofes umgaben sich mit Wolken von Puder und schwerem Parfüm, während für Bis'dii weder das eine noch das andere von Belang war oder auch nur zu ihren Gepflogenheiten gehörte.

Nie zuvor hatte Leon die Damen Frankreichs als wahrhaft schön empfunden. Doch nun, nach der Zeit, die er an der Seite von Bis'dii weilte, erschien ihm ihre Maskerade nicht mehr denn als grotesk und absurd.

Und doch war ihm nun deutlich vor Augen geführt, dass sie in Frankreich keinen Schritt tun könnten, ohne das Getuschel der Leute auf der Straße, im Kontor oder in den Salons auf sich zu ziehen.

Das Kaufmannshaus, das seine Familie ihr Eigen nannte, stand prächtig und ehrwürdig in der Reihe der hohen Gebäude, die die

Straße säumten. Eine solide eichene Tür, versehen mit dem erhabenen Wappen der Dubois, war der Zugang zu den inneren Räumlichkeiten, wo die Geschäfte des Hauses geleitet wurden. Als die Kutsche vor dem stattlichen Haus seines Vaters hielt, führte ihn sein erster Weg zu Tante Thérése.

Zu seiner großen Erleichterung sollten sich seine schlimmsten Befürchtungen nicht bestätigen. Thérése, wenngleich gealtert, war wohlauf und erfreute sich bester Gesundheit. Ihre Freude war grenzenlos, ihn nach so langer Zeit endlich wieder in ihre Arme schließen zu dürfen. Auch Leon empfand ebenso große Freude und Erleichterung in diesem Wiedersehen.

Erst dann fiel Théréses Blick auf Bis'dii, und mit erstaunten Augen musterte sie die Fremde an der Seite ihres Neffen. „Mon cher, du kommst nicht allein?", fragte sie mit leichtem Erstaunen in der Stimme.

Leon bemühte sich, seiner Stimme Festigkeit zu verleihen. „Dies ist meine Frau, Bis'dii", verkündete er mit bestimmtem Ton.

Théréses Augen nahmen einen Ausdruck an, der eine Mischung aus Verwunderung und dem Bemühen, das Unerwartete zu verstehen, war. Sie musterte Bis'dii mit einem prüfenden, doch zugleich warmherzigen Blick. „Willkommen in Frankreich, willkommen in unserer Familie, Bis'dii", sprach sie, während sie mit ausgestreckten Armen zu ihr hintrat und ihre Hände in die ihren nahm. „Dass Ihr den Jungen heil wieder nach Frankreich gebracht habt, dafür sei Euch Dank gesagt."

Doch entging Leon nicht der Schatten, der kurz über die freundliche Miene seiner Tante huschte. Sie wandte sich an ihn. „Leon, wie gedenkst du, die Zustimmung deines Vaters zu erlangen?" Einen Augenblick schwieg sie, ihre Worte bedächtig wählend. Dann fügte sie hinzu: „Sprich allein mit ihm. Bis'dii soll mir Gesellschaft leisten, während du ihm entgegentrittst. Er wird Zeit brauchen, um all die Neuigkeiten zu erfassen, und es soll nicht Bis'diis erster Eindruck von ihrem Schwiegervater sein, wenn er von diesen

Veränderungen erfährt."

Leon begegnete Bis'diis Blick, in seinen Augen die stumme Frage, ob sie damit einverstanden sei.

Sie nickte mit ruhig gefasster Miene. „Das wird das Beste sein."

„Leon, mein Junge", begann Thérése mit leiser Stimme. „Auch du sollst wichtige Neuigkeiten vernehmen, bevor du vor deinen Vater trittst, denn auch hier haben sich die Dinge gewandelt."

Leon atmete tief durch. Was würde ihn nun erwarten? „Gewiss, liebe Tante, sprich", sagte er mit festem Ton.

„Deine Mutter, sie weilt nicht mehr unter uns ..."

Leon fühlte, wie der Atem in ihm stockte. Er nickte.

„Zu jener Zeit war sie bei deiner Schwester Jeanne und ihrem Mann in Poitou zu Besuch", fuhr Thérése fort. „Mehrere Dragoner, Soldaten des Königs, waren dort vom Intendanten René de Marillac im Hause von Jeanne und ihrem Mann einquartiert worden. Sie hatten den Auftrag zu bezwecken, dass die Familie deiner Schwester zum Katholizismus übertrete. Ihre Aufgabe war es, sie zu schikanieren und zu drangsalieren, bis sie abschwören würden. Letztlich hat Jeannes Gemahl dem Druck nachgegeben und abgeschworen. Doch deine Mutter vermochte die wochenlangen Übergriffe durch die Dragoner nicht zu ertragen und verschied nur wenig später. Jeanne jedoch geht es inzwischen wieder besser."

„Doch, Tante", begann Leon, während er die Worte sorgfältig wählte, „was ist mit dem Edikt von Nantes? Wurde dieses nicht erlassen, um Frieden zwischen Katholiken und Hugenotten zu schaffen? Hat es uns nicht das Recht gegeben, unseren Glauben zu leben und unsere bürgerlichen Rechte zu wahren? Warum also solch Übergriffe? Warum all dieses Leid, wenn doch ein königliches Edikt uns Schutz verheißt?"

Thérése seufzte und legte ihre Hand sanft auf seine Schulter. „Ach, lieber Leon, das Edikt von Nantes wurde in der Tat zu diesem Zweck erlassen, sodass wir in Frieden leben könnten. Doch die Zeiten haben sich gewandelt. Die Macht des Königs und der

Einfluss des Katholizismus sind stark, und nun unter Ludwig XIV. hat sich das Klima verändert. Die Einhaltung des Edikts schwindet zusehends, und viele wollen uns Protestantischen den Glauben und die Freiheit, die damit einhergeht, nehmen. Auch dies macht deinem Vater die Seele schwer. Du weißt, er hat all die Jahre alle Mühen aufgewendet, um das Haus durch die schweren Zeiten zu bringen."

Leon nickte abermals. Er hatte befürchtet, dass sich in seinem Heimatland wenig zum Besseren gewendet haben würde, und die Worte seiner Tante bestätigten ihm diese trübe Ahnung. Keine weiteren Einzelheiten zu erfragen, erschien ihm als das Klügste, und Thérèse würde ihm wohl auch keine weiteren enthüllen.

Da spürte er den sanften Druck von Bis'diis Hand auf seinem Arm. Eine Geste der Verbundenheit, die ihm viel bedeutete.

„Doch", fuhr Thérèse mit bedächtiger Stimme fort, „noch etwas ist anders. Dein Vater hatte deine Rückkehr nicht mit Gewissheit erwartet und begann, René in die Geschäfte einzuführen."

Leon konnte seine Überraschung kaum verbergen. Der Gedanke an seinen Bruder, den er als viel jünger in Erinnerung trug, war seltsam eindringlich. Der Umstand, dass René nun von Vater angelernt wurde, befremdete ihn und doch spürte er kein Erschüttern, vielmehr eine leise Freude. „Das bedeutet, René ist wohlauf?", fragte er, seine Stimme mit vorsichtiger Hoffnung erfüllt.

Thérèse nickte mit einem kleinen Lächeln auf ihren Lippen. „Es freut mich, dass es dies ist, was dich am meisten zu erfahren drängt. Gewiss, mein Junge, René ist wohlauf. Er hat sich in den letzten Jahren zu einem tüchtigen jungen Mann entwickelt, und es scheint, er macht sich gut in den Geschäften. Und er blüht im Kontor regelrecht auf. Mehr wohl, als du es jemals tatest."

In jener fortgeschrittenen Stunde des Tages, da die blasse Novembersonne behutsam über die weiten Ländereien Frankreichs hinweggezogen war und nunmehr hinter den Horizont tauchte, machte sich Leon, nach langem Aufenthalt in der weiten Neuen Welt, an den beschwerlichen Gang zum Arbeitszimmer seines Vaters. Die schwere Tür knarrte unter seiner Hand, als er sie öffnete und voller Ungewissheit die Schwelle überschritt. Was würde ihn dort erwarten? Sie waren nicht im Guten auseinander gegangen.

Hier an einem schweren Rosenholztisch harrte Henry mit finsteren Augen, in denen sich die Härte der vergangenen Jahre spiegelte. Leon stellte mit einem einzigen Blick fest, dass die Zeichen der Zeit das Gesicht seines Vaters merklich geprägt hatten, es waren Linien der Mühsal und der Starrheit.

Leon nahm einen tiefen Atemzug, die Tür schloss sich mit leisem Klang hinter ihm.

„Vater", hob er an, während Henry seinen Blick langsam hob und seine Augen auf seinen erstgeborenen Sohn richtete.

„Leon", sprach Henry, und seine Stimme lag irgendwo zwischen der Verwunderung über den unerwarteten Anblick und der altbekannten Enttäuschung, die Leon stets in seines Vaters Augen gelesen hatte.

Leons Gefühle schwankten in Unruhe zwischen der doch aufkeimenden Freude des Wiedersehens und der sorgenvollen Angst, welche Richtung dieses Gespräch nehmen mochte. Vorsichtig trat er näher zu seinem Vater, jeder Schritt bedacht, als suchte er nicht nur den Raum zwischen ihnen zu überwinden, sondern die viel tieferen Gräben, die sich in der Zwischenzeit durch die Abwesenheit und den Wandel zwischen ihnen gegraben haben mochten.

Henry verharrte eine Weile in stiller Betrachtung seines Sohnes. Alsdann sprach er: „Lange weiltest du in der Ferne, mich im Ungewissen lassend, ob du je heimkehren würdest."

Mit diesen Worten traf er Leon in der Seele und dieser spürte auf einmal deutlicher das Empfinden, wahrlich heimgekehrt zu sein. „Da muss ich dir recht geben. Doch haben mir die Umstände nicht die Möglichkeit gelassen, dir Mitteilung zu machen. Des-

150

gleichen wusste ich selbst nicht, ob ich je heimkehren könnte."

Henry schwieg abermals und betrachtete Leon mit einem Blick, welchen dieser nicht zu deuten vermochte. Alsdann hub er erneut an mit seinen Worten: „Während deiner Abwesenheit habe ich letztlich begonnen, deinem Bruder René die Unterweisung angedeihen zu lassen. Er zeigt Geschick und Verstand im Handel, welchen du dereinst führen solltest."

Leon rang nach den richtigen Worten. Er empfand Erleichterung, von dieser Bürde erlöst zu sein, und doch fragte er sich, wie nun sein Lebensweg weitergehen würde. „Ich achte deine Entscheidung in vollstem Maße und freue mich zu hören, dass René, welchem ich dies von ganzem Herzen wünsche, diese Aufgabe zu bestehen vermag. Ebenso erfreut bin ich für dich, Vater, dass Rene ein Sohn ist, der dir keine Enttäuschung bereitet wie ich es tat", sprach er schließlich unter Aufbietung allen Mutes und aller Aufrichtigkeit.

Doch Henry schnaubte lediglich verächtlich, ein Klang, der in der Stille des Raumes wie ein kühler Schnitt in die Luft fuhr. Leon wurde in diesem Augenblick deutlich, dass die Entfremdung zwischen ihnen weit tiefer reichte, als er es ohnehin befürchtet hatte.

„René wird das Haus vortrefflich führen", sprach Henry zuletzt, und in der Stimme lag eine Kälte, die Leon erschauern machte. „Nach jener Enttäuschung, die du mir beschert hast, bleibt mir allein die Hoffnung, dass René nicht in gleicher Weise mich im Stich lassen und unsre Familie verraten wird."

Leon empfand diese Worte wie Stiche eines Dolches. Er hatte geahnt, dass dieses Gespräch schwerlich verlaufen würde, doch heimlich hatte er gleichwohl gehofft, dass sein Vater in Versöhnung stimmen möge, da René nun sein Erbe angenommen hatte. Doch gleichwohl wusste Leon, dass er bereits in seinen Kindertagen seinem Vater mannigfaltige Enttäuschung bereitet hatte.

Nachdem abermals eine Weile des stillen Wartens vergangen war, sprach Henry weiter: „Solltest du es vollbringen, mir weiteren

Kummer zu ersparen und einen Weg zu finden, dein Leben so zu führen, dass unser Haus nicht abermals Leid und Sorge treffe, so will ich mich bemühen, zu dulden, dass du heimgekehrt bist."

Diese Worte trafen Leon gleich neuer Hiebe, die ihm Schwindel bereiteten. Er erkannte sogleich, dass seine Offenbarung, eine Frau aus der Neuen Welt mitgebracht zu haben, mit der er gedachte, nach protestantischem Ritus den Bund der Ehe zu schließen, nichts war, was sein Vater zu dieser Stunde hören wollte. Doch plötzlich stand ihm klar und deutlich vor Augen, worüber er sich die vergangenen Wochen den Kopf zerbrochen hatte. Nach der Härte, welche in den Worten des Vaters lag, erkannte Leon, dass nun die Zeit gekommen war, das Joch des Vaters abzuschütteln und Bis'dii der Mann zu sein, der er ihr sein wollte und der ihr aufrecht in die Augen blicken konnte. So beschloss er gleichwohl, seinen Vater ins Bilde zu setzen. „Vater, auch ich habe dir etwas zu verkünden", begann er, anfänglich zögernd, dann jedoch mit festem Ton.

Henry blickte ihn mit gleichgültigen Augen an.

„Vater, ich habe jene Frau mitgebracht, die ich nach protestantischem Ritus zu heiraten gedenke. Ich möchte sie dir vorstellen."

Da wandelte sich der Blick seines Vaters zu einem Ausdruck der Verwunderung. „Du gedenkst, dich zu vermählen? Nun, dies erscheint mir angesichts deines Alters nicht als ungewöhnlich. Doch wer mag sie sein? Ist es eine Französin?"

Nun war die Stunde gekommen, seinem Vater in redlicher und aufrechter Weise entgegenzutreten. „Die Frau, die ich mitgebracht habe, entstammt keiner französischen Familie. Sie ist keine Hugenottin." Er sah, wie sich des Vaters Blick verfinsterte, doch fuhr er unverzagt fort. „Sie ist eine Ndeé. Ich habe sie von weit her aus jenem Land gebracht, welches sich am Salt River in Arizona, südlich von Santa Fe, einer Stadt in Amerika, befindet. Die spanischen Eroberer nennen diese Menschen Apachen."

Henry starrte ihn mit vollends entgeistertem Blick an. Worte schienen ihm zu versagen, bis er schließlich ausrief: „Du beliebst zu scherzen!"

Leon holte tief Atem. „Nein, Vater, keineswegs ist dies ein Scherz. Verwundet nach einem schweren Überfall auf Santa Fe wurde ich von ihrem Stamm geheilt und umsorgt und lebte dort viele Jahre. Doch nun hat sie beschlossen, meine Familie und mein Land kennenzulernen." Er atmete ein weiteres Mal tief, bevor er weitersprach: „Sie ist voller freudiger Erwartung, auch mit dir Bekanntschaft zu machen."

Henry schien zu schwanken zwischen einem spöttischen Gelächter und einem Ausbruch des Zornes, ehe er aufs Neue verächtlich schnaubte. Alsdann wurde seine Stimme tief und ruhig. „Du kehrst heim mit Geschichten aus fremden Landen und einer jungen Apachin, die draußen wartet. Was bringst du mit, mein Sohn, außer dem Bruch der Traditionen und Sitten? Du hast, wie ich höre, viel erlitten und wurdest für lange Jahre der zivilisierten Welt entfremdet. Ich will also Nachsicht walten lassen. Lass mich dir versichern: Eine Verbindung, eine Heirat, mit ihr kann keineswegs in Erwägung gezogen werden. Dies ist wider die gesetzte Ordnung, dies musst du schließlich einsehen. Als Sklavin, oder vielleicht als Kurtisane, nähme die Welt solches hin. Doch als Ehegattin? Siehe, solches ist unmöglich!"

Leon konnte sich nicht entscheiden, ob das Entsetzen größer war angesichts des Gedankens, den sein Vater hegte, dass er Bis'dii als Sklavin oder Kurtisane halten könnte, oder über die nunmehr gebotene Erkenntnis, dass es wahr sei, was sein Vater sprach: Einer Eheschließung standen gesetzliche Schranken entgegen, die nicht zu überwinden waren. Leon spürte, wie das Gewicht seiner Entscheidungen nun in ihrer ganzen Tragweite auf seine Seele lastete. Die Herausforderungen, die sich vor ihm auftürmten, erschienen dunkel und unüberwindbar. Wie ein Blitz in einer finsteren Gewitternacht kurz aufleuchtet, so blitzte für einen Augenblick der völlig absurde Wunsch auf, dieser Vater, zu dem er einst aufgesehen hatte, könnte ihm eine Lösung weisen. Hilfe leisten bei einem Problem, das schier unüberwindlich war. Doch der Raum war erfüllt von der Kluft, die zwischen Vater und Sohn bestand, welche Zeit und Schicksal geschlagen hatte.

„Bedenke meine Worte. Im Übrigen verschwinde aus meinem Angesicht. Kehre erst zurück, wenn deine Entscheidung gefallen ist und du vor allem einen Plan gefasst hast, wie dein Lebensweg sich gestalten möge. Möchtest du meinen Rat, so halte an deinem Pfad auf See fest und betätige dich als Seefahrer."

Nachdem Leon das Arbeitszimmer seines Vaters mit schwerem Herzen verlassen hatte, machte er sich auf die Suche nach seinem jüngeren Bruder René. Ihre Wege kreuzten sich bald, denn René hatte vernommen, dass Leon heimgekehrt war und sich bereits zum Arbeitszimmer aufgemacht. Im Korridor trafen sie aufeinander.

René blickte auf, und sein Gesicht erhellte sich in einem freudigen Lächeln, als er Leon erblickte. „Leon!", rief René aus, und kaum hatte er dies ausgesprochen, eilte er zu seinem Bruder.

Als sich Renés Arme um ihn schlossen, in jener unbefangenen und herzlichen Art, die er an René stets wertgeschätzt hatte, verspürte er eine Freude, die die langen Jahre der Trennung wie Reif vor der Morgensonne zerrinnen ließen.

„René, welch Freude es ist, dich zu erblicken", rief Leon aus, während er seinen Bruder betrachtete, als wolle er jede Veränderung seit ihrer letzten Begegnung in sich aufnehmen. „Du guter Gott, wie bist du gewachsen! Und deine Züge! Du bist kein Junge mehr, wie ehedem, als ich Le Havre verließ! Nun sieh dich an. Größer bist du als ich und Vater gleich wie ein Ebenbild!" Leon konnte sich des Lachens nicht erwehren, als er dies bemerkte.

„Wollen wir hoffen, dass ich weniger Sorgenfalten trage als er!", scherzte René in wohlbekannter Ungezwungenheit. „Doch nun komm, lass uns im Salon die gesuchte Ruhe finden, bei einem Becher Wein zu besprechen, was die Jahre gebracht haben!"

Mit diesen Worten begaben sie sich zum Salon. René brachte eine Flasche roten Weines und zwei Becher und befahl dem Diener, eine Flamme im Kamin zu entfachen.

Das Gespräch zwischen ihnen floss ungehindert, wie ein vor langer Zeit gehaltener Austausch, der nun seine Fortführung fand.

René erzählte von seinem Fortschritt im Geschäft, von den Lektionen, die er vom Vater gelernt hatte. Leon wiederum berichtete von seinen Abenteuern in der Fremde und erzählte gleichermaßen von Bis'dii.

„Bis'dii, welch seltener und eigentümlicher Name. Doch ich wusste stets, damit mein Bruder Leon sein Glück finde, würde es ihn weit forttreiben müssen. Mon dieu, du bist wahrhaftig ein Abenteurer!"

„Ein was? Ich? Wo denkst du hin?"

„Wer, wenn nicht du? Du bist in den Krieg gezogen, um die Freiheit zu finden. Du hast dich mit dem Feind zusammengetan, um Freundschaft zu finden und du hast dich halb totschießen lassen, um die Liebe zu finden."

Leon sann über die Worte seines Bruders nach und fühlte sich nicht als der Abenteurer, den René in ihm sah. Im Grunde genommen war er geflohen, und das Schicksal hatte ihm all diese Dinge zugeführt, wozu auch immer. Doch er schwieg.

„Ich freue mich für dich, Leon", sagte René schließlich in ernsthafter Weise. „Weit ist die Welt, und das Herz findet oft auf seltsamen Wegen zu dem, was es sehnlich begehrt."

In diesen Momenten des Wiedersehens lag eine Verheißung der Hoffnung und der Bestärkung, und Leon wusste, dass er auf Renés Unterstützung zählen konnte, für das, was auch immer die kommenden Tage bringen mochten. Doch Leon betrachtete seinen Bruder schweigend, denn er vernahm deutlich, dass etwas in Renés Stimme mitschwang, was er nicht deuten konnte. „René, ich höre, dass es etwas gibt, was du mich wissen zu lassen wünschst. Sprich."

„Leon", hob René zögerlich an, sein Blick suchte den seines Bruders, als wolle er sich vergewissern, dass er in Vertrauen sprechen dürfe. „Es gibt ein Anliegen, welches mich schwer bedrückt, und niemand weiß darum, nicht einmal unser Vater. Es scheint mir wie eine göttliche Fügung, dass du just in diesem Moment heimgekehrt bist, denn dir will ich es anvertrauen. Du ahnst nicht, wie oft ich in letzter Zeit im Stillen nach dir gerufen habe."

Leon starrte seinen Bruder erschrocken an. Er hatte nicht mit solch einer ernsthaften Beklommenheit gerechnet, und er hatte nie erwogen, dass in der Ferne Frankreichs eine Seele sein könnte, die seiner benötigte!

„Vielleicht vermagst du mir einen Rat zu geben in dieser schweren Stunde."

Leon nickte, sein Gesicht zeigte ernste Aufmerksamkeit.

„Es hat sich etwas ereignet", fuhr René fort. „Und bitte, denke nicht schlecht von mir, eine Liebschaft, die ich einging mit der Tochter einer Familie, die zu dem niederen Adel des Landes zählt. In der Unbedachtheit des Augenblicks ließ ich mich von der Leidenschaft leiten."

Die Worte lagen schwer in der Luft, während René, mit sich ringend, innehielt. „Doch, Leon, es kommt mir vor wie ein Ränkespiel, ein Plan, um aus unserer Verbindung Kapital zu schlagen. Ihre Familie ist verarmt, wie man von vielen Orten hört, und sie drängen auf eine Heirat, um ihre Lage zu verbessern."

Leon lauschte, bemüht, den Worten seines Bruders zu folgen, während er kaum zu fassen vermochte, was ihm zu Gehör kam.

„Man droht mir", sprach René weiter, „dass, wenn ich mich nicht ihrem Willen beuge, ein Skandal entfacht werde, der den Namen unserer Familie und das Haus Dubois, in Misskredit bringen könnte. Und dennoch, in meinem Innersten weiß ich nicht, was rechtens ist oder wie ich mich verhalten soll. Der Vater wird mich verstoßen, wenn ihm dies zu Ohren kommt, und ich fürchte, es könnte ihm einen niederdrückenden Schlag versetzen. Dies bringe ich nicht übers Herz. Doch mit ihm muss ich sprechen, denn die Zeit schreitet voran, und die Gefahr des Skandals wächst mit jedem vergehenden Tag." Renés Stimme war voll der Ungewissheit, und eine stumme Klage lag in seinem Blick.

„Doch gedenkst du sie denn nicht zu ehelichen? Was könnte Vater gegen sie ins Feld führen? Ist sie keine Protestantin?"

René blickte nun mit funkelnden Augen. „Als derlei geschah, war ich ihr wahrlich zugetan. Doch die Erkenntnis, dass all dies einem hinterlistigen Plan folgte, kann ich nicht vergeben. Niemals werde ich mich einem solchen Komplott beugen. Allein auf ihre Finanzen bedacht, geht es ihnen allein darum, ihre Schulden mit Vaters Mitteln abzutragen. Wie könnte ich nach solch einem Verrat mit ihr leben?"

Leon nahm einen tiefen Atemzug. „Sei versichert, wir werden gemeinsam überlegen, wie der Wahrheit und der Ehre Genüge getan werden kann", begann Leon, seine Stimme war leise, doch von Bestimmtheit getragen. „Der Umstand, den du schilderst, ist gewiss voller Bedrängnis. Doch ich bin ebenso in einer Zwickmühle gefangen. Ich habe Bis'dii mit mir aus der Neuen Welt gebracht", fuhr Leon fort, „mit dem Wunsch, sie zu meiner Gemahlin zu nehmen. Doch als ich dies eben Vater offenbarte, erklärte er dass solches rechtlich und gesellschaftlich keinerlei Möglichkeit besäße. Zeigt sich das Gesetz nicht einsichtig für solch eine Verbindung?"

„Ich hege Verständnis für deine Empfindungen. Doch die Welt, in der wir leben gewiss nicht." René hielt inne, alsdann fügte er hinzu: „Die sozialen und rechtlichen Hindernisse sind mannigfaltig Unseres Königs Frankreich sieht in solchen Bindungen keine Möglichkeit. Weder die weltlichen noch die kirchlichen Obrigkeiten würden solch einer Verbindung ihren Segen erteilen. Zumal der hugenottische Glaube selbst unter Druck steht. Die Schwierigkeiten, denen unsere Glaubensbrüder gegenüberstehen, würden auch deine Wünsche erschweren und überdecken. Desgleichen, Bis'dii entstammt keinem christlichen, sondern einem eigenen Glauben und einer eigenen Kultur, die hier nicht anerkannt wird." René hielt inne, seine Hand auf des Bruders Schulter legend. „Es wäre weise", sagte René leise, „in der Ferne nach einer Lösung zu suchen oder zu erwägen, wie ihr anderswo euer Glück finden könntet, sollte die Heimat euch dies nicht erlauben."

Leon blickte seinen Bruder nachdenklich an. „Wie waren doch unsere Sorgen früher von geringer Bedeutung. Und nun, sieh uns an. Nach Jahren begegnen wir uns wieder und jeder von uns ringt mit einer schier unlösbaren Herausforderung."

René verharrte einen Augenblick in nachdenklicher Stille, dann erhellten sich seine Augen in plötzlichem Schimmer. „Nein, ich will nicht glauben, dass uns unlösbare Probleme bedrängen. Es widerstrebt mir, so zu sprechen. Hat nicht Vater, in der Stunde der Not, das Steuer selbst gehalten, als er seine Flotte sandte, die Bukanier anzuwerben? Und hat er es nicht vollbracht, von Seiner Majestät Kaperbriefe zu erlangen? Ohne sein beherztes Geschick und kluge Fügung wäre unseres Hauses Bestand zu jenen Tagen wahrlich gefährdet gewesen."

Leon nickte, mitgerissen von der lebendigen Begeisterung seines Bruders. „Wahrlich, daran besteht kein Zweifel. Es führt uns zu der unumstößlichen Einsicht, dass auch wir uns der unkonventionellen Mittel bedienen müssen."

Renés Rede hatte Leon die Erkenntnis offenbart, dass nicht nur das Verständnis der Hindernisse ihrer Zeit notwendig war, sondern auch die Anerkennung der Möglichkeiten ihrer Zeit, Lösungen jenseits der Schranken zu suchen.

Leon verweilte nunmehr seit etlichen Wochen im väterlichen Hause zu Le Havre, jenem geschäftigen Hafenstädtchen, wo die Luft beständig nach Salz und Seealgen roch und die Möwen kreischend ihre Bahnen über dem Wasser zogen. Da war eine unermüdliche Gewerbetätigkeit zu jeder Stunde und die Leute trotzten dem rauen Klima des Meeres mit kühlem Eifer.

Der Winter war draußen eingekehrt. Ein solcher Winter, wie ihn Bis'dii, die er in das einstige Schlafgemach seiner Schwester Jeanne aufgenommen hatte, nie zuvor erlebt hatte.

Bis'dii war eine Tochter der sonnenverwöhnten Wüste von Arizona, und der Salt River war ihr ein steter Begleiter gewesen, ein silbernes Band, das sich durch die wilde Schönheit ihres Heimatlandes wand. Doch jetzt war sie in dies fremde Land gekommen, hatte selbst den Pfad gewählt, der sie in die Gassen Frankreichs führte. Hier, da heut' die Blätter, die gestern noch in Rot und Gold erglühten, als brauner Brei das Erdreich bedeckten, vermischt mit den Hinterlassenschaften der Zugpferde, die Wagen und Kutschen durch die Straßen zogen, empfand sie eine sanfte Wehmut, da sie der Jahreszeiten am Salt River gedachte, der Düfte und Farben, die ihr Dasein bisher begleitet hatten.

Der Gedanke, nie mehr zu den vertrauten Ufern des Salt Rivers zurückkehren zu können, füllte sie mit leiser Traurigkeit. Sie gedachte des Frühlings, der lebhaften Wildblumen, die um die Gnade der Sonne bettelten und des bunten Gewandes der Kakteen, das sich für kurze Zeit entfaltete. Ihre Gedanken schweiften zurück zu den Tagen der Freiheit, als sie barfuß über das warme Erdreich lief, entlang des ewig dahinströmenden Salt River.

Zugleich war sie sich vollauf gewahr, dass dieses neue Leben ihr eigener Wille gewesen und sie es noch immer für den rechten Pfad hielt, hierher gekommen zu sein. Sie und Leon entstammten verschiedenen Welten, und er hatte ihrer Welt Einblick gewonnen.

Um ihn vollends zu erkennen, musste auch sie sich in seine Welt vertiefen. Zudem wusste sie, dass er hier seine Pflichten zu erfüllen hatte, und es war an ihr, ihn dabei zu unterstützen und ihm zur Seite zu stehen. Sie empfand es als eine Gabe des Himmels, all dies zu erleben. Eine Welt, die niemand, den sie bisher gekannt hatte, erfahren hatte. Dies zu erleben bedeutete, einen Teil der Geheimnisse des Lebens zu erfahren, der ihr sonst verborgen geblieben wäre. Dieser Weg war nicht leicht zu beschreiten, doch sie erkannte, dass er sie weit voranbrachte.

Hin- und hergerissen zwischen vergangener Zeit und Gegenwart, fand sie sich in der Mitte einer Reise, die gleichwohl von Sehnsucht gefärbt, doch reich an staunenswerten Augenblicken war.

Der Winter des fremden Landes bot ihr neue Pfade, Möglichkeiten, die über das hinausgingen, was sie gekannt hatte, und sie fühlte sich stärker und freier in dieser Wahl, im Ringen um Bewahren und Erleben.

Während die Kälte Frankreichs, der raue Meereswind und der erste Schnee sie teils mit Schaudern, teils mit Entzücken erfüllten, trug sie doch die Wärme der Sonne, die über dem Salt River brannte und das Wasser mit verzaubertem Glitzern überzog, in ihrem Herzen. Sie lächelte bei dem Gedanken an ihren geliebten Fluss, denn auch wenn sie heute weit entfernt wanderte, floss er doch immer in ihr weiter – wie das Band, welches sie mit ihrem Land verknüpfte, so wie die Bilder, die sie in sich trug, ein Band waren, welches sie mit ihrer Familie, die sie wohl ebenfalls nie wieder sehen würde, verbunden hielt.

Es gab keinen Augenblick des Tages, an dem sie deutlicher fühlte, wohl entschieden und gehandelt zu haben, als wenn Leon sie abends, im Schatten und der Stille der einkehrenden Nacht in der kleinen Kammer mit den festen Wänden, die sie zuvor nicht gekannt hatte, aufsuchte und sie in jener Vertrautheit beisammen waren, die sich in dieser Tiefe erst mit der Einkehr in Frankreich eingestellt hatte.

Leon strich sanft über ihre Wange und durch ihr glänzendes Haar. Er betrachtete sie im flackernden Schein des Kerzenlichts und empfand eine Freude, wie er es vor der Zeit, als sie in sein Leben trat, nicht gekannt hatte. Ebenso empfand er jedoch jene Verantwortung, seine Aufgaben zu erfüllen, wie er es erst empfand, seit sie in sein Leben getreten war. Ihre stille Anwesenheit war eine beständige Mahnung an die Herausforderungen und Hoffnungen, die ihn begleiteten.

Sein Vater, Henry, ignorierte indes ihr Dasein mit der Gewissenhaftigkeit eines Mannes, der sich vor unangenehmen Wahrheiten verschließt.

René war Leon eine Stütze, doch trugen beide die ungelösten Geheimnisse und Sorgen mit sich.

Im Beisein von René verweilte Leon zu dieser Zeit oftmals im Kontor oder am Hafen bei den Schiffen. Seinem Vater begegnete er hingegen nur selten, und die Stimmung war dann stets von Kühle und Missmut durchdrungen.

Während er sann, ob das Meer seine Antwort sei, wie der Rat des Vaters ihm nahelegte, erreichten ihn gar besorgniserregende Nachrichten. Die Feindseligkeiten gegen die Hugenotten, die längst wie ein dunkler Schatten über ihrem Hause schwebten, schwelten nun von Neuem auf.

Im Schatten jener bedrohlichen Zeiten, die von den rauen Winterwinden und dem unruhigen Treiben der Stadt in gespannte Stille getaucht wurden, erfüllte es Leon und René zunehmend mit Sorge, dass die Schrecken der Dragonaden nahe ihrem eigenen Heim Einzug halten könnten. Die möglichen Auswirkungen des königlichen Zornes, der über die Region Poitou hinabgestiegen war, erhoben sich als finstere Wolken am Horizont ihrer Gedanken.

Die Dragoner waren bekannt für ihre schonungslose Härte, mit der sie über die Hugenotten hereinbrachen und sie durch Schrecken und Zwist zur Konversion zu zwingen suchten.

Berichte von den wüsten Untaten und der Gewalt der Dragonaden zogen durchs Land, und die Geschichten von geplünderten Häusern und bedrängten Familien, die nicht dem katholischen Glauben anhingen, wurden allenthalben erzählt.

Ein furchtbarer Überfall im finsteren Februar des Jahres 1685 ließ die Familie in Erschütterung zurück, als Tante Thérèse auf offener Straße von königlichen Soldaten angegriffen und schwer verletzt wurde. Der Fortbestand der Spannungen und gewaltsamen Übergriffe, wie sie bereits Thérèse getroffen hatten, nährte die bange Vorstellung, dass auch ihr eigenes Heim in Le Havre nicht von der königlichen Willkür verschont bleiben könnte. Die offene Gewalt, der ein Mitglied ihres Hauses aufgrund seines Glaubens anheimfiel, warf einen düsteren Schatten über ihre ohnehin schon belastete Existenz.

Es war Bis'dii, die sich ihrer annahm. „Leon, hier fehlt es mir an allem, was ich benötige, um deiner Tante zu helfen. So musst du deine Beziehungen nutzen, die du zu den Handelsleuten dieser Stadt pflegst", sprach sie, mit einer Eindringlichkeit, die keine Widerrede duldete.

Leon erwiderte zögerlich, denn er wusste wohl aus seiner Zeit unter den Ndeé, welcherlei Dinge sie benötigte und solche würde kein Kaufmann bieten können. Doch ein anderer Gedanke kam ihm in den Sinn. „Solche Kräuter findet man wohl beim Apotheker doch weiß ich nicht, ob seine Ware dem Bedürfnis entspricht."

„So lass uns einen solchen aufsuchen", drängte Bis'dii.

Bei dem Apotheker Barthélémy wurde Bis'dii endlich fündig. Vertraut mit den versteckten Geheimnissen der Pflanzenwelt, sammelte der alte Mann für sie diverse Mittel: Die getrocknete Rinde der Weide zur Linderung der Schmerzen, Digitaleis, ein Bestandteil des Fingerhuts, das Herz zu stärken, und Wacholderbeeren, die das Blut zu reinigen vermögen. Zudem gab er ihm Baldrianwurzel und verschiedene Pulvereien, die, mit Bedacht angewendet, ihre Wirkung nicht verfehlten.

Zurückgekehrt mit jenen Vorräten, bereitete Bis'dii die Mittel, ihrer vertrauten Methodik folgend. Sie zerkleinerte die Kräuter mit einem Mörser, mischte sie sorgsam nach alter Kunst und bereitete Umschläge und Tränke, die sie mit wachsamer Sorgfalt Tante Thérèse verabreichte.

Ein Tee aus Weidenrinde, schmerzstillend und fiebersenkend, schützende Umschläge aus Wacholder und Ysop und ein Sud aus der Baldrianwurzel, der Ruhe versprach. Tag um Tag wachte Bis'dii über sie, die Fortschritte beobachtend und die Mischung der Heilzutaten auf ihre Bedürfnisse anpassend.

Leon leistete seiner Tante jenen Beistand, den er zu leisten vermochte. Dies erschien ihm nichts im Vergleich zu dem, was Bis'dii vollbrachte, gleichwohl spürte er, dass es seiner Tante guttat, wenn er bei ihr saß und ihr, umgeben von dem angenehmen Duft des Salbeis, den Bis'dii in Vasen aufgestellt hatte, Gesellschaft leistete.

Als Thérèse müde wurde, verabschiedete er sich und verließ leise die kleine, vom flackernden Kerzenschein erhellte Kammer, die sie bewohnte.

Draußen traf er auf seinen Bruder René. Er erkannte sogleich, dass etwas geschehen war, denn Renés Augen waren so dunkel wie unruhig. Leon blickte René fragend an. „Was bedrückt dich derart?"

„Leon, die de Bronacs setzen mich unter noch mehr Druck", sprach René, ein Ausdruck der drohenden Gefahr in seinen Augen erkennbar.

„Dies ist nicht neu, doch ich sehe genau. Es ist etwas geschehen. So sprich!", drängte Leon mit einem Hauch von Sorge.

Renés Augen strahlten eine gehetzte Unruhe aus. Schließlich stieß er die Worte leise hervor, als wollte er selbst kaum daran glauben: „Leon, es scheint, als erwarte Cecilia de Bronac ein Kind." Seine Stimme war gedämpft, doch die Bedeutung der Nachricht hallte ohrenbetäubend im Raum wider.

Leon, der für einen flüchtigen Moment die Fähigkeit zu atmen verlor, stand sprachlos da. Doch bevor er antworten konnte, durchbrach ein melodischer Klang die verdutzte Stille.

Durch die verschlossene Tür drang Bis'diis Stimme, erhoben in einem sanften, doch eindringlichen Gesang. Die bitter-süßen, durchdringenden Töne flossen gedämpft durch die verschlossene Tür, einem Wind gleich, der sich seinen Weg bahnte.

René, der wie vom Donner gerührt war, sah Leon mit einem verblüfften Lächeln an. „Ist dies ... normal?", raunte er, offensichtlich unsicher, ob solcher Erkenntnis oder Verwunderung.

Leon schmunzelte. Er wusste wohl, sie sang von Heilung und Frieden, von der Stärke und der Kraft der Erde: „Das, mein Bruder, gehört zu den Riten der Ndeé. Diese Gesänge sind Teil ihrer Heilkunst und ich wage zu sagen, dass es wohl das Beste ist, wir lassen deine finsteren Verkündigungen nicht bis vor Tante Théréses Tür dringen."

René nickte mit einer Mischung aus Belustigung und jenes von der Erkenntnis des eigenen Unverstands genährten Respekts. „In der Tat. Vielleicht suchen wir uns ein ruhiges Plätzchen, abseits dieser wundersamen Klänge, die gewiss keine Begleitung für düstere Gedanken sein sollten."

Sie machten vorsichtig kehrt, dabei bemüht, den Frieden drinnen nicht zu stören, als sie sich leise davonstahlen. Und so ließen sie die sanften Lieder hinter sich, in dem feinsinnigen Einvernehmen, dass ihre finsteren Themen getrost außerhalb jenes heiligen Kreises bleiben sollten, den Bis'diis Fürsorge um Tante Thérèse gezogen hatte.

Im Salon fanden sie jenen Rückzugsort, der ihrem Gespräch gebührte.

„Sie fordern, dass ich ihrem Willen nachkomme, und meine Sorge wächst, dass unser Familienname in Verruf geraten könnte. Ich fürchte gar, die Zeit ist gekommen, mit Vater zu sprechen. Die Gefahren, die uns umringen, sind zu groß, um sie zu verschweigen. Wenn unser Haus beschmutzt werden könnte, müssen wir als Familie geeint stehen. Es wird kein Weg darum herumführen dass ich Vater ins Bilde setze."

René fühlte die Bürde der Umstände, die sich um ihn gelegt hatten, schwer auf seinen Schultern und wusste, dass er die Sache nicht länger vor seinem Vater verbergen konnte, als er das Arbeitszimmer seines Vaters Henry betrat, wo die Schatten lang über den Tisch fielen.

„Vater", begann René mit festen Worten, dennoch konnte er seine Angst davor, seinen Vater sind Bild zu setzen, kaum verbergen. „Ich habe eine Last zu beichten. Eine Tändelei, die ich einging, hat Folgen gezeitigt, die jetzt als Bedrohung auf unserer Familie liegen."

Henry hob den Blick von den Papieren vor ihm und musterte René mit strenger Miene.

„Es ist die Tochter einer verarmten Familie, die dem Landadel zugehört. Sie erwartet ein Kind von mir und nun fordert ihre Familie eine Heirat, verbunden mit einer erheblichen Summe Reichtum. Bei Weigerung drohen sie, dem Namen Dubois Schaden zuzufügen." René sah das Entsetzten im Gesicht seines Vaters, dessen Ausdruck eine Mischung aus Fassungslosigkeit und Enttäuschung offenbarte.

Henry erhob sich langsam, seine Augen waren auf seinen Sohn geheftet, doch sein Geist schien zurückzufallen in jene Zeiten, die ihn selbst mit Herausforderungen und Kämpfen beladen hatten. Mit harter Stimme begann er: „Du bringst die Familie, unser Erbe, in Gefahr, durch solch eine Affäre? Weißt du nicht, welche Mühen ich einst auf mich nahm, um unseren Namen und das Haus durch die grauenhaften Zeiten der Erniedrigungen und Schädigungen durch die Katholiken zu retten?"

Ein Schweigen legte sich bleiern über den Raum. Henrys Haltung erstarrte für einen Moment, als ob die Bürde der Vergangenheit schwer auf ihm lasten würde, während René die Vorwürfe seines Vaters, zwischen Schuld und Pflicht hin- und hergerissen, entgegennahm.

Henry richtete sich auf. „Ich hätte seinerzeit aufgeben müssen oder diesen einen Weg beschreiten. Um meinen Fuß im Geschäft des Überseehandels zu halten und es mit der Ostindienkompanie aufzunehmen, verlegte ich mich auf das Handwerk der Piraterie und des Sklavenhandels. Ich handelte im Schatten der Ostindienkompanie, führte Geschäfte zu ihrem und der Steuer Last. Piratenkapitäne folgten meinen Worten, und ich selbst heuerte jene Männer an, die Schiffe kaperten und Hafenstädte in Übersee überfielen. Ich ließ spanische, englische, holländische und selbst französische Schiffe angreifen, doch gelang es mir, selbst nie mit diesen Machenschaften in Verbindung gebracht zu werden. Kaperbriefe erhielt ich durch geschickte Manipulation und so bewahrte ich unser Vermögen und unser Haus vor dem drohenden Abgrund. Es waren düstere Unternehmungen, doch sie waren der einzig verbliebene Ausweg aus der Not und sie haben unser Haus gerettet. Jene Kaperbriefe vermochten uns große Gewinne zu bescheren. Diese Gewinne haben euch eine Kindheit in guten Umständen gesichert. Dir und deinem Bruder Leon. Und nun, so scheint es, setzt ihr beide all das mühselig Errungene aufs Spiel. Durch eure leichtfertigen und verantwortungslosen Handlungen zerrt ihr an den Grundfesten dessen, was ich mit unerhörter Mühe und unter hohem Risiko für unsere Familie errungen habe."

Der Raum verharrte in gespenstischer Stille, bevor Henry mit eiserner Entschlossenheit sprach: „Nun setzt ihr, meine Söhne, dies alles aufs Spiel. Ich werde handeln, um die Bedrohung abzuwenden. Erwartet nicht, dass ich starr im Sturm stehe und unbeteiligt zusehe, während mein Lebenswerk von euch zugrunde gerichtet wird."

Diese Worte, die René seinem Bruder Leon überbrachte, ließen beide starr vor Sorge und rastlos in ihrer Grübelei zurück. Was, so

166

fragten sie sich, hatte der Vater vor? Wozu war er fähig? In eine`
Epoche, da die Menschlichkeit keine Schranken mehr setzte, war
alles denkbar, so wie in grausamer Entfaltung die Gewalttaten gegen die Hugenotten in immer größeren Wellen der Grausamkeit
tobten. Die Vergangenheit hatte hinlänglich gezeigt, mit welcher
Entschlossenheit Henry Hand anzulegen wusste. In ihrer Mitte
wuchs die Sorge um das Schlimmste, dessen Ausmaß sich ihren
Vorahnungen nur in dunklen Konturen offenbarte. Die unheilvolle
Dunkelheit eines drohenden Vorgehens lag über ihnen.

Eines Morgens, bald darauf, da wurde Leon aus seiner Ruhe gerissen, als ein Geistesblitz sein Gemüt durchzuckte. Gleich einem
Mann, der aus tiefem Wasser emportaucht, richtete er sich in seinem Bett auf, und seine Augen leuchteten mit einer plötzlichen
Klarheit.

Noch eingedenk des Gespräches mit René, in welchem jene`
ihm mitteilte, dass sie das Armenhaus seit vielen Jahren mit großzügigen Geldern unterstützten, kam ihm jene Eingebung. Eine
Weile verweilte er im Bett, und während die Schatten der Morgendämmerung langsam wichen, durchdachte er diesen waghal-
sigen Plan. Je länger er diese kühne Idee erwog, um so mehr erschien sie ihm als Rettung. Sein Plan war gefahrvoll, doch stand
ihm wohl schon zuvor fest, dass das Gewöhnliche ihnen in diese`
misslichen Lage nicht weiter behilflich sein würde.

Leon verlor keine Zeit und zog René noch am selben Morgen ins
Vertrauen.

René, zunächst erstaunt über die Kühnheit des Vorhabens, benötigte einige Zeit, um den Plan in seiner Gänze zu erfassen.
Zweifel nagten kurz an ihm, ob ein solches Unterfangen wohl von
Erfolg gekrönt sein könnte, doch letztlich gewannen das Band ihrer Bruderschaft und der Wille, die missliche Lage zu beenden,
die Oberhand und schließlich stimmte René zu.

Bereits am nächsten Morgen machten sie sich auf, das Armenhaus zu besuchen.

Das Armenhaus, ein schlichtes Gebäude von grobem Stein, strahlte eine Melancholie aus, die sich in den umgebenden Nebeln verlor.

Daselbst angekommen, wurden sie mit großer Höflichkeit empfangen, da die Familie Dubois ihrer Wohltätigkeit wegen hoch angesehen war.

Die Luft war erfüllt vom dumpfen Klang der Stimmen der Bewohner, die dort in stiller Armut verweilten. Die Einrichtung war ärmlich, die Wände kahl, und der Boden dünkte einen mit seiner Dürftigkeit – ein müder Zeuge der Not, die dort herrschte. Leon und René schritten mit dem ungewissen Gefühl voran, auf welche Reaktion ihr Vorhaben stoßen würde.

Sogleich wurden sie von einem Bediensteten ins Büro des Vorstehers geführt, durch die engen und trüben Flure, kalt und dunkel. Das Büro selbst war nicht viel anders: Ein Holzschreibtisch, über den die Papiere gesät waren, und ein Fenster, durch das die graue Welt draußen sichtbar war. In derlei bescheidenem Rahmen versuchten sie nun, ihr Anliegen vorzubringen.

„Monsieur Dubois", begann der Vorsteher des Hauses, ein älterer Herr mit freundlich leuchtenden Augen, „unsere Türen stehen Euch jederzeit offen. Es ist eine Ehre, Euch hier zu sehen."

Die Brüder tauschten einen bedeutsamen Blick, bevor Leon das Wort ergriff, seine Stimme voll fester Entschlossenheit: „Monsieur, es ist uns ein Anliegen, mit Euch über ein wichtiges Ansinnen zu sprechen und wir hoffen gleichwohl auf Eure Einsicht und Unterstützung."

Der Vorsteher musterte die Brüder mit einem Blick, der zugleich Neugier und wachsende Besorgnis ausstrahlte.

Leon sprach mit ruhiger Stimme und einem fest entschlossenen Ausdruck: „Wir sind bereit, Eurem Hause eine großzügige Spende zu überreichen. Doch bräuchten wir Euer Wohlwollen und Mitwirken, um in den Besitz von Papieren einer verstorbenen Seele zu gelangen – einer, die im Alter von sechzehn bis achtzehn Jahren ihr Leben ließ."

Der Vorsteher, sichtlich beunruhigt, runzelte die Stirn und trat einen Schritt zurück, die Hände hinter dem Rücken verschränkt „Sehet, gnädiger Herr, solches birgt bedeutende Gefahren. So zu handeln könnte mich dem Schicksal eines Gesetzlosen überantworten. Sollten die königlichen Autoritäten dessen gewahr werden, dass ich mit den Dokumenten Verstorbener Tauschhandel betreibe, so würde dies als eine schwere Übertretung der königlichen Gebote angesehen." Ein Schatten huschte über die Miene des Vorstehers, denn ihm war bewusst, dass solch ein Schritt der Gefahr von Verrat und Strafe ausgesetzt war. Dennoch verweilte ein fiebriger Glanz der Versuchung in seiner Miene, verursacht durch Leons versprochene Wohltat und die mit ihr verbundene Aussicht auf mehr Hilfe für das von ihm geleitete Haus.

René, spürend, dass er diesen Augenblick nicht ungenützt lassen durfte, wenn er nicht wollte, dass ihm die Hoffnung durch die Finger zu rinnen drohte, ergriff rasch das Wort: „Monsieur, in aller Dringlichkeit und Redlichkeit kommt unser Ersuchen. Uns drängt die Sorge um das Wohl unserer Familie zu dieser Tat. So bitten wir Euch aufrecht und in der Erkenntnis der Notwendigkeit. Ihr wisst selbst, dass gute Werke und die Gabe des Gebens in harten Zeiten das Ansehen und die Gunst mehren. Niemals hat sich unser Haus der selbst auferlegten Verpflichtung entzogen, Euer Haus zu unterstützen."

Der Vorsteher neigte den Kopf ein wenig, die Stirn gerunzelt, als er das leise Ringen seines Gewissens verriet. „Viele richten ihren Blick auf mich und meine Handlungen", murmelte er. Dennoch lasst mich erwägen, wie mit Bedacht verfahren werden kann, dass Euer Ansinnen erfüllt und zugleich der Schutz des Hauses gewahrt bleibt." Die Miene des Vorstehers verriet, dass er das Gewicht der Entscheidung fühlte, als ob er am Rand eines Abgrundes stand, unsicher, ob ein solcher Schritt Befreiung oder Verderben bringen würde. Doch die Wirklichkeit musste sich vor ihm auftun, dass die Verstorbenen seines Hauses oft ohne Namen und Geschichte gingen. Anderrnteils, die, Jahr und Tag anhaltende Unterstützung durch das Haus Dubois war ihm indes bekannt dafür, dass sie sich auch in dunklen Zeiten nicht zu neigen vermochte. Er schien sich ihre Wohltaten ins Gedächtnis zu rufen, was in ihm die Hoffnung nährte, auch in der folgenden Zeit Bestand zu haben. „Wer, frage ich Euch, würde je davon Kunde erhalten, wenn solches vollzogen wird?", dachte er laut, die Stimme mit einer Nuance der Verschwörung gefärbt. „Euer Haus dürfte schweigen, und ich ebenso." Leise, wie ein Schatten, senkte sich sein Blick auf das Protokoll der letzten Tage. „Erst gestern verlor eine junge Frau ihr Leben hier unter unserem Dach – ein gefallenes Mädchen freilich, dem das Schicksal übel mitspielte. Sie besaß Papiere, war jedoch aus ihrem Dienst entlassen und fand keinen Halt auf ihrem Weg zurück. Auf offener Straße überfallen, kam sie übel zugerichtet zu uns." Die Stimme des Vorstehers wurde sanfter, als er fortfuhr: „Nach wenigen mühevollen Tagen unserer Pflege fand sie doch ihren Weg ins Himmelreich. Doch ihre Papiere sind erhalten." Und mit einem leisen Einverständnis fanden die Brüder und der Vorsteher zu einem Abkommen.

Die Bäume standen kahl und schlafend, ihre Äste wie knorrige Finger gegen den grauen Himmel erhoben. Ein feiner Hauch von Schnee bedeckte die Felder, während Eiskristalle in der Sonne funkelten. Die Luft war beißend kalt.

Nach einer zweistündigen Fahrt durch die winterliche Landschaft in einer von einem klapprigen Pferd, dessen Atem wie kleine Wolken in der klaren Kälte des Morgens schwebte, gezogenen Kutsche, trafen sie schließlich an ihrem Ziel ein.

Angekommen auf dem Anwesen der de Bronacs, empfing sie das ehrwürdige Haus mit einem Hauch schwindenden Adelsstolzes, das gleichwohl von einer unübersehbaren Spur des Verfalls gezeichnet war. Die De Bronacs, einst von bedeutenderer Stellung, offenbarten sich in ihrer Gastfreundschaft gleichwohl höfisch, doch auch von innigem Bedürfnis geprägt. „Meine Herren", begann Monsieur de Bronac. „Es ist mir eine Ehre, Euch willkommen zu heißen. Ich darf annehmen, der Grund, dass Ihr Euren verehrten Bruder mitbrachtet, ist die beabsichtigte und von uns durchaus dringlich erwartete Zustimmung zur Heirat? Es wäre uns eine Ehre, wenn Ihr, Monsieur Dubois, die Hand unserer Tochter Cecilia nähmtet, gleichwohl, verlange ich angesichts der misslichen Umstände eine angemessene Ehrenbeigabe. Unsere Cecilia ist schließlich unser teuerster Schatz, nicht aufzuwiegen mit allem Gold der Welt." Er griff nach dem Arm der still dabeistehenden Cecilia de Bronac. „Nicht wahr, meine Liebe, du erwartest ebenso sehnsüchtig die Zustimmung von Monsieur Dubois?"

Leon und René tauschten einen bedeutsamen Blick, bevor Rene das Wort ergriff, seine Stimme fest und unerschütterlich. „Monsieur, ich muss hier einhaken. Eine solche Verbindung liegt nicht in meiner Absicht. Doch kommen wir mit einem Plan, der Euch von größerem Vorteil sein könnte."

Mit einer Mischung aus Gelassenheit und kalkulierter Offenheit entfalteten die Brüder ihr Vorhaben: „Wir sind bereit, eine bedeutende Summe zu zahlen, die über das von Euch Geforderte hinausgeht." Mit diesen Worten legte Leon ein Papier vor Monsieur de Bronac und nickte ihm aufmunternd zu, es zu entfalten.

Monsieur de Bronac tat wie ihm geheißen und mit raschen Schritten eilte seine Gattin an seine Seite. Beide blickten mit einem starren Blick auf die dort vermerkte Zahl und in ihre Augen trat, wie von Leon und René erhofft ein gieriger Glanz.

Dies war der Augenblick, den Plan preiszugeben. „Dafür fordern wir, dass Cecilia die Papiere einer verstorbenen jungen Frau annimmt und unter einem anderen Namen lebt. Zudem würden wir die Papiere von Cecilia an uns nehmen."

Die de Bronacs, die das Funkeln der Gier nicht zu verbergen vermochten, wagten dennoch einen Einwand: „Was wird aus unserer

171

Tochter, wenn sie ein solches Leben führt?"

Leon, der sich seiner Sache gewiss war, sprach weiter: „Cecilia würde ihr Kind in Abgeschiedenheit zur Welt bringen und später, zu ihrem Schutz und Ansehen, als Dienstmagd oder entfernte Verwandte eures Haushaltes gelten. Aller Welt verkündet ihr, Cecilia habe geheiratet. Später könntet ihr ihr Dasein als Magd unter dem Vorwand der Verwandtschaft erklären und sie unter neuem Namen adoptieren."

Die Bronacs, die Aussicht auf Reichtum klar erahnend, fanden den Plan offenbar angesichts der verlockenden Summe sichtlich reizvoll.

Cecilia, bisher schweigend und ihren Blick oftmals auf der Wand ruhend, zeigte einen Anflug von Zweifel und wandte ein: „Wie soll ich leben mit einem Kind ohne Vater und Namen?"

Überraschend war es René, der mit plötzlicher Entschlossenheit antwortete: „Ich werde das Kind zu mir nehmen. Dies ist meine Bedingung."

Leons Augen weiteten sich für einen flüchtigen Moment in Überraschung, doch fasste er sich schnell, während die anderen der Runde den Atem anzuhalten schienen, überrascht von dieser unerwarteten Wendung. Doch letztlich, getrieben von der Aussicht auf Vorteil und dem Wunsch, das Arrangement abzuschließen, willigten die de Bronacs ein.

Während die Kutsche gemächlich durch die verschneite Landschaft rollte, blickte Leon seinen Bruder nachdenklich an.

„Wie bringen wir das Geld auf, René?", fragte Leon, seine Augen auf die Straße geheftet, die von frischem Schnee überzogen war und unter den Rädern ein gedämpftes Rollen erzeugte. „Du hast eine exorbitant hohe Summe geboten."

„Der Plan ist gefährlich. Wir mussten viel bieten, damit sie nicht ablehnen konnten."

„Da sehe ich, du bist wahrlich ein geborener Kaufmann!"

René, in Gedanken versunken, antwortete: „Es steht uns genug zur Verfügung, meines Wissens. Ein solcher Betrag bedeutet dennoch einen empfindlichen Einschnitt. Doch bin ich gewillt, Vater offen zu begegnen und ihm mitzuteilen, dass ich einen Entschluss gefasst habe und das Problem selbst zu lösen weiß. Bekanntlich war er stets pragmatisch, selbst wenn es ihm widerstrebte."

Leon nickte, in der Hoffnung, dass die Offenheit und die damit verbundene Entlastung eine bessere Zukunft für sie einleiten würde. Still wuchs in ihm die Reichweite der Verantwortung, die ihm und seinem Bruder zukam.

Als sie zurückkehrten und das Anwesen betraten, fanden sie den Platz des Vaters verlassen. Es dauerte nicht lange, bevor die Tumultlage der um sie stehenden Stadt sie erschütterte und die Kunde unerwartet hereinbrach: Henry wurde Opfer der Dragonaden. Durch Hugenottenfeindlichkeiten angetrieben, hatten Soldaten, die im Dienst der königlichen Regulation standen, Henry Dubois im Hafen überfallen. In einem willkürlichen Akt der Gewalt hatten sie ihn niedergeschlagen. Lebend gefunden, war er jedoch schwer verwundet, von Schlägen und Tritten gezeichnet, und wurde nun von aufmerksamen Helfern zurück ins Haus gebracht.

Die Realität des Augenblicks drang mit unaufhaltsamer Heftigkeit über die Brüder herein: Es war unbestreitlich, dass René nun die Verantwortung für das Handelshaus übernehmen musste.

Nachdem Henry zurückgebracht worden war, bemühte sich Bis'dii, ihre heilkundigen Fähigkeiten auf seine Genesung anzuwenden. Doch Henry, tief in seiner verstockten Abneigung vergraben, wies sie mit kalter Entschiedenheit ab. Er verachtete sie und jegliche ihrer Bemühungen, hielt an seinem Stolz und seinen Vorurteilen fest und wünschte nichts weiter, als ihre Existenz zu ignorieren, so gut ihm dies möglich wäre.

„Hinfort", entgegnete er schroff, als Leon an das Bett seines Vaters trat.

Einzig René, den er in einem klaren Moment zu sich rief, durfte mit ihm sprechen. Sein Gesicht, gezeichnet von Schmerz und Alter, spiegelte die Enttäuschungen der jüngsten Ereignisse wider.

„René", begann Henry, seine Worte von Bitterkeit geprägt. „Nach all den Verwerfungen und Enttäuschungen ist es nun an dir, alles fortzuführen. Ich will nicht, dass Leon etwas erbt. Du musst die de Bronacs in die Schranken weisen und zur Not zum Äußersten greifen. Versprich mir, dass du unser Haus mit Würde und Stärke weiterführst." In der Dringlichkeit seiner Worte lag eine flehentliche Bitte, ein endgültiger Appell an seinen Sohn, der den Ernst der Aufgabe nur zu gut begriff.

Trotzdem hielten René und Leon an ihrem Plan fest, den sie den de Bronacs offenbart hatten. Die Tage vergingen, und der April 1685 brach an, und mit ihm die Blütenzeit, die dem kalten Winter folgte.

Eines Abends saßen René und Leon zusammen, während die Nacht ihre stille Decke über das Haus zog. Die gemütlichen Schatten der flackernden Kerzen gesellten sich zu ihrer ruhigen Unterhaltung und die Hitze des Kaminfeuers wärmte den Raum.

„Wohl freue ich mich des Kindes", gestand René leise, und seine Augen glommen in dem Flammenlicht. „Tante Thérèse hat sich ein wenig erholt, und es ist mein Hoffen, dass wir in ihrer beiständischen Gunst eine Lösung finden mögen, wie das Kind in Tugend aufwachse."

Leon nickte zustimmend, froh, den Hoffnungsschimmer bei seinem Bruder zu sehen. „Und wie geht es mit Cecilia?", fragte er mit bedächtigem Ton.

René tat einen Seufzer, sein Klang so zwischen Verdruss und milder Ergebenheit. „Allewege beschere ich ihr meine Besuche, um ihr Trost zu spenden und unsere Idee zu guten Verlaufen zu bringen. Doch zeigt sie sich kalt und abgeneigt, gleich' als sei ihr die Hoffnung auf das Kindlein ein Bürde. Sie möchte es schier loswerden. Dankt indes dem Allmächtigen, dass sie nimmer zur Ehe mit mir gedrängt wird."

174

Kurz schwieg René, alsbald jedoch erhellte sich ein unverkennbares Funkeln der Neugier in seine seinen Augen und er wandte sich mit einem leichten Lächeln zu seinem Bruder hin: „Leon, weshalb habt ihr denn kein Kind, du und Bis'dii? Ihr lebt nun schon lange Jahre zusammen, und ich bin mir durchaus bewusst, dass du ihre Kammer keineswegs meidest."

Leon, durch die unverblümte Fragestellung unversehens getroffen, lächelte zurück. „Wohlvermögend ist Bis'dii im Wissen, wie einer Schwangerschaft zu wehren sei", antwortete er. „sprach er gelassen. „Die Kenntnis um die heiligen Kräuter, erlernt von ihren Altvorderen, ermöglicht es ihr, und wir entschlossen uns in freiem Willen, zu warten." Er blickte gedankenverloren in die flackernden Flammen. „Bis'dii begehrt ein Kind erst dann zu haben, wenn wir ohne jene Sorgen leben können, die uns zu entzweien drohen. Sie ersehnt, dass unser Kind in einer vollkommenen Familie das Licht der Welt erblickt – in einem Heim voll Liebe und Frieden, ohne der Vorurteile Schatten oder jener Gefahren, die uns von jeher bedrohen." Leon wandte sich nun mit Ernst zu René. „Doch sage mir, was ist's, das dich solchermaßen der Freude erfüllt auf das Kind? Was erfüllt dich damit?"

René hielt einen Moment inne, ließ den Blick durch den Raum schweifen, als suche er Worte, die dem tiefen Empfinden Ausdruck verliehen. „Wisse, Leon", hob er endlich zu sprechen an, „mir ist kaum möglich, es in Worte zu kleiden. Mitten in allem Getümmel und den Widerwärtigkeiten, die uns umdrängen, scheint mir das Kind das allein Gute und Reine in all diesem Gewirr. Es ist ein Gefühl jenseits der Erklärung." Er seufzte leise. „Wenn Cecilia mich nicht in solcher Weise verraten hätte, hätte ich sie womöglich geheiratet. Doch das soll nicht zum Nachteil unseres Kindes sein. Ich werde es annehmen und großziehen. Es sei mein Kind, ungeachtet der Widrigkeit der Umstände seiner Geburt."

„Mir scheint, du bist willens, das Beste aus dieser Situation zu machen."

René zuckte mit den Schultern, ein entschlossener Ausdruck lag dabei in seinen Augen. „Wenn nicht einmal die Liebe zu einem Kind Reichtum und Freude im Leben sichern kann, was bleibt uns dann? Diese Verbindung, so unerwartet und unwahrscheinlich sie auch erschienen sein mag, ist jetzt ein Teil meiner Zukunft, und ich werde sie mit ganzer Kraft schützen."

Die Brüder saßen eine Weile schweigend da, während das Feuer leise knisterte und die Schatten tanzten.

Der Juni des Jahres 1685 schritt auf sein Ende zu. Henry, der einst stolze Patriarch, erholte sich nicht von den tiefgreifenden Verletzungen, die ihm zugefügt worden waren. Die ernste Stille in seinem Zimmer wurde lediglich durch das gedämpfte Gespräch von René und dem Leibarzt unterbrochen. Doch keinem von beiden gelang es, ihm die ersehnte Linderung darzubringen.

Leon fasste sich ein Herz und suchte ein letztes Mal die Versöhnung, doch Henry, von nicht endendem Stolz und Groll erfüllt, verweigerte jegliches Gespräch mit ihm und entließ Leon schweigend aus seinem Zimmer.

Unterdessen erfreute sich Tante Thérèse einer langsamen Genesung, ihre Kräfte kehrten zurück, während sie von der Sorge um Henry und um die Zukunft der Familie begleitet wurde.

Am 27. Mai entwich Henrys Seele dem irdischen Gefängnis seines Körpers. René und Leon, im Schatten dieses Ereignisses, kamen zueinander und sprachen leise über die bedrückende Lage, in der sich das Land befand.

„Es wird immer schlimmer hier, Leon", sprach René, seine Augen voller Gedankenferne und Sorge. „Viele gehen – viele suchen neue Ufer, fern von solcher Bedrückung."

Leon nickte, spürte das Gewicht der Entscheidung und erwog Renés Ansinnen. Er hatte mit Bis'dii gesprochen und ihre Meinung erfragt. Doch schien keine Entscheidung sich klaren zu wollen.

Die Wochen verflogen, und dann, im Juli wurde René zu dem Anwesen der de Bronacs gerufen.

Vor ihrem Gemach stand er beiseite mit ihren Eltern, voller gespannter Erwartung und harrte der Ereignisse, denn es war ein Ereignis, das ungeplant zu früh herankam, und eine düstere Ungewissheit lastete wie ein unheilvoll Vorzeichen über de' Versammelten.

„Das Geld, das uns zugesagt ward ...", begann Monsieur de Bronac, seine Worte in die angespannte Luft gesprochen, unfähig, zu verbergen, was er inniglich begehrte und für wahrhaft kostba' hielt.

René, in seiner Entschlossenheit ungebrochen, erklärte ruhig: „Eine Säugamme ist bereits für das Neugeborene angenommen worden. Noch vor des Tages Ende wird sie hier erscheinen und in all ihren Verrichtungen wohl unterrichtet sein."

Die Minuten dehnten sich schier zur Ewigkeit, indes René mit der Familie Bronac der Dinge harrte. Jede Sekunde schien sich zu dehnen, als ob die Zeit selbst den Atem anhielte. Allein das bedächtige Ticken der Standuhr im Korridor vermochte die lastende Stille zu durchbrechen, und das Warten auf Nachrichten von der Geburt schuf eine drückende Beklommenheit in Renés Brust.

Er fühlte sich gleich einem gespannten Bogen, oder wie gefangen in jener tiefen Stille, die den Vorboten eines Sommersturms gleichkommt. Die Realität seiner Verantwortung warf lange und dunkle Schatten in seine Gedankenwelt, und angesichts der nahenden Geburt kämpfte er vergebens, die ungestüme Flut der Besorgnis zu bannen. Was würde es bedeuten, sein Kindlein zum ersten Mal in den Armen zu halten? Was würde es heißen, es in sein Heim zu verbringen und dabei die rechte Wahl in allen Dingen zu treffen? Von dann an war es an ihm nicht nur für sich allein zu sorgen, sondern für ein Kind, und dieser Gedanke schuf ihm ungeahnte und innige Freude. Denn nicht mehr würde Cecilia im Wege stehen, deren Abkehr von dem Kind ihn betrübte und erschütterte und gar seinen Zorn wider sie richtete. Nein, er würde sein Kind in einem freundlichen Hause aufziehen, umgeben von den ihm wohlgesinnten Menschen, so Tante Thérèse und Leon und ihm selbst. Nichts sollte mehr an jene düsteren Wochen gemahnen, die er endlich hinter sich zu lassen gedachte.

Und plötzlich wurde die drückende Stille von Geräuschen aus Cecilias Gemach durchbrochen. Ein eiliges Wechselspiel der Stimmen, bald gedämpft, bald erhoben, und das Summen erhöhter Dringlichkeit ließ René innehalten. Die Unruhe griff nach ihm wie eine unerwartete Hand. Endlich traten die Zofen hervor, ihre Gesichter bleich und angespannt, und baten die Familie hinein, ihre Mienen vom Schatten dunkler Vorahnungen gezeichnet.

Mit klopfendem Herzen betrat René den Raum, überwältigt von einer Mischung aus Besorgnis und Aufruhr und seine Augen fanden Cecilia, ausgezehrt und erschöpft, auf dem Bett liegend, während die Hebamme bei ihr saß, das Neugeborene in den Armen haltend.

René trat vor, doch als er in die Augen der Hebamme blickte, erkannte er eine schwerwiegende Trauer, die durch ihren ansonsten verschwiegenen Ausdruck drang. Etwas war nicht wohlgeraten. Die Welt um ihn her schien in düstre Ungewissheit zu sinken, als sein Blick auf das Kindlein fiel. Nie zuvor hatte er ein so winziges Wesen erblickt – reglos und still lag es da. Die Erkenntnis fuhr durch sein Gemüt wie eine kalte Flut, und alles war ihm gleich einem Traum, der langsam zum Alptraum wurde. Es schien ihm, als sei ihm der Atem genommen. Stillen Schrittes näherte er sich der Hebamme, den Blick voll des Unglaubens, auf das kleine Wesen gerichtet, dessen Leben still vergangen war, bevor es begonnen hatte.

René nahm das Kind, federleicht, behutsam in seine Hände, während sich die Last der Tragödie auf ihn niedersenkte. Der Raum um ihn herum schien seltsam weit entrückt, ein Schatten jener Welt, die nur Augenblicke zuvor erhellt worden war von der

Erwartung neuen Lebens. Ratlosigkeit umfing ihn, das Gewicht der Verantwortung ohne das Versprechen eines künftigen Kindeslächlens oder die Freude eines ersten Schritts.

Für einen Augenblick hielt er inne und seine Gedanken drehten sich mit der stummen Frage: Was nun? Doch dann besann er sich auf Cecilia und er wandte seinen Blick zu ihr.

Sie erwiderte seinen Blick, in ihren Augen ein kalter Ausdruck, der weder Trauer noch Mitleid kundgab. „Du magst es nunmehr mitnehmen", sprach sie kühl und fern. Ihre Worte schnitten durch die Stille gleich einem scharf gezücktem Messer. „Ich kann nichts daran wenden, dass solches geschehen ist."

Der Raum schien ihm plötzlich eng und bedrückend, indes ihre Eltern sich sorgsam um sie bemühten und René wohl wusste, dass es nicht in ihm stünde, ihre Gesinnung zu wandeln. Ohne weiteres Wort oder Antwort auf die stummen Bitten verließ er das Gemach, das Kindlein fest in seinen Armen gewahrt, ein seltsames Empfinden des Verlustes begleitete ihn, als er den langen Gang hinabschritt.

Die Welt draußen war von Stille erfüllt, das gedämpfte Licht des späten Nachmittags ruhte sanft auf den Mauern, als René mit dem Kind im Arm das Gebäude verließ, unter dem leisen Flüstern der Bäume.

Leon musterte seinen Bruder mit einem einfühlsamen Blick, den Schmerz des Verlustes und die Last der unausgesprochenen Fragen in seinen Augen erkennend. „René," begann er sanft, „alles, was du angestrebt hast, wurde vollzogen. Die Bronacs sind ausbezahlt, und ich konnte Bis'dii endlich zur Frau nehmen. Sie trägt nun den Namen Cecilia."

René, noch in seinen Gedanken gefangen, nickte schwach. Die Worte seines Bruders drangen langsam durch den Schleier der Trauer, der seine Gedanken umhüllte.

Leon sprach eindringlicher weiter, seine Stimme voller Überzeugung und Ernsthaftigkeit. „Bruder, ich bitte dich, erwäge, Frankreich zu verlassen. Hier gibt es keine Zukunft mehr für uns. Die Schatten der Vergangenheit und der gegenwärtigen Unruhen lassen uns keinen Raum zum Atmen."

René hob den Blick, und in seinen Augen lag das Ringen mit einer Entscheidung, die er schon längst im Inneren zu fällen begonnen hatte. „Wohin mögen wir uns wenden? Was soll uns erwarten?" fragte er, seine Stimme leise und voller Zweifel.

„Bis'dii und ich, wir haben beschlossen, das Land zu verlassen," erklärte Leon, die Entschlossenheit seiner Entscheidung strahlte von ihm aus. „Ich habe Erkundigungen eingezogen. In Irland, so weiß man zu sagen, ist's wohlfeil, Grund und Boden zu erwerben. Dort könnten wir einen Neubeginn wagen, fern der Gespenster, die uns hier heimsuchen."

„Leon", hob René mit bedächtiger Stimme an, während sein Blick die Tiefe der Nacht in sich aufnahm, „wohl vernehme ich dein Ansinnen. Möge es eine neue Möglichkeit, eine frische Hoffnung sein. Jedoch vermag ich das Land meiner Väter nicht zu verlassen, nicht jetzt, da so vieles verloren scheint."

„René, ich flehe dich an, in Frankreich erwartet uns keine Zukunft mehr! Bitte, begleite uns auf unserem Weg!"

„Ich will nicht ziehen", wiederholte René sanft und doch unverrückbar, „doch du, Leon, du solltest dies tun. Vereint mit Bis'dii. Sucht in Irland euren Neubeginn, ein Zuhause, das euch die gebührende Ruhe und Zuflucht bietet."

VIII.

„Die Schritte der Menschheit sind langsam,
man kann sie nur nach Jahrhunderten zählen;
hinter jedem erheben sich die Gräber von Generationen."[40]
Georg Büchner

Irische See

William Cahill stand an der Reling der SS Prince, einem
Dampfschiff welches für die St. George Steam Packet Company
fuhr. Die Wellen brachen sich an dem stählernen Bug, und ein
rauer Wind zerrte an seinem Mantel, während die kalte Gischt
sein Gesicht benetzte. Er schätzte die Überfahrt und ihre Ur-
annehmlichkeiten in keiner Weise, jedoch war er derart aufgewühlt, dass er dies alles in diesem Augenblick als wohltuend
empfand.
Er befand sich auf seiner Rückreise von England nach Irland
– eine Reise, die ihm innerlich widerstrebte, bedeutete sie doch
die Rückkehr in ein Land, das ihm alles andere als ein Zuhause, sondern eine erdrückende Pflicht war. Nun kam noch hinzu, dass ihm der schwere Gang in Warners Büro bevorstand.
Das Einzige, was ihm als erfreulich erschien war seine Aussicht,
Isabella wiederzusehen. Doch auch hier stellten sich ihm gewis-

---

[40] Zitat aus „Dantons Tod von Georg Büchner. Reclam.

se Herausforderungen. Er musste einen Weg finden, ihren Vater, welcher kein geringerer war als ausgerechnet Jules Dubois!, für sich zu gewinnen.

Seine jüngsten Ermittlungen, die ihn in die Bibliotheken Londons geführt hatten, waren von solch unglaublichen Resultaten begleitet worden, dass selbst seine scharfen Sinne darum rangen, sie zu begreifen.

Es war ihm, als hätte er ein Stück der Wahrheit entschleiert, das besser im Zustand des Vergessens geblieben wäre.

So verweilte William Cahill auf dem Deck, eingehüllt in einen Mantel aus Gedanken und Seeluft.

Seine Gedanken kreisten um die jüngst enthüllte Geschichte jenes Mannes, dessen Leben, wie ihm schien, bis in die Tiefen schicksalhafter Verstrickungen reichte – Daoiri O'Monroe.

Dieser, das hatte die Untersuchung gezeigt, stammte aus einer Familie, die bekannt war für ihre stillen, aber weitreichenden Umtriebe. William hatte zunächst keine besondere Erregung darüber empfunden, dass Daoiri aus einer Verschwörerfamilie stammte, mochte doch die Angelegenheit für ihn lediglich ein weiteres Kapitel in den sinistren Erzählungen der historischen Schattenspiele sein. Doch hätte er niemals erwartet, dass die Enthüllungen derart weitreichende Verbindungen offenbaren würden.

Allein jene Tatsache, dass Daoiri der Bruder der Gattin von Jules Dubois war, der gleichwohl ein Ire sein mochte, jedoch von französischer Abstammung und von protestantischer Gesinnung, so dass von seiner loyalen Dienstbarkeit gegenüber der britischen Krone ausgegangen werden konnte, war von solcher Merkwürdigkeit, dass sie William nicht ruhen ließ. Dubois, ein Mann von edlem Stand in der Gesellschaft, hatte stets seine Integrität zur Schau getragen, und nun fragte sich William, ob es zwischen diesen Personen nicht noch andere, ungeahnte Verflechtungen geben könnte, die seine bisherigen Einsichten überstiegen.

Doch was William wahrlich aus der Fassung gebracht hatte, war die Entdeckung der Verbindung zwischen seinem eigenen Vater, Theodore Cahill, und diesen Machenschaften. Bisher hatte William lediglich berufliche Überschneidungen festgestellt, doch verwischten die letzten Enthüllungen die Grenze zwischen Beruf und persönlichem Konflikt. Die Vorstellung, dass sein Vater, durch seine Verbindungen und Aufgaben als rechtschaffener Advocat, möglicherweise in eine moralische Zwickmühle geraten war, schwebte wie eine dunkle Wolke über seinen Gedanken.

Der eine Punkt, der unbeantwortet blieb, war, ob sein Vater ein unfreiwilliges Opfer in diesem dubiosen Spiel war, oder ob es ihm gelungen war, den moralischen Kompass zu hüten und die eigene Integrität zu wahren.

Und nicht zuletzt stellten ihn seine Ermittlungsergebnisse bezüglich Sir Adrian Carter vor ein Rätsel.

Die Ermittlungen, die ihn in die ländliche Pracht der Grafschaft Bedfordshire auf das imposante Anwesen Dunstable Manor geführt hatten, hatten keinen Schatten auf die makellose Reputation von Sir Adrian Carter geworfen. Das Herrenhaus hatte sich mit seinen imposanten Flügeln und zierlichen Türmen vor ihm erstreckt, während die reinlichen Gärten in tadelloser Harmonie mit der Landschaft verschmolzen. Es schien kaum möglich, dass sich in solch einer Idylle Dunkelheit verbergen könnte. Gleichwohl war etwas in ihm, das an der makellosen Fassade zweifelte. Im tiefsten Inneren jener majestätischen Mauern, die seit Jahrhunderten den aristokratischen Glanz der Carters verkörperten, hatte William gehofft, wenigstens einen Funken von Zweifel zu finden.

Doch hiervon war er weit entfernt. Im Gegenteil: Sir Adrian Carter war der Sohn des ehrwürdigen Lord George Harrison Carter, des vierten Earl of Dunstable, und dessen liebenswürdiger Gattin Lady Maryam, geborene Cavendish.

Der Name Carter hallte in den Fluren der britischen Aristokratie mit Ansehen wider, gehörte doch die Familie seit dem frühen 16. Jahrhundert zu den Stützen des Königreichs.

Ihr Einfluss hatte unter der Schirmherrschaft der Tudors begonnen und war über die Jahrhunderte zu einem beständigen Sinnbild von Wohlstand und Herrschaft herangewachsen.

Während seines Aufenthalts hatte William mit dem örtlichen Pastor, einem Mann von aufrechter, einfacher Weisheit, und dem Wirt des einzigen Gasthauses im nahegelegenen Dorf, einem Mann trügerischer und redseliger Ausstrahlung, gesprochen. Beide bestätigten einheitlich den untadeligen Charakter Sir Adrian Carters, seine Großzügigkeit gegenüber den Armen und sein Engagement für das Wohl des Gemeinwesens. Er habe vor einigen Jahren sämtliche Pächterhäuser erneuert, ohne die Abgaben zu erhöhen. Ein Tun, das seinesgleichen suchte. Sir Adrian Carter sei, wie der Pastor äußerte, ein Gentleman, dessen Tugendhaftigkeit noch über die seiner Vorfahren hinausragte, welche sich nicht in solcher Weise um das Wohlergehen der Pächter gesorgt hätten.

William konnte dies nicht hiermit auf sich beruhen lassen. Er wusste, dass es etwas geben musste, was er finden konnte, wenn er genug bohrte. So erkundigte er sich noch tiefgehender und die Leute hörten sich fürwahr gerne sprechen.

Lord George Harrison Carter, der in den Erinnerungen der Befragten als ein Mann von klugem und durchsetzungsfähigem Charakter beschrieben wurde, sei eine dominierende Kraft im politischen und sozialen Gefüge seiner Zeit gewesen. Die Stärke seines Charakters und seine Fähigkeit, politische Konflikte zu überwinden, hätten ihm sowohl Bewunderung eingebracht als auch die Furcht seiner Zeitgenossen erregt. Er sei ein Mann gewesen, dessen Zorn sich über die ungesitteten Pächter seines Landguts in gelegentlichen Donnerstimmen entlud.

Unglücklicherweise starb er jung bei einem verhängnisvollen Unfall zu Pferde. Zu diesem Zeitpunkt zählte sein Sohn Adrian kaum acht Jahre. Dieser Verlust soll die Familie gleichwohl in tiefe Trauer gestürzt haben. Besonders betroffen von dieser Wende des Schicksals war Lady Maryam Carter, eine Frau von erhabener Entschlossenheit und zugleich melancholischem Charme, die sich fortan mit der Bürde einer großen Verantwortung konfrontiert sah. Der Pastor des Dorfes, dem sie vertrauensvoll ihre Sorgen offenbarte, wusste manches zu berichten, was die Carters vermutlich lieber in Vergessenheit gewusst hätten. Der junge Adrian zeigte sich als Kind voller unbändiger Energie und abenteuerlichem Wesen, das seine Mutter nicht selten an die Grenzen ihrer selbst auferlegten Geduld brachte.

Adrian war ein nicht zu bändigender Wildfang und dies zeigte sich in jedem seiner unverfrorenen Streiche. Er erklomm mit

Leichtigkeit die höchsten Bäume, jagte ohne Erlaubnis seiner Mutter in den angrenzenden Wäldern, stets auf der Suche nach dem nächsten Abenteuer, das den festgelegten Tagesablauf unterbrechen könnte. Für die Bediensteten und Lehrer von Dunstable Manor war seine Disziplin mehr ein Wunsch als Realität, und seine Eskapaden, die von Einfallsreichtum und Schadenfreude kündeten, ließen manches Haar ergrauen.

Besonders Derrick, der Wirt des Gasthauses im nahegelegenen Dorf, wusste von den Auswirkungen von Adrians ungezähmten Scherzen zu berichten. Unter den Pächtern galt der junge Carter als eine unheilvolle Präsenz, jemand, dem man kaum mit der gebührenden Ergebenheit begegnen konnte. Adrian behandelte den Respekt wie ein entbehrliches Gut und machte sich einen Sport daraus, die innere Ruhe des Landvolkes zu stören.

Eine Begebenheit blieb in der kollektiven Erinnerung der Dorfbewohner als besonders bezeichnend haften. Mit dem Jux eines Königs, der seine Untertanen zur Belustigung ruft, verkündete Adrian gar eines Morgens einem verdutzten Pächter dass er seines Dienstes enthoben sei. Der arme Mann und seine Familie packten bestürzt ihr weniges Hab und Gut, ihre Gesichter gezeichnet von Verzweiflung und Unsicherheit. Es war, als hätten die Mauern von Dunstable selbst gesehen, wie die weinende Gattin und die Kinder schweren Herzens aufbrachen, was die Nachbarschaft in bedrücktes Schweigen versetzte.

Erst dann, im scheinbar rechten Moment, erfüllte Adrians Lachen die Luft, bis die bedrückte Szene ihn als Urheber eines bloßen Scherzes entlarvte. Doch ließ er es nicht bei bloßer Klarstellung bewenden. Mit jugendlicher Arroganz fügte er hinzu, dass allen stets bewusst sein sollte, dass jedweder Ungehorsam gegen seine Anordnungen unweigerlich zur gleichen dramatischen Konsequenz führen könnte.

Lady Maryam erkannte schließlich mehr und mehr die Notwendigkeit einer disziplinierenden Hand. In einem Akt kluger Entschlossenheit, derer sich die britische Aristokratie rühmt, entschied sie, ihrem Bruder, Sir Alister Cavendish, eine Bitte zukommen zu lassen.

Sir Alister, ein angesehener Geschäftsmann mit weitreichenden Verbindungen in den blühenden Gefilden von Santiago de Chile, hatte sich dort seiner Karriere und dem Aufbau britischer Handelsinteressen verschrieben. Lady Maryam veranlasste, dass Adrian seine wilde Energie und jugendliche Entschlossenheit in jenen fruchtbaren Landen neu ausrichten möge, fern der heimischen Ländereien, die inzwischen seine stürmischen Jahre satthatten.

So kam es, dass der junge Adrian Carter Abschied nahm von Dunstable Manor.

Unter der Obhut seines Onkels fand Adrian die Führung und die Struktur, die ihm fehlte.

Das Abenteuer seiner Zeit in Übersee hatte ihm die Disziplin und Führung verschafft, die seinem einst rebellischen Geist fehlte.

Sir Alister, mit seinem reichen Erfahrungsschatz als Geschäftsmann und Landbesitzer in der aufstrebenden Stadt Santiago de Chile, öffnete dem jungen Carter die Tore zu einer Welt, die weit über die physische Stärke hinausging und die Tugenden der Weisheit, des kognitiven Geschicks und der Rücksichtnahme offenbarte. Unter seiner Führung lernte Adrian den Wert sozialer Etikette und das Rüstzeug, um mit Verständnis und Einsicht zu führen.

Adrians Rückkehr nach Dunstable Manor war nicht die Heimkehr eines ungestümen Kindes, sondern die Ankunft eines Mannes, der bessere Formen des sozialen Umgangs gelernt hatte, als es sein Vater ihn jemals hätte lehren können.

Die von ihm übernommene Verantwortung für das Anwesen zeugte von seiner neu gewonnenen Besonnenheit, und die Klarheit seiner Vision spiegelte sich in den Reformen wider, die er einführte. Dort, wo einst jugendliche Risikobereitschaft über den Verstand triumphierte, wuchsen nun zukunftsweisende Methoden und großzügige Planung, so war es jedenfalls William berichtet worden.

Unter Sir Adrian Carters umsichtiger Leitung florierte das Anwesen bald. Er führte Reformen auf dem Anwesen durch, förderte moderne landwirtschaftliche Methoden und vermehrte das Ansehen der Familie Carter gar durch wohltätige Tätigkeiten und soziale Engagements, wie es zuvor nicht vorgekommen war.

Er wurde hoch geachtet von den Pächtern und auch über die Hügel von Bedfordshire hinaus. Dies, obgleich er nur selten in Dunstable Manor verweilte.

Seine Reisen führten ihn häufig in die geschäftige Metropole London oder gar über die Grenzen des Landes hinaus, zu Orten, wo Geschäfte geschlossen und gesellschaftliche Bande geknüpft wurden. Und doch erzählten die Geschichten der Pächter und all jener, die ihm begegneten, von ihrer tiefen Achtung für ihn, einem Gentleman von unfehlbarem Benehmen, einem Wohltäter und Förderer der Landgemeinde.

Adrian wurde als charmanter und respektierter Gentleman in der Gesellschaft beschrieben. Ein Mann von Eleganz und tadellosem Benehmen.

William, der im Zuge seiner Ermittlung über Sir Adrian Carter zu einem facettenreichen Bild von dessen Charakter gelangt war, konnte nicht umhin, jene Berichte als glaubwürdig einzustufen. Sie korrespondierten auf bemerkenswerte Weise mit dem Bild des Mannes, das ihm aus vielen Mosaiksteinen entgegentrat: Die Eloquenz seiner Rede, die Großzügigkeit seines Handelns. Und doch war da jener nagende Zweifel, jenes unerschütterliche Gefühl, dass Sir Adrian Carter ein Doppelleben führte, dass er nicht der war, der er vorgab zu sein. William hegte den Verdacht, dass Sir Adrian Carter und Daoiri O'Monroe, verbunden durch eine verborgene Vergangenheit, tatsächlich ein und dieselbe Person seien. Doch wo in diesem nahtlosen Muster aus Anstand und Adel lag der Bruch, der den wahren Menschen enthüllte? War es bloße Einbildung oder doch eine unerkannte Verbindung, die die eigentliche Identität offenlegte? Wie ein Schatten hing dieser Zweifel über seinen Gedanken, obwohl seine peniblen Nachforschungen keinerlei Indizien für ein solches Doppelleben zu Tage gefördert hatten. Er hatte nichts gefunden, was seinen Verdacht nährte. Mit jedem Dokument, jedem Zeugenbericht, jeder Aufzeichnung, die lediglich die Widerlegung seines Verdachts zu bestätigen schien, wuchs seine Frustration ins Unermessliche.

Der letzte Funke Hoffnung brannte in der Gestalt seines Kollegen, der Carter beschattete. In der verzweifelten Hoffnung, dieser könnte zu jenen Erkenntnissen gelangt sein, die ihm selbst bisher versagt geblieben waren.

William wusste, dass die Lösung des Rätsels, jener Bruch in Sir Adrian Carters Leben, irgendwo jenseits der Schatten lag, darauf wartend, entdeckt zu werden.

Cork, Irland

Zur gleichen Zeit viele Meilen entfernt fanden sich zwei Gentlemen von bemerkenswerter Statur und unbestreitbarem gesellschaftlichem Einfluss auf den Stufen des ehrwürdigen Gebäudes des Dublin Castle wieder, einer Einrichtung, die für das Wohl und Wehe der amtlichen Ordnung mit stoischer Gelassenheit stand.

Jene Herren konnten nicht eben als gewöhnliche Besucher dieser Stätte bezeichnet werden, gehörten sie doch zweifelsohne zu den erlesenen Kreisen der britischen Gesellschaft und sorgten ihre Namen durchaus bei jedem Empfang in königlichen Salons für ein zustimmendes Gemurmel.

Der erste dieser ehrenwerten Herren war Sir Cecil Cole, ein Mann von robustem Alter und imposanter Erscheinung, dessen breitschultrige Statur und falkenhaftes Profil der unverwechselbaren Noblesse eines gusseisernen Torwächters gleichkam. Sein Haar war von einem Grauton, der sowohl weise als auch modisch anmutete. Er war ein Mann von stattlichem Wuchs und mit einem mit Stolz gezwirbelten, grauen Schnurrbart, gekleidet in einen makellos gebügelten Gehrock aus feinster englischer Wolle, dessen tiefes Burgunderrot auch im trüben Tageslicht ein unverhohlenes Zeichen seiner Würde war, und Hosen aus feinstem Kaschmir, sowie tadellos polierten Stiefeln aus schwarzem Leder, die bei jedem Schritt im gedämpften Licht deutlich schimmerten - sein Hut, von fabelhafter Breite und tüchtigem Glanz, war ein Markenzeichen für Raffinesse.

Sein Begleiter, Sir Adrian Carter, ein Mann etwas jüngeren Erscheinens, das keinerlei Verfall erkennen ließ und gekleidet mit einem Gehrock von feinstem schwarzen Tuch, während seine mit floralen Nuancen gespickte Krawatte ein verlässlicher Hinweis auf seine persönliche Vorliebe für subtile Extravaganz war, ließ seinen Gehstock hörbar auf dem Steinboden aufsetzen. Er war ein Gentleman von schlanker Statur, dessen fein geschnittenes Gesicht den analytischen Geist vermuten ließ.

Gemeinsam betraten sie Dublin Castle mit einer gewissen mühsam versteckten Empörung. Sir Adrian Carter blickte sich mit aufgetragenem Gleichmut um.

Ziel ihrer Entschlossenheit war eine Beschwerde, die sorgsam in der diskreten Atmosphäre des Büros von Mr. Waxton zur Sprache gebracht werden sollte.

Mr. Waxton, ein Beamter von befremdlicher Korrektheit und Verwaltungsenergie, erhob sich beim Eintritt der beiden mit einem Enthusiasmus, der seine Nervosität sichtbar machte. „Sir Cole, Sir Carter", begann Mr. Waxton mit einem unverkennbaren Anflug von Verunsicherung ob der unerwarteten Gäste. „Welcher Umstand verschafft mir die hohe Ehre Eures Besuches?"

„Nun", hob Sir Cecil Cole seine voluminöse Stimme an. „Wir sind, sagen wir, etwas irritiert. Es scheint, als habe Ihr edles und stets wachsames Korps eine besondere Affinität dazu entwickelt, meinen geschätzten Freund Sir Adrian Carter höchstpersönlich zu begleiten Es ist zu konstatieren, dass sich ungemein oft ein Officer Ihrer wackeren Truppe in der Nähe meines verehrten Freundes aufhält. Und zwar mit einer Regelmäßigkeit, die sonst nur ein Bildhauer der Königin zuteil werden lässt."

Sir Adrian Carter warf einen nahezu mitleidsvollen Blick auf Mr. Waxton und ergänzte: „Ich hatte erwartet, dass eine gewisse diskrete Distanz gewahrt bliebe, doch habe ich in letzter Zeit das Vergnügen, meine täglichen Spaziergänge unter dem Argusauge Ihrer Beamten zu vollziehen. Vielleicht ist meine Erscheinung tatsächlich derart unwiderstehlich, dass sie eine konstante polizeiliche Begutachtung erfordert?" Kurz blickte Sir Adrian Carter sein Gegenüber mit einem Funkeln in den Augen an, welches dieser nicht zu deuten vermochte. Dann fügte er an: „Und das, Mr. Waxton, könnte fast schmeichelhaft anmuten, wäre es nicht doch ein Hauch zu häufig für meinen Geschmack. Wir haben die Identität des besagten Herrn, der meine Schritte argwöhnisch überwacht, überprüft und können Ihnen versichern, dass es kein Schattenspiel unserer Einbildungskraft ist."

Waxton, dessen Gesicht von einer leicht aschfahlen Farbe umspielt wurde, runzelte die Stirn und erklärte, all die gesammelte Bekümmernis des Verwaltungslebens überschauen zu müssen. „Dies kann doch kaum sein – ein Missverständnis muss hier vorliegen. Einen Augenblick bitte, während ich die Umstände kläre", stotterte er, bevor er hastig den Raum verließ.

Die beiden Gentlemen blieben in einem Raum, der plötzlich die seltsame Leere eines Bühnenbildes annahm, dessen Schauspieler ihre Stichworte verpasst hatten. Mit jenen typisch britischen Zügen geduldiger Gelassenheit begnügten sich Sir Cecil Cole und Sir Adrian Carter, in der Eleganz ihrer Position verharrend und geduldig wartend.

Die Stunde war nun zu jenen Abschnitten des Tages herangereift, die ein gewisses Maß an Ungeduld förmlich einforderten. Sir Cecil Cole und Sir Adrian Carter hatten im gediegenen Büro Mr. Waxtons von der Irish Constabulary im Dublin Castle Platz genommen, um die Rückkehr desselben abzuwarten. Obwohl sie äußerlich die Ruhe selbst verkörperten, verbreitete sich in ihrem Gespräch eine Nuance des sardonischen Humors, der selbst in den widersinnigsten Situationen als Rettungsanker zu dienen vermochte.

„Cecil", begann Sir Adrian Carter, indem er seine Taschenuhr öffnete und einen prüfenden Blick darauf warf. „Es scheint mir fast bemerkenswert, wie viel Zeit verstreichen kann, ehe sich solche Absurditäten in Luft auflösen. Man könnte meinen, wir seien in einem Dickens'schen Roman gelandet, wo die Zeit stillzustehen scheint, um unsere Besorgnisse zu erleben."

Sir Cecil Cole lachte leise und erwiderte: „Wahrlich, Adrian, es ist die Prüfungsstunde unserer Geduld, die ihren nicht unbeträchtlichen Charme zumindest in unseren Betrachtungen findet."

Nach einiger Zeit öffnete sich die Tür und Mr. Waxton trat ein. Sein Gesicht war von einer merklichen Erregung geprägt, die seinem sonst so steifen Auftreten eine unerwartete Schwingung verlieh. Die Kontenance, die er sonst so sicher bewahrte, hatte offenbar den Raum heimlich verlassen.

„Werte Herren", begann Mr. Waxton mit einer Stimme, die die Balance zwischen Nervosität und Behördengewalt fast emotional erfasste. "Es scheint, als wäre eine recht unerfreuliche, wenn auch notwendige Verwicklung in unser unternehmerisches Tun geraten. Eine Abteilung unserer Truppe ist zurzeit damit beschäftigt, Aufrührern auf die Spur zu kommen. Es besteht die Befürchtung möglicher Anschläge auf angesehene Mitglieder unserer geschätzten Bevölkerung – und, nun, Ihr geschätztes Selbst wurde als besonders gefährdet eingestuft, Sir", sprach er mit einem Blick auf Sir Adrian Carter.

Sir Adrian Carter, dessen Gesicht vor augenscheinlichem Interesse erstrahlte, legte seine Hände zusammen und antwortete: „Ah, das erklärt wohl die wachsame Gesellschaft, die ich seit geraumer Zeit zu teilen das ungewöhnliche Vergnügen habe. Ein Unsichtbarer Schutzengel der Krone, wie inspirierend."

Mit unerschütterlicher Ruhe und einem Hauch von ironischem Nachdruck hob Sir Cecil Cole an, seine Stimme von einem wohl temperierten Ernst getragen: „Mr. Waxton, Ihre von Sorge getragene Erhebung in allen Ehren – wir schätzen das Engagement der Irish Constabulary in diesen höchst anspruchsvollen Zeiten. Jedoch lassen Sie mich unmissverständlich ausdrücken, dass die Grenzen unserer Duldungsfähigkeit hiermit in unliebsamer Weise überschritten sind."

Sir Adrian Carter, dessen Miene die gediegene Eloquenz eines Mannes annahm, der sich durchaus bewusst ist, dass seine nächsten Worte von wohlkalkulierter Wirkung sein würden, fügte hinzu: „Es ist nicht nur eine Frage der Würde, die uns als angesehene Mitglieder des Establishments zu verteidigen obliegt. Es ist auch eine Angelegenheit der Integrität und der unaufdringlichen Freiheit, die wir zu genießen verdienen, ohne einen unaufgeforderten Begleiter im Hintergrund."

Mr. Waxton, dessen gewohnheitsmäßige Ruhe in diesem Moment von einem Anflug hektischer Betriebsamkeit abgelöst wurde, nickte zustimmend, während ihm die unausweichliche Pflicht auferlegt wurde, die missliche Verwaltungsposse zu entwirren. „Selbstverständlich, meine Herren. Ich werde veranlassen, dass die Unannehmlichkeit sofort endet und sich Ihre Wege ungehindert fortsetzen mögen. Ihre Zufriedenheit liegt uns selbstverständlich am Herzen."

Bevor sie das Gebäude hinter sich ließen, bemerkte Sir Adrian Carter über die Schulter hinweg in gutmütiger Ironie: „Ah, Cecil, was ist das Leben anderes als ein gut inszeniertes Spiel, dessen Kapitel sich amüsant im Nachgang entfalten?"

In dem ehrwürdigen Gebäude der Irish Constabulary, dessen gewaltige Sandsteinfassade im Licht des trüben Morgenhimmels erhaben schimmerte, schritt William zögerlich den weiten Korridor entlang. Die hohen Decken und das gedämpfte Echo seiner eigenen Schritte verliehen seiner Ankunft eine beinahe feierliche Gravitas, welche so gar nicht zu Williams Stimmung passte, während die gedämpften Stimmen der Beamten um ihn herum ein subtiles Mosaik aus höflicher Geschäftigkeit bildeten. Nichtsdestotrotz liefen ihm auch mehrere jener dubiosen Gestalten über den Weg, welche ihren kümmerlichen Dienst für die Krone taten, obgleich sie nichts weiter als katholische Iren waren. William hatte kein Verständnis für solche Personen, die um des Geldes Willen ihre Sache und ihre Landsleute verrieten. Gleichwohl war nicht abzustreiten, dass es gerade jene waren, die einerseits der Constabulary große Dienste erwiesen, indem sie die Drecksarbeit verrichteten und andererseits indem sie den Puffer zwischen der Elite und dem Landvolk verkörperten. Er klopfte mit einiger Bestimmtheit an die Tür.

William, der bei dem Gedanken an eine weitere Begegnung mit Warner stets Unbehagen verspürte, suchte innerlich nach einem Funken Gleichmut, als er zur Audienz in dessen Büro eintrat.

Mr. Warner thronte unweit des großen Fensters, durch welches der düstere Himmel in den Raum zu fallen schien, als wäre er eine übergroße Gemäldestaffette. Er erhob sich leicht aus seinem Stuhl, nachdem William sich durch das rauschende Klopfen der großen Eichenholztür bemerkbar gemacht hatte. „Cahill", begrüßte er ihn mit einer Stimme, die von einer nüchternen Autorität durchdrungen war. „Was bringen uns Ihre Nachforschungen über Sir Adrian Carter?"

Unter der unnachgiebigen Betrachtung Warners suchte William nach Worten, fühlte das Gewicht der Erwartung auf seinen Schultern. Doch trotz all seiner Bemühungen waren seine Hände leer; die Spuren, denen er gefolgt war, hatten ins Nichts geführt. Die vollkommene Abwesenheit belastbarer Beweise brachte sein Vorhaben zum Scheitern - wahrlich eine unerfreuliche Botschaft für einen Mann seiner Stellung.

„Mr. Warner", begann William mit unterdrücktem Unbehagen. „Mein Verdacht hinsichtlich Sir Adrian Carter bleibt bester Hoffnung ausgesetzt." Er räusperte sich unbehaglich. „Indes, ich habe bisher keine stichhaltigen Ergebnisse erzielen können, die ihn in ein zweifelhaftes Licht rücken."

Warner nickte bedächtig, und ein Schatten des Missfallens huschte über sein strenges Gesicht. „In der Tat, das ist problematisch", antwortete er. „Nun denn, so komme ich gleich zur Sache: Wir wurden aus Dublin Castle instruiert, die Beschattung umgehend zu beenden."

Ein Schauder durchfuhr William, als er die unwiderlegbare Entschlossenheit in Warners Stimme vernahm. Die Vorstellung, sich von Carter fernzuhalten, war gleich einem Rückzug aus einer bedeutsamen Schlacht.

„Ganz recht, Cahill", fuhr Warner fort. „Es ist nicht gewährt, einen Gentleman solcher Ehre und Stellung dem ständigen Argwohn der Behörden auszusetzen."

William überlegte fieberhaft. Er fühlte die Möglichkeiten wie Sand durch seine Finger rinnen. Dabei wusste er mit Gewissheit, dass seine Spur richtig war. Sie durften nicht aufgeben. Was mochte geschehen sein, dass die Observation Carters eingestellt werden musste? Was hatte sich in Dublin Castle ereignet? Er konnte nur mutmaßen, dass dort gewichtige Stimmen vorgesprochen hatten und nun jede Möglichkeit versperrt war, Carter weiter nachzustellen. Dies war vernichtend. Was konnte er jetzt noch tun, um seine Spuren weiter zu verfolgen? „Was ist mit Daoiri O'Monroe? Konnte hier etwas ermittelt werden?', fragte er aus einer plötzlichen Intuition heraus.

„Der Kerl ist verschwunden. Unauffindbar", fauchte Warner zwischen den Zähnen hindurch. „Verflucht, Cahill, ich habe angenommen, Sie hätten eine ernstzunehmende Spur gefunden, doch alles hat sich als Reinfall erwiesen. Ich stehe da wie ein Narr." Er erhob sich abrupt und trat ans Fenster.

Eine Weile verging. Dann sprach er: „Wenn Daoiri O'Monroe weiter unauffindbar bleibt, können Sie sich darauf konzentrieren, seinen Verbleib zu ergründen. Gleichzeitig sind Sie angewiesen, sich an die Fersen von Brennan zu heften. Doch ansonsten haben Sie jegliche Untersuchungen sofort zu beenden. Ist das klar?"

William wusste, dass er sich nun fügen musste. Das Nutzlose seiner bisherigen Erkundungen hing wie ein bleiernes Gewicht auf ihm.

In Widerwillen und Resignation gefangen, zeichnete sich ihm ein klarer Weg aus: Brennan war das alte und das neue Ziel seiner Nachforschungen, ein gesichtsloser Kerl im Schatten der Ereignisse – und O'Monroe, ja O'Monroe, dessen ominöse Rolle im Spiel dieser Machenschaften ihm äußerste Wachsamkeit abverlangte.

Mit einem festen Nicken und einem kaum verbliebenen Funken Hoffnung, verließ William das imposante Büro seines Vorgesetzten und ließ das Geräusch der knarrenden Tür als letztes Zeichen seines Besuches hinter sich zurück. Der wechselhafte Verlauf seiner Nachforschungen war ihm nur allzu gewahr – eine flüchtige Flamme von enttäuschter Mühe.

Es schien, als habe das Schicksal einen undurchsichtigen Schleier über seine zahlreichen Bemühungen gelegt, denn seine einst so vielversprechenden Ermittlungen kamen durch diese Entwicklung nahezu zum Erliegen. Es war alles umsonst gewesen. Ein Gemisch aus Zorn und einem kaum zu ertragenden Gefühl der Ohnmacht machte sich in ihm breit.

Nun war ihm nur mehr der Zugang zu den undurchsichtigen Gestalten O'Monroe und Brennan gewährt. Diese beiden Figuren, deren Bedeutung ihm immer noch unbestimmbar erschien, führten ihn auf Pfade, die ihm zu verfolgen unnütz erschienen. O'Monroe, zweifellos die faszinierendere Figur von beiden, schien indes wie vom Erdboden verschluckt – ein Rätsel und zugleich ein nicht zu bestreitendes Hindernis. Sollte er nun wirklich wieder von vorn beginnen und sich mit Tadhg

Brennan abgeben? Das war doch nicht möglich!

Wer mochte der Unbekannte sein, der in den Hallen des ehrwürdigen Dublin Castle seine Schritte behindert und seine vielversprechenden Ermittlungen vereitelt hatte? Er wusste, dass er auf der richtigen Spur gewesen war. Er war sich dessen vollends sicher. Umso mehr, als dass es offenbar dazu gereicht hatte, sich ins Dublin Castle zu begeben um ihn aufzuhalten.

Es blieb ihm nichts anderes übrig, als das nächste Treffen mit Brennan stattfinden zu lassen, in der Hoffnung, einen Funken der Erkenntnis aus ihm herauszulesen. Doch war da noch ein Licht, das ihm seine trübsinnige Stimmung zu erhellen vermochte: Isabella.

Er hatte in Erfahrung gebracht, dass sie den folgenden Tag dazu ausersehen hatte, Jane einen Besuch abzustatten. Hier sah William seine Gelegenheit, durch Raffinesse und Wohlüberlegtheit, ihr seine Aufwartung zu machen und um ihr Wohlwollen zu werben.

Ein mattes Licht, getrübt durch den Rauch der Pfeifen und den schweren Duft von Porter, beleuchtete den Raum. Die Dielen knarrten leise unter William Cahills Schritten, doch das Geräusch ging im allgemeinen Lärm der Anwesenden unter. William war es, als wäre die Zeit zurückgedreht und er begänne seine mühevollen Ermittlungen von neuem. Missmutig blickte er sich nach Tadhg Brennan um. Jener saß an einem der zerschlissenen Holztische und beobachtete die Musiker, die soeben die Instrumente ansetzten.

Und während William Cahill nun sein Augenmerk auf Brennan richtete, richtete ein anderer seinen Blick durchdringend auf ihn. Einer, der sich im Schatten des Raumes hielt.

Aus diesem dunklen Winkel heraus, wo das Gemurmel der anderen Gäste wie ein entferntes Echo schien, erkannte er die Gestalt Tadhg Brennan's Begleiters. Ein Blitz der Erkenntnis durchfuhr ihn; der Mann, der sich mit seinem Freund beriet, war William Cahill, und jener war ein Ermittler der Irish Constabulary. O'Monroe begriff dies mit Entsetzen, doch seine stoische Ruhe verlieh ihm die nötige Selbstbeherrschung. Gleichwohl musste er erkennen, dass die Weichen seiner Entschlüsse weit früher hätten gestellt werden sollen. Warum hatte er sich nicht eher die Frage gestellt, wer dieser Mann sein konnte? Tadhg hatte den Namen genannt: Dennoch hatte er den Rückschluss nicht gezogen. Er hatte sich täuschen lassen von der Unwahrscheinlichkeit, dass ausgerechnet Tadhg an jemanden wie Cahill geraten könnte. Doch nun erschien es ihm geradezu töricht. Warum war er nicht misstrauischer gewesen? Tadhg hatte berichtet, der Mann käme aus Dublin, habe dort ein Geschäft. Warum war ihm nicht der Zusammenhang eher bewusst geworden? Doch nun war es zu spät für solche Überlegungen. Nun musste er vielmehr ergründen, was Cahills nächste Schritte sein würden.

Er würde Tadhg warnen und Cahill würde über Tadhg nicht mehr weiterkommen. Er würde auch ihn nicht finden. Jedoch bedeutete dies, und das war unbestreitbar, eine große Gefahr für Tadhg. Denn um weiter zu forschen, würden sie ihn letztlich verhören müssen. Er war die einzige Verbindung und er wusste zu viel.

Nachdem William Cahill den Pub verlassen hatte, trat Daoiri O'Monroe aus dem Schatten hervor und setzte sich zu seinem Freund Tadhg.

„Daoiri", begrüßte Tadhg ihn sichtlich überrascht.

O'Monroe, dessen Augen von einer inneren Dringlichkeit funkelten, lehnte sich leicht vor, um die Bedeutung seiner Worte zu übermitteln: „Tadhg, du musst wissen, dein Begleiter war kein anderer als William Cahill, ein Mann der Ermittlungsbehörde, und er ist hinter etwas her, das dich in erhebliche Gefahr bringt."

Tadhg blickte Daoiri erschrocken an. „Woher weißt du das? Wo kommst du überhaupt her?"

„Ich habe die Gelegenheit genutzt und euch beobachtet, um herauszufinden, wer Cahill ist, und ich weiß es mit Bestimmtheit. Du befindest dich in erheblicher Gefahr. Einst wurde ich selbst von den Briten verhört, noch in meinen jungen Tagen. Die Misshandlungen, die ich erlitt, waren beträchtlich. Es ist das Schicksal eines jeden, der ihrer Aufmerksamkeit zu nahekommt." Er wartete einen stillen Moment ab. „Darum bitte ich dich, mo chara[41], um deiner selbst und deiner Familie willen, tauche unter. Verschwinde aus der Stadt bevor die Fänge näher rücken."

„Daoiri, wäre es so einfach, würde ich es tun, doch ich kann meine Familie nicht im Stich lassen, ich kann sie nicht schützen, wenn ich von hier fortgehe. Überdies, ich habe keinerlei Mittel."

„Ich werde mir etwas überlegen, für dich und deine Familie Ein sicherer Zufluchtsort wird vonnöten sein; gib mir die Zeit einen Plan zu erdenken."

Durch die nächtlichen Straßen Corks wehte ein kühler Wind. Tadhg Brennan hatte den Pub verlassen und war nun auf dem Weg zu seinem Heim Seine Schritte waren schwer, der Kopf voll von der lastenden Schwere der Erkenntnisse, die ihm Daoiri O'Monroe offenbart hatte. Bei jedem Schritt sah er sich um, und das Flackern der Straßenlaternen schien ihm wie flüchtige Gestalten, die sich in der Schwärze der Nacht verbargen.

Als er vor dem Haus ankam, in dem sie lebten, verlangsamte sich sein Atem, und seine Hand zitterte leicht, als sie das Schlüsselloch suchte. Er öffnete die Tür behutsam, ein leises Knarren drang in die Stille, und Tadhg schlich sich in die Sicherheit seines Heims. Alles war ruhig; die Welt schien für einen Moment still zu stehen.

Er wartete, bis seine Augen sich an die Dunkelheit gewöhnt hatten und versicherte sich, dass die Kinder ruhig schliefen, dann entledigte er sich seiner Tageskleider und legte sich zu Caoimhe. Er spürte ihre Wärme und deckte sich und sie fest zu. Es war kalt im Cottage.

Die Bilder von Cahill und dem drohenden Unheil geleiteten ihn in unermüdlicher Runde durch seine Gedanken. Ein quälender Hunger begleitete seine Unruhe. Sein ständiger Begleiter.

Mitten im Schutz der Dunkelheit, als die Stadt im schlummernden Frieden lag, ertönte plötzlich ein hämmerndes Klopfen an der Tür, so gewaltsam, dass die Echos durch die Wände

---

41 „Mein Freund" auf Irisch.

hallten. Tadhg schreckte hoch, sein Herz ein taumelnder Vogel voller Panik. Der Schwindel verwirrte seine Sinne, noch verstärkt durch den Hunger, der ihm bis in die Glieder hallte. Die Kinder wandten sich unruhig in ihren Betten, und Caoimhe, erschrocken erwacht, blickte ihn sorgenvoll an. „Was geschieht hier? Was ist das, Tadhg?", flüsterte sie, die Sorge in ihrer Stimme kaum zu überhören. Die Kinder, nun wach und geängstigt, stürzten aus dem Bett und krochen zu ihnen unter die Decke.

Tadhg wusste, er musste öffnen. Jede Sekunde verlängerte die Tortur um ein arges Maß. Er rappelte sich mühsam auf und schlich mit schweren Schritten zur Tür. Als er die Tür öffnete, und das fahle Licht einer Laterne in den Raum fiel, erblickte er die finstere Erscheinung der Männer der Irish Constabulary. „Tadhg Brennan", erklang die Stimme des Leiters der Gruppe. „Du wirst beschuldigt und bist hiermit verhaftet. Folge uns ohne Widerstand."

William Cahill lehnte sich leger gegen den Schrank und blickte aus dem Fenster. Der Brandy im Glas in seiner Rechten glänzte verführerisch. Die Schatten der Dämmerung fielen durch das Fenster, als er mit einer gewissen Zufriedenheit einen Blick in die heraufziehende Dunkelheit warf. Die Verhaftung von Tadhg Brennan war erfolgt, und William wusste, dass der lange Abend und die folgende Nacht in der Ungewissheit und Einsamkeit der Zelle sein Werk in dessen Geist verrichten würden. Brennan musste durch das zermürbende Warten in den Fängen der Ungewissheit zur Demut finden, bevor William ihn einem verhörenden Gespräch zu unterziehen gedachte. Cahill war sich der Wirksamkeit seiner Taktiken sicher.

Ein weiterer Umstand erfüllte ihn mit Zufriedenheit. Isabella, er hatte sie heute kurz gesehen, als sie mit der Kutsche vorfuhr, war gemeinsam mit seiner Schwester Jane, in ein Café eingekehrt und beider Rückkehr stand kurz bevor, wie die länger werdenden Schatten auf der anderen Seite des Fensters verrieten, und dies würde seine Gelegenheit sein.

Er hatte seinen elegantesten Anzug gewählt. Der dunkelgraue Stoff, fein und mit präziser Schneiderkunst gefertigt, lag geschmeidig auf seiner Gestalt, und der weiße Kragen war makellos. Eine Flasche kostbaren roten Bordeaux hatte er erworben, dessen Geschmack dem Gespräch Farbe verleihen sollte. Diesen Wein hatte er dazu auserwählt, Isabella und Jane nach ihrem Ausflug zu begrüßen und ihnen ein Willkommen voller Charme zu bereiten.

In der kühlen Atmosphäre seines Salons, der von den letzten Sonnenstrahlen erhellt wurde, wartete William und lauschte auf das Geräusch von Rädern, das die Ankunft der Kutsche vor seinem Haus ankündigte.

Als die Pferde in der Ferne schnaubten, und das Scheppern der Kutschenräder näherkam, wusste er, der Moment war gekommen. Ein Grinsen umspielte seine Lippen, begründet in der Freude über die im Geist erdachte Überraschung.

Mit dem fröhlichen Klingen von Stimmen und einem Überschwang von Euphorie, den ihr Ausflug in die Stadt ihnen verliehen hatte, betraten Isabella und Jane das Haus. Ihre Wangen waren von der Kälte leicht gerötet, und die Luft um sie war erfüllt von der Leichtigkeit eines schönen Frühlingsnachmittags.

Als jedoch William Cahill mit einem Lächeln des Willkommens ihre Anwesenheit goutierte, hielten beide abrupt inne. Isabellas Augen weiteten sich in sichtlichem Erstaunen, als sie ihn erblickte, und Jane, deren Verwunderung nicht minder ausgeprägt war, spiegelte diesen Ausdruck wider. Sie hatten seine Anwesenheit offenkundig nicht erwartet, und unversehens fand sich ihre zuvor überschäumende Heiterkeit in eine steife und förmliche Zurückhaltung gewandelt

William, der die Regungen ihrer plötzlichen Zurückhaltung erkannte, wahrte Gelassenheit. Er trat auf sie zu und verneigte sich leicht, dabei die Distanz überbrückend, die ihre sachte Bestürzung hervorgebracht hatte. „Miss Isabella, Jane", begann er mit freundlicher Stimme. „Welch ein erfreulicher Anblick ist es, Sie in solcher Heiterkeit zu begrüßen." Hier verharrten seine Augen von ehrlicher Bewunderung erfüllt, auf Isabella.

„William", erwiderte Jane, und ihre Stimme trug allmählich eine wärmere Note, während Isabella ihm ein höfliches Lächeln schenkte. „Es scheint, als hättest du den Abend gewählt, um im Hause zu weilen! Ich sehe, du hast den Kamin entfacht. Wie erfreulich dies ist, denn die Kühle des Abends schleicht sich wahrlich ein, sobald die Sonne ihre letzten Strahlen unter den Horizont senkt."

„Gestatten Sie mir, Ihnen einen Platz am Kamin zu offerieren", sprach William und wies auf die Sitzgarnitur am Kamin. Er registrierte zufrieden, dass Isabella und Jane seine Einladung annahmen.

„Just heute habe ich einen Bordeaux erstanden. Wäre es nach Ihrem Belieben, wenn ich Ihnen davon ein Glas anböte?"

„Nun, Isabella wird demnächst die Heimfahrt antreten müssen und ich beabsichtige, sie zu begleiten. Doch ein Glas, nicht wahr, ein solches zu verwehren wäre nah an Frevel! Isabella, ein Glas werden wir beide nicht verschmähen!" So sprach sie mit einem heiteren Lächeln und ergriff, mit liebenswürdiger Vertrautheit Isabellas Hand, um gemeinsam mit ihr auf dem Sofa Platz zu nehmen, indessen war es William vorbehalten, drei Gläser Wein einzufüllen.

Nachdem er ihnen je ein Glas gereicht hatte, nahm er auf einem der Sessel Platz.

Anfänglich blieb das Gespräch von einer spürbaren Kühle durchzogen. Doch der Klang des knisternden Holzes in den Flammen und die Wärme, die sich wie ein sanfter Mantel um sie legte, löste das Gespräch aus seinen formalen Fesseln.

Die Dämmerung hatte das Zimmer in sanfte Schatten getaucht, und das Kaminfeuer tanzte mit listigen Flammen, die das Zimmer in einer warmen Glut ausleuchteten. Williams Gedanken, ein eigenartig verstricktes Konstrukt aus Geduld und Hoffnung, kreisten um die Überraschung, die er in der Hinterhand hielt. So schritt der Abend mit langsamen Zügen voran, während William sich in einer unverfänglichen Konversation mit Isabella und Jane übte. Dennoch, während sich der Gesprächsfaden spann, war es Jane, welche den Großteil des Redens übernahm. Williams Blick glitt wieder und wieder verstohlen zu Isabella. Sie nippte an dem Bordeaux-Wein, doch ihre Gestalt schien von unsichtbaren Bänden gehalten, die ihre Grazie in eine seltsame Starre bannten. Ihre Augen, groß und dunkel, blieben nur flüchtig auf William haften, bevor sie sich rasch zum Kamin wandten. War es bloße Zurückhaltung, die sie von ihm fernhielt, oder lag eine Wahrheit darunter, die sich ihm verschloss?

Plötzlich erklang ein unerwartetes Klopfen an der Tür, bestimmt und eindringlich. William erhob sich mit einem geruhsamen Lächeln. „Verzeiht", sagte er in höflichem Ton. „Ich werde sehen, wer uns zu dieser Stunde seine Aufwartung macht."

Draußen stand ein Constabler, seine Präsenz eine stumme Warnung und doch auch die Verkörperung dessen, was William – wie es schien - nicht vor Isabella und Jane enthüllen wollte. Mit einer raschen Versicherung entfernte er sich mit dem Constabler zur Eingangstreppe in die klare Nachtluft. Hinter ihnen schloss sich die Tür.

Zurückgeblieben, wandten sich Isabella und Jane einander zu.

„Ich denke, es wäre wohl an der Zeit, heimzukehren", sprach Isabella, deren Stimme mehr ein flüchtiger Hauch war, denn einen festen Klang trug. Eine Unruhe lag auf ihren Zügen, eine Unsicherheit, die Jane keinesfalls entging.

„Gleich, meine Liebe", erwiderte Jane. „William wird gewiss nicht lange draußen verweilen."

Isabella trank ihren Wein in eiligen Schlucken aus, ein Mut an der Schwelle zum Leichtsinn, der die Wirkung des Weines sogleich nach sich zog.

Jane kicherte, als sie bemerkte, dass sich Isabella, nun ein wenig zu unbedarft, vor ihrem Sitzplatz erhob. Die Welt schien für einen Augenblick nicht fest auf ihren Achsen zu stehen, ein Umstand, der sich erkennbar in Isabellas leichtem Schwanken widerspiegelte.

In dieser plötzlichen Erheiterung erhob sich auch Jane, und beide begannen sich für die Rückfahrt nach Adhmaid House zurechtzumachen. Isabellas legte sich ihren Schal und die Schultern, während Jane rasch ihre Handschuhe überstreifte.

Sie wurden jäh unterbrochen, als William die Tür aufschob und mit einer seriösen Miene eintrat. Die Stimmung des Zimmers, das zuvor von einer melancholischen wie auch heiteren Aura durchdrungen war, verdichtete sich augenblicklich, als er zu ihnen trat, sein Ausdruck sichtbar geprägt von ernsten Gedanken. „Es gibt Unruhen in der Stadt; die Vergangenheit scheint uns eingeholt zu haben. Eine große Anzahl heruntergekommener, hungernder Pächtersfamilien sind in der Gegend eingetroffen, und auch auf den Straßen um Cork treibt sich allerhand gefährliches Gesindel herum."

Isabella, deren tiefes Gefühl der Unruhe in ihrem Blick aufflackerte, war beunruhigt und irritiert.

Jane, in ihrem natürlichen Optimismus indes war ratlos und fühlte die Notwendigkeit, eine Entscheidung herbeizuführen. Ihre Gedanken wanderten, ihnen war die Gefahr bewusst, die solch eine nächtliche Rückreise mit sich bringen konnte, und dies löste in ihr Sorge um Isabella aus. Zugleich wusste sie wohl, dass man sie in Adhmaid House erwartete.

„Jane, ich kann nicht verantworten, dass du und Miss Isabella gemeinsam und ohne Schutz aufbrechen", erklärte William aus einer nüchternen Verantwortung heraus. „Die Zeiten sind unsicher, und ihre Familie würde in Sorge sein, wenn Isabella nicht heimkehrt. Es bleibt nur, dass ich für ihre sichere Heimreise sorge."

Jane, durch die Worte ihres Bruders besänftigt, sprach schließlich an Isabella gewandt mit einem versöhnlichen Lächeln: „William wird dir Geleit geben, das ist die sicherste Lösung. Er wird dich wohlbehalten heimbringen."

„Ich bitte um Entschuldigung", erklärte William in diesem Augenblick, „denn ich benötige einige Minuten, um mich für die Fahrt vorzubereiten." Mit diesen Worten verschwand er, zwei Stufen zugleich nehmend im ersten Stockwerk des Hauses.

Isabella, die im Innersten das Angebot als wohlmeinend anerkannte und dennoch einen leisen Widerwillen empfand, wagte nichts zu sagen. Sie betrachtete Jane mit einem liebevollen Blick, dessen Wärme dennoch das sanfte Band der Sorge nicht gänzlich verstecken konnte, und gemeinsam harrten sie dem, was folgen sollte.

Wenig später hörten sie die Schritte William Cahills nahen.

Isabella wandte sich gen Treppe. Janes Bruder hatte eine für sie unerwartete Verwandlung erfahren.

Er war nun in die Uniform der Irish Constabulary gekleidet und trug ein Karabinergewehr und einen Schlagstock.

Mit einem kurzen, aber bestimmten Nicken bedeutete er Isabella, ihm hinaus zur Kutsche zu folgen.

Ohne weiteres Zögern verabschiedete sich Isabella von Jane,

deren sanftes Lächeln – für Isabella unverkennbar - dennoch einen Hauch von Sehnsucht trug.

Mit Erstaunen registrierte Isabella beim Verlassen des Cahill 'schen Hauses, dass zwei weitere, mit Karabinergewehren und Schlagstöcken bewaffnete Constabler auf Pferden an der Seite der Kutsche standen.

Sie gewahrte, dass William ihnen zunickte.

Während sie mit einem seltsamen Gefühl der Beklemmung die Kutsche bestieg, erschien es ihr, als wandele sich ihre Wirklichkeit auf eine beunruhigende Weise, die sie nicht zu steuern vermochte. Sie hätte nicht bestimmen können, woher diese Empfindung rührte. War es die für sie unerwartete Wendung, in Begleitung Janes Bruders die Heimfahrt antreten zu müssen, oder war es die Präsenz der mitgeteilten Gefahr und der bedrohlich wirkenden Constabler?

Aus dem Inneren der Kutsche bot sich Isabella ein bemerkenswerter Blick auf die zwei berittenen Polizisten, welche die Kutsche begleiteten. Während sie dies noch konstatierte, nahm zu ihrer Beunruhigung William Cahill an ihrer Seite Platz. Die Kutsche setzte sich mit einem Ruck in Bewegung. William Cahills Präsenz ließ ihr inneres Unbehagen erneut aufkeimen denn sie erinnerte sich seiner subtilen Blicke. Mit einem unwohlen Gefühl wurde sie sich bewusst, dass es eine lange Fahrt werden würde. So gelassen, wie es ihr gelingen wollte, blickte sie durch das Fenster in die Dunkelheit, als könne sie damit die Anwesenheit ihres Begleiters ausblenden. Ihre Sinne indes kreisten gleich einem ungebändigten Sturm um die Sorge um Jane, und nicht minder um die plötzliche Gegenwart ihres, Isabella beunruhigenden, Bruders.

William nahm ohne weitere Umschweife neben Isabella Platz. Es war gelungen. Sein Plan war aufgegangen. Nun war seine Gelegenheit gekommen. Erstmals würde er für die Dauer einer Reise von Cork nach dem etwa 10 Meilen entfernten Adhmaid House mit ihr allein sein. Zudem unter dem Eindruck einer angeblichen Gefahr, welche ihr durch die Anwesenheit der Constabler eindrücklich vor Augen geführt war.

Fürwahr - so musste er konstatieren - Isabella, die an seiner

Seite saß, übte eine erstaunliche Anziehungskraft auf ihn aus —
eine neue Empfindung, die sein sonst so gelassenes Wesen ins
Wanken brachte. Er, der sich stets für einen Meister der Einsicht und der galanten Manöver gehalten hatte, fand sich plötzlich von unerwarteter Hilflosigkeit befallen.

Die Kutsche ruckelte leicht über die unebene Straße. Isabellas
Haltung erschien ihm, als erwarte sie jeden Augenblick den
Angriff gefährlicher Herumlungerer. Sie wirkte still und in sich
gekehrt. Er stellte zu seinem eigenen Erstaunen fest, dass es
ihm leidtat, dass sie so besorgt wirkte. William fühlte sich von
einem inneren Drang getrieben, den Bann der Stille zwischen
ihnen zu durchbrechen. Es wurde ihm nur allzu gewiss, dass er
sich nicht mit der bloßen Distanz zufriedengeben wollte. Sein
Empfinden, überraschend aufrichtig in seiner Absicht, verlangte danach, die Melancholie in ihren Augen zu vertreiben, und
so entschloss er sich, alle ihm verfügbaren Mittel aufzubieten,
um die Atmosphäre zu wandeln und ein Lächeln in ihren Blick
zu zaubern. Sein Bemühen war zunächst darauf gerichtet, ein
unverfängliches Gespräch in Gang zu bringen.

„Am kommenden Sonnabend wird es wieder ein Fest im
Hause Lord Cecil Coles geben. Werden Sie meine Schwester
dorthin begleiten?"

"Das Fest bei Lord Cecil Cole", begann Isabella nach kurzem
Zögern, während sie vorsichtig die Worte wählte. „Jane sprach
davon, nun, ich vermag es noch nicht mit Bestimmtheit zu
sagen ...“

William gelang es nicht, Isabellas Gedanken zu ergründen.
Ihre Antwort war eine Eröffnung, die mehr verbarg, als sie
preisgab. „Feste wie jene von Lord Cecil", unternahm er einen
neuen bedachtsamen Versuch, ihr Gespräch in Gang zu setzen,
"sind wahrlich ein Lichtblick. Sie sorgen für jene angenehmen
Augenblicke, die einen vergessen lassen, weit fort von der Heimat zu sein.“ Er spürte sorgsam nach, welche Reaktion dieser
wohldurchdachte Einblick in sein Innerstes bei ihr hervorrief,
und empfand einen leisen Anflug von Hoffnung, als Isabella
seine Worte sichtlich erwog. Für einen kurzen Augenblick
wandte sie erwartungsgemäß ihren wachen Blick in seine Richtung, bevor sie scheinbar beiläufig ihren Blick schweifen ließ

und das Interieur der Kabine in der Gänze seiner Bedeutungslosigkeit musterte. Es war in diesem flüchtigen Moment der Blickberührung, dass William die stille Gewissheit erlangte, einen Zugang zu ihrem Interesse gefunden zu haben.

„Sie sprechen von London?", griff nun sie den Gesprächsfaden auf.

„Ja, London", erwiderte William mit einem sanften Lächeln, das seine Worte unterstrich. „London; eine Metropole voller Leben, ein Kaleidoskop künstlerischer und kultureller Ereignisse. Würden Sie nicht gerne einmal London besuchen?"

Er bemerkte, dass sie in Gedanken versunken abzuwägen schien. „Nun, in der Tat wäre ich nicht abgeneigt, das Flair Londons persönlich zu erfahren."

William lächelte. „Wäre es mir vergönnt, Ihnen die Stadt London näherzubringen, so wäre unser erster Weg unzweifelhaft durch die ausladenden Grünflächen der Kew Gardens. Dort würde ich Ihnen die geheime Schönheit jener Gärten zeigen, in welchen ich bereits in Kindertagen mit meiner Mutter verweilte."

Isabella richtete in diesem Moment ihren Blick auf ihn und schien seinen Gedanken nachzugehen.

Er nahm dies zufrieden zur Kenntnis und sprach weiter: „Sodann würden wir die Kunstsammlungen der Royal Academy of Arts besuchen — wo sich die Werke großer Meister finden. Ich bin überzeugt, Sie wären von London ebenso verzaubert, wie von der Musik Chopins."

Ein Lächeln huschte über ihre Züge.

Nun wirkte sie nicht mehr derart unterkühlt. Es galt nun, ihr ein Lachen zu entlocken. „Natürlich, Miss Isabella", sagte er und hob dabei seine Augenbrauen in spielerischer Manier, „muss ich Ihnen ebenfalls die heimlichen Perlen Londons zeigen, die man als Beamter der Ermittlungsbehörde gar nicht übersehen darf." Er machte eine kurze bedeutungsvolle Pause. „Ich würde Sie zum Tower of London führen, dessen Bauten Monumente der britischen Historie sind, und dessen Steine ganze Bände mit Geschichten füllen könnten, vermöchten sie zu sprechen. Ich würde Ihnen dann wohl die berühmten Ermittlungsplätze wie die belebte Baker Street zeigen, und wahlich, es dürfte bei einem Besuch keinesfalls die Möglichkeit fehlen, Ihnen auch die weniger gewöhnlichen Stationen meines Amtes nahezubringen." Er zog eine kleine Pause ein, um den humorvollen Ton seiner Stimme zu unterstreichen. „Einer jener Orte wäre das ehrenwerte Newgate-Gefängnis. Natürlich würde ich das alles im Geiste einer reinen Lehrstunde veranstalten", setzte er zwinkernd hinzu. „Ein Einblick in die historischen Praktiken der Strafverfolgung ist immer einen Besuch wert. "

Nun war Isabellas Blick eine Mischung aus Irritation und Verwirrung. „Sie denken, dies wären die Orte, die ich zu besuchen wünschte?", fragte sie.

Er blickte sie taktierend an. „Nun, Sie werden gemerkt haben, dass ich scherze. Doch mangels der Kenntnis, was Sie interessieren würde, bleibt mir nichts anderes, als Ihnen jene Orte zu zeigen, die mich geprägt haben." Er lächelte so gewinnend, wie er es vermochte. „Doch wenn ich bei der Wahrheit bleiben soll, ich würde Sie fragen, was Sie sehen wollten. Denn dies würde mich aufrichtig interessieren."

Ein flüchtiger Schatten huschte über Isabellas Miene, doch sie schien, wie er annahm, den Entschluss gefasst zu haben, ihre Zurückhaltung vorsichtig abzulegen. Sein sorgfältig erdachtes Manöver schien aufzugehen.

„Nun, da Sie so freundlich fragen", begann Isabella, „würde ich gerne jene Orte sehen, die die Vielfalt der Kunst zeigen."

William hörte aufmerksam zu, als sie fortfuhr, und er registrierte, dass sie allmählich eine gewisse Offenheit an den Tag legte, die ihren anfänglichen Widerstand durchaus zu überbrücken schien.

„Ah, die Kunst, die Musik, das Theater", sprach er. „London ist ein lebendiges Juwel, welches genau jene Facetten im Glanz einer reichen Kultur offenbart. Ich würde es als ein Vergnügen ansehen, Ihnen die Höhepunkte dieser Welt zu zeigen. Wir könnten das ehrwürdige Royal Opera House besuchen. Und dann ist da das eindrucksvolle West-End zu nennen", fuhr William fort. „Natürlich könnte ich Sie auch zu einer der bedeutenden Kunstgalerien führen – die National Gallery, in der Werke alter Meister zu bewundern sind. Der Gang durch diese

Hallen ist fürwahr ein Spaziergang durch die Geschichte der Kunst." Diese Vorschläge legte er mit einer Großzügigkeit dar, die sowohl seine nicht unerhebliche Fröhlichkeit als auch den tiefen Ernst der Gemeinsamkeit reflektierte, die er zu schaffen beabsichtigte. „Gestatten Sie, verehrte Isabella, dass ich Ihnen anvertraue, dass es mir eine Freude, wäre, wenn es Wirklichkeit werden würde, dass ich Ihnen die Wunder dieser Stadt zeigte." Sein Blick war nun fest auf sie gerichtet.

Isabella blickte unverwandt zurück. Sie sprach nichts. Dann lenkte sie ihren Blick wieder aus dem Fenster. Eine Weile des Schweigens entstand.

William überlegte, wie er das Gespräch wieder beleben konnte. „Es besteht kein Grund zur Sorge, Miss Isabella. Die Constabler werden jede verdächtige Regung sogleich gewahren. Sie können sich gewiss sein, dass ich zu verhindern weiß, dass ihnen etwas geschieht. Es mögen unruhige Zeiten sein, doch die Krone bezwingt diese Gefahren ohne Weiteres. Hierfür biete ich Ihnen volle Gewähr." Er blickte sie mit dem Ausdruck aller Zuversicht an, die er aufzubringen im Stande war.

Kurz richtete sie den Blick auf ihn und lächelte ihn matt an, sodann sah sie erneut durch das Fenster in die Nacht.

„Die Nacht ist zurückhaltend wunderschön", begann er, seine Stimme von einer ausgleichenden Nonchalance geprägt, „doch sie verblasst gänzlich verglichen mit der Anmut, die Sie zu eigen haben, Miss Isabella." Trotz ihrer unnahbaren Haltung hoffte er darauf, dass diese Worte genug Gewicht trügen, um einen Riss in ihrer fest gefügten Fassade zu erzeugen.

Ihre Haltung nahm eine noch steifere Form an.

William empfand eine leise Frustration in sich aufkeimen, doch sie war untrennbar mit seinem festen Entschluss verbunden. Die traditionellen, feinziselierten Höflichkeiten schienen nicht das ersehnte Resultat zu bringen, so entschied er, den Weg der direkten Konversation einzuschlagen. „Isabella", begann er mit einer Stimme, die seine innere Aufrichtigkeit widerspiegelte. „Lassen Sie mich offen sprechen. Ich betrachte es als eine glückliche Fügung, ja fast als Schicksal, dass mir die Gelegenheit zuteil wurde, Sie am heutigen Abend nach Hause zu geleiten." Es war ein Springerzug, dessen Ausführung mit einer soliden Hoffnung auf ein wohlgesonnenes Echo geschmiedet war. William zeigte sich so mitfühlend, wie es ihm seine Natur erlaubte, und in diesem Moment war es mehr als bloßer Impuls, der seine Worte unterstrich – es war eine echte, wenn auch neue Sorgfalt für eine Person, die in seinem Leben von Bedeutung zu sein begann. „Wissen Sie, Miss Isabella", fuhr er fort, während die Kutsche unablässig in den Nachthorizont rollte, "ich bewundere seit unserer ersten Begegnung, wie Ihre Gedanken und Ansichten schimmern, gleich einem kostbaren Schicksal. Da ist mehr als nur Äußeres, mehr als nur das Offensichtliche. In der Kürze unserer Bekanntschaft habe ich eine Aufrichtigkeit meiner Gefühle entdeckt, die ich nicht länger verschleiern möchte. Und so bitte ich Sie um Ihr Einverständnis, Ihren geschätzten Vater um die Erlaubnis zu bitten, offiziell um Sie zu werben."

Isabella hatte das Gefühl, als würde das Kutscheninnere enger und enger. Sie erkannte durchaus, dass William Cahills Miene von einer gewissen Ernsthaftigkeit geprägt war, die sein Bemühen offensichtlich aufrichtig erscheinen ließ. Doch gerade diese Offenheit verzeichnete ein innerliches Dilemma ihrer Empfindungen. Williams Worte lösten in ihr ein komplexes Gewirr von Gefühlen und Gedanken aus. Sie wollte Janes Bruder nicht kränken, der ihr auf so direkte Weise seine Absichten eröffnete. Zugleich zögerte sie, auf sein Werben einzugehen, denn ihre Zuneigung galt unbestreitbar und ausschließlich Jane, deren Liebe sie in einer Weise erfüllte, die keine gesellschaftliche Ehe zu replizieren vermögen würde. Ihr Geist war zerrissen zwischen den Erwartungen, von denen sie nur zu gut wusste, dass sie an sie gestellt wurden, und dem geheimen Glück, das sie in Janes Nähe erfuhr. Das Bewusstsein, dass ihre Freundschaft zu Jane keine Zukunft haben konnte, bedrückte sie. Die Realität sprach von einer unvermeidlichen Verbindung – und doch, in diesem Moment, wollte sie nicht über ihre Zukunft entscheiden müssen. „William", begann sie schließlich, ihre Worte sorgfältig wählend, um ihm weder falsche Hoffnung noch eine Kränkung zu bereiten. „Ihre Offenheit ehrt mich, und ich schätze Ihre Freundlichkeit zutiefst. Jedoch ich bin in diesem Augenblick nicht auf solches vorbereitet. Ich kann mich hierzu nicht verhalten. Solches habe ich in keiner Weise erwartet." Sie hielt inne, um den Ausdruck in seinen Augen zu ergründen, bevor sie fortfuhr. „Ich hoffe, Sie finden Verständnis für die Herausforderungen dieser Situation für mich und gewähren mir die Zeit, die ich benötige, um meine Gedanken zu ordnen." Im tiefsten Inneren war sich Isabella bewusst, dass ein Augenblick der Entscheidung unausweichlich vor ihr lag. Dennoch lebte in ihr die stille Hoffnung auf eine unerwartete Wendung, die es ihr erlauben würde, ihre innige Zuneigung zu Jane zu bewahren.

William war überrascht von den aufkeimenden Gefühlen der Traurigkeit und Enttäuschung, begleitet von der beunruhigenden Vorstellung, dass er womöglich jede Aussicht, Isabella für sich zu gewinnen, unwiederbringlich verlöre, die er angesichts ihres unübersehbaren Zurückweichens empfand, doch rasch verdrängte er diese Gefühle, und klammerte sich an den Hoffnungsschimmer, dass sie seine ehrlichen Absichten nicht gänzlich zurückgewiesen hatte. „Nun, Miss Isabella", sprach er mit einer Stimme, die seine angestrengte Geduld so gut verbarg, wie es ihm gelingen wollte. „Ihre Offenheit wertschätze ich zutiefst, und Ihrem Wunsch nach Raum und Zeit will ich bereitwillig nachkommen. Zugleich hoffe ich darauf, mit Ihnen, wie auch mit Ihrem geschätzten Vater, nähere Bekanntschaft zu machen." Seine Worte waren von einem verständnisvollen Ton getragen, wenn auch nicht vollständig ehrlich in ihrem Kern, denn eine heimliche Hoffnung durchzog weiterhin sein Inneres, dass die Zeit ihm Gelegenheit bieten könnte, ihre Zuneigung noch zu gewinnen. „Ihr Wohlergehen und Ihre Zufriedenheit sind für mich von höchster Bedeutung", fuhr er fort. „So werde ich mein Streben mit geduldiger Entschlossenheit fortsetzen, soweit es Ihnen genehm ist."

Isabella verspürte eine gewisse Unsicherheit bei Williams Antwort, die zwar von Verständnis getragen war, jedoch auch eine spürbare Entschlossenheit offenbarte. Sie war sich nicht sicher, ob sie wirklich erleichtert sein konnte. Trotz seiner durchaus freundlichen Worte erkannte sie die Beharrlichkeit zwischen den Zeilen und wusste nicht recht, wie sie ihm die Hoffnung nehmen könnte, ohne ihn zu verletzen.

So beschloss sie, mit einem sanften Lächeln zu antworten, das sowohl Dankbarkeit als auch die höfliche Wahrung eines gewissen Abstandes implizierte. Sodann richtete sie ihren Blick wieder zum Fenster hinaus, wo die dunkle Landschaft ruhig vorüberzog und einen heimlichen Sehnsuchtsschimmer nach einer baldigen Ankunft vermittelte. Die Geräusche der hölzernen Räder, die auf dem Weg dahin, durch die Nacht hallten, gaben ihrem Schweigen eine beruhigende, wenn auch gedämpfte Musik. Isabella war sich wohl bewusst, dass die ungesagten Worte und Gedanken irgendwann Antworten finden müssten, doch für diesen Moment war ein Lächeln alles, was sie bereit war zu geben. Janes Bruder wollte sie offensichtlich von der Aufrichtigkeit seiner Gefühle überzeugen, und Isabella ertappte sich dabei, dass sie versuchte, die genaue Tiefe dieser Geste zu durchschauen. Dennoch war da eine ungebrochene Sorge um die Unberechenbarkeit seines Kalküls, das sich als felsenfester Entschluss und beharrliche Entschlossenheit darstellte — und sie fürchtete, dies könnte eine Dynamik hervorbringen, die mehr forderte, als sie zu handeln bereit war. Ein leises Sehnen nach Jane, obschon sie wusste, dass es verboten und zu verbergen war, bahnte sich den Weg in ihr Innerstes.

Ihre Gedanken mischten sich mit der Gegenwart.

Isabella wollte William Cahill nicht vor den Kopf stoßen und sie konnte den Schatten eines schlechten Gewissens nicht von ihrer Seele vertreiben. Doch war da die unaufhörliche Angst, Jane zu verlieren — und das Gefühl, dass diese Nacht mehr verändern könnte, als sie ertragen würde In eben dieser Ungewissheit verharrte sie. Und so lächelte sie ein distanziertes Lächeln, während die Kutsche sich unaufhörlich weiterbewegte.

Die nächtliche Fahrt in der Kutsche schien ungleich länger, als der Weg tatsächlich gebot. In der gedämpften Ruhe der fahrenden Kutsche spürte Isabella die sanfte Unruhe, die wie ein verborgenes Flüstern an den Rändern ihrer Gedanken umherstreifte und endlich gelangten sie nach Adhmaid House.

„Guten Abend, Sir", empfing die Haushälterin, wie er annahm, ihn mit einem höflichen Nicken. „Miss Isabella, Ihr

Vater erwartet Sie bereits im Salon. Ich werde unverzüglich Ihre Ankunft vermelden." Mit diesen Worten machte sie sich dienstbeflissen auf, die Treppen hinaufzusteigen. William ergriff die Gelegenheit, Isabella aus ihrem Mantel zu helfen.

Indes William den Mantel sorgfältig auf einem nahe stehenden Stuhl ablegte, trat Isabellas Vater in den Raum. William straffte sich innerlich und musterte ihn, einen Mann von nahezu majestätischer Erscheinung, dessen Präsenz sowohl eine natürliche Autorität als auch eine ruhige Gelassenheit ausstrahlte. Seine Haare waren leicht ergraut, doch seine Augen blitzten aufmerksam. Er hieß William mit festem Handschlag und einem Blick, der respektvolle Neugier verriet, willkommen.

Isabella lächelte matt und erhob alsbald eine höfliche Entschuldigung, um sich in die Abgeschiedenheit ihres Zimmers zurückzuziehen. Die Gedanken, die sie beständig begleiteten, verlangten nach einem Ort der Ruhe.

„Mr. Dubois, es ist mir eine Freude, Ihre Bekanntschaft zu machen", begann William mit sorgfältig gewählten Worten, während er Isabellas Vater aufmerksam betrachtete. Vor ihm stand also der Schwager von O'Monroe und zugleich ein einstiger Klient von Williams eigenem Vater. Ob Dubois den Namen wiedererkennen und die Verbindung zu erkennen vermochte? William hatte nur eine Möglichkeit: sich vorzustellen. „Mein Name ist William Cahill." Mit gemessener Erwartung harrte William darauf, die Reaktion seines Gegenübers abzuschätzen.

Auf diese Offenbarung hin, entgegnete sein Gegenüber mit einem Hauch von Neugier in der Stimme: „Cahill? So seid Ihr der Bruder des Hauslehrers sowie Miss Janes."

„Ganz recht, Sir."

„Nun, der Name ist, wie mir scheint, in London recht häufig anzutreffen", äußerte Jules Dubois, und seine Stimme trug einen Tonfall, der schwer zu deuten war.

Hierauf erwog William, angesichts dieser zweideutigen Bemerkung, Dubois mit einer wohlüberlegten Nachfrage auf die Probe zu stellen. „Mein Vater, ein Mann von nicht unbeträchtlichem Ruf in der Rechtsprechung, könnte Ihnen begegnet sein – er war bekannt als Advokat und trug den Namen Theodore

211

Cahill."

Dubois Blick, einem verschlossenen Buch gleich, verriet keinerlei Regung. „Theodore Cahill, richtig. Dies erscheint mir plausibel. Ich erinnere mich, einst von ihm gehört zu haben, obgleich dies nun Jahre zurückliegt."

„Mein Vater weilt nicht mehr unter uns, bedauerlicherweise."

„Mein aufrichtiges Bedauern begleitet diese Nachricht", entgegnete Dubois. „Doch erboten sei Ihnen eine Einladung von Seiten meiner gegenwärtigen Gastfreiheit. Nachdem Sie die Freundlichkeit besaßen, meine Tochter unbeschadet nach Hause zu begleiten will ich Ihnen gerne einen Brandy offerieren. Sie werden ihn und ein wenig Ruhe gut gebrauchen können, bevor Sie die weite Rückreise antreten."

„Dies ist sehr zuvorkommend. Indes, meine Begleiter und die Pferde werden ebenfalls einer Rast bedürfen."

„Ihre Begleiter?"

„Aufgrund des Umstands, dass sich eine Vielzahl von Herumlungerern um Cork aufhält, war es erforderlich, Ihre Tochter mit Begleitschutz hierher zurückzubringen."

Dubois sah William mit einem nachdenklichen Blick an. „So gebührt Ihnen mein besonderer Dank! Kommen Sie, ich werde der Haushälterin auftragen, dafür zu sorgen, dass man Ihre Begleiter und die Pferde mit allem Notwendigen versorgt."

William folgte Dubois durch den Korridor, dessen Wände mit Gemälden behangen waren. Der Salon empfing sie mit dem sanften Schein des Kaminfeuers und bepolsterten Sitzmöbeln. Dubois bot William einen Platz an, füllte zwei Gläser mit Brandy und setzte sich dann ihm gegenüber.

„Mit Freuden habe ich Ihre Tochter hierher geleitet." William blickte Dubois vorsichtig von der Seite an. Als jener den Blick auf ihn richtete, sah er ihm offen in die Augen. „Ich schätze Ihre Tochter sehr, und es ist ein wahres Privileg ihr bekannt gemacht zu sein."

Dubois blickte mit Erstaunen auf. Es war der erste Augenblick, in welchem seine Miene nicht undurchschaubar war.

„Ich machte ihre Bekanntschaft, da sie sich, wie Sie selbstverständlich wissen, oft in der Gesellschaft meiner Schwester Jane befindet."

Dubois nickte. „Gewiss, die beiden verbindet eine enge Freundschaft. Nun, jetzt wo ich vernommen habe, dass Ihr Vater kein Geringerer war als Theodore Cahill, so wird mir verständlich, wie es kommen mochte, dass meine Tochter solche freundschaftlichen Gefühle für Miss Jane hegt. Sie stammt aus einem wahrlich guten Hause."

William empfand eine gewisse Zufriedenheit darüber, dass diese Begegnung unerwartet vorteilhaft verlief. Der Ruf seiner Familie, unschätzbar und über Jahre hinweg gefestigt, hatte in der Begegnung mit Dubois Sympathie und ein Gefühl des Wohlwollens erweckt, wodurch die Grundlagen für eine vielversprechende Verbindung gelegt werden konnten.

„Nun, ich sehe Sie in der Uniform der Constabulary."

„Ganz recht. Wie schon mein Vater hege ich eine Leidenschaft für Recht und Gesetz." Sein Blick war während dieser Worte direkt, doch mit der Unauffälligkeit eines geübten Konversationsführers. Es fiel ihm nicht schwer, subtil jene Eindrücke zu gestalten, die er beabsichtigte.

IX.

„Wohin treiben wir?
Wir lenken schon lange nicht mehr, führen nicht, bestimmen
nicht.
Ein Lügner, wer´s glaubt.
Schemen und Gespenster wanken um uns herum -
Taste sie nicht an: Sie geben nach, zerfallen, sinken um.
Es dämmert, und wir wissen nicht, was es ist:
Eine Abenddämmerung oder eine Morgendämmerung."

Kurt Tucholsky

Cork City Goal, Cork, Irland

Am darauffolgenden Tag sah sich William Cahill zur vollzie-
henden Pflicht berufen. Hierzu durchquerte er in einer Kutsche die Stadt, um das Cork City Goal aufzusuchen. Die hohen Mauern des Gefängnisses erhoben sich in eindrucksvoller
Gravität, gleich der starren Erhabenheit eines uralten Kastells,
welches die Zeit zu bezwingen scheint.

Am Eingang angelangt, machte Cahill dem Leiter des Gefängnisses sein Aufwartung „William Cahill, zu Diensten", sprach
er.

Der Gefängnisleiter hatte ihn bereits erwartet und versicherte
ihm, dass sämtliche Vorkehrungen getroffen worden seien, um

die Ermittlungen ohne jegliches Hindernis zu beginnen.

Zielstrebig und mit der ruhigen Präzision eines Kommandeurs durchmaß er den kargen, von völliger Schweigsamkeit durchdrungenen Flur des Cork City Goal. Der große Innenraum des Gebäudes eröffnete sich ihm gleich einem Amphitheater des menschlichen Leids, die Zellen auf zwei Ebenen erbaut, als seien sie die Zuschauertribünen eines unerfreulichen, gleichwohl notwendigen Spektakels. Die Luft war erfüllt von einem modrigen Geruch, dem Atem der Hoffnungslosigkeit und Verwahrlosung, während das Echo der gleichmäßigen festen Schritte der Wachen wie das Ticken einer unerbittlichen Uhr von den Wänden widerhallte.

William wusste, wie es im Innern der Zellen aussah. Das Cork City Goal beherbergte sowohl Männer als auch Frauen und in einigen Zellen wurden solche Kinder untergebracht, die der gebieterischen Hand des Gesetzes bedurften, um auf den rechten Pfad geführt zu werden.

Er wusste wohl um die strikten Regeln dieses Ortes, an dem nicht gesprochen werden durfte. Es war das Prinzip der Isolationshaft, das hier seinen rigorosen Ausdruck fand. Das auferlegte Schweigen entzog diesen Mauern jedes Mitleid, jede komfortable Menschlichkeit und schuf eine Atmosphäre der Finsternis, die schwerer wog als jede Stahlkette. Doch das Schweigegebot, das den Insassen auferlegt war, diente keineswegs einzig und allein der Disziplin und Unterwerfung; diese Regel hatte feinsinnigere Absichten als bloße Abschreckung und Kontrolle. Die strikte Unterbindung der Sprache fand nicht nur ihren Zweck im Bestreben, die Insassen in eiserner Isolation zu halten, um ihnen den gemeinschaftlichen Austausch zu verwehren, welcher ein Hort der Rebellion und widerstandsfähiger Organisierung war, sondern entfaltete darüber hinaus eine tiefere Wirksamkeit. Dieses rigide Schweigen zwang die Gefangenen dazu, sich den innersten Abgründen ihres Wesens zu stellen und unausweichlich den tiefen Schatten ihrer eigenen Fehlbarkeit ins Auge zu blicken. Sie war eine Gelegenheit, innere Einkehr zu halten, vergangene Fehler zu bedenken und dabei eine ungestörte Existenz zu führen, der lauten Dringlichkeit der Welt entrückt. Jeder war auf seinen eigenen Geist zurückgeworfen. Ohne jede Ablenkung. Eine einsame Stille lastete so auf den Gängen, und die einzigen Laute, die die Korridore durchdrangen, waren das monotone Echo der Schritte der Wächter und das gelegentliche Weinen der Kinder im ersten Stockwerk, besonders in jenen Momenten, da sie ihren Züchtigungen unterzogen wurden. So musste der Aufenthalt an diesem Ort entweder zu innerer Einkehr oder zum Brechen des Geistes führen.[42] In einem dieser Zustände würde er nun auch Brennan vorfinden.

Ein Wärter, in seiner schmucklosen Uniform, grüßte ihn mit der Gehorsamkeit, die einem Mann seiner Stellung gebührte, und geleitete ihn in den Verhörraum. Dort erspähte er Tadhg Brennan; eine Gestalt der Zerknirschung, auf einem schlichten Schemel sitzend und in sich zusammengesunken.

Das schwache Licht fiel schräg durch das kleine Fenster, beleuchtete Brennans bekümmerten Züge und zeichnete Schatten auf Cahills entschlossenes Gesicht.

Cahill, der in der Kunst der Menschenkenntnis geschult war, betrachtete Brennan mit jener würdevollen Herablassung, die einem Richter eigen ist, der über einen untergebenen Delinquenten zu richten hat und lächelte mit leiser Amüsiertheit, Ausdruck der stillen Genugtuung. Als Brennan den Kopf hob, begann die stumme Konversation zwischen dem gescheiterten Leben und seinem überlegenen Beobachter.

Tadhg Brennan durchfuhr sichtlich ein jäher Schrecken, als sein Blick auf William Cahill fiel. Ein Ausdruck des Unglaubens, gefolgt von leiser Resignation, malte sich auf sein Gesicht, während er, fast flüsternd, die unvermeidliche Wahrheit anerkannte: „So ist es also wahr. Du bist ein Constabler!"

Cahill, fest und unbeugsam in seiner Haltung, erwiderte mit jener ruhigen Autorität, die seinem Stand gebührte: „In der Tat, das bin ich. Und ich habe einige Fragen an dich, Brennan." Ein knappes Nicken zu den Constablern, und mit einem

---

[42] Die Autorin hat im Zuge ihrer Recherchen zweimal das Cork City Gaol besucht. Das Gefängnis, das heute zu einem Museum umgestaltet wurde, bietet den Besuchern die Möglichkeit, in die bewegte Geschichte einzutauchen und einen anschaulichen Einblick in die damaligen Haftbedingungen zu gewinnen. Website: https://corkcitygaol.com/

dumpfen Widerhall fiel die Tür ins Schloss.

Im gleichmäßigen Takt seiner Schritte begann Cahill, die Enge des Raumes ausfüllend, auf und abzuschreiten, während seine Gedanken sich ordneten. „Zur ersten Frage: Wie kommt es, dass du O'Monroe bekannt bist?"

„Wir sind seit Kindestagen miteinander aufgewachsen, unsere Freundschaft währt, solange ich mich zurückerinnern kann", entgegnete Brennan mit einer Stimme, die Unbehagen verriet.

„So bist du wohl unterrichtet über seine Tätigkeiten?" Die Frage schwebte im Raum, eine stille Anklage, doch Brennans Gesicht blieb ein Rätsel, unausgelesen und verschlossen.

Cahill hielt in seinem Schreiten inne, ein Hauch von Ungeduld färbte seine Stimme: „Versuche nicht, dich unklüger zu stellen, als du bist. Du hast mir freimütig berichtet, dass ihr an konspirativen Zusammenkünften teilhattet. Er hat dich in jene Kreise eingeführt, nicht wahr?"

Der Raum schien unter dem Gewicht der unausgesprochenen Worte Brennans noch enger und drückender zu werden, während jener schwieg, den Blick auf einen unsichtbaren Punkt in der Ferne gerichtet; eine Regungslosigkeit, die tausend Antworten zu bergen vermochte, wie William feststellte.

Cahill, an der Schwelle der Entschlossenheit, zögerte für einen flüchtigen Augenblick und betrachtete sodann die Constabler, deren stille Präsenz einen unausgesprochenen Druck auf die Szene der Konfrontation ausübte. Daraufhin senkte er den Blick auf die Taschenuhr in seiner Hand und sprach mit einem resignierenden Bedauern: „Leider gebietet die Uhr keine Gnade, meine Zeit hier ist begrenzt." Mit dieser knappen Aussage wandte er sich ab, und die Constabler, deren eisernen Mienen keine Regung verrieten, traten vor und flankierten Tadhg Brennan. Einer der Constabler, mit der gleichmütigen Kaltblütigkeit, die die düstere Pflicht zuweilen gebietet, hob seinen Schlagstock und ließ ihn mit unabwendbarer Härte auf Brennans Bein niederfahren, sodass das Echo des Schlags dumpf von den Wänden widerhallte.

Ein gequältes Stöhnen entwand sich Brennan, und ein Flehen der Empörung: „Das ist nicht rechtens!"

William, mit einem beständigen Ausdruck der Härte auf seinem Gesicht, drehte sich zu ihm, als ob die Worte Brennans von der Luft verschluckt worden wären. Mit der Ungerührtheit eines Mannes, der es gewohnt war, die Kontrolle zu behalten, sprach er an Tadhg gewandt: „Und, ist dir etwas Wichtiges in den Sinn gekommen?"

Brennan, sichtlich hin- und hergerissen zwischen der Loyalität zu seinem Freund und der Furcht vor den Konsequenzen, murmelte: „Wir waren stets Freunde, gleichwohl ..."

Cahill unterbrach ihn schroff: „Das sagtest du bereits, Mann."

„In dem Jahr, da wir 17 wurden, da ging er fort. Ich weiß nicht wohin. Er fährt seither zur See ..."

Wie ein Richter im Vorsitz, fest in der Unnachgiebigkeit seines Amtes verankert, schritt Cahill mit seiner Fragestellung voran: „Das sind nicht die Antworten auf meine Frage. Vielleicht brauchst du es deutlicher: Was weißt du über O'Monroes Machenschaften?"

„Er ist viel unterwegs, doch dann ist er, wie ich annehme, auf dem Meer. Der Bruder seiner Schwester ist ein Kaufmann. Er hat Schiffe. Dort heuert Daoiri an. Dann kehrt er zurück und wir sehen uns gelegentlich."

„Bei Gott", fluchte William ich muss sagen, du strapazierst meine Nerven übermäßig." Er bückte sich mit überdeutlicher Geste und strich mit der Hand über seinen Schuh, als habe er dort etwas störendes entdeckt. Als der Stille ein weiterer Schlag hinzugefügt wurde, konnte Brennan einen heftigen Aufschrei nicht unterdrücken.

„Solches ist nicht rechtens!" ächzte er abermals und seine Worte hallten wie in einer einsamen, kalten Höhle, während der Atem ihn für einen flüchtigen Moment im Stich ließ.

William, angetrieben von dem unnachgiebigen Puls der Pflicht, wandte seinen durchdringenden Blick auf Brennan. „Du begreifst es nicht", hob er an, und die Worte kamen langsam und kalkuliert über seine Lippen. „Ich habe mich nicht gegen das Gesetz gestellt. Das, was da geplant wird, wird zu einem Blutvergießen führen, wenn es nicht aufgehalten wird. Denkst du, es ist besser, im Scharmützel getötet zu werden, als hier im Gefängnis? Ich, für mein Teil, denke nicht, dass es besser ist, dich unverrichteter Dinge davon kommen zu lassen und in

Kauf zu nehmen, dass viele Menschen sterben. Da erscheint es mir allemal besser, dich zum Sprechen zu bewegen." William schritt von neuem ruhig auf und ab. „Also, Brennan", setzte er erneut mit kaltem Pragmatismus an. „In diesem Sinne will ich meine Frage wiederholen: Was weißt du über die Hinterleute?"

Nahe Dublin, Irland

Sir Adrian Carter ließ seine Augen mit einer dezenten Unruhe über die ehrwürdigen Ahnenporträts schweifen, welche die erhabenen Mauern des großen Saals zierten. Die kunstvollen Gobelins, die gleichwohl die Wände schmückten, schienen die Ohren zu spitzen, als ob sie selbst Teil dieser diskreten Verschwörung wären. Es war zu hoffen, dass der Hausherr sich bald einstellen möge, denn es gab Angelegenheiten von Gewicht, die zu besprechen waren, hier wo die Luft stets ein wenig nach feinem Cognac und alten Geschichten roch. Es versprach eine Unterredung zu werden, die über bloße Höflichkeitsfloskeln hinausging, ein Diskurs, der vielmehr von weitreichenden Implikationen zeugte.

In eben jenem Augenblick trat Lord Cecil Cole in die Halle; ein Mann von nobler Erscheinung, dessen Gesichtszüge eine Mischung aus Weltgewandtheit und verborgenem Schalk waren. Das sanfte Klacken seiner makellos polierten Schuhe auf dem edlen Marmorboden hallte leise, gleichwohl energisch, wider. Ihn umgab wie stets jener Esprit of British urgency und sein entschlossener Blick war fest auf seinen Besucher geheftet, als er diesem die Hand reichte.

„Cecil", begann Sir Adrian Carter. "Wir scheinen uns inmitten eines Dilemmas zu befinden, das wahrhaft aus einem Drehbuch von Dickens stammen könnte. Eine Person, die um unsere Absichten weiß, ist festgesetzt worden und befindet sich nun im Cork City Goal." Die ungeduldige Entschlossenheit in seinen Augen ließ keinen Zweifel an der Schwere des Anliegens, welches er vorzubringen gedachte.

Lord Cecil Cole, wie stets ein Inbegriff adeliger Gelassenheit, musterte sein Gegenüber einem leicht amüsierten Ausdruck, der durch seine hochgezogenen Augenbrauen noch betont wurde. „Ein Problem, sagst du, Adrian? Wie erfrischend. Solche Dramen pflegen doch selten vor dem Zeitschlag des Mittags Ihre Schatten zu werfen. Welcher Art mag das Wissen sein, mit welchem dieser Verhaftete unsere wohlgeordnete Revolution gefährden könnte?" Mit diesen Worten legte er die Hand in vertrauter Weise auf Adrian Carters Schulter und führte ihn in Richtung des Arbeitszimmers. Dort ließen sie sich auf einem Arrangement von bequemen, gepolsterten Sitzmöbeln nieder.

„Es handelt sich um die Waffenlager und den detaillierten Ablauf unserer sorgfältig geplanten Aktion", erwiderte Carter mit einem Ausdruck wachsender Besorgnis in seinen Augen. „Wir müssen verhindern, dass die Lager entdeckt werden. Der Leiter der Ermittlungen ist William Cahill, dessen Bekanntschaft du gewiss unlängst gemacht hast. Zu unserem Missvergnügen ist er, obgleich es kaum zu erwarten war, einer entscheidenden Spur gefolgt und scheint gefährlich nahe daran, unsere Pläne zu durchkreuzen."

Während das Licht durch die prächtigen Glasfenster brach und auf den Golddetails des Zimmers tanzte, erhob sich Cecil Cole und trat zum Fenster hin. „In der Tat, Cahill ist ein häufig gesehener Gast bei meinen Gesellschaften", begann er, als wäre dies eine triviale Erwähnung. „Ich habe seine Anwesenheit stets genutzt, um den Stand seiner Ermittlungen zu sondieren." Mit einer saloppen Eleganz, die fast den Ernst der Lage verschleierte, wandte er sich wieder Adrian Carter zu. „Wie konnte es nur geschehen?", fragte er, mit einem Unterton, als ob er über das Wetter parlierte.

„Ich habe keine Ahnung", gestand Carter, „doch es steht außer Zweifel, dass unsere Unternehmung keinesfalls gefährdet werden darf. "

Nachdenklich ließ Lord Cecil Cole seine Gedanken schweifen. „Sollte es Personen geben, die über die drohende Gefahr in Kenntnis gesetzt werden müssen?" sprach er laut seine Überlegung aus.

„Womöglich. Und eine wohlüberlegte Einflussnahme mag angezeigt sein, die einen Eingriff in den Lauf der Dinge

220

bewirkt", schloss sich Adrian Carter den lauten Überlegungen an. „Doch nein, so scheint es mir nun, dass unser Bestes darin besteht, keine unnötige Erregung hervorzurufen, sondern vielmehr mit Bedacht und in ruhiger Sachlichkeit fortzufahren. Gleichwohl wäre es zweifelsohne ratsam, die Befreiung des festgesetzten Mannes aus den Händen der Constabler anzustreben. Ich bin mir der Tatsache bewusst, dass gewisse Methoden der Befragung äußerst unerfreuliche und womöglich irreversible Konsequenzen zeitigen können."

Adhmaid House, nahe Cork, Irland

Isabella blickte mit zögerlicher Verwunderung zu ihrer Mutter, Lady Mary.

„Nun, öffne sie nur!", hob Jules Dubois aufmunternd an. Er blickte auf seine Tochter mit der kleinen Schatulle in der Hand. Fürwahr, er hatte nicht erwartet, dass sich sobald ein Werber finden könnte, jedoch, wenn er es sich recht überlegte, kam ihm diese Entwicklung durchaus entgegen.

Er hatte noch keine Gelegenheit gefunden, Mary hierüber zu unterrichten, da er es zunächst nicht mit dem nötigen Ernst betrachtet hatte, doch angesichts dieses Präsents, welches heute von einem Kurier überbracht worden war, durfte er wohl annehmen, dass die Absichten Cahills durchaus von ernstlicher Natur waren.

Der Inhalt offenbarte eine prächtig gefertigte Kette.

Jules ließ seinen aufmerksamen Blick auf seiner Tochter ruhen, während seine Gedanken der Frage nachgingen, ob sie wohl ihrem Verehrer mit Wohlwollen begegnete. Weshalb sollte sie es nicht tun? Isabella war gewiss eine junge Dame von Anstand und Verstand, die die Sympathien, die ihr entgegengebracht wurden, wohl zu schätzen wusste.

„Jules, Isabella, wahrhaftig, ich bin verwirrt!", rief Mary mit einem Ausdruck ehrlichen Befremdens in ihren Augen, die von einem Hauch unsicherer Neugier erhellt wurden. „Welch geheimnisvoller Gönner mag der Urheber dieses Geschenks sein?"

„Nun, mo chrá, es ist wahrlich bedauerlich, dass mir bis jetzt die Gelegenheit fehlte, dich davon in Kenntnis zu setzen!", erklärte Jules, während die Situation Isabella offenbar die Worte raubte, sodass diese still schwieg.

„Dieser Umstand ist wahrlich mehr als günstig, verehrte Mary", fuhr Jules mit einiger Bestimmtheit fort, „denn der angetane Herr ist niemand anderes als William Cahill, der jüngere Bruder des Hauslehrers. Obendrein dürfte es von einigem Vorzug sein, dass Isabella innige freundschaftliche Empfindungen für deren Schwester Jane hegt. Wahrlich, wie könnten die Umstände noch vielversprechender sein? Gleichwohl erweist sich die Abstammung der Cahills als besonders bemerkenswert. Sie entstammen einer überaus angesehenen Londoner Familie. Der Vater der Cahills ist kein Geringerer als Theodore Cahill, welcher es einst vermochte, Daoiri aus dem Gefängnis zu befreien."

Mary, die bis zu diesem Augenblick in Schweigen verharrt hatte, sprach nun mit einem Anflug des Erstaunens: „Meinen Bruder Daoiri? Welch wahrhaft bemerkenswerte Geschichte, Jules. Ist der Hauslehrer also von solcher Abstammung?"

Isabella, in deren Zügen sich ebenfalls ein Ausdruck tiefgreifender Überraschung zeichnete, fragte: „Du hast einen Bruder? Weshalb ist er mir nicht bekannt, wenn er mein Onkel ist?" Ihr fragender Blick wanderte unstet zwischen ihren Eltern. Diese indes verharrten in einer zurückhaltenden und gleichsam nachdenklichen Haltung.

Jules fühlte sich in jenem Moment verpflichtet, die aufkommende Neugier zu besänftigen und erklärte knapp: „Ein Verwandter deiner Mutter, der ein Leben auf See erwählte und die Küsten ferner Länder frequentiert."

Isabella, gefangen in tiefer Verwirrung, ließ schließlich nach einer Weile des unruhigen Schweigens ihre Stimme erklingen: „Weshalb ist mir dieser Verwandte nicht bekannt? Ich lebte in dem Glauben, dass wir ohne weitere Angehörige seien." Der Klang ihrer Stimme verriet Vorsicht und war doch drängend; ein Echo ihrer inneren Turbulenzen.

Jules, in der Haltung eines Mannes, der die unmittelbare Bedeutung der gegenwärtigen Unterhaltung durchaus erkannte und die fein gewobenen Bande seines familiären Vermächtnisses zu wahren suchte, strebte mit Bedacht danach, die Unterhaltung in eine, aus seiner Sicht, doch weit harmonischere Richtung zurück zu führen, denn es erschien ihm von höchster Umsicht, die Diskussion hin zu gefestigtem Grund zu lenken und die komplizierten Verwicklungen der Verwandtschaft in klugem Verschweigen zu belassen. „Wir sollten zu unserem ursprünglichen Thema zurückkehren", unterbrach er also mit einer tonlosen Entschlossenheit, „welches weit mehr verheißt an freudvollen Möglichkeiten als die längst verblassten Erzählungen unserer Vergangenheit."

Isabella vernahm in diesem Augenblick zu ihrem Erstaunen ein nicht zu deutendes Aufblitzen in den Augen ihrer Mutter und in ihrem Gesichtsausdruck schien sich für den Bruchteil eines Augenblicks ein innerer Kampf widerzuspiegeln. Doch bevor sie dies recht erfasst hatte, nahm der Blick Lady Marys wieder jenen Ausdruck vornehmer Zurückhaltung an, den er stets trug, und Isabellas Aufmerksamkeit wurde zurück zu der gegenwärtigen Konversation gelenkt. Indes, obgleich sie für gewöhnlich von respektabler Anpassungsfähigkeit war, so wie es von ihr erwartet wurde, zeigte sie nun gleichwohl ein merkliches Maß an Zurückhaltung, als das Gespräch sich abermals zu William Cahill und dessen Präsent wandte.

Jules wählte seine Worte mit jener behutsamen Entschlossenheit, die er für angemessen erachtete angesichts des gewichtigen Sujets: William Cahill versieht ein Amt von höchster Integrität und in ehrenvoller Ausübung, wodurch er zweifellos in die glückliche Lage versetzt wird, dir, liebe Isabella, einen Lebensstandard zu sichern, der in jeder Hinsicht angemessen ist. Anders als es für Constabler gemeinhin zu erwarten wäre, hat er einen Posten von höherem Rang, der ihn mit nicht unbedeutendem Ansehen und einer wahrlich vornehmen Stellung ausstattet. Es mag darüber hinaus keineswegs ausgeschlossen erscheinen, dass seine Pflichten ihn eines Tages nach London führen könnten, wo ihr wohl ein Leben in Beschaulichkeit und frei von Sorgen genießt."

Isabella indes zog sich still weiter in sich zurück, und die Subtilität dieses Rückzugs blieb keinem der anwesenden Augen verborgen.

„In der Tat, Jules", begann Mary, und ihre Stimme zeugte von einiger Verwunderung, „ist Mr. Cahill den Ermittlungsbehörden zugehörig? Diese Institution war es doch, die meinem Bruder einst ..." An dieser Stelle verhielt sie sich, wohlweislich die Andeutung im Raum stehen lassend, sodann mit einem leichten Seufzen weiterführend: „Oh, diese verachten die Iren, wie du wohl wissen solltest."

Isabella war unterdessen in sich gekehrt, als in einem flüchtigen Augenblick der Erinnerung jene Gelegenheiten vor ihrem geistigen Auge erwachten, da Janes Bruder mit erschreckender Deutlichkeit und einer beinahe ins Mark schneidenden Herablassung über die Iren gesprochen hatte.

Jules hingegen strebte an, die Wogen der aufkommenden Missstimmung zu glätten und antwortete mit ruhiger Stimme: „Dies betrifft gewiss vornehmlich jene katholischen Iren."

Mary, die einem inneren Aufruhr nicht mehr widerstehen konnte, entgegnete mit einem gleichwohl verstimmten Tadel: „Bin ich doch selbst eine katholische Irin, Jules, und auch meine Eltern waren es, ein Faktum, dessen du dir stets bewusst warst."

Der unverkennbare Ausdruck in Marys Miene, jener feine Zug des inneren Widerspruchs, bewegte Jules zu umgehender Besänftigung. Mit der ihm eigenen Verbindlichkeit sprach er: „Gewiss wäre es von unschätzbarem Wert, in diesen unsteten Zeiten einen Vertreter der Ermittlungsbehörden als geschätzten Vertrauten gewinnen zu können, mo chrá. Dies böte uns zweifellos ein gewisses Maß an Sicherheit sowie Schutz."

Adhmaid House, County Cork, Irland

Madeleine klopfte sachte an die Tür zu Isabellas Gemach.

Wie die Etikette es gebot, wartete sie zwei Herzschläge lang, bevor sie mit leiser Entschlossenheit eintrat. Dort, an jenem

Fenster, welches beiden Schwestern oftmals als heimlicher Zufluchtsort diente, ließ Madeleine sich nieder.

Isabella indes saß am Rand ihres Bettes, die Arme vor sich ausgestreckt und die Hände auf die Knie gestützt, während ihre Augen ob der Gedanken, die sie beschäftigten, in die Unendlichkeit gerichtet schienen.

Madeleine betrachtete sie eine Weile in schweigender Besorgnis. Endlich, nach einem Moment der Einkehr, sprach sie sanft: „Willst du mich nicht ins Vertrauen ziehen, Isa?" Aus ihrer Stimme klang gleichwohl jene leise Dringlichkeit, die die Bande ihrer Zuneigung sanft in Erinnerung rufen sollte.

Isabella indes schüttelte kaum merklich den Kopf.

„Doch waren unsere Gespräche nicht immer von Offenheit und Aufrichtigkeit geprägt?",begann Madeleine aufs Neue mit ihrem Bemühen, den Faden vertraulicher Nähe wieder zu knüpfen, die ihnen immer zu eigen gewesen war.

„In der Tat, das mag durchaus zutreffen", entgegnete Isabella und glitt von Neuem in eine schweigsame Betrachtung.

Schließlich erhob sich Madeleine, gesellte sich an die Seite der Schwester und legte den Arm um Isabellas Schultern.

„Ich bin unschlüssig, wie ich verfahren soll. Mr. Cahill hat bei Vater vorgesprochen ..."

„Mr. Cahill? Doch welcherlei Absichten verfolgt er denn?"

„Er verkündete ... seine Absicht sei ... die Ehe mit mir einzugehen."

„Mr. Cahill begehrt das? Ist er nicht schon im gesetzteren Alter, ein Schulmeister ..."

„Oh nein, nicht jener Mr. Cahill. Ich spreche von seinem Bruder William Cahill."

„Ah! Verzeih´."

„Vater scheint ob dieser Aussicht höchst erfreut."

„Hast du seine Bekanntschaft bereits gemacht?"

„Ich sah ihn zuweilen im Hause Janes. Doch eines sei gewiss: Niemals gedenke ich, diese Verbindung einzugehen."

„Ist es möglich, dass sein Wesen so schauderhaft erscheint?"

„Er ist ... unheimlich."

„In welcher Weise offenbart sich dir diese Unheimlichkeit?"

„Oh, Maddie, ich vermag es nicht, mit Worten zu schildern.

Doch seine Präsenz vermag ich nicht zu dulden. Seine Augen scheinen einen durchbohren zu wollen. Überdies kann ich mich des Eindrucks nicht erwehren, dass seine Redlichkeit fehlt."

„Doch aus welchem Grund sollte er heucheln, dass er deine Hand wünscht?"

„Nein, darin sehe ich keine Falschheit. Diese Absicht scheint mir ungeachtet ehrlich, doch er birgt für mich etwas Undurchsichtiges und Intrigantes, als sei allein sein eigener Vorteil sein Bestreben." Isabellas Blicke waren beinahe flehentlich, als ob jeder Versuch, das rechte Wort zu finden, von der Ungewissheit ihrer inneren Empfindungen überschattet würde.

„Dies sind wahrlich harte Worte und schwerschwiegende Anschuldigungen, die du da erhebst!"

„Dessen bin ich mir wohl bewusst, und freilich mangelt es mir an jeglichem Beweis, dieser Empfindung Gewicht zu verleihen. Dennoch, es ist mein deutliches Empfinden. Und stets empfinde ich eine wahre Erleichterung, wenn ich ihm nicht begegnen muss oder er sich wieder verabschiedet."

„Und ich war in dem Glauben, dass du bereits auf einen Antrag hofftest, um Adhmaid House endlich hinter dir lassen zu können ..."

„So war es, Madeleine, das war der Fall. Doch jetzt ..." Isabella verstummte, während ihr die Worte in der Kehle erstarben. Mit einem resignierten Seufzen hob sie die Hände und verbarg ihr Gesicht dahinter.

Madeleine bemerkte in diesem Moment, dass Isabella zu weinen begonnen hatte. Sie zog ihre Schwester in einer intuitiven Regung an sich und nahm sie in den Arm.

„Doch damals, da kannte ich weder einen Mann noch hatte ich Bekanntschaft mit Jane gemacht ... Das Verlangen, Adhmaid House zu verlassen, bleibt bestehen , doch keinesfalls mit Cahill ..."

Madeleine wusste keine Worte, die sie hätte erwidern können. Wie gerne hätte sie Worte gefunden. Unzählige Gedanken drängten sich unaufhaltsam in ihr Bewusstsein. Da war die Überlegung, welches Schicksal Isabella und Jane ereilen mochte. Auch fragte sie sich, wie Isabella jemals dieses elterliche

Haus verlassen könnte, wenn nicht durch den Bund der Ehe, und ihr kamen Gedanken daran, wie Isabellas Zukunft überhaupt aussehen würde. Doch nichts davon erschien ihr geeignet, ausgesprochen zu werden in einem Augenblick wie diesem. Sie befürchtete, das Aussprechen solcher Grübeleien könnte Isabella nur tiefer in die Klüfte der Verzweiflung stürzen und schlussendlich glaubte sie, dass derlei Überlegungen in diesem Moment der Anteilnahme ohnehin von geringem Belang waren. Einzig von Bedeutung war, ihrer Schwester Trost zu spenden und ihr Beistand zu leisten.

So verharrten sie lange Zeit still nebeneinander und Madeleine hatte seit Langem erstmals wieder jenes Gefühl, der innigen Verbundenheit, wie sie sie seit langer Zeit nicht mehr verspürt hatte, und inmitten aller Sorge für Isabella bahnte sich ein zartes Glücksgefühl in ihr Herz, ein Gefühl, das sie an frühere, unbeschwerte Zeiten erinnerte.

„Gewiss, Vater zeigt sich erfreut über die galante Werbung Cahills", sprach Isabella schließlich mit einem Hauch von Bitterkeit in ihrer Stimme, die das Schweigen durchbrach. Madeleine wandte sich erstaunt zu ihr, die Augen von einem Ausdruck leiser Verwunderung erfüllt.

„In der Tat, Madeleine, wir sind uns beide gewahr der Tatsache, dass Vater unmöglich von sich aus einen geeigneten Heiratskandidaten hätte finden können. Ein solches Glück fällt wahrlich nicht gleichsam mit den Sternen vom Firmament. So kommt es ihm zweifelsohne recht gelegen, dass durch Zufall einer sich aufgefunden hat. Von welchem Charakter jener ist, scheint ihm dabei von zweitrangiger Bedeutung."

Madeleine verweilte einen Augenblick in nachdenklicher Stille, um die Worte Isabellas gänzlich zu erfassen. Sodann kam ihr in den Sinn, wie Vater einst sich verpflichtet hatte, eine Freundin wie Jane, für sie aufzuspüren.

Haltlos waren diese Verheißungen geblieben. Tag für Tag, Woche für Woche hatte sie allein und einsam zugebracht und ausgeharrt.

Seit jener schicksalhaften Begegnung, als Isabella Jane kennenlernte, fanden sich Madeleines Gedanken immer wieder in einer Nachdenklichkeit verstrickt, ob andere Familien anders

227

verfuhren als die ihre. Sie fragte sich, ob in fremden Häusern die Türen für häufige Besuche und gesellschaftliche Anlässe weit geöffnet waren. Diese Grübeleien beschwerten ihr das Herz, gleichwohl bemühte sie sich redlich, solch trübe Gedanken zu verscheuchen.

Isabella hatte sich nie sonderlich verbunden mit Vater gezeigt, doch Madeleine hatte sie noch nicht in solcher Schärfe über ihn sprechen hören. Es war Isabella nie ein Bedürfnis gewesen, ihre kühle, distanzierte Achtung ihm gegenüber zu verbergen. Doch nun war nicht der geringste Anklang von Respekt in ihrem Ton zu vernehmen.

Madeleine wusste nicht recht, was sie erwidern sollte. Sie fühlte sich unsicher in ihrer Reaktion. Der Verrat des gebrochenen Versprechens Vaters hatte auch bei ihr einen tiefen Zorn hinterlassen. Dennoch weckte Isabellas scharfe Kritik in ihr den Impuls, Vater gegen die Härte der Angriffe zu verteidigen. So beschloss sie schlussendlich, schweigend über diese Frage hinwegzugehen.

Da sprach Isabella mit plötzlicher Eindringlichkeit: „Wie kommt es, dass wir in solcher Abgeschiedenheit leben müssen? Weshalb verbargen Vater und Mutter uns den leiblichen Bruder unserer Mutter?"

Madeleine blickte sie erstaunt an. „Wen sprichst du an?"

„Nun, bei meinem letzten Gespräch mit ihnen erfuhr ich eine bemerkenswerte Offenbarung: Mutter habe einen Bruder namens Daoiri", sprach Isabella, ihre Stimme beinah mit einem Unterton bittersüßer Überraschung.

Madeleine blickte plötzlich mit einiger Nachdenklichkeit. Schließlich sprach sie. „Daoiri, ja, diesen Namen habe auch ich vernommen."

Nun musterte Isabella Madeleine voller Verwunderung und einem Ausdruck, als ob sie in den Tiefen ihrer eigenen Erinnerung versinken würde.

„Noch nicht lange ist es her, da hörte ich, wie Mr. Sheehan von einem Verwandten er-zählte. Er berichtete von einem Onkel, der, als wir noch im Kindesalter in diesem Anwesen verweilten, unter uns lebte."

Isabella verharrte mit vorübergehender Verwirrung. „Nun, ich erinnere mich vage an eine Gestalt, die durch unser Haus ging, als wir noch Kinder waren. Da ich nun überlege ... Eine Begebenheit im Garten kehrt in meine Gedanken zurück, als Vater in Begleitung eines Mannes war. Und gewiss, er trug diesen Namen. Doch, was mag aus ihm geworden sein? Vater sagte, er fahre zur See.“

„Mr. Sheehan erzählte, dass während jener Jahre, unsere Großeltern – die Eltern unserer Mutter – infolge ihres Aufbegehrens gegen die Obrigkeit in Gefangenschaft gerieten. Vater, so sprach er, nahm diesen Bruder auf eine Reise zur See, um ihn vor einem ähnlichen Schicksal zu bewahren.“

Isabella sank in ein ungläubiges Schweigen, ihre großen Augen suchten Madeleines Blick, als sei darin die verborgene Wahrheit zu finden. So fand sich Madeleine bemüßigt, ihr die ganze Geschichte zu erzählen, wie Sheehan sie ihr berichtet hatte. und schloss mit den Worten: „Nun, Isa, bei allem, was im Dunkel der Vergangenheit verharrt, es stehen große Veränderungen in naher Zukunft an. Womöglich werden wir uns dem stellen müssen.“

„Welche Umstände drängen dir solche Erkenntnis auf?“, fragte Isabella verwundert.

„Mutter erwartet ein Kind, und die Gesprächsfetzen, die ich mitgehört habe, deuten darauf hin, dass Vater mit wichtigen Angelegenheiten beschäftigt ist. Du, Isabella, hast das Alter erreicht, in dem über Heirat gesprochen wird, und also wird die Frage unausweichlich sein, welche Wege sich für dich auftun werden.“

Bei diesen Erwägungen seufzte Isabella betrübt und leise.

„Ich habe eine dunkle Ahnung, dass sich in Bälde alles ändern wird“, sprach Madeleine.

„Woher, wohlgemerkt, entstammt deine Gewissheit? Und was soll aus meiner Verbindung zu Jane werden?“, fragte Isabella, während leichte Anspannung in ihrer Stimme mitklang.

„Isa, betrachte die Umstände wohlbedacht. Gedenkst du, ihren Bruder zu ehelichen, was könnte dir mehr Sicherheit gewähren, die Bande der Freundschaft zu ihr zu bewahren?“ antwortete Madeleine.

Isabella seufzte. „Dieser Gedanke ist mir nicht fremd, doch er lastet. Ich mag mir solches kaum vorstellen. Auch hat Andrew Cahill den Wunsch geäußert, dass Jane eine gute Partie finden möge. Und wenn dies geschieht? Dann könnte der Fall eintreten, dass ich mit ihrem Bruder leben muss, während sie mit ihrem Ehegemahl fernzieht. Dieser Gedanke ist mir unerträglich." Ihre Stimme erstickte plötzlich und Madeleine erkannte, dass sie von Neuem weinte.

Zur gleichen Zeit hastete mit unleugbarer Besorgnis Miss Cough-lan, die Haushälterin, durch die Korridore des Hauses.

Jules Dubois, seinerseits vertieft in die Unwägbarkeiten und Zah-len der Geschäftsbücher, saß in kontemplativer Haltung an sei-nem Schreibtisch im Arbeitszimmer, als es mit unüberhörbarer Dringlichkeit an seine Tür klopfte.

Mit einem leisen Stirnrunzeln aufgrund der Unterbrechung er-hob er seine Stimme: „Ja, bitte, treten Sie ein."

Die Tür schwang auf und enthüllte die Gestalt Miss Cough-lans. Ihre Gesichtszüge waren gezeichnet von äußerster Sorge. „Sir!", begann sie, ihre Stimme zu einem Flüstern gedämpft, als sei sie selbst von Schrecken überwältigt. „Lady Mary ist ernstlich erkrankt. Ihre Verfassung ist höchst besorgniserregend."

Jules, dessen Gedanken unverzüglich zu jener unheilvollen Nacht ihrer ersten Beschwerden zurückkehrten, vermochte keine weitere Aufmerksamkeit seinen Geschäften zu widmen. Er erhob sich schwungvoll und mit entschlossenen Schritten begab er sich zu ihren Gemächern. Dort fand er sie, mit bläulich schimmernden Lippen in das Bett gebettet und eine tiefe Sorge ergriff ihn.

Sie ruhte still, doch mit einer Verschlossenheit, die ihm das Herz zuschnürte, während ihr Atem flach und konzentriert blieb. „Schweig still", gebot er in ruhigem, doch bestimmendem Ton, während er rasch ihre Decke zurückzog. Ihre Augen trafen seine, mit dem Ausdruck einer stummen Bitte und einer Hoffnung, er werde sie aus ihrer misslichen Verfassung befreien können. Mit behutsamer Geste griff er unter ihren Rücken, hob sie empor und war unweigerlich von der beunruhigenden Erkenntnis ihrer Leichtigkeit betroffen Es führte ihm vor Augen, wie geschwächt sie noch immer von der zurückliegenden

Erkrankung war. Doch er vertrieb jene beklemmenden Gedanken aus seinem Gemüt und trug Mary mit Bedacht zu dem Sessel am Fenster. „Bringen Sie die Decken", wies er Miss Coughlan an, während er Mary behutsam in den Sessel sinken ließ.

Miss Coughlan legte mit geschickter Hand die Decken fest um Lady Mary und Jules schritt zu den großen Fensterflügeln, die er weit öffnete. Eine angenehme Brise zog sacht in das Gemach und verlieh der bedrückenden Atmosphäre einen Hauch von Hoffnung.

„Schicken Sie sofort nach Dr. Baker!", befahl Jules, den Blick sorgenvoll auf Mary gerichtet, die mühsam nach Atem rang.

„Beunruhige dich nicht, mo chrá. Jede geringste Anstrengung verlangt dir unnötige Kraft ab", sprach er. „Dr. Baker wird bald hier sein."

Doch die Uhr schien ihre Schritte unendlich langsam zu setzen, ehe der alte Mediziner in eilberittener Manier erschien.

Jules verließ für die Untersuchung den Raum und wartete stillschweigend vor der Tür zu Marys Gemächern.

Die Tür öffnete sich schließlich, und Dr. Baker trat heraus.

Die Welt schien für Jules ihren haltgebenden Grund verloren zu haben, als der Arzt mit bedächtiger Stimme das Unvermeidliche aussprach: „Sir, der Zustand Ihrer Gemahlin ist von ernstester Natur. Ihre Lungen sind in einem bedenklichen Zustand und die Mittel der Heilung sind begrenzt in ihrer Wirksamkeit. Ich werde Belladonna verabreichen und lege nahe, dass die Inhalation von Tabakrauch und Kieferöl angewandt wird."

„Seit wann ist die Welt so unstet! Ich fand in ihrer Genesung soeben Frieden..." erwiderte Jules in verzweifeltem Ton.

„Wir werden tun, was in unserer Macht steht, Sir. Ihre Atmung ist schwer. Sie bedarf unverbrüchlicher Ruhe und muss jedwedes Aufbrausen ihres Gemütes vermeiden. Die Lungen verlangen nach Sauerstoff, den sie nur spärlich empfangen können. Das heranwachsende Kind erfordert ebenfalls die verdiente Fürsorge." Mit sanfter Mahnung sprach er weiter: „Sollte das Wetter günstig sein, möge sie sich ins Freie begeben und auf einer Bank niederlassen, dort wird ihr das Atmen ein wenig leichter fallen."

In ebendiesem Augenblick brach, als sei es von unsichtbarer Hand gelenkt, ein weiteres Maß an Unheil über das Anwesen herein, gleichsam als wäre die Laune des Schicksals eine unerbittliche und unnachsichtige Macht. Eine unerwartete Bewegung und Tumult auf dem Hof weckten Jules' Aufmerksamkeit Verwirrt trat Jules an das Fenster und ließ seinen Blick hinaus schweifen, wo er drei Kutschen und mehrere Beamte erblickte.

Hin- und hergerissen zwischen der Sorge um seine Gattin und seinen Verpflichtungen gegenüber der Obrigkeit, fand er sich in der Pflicht, die Angelegenheiten des Hauses nicht vernachlässigen zu können. So begab er sich eilends zum Eingang und gewährte den Beamten Einlass.

Jene erklärten ihre Absicht, die Geschäftsbücher einer sorgfältigen Prüfung zu unterziehen, insbesondere jene, welche die Listen der Besatzungen der Handelsschiffe umfassten. Jules, wenngleich in höchstem Maße erstaunt und besorgt, gewährte den Beamten Gehör und Einlass ins Arbeitszimmer, in Anerkennung ihrer autoritären Funktion. Und der Tag dehnte sich unter dem Gewicht ihrer inquisitorischen Nachfragen und ihres unablässigen Verweilens zu einer zermürbenden Prüfung, da ihr besonderes Augenmerk auf der Person eines Besatzungsmitgliedes, namens Daoiri O'Monroe, ruhte als gelte es, ein Mysterium zu ergründen.

Ein leiser, aber wachsender Argwohn keimte in Jules – zumal der Gedanke, dass hinter dieser Untersuchung ein anderes, unbekanntes Anliegen verborgen sein könnte, ein ungutes Gefühl in ihm entfachte. Mit größter Bedachtsamkeit und Umsicht öffnete er die Aufzeichnungen, womit er unzweifelhaft belegte, dass die Unterstellungen der Beamten ohne Grundlage waren. O'Monroe hatte alle Segelreisen angetreten und seinen Dienst ohne Fehl und Tadel ausgeführt. Jules bemühte sich, mit Klarheit darzulegen, dass der verlässlich festgehaltene Dienst O'Monroes jedweden Zweifel zu widerlegen vermochte.

Cork, Irland

Andrew schloss das Buch mit einem tiefen Seufzer. Die bittere Realität lastete schwer auf seinen Schultern: Von dem einst so reichhaltigen Erbe, das ihnen zugefallen war, blieb nur ein Schatten des ehemals so großzügigen Vermögens. Dennoch, in seiner Beharrlichkeit und Fürsorge war es ihm gelungen, seine beiden jüngeren Geschwister gut zu versorgen und zu begleiten, bis sie nunmehr die Schwelle der Volljährigkeit überschritten hatten. Es war an der Zeit, wie er es ihnen bereits verkündet hatte, um seine Geschwister in den Stand der Ehe zu geleiten und ihnen damit den Weg in ein eigenständiges Leben zu eröffnen. Diese Vorbereitungen würden ihm die Freiheit schenken, sich seinen eigenen bevorstehenden Lebensschritten zu widmen und seine Zukunftspläne mit der Bedachtsamkeit eines freien Mannes zu entwerfen.

Inmitten dieser stillen Einkehr in Andrews Gedanken betrat William das Zimmer. Er ließ sich auf einem bescheidenen Schemel nieder, nahe dem prasselnden Kaminfeuer, während seine Augen vor unausgesprochener Fröhlichkeit blitzten.

Andrew, ob der fröhlichen Aufmachung seines Bruders überrascht und gleichsam irritiert, begegnete diesem unerwarteten Frohsinn mit einer fragenden, hochgezogenen Augenbraue.

„Mein lieber Bruder", hub William an, mit einer Stimme, die vor feierlicher Leichtigkeit schier in der Luft tanzte, „ich habe durchaus beschlossen, deinen wohlüberlegten Ratschlägen Folge zu leisten."

Andrew, nahezu geplättet von dieser überraschenden Offenbarung und unfähig, im Geiste die Richtung zu erahnen, die Williams Worte nehmen würden, lehnte sich tiefer in seinen Sessel zurück, die Aufmerksamkeit auf das Kommende gerichtet.

„Heiraten werde ich", verkündete William, während Andrew's Gedankenwelt für einen Moment stillstand. Andrews ungläubiges Schweigen breitete sich zwischen den Brüdern aus, als hätte jemand vorübergehend die Zeit zum Stillstand gebracht.

„Und wer, so ich darum bitten darf, ist deine Auserwählte?" bemühte sich Andrew, seinen Ton in ruhiger Fassung zu halten, während er der Antwort Williams durchaus mit einigem

Interesse entgegensann.

„Miss Isabella, selbstverständlich", erwiderte William, als sei dies die natürlicherweise zu erwartende Antwort. Sein Gesichtsausdruck spiegelte eine unerschütterliche Entschlossenheit wider, die Andrew augenblicklich aus der Fassung brachte.

Andrews Gedanken wirbelten ungestüm durcheinander, und es war ihm, als fiele er von den luftigen Höhen seiner eigenen Überzeugungen herab. Obwohl er gewiss nicht behaupten konnte, Miss Isabella allzu vertraut zu sein, vertraute er auf seine Fähigkeit, die menschliche Natur zu durchschauen. Und Williams Charme, da war er sich sicher, musste bei Miss Isabella anklanglos verhallen. Ebenso sicher war er, dass Williams Charakter nicht geeignet sei, einer solch zarten Person die nötige Achtung entgegenzubringen. Sie, die mit irischen und französischen Wurzeln, in einer artifiziellen Seifenblase aufgewachsen war, musste mit Bedacht und Zartheit aus ihrer behüteten Welt geführt werden. Von all dem, das war Andrew gewiss, verstand William so wenig wie ein Ochse vom Fliegen.

Doch wie könnte er all diese Bedenken seinem Bruder gegenüber äußern, ohne jene Anflüge einer durchaus erfreulichen Wesensveränderung, die in William zu reifen schien, unbedacht zu beschädigen? „William", begann Andrew schließlich, bedacht darauf, seine Worte weise zu wählen, „fürwahr, es freut mich, dass du im Begriff bist, dich dem hehren Stand der Ehe zuzuwenden, indes, Miss Isabella ist, wie soll ich sagen, eine Seele, die vielleicht mehr Bedacht erfordert, als ein Mann deiner Art üblicherweise zu geben vermag." Andrew blickte ernsthaft in die Augen seines Bruders.

William lachte leise. „Ach, Andrew, womöglich unterschätzt du mich. Schließlich war ich bisher nicht an diesem Punkt und ich versichere dir, es ist mir ernst."

„Was indes wird geschehen, sollte Miss Isabella deine Avancen nicht erwidern? Könnte es sein, dass du in deiner Enttäuschung all deine ..." – ein kurzer Gedankengang hinderte ihn, doch er setzte beherzt fort – „guten Absichten aufgibst?"

William blickte ihn an, eine Mischung aus Neugier und der Gewissheit eines Mannes, der sein Vorhaben kennt. „Wie meinst du das?", fragte er und versuchte hinter Andrews Anliegen zu blicken.

Nach kurzem Überlegen fuhr Andrew fort, behutsam die Worte wählend. „Miss Isabella ist, wie ich finde, eine recht zurückhaltende Person. Kaum vertraut mit den Launen des Lebens, und falls sie deine Werbung ablehnen sollte ...“

Ein nachsichtiges Lächeln spielte um Williams Lippen, ehe er sanft dazwischen sprach: „Nun, da sie aus einer Händlerfamilie entstammt, hat sie zweifellos Gelegenheit gehabt, mit einer mannigfaltigen Anzahl von Menschen unterschiedlichster Kreise Bekanntschaft zu schließen.“

Andrew schüttelte still den Kopf, eine tiefe Überzeugung in seinen hierauf folgenden Worten. „Man könnte dies wohl annehmen, doch die Familie Dubois, so sage ich dir, ist von ganz eigenem Schlag ... nicht alles ist so, wie es oberflächlich zu erscheinen vermag.“

„Was möchtest du damit zum Ausdruck bringen?“, fragte William, wobei sich leichte Ungeduld in seine Stimme mischte. In ihm regte sich die Erinnerung an die von ihm angezettelte Untersuchung, die als Vorwand einer zollbehördlichen Aktion ihre Verkleidung gefunden hatte. Diese hatte jedoch wenig bis gar keine Beweise für etwaige Verdächtigungen im Zusammenhang mit O'Monroe oder der Familie Dubois zutage gefördert. Vielmehr ließ sich keine einzige Andeutung finden, die einen zwielichtigen Zusammenhang zwischen den beiden hätte erahnen lassen. Ihre Beziehung erschien völlig unverdächtig; ja, sie standen in verwandtschaftlicher Verbindung, und O'Monroe war als Mitglied der Besatzung auf den Schiffen im Dienste des Ehemanns seiner Schwester tätig. Doch nichts deutete darauf hin, dass Dubois etwas zu verbergen suchte. Ein Umstand, der einerseits gewiss bedauerlich für Williams Ermittlungstätigkeit war, andererseits jedoch Erleichterung bot hinsichtlich seiner Bemühungen, die Verbindungen zur Tochter Dubois´ zu vertiefen.

Das Gespräch hatte anfangs von einer beschwingten Heiterkeit durch Williams Frohsinn gelebt, doch nun hatte es eine Wendung genommen und Andrew ließ gewähren, dass der Lauf der Worte sich frei entfaltete, ohne die Notwendigkeit, ihre Richtung mit dezidierter Kraft zu beeinflussen. Er war überzeugt, dass William über kurz oder lang selbst auf unüberwindbare Hindernisse stoßen würde in der Bemühung um seine Werbung.

„Das ist doch recht ungewöhnlich", murmelte William, während er sich eine Zigarre nahm und eine weitere Andrew anbot.

Andrew nahm die Zigarre an, und William versank für einen Moment in die Reflexion über das Gehörte. Dubois war ihm durchaus mit ausgesuchter Höflichkeit begegnet; jedoch hinterließ die Verbindung zu den O'Monroes einen kaum greifbaren Schatten der Seltsamkeit in seinem Gemüt. Gleichwohl waren die Schiffspapiere ohne Auffälligkeiten gewesen, und sämtliche Befragungen der Besatzungsmitglieder hatten keinerlei Verdachtsmomente zutage gefördert. O'Monroe – oder vielleicht Adrian Carter – war ein bekanntes Gesicht unter den Seeleuten gewesen, und alle bestätigten seine Anwesenheit auf den Reisen. William befand sich in einem Zustand der Verwirrung, in dem sich die Fäden der Kenntnis scheinbar nicht miteinander verknüpfen mochten. Er wusste wohl darum, dass Daoiri O'Monroe, wie auch Adrian Carter, ein und dieselbe Person darstellen mochte, doch ihm fehlte die Grundlage und das Bindeglied, um die verborgene Wahrheit ans Licht zu befördern. Brennans Wissen schien ein Schlüssel zu sein. Noch befand sich jener im Cork City Goal, doch seine Überstellung nach Dublin Castle stand bevor, wo andere sich der Verhöre annehmen würden. Die Zeit war ein flüchtiger Widersacher, und William wusste, dass er seine Methoden der Dringlichkeit anpassen musste.

Andrew hatte ihm nun offenbart, dass die Familie Dubois in einer nahezu klösterlichen Abgeschiedenheit lebte, ohne gesellschaftliche Verbindungen; die Töchter hielten kaum Kontakt zur Außenwelt, und die Familie war bei gesellschaftlichen Anlässen weder Gastgeber noch Gast.

Dieses Sammelsurium aus Tatsachen zeichnete ein höchst merkwürdiges Bild von den Dubois, ein Bild, das möglicherweise tiefere Erkundigungen erforderte. Vielleicht war es ratsam, sich mehr Informationen zu beschaffen.

Zudem keimte in ihm der Entschluss, neue Wege zu erschließen, um Isabella erneut den Hof machen zu können. Über Jane, so hoffte er, könnte sich eine Gelegenheit bieten, Isabella gelegentlich zu begegnen. Andrews Einwände waren ihm in diesem Bestreben einerlei.

Adhmaid House nahe Shannagarry, County Cork, Irland

„Jane, was ist geschehen?", fragte Isabella mit besorgter Stimme, als sogleich das unübersehbare Echo des Aufruhrs in Janes Innern sie ergriff.

„Isabella, ich bin bedrängt von der Notwendigkeit eines vertraulichen Gespräches", entgegnete Jane

Isabella nahm Janes Hände in ihre und spürte, diese zitterten.

„Welches Ereignis bringt dich derart aus der Fassung?!" Isabella suchte Janes Blick, fest und mit eindringlicher Sorge.

„Mein Bruder William hat Andrew seine Absicht dargetan, um deine Hand anzuhalten", offenbarte Jane.

Isabella blickte Jane ernst an. „Er hat dies mir gegenüber bereits geäußert. Hierüber wünschte ich dich ebenfalls zu informieren." Nun war der Augenblick gekommen, endlich in aller Offenheit mit Jane zu sprechen. Bisher war sie davor zurückgescheut. „Was bedeutet das für uns?"

„Lass uns hinausgehen, Liebste." Jane hielt ihr die Hand entgegen und wandte sich zur Tür.

Isabella, die einen Kampf mit der Regungslosigkeit ihrer inneren Zweifel ausfocht, griff nach Janes kalter schmaler Hand und schritt auf unsicheren Füßen an Janes Seite zur Tür.

An dieser angelangt wandte sich Jane auf einmal mit beispielloser Schnelligkeit um, sodass Isabella jählings gegen die massive Tür gedrängt wurde und küsste sie.

Isabella erfühlte die Zärtlichkeit in Janes Berührung, als deren Hände ihr Gesicht umschlossen. Sie spürte, wie die Starre, die ihr Innerstes gefangen hielt, aus ihr wich, und mit der Magie des Augenblicks schwand alle Welt um sie herum. Es existierten nur noch sie selbst und Jane.

Sie schmeckte, dass Jane Wein genossen hatte. Das hatte sie ihr zuvor nicht angemerkt.

Gleich einer schmerzlich reizvollen Sehnsucht durchflutete sie das Verlangen nach Janes Nähe und ihrer Liebe.

Dennoch musste Isabella sich des Augenblicks bewusst werden: Diese Zweisamkeit vermochten sie nicht weiter zu vertiefen, nicht hier und nicht jetzt. Mit einem zarten Bedauern, das in ihrer Bewegung mitschwang, versuchte sie, Jane sanft von sich zu lösen. Doch ehe sie diesen zaghaften Versuch gänzlich in die Tat umsetzen konnte, spürte sie, wie Jane sich nur umso fester an sie schmiegte. Es war ein warmer, vertrauter Druck, der inmitten der Unentschlossenheit der Situation Vertrautheit und Geborgenheit versprach. Augenscheinlich verweilte Jane in diesem Moment mit gezielter Absicht, als wolle sie die flüchtige Zeit anhalten und sich den fließenden Anforderungen der Welt für einen Herzschlag entziehen.

Isabella, innerlich zögernd und dem Wissen verhaftet, dass die gesellschaftlichen Konventionen ihnen Grenzen setzten, hielt dennoch inne, ergriffen von der unausgesprochenen Tiefe, die in jener wortlosen Umarmung lag.

„Isa, aus der Tiefe meiner Seele liebe ich dich. Niemals werde ich von deiner Seite weichen. Du bist mein, und keinem Menschen dieser Welt gebührt die Macht, uns zu entzweien", flüsterte Jane mit inniger Überzeugung.

Isabella erfasste ein unvergleichliches Glück, das Janes Worte mit einer starken Kraft in ihr wachriefen.

Als sich jedoch ihre Lippen aus ihrem Kuss lösten und Jane den Blick hob, bemerkte Isabella die Tränen, die stille Bahnen über Janes Wangen zogen. Mit einer raschen Geste trocknete Jane die verräterischen Tropfen, ihre Augen funkelten voller Festigkeit.

„Was auch immer uns bevorstehen mag, ich werde neben dir wandeln und es nicht zulassen, dass die Welt uns auseinanderreißt. Ich werde dir folgen, wohin das Schicksal unsere Pfade auch führen mag, gleich jener treuen Weise, wie der Prinz Rapunzel gefolgt ist", sprach Jane mit einem Mut und einer Hingabe, die jeder Widrigkeit zu trotzen schien.

„Wir möchten die Annehmlichkeit eines Spaziergangs genießen", entgegnete Isabella, indes Janes leidenschaftliche Worte in ihrem Innersten eine Spur der Zweifel hinterließen und sie die untrügliche Ahnung beschlich, dass ihnen in diesem Kampf eine Niederlage bevorstehen könnte.

Die frische Luft beruhigte ihre aufgewühlten Gemüter. Isabella wartete, bis sie etwa hundert Yards vom Haus entfernt waren, dann verschränkte sie stillschweigend ihren Arm in den von Jane, eine stumme Versicherung ihrer Verbundenheit.

Sie schritten schweigend weiter gen Meer, bis zuletzt Isabella die Stille jäh durchbrach. „Welcherlei Kurs sollen wir nun steuern?"

„Welche Wahl bleibt?", offenbarte Jane ihre schlichte Einsicht. „Wir müssen der Zeit gestatten, uns zu enthüllen, was mein Bruder William beabsichtigt zu tun und welche Absichten, dein Vater hegt."

Isabella atmete tief. „Welches ist deines Erachtens Williams Plan? Es soll dir bekannt sein, dass sein Dasein in mir stets eine latent schwelende Sorge verursacht hat. Jedoch ist es gewiss töricht, denn zu wenig vertraut ist er mir als dass ein berechtigter Grund meine Abneigung hervorrufen dürfte."

Jane betrachtete sie mit einem undurchschaubaren Ausdruck in ihren Augen. „Weshalb hast Du mir diesen Argwohn nicht früher offenbart?", fragte sie mit sanftem Vorwurf.

„Ich vermag es nicht recht zu bestimmen ... doch es erschien mir so unbegründet, so albern", gestand Isabella, leicht widerstrebend ein, während sie weiterhin keinen triftigen Grund fand, der dieses Gefühl rechtfertigen könnte.

„Gleichwohl, meine Liebe, musst du mir solche Empfindungen mitteilen", beharrte Jane mit sanfter Dringlichkeit.

Isabella versank in nachdenkliches Grübeln. Ihr bisher unbestimmter Argwohn gegenüber Janes Bruder war von ihr bislang nie umfassend hinterfragt worden, und so bemühte sie sich, den Ursprung ihrer Antipathie zu ergründen. Doch keine plausible Rechtfertigung trat hervor. Wenngleich sie sich eines erinnerte: des herabwürdigenden Tones, den William bei seiner Rede über die Iren angeschlagen hatte. Unwillkürlich erkannte sie, dass dies zwar starkes Missfallen in ihr erweckt hatte, doch sich nicht zur Quelle ihrer Furcht eignete.

Dennoch sagte sie: „Es scheint ihm an Wohlwollen gegenüber den Iren zu mangeln. Und da mein Ursprung irisch ist, bleibt mir unverständlich, wie er da beabsichtigen kann, mich zu ehelichen."

„Eine Frage, die auch mich umtrieb", erwiderte Jane, „und auf welche William entgegnete, dass seine Vorbehalte sich ausschließlich gegen die katholischen Iren richteten." Mit diesen Worten suchte Jane Isabellas Augen, und mit einer warmherzigen Geste umschlang sie Isabella und drückte sie innig an sich. „Sinne nicht weiter über diese Dinge nach, meine Geliebte. Es liegt uns, die Zeit zu erfüllen. Doch vermag ich Einfluss auf William zu nehmen, ihn womöglich umzustimmen. Ich werde mein Bemühen ganz gewiss nicht leichthin begraben."

X.

„Leise Lieder singe ich dir bei Nacht,
Lieder, die kein sterblich Ohr vernimmt,
noch ein Stern, der etwa spähend wacht,
noch der Mond, der still im Äther schwimmt…"

Christian Morgenstern

Tallwood Manor bei Haverhill, nahe London, England, Ende
März 1848

Eliza blickte gedankenverloren aus dem Fenster. Sie war weit
fort, in Gedanken.

Um sie herum lagen, als Zeugen ihrer literarischen Bemühungen, zerknüllte Papierbögen auf dem Boden.

Neben ihr auf dem Schreibpult lag ein Stapel mit vollendeten
Manuskriptseiten, deren penible Anordnung ein sanfter Kontrapunkt zum gehäuften Wirrwarr unter ihnen war.

Eliza befand sich auf der Schwelle zur Vollendung eines Werkes von nicht unbedeutendem Anspruch. Diesmal entsprang
ihrer Feder nicht ein Roman, sondern vielmehr ein philosophischer und gleichwohl politischer Traktat, der die gegenwärtigen
Zustände und Verhältnisse beleuchtete. Die letzten Tage schienen für sie eine unurterbrochene Abfolge von Gedanken und

241

Mühen gewesen zu sein. Eliza hatte in dieser Zeit kaum geschlafen. Sie trug über ihrem Nachthemd nur einen Morgenmantel. Seit Tagen hatte sie den Raum nicht verlassen.

Niemand hatte sie aufgesucht Dies wünschte sie inständig fortdauern zu lassen, denn die Endphase ihrer anspruchsvollen Arbeit erforderte ungeteilte Hingabe und allumfassende Konzentration. Doch eben in diesem Moment zerriss ein behutsames Klopfen die Stille des Raums. Ein leiser Schreck durchrieselte sie, und ein stilles Flehen, dem unerwünschten Besuch Einhalt zu gebieten, erhob sich in ihrem Inneren. Doch wider ihre stillen Bitten schwang die Tür langsam auf, und ihre Mutter, Lady Catherine, trat in den Raum.

Lady Catherine Huton verharrte an der Schwelle, das Gesicht von einem Ausdruck der Bestürzung gezeichnet beim Anblick des ungestümen Wirrwarrs, das in diesem Raum herrschte.

Eliza wusste, dass es für sie ein Schock sein musste, dass ihre eigene Tochter in solcher Unordnung verweilte.

„Um Gotteswillen, Eliza", entfuhr es Lady Catherine. Mit Nachdruck glitt sie durch den geöffneten Türspalt und verschloss ihn rasch hinter sich, als wolle sie diese chaotische Szenerie vor den Blicken der Welt verbergen.

Mit langsamen Schritten näherte sie sich Eliza, während ihre Augen wachsam durch den Raum schweiften, jeden Winkel mit prüfendem Blick erfassend.

„Mutter, ich...", begann Eliza zaghaft, gleichwohl sich des Mangels an Worten bewusst werdend, die ihrer Empfindung gerecht wären. Sie hegte insgeheim den Wunsch, ihre Mutter zu bitten, sich zurückzuziehen, denn der Drang, ihre wichtige Arbeit fortzusetzen, gebot ihr alsbald ihre Gedanken niederzuschreiben. Doch sie wusste, dass die Bedenken und Zuneigungen ihrer Mutter einen unvermeidlichen Dialog forderten. „Eliza, es verlangt danach, dir unsere Besorgnis um dein Wohlbefinden darzulegen. Dein Vater und ich sind in großer Sorge um dich." Ihre Mutter trug ihre Worte mit jener Nachdrücklichkeit vor, die eine ernste Angelegenheit zum Ausdruck brachte.

Eliza verspürte eine Abneigung, hervorgerufen durch die Art, in der ihre Mutter stets im pluralistischen Ausdruck verweilte.

„Ich habe den Cartwrites einen Brief zukommen lassen und

unser Vorhaben eines baldigen Besuchs kundgetan", sprach Lady Catherine weiter, ohne das Gewicht ihrer Worte zu mildern.

Eliza erstarrte. Denn in Wahrheit hatte ihre Mutter kaum etwas Verstörenderes äußern können. „Nein, ich...", begann Eliza mit einer Stimme, die ihren inneren Aufruhr verriet und schriller klang, als sie beabsichtigt hatte. „Warum sollten wir den Cartwrites einen Besuch abstatten?"

Ihre Mutter blickte sie erstaunt an, doch fasste sich sofort, wie es ihre Natur gebot. „Nun, was könnten wir wohl unternehmen, das dir besser dazu verhelfen würde, aus deiner sichtbaren Lethargie zu erwachen. In wenigen Wochen wirst du Tom als deinen Mann an deiner Seite haben."

„Lethargie", ein Wort, welches Eliza mit unverhohlener Verwunderung und Missmut vernahm, da es so unvereinbar mit ihrem inneren Fleiß und Streben war. Wie wenig schien ihre Mutter doch das Wesen ihrer Tochter zu erkennen. „Mutter ich bin mit dem Schreiben meines Werkes beschäftigt. Lethargisch bin ich keineswegs, und Zeit für einen Besuch bei der Cartwrites besitze ich nicht, ich muss ..." Sie unterbrach sich selbst und vollendete den Satz lieber nicht. Sie wünschte, die Vollendung ihres Buches zu erreichen, bevor die Eheschließung mit Tom ihre Freiheit beschnitt.

„Was musst du, Liebes?"

Eliza erschien es, als wenn das „Liebes" ihrer Mutter nur mühsam über die Lippen gekommen war.

„Du sollst dich für die bevorstehende Hochzeit vorbereiten", fuhr Lady Catherine fort und erinnerte Eliza an das baldige Zusammensein in einem neuen Heim und mit einer neuen Familie. „Es wird dir zweifelsohne wohltun, Zeit im Kreise deiner neuen Familie zu verbringen. Die Cartwrites heißen unseren bevorstehenden Besuch mit großer Vorfreude willkommen", sprach Lady Catherine, ihr Ton von ruhiger Gewissheit getragen. „Nun werde ich mich zurückziehen. Mache dich bitte bereit für die Abreise, am heutigen Nachmittag in etwa drei Stunden soll unsere Reise beginnen. Und ersuche eines der Mädchen, Ordnung in diesem Raum zu schaffen." Mit diesen Worten machte Lady Catherine kehrt und ließ Eliza in der Stille ihrer Gedanken zurück.

Oh, wie gern hätte Eliza einen Schrei des Widerstands ausgestoßen, der Unzufriedenheit und der inneren Revolte. Der Gedanke, abermals in eine Bahn gelenkt zu werden, die dem strengen Pfad von familiären Erwartungen folgte, schien ihr wie Fesseln anzulegen, die sie stets begleiten würden. Das Tempo ihrer schriftstellerischen Arbeit würde unverhältnismäßig verlangsamt werden durch einen Besuch bei den Cartwrites, der ihr Unmengen jener wertvollen und knappen Zeit rauben würde, die sie in die Vollendung ihrer Arbeit zu investieren gedachte.

Dieser Abstecher bedeutete für sie, dass sie gezwungen wäre, ihre Aufmerksamkeit unnütz auf gesellschaftliche Gepflogenheiten zu richten und dass sie bei konventionellen Gesprächen gefangen wäre, was ihr die Luft zum Atmen nahm.

Doch Eliza wusste um die Grenzen ihrer Entscheidungsfreiheit. Letztlich musste sie sich den Anordnungen ihrer Mutter fügen.

Mirowcastle, Grafschaft Suffolk, nahe der Mündung des Flusses Deben, Ostküste von England, Ende März 1848

Als Eliza, von den Pflichten der gesellschaftlichen Etikette entbunden, endlich den Rückzugsort ihres Schlafgemachs erreichte, erhob sie ein stilles Dankesgebet gen Himmel. Sie war viel zu erschöpft. Der reichlich genossene Wein - ein Mittel, um den Abend überhaupt zu ertragen - hatte ihr Denken umnebelt und jede Möglichkeit zu produktiver Arbeit an ihrem Buch gleichsam versengt.

So schien es, als sei vorübergehend jeglicher Gedanke an ihr schriftstellerisches Werk unmöglich geworden. Eliza vermochte kaum, sich aus jener verzagten Spirale zu befreien, die sie zusehends im Griff hielt. Mit einem übermäßigen Schwung warf sie die Tür hinter sich ins Schloss und fiel, von Müdigkeit überwältigt, auf das Bett nieder, während ihr Geist von Fragen umringt wurde, wie sie doch noch die Zeit erübrigen könnte, um die Vollendung ihres Buches voranzutreiben.

Der Verlag, der bereits vor Wochen durch die übersandte Leseprobe Gefallen an ihrem Werk gefunden hatte, erwartete in drei Wochen die vollendeten Schriftstücke, was eine nicht unbeträchtliche Last auf ihre Schultern legte. Doch der folgende Tag war erneut gespickt mit Verpflichtungen, die ihr kaum Raum für ihre eigenen Bestrebungen ließen: Gespräche über die Hochzeitsvorbereitung mit Lady Elionora und ihrer Mutter, Lady Catherine, standen bevor. Sodann hatte Tom einen Spaziergang durch die südlichen Ländereien des Anwesens avisiert, und am Nachmittag würden Freunde der Cartwrites zur Teestunde antanzen, um Einblick in die Person zu gewinnen die demnächst die Gemahlin des Sohnes des Hauses würde.

Eliza spürte ein unüberhörbares Verlangen nach einem lauten Schrei der Unzufriedenheit, den sie im Innersten unterdrückte, da sie die Enge und die unwillkommene Vorbestimmung ihres Lebens auf Mirowcastle bereits jetzt zutiefst ablehnte. Welcher Ausweg mochte sich ihr bieten?

Am folgenden Morgen erwies sich der übermäßige Genuss des Weines vom Vorabend als unerwarteter Segen. Die leichten Kopfschmerzen, die solcher Unmäßigkeit entsprangen, eigneten sich trefflich als Vorwand, sich von den Verpflichtungen des Tages zurückzuziehen. So ließ sie ihre Mutter, obgleich mit sichtlichem Unwillen, allein, um den Tag in ihrer Zuflucht zu verbringen. Sogleich ließ Eliza sich eine Karaffe mit frischem Quellwasser reichen und wandte sich mit ungeteilter Aufmerksamkeit ihrem geschriebenen Werk zu. Mit jedem Wasserglas, das sie leerte, schwanden die Kopfschmerzen, bis sie ihr bald gänzlich in Vergessenheit gerieten.

Sie frohlockte in ihrem Innersten, als der Schleier der Unpässlichkeit sich vollends gelüftet hatte und sie in jene schöpferische Hingabe eintauchte, die alle Zeit und Umgebung vergessen ließ. Der erzielte Fortschritt ihrer Arbeit hob ihre Seele, und als die Sonne schließlich hoch am Himmelszelt thronte, setzte sie den letzten Satz ihrer Abhandlung mit bedachtem Strich nieder.

Zufriedenheit durchströmte sie, als sie sich zurücklehnte, um mit einem tiefen Atemzug die Erfüllung dieses Augenblicks in sich aufzunehmen. Die Papierbögen, die vor ihr lagen, strahlten wie ein Monument ihrer Beharrlichkeit und ihres Geistes.

Es war vollbracht. Die Vollendung ihres Opus lag nun glanzvoll vor ihr, und sie hatte ganze drei Wochen zur Verfügung, um mit liebevoller Sorgfalt und kritischem Auge jede Zeile noch einmal zu lesen und letzte, verfeinernde Handgriffe anzubringen. In ihrem Herzen keimte der unerschütterliche Stolz, dass sie, ungeachtet der Bürden des gesellschaftlichen Lebens, ihren eigenen Pfad weiterverfolgt und ihre künstlerische Vision verwirklicht hatte. Trotz der auch fortan bestehenden Herausforderungen wusste Eliza, dass dieser Triumph ihr Mut und Kraft schenken würde für alles, was noch auf sie wartete.

Ein unvermitteltes Klopfen an der Tür durchbrach plötzlich die konzentrierte Stille, und erschrocken, beinahe intuitiv, rief sie: „Herein!" In diesem Moment kam ihr die erschreckende Gewahrwerdung, dass sie noch immer im bequemen Gewand des Nachthemds und Morgenmantels verweilte, weder das Gesicht gewaschen noch das Haar geordnet. Doch es war zu spät für Überlegungen.

Die Tür öffnete sich bereits, und Toms freundlicher Gesichtsausdruck wandelte sich in einen erstaunten. „Komme ich zur Unzeit?", fragte er, einen Hauch der Unsicherheit in seiner Stimme, während er in der Türöffnung verharrte.

Eliza spürte gleichsam das Gefühl, wie aus den Tiefen eines fernen Traumes gerissen zu sein. „Vergönne mir einen Augenblick, um mich zu richten", erwiderte sie, bemüht, sich der Situation anzupassen. In der Tat, er störte, doch hatte er es schließlich nicht wissen können.

„Ich werde einem der Hausmädchen Anweisung geben, dir behilflich zu sein und will in einer halben Stunde wiederkehren.", versicherte Tom mit sanfter Stimme.

„Ich danke dir", sprach Eliza, und nachdem Tom die Tür leise hinter sich geschlossen hatte, ließ sie sich einen Moment der Sammlung zu Teil werden, um das strömende Chaos ihrer Gedanken zu ordnen.

Nicht lange darauf erschien eine Zofe und bot ihre geschickte Hilfe an, um Eliza anzukleiden und ihr Haar in angemessener Weise zu frisieren. Die halbe Stunde verwehte viel zu rasch über diesem Akt leerer Konvenienz.

Zur rechten Stunde fand Eliza sich bereit, als Tom erneut die Schwelle ihres Raumes überschritt. Sein Blick verriet nunmehr Zufriedenheit über ihre gegenwärtige Erscheinung, und mit sanftem Wohlwollen fragte er: „Befindest du dich besser?" Sein Augenmerk wanderte dabei interessiert durch den Raum, als wollte er die Geheimnisse ihrer Zuflucht entschlüsseln, wobei sie das zwiespältige Gefühl beschlich, mit dem wohl ein Jeder die unerwünschte Neugier eines Gastes wahrnimmt. Es war dieser Hauch verletzter Privatsphäre, der ihr ein leichtes Unbehagen bereitete.

„Vermochtest du ein wenig Ruhe zu finden?"

Oh, wie gern hätte sie geäußert, dass die Kopfschmerzen noch immer ihr Dasein belasteten, gleichwohl die Vollendung ihres Entwurfs bereits hinter ihr lag, doch sie entschied, dass ein Spaziergang an der frischen Luft eine Willkommene Abwechslung und Erholung wäre.

Indes, noch ehe sie ihren Gedanken Ausdruck verleihen konnte, sprach Tom mit einiger Entschlossenheit weiter: „Ich hoffte, dass es dir wohl gefallen könnte, meine Begleitung zu wählen. Es wäre mir ein außerordentliches Vergnügen, dir den südlichen Teil unseres Anwesens zu präsentieren."

„Ich werde dein Angebot annehmen." Eliza bemühte sich um ein freundliches Lächeln.

Gemeinsam verließen sie das Gemach und schritten durch den langen Korridor zur Wendeltreppe, während Eliza ihren Blick über die Reihe von Gemälden gleiten ließ, die dort an den Wänden prangten.

„Gestattest du mir die Frage, ob du am heutigen Tage überhaupt schon eine Mahlzeit hattest?", erkundigte sich Tom mit bemerkenswerter Aufmerksamkeit für ihre Bedürfnisse.

Überrascht von Toms wohlwollenden Aufmerksamkeit, erschien es Eliza gleichwohl vermessen, daran zu zweifeln, das diese aufrichtig war.

„In Wahrheit nein", entgegnete sie, „denn meine Gedanken waren anderen Angelegenheiten gewidmet."

„Es sei mir erlaubt, für dich einen Lunch zu erbitten. Denn obgleich das Mahl in einer Stunde gereicht werden soll, so wird es, ob der zu erwartenden Ankunft Lord Lionels und seiner

Gemahlin zum abendlichen Bankett, nicht in übermäßiger Üppigkeit erscheinen."

„Meine Dankbarkeit sei deinem wohlmeinenden Vorschlag gewiss, doch ersuche ich dich lediglich um einen Spaziergang unter dem freien Himmel", entgegnete Eliza mit höflichem Nachdruck.

Der Spaziergang mit Tom erwies sich indes als unerwartet wohltuend, und er verlief harmonisch, ohne dass ihre Konversation auf die steinigen Wege ihrer zahlreichen der Meinungsverschiedenheiten geriet. Taktvoll umschiffte Eliza jegliches Thema, welches Missklang hätte hervorrufen können, und beschränkte ihre Worte auf das Notwendigste, während Tom mit Enthusiasmus von dem herrschaftlichen Anwesen, den ausgedehnten Ländereien und den loyalen Pächtern berichtete.

In der Stille ihrer Gedanken verlor sich Eliza derweil in den Sphären ihres literarischen Werkes, dessen nahezu vollendete Kapitel sie mit einem wohltuenden Stolz und einer unleugbaren Erleichterung erfüllten. Das erhebende Gefühl, jenes ambitionierte Ziel erreicht zu haben, hob ihre Gemütslage merklich an, während alle anderen Dinge, wie durch einen milden Zauber, in den Hintergrund traten und sich zu Nebensächlichkeiten verflüchtigte. Die Zeit, so schien es ihr, konnte für diese Momente innehielten.

Sobald ihre Schritte sie zurück in die häuslichen Gemächer führen würden, so plante Eliza weise, würde sie sich mit einem diskreten Vorwand von der Gesellschaft zurückziehen, indem sie vorgab, die Kopfschmerzen seien in ihrer unangenehmen Hartnäckigkeit zurückgekehrt. Sie sehnte sich danach, sich unverzüglich der Überarbeitung ihres Werkes mit voller Hingabe zu widmen und es seiner Vollendung entgegenzuführen.

Jedoch war es das Wetter selbst, das schließlich ihrem Vorhaben zu Hilfe kam. Ein unverhofftes Schauerregen setzte unvermittelt ein.

Tom versuchte, - recht erfolglos allerdings -, sie vor dem Regen zu schützen, indem er seinen Mantel über sie ausgebreitet hielt, während sie eilig zurück zum Haus liefen.

Als sie durch das erhabene Portal ins Innere des Anwesens traten, sahen sich beide gezwungen, einen Moment innezuhalten, um erst einmal zu Atem zu kommen und jene Unordnung der Elemente abzuwickeln, die sie überwältigt hatte. Eliza war sich der Tatsache bewusst, dass der nächste Abschnitt ihrer literarischen Bemühungen nur eine Frage der Zeit war. Ein kostbarer Freiraum, den sie weise zu nutzen gedachte, ehe die zwingenden Notwendigkeiten der gesellschaftlichen Pflichten ihre wertvolle Muße abermals untergrüben.

Bei ihren Gemächern angekommen, wandte sich Tom mit der ihm eigenen Umsicht an Eliza und sprach: „Erlaubst du mir, ein Dienstmädchen zu senden, um dir beim Umkleiden behilflich zu sein. In einer Viertelstunde wird im großen Speisesaal das Mahl aufgetischt."

Eliza erkannte sogleich, dass Toms Worte, wenngleich als Frage formuliert, gleichwohl auf ihre Zustimmung verlangten. „Ich fürchte, dass ich mich erneut zur Ruhe begeben muss. Leider sind die Kopfschmerzen zurückgekehrt und nunmehr von unerfreulich heftiger Intensität", erwiderte Eliza mit bedächtiger Stimme.

„Oh?" Toms Gesichtsausdruck, der zunächst den Anflug einer Überraschung trug, wandelte sich bald in stille Enttäuschung. „Denkst du, dass du heute Abend beim Dinner zugegen sein kannst?"

„Ich hoffe, dass die kurze Rast für die Rückkehr meiner Kräfte bis zum Abend genügen wird."

„Ich werde dir einen leichten Lunch bereiten lassen, welcher dir hierher gebracht wird", entgegnete Tom fürsorglich, indem er ihre Hände ergriff, eine Geste, die Eliza innerlich widerstrebte, wenngleich sie dies nicht zum Ausdruck brachte. „Es wäre mir eine Freude, wenn wir uns später wieder begegnen." Mit diesen Worten, von einem freundlichen Lächeln begleitet, verabschiedete er sich. Eliza verspürte sogleich eine Woge der Erleichterung, als seine Schritte sich allmählich entfernten und sie der erhofften Stille ihrer Gemächer entgegenschritt.

Eliza wandte sich sogleich mit ungeteilter Konzentration ihrem geschriebenen Werk zu, welches wie ein Monument ihrer innersten Gedanken und kreativen Bestrebungen vor ihr lag. Nicht lange darauf erschien mit bescheidener Eile eines der Mädchen, ein kunstvoll arrangiertes Tablett tragend, welches eine Mahlzeit bereithielt.

Erst jetzt wurden Eliza die Zeichen ihres Hungers bewusst. Hastig aß sie, dann, ohne Verzögerung, widmete sie sich erneut den vor ihr liegenden Seiten, entschlossen, jeden Gedanken, jeden Ausdruck von Beginn an zu durchwandern.

Die Stunden wichen unbemerkt dahin, während sie sich in ihrer Lektüre versenkte. Die Erinnerungen an jene Zeiten, als sie all das zu Papier gebracht hatte - Zeiten der Unruhe und der schöpferischen Erhebung - kehrten zurück. Mit geübter Hand fügte sie hier und da etwas hinzu, strich Worte, überdachte Sätze, formte neue Bedeutungen. Hier und da fügte sie eine neue Nuance ein, strich eine unerwünschte Phrase, überdachte ihre Gedanken und stellte, mit Bedacht, ganze Passagen um. Diese Arbeit war eine andere als das ursprüngliche Schreiben, ein wunderbarer Akt der Verfeinerung, der die Vollendung des Werkes in einen reinen Spiegel des Geistes verwandelte.

Doch ein leises Klopfen an der Tür riss sie aus der Versunkenheit, wie ein Klang aus einer anderen Welt. Erneut war es Tom, der mit fragendem Ausdruck eintrat, „Ich glaubte, du habest dich schlafen gelegt ..." bemerkte er mit einiger Verwunderung in seinen Augen.

„In der Tat, ich habe ein wenig geruht, bis eben", antwortete Eliza, verstohlen die Wahrheit verschleiernd.

„Und nun? Welchen Pfaden folgst du da?", fragte er und ließ seinen Blick umherschweifen. Eliza, innerlich zurückweichend, rang mit der Antwort.

„Du schreibst?" Sein Tonfall verriet ein Gefühl der Desorientierung. „Was für ein Werk ist das?" Toms Blick fiel unweigerlich auf den Stapel Papier, der vor ihr ruhte. „Dies ist ohne Zweifel weit mehr als ein bloßer Brief!", bemerkte er mit einer feinen Spur von Sarkasmus in seiner Stimme.

Eliza konnte kaum ergründen, welche Empfindungen Tom tatsächlich hegte. „Es ist das Manuskript, an dem ich arbeite", erläuterte sie, bemüht, ihre Passion vor ihm zu rechtfertigen.

Tom schien jedoch keineswegs erfreut über diese Enthüllung. „Welche Art von Werk ist es? Ich war in dem Glauben ... ja, ich hegte die Vorstellung, dass wir ein Übereinkommen getroffen hätten, wonach dieser Teil deines Lebens ein für allemal abgeschlossen sei."

Unter der Intensität seines prüfenden Blickes, der über die sorgsam zu Papier gebrachten Zeilen strich, trafen seine Worte mit Schärfe auf Eliza. „Eliza", begann er mit ernster Miene, „ich habe dir unmissverständlich zu verstehen gegeben, dass es für eine Dame nicht angemessen ist, sich mit der Ausarbeitung von Romanen zu befassen. Solche Unternehmungen stehen im Widerspruch zu den gesellschaftlichen Erwartungen, die an eine Frau deiner Stellung gerichtet sind."

„Es ist kein Roman", entgegnete Eliza, sich bewusst, dass der eigentliche Kern ihrer Auseinandersetzung ein viel tiefschürfenderes Anliegen war als die bloße Frage nach dem Genre ihrer Schrift. Dennoch wählte sie ihre Worte mit Bedacht, um einer Grundsatzdiskussion über die Themen persönlicher Freiheit und innerer Bestimmung auszuweichen.

„Welche Art von Werk ist es dann?", fragte Tom, mit einem Ton, der mehr Misstrauen als Neugier enthüllte.

„Es handelt sich um eine philosophische und politische Abhandlung", erwiderte sie mit ruhiger Überzeugung.

„Eine was?", entwich es ihm, allzu schrill und ungewollt laut, während die Überraschung unverhohlen in seiner Stimme mitschwang. Doch alsbald fand er zurück zu einer gefassteren, ruhigen Tonlage. „Ist es dann ein Werk, das du lediglich für deinen Privatgebrauch verfasst hast?"

„Nein, keineswegs", entgegnete Eliza mit festem Entschluss. „Es wird der Öffentlichkeit zugänglich gemacht."

„Welche Gedanken hegst du?", fragte Tom mit einem Ton voller Ungläubigkeit. „Du bist eine Frau. Was veranlasst dich zu der Annahme, dass deine Gedankengänge von Belang sein könnten für jemand außerhalb deines vertrauten Kreises? Innerhalb der Familie magst du freilich deine Ansichten kundtun, gewiss, doch zu glauben, sie könnten darüber hinaus Bedeutung haben ... Was, um alles in der Welt, wähnst du zu wissen über Politik und Philosophie?"

Eliza verspürte einen brennenden Drang, sich zu verteidigen, doch in ihrem Innern erhob sich eine stille Stärke, die sich gegen diese ungerechte Infragestellung zur Wehr setzte. „Ich habe eine Leseprobe bereits an Smith, Elder & Co. gesandt", entgeg nete sie in gefasstem Tonfall, mit einer Ruhe, die sie selbst bis zu einem gewissen Grad erstaunte. „Und dort hat man bekundet, dass man das fertige Manuskript in wenigen Wochen zu Gesicht bekommen möchte. Dort ist Interesse durchaus vorhanden." In diesem Moment fragte sich Eliza, was in ihr das Bedürfnis weckte, sich überhaupt zu rechtfertigen. Kaum hatten sie einen scheinbar harmlosen Spaziergang unternommen, schon fand sich ihr Gespräch abermals in einem düsteren Graben aus Missverständnissen und latenten Animositäten. Der Zorn, der sich in ihrem Inneren steigerte, schien wie ein Sturm heraufzuziehen; doch sie rang darum, ihn mit Besonnenheit im Zaum zu halten.

„Dies ist unmöglich deine wahre Absicht!", rief Tom aus, seine Stimme lauter als wohl beabsichtigt. Doch nach einem tiefen Atemzug gelang es ihm, einen ruhigen Ton wiederzufinden: „Darf ich es lesen?"

Seine plötzliche Anfrage überraschte Eliza – „Was wünschst du?", fragte sie mit nicht minderem Erstaunen.

„Nun, wenn du der festen Überzeugung bist, dass Fremde, Außenstehende dein Werk zur Kenntnis nehmen sollten, so sollte es mir doch ebenso gestattet sein, mich darin zu vertiefen, nicht wahr?" Tom sprach mit einer Klarheit, die Eliza unerwartet traf. Ihre Gedanken überschlugen sich, während sie versuchte, seine Absichten zu durchdringen. Wollte er ihr Denken und Schaffen wirklich ernsthaft begreifen? Oder lag seinem Ansinnen ein Prüfgedanke zugrunde, der weit mehr von Skepsis und Misstrauen gespeist wurde? Sie sah sich jäh mit einer unvorhergesehenen Möglichkeit konfrontiert und ihr wurde die Bedeutung seiner Anfrage bewusst. Es war ein Prüfstein, eine Gelegenheit, die das Potenzial hatte, Brücken zu schlagen oder die Gräben zu vertiefen. Eliza fühlte, dass ihre Schriften sowohl die Möglichkeit boten, von ihm verstanden und angenommen zu werden, als auch seine Zweifel zu bestärken, falls seine Skepsis im Vordergrund stand.

„Doch ..., ich ...", begann Eliza. War es von klugem Verstand, ihm das Manuskript zu offenbaren? Würde es ihrem Vorhaben dienlich sein oder ihre mühevollen Bestrebungen gar gefährden? Doch, tief im Innern ahnte sie, dass dies eine Chance sein könnte, ihm zu offenbaren, dass sie die Kunst des Schreibens nicht nur beherrschte, sondern auch mit tiefer Überzeugung über die Themen reflektierte, die sie bewegten. Vielleicht, so dachte sie, wäre es für Tom von Nutzen, zu erkennen, dass ihr Werk nicht nur Ausdruck einer individuellen Stimme war, sondern ebenso eine Betrachtung darauf, was Frauen zu denken und zu fühlen fähig waren. Dass in ihrem Geist ebenso Verstand und einsichtsvolle Betrachtungen Platz fanden, die der Welt durchaus wertvoll zu sein vermochten.

Zugleich schwang in ihren Gedanken eine weitere stille Hoffnung mit, nämlich jene, dass das Verinnerlichen ihres Werkes Tom zu einer neuerlichen Überlegung veranlassen könnte, ob die bevorstehende Verbindung tatsächlich in dem Maße erstrebenswert war, wie er es bislang glaubte.

Toms Entschlossenheit war indes unerschütterlich und von einer Klarheit durchdrungen, die jedweden Zweifel im Keim erstickte: „Ich bin gewillt, es zu lesen. Da es aus deiner Feder stammt, so ist es mein Wunsch, dem Gehalt der geschriebenen Worte auf den Grund zu gehen." Mit einem gewichtigen Nicken unterstrich er die Dringlichkeit seiner Ankündigung und befestigte seinen Standpunkt.

„So sei es denn, doch gewahre bei deinem Bestreben stets, dass dieses Exemplar das einzige seiner Art ist. In diese Zeilen habe ich all mein Schaffen und meine Hingabe gegeben." Ihre Stimme trug einen Hauch von Besorgtheit, denn obgleich sie in der Wahl kaum Spielraum besaß, lastete die Unsicherheit wie ein Schatten auf ihr.

Als Tom mit ihren Schriften den Raum verließ, gewahrte Eliza einen inneren Drang, ihn umgehend zurückzurufen. Doch sie vermochte nicht, ihn anzuhalten und ließ ihm seinen freien Weg.

Kaum war Tom gegangen, trat ihre Mutter, Lady Catherine, mit einer gebieterischen Präsenz ein. „Eliza, es wird Zeit, dich für das Dinner vorzubereiten."

„Mutter, ich habe starke Kopfschmerzen ...", begann Eliza in einem zaghaften Versuch, ihre Unpässlichkeit zu vermitteln.

Doch Lady Catherine ließ keinen Raum für Widerspruch in ihrem strengen Tonfall. „Das ist nicht abzumildern, Eliza. Es wäre unerhört respektlos gegenüber der Gastfreundschaft, die uns so großzügig zuteil wird. Eine solche Rücksichtslosigkeit kann ich nicht gutheißen. Möchtest du etwa den Rest unseres Aufenthaltes hier in der Abgeschiedenheit deiner Gemächer verbringen?", fuhr Lady Catherine fort, während ihre Worte die Bedeutung der bevorstehenden Ereignisse unterstrichen. „Du wirst in wenigen Wochen deine Verbindung mit Tom eingehen. Es wäre ratsam, sich allmählich mit deinem zukünftigen Leben zu arrangieren. Die Zeit mit Elionora und Tom birgt wertvolle Gelegenheiten, sich mit den Gepflogenheiten hier vertraut zu machen. Ebenso ist es von Vorteil, Bekanntschaft mit deinem künftigen Umfeld und den Kreisen, um die Cartwrites zu pflegen. Die Gäste, die am heutigen Abend teilhaben wollen, kommen lediglich aus dem Grunde, um dich persönlich kennenzulernen."

Eliza spürte die Schwere der Erwartungen, die von allen Seiten auf ihr lasteten, und gleichzeitig das unaufhörliche Rufen ihrer eigenen inneren Stimme nach einem kurzen Moment der Freiheit von diesen Verpflichtungen. Sie wusste jedoch, dass eine offene Konfrontation mit ihrer Mutter nur zu Worten führen würde, die sie im Nachhinein bereute. „Mutter, ich wollte nicht herkommen", flüsterte sie, ihre innere Anspannung in diese schlichten Worte legend.

Lady Catherine hielt inne, augenscheinlich überrascht und zugleich nach Worten ringend. „Warum, Eliza, bist du nur so starrsinnig?", begann sie und ihre Stimme blieb ruhig, doch der unterschwellige Zorn war unverkennbar. „Du schadest dir selbst mehr, als du ahnst. Glaubst du, ein Leben in Einsamkeit ist erstrebenswert?" Ihre Worte trafen mit Nachdruck, spiegelten jedoch die Sorgen wider, die sie umtrieben. „Wenn du eines Tages zur alten Jungfer wirst, meinst du, es wird noch jemanden geben, der dich als Gemahlin wählt?"

Eliza spürte die Härte der Vorstellung, die ihre Mutter malte, doch sie blieb stumm, während Lady Catherine fortfuhr. „Wünschst du gar, dein weiteres Dasein in Abhängigkeit von deinem Bruder John zu führen, der sich gezwungen sieht, dich zu versorgen? Wünschst du dir keine Kinder, die dereinst in die Fußstapfen eines erfolgreichen Vaters treten können?" Obwohl

Lady Catherine sich sichtlich bemühte, Ruhe zu bewahren, schimmerte der tiefere Zorn durch ihre Stimme und ihren Ausdruck durch.

Eliza kämpfte innerlich mit der Diskrepanz zwischen den Erwartungen ihrer Mutter und ihren eigenen Sehnsüchten nach einem selbstbestimmten Dasein. Sie wusste um die Pflicht, eine Lösung zu finden, die beiden Seiten gerecht würde, und gleichzeitig die eigene Identität zu bewahren. Doch sie sprach diese Gedanken nicht aus.

„Du erscheinst pünktlich zum Dinner." Mit diesen Worten verließ Lady Catherine den Raum.

Nachdem ihre Mutter mit unmissverständlicher Entschlossenheit den Raum verlassen hatte, fühlte Eliza den aufkeimenden Drang des Widerstands. Doch wusste sie zugleich, dass offener Ungehorsam nur noch größere Verwicklungen mit sich brächte und sie hatte nicht das Herz, die Cartwrites, die sie höflich aufgenommen hatten, zu verärgern.

So ergab sie sich dem unvermeidlichen Schicksal, ließ sich von der Zofe versiert kleiden und bereitete sich darauf vor, das Dinner mit äußerlicher Gelassenheit zu überstehen, während ihre Gedanken rastlos umherstreiften. Sie wurde der Abwesenheit von Henry, einer der wenigen vertrauten Seelen, gewahr, dessen Gegenwart ihr vielleicht eine Stütze in dieser starren Umgebung geboten hätte.

Das Dinner überstand sie mit einem disziplinierten Ausdruck, gefangen in der subtilen Kunst des gesellschaftlichen Umgangs. Doch als sich die Gesellschaft in den Salon zurückzog, nutzte Eliza den günstigen Augenblick und entschwand leise, wie ein Windhauch, der sich über dunkle Gewässer legt.

Ein innerer Drang nach Freiheit trieb Eliza durch die stillen Korridore des Schlosses, während ihre Gedanken fieberhaft nach einem Rückzugsort suchten, fernab der erdrückenden Erwartungen und der Anspannung, die jeden Raum durchzog. Doch einen Ort zu finden, an dem sie nicht sofort entdeckt würde, war keine leichte Aufgabe.

Ihr Schlafgemach wäre der naheliegendste Ort, an dem man nach ihr suchen würde, und deswegen der letzte, zu dem sie sich wenden konnte. Ein Aufenthalt im Freien war ausgeschlossen, denn die Kälte und Dunkelheit der Nacht machten dies zu einer unliebsamen Option. Auch innerhalb des Schlosses wollte sie nicht ungesehen in Räumen verweilen, wo sie unerwünscht sein könnte.

Ihre Gedanken wanderten zu Henry, der bei gesellschaftlichen Anlässen oftmals fehlte, dessen spezielle Rückzugsmöglichkeiten ihr jedoch unbekannt waren. Vielleicht würde ein Besuch bei ihm ihr zumindest für kurze Zeit eine Zuflucht bieten. Henry war faszinierend, mit einem Hauch des Geheimnisvollen und der rauen Freundlichkeit, die ihn umgab. Doch sie wusste nicht, wo seine Räume lagen.

Sicherlich konnte ein vertrauenswürdiger Bediensteter ihr den Weg weisen. Der Gedanke ließ Eliza innehalten. Vielleicht war dies der Weg, sich durch die Verzweigungen des Schlosses zu bewegen und einen verborgenen Ort zu finden. Sie beschloss beiläufig, einen Bediensteten um Hilfe zu bitten, und machte sich auf die Suche nach einer vertrauten Präsenz, die sie diskret unterstützen könnte.

Sie klopfte sachte an die Tür. „Henry?"

„Herein", kam die gedämpfte Antwort.

Als Eliza die Tür langsam öffnete, fiel ihr Blick auf ein Durcheinander, das dem in ihrem eigenen Zimmer auf verwunderliche Weise ähnelte - Bücher stapelten sich auf unerwarteten Plätzen, lose Papiere bedeckten Tisch und Stühle, und jener Hauch von Unordnung verlieh dem Raum eine zugleich chaotische wie behagliche Atmosphäre.

Henry, der mit einem Buch in der Hand auf einem Sessel saß, blickte nicht auf. „Ich werde nicht zum Dinner kommen", sprach er, als wollte er erklären, weshalb er hier und nicht im Speisesaal war.

„Nein, nein, zweifellos ...", begann Eliza, während sie sich zögerlich von einem Fuß auf den anderen verlagerte.

Henry, sichtlich erstaunt ob ihrer unverhofften Anwesenheit, erhob seinen Blick und musterte sie mit einer Miene, die unverhohlene Überraschung verriet. „Verzeih, Eliza, dein Kommen war mir nicht angekündigt", äußerte er, seine Stimme ein zögerliches Abbild der Konfusion, die seine Gedanken offenbar heimsuchte. Er erhob sich von seinem Sessel und stand nun da, sichtlich gefangen in einem Zustand unentschlossener Erwartung, die wie ein unsichtbares Fluidum den Raum durchdrang.

„Wir hatten bislang kaum Gelegenheit zu einem vertraulichen Austausch ..." Ihre Rede verriet eine leise Unsicherheit, und in der Ungewissheit, ob sie eintreten oder sich zurückziehen solle, verharrte sie an der Türschwelle.

Henry, womöglich um Ordnung in die Unruhe des Augenblicks zu bringen, widmete sich in hastigem Eifer der Beseitigung des Chaos. Er warf achtlos ein paar Kleidungsstücke über die Lehne eines Sessels, und ordnete sodann Gläser und Flaschen auf einem Beistelltisch. Schließlich ließ er einen Stapel von Büchern von einem Stuhl verschwinden und hob diesen mit bedachter Sorgsamkeit an, um ihn dem wartenden Gast entgegenzustellen. „Verzeih´ meinen unvorbereiteten Empfang ... doch bitte, mach es dir bequem."

Eliza schritt bedachtsam durch den Raum, stieg geschickt über verstreute Papiere hinweg und nahm auf dem angebotenen Stuhl Platz. Ihre Augen schweiften umher, fasziniert von dem Durcheinander, das ihr, obgleich chaotisch, eine gewisse Vertrautheit und Ordnung zu verströmen schien. „Gehst du hier einer Tätigkeit von großer Bedeutung nach?", fragte sie, mit vernehmbarer Neugierde in ihrer Stimme.

Henry hielt inne. „Du erblickst all dies und vermutest Arbeit darin?", entgegnete er, ein Hauch von ungläubiger Belustigung in seiner Stimme.

Eliza trat sodann ans Fenster und verlor sich in der Betrachtung der hereinbrechenden Dämmerung. Der Anblick, der sich ihr bot, war überwältigend. Sie befand sich hoch oben in majestätischer Erhabenheit und blickte über die unergründlichen Klippen der Grafschaft Suffolk. Ihre Augen folgten dem weiten Horizont des Meeres, der in der Ferne lag. Das letzte Licht des scheidenden Tages funkelte auf den unruhigen Wellen des Ozeans. Das beständige Rauschen der Brandung, das sich mit unaufhörlichem Lied an den Felsen brach, schien eine Geschichte in einer geheimnisvollen Sprache zu erzählen - Geheimnisse, die in den Wogen der Meere verborgen lagen und nur den Seefahrern vertraut waren.

„Nun ja, ich beschäftige mich mit verschiedenartigen Dingen ...", gestand Henry, während sein Blick nervös durch den Raum huschte und seine Hand unbewusst durch das ungebändigte Haar fuhr. „Hier habe ich eine Sammlung von Gedichten zusammengetragen, und dort hinten habe ich mich an einige Skizzen gewagt. Doch seltsamerweise vermag ich keine Zufriedenheit in meinem Schaffen zu finden. In jüngster Zeit überkommt mich eine gewisse..." Er hielt inne, sein Eifer war erkennbar unterbrochen durch eine innere Unsicherheit.

„Ja?", ermutigte Eliza ihn sanft, ihre Stimme voller Neugierde.

„Es ist von keiner Bedeutung", antwortete Henry, gleichsam bemüht, die Dringlichkeit seiner eigenen Bekenntnisse herabzumindern. „Es hat nicht die Tragweite, die ich ihm bisweilen zubemesse. Vermutlich möchtest du ohnehin wieder die Gesellschaft der anderen aufsuchen. Ich wollte dich keineswegs aufhalten."

„Nein", entgegnete Lady Eliza, und mit diesen Worten erfüllte sie ein unerkanntes Gefühl von Gelassenheit und Freiheit. „Nein, in der Tat möchte ich wohl sehen, was du erschaffen hast. Würdest du es mir zeigen?"

Die Überraschung in Henrys Gesicht war unverkennbar, als er sie unverwandt ansah. „Tatsächlich?", entgegnete er, sein Tonfall von einer Mischung aus Erstaunen und verhaltener Freude durchdrungen. „Derzeit leide ich an einer Art Schreibblockade. Es gelingt mir nicht, mit meinen Arbeiten ins Reine zu kommen."

Das aufrichtige Geständnis brachte bei Eliza ein weiches Lächeln hervor. „Ich verstehe nur zu gut ... und bisweilen ist es von unschätzbarem Wert, wenn man seine Gedanken und Werke mit einem Menschen teilt, der sie zu schätzen vermag, selbst wenn man im Inneren einen Kampf führt."

Henry verharrte in einem Moment des stillen Nachdenkens. „So sei es", sprach er schließlich. „Ich will sie dir zeigen. Vielleicht vermagst du in ihnen eine Tiefe zu erblicken, welche meinen Augen verschlossen bleibt."

Er ließ seinen Blick durch den Raum schweifen und ergriff sodann einen Stapel von Papierbögen. Mit einer gewissen Entschlossenheit reichte er ihn ihr, um sich sodann hinter ihrem Stuhl zu postieren, möglicherweise in der Hoffnung, ihre Reaktionen ungestört beobachten zu können.

Eliza blätterte durch die Papierbögen und betrachtete die Vielfalt der Zeichnungen, die vor ihr ausgebreitet lagen. Es zeigte sich eine faszinierende Sammlung von Studien und Skizzen: kunstvoll gestaltete Hände, kontemplative Augen, majestätische Bäume und stille Naturelemente. Die Zeichnungen waren sorgsam ausgearbeitet, voller Detailreichtum und Ausdruck, als ob jede Linie und Schattierung aus einem tiefen inneren Reservoir der Seele stammte. Eliza erkannte hierin ein bemerkenswertes Talent, welches sich auf eine Weise offenbarte, die ihr zuvor unbekannt geblieben war.

„Was missfällt dir an ihnen? Sie sind wahrlich von künstlerischer Meisterschaft", äußerte Eliza schließlich bewundernd, indem sie sich den Einzelheiten der Zeichnungen näher zuwandte.

„Nun, das Zeichnen gelingt mir momentan mit einer gewissen Leichtigkeit, doch die Gedichte ... ach, sie erscheinen mir schrecklich unbeholfen", gestand Henry mit offenbarer Unzufriedenheit.

„Darf ich eines der Gedichte betrachten?", fragte Eliza, neugierig auf seine dichterische Begabung.

Henry nickte und reichte ihr einen weiteren Bogen Papier. Sie las die Zeilen aufmerksam, tauchte ein in die Welt, die Henry mit seinen Worten geschaffen hatte. Das Gedicht war von politischer Natur, und Eliza empfand eine gewisse Stärke in den Versen, auch wenn es in einigen Passagen noch der Verfeinerung bedurfte. Sie erkannte Stellen, die nach mehr Klarheit riefen, die eines sensiblen Feinschliffs bedurften. „Ich finde es bemerkenswert, Henry. Es besitzt eine kraftvolle Stimme", bemerkte Eliza, sich Gedanken über die Bedeutung der Worte machend. „Doch sehe ich auch Möglichkeiten, an einigen Stellen dem Ausdruck noch mehr Präzision zu verleihen."

„Noch niemand hat um meiner Arbeiten willen diesen Ort aufgesucht", stellte Henry fest, mit einem Anflug von Dankbarkeit und Verwunderung in seiner Stimme.

„Hast du bereits etwas veröffentlicht?", fragte Eliza mit einem

Interesse, das gleichermaßen ernsthaft wie wohlwollend war.

„Gott bewahre. Eine solche Freigabe würden mein Vater und Tom niemals gestatten", schnaufte Henry verächtlich und machte keinen Hehl aus seiner Frustration über die Einschränkungen, die ihm auferlegt waren.

Eliza widmete einem Gedicht nach dem anderen ihre Aufmerksamkeit. Sie legten ein bemerkenswertes Spektrum dar; wenngleich die Mehrzahl von politischer Natur war, vermochten einige doch in andere Sphären zu driften. Eliza erkannte ein ganzes Repertoire.

Henry hatte sich auf einer Chaiselongue ausgestreckt, welche dem Raum einen Hauch von Distinktion verlieh, während Eliza ihren Stuhl behutsam näher an das Schreibpult geschoben hatte, wo eine flackernde Kerze ihr das notwendigste Licht spendete, um ihre Lesung mit gebührender Aufmerksamkeit zu betreiben. Jede Zeile las sie im Dämmerlicht mit Bedachtsamkeit, versunken in die Tiefe der dargebotenen Gedanken.

Stunden verstrichen und Henry wandelte sich von einem zurückhaltenden Sonderling in einen redseligen, in nicht geringem Maße humorvollen Gastgeber. Schließlich fanden sie sich in einer lebhaften Unterhaltung wieder. Von einem Thema wanderten sie mühelos zum anderen. Sie sprachen über Literatur und Kunst, den Stand der Dinge in der Welt um sie herum, und schließlich über ihre Träume und Hoffnungen, die zu verwirklichen sie beide es mehr drängte als die Fesseln der Konvention sie zu zwingen zu vermögen schien.

Dublin, Irland, Ende März 1848

Nachdem Theresa die Bande der Freundschaft auf so entschiedene Weise gelöst hatte, schien Dublin von einer melancholischen Kühle ummantelt, welche die sanften Strahlen des Frühlings nicht zu durchdringen vermochten. Die Erde, obwohl beschienen von den ersten Boten der erwachenden Jahreszeit, hatte für Laurence an Wärme verloren. Ein erdrückendes Gefühl der Einsamkeit überkam ihn, als hätte die Welt selbst sich von ihm abgewandt.

Die bitteren Wortgefechte innerhalb der Gemäuer des Hospitals trafen ihn mit einer Schärfe, die er zuvor nicht empfunden hatte. Seine Gedanken wanderten zu Humboldt, von dem er in letzter Zeit viel gelesen hatte.

Es musste wunderbar sein, wie Onkel Alexander und der ehrenwerte Alexander von Humboldt selbst, durch die unendlichen Weiten der Welt zu reisen, um unbekannte Gebiete zu erschließen und zu erforschen. Fern jeglicher Nöte und des starren Schicksals der europäischen Staaten zu sein. Welch Zufall, dass sie beide Alexander hießen.

Oh, welch frappierender Wandel hat sich vollzogen in solch kurzem Zeitraum! Erinnerte er sich noch an jenen Abend, als er im Kreise seiner Familie verweilte, während Tom Cartwrite die Abenteuer seiner Reisen und Alexander die Geschichten seiner fernen Erlebnisse darbot. Ein gewisser Reiz mochte damals diesen Erzählungen innegewohnt haben, doch solch ein ungebundenes Dasein selbst zu erstreben, war ihm damals im Grunde fremd gewesen. In der gegenwärtigen Stunde indes, bedrängt von dem nahenden Bündnis der Ehe mit Cara, schien der Wunsch, in die Weiten der Welt zu entschwinden und den Fesseln der familiären Verpflichtungen zu entfliehen, an Vehemenz unaufhaltsam zu gewinnen und sich tief in seine Gedanken einzubrennen.

Heute jedoch wollte Laurence die trübsinnigen Gedanken abstreifen. Mit einer gewissen Erleichterung nahm er daher die freundschaftliche Einladung Mr. Stokes an und freute sich auf die Zerstreuung, die ihm dieser Abend bieten würde.

Das Glas, welches ihm dargereicht wurde, nahm er dankend entgegen und nickte seinem Gegenüber zu. Da diese Zusammenkunft wohl die letzte gewesen sein könnte, die er mit Stokes zu verbringen vermochte, schenkte er dem Augenblick eine besondere Aufmerksamkeit.

Er setzte das Gefäß an und probierte mit Bedacht den ersten Schluck, da er sich selbst nicht als passionierten Connaisseur der gehobenen Getränkekunst betrachtete.

Die kupferfarbene Flüssigkeit entfaltete ihren markanten und recht scharf anmutenden Geschmack und die wohltuende Wärme, die sich im Gefolge des Brennens in seinem Hals ausbreitete, bot ihm ein willkommenes Gegengewicht zu jener Kühle, die sein Innerstes zu überschatten suchte. Als er den vielschichtigen Aromen nachspürte, nickte Laurence mit zustimmender Miene. „Das ist wirklich ein ausgezeichneter Tropfen", bemerkte er mit einem Ausdruck anerkennender Bewunderung und hob das Glas, gleichsam einer Ehrung, dem Licht entgegen, Stokes, ein wohlwollendes Zeichen der Anerkennung zugestehend.

Indes lag in Stokes Augen jene spöttische Genugtuung, welch einem Mann eigen ist, der zuvor seinen Standpunkt mit stiller Gewissheit vertreten hatte: „Das habe ich doch gesagt. Es ist mir eine ausnehmende Freude, dass Sie die Einladung schließlich angenommen haben", sprach Stokes mit herzlichem Wohlwollen in der Stimme. „Für solch einen erlesenen Augenblick würde ich meinen besten Whiskey aufsparen."

„Ewige Gunst Ihrem gastfreundlichen Haus", erwiderte Laurence voller wohlgesetzter Höflichkeit, als sein Blick das Interieur des gediegenen Domizils umfasste. „Mein bescheidenes Heim ist freilich ein gemietetes", fügte er hinzu, sich der Unvollkommenheit seiner Erwiderung bewusst. Dennoch überkam Laurence leise ein Gedanke, wie ein Schatten, der sich verstohlen über das Bewusstsein legt: Es schien fast, als hegte Stokes ein verborgenes Anliegen, eine unsichtbare Erwartung, die er in die Einladung und die Freude über deren Annahme pflanzte. Warum sonst sollte Stokes solch freudige Miene zeigen über einen Besuch, der ihm unter gewöhnlichen Umständen gleichgültig hätte sein können? Ihre Bekanntschaft war nur flüchtiger Natur; sie hatten sich einst während Laurence' Ausbildungsjahren hier in Dublin kennengelernt. Gleichwohl hatte Stokes damals einen unübersehbaren Eindruck auf ihn gemacht, einen jener Eindrücke, die junge Menschen mit Ehrfurcht und Bewunderung erfüllen.

Längst fühlte Laurence, dass Stokes vielleicht ein subtiles Vorhaben im Sinne haben könnte, doch das Wesen dieser Absicht blieb ihm verborgen, gleich einer fernen Gestalt in nebelverhangener Landschaft.

Mehrfach war Stokes mit einladender Stimme an ihn herangetreten, jener Aufforderung zu folgen, sein Heim zu beehren, doch sollten sich keine passenden Anlässe ergeben – bis zum heutigen Tage. Welch verborgene Absicht sich hinter dieser Einladung verbergen mochte, blieb Laurence ungewiss; gleichwohl hielt er es für klüger, die Frage unausgesprochen im Raume stehen zu lassen, denn in dem ihm von Hause aus vertrauten Spiel der gentlemanschen Diplomatie war es durchaus üblich, Fragen nicht unmittelbar zu stellen, sondern bedachtvoll zu erwägen.

In jüngster Zeit schien es, als ob das unergründliche Schicksal ihm seinen Alltag mit drückender Mühsal vor Augen führen wollte, pendelnd zwischen jenen Aufgaben im Hospital und den sorgenschweren Stunden am Lager der gesundheitsgeplagten Familie O'Ryan. Da hatte ihn das neuerliche Schreiben des Regius Professors der Physik der Universität von Dublin mit einer Einladung erreicht. So hatte er es als willkommene Abwechselung empfunden, einen Abend zu verbringen mit jemandem, der ihm intellektuell neue Anreize geben konnte. Er konnte sich gut der Gespräche mit Stokes entsinnen, die ihn beflügelt hatten zur Verfolgung seines hochgesteckten Ziels, Arzt zu werden und jenen Weg mit unermüdlicher Energie zu beschreiten.

„Gewiss, Sie haben schließlich gerade erst Ihre Tätigkeit als Arzt begonnen", sprach Stokes, dessen Stimme gleichwohl Zuversicht als auch Sicherheit ausstrahlte. "Sie werden zweifellos in Kürze Fuß gefasst und sich in Dublin eine ganz beachtliche Grundlage geschaffen haben."

Laurence fand sich verwundert über das Vertrauen, welches Stokes so großzügig in seine Fähigkeiten zu setzen vermochte.

„Zunächst habe ich eine Stelle am St. Vincent´s University Hospital angenommen", antwortete Laurence mit einem bescheidenen Nicken.

„Nun, das ist gewiss ein solider Anfang", entgegnete Stokes, „doch seien Sie versichert, Sie sind bestimmt, zu weitaus mehr zu gelangen als nur zu einer Anstellung als Medikus. Würden Sie sich zudem noch eines weiteren Whiskeys erfreuen?"

Laurence überlegte kurz, der innere Widerstreit zwischen der seltenen Neigung zum Trinken und der unausgesprochenen Ehre, die in einem solch edlen Tropfen liegt: „Gerne."

Mit der Geschmeidigkeit eines Gastgebers, der die Freuden gehobener Gesellschaft zu schenken weiß, füllte Stokes das Glas nach und lud Laurence ein: „Setzen Sie sich doch." Er deutete mit einer einladenden Geste auf ein Sofa nahe dem warmen Kamin, der das Zimmer sowohl wärmte als auch erhellte.

Laurence folgte der freundlichen Einladung.

„Sehen Sie", begann Stokes, mit dem gewissenhaften Ausdruck eines Mannes, der aus seinem Leben zu erzählen beabsichtigte. „Ich bin inzwischen als Professor an der Dubliner Universität tätig und leite zudem eine recht erfolgreiche Privatpraxis. Mein Weg dorthin jedoch war nicht minder steinig, das möchte ich Ihnen gerne anvertrauen. Wussten Sie, dass ich, als Junge, am ersten Schultag bereits von der Schule suspendiert wurde?"

Laurence hob erstaunt den Blick und ein amüsiertes Lächeln konnte er nicht gänzlich unterdrücken.

„Mühsam musste ich mir alles später aneignen, was andere schon in der Schule erlernt haben", fuhr Stokes fort, ohne einen Anflug von Missmut in der Stimme. „Es war ein Pfad voller Wendungen und unvorhersehbarer Kurven, auf dem ich manches Hindernis bloß durch die Fähigkeit, an seiner Seite vorbeizuschlüpfen, überwinden konnte, um letztlich meine jetzige Stellung zu erlangen. Nichtsdestotrotz, alle Mühen waren es wert, dessen können Sie gewiss sein. Und ich sehe in Ihnen, mein lieber Huton, die Anlagen, großes zu vollbringen."

Laurence konnte nicht umhin, eine stille Neugierde in sich aufsteigen zu spüren; ein Drang, zu erfahren, worin dieses Vertrauen begründet lag.

„Haben Sie nicht einmal angemerkt, dass Ihr Vater nicht eben voller Begeisterung war, als Sie sich dem Beruf des Arztes verschrieben? Hat sich seine Meinung womöglich in der Zwischenzeit gewandelt?", frage Stokes mit ernster Miene.

„Das würde ich nicht gerade sagen, nein." Erwiederte Laurence ausweichend und nahm einen großen Schluck, das Gespräch kam ihm fremd vor. Hatte er Stokes das wahrhaft anvertraut?

Stokes, ohne eine Regung der Ablenkung in seinem Vortrag, schien mit einer gewissen Erkenntnis mitzuteilen: „Wissen Sie, als Sie damals darüber sprachen, dass Sie sich für die sozialen Fragen und deren Bezug zur allgemeinen Gesundheit der Bevölkerung interessieren, da wurde mir erst das volle Potential Ihres Geistes klar. Es ist erfreulich zu sehen, dass jemand der jungen Garde dies bedenkt, wo doch die meisten Studenten der Heilkunde oft weniger progressive Neigungen hegen. Allein daraus lassen sich auch die bestehenden Missstände dieser Welt ableiten."

Und da hielt Laurence inne. Die Erinnerung an jenes Gespräch kehrte zurück, eine schwache Ahnung hervorgerufen durch die Anstoßgebungen Stokes'. Ja, er hatte diese Überlegungen mit ihm geteilt..

Während Stokes weitersprach, schenkte er Laurence und sich selbst erneut Whiskey ein.

Laurence bemerkte, dass sich die Wirkung des Getränks allmählich in ein sanftes Gefühl wandelte, das die Grenze zwischen Dämmerlicht und Klarheit verschwimmen ließ und ihn in einen Zustand gehobener Stimmung versetzte.

„Wissen Sie, Leute wie Sie braucht es", begann Stokes, mit jener eindringlichen Betonung, die Worten Gewicht und Richtung verleiht. „Leute mit Idealen und Zielen, die es wagen, über den eigenen Tellerrand hinauszuschauen. Wenn Ihr Interesse geweckt ist, so kann ich Ihnen Kontakte zu gleichgesinnten Idealisten vermitteln, denen ebenfalls der Fortschritt der Menschheit am Herzen liegt. Zudem vermag ich es, Ihnen Zugänge zu Herausgebern von Journalen zu eröffnen, in denen Sie Ihre Gedankengänge und wissenschaftlichen Abhandlungen veröffentlichen können."

Die Worte Stokes' fanden unmittelbaren Anklang bei Laurence, und mit einem plötzlichen Erhellen seiner Miene blickte er auf. Welch großartige Chancen sich durch eine solche Möglichkeit ergaben. Warum hatte er nicht selbst längst Gedanken darauf verwandt? Die Antwort lag auf der Hand, eine vertraute Einsicht, die ihn mit der sanften Unerbittlichkeit der Erkenntnis durchdrang und ihm gewiss unliebsam war. Es war jene Unsicherheit, die ihn stets begleitet hatte, wie ein stiller Schatten seiner selbst; das fortwährende Gefühl, nicht wahrhaft dazuzugehören, sich abseits der vertrauten Wege zu befinden.

Diese innere Unruhe war zweifelsohne derselbe Grund, der ihn bis in jüngste Zeit davon abgehalten hatte, der Einladung Stokes nachzugeben. Ein inneres Ringen, welches jedem als treibende Kraft bekannt ist, der die Schranken des Gewöhnlichen zu durchbrechen sucht, selbst wenn dies einer Bürde gleichkommt, die nur mit Anstrengung abgeworfen werden kann.

„Ich selbst habe im Übrigen vor nicht allzu langer Zeit eine Abhandlung fertiggestellt", begann Stokes mit unverhohlener Freundlichkeit, „die ich Ihnen gerne zur Einsicht überlassen möchte. Zwar behandelt sie ein gänzlich anderes Thema, doch ich hege die Hoffnung, dass sie vielleicht Ihr Interesse zu wecken vermag."

„Selbstverständlich, es wäre mir eine große Ehre", erwiderte Laurence, in dessen Stimme aufrichtiges Interesse mitschwang.

Warum nur, fragte Laurence sich mit einem Anflug von Selbstkritik, hatte er die Tür zu dieser neuen Welt so lange verschlossen gehalten? So viele Möglichkeiten und Bündnisse waren ihm verschlossen geblieben, allein aus jenem widerstrebenden Gefühl der Unzulänglichkeit heraus.

„Die Abhandlung trägt den Titel: 'Observations on some Cases of Permanently Slow Pulse'[43]", verkündete Stokes, als er sich erhob und mit einem leicht unsicheren Schritt zum Schreibtisch auf der gegenüberliegenden Seite des Raumes schlenderte.

In seinen Händen hielt er eine Mappe, als er zu Laurence zurückkehrte. „Erlauben Sie mir die Frage, ob Sie am Wochenende bereits Pläne geschmiedet haben? Wie ich mir vorstelle, haben Sie in der Tat noch nicht viele Bekannte in Dublin ge-

---

[43] Bei dem genannten Werk "Observations on some Cases of permanently slow pulse" handelt es sich um die Arbeit von William Stokes (1804–1878). William Stokes war ein berühmter irischer Arzt, der bedeutende Beiträge zur Kardiologie und zur klinischen Medizin leistete. Seine Beobachtungen und Beschreibungen von Herzrhythmusstörungen, einschließlich des langsamen Pulses, sind nach wie vor von historischer Bedeutung.

funden, da Sie erst vor kurzer Zeit Ihren Wohnsitz hierher verlegt haben."

„Nein, tatsächlich habe ich keinen Dienst", erwiderte Laurence, der sich auf die Aussicht eines Wochenendes ohne Verpflichtungen freute.

„Unter diesen Umständen wäre ich hoch erfreut, wenn Sie am Samstagabend zu einer beschaulichen Zusammenkunft bei mir erscheinen könnten. Einige geschätzte Freunde werden ebenfalls zugegen sein, unter ihnen James Mangan – ein Mann von außerordentlichem Wesen. Nicht immer leicht in der Handhabe, versteht sich, doch ich rate Ihnen, selbst ein Bild seines Charismas zu erhaschen. Er hat sich als Verfasser von meisterhaften Gedichten einen Namen gemacht. Des Weiteren hat auch John Mitchel seine Teilnahme zugesagt und Thomas Davis wird ebenso anwesend sein. Der Abend wird wohl eher den Disputen der Politik als den Feinheiten der Medizin gewidmet sein."

Die gnadenlose Woche hatte schließlich ihren Lauf beendet, ein Umstand, für den Laurence im Stillen dankte.

Er hatte die ganze Woche im Hospital gearbeitet. Des Abends indes hatten ihn seine Schritte zur unglücklichen Familie O'Ryan geführt, um dieser in ihrer Notlage zur Seite zu stehen.

Doch am Freitag hatte auch den letzten der O'Ryan's, Mr. O'Ryan, das unvermeidliche Ende durch die grausame Cholera ereilt.

Dennoch, entschlossen, sich dem Überdruss und der Schwermut nicht zu unterwerfen, hob Laurence sein Glas zu einem kräftigen Schluck des erlesenen Whiskys, dessen Geschmacksnoten sich von jenem Destillat unterschieden, die er bei seinem letzten Besuch des respektablen Professor Stokes genossen hatte.

Nachdem er seine Gedanken gesammelt hatte, wandte er sich erneut der angeregten Unterhaltung zwischen Stokes, Mitchel und Mangan zu.

„Deine Arbeiten gewinnen stetig an nationalistischem Gepräge, mein Lieber, und solches wirst du schwerlich in Abrede stellen können", bemerkte Stokes mit einer Prise eines herausfordernden Untertons, wobei sein Blick auf Mangan ruhte.

Mangan, ein unverkennbar exzentrischer Charakter von mittlerem Lebensalter, erregte durch sein besonderes Auftreten durchaus Aufsehen. Seine Erscheinung, in einen langen Mantel gehüllt, die Augen von einer grünen Brille verdeckt, und das Haupt durch eine blonde Perücke gekrönt, konnte einzig als eigenwillig beschrieben werden.

In jenem Kreis, so schien es Laurence, herrschte ein Band der Freundschaft, welches, trotz der gelegentlichen verbalen Zuspitzungen, durch eine aufrichtige Wertschätzung und ein tiefes Verständnis füreinander gekennzeichnet war. Die Interaktionen zwischen jenen Herren waren ein Ausdruck einer wohlgepflegten intellektuellen Gemeinschaft.

„Nun, seit dem verflossenen Jahr gewährt mir Duffys Irish Catholic Magazine die Gunst, meine bescheidenen Gedichte zu veröffentlichen", entgegnete Mangan, während er sich lässig auf der Lehne des Sofas niederließ. Unter dem wallenden Mantel schlug er das eine Knie mit einer nonchalanten Eleganz über das andere.

„Eure Gedichte sind wahrhaft meisterhaft, James. Fahrt fort auf diesem verdienstvollen Pfade. In diesen verzagten Zeiten benötigen wir Stimmen wie die Eure, die den schlafenden Patriotismus unserer irischen Landsleute zu neuem Leben erwecken. Zu lange schon haben sie unter der drückenden Last der britischen Oberherrschaft zu leiden, bis sie gar am Rande des Hungertodes stehen. Unsere erste Ausgabe des ‚United Irishman‘, erschienen am 12. Februar, war ein Triumph auf ganzer Linie, und die zweite Ausgabe hat ebenfalls die Wege der Verbreitung beschritten. Gerne würden wir auch Eure Gedichte in unseren Blättern beherbergen." Mitchel, ein hochgewachsener, schlanker Mann mit dunklem lockigem Haar, welches er elegant nach vorne gekämmt trug und bis zum Kinn reichenden Koteletten, einer langen gebogenen Nase, hohen Wangenknochen und ernsten dunklen Augen, klopfte Mangan anerkennend auf die Schulter.

„Was ist mit 'The Nation'?", erkundigte sich Stokes, seine Augen forschend auf Mitchel gerichtet.

„Mit jenem Blatt verbinde ich keine beruflichen Bande

mehr", entgegnete Mitchel mit einem leichten Kopfschütteln. „'The Nation' ist allzu sehr mit O'Connell verstrickt, als dass es sich als ein Weckruf für unser Volk erweisen könnte. Die gegenwärtige Epoche gebietet eine unnachgiebigere Haltung, und O'Connells Gefolgsleute sind wie ein schwerer Ballast für die Bewegung, die dringend der Entledigung ihrer Fesseln bedarf. Meagher hat sich in Gesellschaft einiger Verbündeter nach Frankreich begeben, um den Franzosen zur Errungenschaft ihrer Revolution zu gratulieren. Hier auf irischem Boden indes mahnt die Stunde zu unserer eigenen Erhebung. In Paris wird Meagher um Unterstützung für unsere gerechte Sache bitten – das darf ich euch jetzt schon verkünden."

„John, lass es nicht eintreffen, was der gute Carlyle dir prophezeite!" Stokes schenkte Mitchel ein Zwinkern, seine Stimme von spitzbübischem Unterton getragen.

„Was, so frage ich, hat er dir denn vorhergesagt?" Mangan, erkennbar von Neugierde erfüllt, wandte seinen Blick abwechselnd zwischen Mitchel und Stokes hin und her.

Mitchel antwortete mit einem leichten Lächeln, geprägt von einer Mischung aus Respekt und Herausforderung. Die Anspielung auf Carlyle, jenen scharfsinnigen Denker, ließ in der Runde wohl eine Ahnung aufkommen, welche seine warnenden Worte vielleicht umfassten. Carlyles kritische Ansichten zur revolutionären Leidenschaft und deren Unwägbarkeiten waren wohlbekannt, mahnend an die Gefahren des unbedachten Eifers und der Konsequenzen, die jede Revolution mit sich trug.

„Er hat prophezeit, dass man mich hängen wird, dass man indes meine Ideen und meine Arbeit damit nicht mehr auslöschen können wird." Mitchel lachte auf.

Laurence hatte überrascht aufgemerkt. Den Namen Carlyle kannte er wohl. Jener war ein enger Vertrauter Elizas.

Mangan verharrte indessen in nachdenklichem Schweigen, bevor er endgültig seine Stimme erhob: „Ich werde so viele Verse verfassen, wie ich vermag. Mein schöpferisches Werk widme ich bereitwillig der edlen Sache."

„Wie meinst du das?" William Stokes wirkte sichtlich irritiert, seine Miene war von Unverständnis umhüllt.

„Ach, Will, ich brauche dir nichts vorzumachen", erwiderte

Mangan mit einem Anflug von Schwermut in der Stimme, „doch die Wahrheit ist, ich bin ermüdet. Erschöpft von all den inneren Kämpfen. Meine Dämonen sind zahlreich, und der Kampf gegen sie ist kein leichter."

Eine Weile füllte Schweigen den Raum.

„Wahrlich ringen wir alle mit unseren eigenen Dämonen, James. Besonders in Zeiten wie diesen, da das allgegenwärtige Elend unsere Sinne bedrängt", sprach Stokes und legte in einem Anflug von solidarischer Empathie seine Hand sanft auf Mangans Schulter, eine Geste der verbindenden Zuversicht.

Laurence fühlte eine stille Verbundenheit mit Mangan, als jener seine Gedanken offenlegte. Die Gefühle, die sich in diesen Worten widerspiegelten, trafen auf subtile Weise auch ihn, und er verharrte in der melancholischen Resonanz.

Eine Weile starrte Mangan ins Feuer des Kamins. Mit einer plötzlichen Bewegung, einem unwillkürlichen Zucken der Schulter, schien er Stokes' freundschaftliche Berührung abstreifen zu wollen, woraufhin er in seinen Mantel griff und etwas ans Tageslicht beförderte.

Laurence vermochte zu erkennen, dass es zwei Gegenstände waren. Das eine offenbarte sich ihm als eine Pfeife.

Laurence, vertraut mit den Erkenntnissen seiner medizinischen Ausbildung, war sich der Gefahren bewusst, die der Genuss von Opium für die Gesundheit barg.

„Auf James, dessen Geist und vortreffliche Verse uns hoffentlich noch lange erhalten bleiben mögen", proklamierte Stokes, sein Glas erhoben.

Nachdem der faszinierende Dichter seine Pfeife geraucht hatte, verwandelte er sich, gleich einer schillernden Metamorphose, in einen lebhaften und anregenden Unterhalter. Frei von den drückenden Gewichten seiner zuvor geäußerten Schwermut, spann er ein facettenreiches Gewebe aus unterhaltsamen Anekdoten und tiefgründigen Diskursen über die vorherrschende Lage der Iren und die komplexen Beziehungen zwischen diesen und den Briten.

Mitchel, seiner eigenen leidenschaftlichen Natur treu, stimmte ihm lebhaft und voller Enthusiasmus zu, und ihre gemeinsamen Ausführungen vermochten die Runde mit neuem Leben zu erfüllen.

Laurence Gedanken wanderten unvermeidlich zu Eliza, die mit ihrem feinsinnigen Verstand und ihrer lebhaften Empathie sicherlich ebenfalls ihre Freude an dieser Gesellschaft gefunden hätte. Denn die Äußerungen der Herren deckten sich mit ihren eigenen Ansichten zu den diskutierten Themen. In demselben Atemzug konnte Laurence nicht umhin, einer leisen Wehmut zu verfallen, da ihm bald bevorstand, sein geliebtes Dubliner Leben hinter sich zu lassen – ein Schritt, der für immer sein würde.

„Dein junger Freund scheint mir allerdings nicht minder von Schwermut befallen zu sein", warf Mangan in diesem Augenblick ein, und riss Laurence unvermittelt aus seiner düsteren Gedankenreise.

„Wie bitte?", fragte Laurence, dessen Verwunderung sich in seiner Miene widerspiegelte, und er richtete einen prüfenden Blick auf Mangan.

„Right, in Betracht gezogen, was ich diesen Abend gewahr wurde, muss ich James in seinem Eindruck recht geben", erwiderte Stokes, während er mit bestem Einvernehmen seinen Blick auf Laurence richtete und sodann in einer lässigen Geste einen kräftigen Schluck des Whiskeys zu sich nahm.

„Eure Einschätzung trifft gewiss zu", gestand Laurence mit einem leichten Anflug von Verlegenheit.

„Nur heraus damit. In unserem Kreis reden wir frei über alles." Mitchel war anzuhören, dass auch er schon unter der Wirkung des Alkohols stand. Dennoch Laurence empfand die Aufforderung durchaus als freundlich.

„Ich stehe am Scheideweg meines Lebens, verabschiede mich bald von Dublin, und die damit einhergehenden Gedanken lösen, wenn ich ehrlich bin, eine nicht zu leugnende Melancholie in mir aus." Laurence sah in die Übrigen Gesichter, alle schienen zu warten, was er weiter sagen würde. „Es ist jedoch nun so, dass mein Vater ein anderes Leben für mich vorgesehen hat. Er hat bestimmt, dass ich nur bis zum Sommer als Arzt meinen Dienst verrichte, und in Dublin weilen soll. Danach soll ich ein Leben führen, das meines Standes als dritter Sohn eines Marquess entspricht. Ein Leben, in dessen Unscheinbakeit und Eintönigkeit ich vergehen könnte."

„Er hat Ihnen tatsächlich gestattet, einige Monate als Arzt zu wirken, nur um dann diesem ehrenhaften Berufsstand den Rücken zu kehren?", fragte Stokes mit ungläubigem Unterton.

„Nein", gestand Laurence, „offen gestanden ist es nicht so. Ich habe mir diese Zeit gestohlen, indem ich vorgab, meinen verehrten Onkel auf See begleiten zu wollen."

Mangan, dessen Gedanken jenseits der glimmenden Flammen des Kamins zu wandern schienen, sprach mit einem Anflug von nachdenklicher Melancholie: „Doch nun, da Sie den wahren Wert dieser Erfahrungen kennen, wird es gewiss schwerer sein, sich von einem solchen Leben abzukehren ..."

„Fürwahr, so ist es", erwiderte Laurence. „Mein Onkel war sich dessen wohl bewusst. Doch auch mir war die Versuchung nur allzu offenbar und unwiderstehlich."

„Nun, Mr. Huton, was die Versuchungen betrifft, so bin ich in dieser Materie wohl bewandert ... Euer geschätzter Onkel ist wohl ein Teufelskerl", bemerkte Mangan mit einem amüsierten Auflachen.

„Ich wage zu behaupten, dass Ihr Onkel Ihnen einen wahrhaft unschätzbaren Dienst erwiesen hat. Folgen Sie Ihrer inneren Stimme und erwägen Sie, sich nie mehr jenem Pfad zuzuwenden, der Ihren Neigungen widerstrebt", erhob Stokes seine Stimme mit der unüberhörbaren Gravität eines Mannes, der aus tiefster Überzeugung spricht.

„Solcher Argumentation kann ich nicht widersprechen", entgegnete Mitchel, indem er mit einem gleichförmigen Nicken seine Übereinstimmung bezeugte.

„Sie täten wahrlich unrecht daran, sich dem Diktat Ihres Vaters zu unterwerfen. In welchem Zeitalter, bitte, verweilt dieser Mann?", fragte Mangan streng, sein nachdenkliches Kopfschütteln die Grenzen der antiquierten Normen betonend.

„Doch ist die Angelegenheit keineswegs so simpel für mich ..." sinnierte Laurence, als seine Gedanken unwillkürlich zu Eliza schweiften.

„Von solchem kann ich Ihnen manches berichten. Was ist wohl wahrhaft einfach im Leben?", begann Stokes, seine Stimme von einer Mischung aus Reflexion und Ermutigung getragen. „Auch ich musste einen steinigen, herausfordernden Pfad beschreiten, um endlich dort zu stehen, wo ich heute stehe." In seinen Augen lag ein Glanz, der von den Erinnerungen an vergangene Kämpfe erzählte. „Gemeinsam, in unseren vereinten Kräften, besteht die Möglichkeit, durch die Veröffentlichung kluger Abhandlungen und kritischer Artikel zum Wandel der Gesellschaft beizutragen – einem Wandel, der unvermeidlich und bereits fühlbar ist. Dieser Wandel, der sich nicht nur hier, sondern in ganz Europa manifestiert, bedarf kluger Hände und scharfen Verstandes, um gestaltet zu werden." Er wandte sich lächelnd seinen Mitstreitern zu: „Wie unser Freund John hier in der Politik." Er klopfte Mitchel kameradschaftlich auf die Schulter. „Sowie James in der Kunst." Sein Blick ruhte freundschaftlich und anerkennend auf Mangan. „In Paris hat sich die Revolution erhoben, sie haben dort das Wahlrecht durchgesetzt. Ein Arbeiter ist Teil der provisorischen Regierung geworden, die nach der Abdankung des Königs ihre Geschäfte aufgenommen hat. Der ehrenwerte Dichter Alphonse de Lamartine steht als Präsident jener Regierung vor. Sie haben den Arbeiterverbänden das Palais du Luxembourg überlassen, auf dass sie frei debattieren mögen, um ihre Forderungen zu artikulieren. Nationalwerkstätten wurden geschaffen, um allen die Möglichkeit zu geben, das lebensnotwendige Einkommen zu sichern. Auch hier, bei uns, werden sich die Dinge wandeln, und dies wird nicht mehr lange auf sich warten lassen. Wir befinden uns in einem Zustand der Dämmerung."

Mitchel, dessen Lächeln von einem vergnügten Ausdruck begleitet wurde, fügte mit einem humorvollen Zwinkern hinzu: „Dem ist nichts hinzuzufügen. Will ist wie eh und je der geborene Redner."

Mirowcastle, Grafschaft Suffolk, nahe der Mündung des Flusses Deben, Ostküste von England, Ende März 1848

Mit behutsamem Griff nahm Eliza das sorgsam verschnürte Päckchen zur Hand, dessen Ankunft sie schon lange erwartehatte, öffnete es und fand ein weiteres Päckchen darin. Mit leiser Freude und vermischter Neugier betrachtete sie die vertraute Handschrift Lauries.

Der klug ausgedachte Plan, durch den ihre Freundin in London als Zwischenstation fungierte, verlieh ihrem geheimen Austausch ein Maß an Diskretion, obschon die durchaus beträchtlich verlängerte Reise den Geduldsfaden in nicht unerheblichem Maß beanspruchte.

Sie öffnete das Päckchen, nahm einen Brief und ein in Packpapier eingewickeltes Buch heraus und enthüllte das Packpapier, denn sie wollte schon vor dem Lesen des Briefes wissen, welches Buch Laurie ihr geschickt hatte. „Jane Eyre. Eine Autobiographie", las sie. „Von Cuerer Bell, Smith, Elder und Co., Cornhill 1847."

Der Name des Verlegers, Smith, Elder und Co., weckte in Eliza ein Gefühl der freudigen Erwartung, denn es war derselbe Verlag, der in Erwägung zog, ihr eigenes literarisches Schaffen der Allgemeinheit zu präsentieren. Dennoch war ihr der Name des Autors, Currer Bell, vollkommen unbekannt. Viel zu lang erschien ihr die Zeit, seit sie in den geselligen Kreisen Londons weilte, wo Literaten und Gleichgesinnte voller Leidenschaft über die Neuerscheinungen und deren verborgene Meister sprachen. Diese Stadt, der Puls des geistigen Lebens, war ihr nunmehr so fern und die Gespräche, nichts weiter als ein blasser Schimmer vergangener Tage. Mit einem Anflug von Neugier überlegte sie, welch Umstand Laurie zu diesem Buch geführt haben mochte und was ihn bewegt haben könnte, es letztlich ihr zugedacht zu senden?

XI.

„Du fragst mich Kind, was Liebe ist?
Ein Stern in einem Haufen Mist."

Heinrich Heine

Mirowcastle, Grafschaft Suffolk, nahe der Mündung des Flusses Deben, Ostküste von England, Ende März 1848

Mit einer nachdenklichen Miene ließ sich Eliza auf die einladende Kante ihres Bettes nieder und nahm sich den Brief vor.
„Liebste Eliza,
Endlich habe ich Ruhe gefunden, dir zu schreiben, denn es hat sich so viel ereignet. Lass mich dir von den jüngsten Begebenheiten berichten.
Zuerst jedoch dies: In meine Hände gelangte ein Buch, und ich habe es unverzüglich für dich erworben. Ich hege die Hoffnung, dass diese Zeilen neu und unverbraucht für dich sein mögen.
Es ist mein inniger Wunsch, dir damit ein wenig Frohsinn zu bereiten und zugleich den Antrieb, um unermüdlich an deinem eigenen Werk zu arbeiten, um es der Welt in gebührender Weise vorzustellen.
Derweil ich hier in Dublin weilte, habe ich neue Bekanntschaften geschlossen und als ich berichtete, dass meine Schwes-

ter ein Belletristikwerk veröffentlicht habe, empfahlen sie mir ein literarisches Werk, welches durch das Talent und die Eingebungen einer gleichermaßen geschickten wie geheimnisvollen Dame namens Charlotte Brontë, die unter dem Pseudonym Currer Bell an die Öffentlichkeit trat, zu uns gelangte. Sogleich erwarb ich dieses Werk und las es selbst; seine Seiten bergen eine fesselnde Erzählung, sodass ich sicher bin, es wird auch dich begeistern. Wer weiß – vielleicht wird das Schicksal dich einst mit dieser Literatin bekannt machen!"

Eliza vollendete das Lesen der letzten Zeilen des Briefes ihres Bruders und versteckte das Schreiben sodann mit der Sorgfalt einer heimlichen Erinnerung in jenem Buch, das er ihr voller Vorbedacht übermittelt hatte.

Dann verließ sie das Zimmer in der Absicht, einen Spaziergang zu unternehmen.

Der März neigte sich bereits dem Ende zu und mit ihm erwachte die Gartenwelt zu all dem Leben, das die Winterstarre überdauert hatte. Kleine Blüten drangen verheißungsvoll durch das verhärtete Erdreich, als seien sie die ersten Tupfer auf einer weiten Leinwand. Selbst hier, an der Küste Ostenglands, wo der Wind zumeist rau wehte, zeigte sich die Luft nun milder, und die Sonne erwies sich in ihrem Verhalten als beständiger.

Eine muntere Gruppe früher Krokusse, deren lebhafte Farben sich gleich einem Ruf des Kommenden aus dem Erdreich emporstreckten, lenkte gerade ihre Aufmerksamkeit auf sich, als Eliza gewahr wurde, dass sich Henry Cartwrite näherte. Ihr Blick richtete sich zögerlich seinem Wege entgegen, und in diesem Moment musste sie unwillkürlich der bemerkenswerten Unterschiede gedenken, welche ihn von seinem Bruder Tom trennten. Während Tom seine Schritte stets zielgerichtet und mit nicht zu bestreitender Entschlossenheit setzte, seine Haltung stets von einem klar formulierten Vorhaben zeugend, offenbarte sich Henrys Wesen in einer ganz anderen, nachlässigen Gestalt. Sein schlaksiger Gang wurde untermalt von einer stetigen Freundlichkeit und dem sanften Ausdruck seiner Züge, seine Augen schienen verloren in einer Welt, die einzig ihm vorbehalten war. Dennoch blieb er eine durchweg angenehme Erscheinung, voller Herzlichkeit und Besonnenheit, trotz seiner zerstreuten Eigenheit. Sein Anzug, in den Windstößen des Küstenwegs flatternd, unterstrich seine labile Art der Entscheidungskraft, welche den Anschein hatte, als würde er erst im letzten Augenblick über seinen Kurs entscheiden.

Eliza, der seine Neigung zu einem leicht zerstreuten Wesen wohlbekannt war, winkte ihm voller Freude zu. „Henry, sieh nur, die ersten Krokusse sind erblüht!", rief sie aus.

„Ah, tatsächlich", erwiderte Henry mit einem sanften Lächeln, dessen Wärme seine Zerstreutheit durchdrang. „Die ersten Vorboten des Frühlings. Schon erstaunlich, dass selbst auf Mirowcastle der Frühling letztlich Einzug hält."

Mit freundschaftlicher Geste stieß Eliza Henry sanft gegen die Schulter, während ihre Augen für einen Moment über das altehrwürdige Gemäuer des Schlosses huschten, einen Schatten des Zweifels in sich tragend. Es fiel ihr schwer, sich vorzustellen, dass das ehrwürdige alte Gemäuer, als ein Ort der Gastlichkeit zu erscheinen vermochte.

„Man sagte mir, dass heute Abend Gäste erwartet werden." Er sah sie nachdenklichen Blickes von der Seite an.

„Oh nein, nur das nicht ...", seufzte Eliza.

Eine Zeitlang herrschte zwischen beiden eine schweigsame Ruhe. Schließlich brach Henry die Stille, indem er leise sagte: „Dann ist es wohl heute Abend an der Zeit, dass ich dir das Turmzimmer zeige."

Verblüfft musterte Eliza ihn. „Das Turmzimmer? Wovon sprichst du?" Ihre Gedanken wanderten unweigerlich zu Henrys eigenem Gemach im Turm, das sie bereits kannte.

„Das Turmzimmer wird sicher zu deinem Gefallen sein. Doch es bleibt ein geheimer Ort. Niemand darf davon erfahren. Es ist mein ganz persönlicher Rückzugsort, höher gelegen als mein Schlafgemach und erfüllt von einem ganz eigenen Zauber."

„In der Tat, du hast es vermocht, meine Neugier zu entfachen", entgegnete Eliza lächelnd. „Doch wohnen da nicht Bedenken in dir, dass wir ob unseres Verschwindens bald vermisst werden könnten?"

„Dir obliegt die Entscheidung", erwiderte Henry. „Für den heutigen Abend gedenke ich, mich in die Stille zurückzuziehen. Du bist die Einzige, die um mein geheimes Refugium in der

Abgeschiedenheit des Turmzimmers weiß."

Eliza hatte ihre Entscheidung getroffen, und in ihren Gedanken wusste sie, dass sie ob der Wahl nicht nachträglich hadern würde. Was sich ihren Augen offenbarte, war wahrhaft jenseits ihrer Erwartung.

Das Turmzimmer musste Henry schon seit Langem als Geheimversteck dienen.

Der imposante, runde Raum war von nobler Größe und gehüllt in das Licht, drei monumental großer Turmfenster, durch die der Tag in voller Pracht hereinschien. Ein viertes Fenster, so groß wie über das Maß eines Mannes, richtete sich zum Meer und entfaltete eine Aussicht, die vom Land nicht ersichtlich war voller Magie und unendlicher Weite.

Die Wände, die diesen lichten Raum umschlossen, waren gesäumt von einer eindrucksvollen Sammlung von Gemälden und Skulpturen, die Henrys künstlerischen Ausdruck und eine meisterliche Geschicklichkeit offenbarten. Jede Figur, jedes Bild schien eine Geschichte zu erzählen, die in der Stille des Raumes einzigartig widerhallte.

Langsam und mit einem tief empfundenen Gefühl von Ehrfurcht ließ Eliza ihren Blick schweifen, während sie sich um sich selbst drehte, bedacht darauf, jedes Detail, jede künstlerische Nuance in sich aufzunehmen.

Henry stand still dabei.

„Henry, das ist unfassbar. Weshalb verheimlichst du all das?", fragte Eliza schließlich, obwohl sie irgendeiner Antwort nicht bedurfte, da sie die Antwort längst kannte. Sie empfand es als derart bedauerlich, dass ihr diese Worte einfach entwichen waren.

Henry erwiderte nichts auf ihre überflüssige Frage.

Dann schritt sie zur Wand und ging langsam, Werk für Werk die Bilder und Skulpturen ab, jedes in seiner Einzigartigkeit eingehend betrachtend. „Diese Arbeiten sind von solch beeindruckender Art, Henry, dass ich beinahe sprachlos bin ..."

In seiner ihm eigenen charakteristischen Zurückhaltung ließ sich Henry auf einer Chaise Longue nieder, die fast zentral im Raum positioniert war, von der aus sich ein majestätischer

Blick auf das unendliche Meer ergab.

Während Eliza sich in die Betrachtung der Arbeiten versenkt hatte, geriet ihr beinahe in den Hintergrund, dass Henry dort noch weilte, so vertieft war sie in die Vielfalt seiner Kunst. Holzskulpturen, die unter seinen Händen Gestalt angenommen hatten, Plastiken, die mit Volumen und Formensprache spielten, und Ölbilder, deren Farben in selbstangemischten Tönen lebten und atmeten.

Manche Werke setzten sich aus verschiedenen Arbeiten zusammen, bildeten Komplexe. Henry hatte Stimmungen eingefangen, hatte es vermocht, Bewegungen darzustellen.

Die Vielzahl an experimentellen Techniken offenbarte nicht nur Henrys unbestreitbares Talent, sondern auch sein Streben, die Gedanken und Träume in etwas Fassbares zu verwandeln.

Eliza konnte schließlich nicht mehr sagen, wie viel Zeit vergangen war. Als sie wieder vor dem ersten Bild, das sie betrachtet hatte, angelangt war, somit einmal das Rund des Raumes abgeschritten hatte, blickte sie zu Henry. Er war beschäftigt, doch zunächst konnte sie nicht erkennen, womit. Als sie ihn näher betrachtete, bemerkte sie, dass er sich eine Pfeife vorbereitete.

Eliza schritt an ihm vorbei, aufs Fenster zu. Ihr Blick glitt zum Horizont hinaus, der sich in dem großzügigen Fenster offenbarte. Zum Meer hin ausgerichtet, bot es eine Aussicht, die unermesslich und ergreifend war, gleich einem Gemälde der Natur, welches in stetiger Bewegung gefangen war. Die Weite des Ozeans, seine mächtige Präsenz und endlose Tiefe verbanden sich mit ihrem Innersten, während sie hinausblickte. Weit unten ragten Klippen aus dem Meer und die Wellen brandeten aufschäumend an diesen Klippen.

„He, du verstellst mir die Aussicht!", rief Henry mit einem verschmitzten Ausdruck.

Eliza wandte sich zu ihm um, ein Spiel des Lächelns glitt über ihre Lippen, als sie mit gleicher Fröhlichkeit erwiderte. „Ich will dir den Blick nicht länger verstellen, doch nur unter der Bedingung, dass du die Pfeife mit mir teilst."

Ein breites Grinsen formte sich auf Henrys Gesicht, von herzlicher Zustimmung erfüllt. „Nie hätte ich dich bloß zuschauer lassen."

Eliza ließ sich neben Henry auf der Chaise Longe nieder und nahm die Pfeife entgegen, die er ihr mit einer leichten Bewegung darreichte.

Der schwere, süßliche Duft des Opiums begann bald den Raum zu erfüllen, wie ein sanfter Schleier, der über sie hinwegglitt. Der wohltuende Rauch war anfänglich von beträchtlicher Wucht, ehe er sich in ein Gefühl schwerelosen Wohlbefindens auflöste. Eine allmählich einziehende Entspannung verbannte die Wirrungen ihres Geistes und tauchte die Welt in weich nuancierte Farben, als ob alles durch die Linse einer wohlgefälligen Träumerei betrachtet würde.

Als das unvermeidliche Hochgefühl in seiner Intensität nachließ und in eine Ruhe überging, welche ihre Sinne gleichermaßen berührte wie beruhigte, äußerte Eliza mit einem Anflug von Sarkasmus, dass es, wenn die Cartwrites Gesellschaft empfingen, durchaus erträglich sei.

Henry, mit einem leicht spöttischen Glanz in den Augen, wandte sich ihr zu und bemerkte mit leiser Ironie: „Doch ist dir wohl gewahr, dass es der Erwartung deines zukünftigen Gemahls entspricht, dass du unter den Anwesenden weilst?"

Ein tiefer Seufzer erklang von Eliza, deren Gedanken an gesellschaftliche Konventionen und die unvermeidlichen sozialen Verpflichtungen dem schleichenden Griff resignierten Unmuts erlagen.

„Auch kann ich nicht mit Gewissheit sagen, dass ich auf lange Zeit in diesem Hause verweilen werde. Jedoch möchte ich dir dieses Gemach gerne anvertrauen, wenn die Stunde gekommen ist", fügte Henry hinzu und eine stille, jedoch aufrichtige Großzügigkeit rührte in seinen Worten.

„Wohin gedenkst du zu ziehen?"

„Nun, eigentlich hege ich keine festen Pläne; doch hat Tom bereits durchaus unmissverständlich durchblicken lassen, dass meine Anwesenheit hier bald als überflüssig erachtet werden könnte." Henry verharrte kurz in einem schweigenden Nachdenken, bevor er fortfuhr: „Vielleicht ist es wahrhaft eine weise Entscheidung, dieses Haus und all das, was es birgt, hinter mir zu lassen. Ich hege die leise, doch beständige Hoffnung, dass meine Werke mir eine bescheidene Lebensgrundlage gewähren könnten. Doch Tom, mit seiner pragmatischen Strenge, verwehrt mir diese Vorstellung strikt. Er nennt es törichte Illusion und fordert beharrlich, dass ich mich einer 'angemessenen' Tätigkeit widmen möge. Er hat unmissverständlich geäußert, er wolle nie erleben, dass eines meiner Werke öffentlich präsentiert werde. Ich solle mein Leben so unauffällig wie möglich führen."

„Tom treibt einem wahrlich Kopfschmerzen zu", entgegnete Eliza. „Ich kann wohl gut nachvollziehen, weshalb du oftmals von jenen geplagt wirst."

„Meine Kopfschmerzen sind vielmehr Momente tiefinnerer Schwermut", gestand Henry mit gedämpfter Stimme. „Doch auch hierüber soll ich mich in Schweigen hüllen."

Eliza ließ den Blick schweigend durch das große Fenster schweifen, hinaus auf die Weite des Meeres, das sich vor ihnen erstreckte. Schließlich durchbrach sie die Stille: „Ich weiß wahrhaftig nicht, wie ich in dieser Familie bestehen soll ...' Kaum dass Eliza diese beklemmende Wahrheit ausgesprochen hatte, spürte sie plötzlich, wie all ihre Besorgnis sich in tiefer Entspannung auflöste. „Einerlei", setzte sie ihrem Gedanken ein entschiedenes Ende und lehnte sich in die Polster der Chaise Longue zurück.

Eine tiefgehende, allumfassende Ruhe durchdrang Eliza. Der Raum, der sie umgab, fühlte sich plötzlich ausladend an, als hätte sie sich in eine Existenz jenseits der alltäglichen Begrenzungen begeben. Die Farben schienen intensiver, gleichzeitig jedoch weicher, als ob ein sanfter Schleier über ihre gewohnten Wahrnehmungen gelegt worden wäre, und ihre Sorgen lösten sich wie Nebel im Sonnenlicht auf und hinterließen eine stille Klarheit. Jeder Atemzug war ein kostbares Geschenk, langsam und gleichmäßig, als ob die Welt sich ihm anzupassen schien. Die Kunstwerke, die sie zuvor bewundert hatte, gewannen eine neue Dimension; sie schienen zu leben, zu erzählen, als seien sie Gefährten in einem endlosen Dialog der Sinne.

Eliza wurde hinweggezogen in einen träumerischen Strudel, in dem Gedanken ohne Eile erschienen und verschwanden, fließend wie Wasser. Der Alltag schien in weite Ferne gerückt zu sein, und an seine Stelle war ein harmonisches Gefühl von zeitlosem Sein getreten. Vielleicht war es die Nähe zum Meer und der weite Horizont, die diesen Zustand verstärkten und ihm eine Unendlichkeit verliehen, leicht und unbeschwert.

Am darauffolgenden Morgen erwachte Eliza von Kopfschmerzen geplagt, die ihre Stirn mit einer dumpfen Schwere erfüllten. Die Stunde war bereits weit vorangeschritten, und eine bedächtige Regung in ihr sprach dafür, das Bett nicht zu verlassen. Doch gleichwohl hielt sie an der Hoffnung fest, dass ein Spaziergang im Freien vielleicht Linderung brächte. Also läutete sie nach einem Dienstmädchen, das ihr beim Ankleiden behilflich sein sollte.

Als sie gerade für den Tag gewandet das Zimmer verlassen wollte, klopfte es an die Tür.

„Guten Morgen", sprach Tom, durchaus im üblichen Höflichkeitston. Gleichwohl bei all seiner gewählten Artikulation, ließ seine Begrüßung ein wenig an innerer Wärme mangeln.

„Guten Morgen", entgegnete Eliza, indes in ihrem Inneren der Gedanke aufzukeimen begann, wie angenehm es wäre, lediglich an Tom vorbeizugehen und die unvermeidliche Konversation mit Grazie zu umschiffen.

Tom verharrte eine Weile in einer stillen Ratlosigkeit, als wäre er auf der Suche nach den rechten Worten. Schließlich brach er das Schweigen: „Wir erhielten am gestrigen Abend Besuch."

„Gewiss, ich habe es vernommen."

Tom musterte sie mit einem Ausdruck, der zwischen Fassungslosigkeit und Enttäuschung schwankte. „Lord Linghton und seine verehrte Gattin haben wahrlich den Wunsch gehegt, deine Bekanntschaft zu machen."

Eliza fand keine passenden Worte, welche die Spannung des Moments hätte mildern können.

„Wo hast du dich aufgehalten? Es war als habe der Erdboden dich verschlungen. Wie konntest du sie und uns dermaßen brüskieren?", fuhr Tom fort, sein Unverständnis und ein leiser Vorwurf unüberhörbar herausklingend.

„Ich leide unter schrecklichen Kopfschmerzen und beabsichtige, einen Spaziergang zu unternehmen", entgegnete sie, bemüht, die Erschöpfung vor ihm zu verbergen.

„Eliza, willst du denn fortan immerzu von Kopfschmerzen geplagt sein? So häufig können doch Kopfschmerzen keinen Menschen heimsuchen", erwiderte Tom, dessen Tonfall offene Ungeduld verriet.

„Ich werde jetzt spazieren gehen", erwiderte Eliza und wandte sich abermals zur Tür.

„Dann begleite ich dich. Ich wünsche Erklärungen von dir zu erhalten", beharrte Tom.

Für eine Weile herrschte stilles Schweigen, während sie nebeneinander herschritten. Eliza spürte das unerbittliche Pochen hinter ihren Schläfen, das selbst die kühle Frische der Luft nicht zu lindern vermochte. Sie musste bedachtsam auftreten, jeder Schritt wollte gut überlegt sein, um das hämmernde Unbehagen nicht zu verschlimmern.

„Wo hast du dich aufgehalten? Ich habe überall nach dir gesucht", wiederholte Tom, seine Stimme unüberhörbar von einer Mischung aus Sorge und Misstrauen getragen.

Eliza ließ den Gedanken an das Turmzimmer in ihrem Bewusstsein aufblitzen, froh über die Erkenntnis, dass Tom diesen geheimen Rückzugsort nicht kannte, denn dort hatte er schließlich nicht nach ihr gesucht. Gleichzeitig stand ihr deutlich vor Augen, dass sie nicht erwähnen durfte, dass sie die Zeit mit Henry verbracht hatte. Diese Offenbarung würde Toms Verärgerung nur steigern.

Erinnerungen an das vergangene Gespräch mit Henry rückten in den Vordergrund ihrer Gedanken und verstärkten die Gewissheit, dass es ein Fehler war, die Ehe mit Tom einzugehen. Sollte es ihr gelingen, ihn von dieser vorgezeichneten Verbindung abzubringen, so würden selbst die Erwartungen ihrer Eltern nicht die genügende Macht besitzen, sie in ihrem Entschluss zu beugen. „Erinnerst du dich noch, Tom? Einst nanntest du mich Lilith", sprach sie, in der Hoffnung, den Lauf des Gesprächs geschickt auf eine andere Bahn zu lenken.

„Wie vermagst du zu einer solchen Annahme zu gelangen?", fragte er und ein Ausdruck von Verwirrung überschattete sein Gesicht.

„Erinnerst du dich denn wahrlich nicht mehr? Es war nicht

ein vereinzeltes Mal, sondern mit ausgesuchter Regelmäßigkeit sprachst du jenen Namen aus. Was veranlasste dich dazu?" Eliza suchte in seinem Gesicht nach einer verborgenen Spur der alten Kindheitserinnerungen.

„Eine bloße Narrheit war es, einer kindlichen Unbesonnenheit entsprungen", entgegnete Tom mit einem Anflug von Gereiztheit den Kopf schüttelnd, als strebte er danach, die Erinnerungen mitsamt den Gründen zu verscheuchen.

„Nein, das kann ich beim besten Willen kaum glauben. Immer wieder äußertest du jenen Namen. Ich kann daraus nur schließen, dass du mich damals nicht wohl leiden mochtest, nicht wahr?", entgegnete Eliza, deren Stimme sanft und gleichwohl unbeugsam war, als sie sich beharrlich bemühte, Tom jene Wahrheit zu entlocken.

Überrascht richtete Tom seinen Blick auf sie, und in einem aufrichtigen Ton sprach er: „Nein, das entspricht nicht der Wahrheit. Vielmehr habe ich stets eine hohe Achtung für dich gehegt."

„Glaubst du dies ernsthaft?", fragte sie, während der Keim des Zweifels, gleich einem leisen Flüstern, begann, sich zwischen ihnen zu entfalten.

„Gewiss, ohne Frage", bekräftigte Tom mit Nachdruck.

„Doch als Kind erzürnte mich dieser Spitzname. Die anderen Kinder folgten deinem Beispiel und die Gouvernanten sahen sich schließlich genötigt, diesem Unfug Einhalt zu gebieten", erinnerte sich Eliza.

„Das betrübt mich wahrhaftig im Nachhinein, doch ...", setzte Tom an.

„Ich vermag nicht zu glauben, dass es als bloßes Hirngespinst entstanden ist. Welchen Beweggrund hast du, dies zu sagen?", trieb sie mit unnachgiebiger Beharrlichkeit voran. „Bitte, versenk dich in dein Innerstes und sieh´, dass in dieser Bezeichnung die Erkenntnis zum Tragen kam, dass unsere Differenzen dergestalt erheblich sind, so dass echtes Verständnis zwischen uns schwerlich entstehen könnte."

„Das ist reiner Unsinn", entgegnete Tom nun mit einer gereizten Note in seiner Stimme. „Unser Hauslehrer einst, getrieben von seiner Vorliebe für die antiken Mythen, erzählte uns von jener mystischen Gestalt. Sein Bestreben war es, die Schwierigkeiten und Uneinheitlichkeiten, die bei der Übersetzung alter Schriften auftreten können, zu veranschaulichen. Er lehrte uns dass dieses Wort in der Lutherbibel als 'Nachtgespenst' übersetzt wird. Mein Gebrauch jenes Ausdrucks war lediglich ein scherzhaftes Geplänkel, ohne tiefere Bedeutung oder tiefere Absicht."

Eliza wurde gewahr, dass ein weiteres Nachhaken kaum zielführend wäre, denn sein Widerstand gegen irgendeine symbolische Deutung erwies sich als gefestigt in seiner Entschiedenheit. Sie erkannte, dass Tom darauf bestehen würde, seine Erläuterung als unumstößlich und wahrhaftig anzusehen.

„Doch da bleibt noch eine Frage ungeklärt. Ich begehre zu wissen, wo du den gestrigen Abend verbracht hast", setzte Tom mit beharrlichem Nachdruck den zuvor unterbrochenen Gedanken fort.

„Ich verweilte in meinem Gemach. Unwohlsein befiel mich", entgegnete Eliza, mit Anstrengung um die Glaubhaftigkeit ihrer Erklärung bemüht.

„Deine werte Mutter trat in dein Gemach und sodann befiel sie Besorgnis, da sie dich dort nicht zu finden vermochte", Toms Tonfall verriet seinen Zorn, während sein durchdringender Blick auf Eliza ruhte. „Warum bemühst du dich, mich zu täuschen?"

„Was bleibt mir anderes zu tun, Tom? Noch vor unserer Vermählung ist es, als ob du mir die Luft zum Atmen raubst. Du gestaltest es mir unmöglich, dir mein Vertrauen zu schenken." Die Worte entglitten ihr, bevor sie ihre Antwort wohl überlegt hatte.

Tom beschleunigte seinen Schritt mit entschiedener Geschwindigkeit. Der Unmut zeichnete sich klar und unabwendbar in seiner Haltung ab.

Doch Eliza, gleichfalls von Zorn erfüllt, hielt mühelos mit ihm Schritt.

Plötzlich hielt Tom inne, gleich einem Sturm, der abrupt zur Ruhe kommt, und wandte sich zu ihr um. „Darum habe ich dich so genannt. Noch immer bist du ... unverstehbar!"

Eliza blickte ihn mit Erstaunen an. Diese Worte waren genau

jene, die sie ihm hatte entlocken wollen, und in ihrem Innern loderte die Hoffnung, dass er schließlich die Maskerade, die über sein Gesicht herrschte, ablegen würde. „Nein, du kannst mich nicht begreifen. Schon in unserer Kindheit war das Gefälle zwischen uns so groß, dass der Name Lilith dir für mich passend erschien. Doch aus welchem Grund, wenn ich fragen darf, begehrst du nun die Ehe mit mir?"

„Niemand vermag dich zu begreifen, Eliza. War dir das niemals gewahr? Niemand. Folglich kann ebenso gut ich derjenige sein, der die Ehe mit dir eingeht. Du wirst schon zur Einsicht gelangen", sprach Tom mit einem bemerkenswerten, gleichwohl nüchternen Pragmatismus, der Eliza wie ein eisiger Wind streifte.

Von diesen Worten getroffen, fand sich Eliza in einem Augenblick der stillen Bestürzung. Die Äußerung trug eine solche Vielzahl an abgründigen Bedeutungen in sich, dass sie ihr den Atem zu rauben drohte.

Da erinnerte sie sich an Henry, und unüberlegt sprach sie: „Nein, deine Ansicht trügt. Henry etwa hat sehr wohl Verständnis für mich." Sofort erkannte sie das Verhängnis ihrer Äußerung. Warum war ihr nicht Laurie in den Sinn gekommen? Warum? „... Und Laurence versteht mich gleichwohl ...", fügte sie hastig hinzu, doch die Gefahr war bereits mitten unter ihnen entfesselt. Tom erwies sich als zu klug, um von solch einem gleichsam schwachen Nachsatz abgelenkt zu werden, und Eliza fürchtete, der Pfeil habe den Frieden ihrer Beziehung endgültig durchdrungen.

„So sei es mir gestattet zu fragen, was deine Absicht dieser Äußerung anbetrifft?", sprach Tom, sein Tonfall von tiefem Argwohn durchzogen. „In welcher Vertraulichkeit stehst du zu meinem Bruder?"

Die Aussicht eines Rückzugs schwand gleich dem Abendrot, das der nächtlichen Schwärze weicht, und der Weg war von Verstrickungen gesäumt. Dennoch hegte Eliza die Hoffnung, dass Toms Vernunft die Oberhand gewinnen und den geistigen Raum für ein versöhnliches Einvernehmen schaffen könne.

„Nichts", begann Eliza. „Nichts will ich dir andeuten, was böswillig wäre. Dein Bruder ist mit wahrhafter Kunstfertigkeit begabt und von redlicher Menschlichkeit. Ich schätze ihn hoch."

Tom, seine Braue in zynischer Skepsis erhoben, erwiderte mit dem verächtlichen Schnauben seiner beleidigten Ehre. „Eine so wohlwollende Beschreibung trifft auf meinen Bruder Henry nicht im Mindesten zu! Ein Taugenichts ist er, ein Schmarotzer, der seine Talente dem Opium als unbrauchbares Opfer darbringt. Wie ist es also bestellt um deine Beziehung zu ihm?' Sein Blick war scharf und durchdringend, als wollte er die Wahrheit aus den Schatten ihrer Seele hervorzwingen. „Der Umstand ist doch, dass auch er gestern abends nicht bei uns weilte. Du wirst wohl nicht im Ernst behaupten, die Stunden, die du vorgabst in einsamer Migräne zu verbringen, hast du in seiner Gesellschaft verbracht, hinter meinem Rücken und in meinem Haus?"

In jenem Augenblick fühlte Eliza, wie sich Ohnmacht und Angst gleichermaßen um ihren Verstand schlossen, , als ob das Netz aus Verdächtigungen sie zu ersticken drohte. Wie sollte sie die Konfrontation, die sich wie eine Schlinge um ihren und Henrys Ruf legte, lösen? Ihr Denken rotierte fieberhaft, doch kein rettender Gedanke wollte sich einstellen.

Tom schäumte förmlich vor Wut, gleich einem brodelnden Kessel, der jeden Moment überzukochen droht. „Keine Lilith, bist du, nein, du bist eine Delilah. Als Gast nahm ich dich auf in unserer Familie, und dennoch betrügst du mich, verschweigst mir deine Verbindung zu Henry, jenem niederträchtigen, nichtsnutzigen Schmarotzer unter diesem Dach, und machst mich zum Narren. Es wird mir nun klar, weshalb du dich mir entfremdet hast ...“

Eliza war verwirrt ob dieser Anschuldigung. Entfremdung' Welche vermeintliche Kluft meinte er? In ihrer Empfindung waren sie einander nie näher gewesen.

„Unter Henrys unheilvollem Einfluss“, begann Tom abermals, jedoch nun mit einer Stimme, die in ihrem abkühlendem Zorn einem kalten Entschluss wich, „musstest du dich ja von mir entfremden". Nach diesen Worten schien er seine Fassung wiedergefunden zu haben. Mehrere Herzschläge lang musterte er sie, als bemühe er sich, der Tiefe von Elizas Seele gewahr zu werden. Dann erhob er die Stimme erneut, getragen von einer

287

Entschlossenheit, die keinen Aufschub duldete. „Dem werde ich unverzüglich ein Ende bereiten."

Die Beklemmung, die Eliza empfand, zwang sich unerbittlich um ihr Inneres. Ihr Herz raste in der Stille, die auf seine Worte folgte, und sie konnte nicht anders, als sich der wachsenden Kälte seines Entschlusses bewusst zu werden, während die Entfernung, von der er sprach, in ungeahnte Dimensionen zu gleiten schien.

„Ich werde unverzüglich das Gespräch mit Henry suchen, und ich wünsche, dass du mich begleitest", verkündete Tom mit der Strenge eines Richters, bei dem weder Gnadenerweis noch Wanken Einhalt geboten.

Eliza, innerlich zerrissen und doch wissend, dass jegliche Einwände vergeblich wären, ergab sich dem Unausweichlichen.

Gemeinsam suchten sie Henry in seinen Gemächern auf.

Dieser schien sichtlich überrascht und in gewisser Weise beunruhigt ob der plötzlichen Anwesenheit Elizas und Toms.

„Was gibt Anlass zu diesem Besuch?", fragte er, seine Stimme zeugte von einer nur mühsam beherrschten Ruhe.

„Unterlasse die heuchlerischen Fragen. Berichte mir stattdessen, welche Art Verbindung du zu Eliza hast?", fuhr Tom auf, sein Blick scharf auf Henry gerichtet.

Henry indes richtete seinen Blick auf Eliza, als suchte er in ihren Augen die verborgene Wahrheit zu ergründen, die diesem unerfreulichen Auftritt zugrunde lag.

In einem verzweifelten Streben, die brenzlige Situation zu entschärfen, sprach Eliza mit hastiger Inständigkeit: „Er hat keinerlei Verbindung zu mir."

„Genug deiner Worte. Nur Henrys Erklärung wünsche ich zu hören", unterbrach Tom sie jäh und mit unverbrüchlicher Entschlossenheit.

„Nichts habe ich gesagt, außer, Henrys freundlichen Charakter zu erwähnen", verteidigte sich Eliza, doch ihre Worte fanden kein Gehör.

Tom wandte sich wieder Henry zu. Sein Ton war einer Anklage gleich, schneidend und unnachgiebig. „Ihr habt den gestrigen Abend in Zweisamkeit verbracht. Was tatet ihr, an welchem Ort seid ihr gewesen?"

Henry, in einem bemühten Streben nach Eigenrettung, ließ sich zu einer Unwahrheit hinreißen, als er erwiderte: „Unsere Pfade kreuzten sich nicht des Abends." Seine Worte, so wusste Eliza wohl, tanzten auf der gefährlichen Linie zwischen Täuschung und Verteidigung.

„Jenen Worten vermag ich kein Vertrauen zu schenken", entgegnete Tom mit kalter Entschlossenheit.

„So war ich allein. Ich vertiefte mich in die Vollendung eines Gemäldes. Was Eliza tat, liegt jenseits meines Wissens. Ist sie doch die Angebetete deines Herzens; zweifellos müsstest du von ihren Gängen wissen. Sollte dies nicht so sein?", entgegnete Henry und in seinen Worten lag ein leiser Spott, dem erkennbar die Absicht zugrunde lag, in Tom eine neue Erkenntnis zu wecken oder ihn ins Zweifeln zu führen.

Tom dagegen, mit einer ausgeklügelten Kälte, die seinen ganzen Ausdruck durchdrang, erwiderte: „So verweigert ihr beide also die Offenbarung des Wahren. Möglicherweise meint ihr, ein Höchstmaß an Raffinesse erreicht zu haben. Doch wahrlich, ich durchschaue den Charakter meines Bruders seit jenen Tagen, die meine Erinnerung nicht verblassen zu lassen vermag. Es ist mir noch gegenwärtig, dass er es schon als Kind nicht ertragen konnte, wenn ich einer Fliege die filigranen Beine abtrennte." Mit diesen Worten und einem Anflug von berechnender Kälte schlug er Eliza plötzlich und unerwartet ins Gesicht.

Eliza taumelte zurück, der Schmerz des Schlags ließ ihre Sinne schwanken. Sie schmeckte Blut auf ihren Lippen.

Henry, mit Schrecken und Unverständnis in seinen Augen, starrte auf Tom. „Was erlaubt dir solch eine Tat?"

„Sie bleibt in ihrer Entschlossenheit, mich mit Unwahrheiten zu betrügen. Vielleicht möchtest du zumindest eher zur Enthüllung der Wahrheit finden, bevor ich erneut zur Tat schreite."

„Es gibt keinerlei Geheimnis zu lüften!", sprach Eliza mit kaum hörbarer Stimme. „Welcher Nutzen entspringt einem erzwungenen Geständnis?"

„Zum letzten Mal frage ich: Wo verweilet ihr am gestrigen Abend?" Tom durchbohrte Henry mit einem Blick, der Antworten einforderte.

Als Tom mit unverhohlenem Entschluss Maß nahm zum nächsten Schlag, trat Henry zwischen seinen Bruder und Eliza. „Welch verwerflichen Charakter offenbarst du, wahrlich, in welche Niederungen menschlicher Existenz bist du gesunken!"

„Erspar mir deine moralischen Ermahnungen", erwiderte Tom mit einer Verachtung, die gleich einem eisigen Wind durch den Raum zog. „Hegst du noch Worte von Bedeutung zu sagen?"

„In der Tat, wir verweilten beisammen in der Abgeschiedenheit des Turmzimmers. Dort hielten wir uns auf und tauschten Gedanken aus."

„Welches Turmzimmer, so frage ich?", verlangte Tom zu wissen, seine Stimme von fordernder Dringlichkeit.

Eliza, die die Unberechenbarkeit seiner Wut wohl kannte, hegte den inständigen Wunsch, Henry möge seiner Erzählung Einhalt gebieten. Es durfte unter keinen Umständen geschehen, dass Tom von diesem verborgenen Ort erfuhr.

„Nun denn, führe mich ohne weiteren Verzug hin zum Turmzimmer, in dem ihr euch aufhieltet!", fauchte er und sein drohender Blick legte sich erneut auf Eliza.

Schweigend wies Henry zur Tür und in wenigen Augenblicken darauf fanden sie sich ein in dem geheimen Turmzimmer.

Tom schritt mit aufloderndem Zorn zur Mitte des Zimmers vor, seine Augen umher wandernd, als könnte er seinen Augen nicht trauen. In einem flüchtigen Moment der Hoffnung, hatte Eliza geglaubt, Vernunft könnte Zugang zu seinem Verstand finden, doch diese Hoffnung zerbrach nun jäh.

Toms Augen erfassten die Chaise Longue inmitten des Raumes. „Verflucht seist du, niederträchtiger Verräter. Ich gewähre dir Obdach in meinem Haus, lasse dir alle Freiheit und du erweist mir solch unverzeihlichen Treuebruch! Anstatt Dank zu zollen, sprichst du Eliza mit deinen Tumulten des Geistes an, trachtend danach, sie mir zu entfremden!" Seine Stimme überschritt jedes Maß der Kontenance.

Henry, getroffen von der Schärfe dieser Anschuldigungen, machte einen zaghaften Schritt zurück, seine Intuition sichtbar geleitet von der Notwendigkeit des Selbstschutzes. In seinem Blick lag eine tiefe Traurigkeit, wie die verhängnisvolle Stille vor einem Gewitter. Es erschien Eliza, als würde er in sich zusammensinken.

In jenem abrupten Moment der Eskalation ergriff Tom eine kunstvoll gearbeitete Skulptur und schleuderte sie mit unbändiger Heftigkeit in Richtung seines Bruders. Doch Henry, vom Schicksal begünstigt, duckte sich gerade rechtzeitig, um die Skulptur ihren Weg an die steinerne Wand des Turmzimmers finden zu lassen, wo sie, indes ohne auch nur einen Kratzer zu erleiden, aufprallte.

Dies schürte Toms Zorn nur weiter. Mit kalter Entschlossenheit wandte er sich einer anderen Skulptur zu und schleuderte sie in der Wut des Augenblicks durch die gläserne Scheibe des monumentalen Fensters, das einen Blick auf das unablässige Meer und seine Geheimnisse preisgab. Splitterndes Glas machte das Ende der Beherrschung unüberhörbar. Der Aufprall indes wurde vom Tosen der Brandung verschluckt.

Eliza unternahm nun einen verzweifelten Versuch, Tom zum Einhalt zu bewegen, doch er nahm sie offenbar nicht wahr.

Als Tom endlich das Turmzimmer verließ, lag Henrys vollständiges Werk zerschlagen am Boden oder war durch das Fenster ins Meer geflogen.

Tom, voll der kalten Entschlossenheit, richtete ein letztes Mal einen durchdringenden Blick auf seinen Bruder und sprach mit einer Stimme, die an Eisigkeit nicht zu überbieten war „Entferne dich aus diesem Haus, denn sollte das Schicksal uns nochmals zusammenführen, würfe ich dich wie den übrigen Krempel zum unversöhnlichen Hereinbrechen der Wellen des Ozeans hinaus." Mit jener letzten Drohung ergriff er Elizas Hand und zog sie unnachgiebig mit sich aus dem Raum.

Vor der Tür wandte er sich mit einem unerwartet ruhigen Ton an Eliza. „Nie mehr wirst du diesen Raum betreten. Beim kommenden Dinner werden wir uns wiedersehen, und von jetzt an wirst du an den Mahlzeiten teilzunehmen wünschen, und alle werden mit Erleichterung wahrnehmen, dass die unerträglichen Kopfschmerzen wie ein dunstiger Nebel verschwunden sind."

Eliza fand sich wenig später in ihrem Schlafgemach im Hause

der Cartwrites wieder. Eine unerbittliche Unruhe hatte Besitz von ihr ergriffen. Der Schrecken ob der jüngsten Ereignisse hatte sie in eine neue Wirklichkeit gestoßen. Zwei Gedanken erfüllten nun allein ihr Gemüt: der innige Wunsch, ihr Manuskript unverzüglich in ihren Besitz zurückzubringen und der unbedingte Wille, Mirowcastle unter allen Umständen so bald als möglich zu verlassen und nie wieder an diesen Ort zurückzukehren.

In diesem angespannten Augenblick schritt ihre Mutter mit entschiedener Miene in den Raum. Ihre Augen fixierten Eliza mit durchdringendem Ernst. „Was, Eliza, hast du dir nur dabei gedacht, Tom in solcher Weise zu hintergehen?", fragte sie mit der Stimme der Entrüstung. „Erfüllt dich nicht der Gedanke, wie die Zukunft vor diesem Hintergrund wohl gedeihen soll? Wie vermagst du nur zu hoffen, dass Tom solches verzeihen könnte?"

„Es gibt nichts zu verzeihen", entgegnete Eliza mit einer Ruhe, die ihre inneren Stürme nicht verriet.

„Du traffst dich hinter seinem Rücken mit seinem Bruder und Gott allein weiß, was ihr tatet!"

„Das ist doch barer Unsinn, Mutter. Und zudem nicht Toms Sorge. Sein Bestreben zielt einzig darauf ab, mich gänzlich meiner Eigenständigkeit zu berauben und mir jegliches zu verbieten, was die Essenz meines Seins ausmacht. Zudem hegte er von jeher die Absicht, Henry loszuwerden."

„Der Disput zwischen Henry und Tom betrifft uns in keiner Weise", antwortete Lady Catherine mit einer Stimme, die zugleich Abschottung und Unverständnis verriet. „Doch dass du für die gesellschaftliche Schande, die du auf unser Haus geladen hast, so gänzlich blind bist, das will mir nicht in den Sinn kommen. Wie, denkst du, dürfte Tom auf einen solch beträchtlichen Affront wohl reagieren?"

Eliza vermochte darauf keine Antwort zu finden. Es schien ihr vielmehr, als ob jedes Wort an ihre Mutter ohnehin im Nichts verhallen würde.

„Ich kann nur hoffen", fuhr Lady Catherine fort, „dass Tom dir vergibt und dich dennoch zur Gemahlin nimmt."

„Nichts erhoffe ich mehr, als dass er eben dies nicht tut", entgegnete Eliza mit einer Entschlossenheit, die Lady Catherine für einen Augenblick verstummen ließ.

„Eliza, was erlaubst du dir? Was denkst du, wie dein Geschick sich gestalten soll, wenn die Dinge solch eine Wendung nehmen?", erkundigte sich ihre Mutter mit einer Stimme, in der Sorge und Unverständnis mitschwangen.

„Das ist mir einerlei, doch Tom will ich unter keinen Umständen heiraten." Eliza gingen unweigerlich die Szenen in Henrys Turmzimmer durch den Kopf.

Lady Catherine, wohl in ihrem inneren Kampf um die richtigen Worte verfangen, sprach nach einem Moment des Zögerns: „Du scheinst den Verstand verloren zu haben. Dein Vater und ich werden eifrig bestrebt sein, dich in den Stand dieser Verbindung zu setzen. Es ist die bestgefügte Option für dein künftiges Wohlergehen, und dessen bist du dir wohl bewusst. Tom ist ein herausragender Mensch, der deinen Eigenheiten keinen Raum geben wird, und genau darin liegt die Vorteilhaftigkeit eines solchen Gemahls für deine Zukunft und den Ruf unserer Familie."

Nach diesem unerfreulichen Zwiegespräch, das sie mit einer Melancholie erfüllte, die kaum zu bewältigen war, beschloss Eliza unverzüglich, ihr Manuskript von Tom zurückzuerlangen. Sie sorgte sich vor dem Gedanken, was Tom unter dem Einfluss seines Zornes damit vollbringen könnte.

Er war der Letzte, dem sie zu begegnen und mit dem sie zu parlieren wünschte, doch drängte die Notwendigkeit, ihr wertvolles Schriftwerk zurückzuerlangen, sie zum Handeln. So zwang sich Eliza, an einem weiteren abendlichen Mahl der Familie Cartwrite teilzunehmen, ungeachtet der bedrückenden Spannung, die zwischen ihr und den übrigen Anwesenden im Hause herrschte.

Anschließend ersuchte sie Tom um eine Unterredung.

Ein Spaziergang unter freiem Himmel war indes ausgeschlossen, denn der Himmel hatte seine Schleusen geöffnet und schickte seine Fluten in einem nicht enden wollenden Schauspiel herab. So bot Tom an, sich in der Bibliothek zu besprechen, wo sie gänzlich ungestört sein konnten.

Als sie ihm dort gegenüberstand, währte ihr Eindruck, dass

sein Zorn sich ein wenig gelegt habe. Dennoch schien er etwas Wohlgefälliges von ihr zu erwarten, und in ihm keimte vermutlich die Hoffnung auf eine Art Entschuldigung, die einer feierlichen Unterwerfung gleichkäme, ganz im Sinne eines Ganges nach Canossa.

Eliza wurde sich bewusst, dass ihre Hoffnung darauf, den unerwünschten Groll Tom Cartwrites nicht abermals herauszufordern, zunähme, wenn sie ihm ein Zugeständnis gemacht erscheinen lasse. „Ich kann dir versichern, Tom“, begann sie mit einer Stimme, deren Bemühen darin lag, jegliches Anzeichen von Schwäche zu unterdrücken, „sollte der Gedanke in dir gekeimt sein, dass zwischen Henry und mir eine gewisse Vertraulichkeit den Rahmen des Anstands überschritten hat“, die Worte selbst erschienen ihr derart ungewohnt und grotesk, dass sie Mühe hatte, sie über die Lippen zu bringen. Zugleich befürchtete sie, dass solche Beteuerungen in ihm die irrige Hoffnung entfachen könnten, sie hege am Ende doch den Wunsch, ihm die Hand zu reichen im ehelichen Bund. Doch es blieb ihr keine Wahl, wollte sie ihn dazu bewegen, ihr Manuskript herauszugeben.

„Ja?“, antwortete er mit einer Nuance in der Stimme, die einer Mischung aus stiller Erwartung und unverhohlener Forderung gleichkam.

„Dies ist keinesfalls geschehen. Ich versichere dir dies mit allem Ernst und bei allem was mir teuer ist. Unser Zusammentreffen beschränkte sich auf das Betrachten seiner Gemälde und einen ganz und gar unverfänglichen Schlagabtausch von Worten. Meine unauslöschliche Faszination für die Künste ist dir wohl bekannt.“

Ein nachdenkliches Schweigen breitete sich zwischen ihnen aus, während Tom sie unverwandt betrachtete und sich offenbar am Rande eines inneren Konfliktes befand. Die Pause dehnte sich gleich einem Abgrund.

„Ich will dir gerne Glauben schenken“, sprach er schließlich, mit einer Stimme, die von Bedacht und zermürbendem Misstrauen zeugte. „Ich will dir wahrlich gerne Glauben schenken. Doch ich muss gestehen, dass ich Zeit benötige, um deinen Verrat zu überwinden.“

Eliza fühlte einen unbändigen Drang den Raum zu verlassen. Doch sie widerstand und verharrte, gefesselt von der Notwendigkeit des Augenblicks.

„Henry indes, wird noch heute dieses Haus verlassen und du wirst ihn nie wiedersehen", fügte Tom hinzu, seine Worte mit einer finalen Entschlossenheit.

Eliza spürte einen Stich ins Herz. Die Vorstellung, Henry gänzlich auf sich gestellt zu wissen, erfüllte sie mit dunkler Sorge. Sie fühlte sich hin- und hergerissen zwischen ihrem Mitgefühl für Henry und der zwingenden Notwendigkeit, Toms Misstrauen nicht erneut zu entfachen. Ein jedes für Henry eingelegtes gutes Wort könnte all ihre gehegte Hoffnung zerstören und neue Laster der Eifersucht hervorrufen. So entschied sie sich für den Weg des Schweigens und verbarg ihr Innerstes hinter einer ruhig gedämpften Fassade.

„Und du ...", begann Tom erneut, seine Stimme verriet den inneren Kampf, den er führte, in der Suche nach angemessenen Worten. „Seit du auf Mirowcastle weilst, scheint es mir, als würdest du bemüht sein, Begegnungen mit mir zu meiden. Ich hatte fürwahr gehofft, dass während deiner Anwesenheit die Möglichkeit bestünde, gemeinsame Stunden zu verleben und ..."

Eliza verspürte das dringende Bedürfnis, die Richtung des Gesprächs zu ändern – in jede nur erdenkliche Richtung, die sie von dieser drückenden Angelegenheit hinwegführen könnte. Der Moment schien günstig, das Thema auf das Manuskript zu lenken. „Tom", setzte sie mit wohlüberlegtem Tonfall an. „Ich habe dir mein Manuskript anvertraut. Wenn du ihm deine Aufmerksamkeit gewidmet hast, so wirst du gewiss einen Einblick in mein Gedanken erhalten haben, der dir die Nähe gewährt, die Worte allein gewiss nicht vermögen."

Tom musterte sie mit einem Ausdruck, der von einer leichten Verwunderung zeugte, als ob er die Bedeutung ihrer Worte zu ergründen suchte. „Ich habe es gelesen", bestätigte er.

Aus Toms Worten und seinem Tonfall vermochte Eliza nicht zu ergründen, welche Gedanken ihm das Gelesene eingegeben hatten. So richtete sie ihren Blick auf ihn. Würde er seine Gedanken offenbaren?

„Es ist eine, sagen wir ungewöhnliche Mischung aus Politik, Philosophie, Poesie und Wissenschaft", bemerkte er schließlich, während seine Augen sie mit einer gewissen Intensität musterten.

Eliza hielt seinem Blick stand, während sie die Worte in sich erwog. „Mein Bestreben liegt darin, diese Gebiete zu verknüpfen, aus der festen Überzeugung heraus, dass nur durch ein solches Zusammenspiel umfassende Lösungen erdacht werden können", erklärte sie mit ruhigem Nachdruck.

„Ich hingegen bin der Ansicht, dass diese Bereiche in klarer Trennung voneinander stehen sollten", erwiderte Tom mit jener Bestimmtheit, die sich aus der Überzeugung seiner Weltanschauung speiste und fest in seinem Wesen verankert war.

„Nun, da scheinen wir unterschiedlicher Ansicht zu sein", antwortete Eliza gelassen.

Tom fuhr fort: „Das ist wohl richtig, doch liegt es durchaus auf der Hand, dass insbesondere den Domänen der Wissenschaft, der Politik und der Philosophie seit jeher eine männliche Vorherrschaft eigen ist, ein Zustand, der nicht nur aus Tradition, sondern auch aus einem Überfluss an Gründen besteht, die sich bei näherer Betrachtung als berechtigt und überaus sinnvoll erweisen." Seine Worte sanken wie ein schweres Tuch auf das Gespräch. „Frauen, die hierin eine gefärbte Meinung hegen, sollten sich wohlweislich bedenken, dass eine solche Abweichung von der Norm nicht nur das gesellschaftliche Ansehen der Dame mindern könnte, sondern darüber hinaus auch das Ansehen ihrer Familie zu trüben vermag. Denn es ist allgemein anerkannt, dass die Gabe des philosophischen Denkens - sofern es sich auf die erhabenen Angelegenheiten des Staates und der Wissenschaft richtet - ein Vorrecht des Mannes ist, während das weibliche Geschlecht wohl eher auf die häusliche Sphäre zu beschränken ist. Es mangelt den Damen an einer tiefgründigen Einsicht, einer geistigen Weisheit, die notwendig wäre, sich mit solchen Angelegenheiten zu befassen, und es scheint, dass die Natur selbst hierin eine kluge Verteilung der Befähigungen getroffen hat."

Eliza, gleich einer Festung, die den Ansturm des Gegners längst erwartet hatte, nahm Toms Aussage gefasst entgegen: „Es mag zutreffen, dass Frauen bislang der Zugang zu umfassender Bildung verwehrt gewesen ist; doch allein dies begründet nicht einen Mangel an dem Recht, solches Wissen zu verlangen und es zu beanspruchen."

„Und zu welchem Zweck sollte dies geschehen?"

„Die Einsicht in Wissenschaft, Politik und Philosophie birgt die Möglichkeit, jene um Stimmen zu erweitern und Ausblicke zu öffnen, die sich durch den Einfluss und das Mitwirken von Frauen reicher gestalten lassen. Es ist das Streben, das jeden Mann und jede Frau vereint, nämlich zu einem höheren Verständnis zu gelangen und die Entwicklung der Welt zu beeinflussen. Und es ist die Bildung, welche jedem Menschen die Schwingen, über die vergänglichen Begrenzungen der Gegenwart hinauszublicken und dem Neuen entgegenzufliegen, verleiht. In der Geschichtsschreibung gibt es zahlreiche Belege für Frauen, denen das Privileg der Bildung ein Tor geöffnet hat, durch das sie zu wahrer Größe gelangten", entgegnete Eliza mit nicht minderer Entschlossenheit.

„Du wirst nun gewiss nicht die Königin als Beispiel heranziehen? Denn es steht ihrer Person wahrlich kein außergewöhnlicher Grad der Bildungsgelehrtheit nach, sind da doch eine Schar männlicher Ratgeber, die ihr den Weg weisen. Ohne Lord Melbourne wäre sie auf ihrem angestammten Hofsitz gar verloren gewesen", hielt Tom entgegen.

„Gewiss, nein", erwiderte Eliza mit einer feinen Nuance, „nicht die Majestät. Doch denke an Ada Byron King, die Countess of Lovelace[44] – eine Dame, die sich, ungeachtet ihres

---

44 Ada Lovelace (1815–1852), Tochter des berühmten Poeten Lord Byron und Anne Isabella Milbanke, war ein britisches Mathematikgenie des 19. Jahrhunderts, welches als Pionierin der Informatikgeschichte gilt. Bekannt ist sie für ihre Zusammenarbeit mit Charles Babbage an der Konzeption der „analytischen Maschine", einem Vorläufer heutiger Computer. Lovelace verfasste umfangreiche Anmerkungen zu Babbages Werk, in denen sie die ersten Algorithmen für die Maschine beschrieb, weshalb sie vielerorts als erste Programmiererin der Geschichte angesehen wird. Ihre visionären Gedanken zum Potential solcher Maschinen gehen über konstantes Rechnen hinaus, indem sie deren Fähigkeit zur allgemeinen Problemlösung thematisiert. Trotz ihrer Kürze wurde Lovelaces Lebensweg durch ihre bemerkenswerte Begabung und ihren geistigen Beitrag erheblich geprägt. Quelle: https://de.wikipedia.org/wiki/Ada_Lovelace, zuletzt abger. Am 18.4.2025 um 20:48 Uhr.

gegenwärtigen Krankseins und ihres Rückzugs vom gesellschaftlichen Leben, nicht trefflich verleugnen lässt. Könntest du etwa leugnen, dass sie im Feld der Mathematik glänzend bewandert war und der Wissenschaft einen wahrhaft zukunftsweisenden Beitrag schenkte?"

Tom schien nachdenklich geworden zu sein. „Nun, es bleibt zu beobachten, wie weit ihre Berechnungen in der Zukunft von Bedeutung sein werden. Mir persönlich erschließt sich der praktische Nutzen dieser mathematischen Feinheiten nicht. Wohl kaum wird jemand daraus ein Vermögen schöpfen, oder einen Staat lenken können; bislang muten solche Verfeinerungen mehr als bloße Spielerei an." Nach kurzem Innehalten fuhr er fort: „Zu dem scheint mir, als würdest du deine Gedanken nicht in eine feste Form gießen, in deinem Manuskript. Die richtige Form ist doch von unbedingter Wichtigkeit, damit die Inhalte klar gefasst und leicht nachvollziehbar werden."

Eliza konnte nicht umhin zu bemerken, wie Tom's kritischer Ansatz eine symbolische Parallele zu ihrer gesamten Beziehung offenlegte. „Einem Künstler steht es frei", begann Eliza mit einer Überzeugung, die ihre Leidenschaft für die Sache verriet, „Formen zu wählen, die ihm als die rechten erscheinen, ebenso wie der Inhalt frei sein sollte."

„Nun", entgegnete Tom. „Ich bin der Meinung, dass die Künstler der vergangenen Zeiten, die noch heute von Bedeutung sind, eben ihren Respekt und ihre Zeitlosigkeit dadurch erlangten, dass sie sich den festen Strukturen und den überlieferten Formen unterwarfen und damit ihre wahren Erfolge begründeten."

„Heutzutage", erwiderte Eliza mit einem Hauch von Herausforderung in ihrer Stimme, „sind die Künstler in solchen Angelegenheiten von größerer Freiheit beseelt. Es ist eine Periode der vielen neuen Formen und der Abweichung vom Altvertrauten. Aus solchen variierenden Ansätzen erwachsen frische Impulse und lebendige Inspiration."

Toms Miene war von einer Wolke der Verwirrung beschattet. Seine Stirn legte sich in Falten. Es schien, als läge in Elizas Worten eine Provokation, die ihm missfiel – ein Anerkenntnis der Diversität und der Wandelbarkeit der Kunst, die sich seinem festen Glauben an Ordnung und Tradition widersetzte. Weder schien er ihre Anschauung vollends zu begreifen noch dauerhaft zu ertragen.

„Erkennst du nicht, wie sehr unser Gespräch offenbart, von welcher Grundverschiedenheit wir sind?", sprach Eliza mit einem Drängen, das ihre tiefe innere Überzeugung reflektierte. „Für dich zählen die feste Form und der vorgegebene Inhalt. Für mich sind es die freie Form und der selbstbestimmte Inhalt, die von Bedeutung sind."

Tom, ungerührt durch ihre Erklärung, erwiderte mit kaum verhohlener Geringschätzung: „Was uns unterscheidet, ist allenfalls das Gespür für das Wesentliche im Leben. Das, womit du dich befasst, ist bloß Spielerei. Niemand vermag davon sein Leben zu bestreiten, es führt zu nichts. Im Gegenteil, es könnte dein Ansehen und deine Zukunft gefährden — ein lebensverzehrendes Spiel." Mit unerschütterlicher Festigkeit fuhr er fort: „Für mich hat das Vorrang, was im Leben weiterführt und Bestand hat. Es obliegt mir, dafür Sorge zu tragen, dass die Zukunft, meine eigene und die meiner Nachfahren, keinen Schaden nimmt. Wir werden heiraten, und damit obliegt es mir, auch sicherzustellen, dass du keine unüberlegten Handlungen vollziehst, die dir oder uns zum Nachteil gereichen. Ruf und Ansehen sind die höchsten Güter, die uns gegeben sind."

Dann sprach er mit einer Kühle, die selbst das wärmste Herz erstarren ließ: „Dein Manuskript habe ich den Flammen übergeben. Eines Tages wirst du erkennen, dass dies der beste Weg war."

Eliza stolperte zurück und fand Halt an einer nahen Lehne. Die Wirkung dieser offensichtlichen Grausamkeit zwang sie, sich an das Polster zu klammern.

Für einen Augenblick schien die Welt um sie stillzustehen, als der Schrecken seiner Worte wie ein kalter Nebel über sie glitt. Sie starrte ihn mit ungläubigem Entsetzen an, das ihre Züge erbleichen ließ.

Tom erwiderte ihren Blick mit einer kühlen Starrheit, die keinen Raum für Reue ließ.

Zwischen ihnen war nun eine Kluft, die keine Worte zu überbrücken vermochten.

XII.

Cork, Irland, Anfang April 1848

Die schwere Tür des Befragungsraumes im Cork City Gaol schloss sich mit einem dumpfen Schlag.

William Cahill beobachtet mit Genugtuung, dass Tadhg Brennan, in seiner gebrechlichen Stellung auf dem harten, unbequemen Stuhl, auf dem er festgebunden war, bei dem Klicken des Schlosses zusammenzuckte.

Brennan blickte William nicht an. Sein leerer Blick schien durch Cahill hindurch in eine andere, längst verlorene Welt zu blicken.

William verbiss sich sein Grinsen. Stattdessen schweiften seine Gedanken zur vergangenen Nacht, als er in Dublin weilte. Die angenehme Atmosphäre des Gentlemans-Clubs war ihm noch lebhaft in Erinnerung: die Eleganz des Ortes in ihrem krassen Gegensatz zu dieser erbärmlichen Stätte. Die kostbaren Mahagoni-Möbel und Samtvorhänge, gediegen und erlesen, ein Ort der diskreten Begegnungen, der Geruch von teuren Zigarren und Brandy, und vor allem die angeregte Konversation mit Jules Dubois. Dubois hatte mit einem warmen Lächeln und echtem Interesse an Williams Absichten bezüglich seiner Tochter Isabella eine Befragung durchgeführt, die so gänzlich anders war als jene, die er nun durchführen würde. Es schien, als hätte ihm die Aussicht, dass Cahill um Isabellas Gunst warb, durchaus mit Zufriedenheit erfüllt. Die Erlaubnis, Isabella ins Theater auszuführen, löste nun eine ungeahnte Vorfreude auf seine nächste Gelegenheit, Isabella für sich zu gewinnen aus.

Die Erinnerung dieser frohen Stunde hinter sich lassend kehrte er von der beschaulichen Vergangenheit zur trüben Gegenwart zurück, bereit, die Befragung mit neuer Strategie fortzusetzen. Ein flüchtiges, kaum merkliches Lächeln umspielte seine Lippen. Er trat näher zu Brennan, der eine niedergedrückte Verzweiflung offenbarte, und mit fester Stimme sprach er, die Bedrängnisse von Brennans Familie und das drohende Schicksal der Ausweisung zeichnend. „Es ist Zeit, Brennan", begann er, seine Stimme fest, aber nicht ohne einen Anflug von Lässigkeit. „Deine Familie gerät bereits ins Wanken, deine Frau Caoimhe, deine Kinder — sie alle sind in höchster Not."

Ein leises Stöhnen war aus Brennans Richtung zu vernehmen. William wusste, dass in diesem Moment das Schicksal des Mannes förmlich in der Luft hing, ebenso wie sein eigener Erfolg. Er setzte die Worte bedächtig, fast wie ein Gentleman bei einem sorgfältig gezogenen Zug im Schachspiel. „O'Monroe schützt sie. Das weiß ich so gut wie du. Doch so ist mir ebenfalls bekannt, dass, wenn ich ihn nicht finde, ich sie aufsuchen werden muss, um ihr eine Geschichte aufzutragen, die sie veranlassen wird, mich direkt zu ihm zu führen."

Ein leichtes Zucken durchlief die Miene Brennans, ein untrügliches Zeichen der schleichenden Zermürbung, die Cahill innerlich zufriedenstellte, auch wenn er sich dabei insgeheim fragte, wie weit er sich noch vorwagen müsse, um die begehrten Informationen seinem Gegenüber zu entlocken. Diese vermaledeiten Iren zeigten sich von einer Sturheit, die sowohl in ihrer Standhaftigkeit als auch in ihrer Torheit ihresgleichen suchte. „Das kann nicht ernstlich dein Wunsch sein", fuhr William fast beschwörend fort. „Entscheide dich zu reden, oder ich sehe mich gezwungen, deine Caoimhe in die Angelegenheit hineinzuziehen. Kann ein Mann so unehrenhaft handeln, und wilens sein, das Schicksal seiner Familie aus eigensüchtigem Vorteil in den Abgrund zu stürzen?"

Die Spannung im Raum wuchs spürbar, bis Brennan gleichsam unter ihrer Last zusammenbrach. „Meine Frau hat keine Kenntnisse. Sie hat damit nichts zu schaffen ..."

„Das denke ich mir auch, Brennan. Und aus diesem Grund wäre es doch wahrlich eine Schande, wenn ich sie involviern müsste." William lächelte mit leicht zusammengekniffenen Augen. „Nun, Brennan, was kannst du mir berichten, um sie zu schützen?"

Mit mühsamem Atem gestand er bedeutungslos: „Waffenlieferungen aus Frankreich. In einem Versteck, dessen Ort mir nicht genau bekannt ist."

William näherte sich Brennan mit einem entschlossenen Schritt, und ohne zu zögern, ergriff er dessen Haar mit festem Griff, um seinen Kopf emporzureißen und ihm mit loderndem Zorn in die Augen zu blicken. „Genug der Spielchen. Hältst du mich für einen Narren?"

Brennan, in seinem Widerstreben vergeblich ringend, schloss die Augen, seine Worte kaum mehr als ein heiseres Flüstern, gezeichnet von Erschöpfung und Verzweiflung. „Der Treffpunkt ist mir wohl bekannt."

„Wo liegt dieser Treffpunkt?"

Mit stockendem Atem und als müsse er jedes Wort aus den Tiefen seines Inneren hervorholen, antwortete Brennan: „Exeter", ließ er zögerlich verlauten, als sei dies der Schlüssel zu einer Tür, die er nur widerwillig öffnen wollte.

Cahill, gänzlich auf den abgemagerten Mann vor sich konzentriert, beugte sich näher, seine Neugier und seine Ungeduld unübersehbar.

„In England, ja", murmelte Brennan, seine Augenlider flatterten müde. „Unweit der Stadt ... Dort, in der Nähe, finden sich Gebäude ... alt, verlassen."

„Und was genau weißt du über diesen Ort?", forschte William unnachgiebig weiter. „Los, gib preis, was dein Freund O'Monroe dir anvertraut hat."

Brennans Augen wirkten gläsern, als er sich mühsam an die Worte erinnerte, die Daoiri ihm mit einem listigen Unterton einmal zugeflüstert hatte. „Er sagte, zu solchem Zweck sei es vom alten Lord Aylward nicht bestimmt gewesen", begann Brennan stockend, seinen Blick ins Leere gerichtet. „Eine Ruine, sagte er, schon lange von niemandem bewohnt."

Cahill überlegte. Ihm kamen die südwestlichen Teile Devons in den Sinn. Die Beschreibeung war dürftig, doch der Hinweis auf Lord Aylward eindeutig. Es musste sich um das verlassene Buckfast Abbey handeln. Brennans Worte führten bei William zu einem stummen Triumph. Ein deutliches Gefühl der Erfüllung, das ihn ganz einnahm. Er ließ mit einem verächtlichen Blick Brennans Haar los und dessen Kopf sackte schwer auf seine Brust. Die nächste Phase Cahills Plans deutete sich an, doch William hatte vorderhand andere Pläne: Seine bevorstehende Abendverabredung mit Isabella im Theater, und die Ermittlungen, so entschlossen er auch war, mussten bis zur Erfüllung dieser erfreulichen Aufgabe aufgeschoben werden. „Ich danke dir, Brennan", sagte er schließlich. „Nun werde ich tun, was du schon lange nicht mehr tatest. Ich werde deiner Frau einen Besuch abstatten und sie bei dieser Gelegenheit bitten, mir zu helfen. Doch bis dahin ... ich habe noch einen anderen Termin."

Während Cahill den Raum verließ, beobachteten die Constabler schweigend das zurückgelassene Häuflein Elend, das Brennan nun war.

William jedoch war mit seinen Gedanken an den Abend erfüllt, seine Verabredung mit Isabella zeichnete seine Gesichtszüge mit leisem Glanz. Ein Hauch von Zufriedenheit begleitete ihn hinaus ins abendliche Licht. Er ahnte, was er geplant hatte, würde für eine Überraschung sondergleichen sorgen.

Während der mühevoll verzögerten Passage gen Cork, wohin sich Isabella, dem Wunsch Ihres Vaters gemäß, begeben sollte, um sich im Hause der Cahills mit Jane und deren Bruder William zusammenzufinden, trug Isabella ein merkliches Unbehagen wie ein schweres Joch. Den Eindrücken ihrer Reise fügte sich unausweichlich das Bild ihrer Mutter hinzu, um deren Wohl sie sich sorgte. Die Einsicht, den Abend in Gesellschaft William Cahills zu verbringen, verlieh ihrer Gemütslage nicht minder an Beklommenheit.

Miss Leahy war eine stille Begleiterin. Auch sie schien mit ihren Gedanken weit fort zu verweilen.

Das Ankommen befreite beide aus der schweigsamen Gesellschaft. Isabella wandte sich mit bestimmtem Ton an Miss Leahy: „Jane Cahill wird an diesem Abend mit Mr. Cahill und mir verweilen. Ihre Präsenz ist heute nicht vonnöten." Miss Leahy, sichtlich erfreut über derlei Freizügigkeit, erwiderte: „Wie Sie wünschen, Miss Dubois", und entließ sich mit einem kurzen Knicks aus der Kutsche. Isabella schritt voran zum Portal.

Nachdem sie den Türklopfer bedient hatte, öffnete Jane die Tür.

Jane bot einen wunderschön Anblick. Sie hatte sich bereits für den Abend angekleidet.

Isabella hatte den Impuls, Jane in herzlicher Umarmung zu begrüßen, doch ohne ihren Bruder zu sichten, bewahrte sie Etikette und bot Jane die formale Handreichung.

„Tritt ein, Isa. Wir müssen bald aufbrechen."

„Die Wege waren weniger einladend, als das Wetter uns glauben machen wollte; die Fahrt verlangte ungeduldige Stunden."

Jane nickte verständnisvoll und bemerkte: „Es ist ohnehin nicht ratsam, zu den ersten Gästen zu gehören."

Kaum hatten die beiden ihren Fuß über die Schwelle gesetzt, wurde Isabella William Cahills gewahr.

„Miss Dubois, ich freue mich, Sie zu sehen. Wir haben Sie bereits erwartet." Mit kurzem Lächeln und einem angedeuteter Handkuss begrüßte er sie.

„Die Straßen erlaubten kein schnelleres Vorankommen", entgegnete Isabella entschuldigend.

William antwortete mit einem eleganten Lächeln: „Dies sollte uns veranlassen, bald aufzubrechen."

„Seit wann wünschst du unter den ersten Gästen zu sein?" Jane blickte ihren Bruder mit einiger Verwunderung an.

Darauf entgegnete William gutmütig: „Nun, ich habe es im Vorfeld angekündigt, dass unser Abend einen besonderen Besucher bereithält. Mehr werde ich indes nicht verraten."

„Wir sind nicht die ersten", stellte William Cahill fest, als sie vorfuhren.

Das war auch kein Wunder, denn die Kutsche war mehrfach stecken geblieben. Die Kutschfahrt hatte lange gedauert, wie

Isabella fand.

Sie befanden sich vor einem imposanten Barockbau. Viele Menschen strebten auf das Portal zu, weitere Kutschen fuhren soeben vor.

Isabella blickte sich um. Als sie wieder nach Jane und ihrem Bruder blickte, waren diese bereits ein Stück weiter gegangen. Sie raffte ihre Röcke leicht und wollte hinter den Zweien her eilen, als sie in der Drehung mit jemandem zusammenstieß. Sie blickte sich erschrocken um.

Es handelte sich um einen nicht sehr groß gewachsener Mann mit dunklen Locken. Er war schmal und sah unübersehbar blass und kränklich aus.

„Pardon moi!", sagte er höflich.

In dem Moment trat Jane zu ihnen. „Monsieur Chopin!", sagte sie ehrfurchtsvoll. „Isabella, du stehst niemandem geringerem als Frederik Chopin persönlich gegenüber!"

„Ich habe doch gesagt, dass es einen Überraschungsgast geben wird", raunte William, an Isabellas Seite getreten, leise in ihr Ohr. Isabella wusste nicht, wo ihr die Sinne standen. Zu viele Eindrücke stürmten zugleich auf sie ein. Sie starrte Frederik Chopin an, ohne ein Wort hervorzubringen.

„Monsieur, ne laissez rien vous arrêter. Nous avons hâte de vous entendre personnellement!"[45], sprach William in fließendem Französisch, wie Isabella überrascht konstatierte.

Als sie auf den bereit gestellten Stühlen Platz genommen hatten, nahm Isabella wahr, dass Janes Augen freudestrahlend auf sie gerichtet waren. „Er wird sogar spielen, höchstpersönlich, und welch ein Glück! Will, wo nur hast du diese Karten erworben? Das ist wahrhaft wunderbar! Ist es nicht so, Isa?"

Isabella musste eingestehen, dass William Cahill diese Überraschung mit wahrer Eleganz und Raffinesse arrangiert hatte. Ihr Lächeln - von höflicher Wärme und tatsächlicher Freude durchdrungen - galt ihm als stille Anerkennung für seine gelungenen Pläne.

Eine sanfte Spannung erfüllte den Raum, als der Meister der Klaviatur, Monsieur Frederik Chopin, gemählich Platz nahm

---

[45]„Sir, lassen Sie sich durch nichts aufhalten. Wir freuen uns darauf, Ihnen persönlich zu lauschen!"

vor dem vorbereiteten Flügel, dessen Elfenbeintasten im Kerzenschein schimmerten.

Da trat ein Herr vor, dessen vornehme Haltung nicht minder Achtung gebot. „Meine Wertgeschätzten, ich bin entzückt, Euch wissen zu lassen, dass dieser Abend mit der hochherrschaftlichen Anwesenheit von Monsieur Frederik Chopin selbst geehrt wird. Überdies hat der fantastische Virtuose sich ausgelassen, um einige seiner meisterlichen Werke zu Gehör zu bringen", und während er sprach – „Sir Cecil Cole", erklärte William flüsternd an Isabellas Seite –, erfüllte ein leises Murmeln der erwartungsvollen Bewunderung den Saal.

Adhmaid House nahe Shannagarry, County Cork, Irland

„Isabella, nimm nur Platz neben mir", wisperte Mary Dubois, ihre Stimme kaum mehr als ein flüchtiger Hauch.

„Mutter, wäre es dir genehm, den kühlen Garten aufzusuchen?", fragte Isabella mit einem besorgten Blick auf ihre Mutter.

„Nein, nein, erheitere mein Gemüt mit Berichten von ... deinen Erlebnissen des gestrigen Abends ..."

Unruhe lag wie ein Schatten auf Isabella, als sie sprach: „Mutter, sollte ich nicht doch nach Dr. Baker senden lassen?"

Mary Dubois schwieg einen kurzen Augenblick. „Er weiß kein Mittel ...", erwiderte sie schließlich kaum hörbar.

In jenem Moment klopfte es an der Tür.

Es war Jules Dubois, der den Raum betrat und sprach: „Dr. Baker ist in Erwägung seiner Pflichten unerwartet zur Visite erschienen."

Eine Last fiel von Isabellas Schultern, eine Erleichterung, die kaum in Worte zu fassen war, denn die Ankunft des Doktors bedeutete Hoffnung und die Aussicht auf Genesung.

Bald darauf trat der Doktor in den Raum. „Mrs. Dubois, ich bringe Euch ein Heilmittel." Der Arzt hielt eine kleine Dose in den Händen. „Es ist eine Mischung aus Tollkirsche, Stechapfel und Bilsenkraut. Diese Zusammenstellung ist seit jüngster Zeit bekannt für die Milderung solcher Beschwerden, wie Ihr sie gegenwärtig erfahrt. "

„Doch, könnte es denn dem Kind nicht schaden?", flüsterte Mary.

„Mary, du wirst es annehmen müssen", sprach Jules, seine Worte von einer Miene der Unverständnis begleitet.

„Sollte das Ungeborene in Ermangelung an Atemluft Schaden nehmen, wäre dieser gewiss ungleich größer", erwiderte der Doktor mit Bedacht.

Isabella gewahrte die innere Zerrissenheit ihrer Mutter, die zwischen Sorge und Hoffnung schwankend, mit sich rang, die angebotene Arznei zu sich zu nehmen.

„Mary, sei bitte nicht töricht", forderte Jules Dubois seine Gattin mit merklicher Ungeduld auf. „Es ist ein wahrer Segen, dass Dr. Baker nun endlich ein Heilmittel gefunden zu haben scheint, denn ich muss morgen in der Frühe nach London aufbrechen."

Isabella konnte in dem Blick ihrer Mutter erkennen, dass diese angesichts der bevorstehenden Abwesenheit ihres Vater Sorge überkam.

In einem Akt der inneren Überwindung nahm Mary schließlich einige Prisen des dargebotenen Pulvers zu sich.

Die Augen der Anwesenden waren voll gespannter Erwartung auf sie gerichtet.

„Die Wirkung lässt einige Zeit auf sich warten", bemerkte Dr. Baker, dessen eigene Haltung mehr von Hoffnung denn von Gewissheit erfüllt schien.

Doch nach einigen bangen Augenblicken erfüllte sich die Hoffnung: Die Wirkung zeigte sich, und Lady Mary vermochte in der Tat merklich leichter zu atmen.

Kaum war dies zu konstatieren, als sich Jules auch schon entschuldigen ließ, mit mit Verweis auf dringliche Angelegenheiten, die ihn ob der morgigen Reise noch in Anspruch nähmen.

Auch Dr. Baker machte sich daran, das Anwesen zu verlassen, und Mary begegnete Isabellas Blick mit einer Fragestellung in ihren Augen.

„Mutter, ich wünsche ihn nicht zu ehelichen."

Cork, Irland

In den frühen Stunden des Morgens, als der Nebel sich noch in bleichen Schleiern über die sanften Hügel um Cork legte, fand sich William Cahill zu einem heimlichen Treffen mit Daniel Kerry, einem Mann von diskreter Natur und unverkennbarer Gerissenheit, den er selbst ausgewählt hatte, ihm einen wichtigen Dienst zu tun. Cahill hatte für diese Begegnung die Amplitude einer einsamen Teestube auserkoren.

Sorgsam bedacht auf mögliche Zuhörer, wendeten sich ihre Dialoge dem Kern der Angelegenheit zu.

Daniel Kerry, die stille Vertraulichkeit eines Komplizen wahrend, begann seinen Bericht über die Bewegungen Sir Adrian Carters. „Sir, ich habe Carter mehrere Male bei Lord Cecil Cole ein- und ausgehen sehen", sprach Kerry, während er einen diskreten Blick durchs Fenster warf.

Cahill nickte bedächtig. „Das ist bekannt – Sir Cole und Adrian Carter scheinen eine Allianz zu pflegen.

„Offenbar hat er sich nach London begeben", berichtete Kerry weiter. Er steckte sich eine Zigarre an und lehnte sich paffend zurück.

William betrachtete ihn mit durchdringendem Blick. Sein Verstand war nun durchdrungen von aufgewühlten Gedanken. „Auch wir müssen nach England aufbrechen", erklärte Cahill schließlich, seine Stimme entschlossen. „Ich habe aus Brennan alles herausgeholt, was er zu geben imstande war. Es liegt nun bei uns, diese Auskünfte auf ihren Wahrheitsgehalt zu prüfen, ehe ich meinen Vorgesetzten involviere."

Kerry neigte sich vor, das Interesse flackerte in seinen Augen. „Was haben Sie aus Brennan herausgeholt?"

Ein kurzes Schweigen legte sich wie eine samtige Decke über ihre Gespräche, bevor Cahills Antwort in der Luft wie eine verhüllte Drohung schwebte. „Das wird sich offenbaren, wenn die Zeit ihre Schleier hebt. Wichtiger für Sie ist: Brennan wird nach Dublin Castle verbracht. Ich nehme an, Carter ist Teil des Komplotts; dies führt mich zu der Annahme, dass Brennan

Dublin Castle nicht erreichen wird." William blickte sein Gegenüber eindringlich an. „Die Zeit wird knapp, Daniel. Es bedarf zügiger Handlungen, um die Wahrheit ans Licht zu befördern, bevor das Netz der Intrigen sich vollends spannt."

Am frühen Morgen des nächsten Tages, als die ersten Strahlen der aufgehenden Sonne die Nebelschwaden über dem Lee in goldenes Licht tauchten, begaben sich William Cahill und Daniel Kerry zielstrebig auf ihre Reise nach England. Die Luft war erfüllt vom regnerischen Duft der Stadt, und ein leiser Wind begleitete ihren Aufbruch.

Als der Zug sich in Bewegung setzte, dachte William mit dezenter Niedergeschlagenheit an Isabella. Doch gleich ergriff ihn der Tatendrang. Er musste sich ein eigenes Bild davon machen, was an Brennans Behauptungen dran war.

Zur Trennung ihrer Wege kam es erst, als Kerry sich in London daran machte, Carters Spuren zu folgen, was nicht allzu schwer war angesichts der Bekanntheit, welche jenen umgab und William Cahill, zielgerichtet in seinen Ambitionen, den Zug bestieg, der ihn zur Ostküste nach Exeter bringen sollte. Die Eisenbahn, Symbol des fortschrittlichen Zeitalters, pfiff zur Abfahrt, ihre Antriebskraft verkörperte das unaufhaltsame Voranschreiten.

Cahill lehnte sich in seinem Abteil zurück, das leise Rattern der Schienen lullte ihn in gedankenvolle Beschauung. Die Landschaft - ein endloser Pinselstrich aus Grün- und Goldtönen – zog wie ein Gemälde an seiner flüchtigen Wahrnehmung vorüber. Seine Gedanken, unruhig und sprunghaft, verharrten bei dem heiklen Unterfangen, dem er sich gestellt hatte. Jede Meile brachte ihn der Antwort näher, doch das Netz des Rätselhaften spann sich stetig dichter.

Noch hatte es ihm gegolten, Warner keinen Bericht zu erstatten von den Informationen, die er durch eindringliches Befragen Brennans erhalten hatte. Unwissend war Warner zudem darüber, dass er mit Kerrys Mitwirkung heimlich Sir Adrian Carter observierte, ungeachtet der Tatsache, dass Warner es strikt untersagt hatte. Er durfte nicht erneut der Torheit erliegen, Warner in seine Pläne einzuweihen, bevor ihm der Triumph des unwiderlegbaren Beweises gelungen wäre. In dieser delikaten Angelegenheit musste Vorsicht walten, bis unerschütterliche Zeugnisse aufgeboten werden konnten.

Inzwischen verfolgte Daniel Kerry nüchtern und mit leidenschaftsloser Präzision das ihm zugeteilte Ziel: Carter. Wie ein steter Schatten glitt Kerry durch die Straßen Londons, bestrebt, keine Bewegung des zu Überwachenden zu verpassen. Es war an einem dieser exklusiven Gentlemans Clubs, wo Kerry endlich seine Beute aufspürte. Die opulente Fassade des Clubs schrie von Reichtum und Prestige, ein Paradies für die Elite, eingehüllt in eine Aura diskreter Vertraulichkeit.

Kerry hatte keine Schwierigkeiten, sich hier Zutritt zu verschaffen. Er wusste, wen er kontaktieren musste, um Einlass gewährt zu erhalten, und einen noblen Anzug nannte er sein eigen. Gemeinsam mit seinem Bekannten, dessen Anwesenheit ihm den Zugriff auf solche Räumlichkeiten ermöglichte schlüpfte Kerry selbstbewusst in seine Rolle als wohlhabender Kaufmannssohn.

Inmitten des gedämpften Ambientes spähte er durch die schweren Rauchschwaden, die in runden Spiralen zu den brillant leuchteten Kronleuchtern stiegen, und erspähte bald Adrian Carter, der sich mit einem anderen Genteman in ein Gespräch vertiefte. Dieser Fremde barg in seiner Person eine Eleganz, die sich deutlich in seinen prägnanten Gesichtszügen und der tadellosen Schneiderei seines Gewandes offenbarte. Seine Augen, von einem kühlen Blau, funkelten mit dem geschäftigen Eifer eines Mannes, der die Ge-heimnisse des Marktes kannte und sie zu seinem Vorteil nutzte. In seinen Bewegungen lag die fließende Gewandtheit und in seiner Miene die unverbrüchliche Entschlossenheit eines Menschen, der es gewohnt war, seine Wünsche umzusetzen, ohne jemals der Dringlichkeit lauter, unbeherrschter Szenerien zu bedürfen. Ein Kaufmann musste er sein, zweifellos – denn das Bild, das sich ihm bot, war die Vollendung jener Erscheinung, welche Kerry selbst in seinem Rollenspiel sich zu eigen gemacht hatte.

Doch wer konnte der Mann sein und welche verwinkelten Verbindungen knüpfte er zu Carter.

Ballyraddin, nahe Kilkenny, Irland

Zeitgleich fand sich Tadhg Brennan auf der hölzernen Bank in einer der robusten Wagen der Regierung wieder.

Die Räder rollten mit sonorem, knarrenden Klang über die steinige Landstraße, die wie ein endloser brauner Faden durch die sattgrüne Landschaft verlief. Dieser Konvoi, bestehend aus schwer bewaffneten Constablern und Soldaten, zog in gemächlichem Tempo von Cork nach Dublin, das mächtige Dublin Castle als sein Bestimmungsziel.

Tadhg lehnte sich zurück und fühlte das grobe Schaukeln des Wagens mit jedem Ruckeln im Kopf. Gedanken schwirrten durch seinen Verstand, ein schemenhaftes Mosaik aus Furcht und Hoffnung.

Die herbe Monotonie wurde jedoch jäh unterbrochen, als das Gefährt einen plötzlichen Ruck verspürte und eines der Holzräder mit einem gespenstischen Knirschen brach. Die Kutsche kam unversehens zum Stillstand, die zornigen Rufe der Männer mischten sich mit dem Wiehern der Pferde. Eine unheimliche Vorahnung legte sich wie ein dunkler Schleier über die Szene.

Constabler und Soldaten stiegen ab, um den Schaden zu begutachten, während der Wind in den Büschen ein Flüstern des Komplotts zu tragen schien. Noch während die Männer sich auf die kaputte Achse konzentrierten, brach aus dem Nichts ein fiebriges Gewirr der Aktion hervor.

Männer, gekleidet in der rauen, unprätentiösen Aufmachung von Landarbeitern, indes mit einiger Entschlossenheit in den Augen, tauchten von beiden Seiten des Weges auf. Sie waren gut bewaffnet und bewegten sich mit einer Koordination, die nichts dem Zufall überließ. Pistolen blitzten im Sonnenlicht und kündeten ein Scharmützel an, das keine Rücksicht auf Verluste nahm.

„Runter", befahl einer der überraschten Constabler, während er selbst die Deckung eines nahegelegenen Baumes suchte. Schüsse krachten durch die Luft, eine Kakophonie des Krieges, deren Echo weit durch die Landschaft trug.

„Lasst nicht zu, dass sie ihn mitnehmen!", rief ein Soldat, seine Stimme übertönte das Chaos, als er sich in den Kampf stürzte. Männer fielen, Rauch legte sich über den Schauplatz und in der Ferne verkündete das Echo der Schüsse das Ende eines gewagten Scharmützels. Doch in der schnellen Entwicklung des Überfalls offenbarte sich das Können der Angreifer. Mit Präzision und lautlosem Befehl arbeiteten sie sich durch den Widerstand der Eskorte, bis sie endlich das Ziel ihrer Operation erreicht hatten, und Tadhg's Bewacher in kürzester Zeit gefangen setzten.

Tadhg, dessen Beine ihn nicht zu halten vermochten, wurde aus der Kutsche gezerrt. Seine Retter, stützten ihn mit eiligen Handgriffen. „Rasch, beeilt euch", rief einer der Männer, während sie sich mit ihrem gefangenen Schützling zurückzogen und das Chaos zurückließen.

Und während die Angreifer mit ihrem Gefangenen in die Tiefen der Landschaft flüchteten, blieben die erstaunten Überreste der Eskorte zurück.

London, England

Die Dämmerung senkte sich langsam über die geschäftige Metropole London, hüllte die Straßen in ein goldenes und sanftes Lichtspiel, welches die Schatten der nahenden Nacht einleitete. Die Straßen waren gesäumt von Kutschen und eleganten Droschken, deren Pracht die noble Umgebung unterstrich.

Ein unaufhörliches Gemurmel erstickte die Luft und war gleichwohl beruhigend wie verräterisch. Zwischen den eleganten Bögen der wohlhabenden Stadtviertel, wo majestätische Linden ihre Zweige in schwerer Pracht ausbreiteten, bewegte sich Carter mit einer bedächtigen Gelassenheit, die eine tiefere Absicht verbarg.

Daniel Kerry, dessen unermüdliches Streben ihn in die Nähe seines Beobachtungsobjektes geführt hatte, folgte unauffällig, die Spur des vor ihm wandelnden Mannes nicht aus den

Augen verlierend.

In jenem Labyrinth aus vornehmen Fassaden hielt Carter abrupt an und warf einen prüfenden Blick über die Schulter, bevor er sich an der Tür eines stattlichen Stadthauses zu schaffen machte. Das Haus war gekennzeichnet durch eine imposante Eingangstür, flankiert von hohen Säulen.

Was Kerry nicht wusste, war die gravierende Tatsache, dass er sich nicht nur vor irgendeinem Haus Londons befand, sondern vor dem Anwesen der Cahills.

Während der Abend zu einer samtweichen Dunkelheit heranwuchs, beobachtete Kerry angestrengt, wie Carter sich am Schloss der Eingangstür betätigte. Ein flüchtiger Moment der Spannung erfasste die Szenerie, als die Tür sich mit einem plötzlichen Knarren öffnete und den ungebetenen Besucher einließ.

Kerry fragte sich, was in den Wänden des Hauses verborgen lag, das Carters Interesse auf sich zog. Welche Machenschaften trieben ihn an diesen Ort? Schließlich beobachtete er, dass Carter wenig später die Tür erneut öffnete und hinaustrat auf die Straße, eine Aktentasche unter seinem Arm.

„Was hat er mitgenommen?", fragte sich Kerry, während Carter sich in die Entfernung begab, seine Silhouette im Schatten der Nacht entschwindend. „Und warum ausgerechnet hier?"

Buckfast Abbey, bei Dartington, Nahe Exeter, England

Der Ritt von Dartington, knappe 5 Meilen, hatte William Cahill durch unberührtes Land geführt. Die Abtei, ein vergessenes Relikt vergangener Pracht, erhob sich nun vor ihm wie ein Monument der Geschichte. Die bröckelnden Mauern kündeten von einer Ära, in der sie Schutz und Geist boten, doch jetzt lag das Gemäuer entblößt im dämmrigen Licht, als Hüter eines neuen Geheimnisses, wie William sich sicher war.

Er stieg in einiger Entfernung ab. Das Tier schnaubte leise, als es schließlich an einem alten Eichenbaum Halt fand. Mit ruhiger Hand band William die Zügel um einen stabilen Ast. Er tätschelte die seidige Mähne und atmete tief durch, bevor er sich bedächtigen Schrittes zu fuß auf den Weg machte, gerüstet mit nichts als dem Wissen, das er Brennan abgerungen hatte.

Die Dämmerung zog wie ein sachter Schleier über die Landschaft, das Zwielicht gab der Szenerie einen Hauch von Unwirklichkeit. William schlich auf geräuschlosen Sohlen und die leisen Geräusche der Natur verbündeten sich mit ihm wie Komplizen in seinem heimlichen Vorhaben. Mit wachsamem Auge studierte er die Szene vor sich, auf der Suche nach Details, die sich wie Teile eines Puzzles in seinem Verstand zusammenzufügen vermochten.

Die Mauern kündeten von der Patina der Ewigkeit. In den Schattenbereichen der gewaltigen Struktur wachte eine kleine Gruppe postierter Männer.

„Zu viele für eine direkte Konfrontation", dachte William flüchtig, während er, von Neugierde gepackt, seine Position im Schatten der alten Mauer behielt. Von seiner verborgenen Aussicht indes hatte er gleichwohl einen Überblick in das Treiben im Inneren der Abtei, denn ein Mauerdruchbruch gab ihm die Sicht frei.

Kisten, willkürlich gestapelt und gut bewacht, füllten den Raum. Was enthielten diese Behältnisse? William kaute auf der Frage, während er überlegte, welchen Einfluss dieses Wissen auf sein weiteres Vorgehen haben könnte. Die Männer, die sich um die Ladungen kümmerten, wirkten nicht wie simple Arbeiter, sondern folgten einer zielgerichteten Anweisung.

Mit leiser Bestimmtheit zog er sich zurück. Der Schutz der Nacht sollte ihm den Rückzug gewähren, während er seine nächsten Schritte überlegte, Wege in weiter Ferne, doch schon geistig betreten – dieses Komplott lag im Schatten und es war an ihm, seine Strukturen aufzudecken.

Daoiri O'Monroe öffnete leise die Tür und trat ein. In der gedämpften Stille eines kleinen Zimmers mit kargem Mobiliar und erfüllt von einer Mischung von Alkoholgeruch und anderen Heilmitteln, fand er Tadhg, erschöpft von den Wunden und Entbehrungen, die er erlitten hatte.

Die Sonne, drang durch das schmale Fenster, malte schwache

Muster auf die abgenutzten Dielen und schien in einem goldenen Winkel über Brennans Lager.

Sein Blick war fest als er Tadhgs geschwächte Gestalt erblickte. Daoiri schritt zu dem Bett und ließ sich auf einen der Holzstühle nieder.

„Mo chara", begann Daoiri in tröstendem Ton. Doch bevor er weitersprechen konnte, hob Brennan seine Hand, seine Augen waren ernst und voller Dringlichkeit.

„Daoiri, impím ort - lorg Caoimhe.[46]" Tadhg griff nach Daoiris Arm und er versuchte mühsam, sich aufzurichten. „Sage ihr, sie müsse sich vorsehen, was Cahill anbelangt.[47]", Tadhg blickte Daoiri flehend an. „Ba chóir go mbeadh a fhios aici go mbeidh mé ar ais go luath. Níor chóir di a bheith buartha[48]", bat Tadhg mit einer Stimme, die trotz ihrer Brüchigkeit von erheblicher Intensität war.

Daoiri beugte sich näher, bereit, sein Wort zu geben. „Tabhair aire do do théarnamh, a Thaidhg. Tabharfaidh mé aire do Caoimhe. Inseoidh mé gach rud di - tá mo bhriathar agat[49]", versprach er mit fester Entschlossenheit.

Tadhg, von Erschöpfung und Erleichterung erfüllt, sank zurück in die Kissen. „Conas a chríochnóidh sé seo go léir, a Daoiri?[50]", fragte er, seine Augen suchten die Antwort in denen seines Freundes.

Daoiri hielt für einen Moment inne, bevor er sprach. „Nuair a bheidh tú healed, beidh muid a fháil ar bhealach, geallaim duit. Anois, a ghnóthú, sin an rud is tábhachtaí.[51]"

Ein Schatten der Untersuchung in der Vergangenheit fiel über Brennans Gesicht. „Cahill ... an fear seo ... sé féin agus a cheisteacha ...[52]"

Daoiris Augen blitzten zornerfüllt. „Íocfaidh sé as a chuid

---

[46]„Ich flehe dich an – suche Caoimhe auf."

[47]„Sage ihr, sie müsse sich vorsehen, was Cahill anbelangt."

[48]„Sie soll wissen, dass ich bald zurückkehren werde. Sie soll sich keine Sorgen machen!"

[49]„Sorge dich um deine Genesung, Tadhg. Ich werde mich um Caoimhe kümmern. Ich werde ihr alles ausrichten – du hast mein Wort!"

[50]„Wie wird all dies enden, Daoiri?"

[51]„Wenn du geheilt bist, werden wir einen Weg finden, das versichere ich dir. Jetzt, erhole dich, das ist das Wichtigste."

[52]„Cahill ... dieser Mann ... er und seine Verhöre ..."

gníomhartha[53]", sprach Daoiri mit Entschlossenheit. „Tabhar-faidh mé aire de sin freisin.[54]"

In der späten Nachmittagssonne, die Cork in ein warmes, honigfarbenes Licht tauchte, erreichte Andrew Cahill sein Corker Stadthaus.

Der lebhafte Rhythmus der Stadt, das ferne Echo von Kutschenrädern und das Gelächter der Kinder hatte ihn hierher begleitet und nun sah er einem friedlichen Abend bei einem jener hervorrangenden Gerichte der Köchin entgegen. Ob Jane schon zugegen war?

Als Andrew den Schlüssel aus seiner Tasche zog, bereit den Tag hinter sich zu lassen, überkam ihn ein unvorhergesehener Moment der Unruhe. Doch bevor er dem Gefühl nachgeben konnte, rief eine fremde Stimme unmittelbar hinter ihm: „Mr. Cahill?"

Er wandte sich um, überrascht bei der Nennung seines Namens. „Ja, bitte?"

Er hatte gerade wahrgenommen, dass mehrere Gstalten hinter hin getreten waren, als ihn ein erster herber Schlag traf. Er krümmte sich unter dem Schlag in den Magen, der ihm jede Orientierung raubte.

Bevor er ein weiteres Wort sagen konnte, traf ihn hinterrücks ein Knüppel in den Kniekehlen. Seine Beine brachen jäh zusammen und er stürzte die Treppenstufen hinab. Durch den dichten Nebel aus Schmerz und Verwirrung war sein letzter Gedanke, das nur das Straßenpflaster und der ungnädige Abendhimmel seine stummen Zeugen wurden. Da trafen ihn harte Tritte in den Rücken, in den Bauch und gegen den Kopf, bevor er das Bewusstsein verlor.

Jane legte die letzten Schritte zum Haus in Eile zurück, da sie ahnte, dass Andrew bereits eingekehrt war. Als sie eben die Stufen zur Tür hinaufsteigen wollte, nahm sie im Dunkeln einen großen Schatten am Boden neben dem Eingang wahr.

Erschrocken rang sie um Fassung. Dann wagte sie einen

---

[53]„Er wird für seine Taten bezahlen."
[54]Auch darum werde ich mich kümmern.

gründlicheren Blick und ein Aufschrei des Entsetzens entrang sich ihrer Kehle. „Andrew!", rief sie während sie sich zu ihm niedersenkte.

William beobachtete mit wachsamem Blick jede Bewegung mit der Präzision eines erfahrenen Ermittlers. Durch das schwache Licht der Dämmerung, das sich über die grauen Fassaden legte, sah er eine Gestalt, die sich zum Hauseingang bewegte. Er erkannte ihn sogleich, doch war dies Daoiri O'Monroe oder Adrian Carter?

Er war überzeugt, dass Carter und O'Monroe sich in einer Person vereinten – eine Doppelidentität. Doch ohne Beweise, die seinen Verdacht stützten, durfte er seinen Verdacht nicht mehr verlautbaren. Carter observierten sie nun bereits seit geraumer Zeit. Und dieser Mann dort, wenige Yards von ihm entfernt, glich Carter wie ein eineiiger Zwilling. Doch was sollte jener hier zu suchen haben? Beim Haus der Brennans? Im Gespräch mit Caoimhe Brennan. Es war O'Monroe, der seit langen Jahren ein enger Freund Tadhg Brennans, Caoihmhes Gattens war. Doch jener war seit beträchtlicher Zeit wie vom Erdboden verschluckt. Nein, das war er nicht. Es waren ein und dieselbe Person. Doch wie sollte er dies beweisen?

Auf seine Rückkehr nach Cork war ein Treffen mit Warner, seinem verhassten Vorgesetzten gefolgt. Ihm hatte William seine Entdeckung offenbart, doch auch Warner hatte ihm Neuigkeiten berichtet und Cahills Verstand zur Wachsamkeit gerufen. Brennan war befreit worden, so wie er es vorhergesehen hatte. Die Bedeutung dieses Ereignisses schwebte wie ein drohender Schatten über ihm, denn nun wussten die Hinterleute, dass Cahill ihnen auf den Fersen war, jedenfalls musste er dies annehmen. Es stand nun jedoch gleichwohl fest, dass es sich um einflussreiche Personen handeln musste, die am Werk waren und aus irgendeinem unerfindlichen Grund erschien ihnen Brennan wichtig genug, eine solch spektakuläre Befreiungsaktion zu unternehmen.

„Wer du auch bist", flüsterte William, seine Stimme fest und mit Nachdruck. „Ich werde dich an deinem eigenen Netz von Heimlichkeiten zugrunde gehen lassen."

Der Hufschlag näherte sich mit eiligem Donnerklang. Eine Peitsche schnellte zischend durch die Luft. Kurz darauf fuhr eine Kutsche vor Adhmaid House vor. Sie rollte die letzten Yards über den makellosen Kiesweg und hielt sodann mit einem leisen Knarren an. Die Pferde schnaubten.

Daniel Kerry nahm sein Fernglas an die Augen und den Eingangsbereich des Anwesens ins Visier.

Das Vehikel wurde aufgestoßen und erst ein, dann ein zweiter Mann sprangen heraus. Beide eilten sogleich auf die Treppen zu und strebten dem Portal entgegen. Kein Zweifel. Es handelte sich bei den beiden um Sir Cecil Cole und Lord Adrian Carter.

Daniel Kerry, aufmerksam und wachsam, behielt die Bewegungen des Duos genau im Auge, war er doch beauftragt, die Schritte eben jenes Carters mit argwöhnischer Präzision zu verfolgen.

Während das Duo die Treppe hinaufeilte, unverkennbar in verdächtiger Eile und mit einiger Entschlossenheit, trat Kerry einen Schritt zurück, um nicht entdeckt zu werden, wenn sich das Tor öffnete.

Schließlich verschwanden die beiden Männer hinter der schweren Tür von Adhmaid House.

„Mr. Dubois, Sir Cecil Cole und Sir Adrian Carter sind eingetroffen." Mrs. Coughlan knickste ehrerbietig.

„Ja, vielen Dank." Jules Dubois klappte das Buch zu und überlegte kurz, es wieder an seinem angestammten Platz im Schrank hinter verschlossenen Türen verschwinden zu lassen, doch er nahm an, dass die beiden unerwarteten Besucher bald wieder aufbrächen und da er sich sodann weiter um die Buchführung zu kümmern gedachte, entschied er, das Buch auf dem Pult liegen zu lassen.

Er nickte Mrs. Coughlan zu. „Bitten Sie sie herein."

Zu Jules Erstaunen, wirkten seine Besucher in großem Aufruhr. Das war er von ihnen nicht gewöhnt. Er legte die Stirn in Falten. „Was gibt's?"

„Wir benötigen ein neues Versteck", begann Carter mit tonloser Dringlichkeit. „Die Nachricht von Brennan deutet darauf hin, dass den Ermittlungsbehörden unser Standort bekannt sein könnte."

Jules starrte Cole entgeistert an. Doch er fing sich sogleich. „Der Reihe nach. Wovon sprichst du?"

„Sie haben einen unserer Leute verhört. Er sollte beim Verladen helfen. Er hat Äußerungen getätigt, die auf das Versteck hinweisen."

„Das sagst du mir erst in diesem Augenblick? Wie lange ist die die Gefahr bereits bekannt?" Jules starrte Cole mit zusammengekniffenen Augen streng an.

„Wir glaubten nicht, dass die Entdeckungsgefahr so groß war. Doch nun konnten wir den Mann befreien und er hat offenbar zuviel preisgegeben."

Dubois nickte langsam, ein Hauch von Besorgnis überzog sein Gesicht, doch er war nicht gewillt, sich aus der Fassung bringen zu lassen. Solche Situationen erforderten einen ruhigen Verstand und den würde er bewahren. Er hatte für diesen Fall vorgesorgt. „Die Umlagerung wird sofort eingeleitet, ganz nach unserem Plan für unvorhergesehene Situationen", erklärte er.

„Berichtet mir nun augenblicklich, wie es soweit kommen konnte und warum ich erst jetzt davon erfahre."

„Bei dem Ermittlungsleiter handelt es sich um eine Person, die uns bekannt ist. Ich hatte sie strikt unter Beobachtung. Gleichwohl scheint er durch die zufällige Bekanntschaft mit einem unserer Männer zu Kenntnissen gelangt zu sein, die ihn zur Verhaftung desselben veranlasst haben."

„Wer ist der Mann? Kenne ich ihn ebenfalls?"

„Nun, das glaube ich kaum. Es ist William Cahill. Ein Brite, der hier die Untersuchungen leitet."

„William Cahill ist der Ermittler?" Dubois, sonst stets Herr über seine Gefühlsregungen, war gleichwohl von einer Überraschung erfasst, als ob der Boden unter ihm erzitterte. „Wie lange schon habt ihr diese entscheidende Information zurückgehalten?"

Cole, abwägend und kühl, zuckte kaum merklich mit den Schultern. „Wir wollten die Angelegenheit nicht riskieren, und auch dich nicht unnötig beunruhigen", meinte er, als das Unausgesprochene wie eine unsichtbare Mauer zwischen ihnen stand. Carter nickte zustimmend, seinen Blick beständig auf die gealterten Balken des Raums fixiert, als ob dort Antworten ruhten. Plötzlich jedoch blickte Carter Dubois mit bohrendem Blick an. „Du scheinst ihn doch zu kennen?"

Dubois schnaubte verächtlich. „In der Tat und ... welche Fügung des Schicksals?! ..."

Carter und Cole blickten ihn verwundert an.

Dubois, gefangen zwischen Zorn und Überlegung, fühlte das Gewicht seiner nächsten Schritte schwer auf sich lasten. Er beabsichtigte nicht, Cole und Carter in dieser Stunde tiefere Einblicke zu gewähren. Zunächst würde er sich selbst Gedanken machen, was all das zu bedeuten haben mochte. Cahill war für diesen Abend zum Dinner geladen. Es würde notwendig sein, zu entscheiden, wie er sich diesem Besuch stellen sollte.

XIII.

„Wild zuckt der Blitz. In fahlem Lichte steht ein Turm.
Der Donner rollt. Ein Reiter kämpft mit seinem Ross,
Springt ab und pocht ans Tor und lärmt. Sein Mantel saust
Im Wind. Er hält den scheuen Fuchs am Zügel fest.
Ein schmales Gitterfenster schimmert goldenhell
Und knarrend öffnet jetzt das Tor ein Edelmann ...

—   „Ich bin ein Knecht des Königs, als Kurier geschickt
Nach Nîmes. Herbergt mich! Ihr kennt des Königs Rock!"
„Es stürmt. Mein Gast bist du. Dein Kleid, was kümmert's
mich?
Tritt ein und wärme dich! Ich sorge für dein Tier!"
Der Reiter tritt in einen dunkeln Ahnensaal,
Von eines weiten Herdes Feuer schwach erhellt,
Und je nach seines Flackerns launenhaftem Licht
Droht hier ein Hugenott im Harnisch, dort ein Weib,
Ein stolzes Edelweib aus braunem Ahnenbild ...
Der Reiter wirft sich in den Sessel vor dem Herd
Und starrt in den lebendgen Brand. Er brütet, gafft ...
Leis sträubt sich ihm das Haar. Er kennt den Herd, den Saal ...
Die Flamme zischt. Zwei Füße zucken in der Glut.

Drei Jahre sind's ... Auf einer Hugenottenjagd
Ein fein, halsstarrig Weib ... 'Wo steckt der Junker? Sprich!'
Sie schweigt. 'Bekenn!' Sie schweigt. 'Gib ihn heraus!' Sie

321

schweigt.
Ich werde wild. Der Stolz! Ich zerre das Geschöpf ...
Die nackten Füße pack ich ihr und strecke sie
Tief mitten in die Glut ... ′ Gib ihn heraus!′ ... Sie schweigt ...
Sie windet sich ... Sahst du das Wappen nicht am Tor?
Wer hieß dich hier zu Gaste gehen, dummer Narr?
Hat er nur einen Tropfen Bluts, erwürgt er dich."[55]

Aus „Die Füße im Feuer" von Conrad Ferdinand Meyer.

William Cahill konnte sich schwermütiger Gedanken nicht erwehren.

Der Bericht, den Jane ihm eben erst mitgeteilt hatte, lastete auf ihm. Ihre Stimme, voller Unglauben und Schock, hallte in seinen Gedanken wider, als sie das Schicksal seines Bruders schilderte. Schilderte, wie Andrew, nichtsahnend, den Schlüssel aus seiner Tasche ziehend, ein unbehagliches Gefühl der Vorahnung ausblenden wollte, das sich kaum bemerkbar gemacht hatte – bis zu diesem fatalen Augenblick. Er sei angesprochen worden mit seinem Namen und sogleich auf seine Antwort folgend, hatten sich mehrere Gestalten feige auf ihn gestürzt.

Für William waren die lebhaften Darstellungen, die Janes Worte gezeichnet hatten, mehr als bloße Schilderungen. Sie erhoben sich als unausweichliche Mahnung, dass der Kampf nun mehr nicht nur im Verborgenen, sondern in seiner unmittelbaren Nähe geführt würde.

Andrew befand sich noch immer in einem Hospital.

William erkannte sehr wohl die bittere Realität, dass dieses Schicksal nicht für Andrew, sondern für ihn selbst bestimmt gewesen war.

Man hatte Andrew für ihn gehalten – ein fataler Fehler, der ihm nicht nur vor Augen führte, in welcher Gefahr er nun selbst schwebte, sondern auch aufschlussreiche Erkenntnisse brachte. Der Angriff war als Racheakt für Tadhg Brennans Be-

---

[55] https://www.gedichte7.de/die-fuesse-im-feuer.html, zuletzt abger. am 21.4.2025 um 21:17 Uhr.

handlung erfolgt.

Die Verbindung zwischen Brennans Entkommen und dem Überfall hing wie ein dunkler Schatten über ihm. Williams Gedanken schritten durch den Bericht, den er eingefügt hatte – die spärlichen Worte, die Brennans Misshandlung durch Mitgefangene andeuteten, waren eine so simple, wie effektive Deckung für die Wahrheit und das Wesen seiner Verhörmethoden, die in Dublin Castle keinen Verdacht erregt hätten. Doch nun, nach Brennans Befreiung, hatte der Bericht keinerlei Nutzen mehr und würden Williams Feinde die Wahrheit kennen. Mit Brennans Befreiung hatte sich das Blatt gewendet, und die Enthüllungen potenzierten die Bedrohung, die nun sowohl William als auch seine Ermittlungsarbeit betraf. Die drahtziehenden Verschwörer wussten nun, wer sich an ihre Fersen geheftet hatte.

Um der Beklommenheit zu entfliehen, schob William die Sorgen beiseite und lenkte seine Aufmerksamkeit auf sein Gespräch mit Daniel Kerry, welcher ihm mit knappen Worten berichtete, dass er Lord Adrian Carter und Sir Cecil Cole auf dem Anwesen von Jules Dubois gesehen hatte: Eine eilige Ankunft, geprägt von Hast und Unruhe.

„Dubois", dachte Andrew im Stillen, während seine Gedanken die Schreckenslandschaft der Erkenntnis erforschten. Der Verdacht keimte in seinem Geist, ein flüchtiges, aber nunmehr mögliches Bild der Verschwörung formend.

Die Vorstellung, dass Dubois das Komplott stützte, war eine verführerische, wenn auch erschütternde Möglichkeit. Könnte er die verbindende Rolle zwischen O'Monroe und Carter spielen? Diese Frage drängte sich auf, während Williams Verstand in einem Wirrwarr aus Andeutungen navigierte. Hatte er einen bisher unerkannten Verknüpfungspunkt erkannt?

Die Vorstellung, dass Jules Dubois im Zentrum des Komplotts stehen könnte und möglicherweise die zentrale Verbindung zwischen O'Monroe und Carter darstellte, wurde von Minute zu Minute substanzieller. Bisher hat er die Verbindung zwischen O'Monroe und Dubois gesehen, aber nicht die zwischen Dubois und Carter. Wenn aber Carter bei Dubois ein und aus ging, und dies hatte Kerry schließlich heute beobachtet, dann könnte hier eine Verbindung bestehen.

Worüber hatten sie heute im Haus Dubois´ gesprochen, überlegte William fieberhaft weiter, während die verwirrenden Erkenntnisse in seinem Kopf schwirrten. Was könnte Carter und
Cole zu jener hastigen Ankunft veranlasst haben? Kerry hatte
berichtet, dass die beiden nicht nur eilig, sondern auch mit
sichtbarer Besorgnis eingetroffen seien, ihre Körpersprache verriet eine vorhandene Dringlichkeit. Welche neuen Informationen hatten ihre Pläne durchkreuzt, fragte William sich selbst.
In seinen Gedanken formte sich das Bild eines unerwarteten
Wendepunkts - eine Veränderung der Grundvoraussetzungen,
die Carter und Cole nicht vorhergesehen hatten und die eine
unmittelbare Intervention erforderte.

Konnte die Befreiung Brennans der Auslöser gewesen sein,
der sie zu jener eiligen Konsultation mit Dubois getrieben hatte. Wenn dieser nun in der Obhut dieser Leute wäre und ihnen mitgeteilt hätte, dass er Cahill verraten hatte, was er über
das Lager wusste? Vielleicht war es diese neue Information, die
ihre bisherigen Pläne durchkreuzt hatte - eine unerwartete
Wendung, die sie zwang, Dubois augenblicklich aufzusuchen.
Es musste etwas Großes, Unübersehbares sein, möglicherweise
die Erkenntnis, dass William Cahill ihr bislang gesichertes Versteck aufzudecken befähigt worden war. Wenn Brennan tatsächlich seinen Beschützern enthüllt hatte, dass er, William Cahill, bereits auf der Spur des geheimen Lagers war — dies war
eine Möglichkeit, die Carter und Cole sicherlich erhebliche
Sorgen bereitet haben musste. Vielleicht waren es diese Erkenntnisse, die sie hektisch zu Jules Dubois getrieben hatten,
ihrem Strategen oder vielleicht gar ihrem Retter in Krisen-
zeiten, um schnell eine Lösung zu erarbeiten.

Was jedoch, wenn Dubois nun wusste, dass er ihm auf der
Spur war, schoss es William plötzlich durch den Kopf. Der Gedanke war bedrohlich und elektrisierend zugleich. Der Abend,
der vor ihm lag, war eine Gelegenheit, aber auch ein Risiko.
Dubois war von wachsamem Gemüt; ein Mann, der geschäft-
liche und zwielichtige Angelegenheiten gleichermaßen zu ma-
nagen wusste, und wenn er tatsächlich in diese Verschwörung
verwickelt war, dann war dieser Abend eine Gratwanderung

für William.

Er wusste, dass er handeln musste - schnell und effektiv. Dieser Abend konnte entscheidend sein, überlegte er im Stillen.

Was er empfand war zugleich ein Unbehagen und eine elektrisierende Vorfreude. Die Tatsache, dass er am Abend alleine im Hause Dubois sein würde, brachte eine gefährliche Spannung mit sich; es war die Frage, wer schneller schaltete – er oder Jules Dubois? Seine Gedanken rasten, als er überlegte, wie er sich Zugang zu den Geheimnissen verschaffen konnte, die in jenem noblen Anwesen möglicherweise verborgen lagen.

Es war eine unvereinbare Situation. Wie weit war er bereit zu gehen? Dies war eine Frage, die tiefer reichte als jede bisherige Erwägung. Die Kombination seiner Ermittlungen und sein persönlicher Wunsch, Isabella Dubois zu heiraten, brachte ihn in ein Dilemma, in dem sich Ethik, Sicherheit und Privatangelegenheiten gefährlich überschnitten.

Er musste einen Weg finden, das Netz zu entwirren, ohne sich selbst und die Beziehung zu Isabella zu gefährden. Und es wurde ihm im selben Atemzug klar, dass dies nur auf unkonventionelle Weise glücken konnte. „Vielleicht kann ich heute Abend mehr über Dubois' Rolle herausfinden", dachte William fieberhaft, „und auf irgendeinem Weg einen Beweis oder ein Zugeständnis erlangen." Er musste Diskretion bewahren und gleichzeitig die Wahrheit ans Licht bringen, ohne die feinen Bande zu zerschneiden, die er im Begriff war, zu knüpfen.

Mit der Dämmerung nahm William seinen Mantel und bereitete sich auf das Treffen vor; ein Abend, dessen Verlauf vielleicht mehr enthüllen oder auch zerstören konnte als ihm bisher bewusst gewesen war. Es war der Moment der Wahrheit in einem Spiel, dessen Einsätze inzwischen weit größer geworden waren als jeder der Kontrahenten zu tragen möglicherweise bereit war.

William Cahill setzte seinen Fuß, wie gewiesen über die Türschwelle. Das große Speisezimmer des Dubois-Anwesens war von beeindruckender Eleganz. Die hohen Wände waren mit aufwendig geschnitztem Holz verkleidet, und ein kunstvolles Portrait hing über dem mächtigen Kamin, dessen Feuer leise knisterte und warme Lichtspiele im Raum erzeugte. Der Tisch war reichlich gedeckt, das Porzellan fein und die Kristallgläser funkelten im sanften Licht der Kerzenhalter, die den Tisch säumten.

William atmete im Stillen tief durch. Es war unverkennbar, dass man ihn mit aller Höflichkeit und allem Komfort empfing. Angesichts seiner neuesten Erkenntnisse indes, erfüllte ihn dies nicht unbedingt mit uneingeschränktem Behagen. Er warf einen raschen Blick zu der Haushälterin, die ihm den Weg gewiesen hatte und wendete allen Ehrgeiz auf, sich keinerlei Beunruhigung anmerken zu lassen. Kaum hatte er sich auf dem Stuhl niedergelassen, der ihm gewiesen worden war, traten die Dubois ein.

William Cahill saß zwischen Isabella und Madeleine Dubois, während Jules Dubois, ihnen gegenüber Platz nahm. Der Stuhl an der Seite, der traditionell Lady Mary gehörte, war leer geblieben. Ihre Abwesenheit wurde nicht thematisiert, doch William wusste aus einem kürzlich erfolgten Gespräch mit Jane, dass Lady Mary schwer erkrankt war. Man hatte sich offensichtlich entschieden, diese Angelegenheit auszuklammern.

„Mr. Cahill, ich hoffe, Sie finden unser bescheidenes Mahl zu Ihrer Zufriedenheit", sprach Jules Dubois mit einer höflichen, gleichwohl gemessenen Stimme, die einen Hauch britischer Kühle trug. Seine Augen blitzten im Kerzenschein, doch sie verrieten nichts von seinen inneren Gedanken oder möglichen Absichten. Entweder war er tatsächlich ahnungslos über die Ermittlungen Williams oder er spielte die Rolle des unbescholtenen Gastgebers mit meisterhafter Kunstfertigkeit.

„Es ist in der Tat vortrefflich, Sir", entgegnete William mit einem dezenten Lächeln, dessen Äußeres höflich und gefasst erschien, während sich seine Gedanken schweifend durch das Ambiente des Raumes bewegten. Unaufhörlich von der Frage getrieben, ob sich ihm an diesem Abend ein Einblick in die Machenschaften Dubois eröffnen würde.

Die Konversation plätscherte, formvollendet und unaufdringlich, wie ein ruhiger Fluss aus Belanglosigkeiten dahin. Sie sprachen über den Theaterbesuch und den Zusammenstoß mit Frederik Chopin, ohne indes die tieferen Themen zu streifen.

Isabella und Madeleine Dubois waren ausnehmend schweigsam. Beide schienen in eigene Gedanken versunken zu sein.

Während Isabella hin und wieder scheue Blicke zu William herüber warf, als wolle sie etwas sagen, was ihr jedoch nicht über die Lippen kam, schien Madeleine Dubois, ihre jüngere Schwester, währenddessen durchaus bemüht, dem Anschein heiterer Gesellschaft zu genügen, während jedoch ihr Lächeln ihre Augen nicht erreichte.

William, stets wachsam, versuchte jeden kleinsten Hinweis auf ein mögliches Wissen um seine Ermittlungstätigkeiten aus Jules' Verhalten zu extrahieren, doch sein Gegenüber blieb undurchsichtig. War dies die Unbekümmertheit eines Mannes ohne Schuld oder das trügerisch gelassene Spiel eines Mannes mit vielen Geheimnissen?

Während das Dinner sich seinem Ende näherte und das Gespräch in erzwungene Optimismen mündete, wurde für William klar, dass er heute Abend keine leichte Enthüllung zu erwarten hatte.

Nach dem opulenten Abendessen war die Stimmung merklich gedämpft, als sich Madeleine und Isabella Dubois höflich verabschiedeten, um sich in ihre privaten Gemächer zurück zu ziehen.

William blickte Isabella mit einem untrüglichen Gefühl der Enttäuschung nach. Doch sogleich hatten ihn seine übrigen Verpflichtungen wieder im Griff. Indes, kein Plan wollte sich herauskristallisieren, wie er an diesem Abend seine Position gegenüber Dubois verbessern könnte. Was indes Dubois plante, wollte sich ihm in gleichem Maße nicht erschließen.

„Mr. Cahill, würden Sie mir vielleicht Gesellschaft leisten im Salon? Eine Zigarre und ein guter Brandy, das würde diesen Abend abrunden", schlug Dubois vor, seine Stimme von formvollendeter Höflichkeit. William nahm die Einladung an. Misstrauen hielt an ihm fest, wie ein Schatten – war dies eine Falle, in der er sich bald verfangen würde?

Doch noch bevor einer von ihnen dem Duft von Tabak und der samtigen Wärme eines edlen Tropfens nachzugeben vermochte, trat die Haushälterin mit einem unverkennbaren Ausdruck der Dringlichkeit ein. „Verzeihen Sie, Sir, jedoch, Lady

327

Mary schickt mich, Sie sofort aufzusuchen. Ihr Anliegen scheint dringend zu sein."

Zu seiner nicht unbedeutenden Verwunderung bemerkte William eine aufrichtige Besorgnis in den Augen seines in Aussicht stehenden Schwiegervaters, eine Seite an ihm, die sich bislang seiner Beobachtung entzogen hatte. Er gedachte der sorgfältig gesponnenen Pläne, welche offenbar Dubois dazu bewogen hatten, die Verbindung mit Maire O'Monroe einzugehen, und stellte ernüchtert fest, dass sich dies nicht recht fügte.

Jules Dubois wandte sich sodann an William und sprach mit einer gewissen höflichen Bestimmtheit: „Es scheint, ich muss Sie für einen Augenblick Ihrer eigenen Gesellschaft überlassen, Mr. Cahill."

William, bestrebt, die Gunst des Augenblicks geschickt zu nutzen, neigte verständnisvoll seinen Kopf. Eine Mischung aus Erleichterung und angespannter Erwartung durchströmte ihn – dies war schließlich die Gelegenheit, der er mit vorausblickender Hoffnung geharrt hatte.

Kaum war die Tür hinter Dubois geschlossen, blickte sich William rastlos um. Wohin sollte er sich wenden? Das war seine Gelegenheit, fürwahr, doch sie war allzu unerwartet eingetreten. Die Gedanken überschlugen sich in seinem Kopf, doch dann gewann William die Oberhand über das innere Chaos. Er überlegte kurz, sodann begab er sich rasch und entschlossen in das Arbeitszimmer Dubois'. Er wusste von seinem letzten Besuch, wo sich der Raum befand.

Dubois Schreibtisch war massiv und kunstvoll gearbeitet. William konnte sich ein diebisches Grinsen nicht verbitten. Er trat an die Holzplatte heran und erblickte sogleich, dass ein großes Buch darauf lag. Achtlos liegengeblieben. Er klappte das Buch auf und schnell blätterte er durch die Seiten, während Zahlen, Namen und Notationen vor seinen Augen ein Bild formten. Da, mitten in der Vielzahl der Einträge, wurde die Wahrheit deutlich: Dubois hatte die Waffenlieferung organisiert. Es war ein entscheidender Hinweis auf die düsteren Machenschaften, die in diesem Haus ihren Ursprung hatten.

William konnte sein verbotenes Glück kaum fassen. Hier lagen die Beweise offenkundig vor ihm. Eine Waffenlieferung aus Frankreich. Die Drahtzieher waren Sir Adrian Carter und Sir Cecil Cole. Fasziniert sog er den Inhalt der Seiten in sich auf und freute sich diebisch, als unerwartet die Türklinke heruntergedrückt wurde und sich die Tür knarrend aufschob.

William atmete tief durch. Er ließ das Buch aufgeschlagen und trat demonstrativ an die Seite des Schreibtischs.

„Jules", sprach er, gewollt die bisher nicht verwendete vertrauliche Ansprache wählend, seine Stimme von unverbrüchlichem Selbstvertrauen durchzogen, „wir sind beide vernünftige Leute. Wir wissen, dass die Intelligenz eines Mannes daran zu messen ist, in wie hohem Maße er befähigt ist, taktisch kluge Entscheidungen zu treffen, die sein Vorankommen fördern."

Dubois, mit einem neuralgischen Funken in den Augen, vermochte augenscheinlich die Tragweite in den Worten Williams zu begreifen. Jener fuhr fort, die latente Drohung und das Versprechen schwangen in seinen Worten: „Mein Mitarbeiter ist in Kenntnis gesetzt, und sollte mir Übles widerfahren, so würde er unverzüglich handeln und jegliches ans Tageslicht fördern. Ich beabsichtige, den Bund der Ehe mit Isabella einzugehen, und so bliebe dies ein Geheimnis, verborgen und unentdeckt zwischen uns. In der Tat, so einfach ist das."

Indes Dubois sichtlich das Gewicht dieses Vorschlags abwog, glitt William ein letzter Gedanke durch den Sinn – die Gefangenen, welche man bei Exeter wohl machen würde, hätten ohnehin das Potenzial, hinreichend preiszugeben, um Dubois in arge Bedrängnis zu bringen. Dies wusste Dubois jedoch nicht und so war es im gegenwärtigen Augenblick exakt dieses Bewusstsein, das den Balanceakt ermöglichte, welcher William die Oberhand in einem Spiel gewährte, dessen Ausgang nicht allein entscheidend, sondern zudem wohlverdient zu sein versprach.

XIV.

„In jener Nacht, wo keine Sterne blinken
wo keines Auswegs Hoffnungsstrahlen winken
schrick´ nicht zurück, wenn deine Reihe kommt!
Der Becher kreist, und jeder muss ihn trinken.“

Omar Chayyam[56]

Mirowcastle, Grafschaft Suffolk, nahe der Mündung des Flusses Deben, Ostküste von England, Ostern 1848

Eliza war seit Toms Tat, ihr Werk zu vernichten, wie in einem
Traum gefangen. Einem Albtraum. Mit jedem Tag schwanden
die Stunden ins Geflecht des Vergangenen. Die bevorstehende
Hochzeit war wie eine Wolke am Horizont, die mit jedem
Schlag der Uhr näher rückte, unaufhaltsam und grauenhaft
und die voranschreitenden Stunden legten sich wie schwere
Ketten um sie.
Lady Catherine, bedachte sie mit Strenge, unnachgiebiger
Disziplin und ihrem geringschätzendem Blick, während der
Marquess keinerlei Pläne hegte, Mirowcastle zu verlassen. Das
einzig verbleibende Ziel in der Ferne harrte unausweichlich der
Verwirklichung — die Hochzeit. In diesem düsteren Haus, wo
das Licht nur mühsam durch die schweren Vorhänge drang

---

[56] https://beruhmte-zitate.de/zitate/1981732-omar-khayyam-in-jener-
nacht-wo-keine-sterne-blinken-wo-keines/ zul. Abger. Am 9.6.2025 um
21:20 Uhr.

und Schatten auf polierte Möbel warf, fand Eliza sich allein mit ihren aufgewühlten Gedanken und verstrickt in einen unwirklichen Schleier, der alles um sie herum schattenhaft und leblos erscheinen ließ. Ein leises Rascheln des schweren Samts ihrer Robe war das einzige Lebenszeichen, das ihr Präsenz in jener erstickenden Stille verlieh und ihr einziger Vertrauter, Laurie, war weit fort im fernen Irland.

„Mein Kind", hörte sie Lady Catherine in ihrem Geist wieder und wieder jene Worte wiederholen. „Man sollte sich in diesen Zeiten der Vorbereitung nicht der Melancholie hingeben. Die Pflicht ruft, und dem Ruf müssen wir uns mit Würde und Anstand stellen."

Eliza hatte die schweren Tage mit Fassung ertragen, deren äußerliche Ruhe allein durch das knirschende Geräusch ihrer regelmäßigen Schritte auf dem Strand der östlichen Küste Englands unterbrochen wurde. Die salzige Meeresluft umspielte ihr Gesicht, während sie den fortwährenden Wanderungen nachging, die ihr Dasein erträglicher machten und ihr die Gelegenheit boten, ihren Gedanken freien Lauf zu lassen.

Wie von Tom verlangt nahm sie teil an den täglichen Mahlen, und ließ sie wortlos über sich ergehen.

Sie hatte seine zahlreich eintreffenden Präsente in einer Lade in der Kommode ihres Gemachs veschwinden lassen, sie nicht auch nur eines Blickes würdigend.

Schließlich traf ein Brief Onkel Alexanders ein, jedoch der Hoffnungsschimmer erlosch sogleich wieder, denn der Brief enthielt keinerlei Botschaft, über die sie sich hätte freuen können. Alexander teilte mit, dass er und Laurence nicht würden zu Ostern anreisen können, da ein Sturm sie von der Rückreise abgehalten habe. So konnten sie erst kurz vor der geplanten Hochzeit eintreffen.

Diese Neuigkeit traf Eliza wie ein Schlag ins Gesicht.

Es hätte so viel zu sprechen gegeben. Nun war es äußerst fraglich, ob sie sich überhaupt noch einmal sehen und sprechen könnten vor jenem Tag. Es war kein leichtes, sich ihre Verzweiflung nicht anmerken zu lassen.

Als die Nacht sich wie ein Schleier über Mirowcastle senkte und die Räume in tiefe Stille tauchte, setzte sich Eliza an ihren Sekretär. Sie entzündete eine Kerze, deren goldenes Licht sanft über den Schreibplatz flackerte, und nahm sich Papier, Feder und Tinte zur Hand, um ihre Worte an Laurie zu richten.

Er war der Einzige, dem sie ihr Innerstes ohne Vorbehalte darzulegen vermochte. Wie sehr ersehnte sie sich noch ein letztes Gespräch, ein Abschiedstreffen

Sie schrieb von den unzähligen Revolutionen und Revolten, die nun überall um sie herum in Europa ausbrachen. Sie schrieb von den italienischen Revolutionären, die sich im Norden der Apenninen-Halbinsel gegen die Habsburger auflehnten, und von den spanischen Bourbonen.

Eliza verweilte gedanklich bei den Unruhen, die auch in den deutschen Landen grassierten, wie ein Feuer, das von einem Fürstentum zum anderen überzugreifen schien und dessen Lichter in eine neue Zeit wiesen. Auch Ungarn trat ein in diese Chronik der Erhebung, ebenso wie Oberitalien und das polnische Posen.

Mit besonderem Nachdruck schrieb sie von Venedig, dessen Bevölkerung, unter der charismatischen Führung von Daniele Manin, den Aufstand wagte und von Radetzky, dem österreichischen Kommandanten, der aus Mailand verjagt worden war.

Sie schilderte die Ereignisse der Revolution in Paris, wo das Volk in einem unbändigen Streben nach Freiheit das alte Königtum unter Louis-Philippe zu Fall gebracht hatte. Die Königin Großbritanniens hatte in einem Akt der Menschlichkeit Asyl gewährt, das dem gestürzten französischen Monarchen eine neue Zuflucht bot, fern des Brodelns der Pariser Straßen.

Sie schrieb sie von den Spekulanten, deren unersättliche Geschäfte mit den Eisenbahnaktien die Preise des Weizens hatten in die Tiefe fallen lassen, und deren Machenschaften nunmehr das Land in Schrecken und Trug zu halten suchten.

Sie schrieb ihm einiges von jenen Gedanken und Überlegungen, die sie einst in ihrem Manuskript festgehalten hatte, das nun im Nichts verschwunden war.

Trotz aller Befürchtungen, dass die Mächtigen die aufstrebenden Geister mit brutaler Härte niederzwingen und im Staub der alten Ordnung begraben würden, hegte sie eine stille Hoffnung.

Indes, während sich ganz Europa im Innersten wandte und kehrte, würde sie diesen Mann heiraten müssen, der für all das stand, wogegen sich die Menschen in der neuen Zeit auflehnten und sie mit ihnen.

Während Eliza sich weiterhin der Niederschrift ihrer Gedanken widmete, entschied sie sich, den Themenbereich des jungen Irlands nicht zu berühren. Gewiss, sie war sich bewusst, dass viele dieser Bewegung anhingen, darunter auch zahlreiche Briten, die sich auf mannigfaltige Weise mit den Anliegen verbanden, die jedoch von unterschiedlichen, persönlichen Motiven getrieben wurden. So war es anscheinend stets im großen Spiel der Politik, wo die Interessen über dem Gefüge der Gesellschaft lagen. Sie wusste aus verlässlichen Quellen, dass ein Teil der Anhänger aus jener Gruppierung in nächster Zeit Anschläge verüben würden. Aus Sorge um diese Sache, schwieg sie in ihrem Brief über diese brisanten Vertraulichkeiten, um die Bewegung nicht in noch größere Gefahr zu bringen, als sie ohnehin schon war.

Sie schrieb stattdessen davon, dass sich in Frankreich nun auch die Frauen für ihr Wahlrecht einsetzten. George Sand selbst war es, die mit Ledru-Rollin in der Regierung zusammen wirkte. In scharfen Karikaturen wurden jene Frauen als unfriedliche Kreaturen dargestellt. Dass die Gegner solcher Neuerungen bemüht waren, die Bestrebungen der Frauen zu diskreditieren und mit Spott und Hohn zu überziehen, war keine Neuheit, so berichtete sie. Gleichwohl ahnte sie, dass der unaufhaltsame Drang nach Freiheit und Gleichberechtigung letztlich triumphieren würde, denn die Zeit schien reif für einen Umbruch, der nicht aufzuhalten war.

Sie schrieb Laurence, dass in der Nationalversammlung nun Reiche und Arme nebeneinander Platz nahmen; Joseph Benoit, Jean-Louis Greppo, Pierre Joseph Proudhon, Victor Hugo und der Abt Henri Lacordaire.

Schließlich gab sie ein Zitat von Hegel aus dem Jahre 1807 wieder: „ 'Es ist übrigens nicht schwer zu sehen, dass unsere Zeit eine Zeit der Geburt und des Übergangs zu einer neuen

Periode ist. Der Geist hat mit der bisherigen Welt seines Daseins und Verstellens gebrochen und steht im Begriffe, es in die Vergangenheit hinab zu versenken, und in der Arbeit seiner Umgestaltung ... unbestimmte Ahnung eines Unbekannten ...`
Er hat noch so viel mehr geschrieben, indes, mir fehlt der Enthusiasmus, es wiederzugeben ... ich bin Teil dieser neuen Zeit, doch ich darf es nicht sein ..."

Dublin, Irland, Mitte April 1848

Laurence zog sich mit entschlossener Gelassenheit den Arztkittel über die Schultern. Jeder Knopf schien ein festes Versprechen, den kommenden Stunden entschlossen zu begegnen. Danach begab sich seine Aufmerksamkeit der kleinen Flasche mit Chlorlösung, die er stets bei sich führte und deren unverwechselbarer Duft sogleich die Luft durchdrang. Als er sie geöffnet hatte. Mit routinierter Hingabe wusch er seine Hände.

„Acht Uhr", murmelte er leise, sein Blick fiel auf die Wanduhr, deren Zeiger in einer stummen Anklage ihre Bewegungen vollzogen. Nun fuhr der Zug ohne ihn ab.

Er spürte einen Stich in sein Herz und zugleich eine unbeschreibliche Erleichterung, da das Verstreichen der Zeit ihn nun von der lähmenden Frage befreit hatte, ob er doch versuchen sollte, den Zug noch rechtzeitig zu erreichen.

Mirowcastle, Grafschaft Suffolk, nahe der Mündung des Flusses Deben, Ostküste von England, Mitte April 1848

Eliza verweilte, tief in Gedanken versunken, an einem der Fenster Mirowcastles und ließ ihren Blick in den Hof hinabgleiten. Der Himmel, trist und bleiern, spannte sich gleich einem trostlosen Kuppelzelt über das Gemäuer und verlieh der Szenerie einen Anschein von Vergänglichkeit, der mit ihrem eigenen inneren Gemütszustand in vollkommener Harmonie zu

334

verschmelzen schien.

Vor ihren Augen befand sich der von Kieselsteinen bedeckte Hof, und darauf ein reges Getümmel; zwei Kutschen waren soeben eingetroffen und nun flankiert von dienstbeflissenem Personal, das eifrig seines Amtes waltete. Sie wusste, in diesen Kutschen befand sich die Aussteuer und ihr ganzer Besitz, ihre Kleider und ihre Möbel. Der unabänderliche Wirbel, welcher diesen Transfer ihrer Besitztümer begleitete, sagte mehr als tausend Worte auszudrücken vermochten: Der unausweichliche Pakt war geschlossen.

Noch niemals zuvor hatte sie eine solch eindringliche Sehnsucht nach Laurie verspürt. Ihn wiederzusehen stellte in ihrem gegenwärtigen Dasein das einzige Bestreben, die einzige Hoffnung dar. Sie dankte jedem vergehenden Augenblick, der sie näher an dieses ersehnte Wiedersehen führte.

Laurie sollte binnen dreier Tage, zwei Tage vor den Hochzeitsfeierlichkeiten, eintreffen. Schon hatte er seine Reise mit dem Zug aus Dublin angetreten. Sie wünschte, ihn unbedingt vor der Hochzeit noch einmal zu sehen.

Eliza wusste wohl, dass diese Reise ihm ebenfalls eine schwere Bürde auflud. Sie verlangte von ihm nicht weniger, als das liebgewonnene Leben in Dublin hinter sich zu lassen und der Berufung eines Arztes zu entsagen. Ferner barg die Ankunft die unausweichliche Konfrontation mit Cara, in deren Ahnung eine Vielzahl von Erwartungen und Plänen, gleich Wolken, über ihnen schwebten, so erdrückend und unentrinnbar, wie es auch für Eliza selbst war.

Noch während diese Gedanken in ihrem Innern widerhallten, trat Tom, mit ruhigem Schritt und sicherem Auftreten, neben sie und ließ seine Stimme erklingen. „Es erfüllt mich wahrlich mit Freude, dich hier, unter diesem Dach, zu wissen, Eliza‘, äußerte er mit betont jovialer Wärme, deren Resonanz indes nicht die offensichtlich erwartete Reaktion auf ihre Gesichtszüge schrieb.

Zunächst mit der Geschmeidigkeit eines höflichen Nickens und schließlich mit wohlgesetzten Worten antwortete sie: „Entschuldige mich bitte ...", während ihre Gedanken längst mit dem Wunsch befasst waren, sich in ihren Gemächern in ihre eigene Einsamkeit zurückzuziehen.

„Es wird gleich Tee geben", sprach Tom mit einer Dringlichkeit in seiner Stimme, die keinerlei Raum für eine Ausflucht ließ. Seine Augenbrauen, leicht in strenger Faltung, verliehen seiner anmaßenden Einladung eine unmissverständliche Unterstreichung. Eliza wusste um diese Eigenart und erkannte im Nu das Fehlen einer Frage – es war vielmehr ein Befehl, in höfische Gastlichkeit gekleidet.

Indes, ihr fehlte die Kraft für eine weitere zermürbende Auseinandersetzung, und so fügte sie sich dem diktierten Wunsch. Nicht mehr lange, dann würde sie Laurie wiedersehen ...

Während der Tee, in filigranen Porzellankannen serviert, seinen aromatischen Duft im Raum verströmte, schienen Elizas Gedanken durch das Gespräch zu gleiten, wie ein Spinnfaden, der im Wind schwebt, kaum wirklich anwesend. Ihr Lächeln, gleich einer müßigen, mechanischen Bewegung, erfüllte lediglich die Anforderungen der Etikette.

Abwesend und mit einer Sorgfalt, die einem geheimen Ritual glich, lenkte Eliza immer wieder ihren Blick zur Standuhr. Doch in einer geheimnisvollen Lethargie schienen die Zeiger wie gebannt, als ob die Zeit selbst erstickt wäre. Träge verstrichen die Stunden. Dennoch rückte endlich die Zeit heran, da seine Ankunft erwartet wurde. Eliza lauschte voller innerer Anspannung auf Laute, die vom Hof heraufdrangen und sein Eintreffen verkündeten, doch indessen die Zeiger der Uhr ihre gemächlichen Bahnen unbeirrt zogen, blieb das erwartete Ereignis aus.

Inmitten der lebhaften Gespräche in der gedämpften Atmosphäre empfand Eliza ein subtiles Durcheinander des Unverständnisses, das ihr wie eine aufsteigende Flut zuzusprechen begann. Die Unterhaltungen um sie herum nahmen einen Schein des Unwirklichen an, wie Trugbilder auf einer Bühne unbestimmten Schauspiels.

Eine beklommene Sorge beschlich ihr Gemüt und trug ein Gewicht, das nicht ohne weiteres abzuschütteln war. Vielleicht war etwas dazwischen gekommen, eine Verzögerung, die ihn über den Plan hinaus aufgehalten hatte. Ein unvorhersehbares

Ereignis, das seine Ankunft vertagte.

Die Hoffnung bestand einzig darin, dass er am nächsten Tag eintreffen würde, und diese Aussicht war ihr letzter Halt, als sie sich in ihre Gemächer begab.

Doch der Schlaf verweigerte sich hartnäckig, seine Decke über sie zu breiten. Verzweiflung kroch gleich einer dunklen Flut in ihr herauf. Sie fühlte sich, als drücke man ihr die Kehle zu. Ihre Augen füllten sich gegen ihren Willen mit Tränen, über die sie keine Kontrolle hatte.

Sie hoffte inständig, dass Laurence am morgigen Tage eintreffen möge, dass er - aus welchem unvorhergesehenen Umstand auch immer - den späteren Zug genommen hatte und somit am frühen Abend in Mircwcastle erscheinen würde.

Er musste morgen eintreffen, denn übermorgen würde die Trauung stattfinden.

Elizas Kehle schnürte sich unerbittlich weiter zu. Mühsam rang sie nach Luft. Sie versuchte sich zu beruhigen, doch es gelang ihr nicht. Die Tränen liefen ihr nun heiß die Wangen hinab. Sie richtete sich auf. Das Atmen im Sitzen fiel ihr zumindest leichter.

Sie vernahm ihren Puls und das Rauschen ihres Blutes dröhnend in den Ohren. Tief in ihrem Innern spürte sie das Verlangen fortzulaufen. Das Streben nach Freiheit wurde mit jedem Augenblick stärker und klarer, einem Sturm gleich, der sich zusammenballte und ohne Halt in ihrem tiefsten Innern tobte.

Schließlich erhob sie sich und schritt zum Fenster, das wie ein stiller Wächter in die vorherrschende Dunkelheit hinausblickte, und öffnete es weit. Die kühle Brise der Nacht strich gleichsam unerbittlich wie melancholisch durch den Raum. Ihr Fenster gewährte den Blick auf die schier endlose Weite des Meeres, dessen Wellen mit geheimnisvollen Schatten unter dem Mondlicht spielten, doch war es ein kleines Fenster, in keiner Weise zu vergleichen mit dem prunkvollen und majestätischen Bogen, den Henrys Turmzimmer bot.

Der Gedanke an Henry stieg in ihr auf. Was mochte er jetzt tun? Wie erging es ihm wohl in diesem Augenblick, da er dem inselgleichen Gefängnis der gesellschaftlichen Verpflichtungen entkommen war? Sorge mischte sich mit einer seltsamen Form von Neid. Er hatte gehen müssen, ja, doch auch dürfen und können, eine Freiheit, die in ihrem gegenwärtigen Leben unerreichbar schien.

Als die Wolken den Mond erneut frei gaben und sein silberner Schein über die Landschaft glitt, offenbarte sich ihr ein Bildnis aus der Ferne: der Turm, ein kühler Schattenriss wider den Nachthimmel. Dort verborgen lag das Turmzimmer, ein Schauplatz vergangener Schrecken und unauslöschlicher Erinnerungen. Ein Zimmer, das in der Verwüstung seiner selbst zurückgelassen wurde, ein Chaos der zerstörten Werke, deren Essenz aus Glas und Farbe in Scherben zerbrochen. Unerbittlich stand ihr vor Augen der ungläubige Blick Henrys, voll verzagter Fassungslosigkeit. Und gleichwohl das Rauschen der Brandung hallte in ihren Ohren wider. Von eben jenem Ort des Grauens hatte Henry seinen Weg in die Freiheit angetreten ...

England, nahe Londons

Er hatte den Schritt gesetzt, in einem Akt der Entschlossenheit, der ihm keinen Weg des Zurückweichens mehr offenließ.

Der Zug führte ihn durch das sanft geschwungene Land, an weitläufigen Wiesen und Feldern vorüber, deren alte Holzzäune Grenzen zwischen geformter Natur und offener Wildheit zogen. Sein Blick fiel auf das Land und die Bäume, die nun in hellgrünem Laub und vielerorts mit Blüten versehen, den Sommer ankündigten, ein Gefühl, das er nicht nachzuempfinden vermochte.

In seiner Manteltasche wusste er Elizas letzten Brief. Diese Schrift erzählte von jenen Freiheitsbestrebungen, die so zahlreich wie die Blätter der Bäume zu dieser Jahreszeit um sie herum wucherten. Diese Sehnsucht nach eigenständigem Leben erfüllte sie, während der drohende Schatten der Heirat mit Tom Cartwrite über ihr thronte. Cartwrite, ein Mann der starren Konvention, dessen Verachtung für solche Bestrebungen so fest war wie ein Fels. Ein Mann, der keinen Wank duldete und jedem Wunsch nach Selbstentfaltung den unversöhnlichen Riegel vorschob.

Laurence saß in dem sanften Schaukeln des Zuges und konnte, anders als während der Monate in Dublin, seine schweren Gedanken nicht länger von sich weisen. Er war erfüllt von der Sorge um Eliza, mehr noch als von der Last seines eigenen Schicksals, das nun unweigerlich in jene Richtung gewiesen wurde, und an welches er seit langem jeden Gedanken gemieden hatte, die Konfrontation mit unausweichlichen Pflichten und dem schleichenden Verrat an seinen wahren Wünschen. Er spürte, dass dieser Brief, den er von ihr erhalten hatte, nicht nur ein Austausch flüchtiger Gedanken war. Seine innere Stimme drängte ihn gnadenlos, mit ihr zu sprechen, ihr beizustehen. Warum hatte dieser Brief ihn erst erreicht, als die Zeit zu kurz gewesen war, zu Ostern nach Mirowcastle zu reisen? Warum hatte das Schicksal das so beschlossen? Ein quälendes Rätsel, dessen Auflösung ihm nicht greifbar war. Hätte es sich ihm als Möglichkeit eröffnet, etwas zu ändern, wäre der Brief zu einem früheren Zeitpunkt eingetroffen? Ihm drängte sich die Gewissheit auf, dass er unverzüglich nach Mirowcastle gelangen und sich ein Bild davon machen musste, in welcher Verfassung sie war. Er musste etwas tun, um ihr neuen Lebensmut zu geben, denn die Worte, welche sich zwischen den geflogenen Zeilen ihrer Nachricht offenbarten, bezeugten, dass von ihrem Lebensmut nichts mehr übrig war. Sein Herz zog sich bei dieser Erkenntnis zusammen. Auf wahrlich unterschiedliche Weise hatten sie jene Wege beschritten, die ihnen der Marquess auferlegt hatte. Nun, er hatte seinem Schicksal vorübergehend entkommen können und seine Zeit über Monate hinweg nach seinen Vorstellungen gestalten dürfen, wohingegen Eliza sich täglich dem Unausweichlichen gegenüber sah, welches unnachgiebig auf sie zuhielt. Und Laurence hatte die sich ihm dargebotene Möglichkeit ohne Zögerung ergriffen. Bis zum heutigen Tag war ihm Caras Bitte, ihr zu schreiben, nicht in den Sinn gekommen. Unbedacht, hatte er dieses Ersuchen bislang mit Stillschweigen beantwortet. Zuächst hatte er daran gedacht, doch was hätte er ihr schreiben können als Unwahrheiten oder leere Worte? Und der Gedanke allein, seine ihm bemessene Zeit einem verzichtbaren Brief an sie zu widmen, entfachte in ihm eine innere Auflehnung höchster Form. Ihm graute davor, wenn er sich nun vorstellte, welche Bedeutung diese Enttäuschung für Cara hegen mochte. Gleichwohl erfüllte es ihn mit einer nicht unbeträchtlichen Abscheu vor sich selbst, dass er bislang auch jeden Gedanken hieran sorgsam gemieden hatte. Derweil er, wie er sich eingestehen musste, die betörendsten Augenblicke mit Theresa verlebt hatte, hatte Cara, in vergeblicher Hoffnung auf ein Zeichen seiner Zuneigung, geharrt. Womöglich litt sie darunter. Obgleich es ihm schwer fiel, der schmerzlichen Möglichkeit ins Auge zu blicken, dass Cara - gar in ähnlicher Weise wie Eliza - durch sein Versäumnis litt, verweigerte er dem Gedanken erfolglos Zutritt in seine Gemütswelt. Und der Gedanke, dass solch eine betrübliche Parallele durchaus bestehen könnte, war alles andere als erfreulich.

Nun, mit jeder Meile, die er sich Mirowcastle näherte, bedrängten ihn düstere Gedanken wie aufdringliche Geister, die ihn in seiner umfassenden Schwermut gefangen hielten. So sehnte er sich zurück nach Dublin, doch seine Sorge schwelte in dem Wissen, dass jede Verzögerung seines Eintreffens in Mirowcastle eine unsägliche Bürde werden könnte, da Eliza eine unmittelbare Stütze von ihm verlangte. Die Zeit drängte unerbittlich, denn am Abend vor ihrer Hochzeit, solches war sein festes Vorhaben, wollte er ihr beistehen. Seine eigene Hochzeit stand ebenfalls in wenigen Tagen an. Gleichzeitig verursachte die Erkenntnis, dass nicht allein Cara ihn mit einem Blick der Enttäuschung empfangen würde, sondern auch die übrigen Mitglieder der Familie - allen voran Lady Catherine, seine Mutter, die von seinem offenkundigen Desinteresse zweifellos verstimmt sein musste - eine zusätzliche Last.

Mirowcastle, Grafschaft Suffolk, nahe der Mündung des Flusses Deben, Ostküste von England, Mitte April 1848

Alles entwickelte sich im zuvor antizipierten Gleichmaß, und

340

alles deutete darauf hin, dass Laurence gegen die neunzehnte Stunde Mirowcastle erreichen würde. Den letzten Abschnitt der Reise bewältigte er in einer Mietkutsche.

Doch dann, auf halbem Weg brach das Rad mit lautem, unheilverkündendem Knirschen.

Es war durchaus dem gnädigen Geschick zu verdanken, dass Laurence unverletzt aus dieser misslichen Lage hervorging, eine Tatsache, die ebenso für Lizzy galt, der das Erlebte zwar einen Schrecken, gleichwohl keinen körperlichen Schaden zugefügt hatte. Mit einiger Mühe und bedächtiger Vorsicht gelang es ihm, sich aus dem verunfallten Vehikel zu befreien.

Er nahm das Desaster in Augenschein und es wurde ihm eine traurige Gewissheit, dass diese Kutsche ihn nicht mehr zu dem Anwesen der Cartwrites bringen konnte. Was sich zunächst als ein scheinbar leichtes Unterfangen gezeigt hatte, sich zur Familie und in Elizas Nähe zu begeben, stellte sich nun als Hürde von bedeutendem Ausmaß dar.

Laurence entledigte sich des Staubes, der seine Kleidung bedeckte, und wandte besorgt sein Auge auf die Taschenuhr. Grübelnd überschlug er die verbleibende Distanz, die ihn noch vom angestrebten Ziel trennte.

Die Option, die Rückkehr anzutreten und in der Nähe des Bahnhofs ein Obdach für die Nacht zu suchen, erschien ihm mit seinen Pflichten unvereinbar. Die Eheschließung war für den Morgen vorgesehen, und zuvor war es unabdingbar, dass er ein Gespräch mit Eliza führte.

Entschlossen nahm er also in Kauf, den Marsch zu Fuß fortzusetzen.

Mit jedem zurückgelegten Yard legten die Schatten der Nacht ihren Schleier tiefer um ihn und die Dunkelheit senkte sich nieder und umhüllte ihn, indes ihm bewusst wurde, dass noch eine beachtliche Strecke zu bewältigen war.

Auch um Mirowcastle legten sich die Schatten der Dämmerung.

Eliza spürte die allmählich wachsende Verzweiflung, die mit einer unaufhaltsamen, bedrohlichen Macht von ihr Besitz ergriff. Ihr ruheloser Blick wanderte wiederholt zu dem Ziffernblatt der großen Uhr an der Wand.

Laurence hätte längst eintreffen müssen. Doch die ablaufende Zeit und sein Ausbleiben schienen nur zu offenbaren, dass auch an diesem drängenden Tag seine Ankunft nicht mehr zu erwarten wäre. Warum nur? Dieser Abend bot sich als letzte Gelegenheit, ein vertrauliches Gespräch führen zu können, und diese Möglichkeit schien nun, von Augenblick zu Augenblick in eine gähnende Kluft unerfüllter Hoffnungen zu entschwinden zu drohen.

Nervös wanderte ihr Blick ziellos umher, zwischen den Anwesenden, die sich ihren eigenen Vorbereitungen für die anstehende Trauung hingaben. Ihre Mutter und Toms Mutter vertieften sich in leise geführte Gespräche, die eine Eliza unbekannte Bedeutung hatten. Tom selbst widmete sich einer Schachpartie mit John, während Jacob den Austausch mit dem Marquess und Toms Vater suchte.

Inmitten der lebhaften Geschäftigkeit und der festlich gestimmten Vorbereitungen, die das Anwesen von Mirowcastle erfüllten, stand Eliza allein, von der lauernden Dunkelheit ihrer Gedanken umgeben.

In jenem Augenblick trat Cara in den Raum, und Eliza erkannte an ihrem Gesichtsausdruck eine ähnliche Unruhe, die auch ihresgleichen war.

„Mutter, Laurence ist noch immer nicht eingetroffen. Was mag ihm widerfahren sein?", fragte Cara mit einem Ton, der die Sorge in ihren Worten unmissverständlich machte.

„Liebste Cara. Gewiss wird ihn etwas Unvorhergesehenes aufgehalten haben. Mach dir keine Sorgen. Er wird spätestens morgen eintreffen", bemühte sich Lady Catherine um eine Erklärung für das unwillkommene Ausbleiben ihres Sohnes.

Caras Blick wirkte keineswegs gefasster.

„Meine Liebe, auch ich bin mit Gewissheit erfüllt, dass er spätestens morgen ankommt. Willst du dich nicht zur Ruhe begeben? Der morgige Tag wird von großer Bedeutung und nicht minder von Anstrengung sein." Caras Mutter legte ihre Hände sanft um die ihrer Tochter, als wollte sie ihr die Gewogenheit der Welt in einer einzigen Geste darbieten.

Cara lächelte bemüht. „Ja, gewiss. Das wird das beste sein."

Ein Gefühl der drängenden Unruhe überkam Eliza, während sie Cara beobachtete, die mit sorgenvollem Blick den Raum verließ, und sie erkannte, dass sie bald nicht mehr in der Lage wäre, an diesem Orte zu verharren und die Minuten untätig und sinnlos verstreichen zu lassen. Der bloße Gedanke an den rasenden Fortgang der Zeit drängte sie auf merkliche Weise dazu, eine Entscheidung zu treffen, die in ihrem Innersten längst gereift war.

Mit einem plötzlichen und entschlossenen Ruck erhob sie sich. Aller Augen richteten sich auf sie, als sie mit bestimmter Stimme verkündete: „Ich werde mich zu Bett begeben. Die Müdigkeit fordert ihren Tribut."

Höflich ließ sie die Gutenachtwünsche über sich hinweggehen, ebenso etwaige Wünsche zu dieser Nacht vor ihrer Trauung. Mit geschickter Diplomatie und nicht minder bestimmtem Gleichmut, vermied sie den Blick Toms, welcher, in bester Laune und mit festlicher Vorfreude erfüllt, ihre Hände ergriff und in heiter beschwingtem Ton die Freude kundtat, mit der er dem morgigen Tag entgegensah. Nur ein Augenblick trübte die Heiterkeit seines Gesichtes, als sie sich schweigend abwandte, und ein flüchtiger Schatten verdunkelte kurz seine Augen.

Mit diesen Gesten verabschiedet verließ Eliza den Raum und gelangte in die stille Halle, die sie im schweigenden Halbdunkel umfing. In einer tiefergehenden Empfindung der Freiheit lehnte sie sich an die kühle Wand, um dort einen Augenblick des Innehaltens zu finden. Wohin sollte sie sich nur wenden?

Ihre Gedanken kreiste unentwegt um Laurie, dessen unerkläliches Ausbleiben ihr ein Rätsel war.

In einem Augenblick der klaren Entschlossenheit erkannte Eliza, dass die Zeit, geduldig auf Laurie's Ankunft zu verharren, verflogen war.

Sie musste jetzt handeln, wenn sie denn zu handeln wünschte und, fürwahr, dies wünschte sie. Diesen Entschluss hatte sie vor langer Zeit gefasst und der Augenblick war gekommen, um ihrem Vorhaben Gestalt zu geben, wiewohl sie, in den stillen Kammern ihres Innersten, gehofft hatte, Laurie zuvor noch einmal zu erblicken, seine Stimme zu hören und die Gewissheit eines wirklichen Abschieds zu empfinden.

Sie schloss für einen kurzen Moment die Augen, dann begann sie ihren Weg zu beschreiten. Sie hatte nicht vergessen, wie sie an jenes Ziel gelangte, durchquerte die bekannten Korridore und stieg die steilen Treppen hinan, bis sie schließlich vor Henrys Turmzimmer anlangte.

Sie öffnete entschlossen die Tür und trat ein. Drinnen schlug ihr die Kühle der Nacht entgegen. Das zerschlagene Fenster, ein stummer Erzähler vergangener Ereignisse, gab noch immer dem Wind Einlass und das Zimmer, in seiner sonstigen Stille, war durch das flatternde Spiel der Luft belebt.

Eliza trat ein und schloss die Tür hinter sich.

Endlich hatte Laurence es geschafft. Er stand vor den Mauern Mirowcastles.

Ein lang ersehnter Anblick, der mit einem Gefühl der Erleichterung einherging. Der frische Wind, der vom nahen Meer herübergetragen wurde, streifte sein Gesicht mit kühler Leichtigkeit, da er einen kurzen Augenblick innehielt.

Gemeinsam mit Lizzy setzte er die letzten Schritte und mit einem festen Zeichen der Ankunft klopfte er an das große Portal, das sich wie das Tor einer vergangenen Epoche vor ihm erhob.

Es dauerte einen Moment, bis ihm Einlass gewährt wurde.

Der Salon, erfüllt von Licht und Stimmen, empfing ihn mit betriebsamer Lebhaftigkeit. Sein erster, suchender Blick galt der Gestalt Elizas, doch konnte er sie nicht erblicken

Das freudige Willkommen, welches ihm zuteil wurde, bedeutete ihm in dieser drängenden Stunde nichts als eine flüchtige Formalität.

„Wo ist Eliza?", fragte er unvermittelt und mit einem wachsenden Gefühl der Sorge, während sein unsteter Blick über die Gesichter huschte, die ihm begegneten.

Der Marquess, in aristokratischer Gelassenheit, zuckte die Achseln und begegnete ihm mit neutraler Miene: „Sie war müde und zog sich zurück. Nun, du wirst sie morgen sehen."

Doch Laurence, im Wissen um die Struktur des morgigen Tages, gab sich nicht der Illusion hin, dass es sodann für ein

Gespräch Zeit geben würde.

Er wollte in diesem Augenblick zu ihr. Die Vorstellung, dass sie sich tatsächlich entschließen könnte, nun in Schlaf zu versinken, erschien ihm befremdlich. Vielmehr war er sich bewusst, dass sie höchstwahrscheinlich die Stunden durchwachen würde.

Ein Gefühl eigentümlicher Unruhe befiel Laurence. „Wann hat sie sich denn verabschiedet?", erkundigte er sich, dem drängenden Zweifel nachgebend, der sich seiner bemächtigte.

„Vor wenigen Minuten", antwortete seine Mutter, mit jener sorglosen Sanftmut, die ihr zueigen war. „Doch lass sie nur, sie wird morgen einen anstrengenden Tag erleben." Laurence Mutter deutete mit der Hand auf das Sofa neben sich. „Setze dich doch zu uns, mein Sohn. Wir haben dich lange entbehrt."

Doch dem Ansinnen seiner Mutter konnte er in diesem Moment nicht nachkommen. Sein Gefühl und sein Verstand ließen ihm keine Ruhe. Sie flüsterten ihm unüberhörbar zu, dass etwas nicht in rechter Ordnung war. Er musste Eliza suchen, ihrer sicher sein. „Ich werde Eliza noch gute Nacht sagen. Wo ist ihr Zimmer?"

Tom seufzte. „Ich führe dich hin."

Zusammen mit Tom und begleitet von Lizzy, machte sich Laurence auf, durch die stillen Flure des Schlosses zu schreiten, bis sie schließlich vor der Kammer Elizas standen. Doch als sie an die Tür klopften, blieb das Echo einer Antwort aus. Nichts war zu vernehmen außer der Stille der Nacht.

„Sie schläft vermutlich", sagte Tom, bereit, sich abzuwenden und zum vorherigen Ort des Gespräches zurückzukehren, doch in Laurences Innerstem loderte ein untrügliches Gefühl der Gewissheit auf. „Sie schläft nicht. Sie ist nicht hier", widersprach er.

„Wo, wenn man recht bedenkt, sollte sie wohl sonst verweilen?" Tom fixierte ihn mit einem Ausdruck, der irgendwo zwischen echter Irritation und jener subtilen Überheblichkeit schwebte, die ihm zu eigen war.

Dessen ungeachtet öffnete Laurence mit entschlossener Hand die Tür zu Elizas Gemach, doch – wie erwartet - der Raum lag verlassen da.

Laurence, nicht gewillt, in diesem Unterfangen auf Toms Einsicht oder Rat zu vertrauen, wandte sich zu Lizzy, deren Spürsinn ihm oftmals Hilfe geleistet hatte. Mit ruhigen Worten wies er sie an, sich auf die Suche zu begeben.

„Wo willst du denn hin?", rief Tom, verblüfft ob der eigenständigen Entschlossenheit.

„Lizzy wird sie finden", entgegnete Laurence, voller Zuversicht in die Verlässlichkeit seines geschätzten Vierbeiners.

Durch die dunklen, vereinzelt von Kerzen beleuchteten Flure hastend, nahm Laurence schließlich beiläufig wahr, dass Tom ihnen folgte. Es ging mehrere Korridore entlang und Treppen hinan.

Unvermittelt hielt Tom Laurence zurück, gleich jemandem, der einen Abgrund erkannte. Laurence wandte sich fragend ihm zu.

„Ich weiß, wohin dein Hund uns führt", murmelte Tom, einen Blick gebend, der schwer zu deuten war. „Wir sind gleich bei Henrys Turmzimmer!"

Laurence erkannte sogleich an Toms Stimme, dass dies nichts Gutes verhieß.

Eliza spürte den kalten Wind, der vom Meer herüberwehte und gleich einem gedankenlosen Boten des Meeres, durch die zerschlagene Scheibe fuhr, um sich mit einem unbehaglichen Seufzen im Raum zu verlieren.

Jeden Schritt, den sie voller Bedacht näher zum Fenster setzte, bedeutete zugleich ein weiteres Anlehnen an den Entschluss, der in ihrem Innersten längst gereift war.

Die Tränen, die sie um den vergeblichen Wunsch, Laurie ein letztes Mal zu sehen, vergossen hatte, waren nun versiegt Stattdessen erfüllte sie eine bemerkenswerte Ruhe, der Frieden entschlossener Selbstgewissheit. In diesem Moment war Eliza gänzlich bei sich selbst.

Der endgültige Schritt stand nun bevor, und sie fühlte sich von der Kraft des Selbstbestimmten getragen. Nicht wie ihr Vater, der die Eigenheiten seiner Seele abgestreift hatte zugunsten eines fremden Daseins. Sie würde nicht den Rest ihres Lebens damit verbringen, das Leben eines anderen Menschen zu führen. Ihr Leben endete nun an diesem Abend in ihrem Innern und es würde auch nach außen enden.

In der Annahme der Dunkelheit und der leisen Wogen des Windes verband sich ihr entschleunigter Atem mit einer stummen Verheißung - ein letzter, stiller Protest gegen eine Welt, die ihr nicht erlaubt hatte, in voller Unverfälschtheit zu leben. So stand sie da, geleitet von dem steten Flüstern der See und der überwältigenden Stille ihrer Überzeugung.

Sie war an der Schwelle angekommen und spürte, dass der Wind von der Küste, mit einer fast lebendigen Begehrlichkeit, an ihren Gewändern zerrte. An den Kleidern, die sie verabscheute, da sie eigens nach Geheiß von Toms Mutter geschneidert worden waren.

Sie öffnete die Knöpfe und ließ das Kleid hinabgleiten. Nun trug sie nur noch die Unterröcke und das Mieder.

Auch die Schuhe streifte sie ab, fühlte die Berührung des Bodens und schloss die Augen.

Sie lächelte und dann sprang sie in die Freiheit.

Laurence riss die Tür auf und trat entschlossen in das Turmzimmer, wo die Dunkelheit sich wie ein stiller Mantel um die Wände legte. Erstaunt gewahrte er eine unheimliche Kühle, durchzogen von einem rauen, noch kälteren Luftzug. Er bemühte sich, mit den Augen die Finsternis zu durchdringen und blickte sich um. „Du meine Güte, was ist hier geschehen?", entfuhr es ihm, als er das zerschlagene Fenster erblickte. Doch er wünschte keine Antwort. Nur eins zählte. Wo war Eliza? Hier fand er sie nicht.

Er trat an das Fenster und beugte sich hinab. Auf dem Boden hatte er einen großen Schatten wahrgenommen, und mit zögernder Hand griff er danach, um es emporzuheben. Es war ein Gewand. Daneben lagen Schuhe.

Gerade in diesem Moment trat Tom zu ihm, und mit einer sichtbaren Mischung aus Unglauben und grenzenlosem Schrecken in der Stimme rief er, während er Laurence das Kleid förmlich entriss. „Das ist Elizas Kleid!" Er starrte Laurence mit weit aufgerissenen Augen an. „Und das sind ihre Schuhe!" Der kurze Austausch ihrer Blicke verriet das ganze Schreckensbild ihres Verstehens, die Erkenntnis mit jeder Sekunde mehr an Schärfe gewinnend.

Wie in einem stummen Abkommen wandten sie ihre Blicke beide zum Fenster, hinaus in die Dunkelheit.

Toms Atem wurde schwer und hektisch, während Laurence spürte, dass der Boden unter seinen Füßen wankte.

„Das kann nicht sein, ... das ... das glaube ich nicht!" stammelte Tom hörbar gefangen zwischen Unglauben und Entsetzen.

Von einem erdrückenden Gefühl der Fassungslosigkeit überwältigt, fand sich Laurence unfähig, zu sprechen. Seine Gedanken und innerliche Welt brachen in jenem Augenblick in sich zusammen. Unaufhaltsam. Alles geschah wie in einem nebulösen Traum, während er die echolosen Gewalten der lebendigen Wirklichkeit um sich herum nurmehr durch einen Schleier wahrnahm.

Tom verließ schließlich wie von ferner Hand geleitet, die Kammer, um dem ungeheuerlichen Verdacht nachzugehen und den übrigen Familienmitgliedern die Botschaft zu überbringen, dass Eliza vermisst war.

Ein allgemeines Gefühl der Ungläubigkeit und des verstörten Begreifens legte sich wie ein schweres Tuch über die anwesende Runde. Es war als wären die Grenzen des Möglichen wie ein flüchtiger Nebel von der bevorstehenden Morgendämmerung hinweggefegt.

Mirowcastle war voll hektischer Geschäftigkeit, und zugleich bemühte sich jeder, eine Fassade der bescheidenen Ruhe zu wahren, in der stillen Hoffnung, es würde sich alles zum Guten wenden und als Irrtum herausstellen.

Die Herren, von britischer Entschlossenheit erfüllt, entschieden sich, hinaus in die Nacht zu gehen, die Klippen abzusuchen – mit der unsicheren Hoffnung, Eliza spiele ein Spiel und habe sich nur einen merkwürdigen Scherz erlaubt. Doch Laurence wusste es anders. Er kannte die Wahrheit und er gab sich keinen Illusionen hin. Eliza hatte ihren Weg in die Freiheit gefunden. Ihr Brief war ein Abschiedsbrief gewesen. Und in diesem Augenblick wurde er gewahr, dass er dies die ganze Zeit über geahnt hatte.

Er begleitete die anderen mit Lizzy, die einzig ihm Halt gab, in diesen Augenblicken, als er ohnmächtig zusah, wie sich seine Wirklichkeit von Grund auf und für immer wandelte.

Die Fahndung in der nächtlichen Schwärze kam einem bitteren Trauerspiel nahe – sehr bald herrschte traurige Gewissheit.

Elizas Leiche konnte geborgen und sorgsam ins Schloss zurückverbracht werden. Erst im hellen Licht des Anwesens offenbarte sich das vollständige Grauen, dass ihr Aufschlagen auf den steinigen Klippen angerichtet hatte.

Mirowcastle, 22. Mai 1848

Am nächsten Morgen lag eine gespenstische Atmosphäre über Mirowcastle. Das Anwesen war in einen nicht greifbaren Schleier des Grauens gehüllt. Des Nachts hatten die Augen der Anwesenden keinen Frieden gefunden, die Dunkelheit war nicht weiter als ein Abgrund, der weder Trost noch Erholung bot.

In den frühen Morgenstunden trug ein Bediensteter der Pflicht Rechnung, indem er sich auf den Weg zum Pfarrer begab, mit dem bedauerlichen Auftrag, die bevorstehende Hochzeit abzusagen.

Am Frühstückstisch herrschte bedrückendes Schweigen. Niemand fand Freude an dem reich gedeckten Tisch, sodass die dargereichten Speisen ungerufen wieder zur Küche zurückgeschickt wurden.

Laurence betrat schweigend jene Kammer im Westflügel Mirowcastles, wo man Eliza aufgebahrt hatte. Das flackernde Licht unzähliger Kerzen warf sanfte Schatten und als Laurence's Blick auf das bleiche und friedliche Gesicht seiner Schwester fiel, durchdrang ihn ein tiefer, wortloser Schmerz. Die Zofen hatten geschickt die zerschmetterten Gliemaßen kaschiert. Nichts war davon auch nur zu erahnen. Eliza lag da, als schliefe sie.

Er wandte seine Augen zu seiner Mutter, die in unveränderter Haltung ihren Platz an Elizas Seite einnahm. Es war ihm ungewiss, ob sie seine stille Ankunft bemerkte, denn sie verharrte mit einem Ausdruck der Trauer, welchen er in dieser Form nie bei ihr gesehen hatte. Langsam näherte Laurence sich ihr, bis er an ihrer Seite stand, und fühlte sich dennoch verloren in der Suche nach den richtigen Gesten oder Worten für diesen Moment des unaussprechlichen Verlustes.

Schließlich hob sie ihren traurigen Blick ihm zu. „Warum nur hat sie sich diesem Schicksal ergeben ... Warum konnte ich ihr Leiden nicht erkennen? Was hätte ich tun können? ... Mein Kind ...“

Laurence verharrte schweigend neben seiner Mutter, während sich die Trauer wie unsichtbare Schatten zwischen sie schlich und ihm das Gefühl gab, als schnüre es ihm die Kehle zu. Er konnte nicht verhindern, dass auch seine Tränen sich ihren Weg bahnten. Es gab nichts was er hätte sagen können. Doch er spürte, dass dies jener Augenblick war, in welchem er seiner Mutter einmal nahe war. Sanft legte er seine Hand auf ihre Schulter und war überrascht, als sie sich an ihn lehnte, als würde sie Trost und Halt in seiner Gegenwart suchen. Eine unergründliche Zeitspanne verstrich, in der beide verharrten, unfähig, die Dauer in Worten zu fassen. In dieser schicksalhaften Pause war Laurence bewusst, dass er noch nie zuvor solch eine Nähe zu seiner Mutter gespürt hatte, dass sie sich ihm nie zuvor in ihrer Zerbrechlichkeit offenbart hatte. In dieser wortlosen Übereinkunft verweilten sie an Elizas Seite, und Laurence erkannte, dass der Verlust nicht allein ihn getroffen hatte. Doch plötzlich wurde dieses stille Einvernehmen durch das Geräusch der sich öffnenden Tür unterbrochen welches beide aus ihrer melancholischen Versenkung riss.

Lady Catherine straffte sich augenblicklich, die leidvollen Regungen geschickt hinter der undurchdringlichen Miene der aristokratischen Haltung verbergend.

Die Geschmeidigkeit ihres Übergangs zur adeligen Etikette erstaunte Laurence zutiefst, und in seinem Innersten regte sich ein leises Unverständnis, das sich ihm erst allmählich offenbarte. Sein Blick glitt zur Tür, wo der Marquess nun erschien.

„Catherine, meine Liebe“, sprach er mit sanft drängendem Ton. „Würdige uns mit deiner Gesellschaft? Ein Moment der Stärkung wäre dir zuträglich.“

Laurence, gefangen in stummen Zweifeln, beobachtete, wie seine Mutter sich mit aller gebotenen Dienstergebenheit erhob, die Tränen sorgfältig trocknend und ihren Platz an der Seite des Marquess einnehmend.

Als beide den Raum verlassen hatten, hatte Laurence Mühe, seine widerstreitenden Gefühle in Einklang zu bringen.

Er spürte dem Gefühl nach, welches jene Momente bei ihm ausgelöst hatten, die er bis soeben mit seiner Mutter verbracht hatte. Diese Minuten nahmen nun eine unwirkliche Gestalt an, gleich einem fernen Traum. Eindringlich kehrte die Erinnerung zurück, dass es nicht das erste Mal war, dass er sich der Illusion hingegeben hatte, seine Mutter könne ihm mit wahrhaftiger Nähe begegnen. Doch solcherlei Täuschung war stets von der Kälte der Realität entzaubert worden. Dem Marquess galt die aufrichtige und unersetzliche Zuwendung seiner Mutter mit stets unverfälschter Innigkeit. Und nunmehr war dies wiederum der Fall.

Doch schließlich fand er die tröstliche Ruhe, die er stets empfunden hatte, wann immer er in Gesellschaft von Eliza gewesen war.

Dort stand er, im Schatten der verlorenen Zeit, und während er das Gesicht seiner Schwester betrachtete, erkannte er in ihren ruhigen Zügen den Frieden, der sie offenbar umgab. Doch eine nicht greifbare Traurigkeit legte sich dennoch schwer auf sein Gemüt. Was war es, das ihn so trübselig stimmte? Er wusste, dass sie nun an einem Ort weilte, der frei war von den Zwängen des weltlichen Lebens, die sie so sehr verabscheut hatte. Und doch, etwas war da, das ihr Anblick in ihm hervorbrachte und er vermochte es nicht zu bestimmen.

War es die Sorge um Eliza, die ihn bedrückte? Sorge um jenen Menschen, der ihm stets am nächsten gestanden hatte, in unwandelbarer Zuneigung? Oder war es die Trauer um sie und jene tiefe Verbindung zu ihr, die untrennbar zu ihm gehörte und von Kindheit an sein Dasein begleitet hatte? War es die Ahnung von jener tiefen Einsamkeit, die sie vermutlich erfasst hatte, als sie diesen letzten, einsamen Schritt setzte? Oder war es die Einsamkeit, die ihr Fortgang nun in seinem Leben hinterlassen hatte, wie ein stummer Nachhall? War es womöglich schlussendlich die Angst, dass keine Menschenseele mehr verbliebe, zu der er jene innige Bindung empfinden könnte? So betrachtete er ratlos Eliza, seine Zwillingsschwester, die nun in die Ewigkeit getreten war.

Laurence´s Blick verweilte auf Elizas friedlichem Angesicht, als die irrenden Gedanken in seinem Innern vollends zur Stille fanden. Von welcher Bedeutung waren sie noch? Welche Wichtigkeit trugen sie in diesem Moment der tiefsten Einkehr?

In der Unendlichkeit jenes Augenblicks zählte allein Eliza. Der Mensch, der einen Teil seines Selbst ausmachte. Der Mensch, der nun einen Schritt gegangen war, der sie so unendlich weit von einander entfernte, wie nichts bisher sie von einander entfernt hatte. Er schluckte schwer gegen jenes Gefühl an, dass ihm nun die Luft abschnürte.

Leise, getragen von einer unausgesprochenen Zuneigung, trat er näher und ließ sich an ihrer Seite nieder. Zärtlich legte er seine Hand auf die ihre, während er sein Haupt dem ihren näher brachte, indem er es sanft an das Lager lehnte, auf welchem sie zur ewigen Ruhe gebettet war.

Dies war ihr Abschied. Ein Abschied vom Diesseits, ein Abtreten in die Gefilde der Ewigkeit. Ein Abschied, der für die Länge einer unbekannten Zeit währen musste. Der Augenblick war gekommen, sie gehen zu lassen.

XV.

Die Lichter funkelten auf dem dunklen Holz des Mobiliars.

Im Salon, dessen Fenster von grünem Brokat umrahmt waren und dessen Kamin mit behaglichem Knistern die Stille gleichmütig durchdrang, saß Jules Dubois in geheimer Zwiesprache mit seinem Innersten.

An seiner Seite befand sich William Cahill mit einem entschlossenen und scharfen Blick. Dubois schwankte zwischen missmutiger Verstimmung und widerwilliger Anerkennung für den resoluten Cahill. Dessen geschicktes Vorgehen, seine Absichten durchzusetzen, und sein beeindruckendes Durchsetzungsvermögen waren nicht zu übersehen; sie erforderten durchaus Anerkennung, obgleich Dubois innerlich zwiespältig war. Nicht nur in der Abgebrühtheit, sondern auch in der dreisten Hartnäckigkeit, mit der er sein Anliegen verfolgte, erkannte Dubois widerwillig eine gewisse Admirabilität.

Doch war es ebenso richtig, dass Dubois nicht wirklich in Widerstreit lag mit der Vorstellung, seine Tochter Isabella mit Cahill in den Ehestand zu führen. Gleichwohl war der Moment nahe, da er jenem Entschluss Ausdruck verleihen musste.

Schließlich wurde das Schweigen durchbrochen von einem zaghaften Klopfen an die Tür und Isabella trat ein.

Die Worte ihres Vaters fanden ihren Weg in die Stille, als dieser, mit ernster Miene, den unumstößlichen Entschluss verkündete, den er mit Cahill gefasst hatte.

William ließ seinen Blick ruhig auf Isabella ruhen, erfüllt von der Gewissheit seines errungenen Erfolges. Mit unverhohlener Zufriedenheit betrachtete er den Umstand, dass er Jules Dubois, dazu gebracht hatte, sich mit seinem Anliegen zu arrangieren. Die Aussicht, diese Verbindung zu seinem Vorteil zu nutzen, schien ihm geradezu wie eine persönliche Bestätigung seiner Geschicklichkeit, die ihm wie stets ermöglicht hatte, seine Ziele mühelos zu erreichen.

Dennoch blieb er nicht unbedacht hinsichtlich der Tatsache, dass seine Bemühungen nun auf das Gewinnen von Isabellas Zuneigung gerichtet sein mussten. Diese Aufgabe erschien ihm freilich als eine bloße Frage der Zeit – eine Komponente des Lebens, von deren Wirksamkeit er ebenso überzeugt war wie von seiner eigenen Fähigkeit, die Umstände zu seinen Wünschen zu gestalten. In der festen Überzeugung, dass das Schicksal ihm wohlgesonnen sei und die besten Früchte aus Unausweichlichem wachsen, verspürte William untrügliche triumphale Hoffnung und selbstbewusste Zuversicht.

Als Isabella den Salon betrat, erfasste sie sofort ein Gefühl der Beunruhigung. Etwas Unheilvolles lag in der Luft, eine Ahnung, die sie nicht zu verdrängen vermochte. Der vertraute Raum wirkte plötzlich fremd, beinahe unheimlich.

Ihr Blick fiel augenblicklich auf ihren Vater, der ihr in aufrechter Haltung und mit einer Miene begegnete, die von entschiedener Ernsthaftigkeit zeugte. An seiner Seite saß William Cahill, der mit einem Ausdruck, der Zuversicht und Entschlossenheit in einer fast greifbaren Stille vereint, zweifellos den Raum beherrschte.

Isabella wusste in diesem Augenblick nicht, was ihr mehr Unbehagen bereitete: die Präsenz William Cahills, von dem sie bisher nur spärliche Vorstellungen hatte, oder das spürbare Gewicht eines unausweichlichen Gesprächs, das in der Luft lag.

Dubois richtete seinen Blick auf seine Tochter, und in seiner Miene lag die Ernsthaftigkeit einer wohlüberlegten Entscheidung. In ruhigem Ton sprach er jene Worte, die Isabella wie ein unerbittlicher Schlag trafen: „William Cahill hat um deine Hand angehalten, Isabella, und ich habe seinem Wunsch meinen Segen gegeben."

Die Zeit schien für Isabella im gleichen Augenblick den Atem anzuhalten. Wie ein Zuschauer in einem fremden Stück fühlte sie sich in den Fängen der Ungewissheit. Die vertraute Realität entglitt ihrem festen Griff, und sie fand sich wie in eine stille Trance versetzt, sodass sie die Umgebung nur noch wie aus der Ferne wahrnahm. Obwohl sie äußerlich regungslos blieb, wurde ihr Inneres von einer Welle der Panik und unermesslichen Verzweiflung überrollt. Das Gefühl der Gefahr und der drohenden Veränderung, das sie beim Betreten des Raumes verspürt hatte, entfaltete nun vollends seine Macht.

Die Vorstellung einer Ehe mit William Cahill war ihr ganz und gar zuwider. Warum hatte ihr Vater, ausgerechnet jetzt, ein solches Einverständnis gegeben? Was war geschehen, dass es zu dieser Entscheidung gekommen war? Diese Fragen drängten sich unaufhaltsam in ihren Geist.

Doch Isabella war sich sicher, dass es Vater keineswegs billigen würde, wenn sie ihn hierauf ansprach. Weder jetzt noch zu einem anderen Zeitpunkt. Sie konnte nicht davon ausgehen, dass seine Zuneigung zu ihr überhaupt Bestand hatte, genauso wenig spürte sie eine Bindung zu ihm. Ihre Vorstellungen waren vielmehr erfüllt von der Gewissheit, dass jegliche Zwiesprache mit ihm ohne Gewicht bliebe.

Und so stand sie da, eine stille Verzweiflung in sich tragend.

Cork, Irland

Die schweren Verwundungen, die er erlitten hatte, hinterließen ihn in einem Zustand zwischen Kraftlosigkeit und stillem Trotz. Sein linkes Bein folgte den Befehlen der Bewegung nicht, blieb starr und reglos, während er notgedrungen die Räder des vielseitigen Rollstuhls, den William inzwischen für ihn besorgt hatte, für sich arbeiten ließ. Voller Überdruss und geplagt von den ewigen Schmerzen, die sich noch immer bei jeder Regung bemerkbar machten, blickte Andrew aus dem Fenster in den verregneten Tag.

Die Geräusche der Klinik – das entfernte Murmeln und Klagen der Kranken auf ihren Lagern, die hin und her eilenden Schritte der Schwestern und Ärzte waren zur Konstante seiner Tage geworden. Er blickte sich nicht um. Den Anblick kannte er bereits zur Genüge. Bett an Bett und darin die vor sich hin Siechenden.

Das unaufhörliche Prasseln des Regens spielte seine monotone Melodie auf dem Glas der Fenster und dieser eintönige Laut war in trübsinnigem Gleichklang mit Andrews gegenwärtigem Gemütszustand.

Er wartete, auf das Erscheinen Janes. Sie hatte ihren Besuch für drei Uhr am Nachmittag angekündigt und nun war es drei Uhr am Nachmittag. Entschlossen schritt sie durch den schmalen Türspalt und brachte mit ihrem Eintritt einen sanften Hoffnungsschimmer in den Raum, der die monotone und drückende Gleichförmigkeit durchbrach. Doch ein flüchtiger Blick auf ihr Gesicht offenbarte Andrew, dass Jane keineswegs in heiterer Verfassung war. Ihre Züge spiegelten vielmehr tiefe Besorgnis wider.

„Andrew", begann Jane mit gedämpfter Stimme. „William hat um Isabellas Hand angehalten."

Ein Ausdruck der Verwunderung erhellte für einen kurzen Augenblick Andrews Miene, ehe sich seine Züge in fragenden Ernst wandelten.

„Ihr Vater hat seine Zustimmung gegeben", fuhr Jane fort.

„Und Miss Isabella?"

„Isabella ist keineswegs geneigt, dem Willen ihres Vaters zu folgen und William zu ehelichen", sprach Jane eindringlich. „Darin bin ich mir gewiss."

Andrew hielt inne, als das Gewicht ihrer Worte auf ihn einwirkte. „Hat sie ihren Widerwillen denn auch zum Ausdruck gebracht?", fragte er nachdenklich.

„Nein", erwiderte Jane betrübt. „Wie könnte sie? Ihr Vater duldet keinerlei Widerspruch und fragt gewiss nicht nach ihren Wünschen."

Andrew seufzte. „Vielleicht ist ihre Abneigung nicht so unüberwindlich, wie du es annimmst."

„Dies ist gänzlich ausgeschlossen, Andrew", betonte Jane mit Nachdruck. „Ich bitte dich, es ist an dir, William von seinem Vorhaben abzubringen."

Ein Moment der Stille verstrich, bevor Andrew fortfuhr: „Du sollst wissen, meine liebe Jane, dass mein Wunsch für William und auch für dich eine baldige erfreuliche Verbindung ist. Vielleicht, um die Last der Verantwortung, die auf meinen Schultern ruht, nunmehr endlich ein wenig zu erleichtern."

„Doch ..."

„Jane", fuhr er fort, „es scheint mir, als könnte ich deine Absichten nicht ergründen. Ihr beide, ihr seid doch innig befreundet. Wünschtest du nicht, dass ihr einander weiterhin im Leben nahe bleibt? William hat kürzlich einen außerordentlichen Triumph verzeichnet. Auf seine Berichte hin wurde eine weitreichende Verschwörung aufgedeckt. Der Unterschlupf der Aufrührer wurde ausfindig gemacht, und nicht wenige der Mitverschwörer sind in Gewahrsam genommen worden. In Anerkennung seiner Verdienste wird ihm die Ehre zuteil, nach London zurückbeordert zu werden, und wir werden mit ihm die Heimkehr antreten. Wenn er Miss Isabella heiratet, wird sie ihn nach London begleiten. Ihr werdet weiterhin nach freiem Belieben Zeit miteinander verbringen können. Was mich anbelangt, ich bin froh, wenn William diesen Schritt nun endlich tut. Mein nächstes Anliegen wird es sein, einen geeigneten Heiratskandidaten für dich ausfindig zu machen und sodann endlich selbst einen eigenen Hausstand gründen."

Adhmaid House nahe Shannagarry, County Cork, Irland

Jules ließ die Hand mit der Depesche, deren Inhalt in ihm eine Woge der Unruhe auslöste, auf die blanke Platte des Schreibtisches sinken und sich selbst in den Sessel fallen. Er atmete schwer aus. In sein Gesicht war die Besorgnis gezeichnet

Das Lager war entdeckt worden.

Doch im selben Augenblick verspürte er einen Hauch der Erleichterung, denn das silberne Honorar für seine Dienste war längst in seiner Kasse verstaut.

Seine Gedanken eilten zu der drohenden Gefahr, die über ihm schwebte, wie ein unheilvolles Gewölk am Himmel. Die Verbindung zwischen ihm und jener Angelegenheit konnte nun möglicherweise erkannt werden, wenn die Leute, die man festgesetzt hatte, ihr Schweigen brachen. Und diese Gefahr war durchaus nicht unbeträchtlich.

Er ließ die Depesche auf dem Schreibtisch liegen und erhob sich. In dem gedämpften Licht des Salons wandelte er rastlos auf und ab, als wollte er dem verhängnisvollen Inhalt des Schriftstücks entkommen. Seine Gedanken durchwanderten ein Labyrinth endloser Möglichkeiten und Gefahren. Doch wie er es drehte und wendete, es blieb schwierig. Irland bot kein sicheres Heim mehr. Doch die Ehe von Isabella mit William Cahill schien unumgänglich, denn sonst würde dieser sein Schweigen brechen. Ein Fortzug war nicht so leicht umzusetzen, zudem war Mary schwer erkrankt und es erschien ungewiss, welche Mühen sie zu tragen im Stande war. Elizabeth und Melissa waren klein und brauchten ein sicheres Heim. Geld war nun vorhanden, gleichwohl mussten die Dinge in Adhmaid House geregelt werden ...

Sollte er versuchen, die Wogen mit Silber zu glätten? Er kannte Männer, deren Loyalität man erkaufen konnte, doch wusste er nur zu gut, dass das Schicksal eines Mannes, der vom eigenen Gewissen gepackt wird, leicht kippen kann und jene Männer sich rasch abwenden könnten. Auch dies barg also Gefahr, da ein falsches Wort in der falschen Hörerschaft seine eigene Verstrickung offenlegen könnte.

Es folgten Gedanken an das heimische Anwesen, die Mauern, die so viele Erinnerungen beherbergten, und das Land, das ihm seit jeher vertraut war. Jeder Baum auf dem Anwesen, jeder Raum im Hause schien die Stimme der Vergangenheit zu flüstern. Doch mit der Erinnerung kam auch die Mahnung, dass diese Mauern ihn nicht vor der drohenden Entdeckung schützen würden.

Dann kam ihm seine Familie in den Sinn. Isabella, auf deren Zukunft nicht der Schatten des Skandals fallen durfte. Sein Blick fiel auf seine Frau, deren stille Stärke ihm oft wie eine unerschütterliche Bastion inmitten des Sturmes erschienen war, die gleichwohl nun seine größte Sorge war.

Die Stunden verstrichen und Jules verharrte im Bann seiner Überlegungen. Schließlich, in einem Moment seltener Klarheit, sah er den einzigen Ausweg, der den drohenden Sturm abwenden und gleichzeitig seiner Familie die Möglichkeit eines Neubeginns bieten konnte. Flucht war ein Wort, das ihm bitter auf der Zunge lag, doch in ihm erglomm die Hoffnung eines neuen Anfangs. Die Familie war schon einmal geflohen. Seinerzeit waren die Dubois über das Meer von Frankreich nach Irland gelangt. Nun, so schien es, war dies abermals der einzige Ausweg.

Mit sorgenvoller Überlegung entschied er, dass der einzige sichere Weg jenes unheilvolle Kapitel abzuschließen, darin bestand, mit seiner Familie Irland zu verlassen und das große Abenteuer einer Neuweltreise nach Amerika zu wagen.

Doch was, so überlegte er, sollte mit Isabella werden? Er hatte Cahill sein Wort gegeben. Erzwungenermaßen, womöglich, doch nicht gegen seinen Willen. Und was blieb ihm übrig, als dieses Wort zu halten? Er konnte nicht riskieren, dass Cahill ihn verriet. Und was konnte Isabella besseres geschehen, als einen hochkarätigen Beamten seiner Majestät zu heiraten? Wäre sie besser daran, mit ihrer Familie in die Ferne zu reisen? Wohl kaum? Doch was wünschte sie selbst? Dies entzog sich seinen Kenntnissen gänzlich. Isabella war ihm fremd. Anders als Madeleine hatte sie niemals eine Neigung gezeigt, seine Nähe zu suchen. Auch ihn verband nichts mit ihr. Gleichwohl war es seine Aufgabe, ihr einen Gemahl zu suchen, bei dem sie ein Heim fände. Dies vermochte Cahill wohl zu bieten. So war es womöglich geraten, ihr diese Tür zu weisen, wie er annahm.

Der Raum war erfüllt vom leisen Knistern des Kaminfeuers, dessen warme Glut, so schien es, versuchte, die Kälte seiner Gedanken zu vertreiben. Die Möbel, teils mit dunklem, Brokat bezogen, erschienen gleichsam gebannt von der klammenden Stille.

Ein leises Klopfen verriet die Ankunft seiner Tochter Isabella. „Vater", sprach sie. „Du hast mich rufen lassen?"

„Isabella, ich habe eine ernste Angelegenheit mit dir zu besprechen." Jules konnte wohl Isabellas innere Unruhe erkennen, doch woher sie rührte, vermochte er nicht zu bestimmen.

„Es sind einige Tage verstrichen seit dem Antrag William Cahills. Es ist an der Zeit, hierüber zu sprechen."

Isabellas Blick erschien ihm schwer zu deuten.

„Es sind bedeutende Dinge geschehen, welche diese Verbindung unumgänglich machen. Ich wünsche deine Zustimmung." Er beobachtete seine Tochter mit einem Blick, der sich nicht entscheiden konnte, ob er wissen wollte, was sie empfand oder nicht. „Ich will offen zu dir sprechen. Ich habe beschlossen, mit der Familie auszuwandern. Du wirst diese Reise nicht anzutreten haben, denn dein Platz wird an William Cahills Seite sein. Ich nehme an, dies wird in deinem Interesse sein. Deine Mutter, deine Schwestern und ich werden dieses Land verlassen, wenn du mit Cahill nach London gegangen sein wirst. Wir werden einen Neubeginn in Amerika vornehmen. Und ich muss dich auffordern, zu niemandem, auch keinesfalls zu Jane oder William Cahill hierüber ein Wort zu verlieren."

„Mit Cahill? Aber Vater, ich habe keinerlei Zuneigung für ihn. Er ist mir ein Fremder, einer, den ich kaum zu schätzen weiß, entgegnete sie mit leiser Verzweiflung in der Stimme. „Lass mich mit euch reisen!"

Jules trat einen Schritt näher, legte sanft seine Hand auf ihre Schulter. „Ich weiß, es ist keine leichte Bitte. Doch der Umstand verlangt es. Mr. Cahill stellt eine Gefahr dar, falls er uns abtrünnig wird. Deine Verbindung zu ihm sichert uns."

„Doch ..."

„Wir müssen Irland verlassen. Die Gezeiten drehen sich gegen uns, und Amerika bietet eine Zuflucht, fernab jener Gefahren, die uns hier drohen."

Isabella schwieg für einen Moment. Schließlich nickte sie zögerlich. „Wenn es dem Wohl unseres Hauses dient, Vater, will ich es tun. Soll dies alles geschehen, so möge Jane an meiner Seite bleiben", sagte sie leise. „In ihrer Freundschaft finde ich Halt."

Jules erhob sich von dem Stuhl an seinem schweren Schreibtisch, dessen Oberfläche mit Papieren und Karten bedeckt war, sein Blick ein festes Echo seiner Entschlossenheit. „Daoiri, ich habe den Beschluss gefasst, die Reise nach Amerika anzutreten. Die Umstände sind kaum mehr zu ertragen, und unser Fortbestehen verlangt eine andere Welt. Komm du mit uns. Auch für dich ist hier kein Sieg mehr zu erringen und die Gefahr weit zu hoch. Du wirst, wie ich, nicht vergessen haben, was die Briten dir schon einmal antaten."

Daoiri sah seinen Freund lange an

Jules wusste nur zu gut, Daoiri war ein Mann mit unerschütterlichen Prinzipien und einem klugen Geist. Doch er hoffte inständig, Daoiri würde diesmal die Gefahr nicht eingehen.

Schließlich brach Daoiri das Schweigen: „Bevor ich jeglichen Entschluss fasse, muss ich mit Maire sprechen", erwiderte er bedächtig.

Daoiri fand Maire im Garten. Still blickte sie in das Flirren der im Wind bewegten Blätter einer alten Linde, unter der die Rhododendren ihre Pracht entfaltet hatten. Darunter standen Maiglöckchen und Tulpen und bildeten bunte Tupfer im strahlenden Maigrün.

Maires Blick indes lag schwer und dunkel auf dieser Farbenpracht. „Ich kann diese Heimat nicht leichtfertig verlassen, Daoiri. Doch wenn es ein sicherer Ort ist, dann sollten wir es zumindest bedenken."

„Maire, ach conas atá do shláinte?[57]"

„An bhfeiceann tú mé ag análú faoi shaoirse? An bhfeiceann tú mé ag cur cos amháin os comhair an chinn eile?[58]" Maires müder Blick richtete sich auf ihren Bruder und verweilte ruhend in seinem.

Daoiri blickte Maire still an. „Mar sin ba mhaith leat dul síos an cosán seo le Jules?[59]"

---

57 „Maire, doch wie ist es um deine Gesundheit bestellt?"
58 „Siehst du mich frei atmen? Siehst du mich einen Schritt vor den anderen setzen?"
59 „So willst du diesen Weg mit Jules gehen?"

„Cén cosán eile atá ar fáil dúinn?[60]"

„Bheadh tú ag dul gach bealach leis i gcónaí ...[61]"

Maires Blick war ohne jede Kraft, gleichwohl mit aller Intensität sprach sie: „Tar linn.[62]"

Daoiri erwiderte hierauf nichts. Er ließ sich an Maires Seite nieder und blickte ebenfalls schweigend in die Farbenpracht unter der alten Linde.

Nach diesem Gespräch suchte Daoiri erneut Jules auf, der wartend und vage hoffend am Schreibtisch verblieben war.

„Jules", begann Daoiri mit fester, doch ruhiger Stimme. „Du kannst Isabella nicht diese Verbindung aufzwingen, und unsere Maire ist zu krank für eine solch strapaziöse Reise. Gedenkst du wahrlich, sie solcher Gefahr auszusetzen? Glaubst du denn, sie wird die neue Welt lebend erreichen?"

Jules blickte Daoiri an, seine sonst so unbeugsame Entschlossenheit einen Riss bekommend. „Doch, Daoiri, die Gefahr, die uns droht ..."

Daoiri unterbrach ihn mit fester Stimme. „Obwohl wir gewiss des Öfteren unsere Charakterfestigkeiten in Zweifel gezogen haben mögen, gibt es ein Prinzip, das wir niemals vernachlässigten, dies war das Wohl der Familie zu fördern. Dies verlange ich auch jetzt von dir, Jules. Es drängt nach einer Lösung, die alle im Haus zu tragen imstande sein werden."

Jules atmete tief durch und nickte schließlich bedächtig. „Isabella und Madeleine werde ich vorausschicken. Das Gut unseres Gewinns sollen sie zu einem Fundament in der neuen Welt nutzen. Währenddessen wirst du, Daoiri, einen Käufer für unsere Ländereien finden. In dieser Zeit mag Maire genesen. Sodann, indes, erwarte ich, dass du uns begleitest in die neue Welt."

Daoiri blickte Jules mit einem Ausdruck an, in welchem der junge Daoiri aufblitzte. „Adhmaid House sollen wir verkaufen? Unseren Stammsitz? Das Erbe unserer Vorfahren?"

„Wenn wir den Weg nach Amerika angetreten haben, dann werden die Behörden Adhmaid House für sich beanspruchen.

---

[60] „Welcher Weg bietet sich uns sonst?"
[61] „Du würdest stets jeden Weg mit ihm gehen ..."
[62] „Komm mit uns."

Kein Gesetz wird es für uns schützen. Es wird ein endgültiger Beschluss und ein Abschied für immer."

Daoiri blickte Jules mit ernster Miene an, bevor er tief durchatmete und dann ebenfalls nickte. „Ich werde alle Kraft darauf verwenden, einen Käufer zu finden. Es ist von höchster Wichtigkeit für die Sicherheit der Familien Dubois und O'Monroe."

Jules beugte sich nachdenklich vor. „Und Cahill soll weiterhin glauben, dass die Heirat Isabellas mit ihm bevorsteht. Er mag sie zwar nach London mitnehmen wollen, doch unterdessen gewinnen wir Zeit und Raum für unsere wahren Anliegen." Er erkannte an Daoiris blitzenden Augen, dass jenem der Plan zusagte, indes er selbst nicht abstreiten konnte, dass diese neuen Absichten in ihm eine weit größere Zufriedenheit bewirkten, als die zuvor gehegten Erwägungen.

London, England, Juni 1848

William wandte sich mit einem zornigen Ausdruck zum Fenster, und seine Augen glühten in einer solch intensiven Weise, dass es ihm schien, die Scheiben müssten bersten. Und Smith O'Brien[63], dieser Rebell, würde sich wohl am heutigen Tage

---

[63] William Smith O'Brien war ein angesehener irischer Politiker und Führer im frühen 19. Jh, der insbesondere für seinen bedeutenden Beitrag zur irischen Unabhängigkeitsbewegung bekannt ist. Geboren im Jahre 1803, dem Jahr der Hinrichtung Robert Emmets, war er ein prominentes Mitglied der Young Ireland-Bewegung und spielte eine wesentliche Rolle im gescheiterten irischen Aufstand von 1848, einem Versuch, die britische Herrschaft zu beenden und Irland seine Unabhängigkeit zu sichern. Nach diesem Aufstand wurde Smith O'Brien zu einer symbolträchtigen Figur des irischen Nationalismus. O'Brien wurde am 5.8.48 ergriffen und am 9.10.48 von der Jury in Clonmel als Hochverräter zum Tode verurteilt, doch dann von der Regierung zu lebenslanger Deportation begnadigt. Da O'Brien der Regierung das Recht einer solchen Begnadigung bestritt und ein bestimmtes Gesetz für diesen Fall nicht vorlag, so wurde im Oberhaus von Lord Campell und im Unterhaus von G. Gray eine Bill eingebracht, der Regierung die Macht zu geben, zum Tode verurteilte Hochverräter zu lebenslanger Deportation zu begnadigen, und nach der Annahme der Bill im Juni 1849 in beiden Häusern wurde O'Brien im Juli 1849 nach Van-Diemens-Land (dem heutigen Tasmanien) transportiert. Er wurde jedoch 1856 begnadigt und kehrte nach Ir-

heimlich ins Fäustchen lachen. Zweifellos würde er seine verräterischen Machenschaften ungehindert fortsetzen, nachdem alle Bemühungen, ihn vor ein Tribunal zu bringen, vergeblich geblieben waren da die ehrwerten Herren der Jury es nicht vermochten, zu einem einheitlichen Urteil zu gelangen; wie tragisch und wie erbarmungswürdig! So war es kein Wunder, dass Warner selbst sich nunmehr von diesen fruchtlosen Verhören erschöpft fühlte, die ihn ihn keinen Schritt näher an die Wahrheit gebracht hatten.

War es denn möglich, dass ihnen die Drahtzieher dieses verruchten Komplotts gänzlich unbekannt waren? Welch hinderliche Fügung, dass ihm selbst das Schweigen auferlegt war. Es musste einer der Leute sein, der die Verbindung zu Dubois verriet. Was William anbetraf, so konnte er nicht das Einvernehmen aufs Spiel setzen, welches er mit Dubois hinsichtlich der Vermählung mit Isabella errungen hatte. Ein Wort zu brechen, gleichwohl, widerstrebte seinem Innersten. Doch die Vorstellung, dass all seine Mühen, die Hintermänner zu entlarven, vergebens sein sollten, trieb ihn regelrecht zur Verzweiflung.

Nun dann, so würde er eben anders vorgehen. Sollte es unabdingbar sein, würde er einen anderen Vorwand finden, um Daoiri O'Monroe oder Adrian Carter dingfest zu machen. Gewiss waren diese mit Jules Dubois bekannt und ohne Frage wussten sie von seiner Beteiligung.

Kerry hatte ihm bekundet, dass Carter noch immer häufig im Hause der Dubois verkehrte, ein sicheres Indiz dafür, dass er unvermindert in der Tat mit ihm kollaborierte und sich seiner Sache gänzlich unbesorgt war.

Adhmaid House, County Cork, Irland, Juni 1848

Am nächsten Tag erschien wieder Dr. Baker. Sein Gesicht eine Maske professioneller Neutralität, doch in seinen Augen lag die stille Sorge eines Mannes, der mit den Kapriolen menschli-

land zurück. O'Briens Engagement für die irische Sache machte ihn zu einem gefeierten Helden der irischen Geschichte. Quelle: Alan O'Day, "Modern Irish History Since 1800" von 2005.

cher Schicksale nur allzu vertraut war, als er die Gemächer Lady Marys verließ und Jules Dubois gegenübertrat .

Jules empfing ihn im Salon. Nach höflicher Begrüßung erfragte Jules ohne Umschweife die nötigen Informationen. „Doktor", begann er mit zurückhaltendem Ernst. „Ich bitte Sie, mir erneut Ihre Einschätzung betreffend meiner Gattin mitzuteilen. Glauben Sie, ihre Gesundheit wäre der Herausforderung einer langwierigen Reise gewachsen?"

„Davon muss ich dringend abraten. Solcherlei Belastungen wäre sie keinesfalls im Stande duchzustehen. Ich vermag nicht einmal unter den günstigsten Bedingungen zu bestimmen, ob das Kind gesund zur Welt kommen kann. Lady Mary ist geschwächt. Ihre Atmnung ist arg beeinträchtigt. Eine jede weitere Erschwernis kann, so muss ich es Ihnen leider zum Ausdruck bringen, ihren oder den Tod des Kindes bedeuten."

Die Worte des Arztes ließen keinen Zweifel. Nach einem Moment des beflissenen Dankes entließ Jules Dubois Dr. Baker und zog sich in das stille Refugium seiner Bibliothek zurück. Dort, in selbst gewählter Einsamkeit, wandelte er zwischen den Regalen, in Gedanken versunken. Schließlich bildete sich eine entschlossene Klarheit in seinem Geist. Daoiri sollte also recht behalten. Der Entschluss war gefasst.

Jetzt galt es, diejenigen ins Vertrauen zu ziehen, denen die Bürde der Veränderung zuvörderst obläge; Jules berief seine ältesten Töchter zu sich, Isabella und Madeleine.

„Ich habe dir, Isabella, bereits eröffnet, dass wir Irland verlassen und uns gen Amerika wenden müssen, um für unsere Familie dort ein neues Heim zu begründen", begann er lavierender als beabsichtigt. „Weiterhin sprach ich davon, dass du die Verbindung zu William Cahill eingehen mögest und nicht mit uns ziehen sollst." Jules bemerkte das Entsetzen in Madeleines Ausdruck, welches ihm offenbarte, dass Isabella, treu ihrem Versprechen, geschwiegen hatte und ihn nicht verraten. „Mein Plan jedoch hat eine Wandlung erfahren, und diesbezüglich ist es mein Wunsch, euch ins Vertrauen zu ziehen. Doch bedarf es weiterhin einer absoluten Verschwiegenheit." Er richtete seinen ernsten Blick voller Strenge auf seine Töchter und gewahrte ihre ernsten Augen. „Es ist wohl kaum eine Erklärung vonnöten, um euch die bedauerliche Wahrheit hinsichtlich des Gesundheitszustandes eurer Mutter zu offenbaren. Ihre Gesundheit ist in jämmerlichem Zustand und eine Reise ist ihr keineswegs zuträglich. Doch eine Veränderung ist vonnöten, denn die gegenwärtigen Umstände in Irland bieten uns keinerlei Sicherheit mehr. Es erscheint daher unausweichlich, euch nach Amerika zu entsenden." Jules verharrte einen Augenblick in gedehnter Stille und gewährte so seinen Töchtern die Gelegenheit, die unerwartete Nachricht zu begreifen und ihre Gedanken zu sammeln.

Beide starrten ihn mit einem Ausdruck an, der nichts als Entsetzen bedeuten konnte. Die Aussicht, ihr Zuhause zu verlieren, mischte sich offensichtlich mit der düsteren Gewissheit, dass keine Alternative bliebe.

Doch trotz der Reaktion in ihren Gesichtern seiner Töchter legte sich auf Jules' Gesicht ein Streiflicht der Entschlossenheit, als er den Plan weiter skizzierte. „Ihr beide werdet vorausreisen. Ausgestattet mit hinreichenden Geldmitteln werdet ihr ein Heim in der Stadt New York für uns bereiten. Sobald es eurer Mutter besser geht und sie für diese Reise gewappnet ist, folgen wir euch und vereinen uns in Amerika."

Beide Mädchen sahen ihn erschrocken an.

„Doch, wie sollen wir das bewerkstelligen?" Madeleine hatte Isabellas Hand ergriffen.

„Es wird wahrlich nicht so schwer sein, wie es euch gegenwärtig erscheinen mag, und wahrlich, eine andere Möglichkeit steht uns nicht zu Gebote. Ihr müsst Verständnis für die Schwere des Augenblicks aufbringen, denn ich bin darauf angewiesen, dass ihr in dieser Angelegenheit vollstes Vertrauen verdient. Ihr werdet die Reise antreten. Ich gebe euch die Mittel mit, genug, damit ihr in New York eine Unterkunft für unsere Familie finden und einrichten könnt. So wird sichergestellt, dass eure Mutter, sobald wir folgen, ein Heim zur Genesung und Erholung vorfindet."

„Doch ..." begann Madeleine von neuem.

„Wisst ihr, ich habe euch nie von jener alten Geschichte berichtet", fuhr er fort. „Einst stellte sich unsere Familie schon einmal den Herausforderungen der Auswanderung."

Die Mädchen, bis zu jenem Augenblick sichtlich schwankend und von der bevorstehenden Reise besorgt, blickten ihn nun mit Neugier an.

„Einst, in vergangenen Tagen, lebten die Dubois auf dem Boden Frankreichs, doch die königliche Repression den Protestanten gegenüber wuchs, und so sahen sie sich genötigt, ein neues Heim in Irland zu suchen. Hier, fern von den harten Verboten, den ungerechten Schikanen und der bitterer Diskriminierung, die sie in Frankreich erfuhren, fanden sie Frieden und Freiheit für eine lange Periode. Es war ein bedeutender und kühner Schritt dereinst, doch erwies er sich als segensreich und weitsichtig. Nun indes scheint abermals die Stunde gekommen, den Mut aufzubringen und in ein neues Land aufzubrechen, in dem die Hoffnung auf eine sicherere Zukunft wartet."

Madeleine vermochte die Botschaft ihres Vaters kaum zu fassen. Sie lag an jenem Abend schlaflos in ihrem Gemach, während ihre Gedanken in wilder Unordnung durch ihren Geist wirbelten.

Vater wünschte tatsächlich, dass sie und Isabella in wenigen Tagen Irlands Küste allein verließen, um auf einem Schiff den gewaltigen Ozean zu überqueren und in den Hafen von New York einzulaufen, dort eine Unterkunft für die Familie zu suchen.

Amerika ... so wenig war ihr tatsächlich von diesem fernen Ort bekannt! Es schien ihr ferner als der fernste Traum, und doch hatte sie von Margret vernommen, dass viele Iren jenen Weg beschreiten.

Auch die Erzählungen von den wilden Ureinwohnern, den Indianern, wie man sie nannte, waren ihr zu Ohren gekommen. Man sprach davon, dass die östlichen Gefilde jener Neuen Welt der westlichen Zivilisation in vielerlei Hinsicht durchaus gleichen mochten, während der Westen in seiner Ursprünglichkeit verharrte.

War es Furcht oder war es die aufregende Neugier auf das Unbekannte, was die Vorstellung der Abreise in ihr auslöste? Und was schließlich mochte sie hier in Irland zu erwarten haben?

Ihr Leben glich einer einzigen farblosen Existenz – in Einsamkeit gefangen und abgetrennt vom lebendigen Treiben der restlichen Welt. Isabella dagegen war zumindest das Glück vergönnt, eine Freundin zu haben und am gesellschaftlichen Leben teilzuhaben.

Für Madeleine hingegen war die Einsamkeit ein ständiger Begleiter, und sie fragte sich nicht zum ersten Mal, welche Richtung ihr Leben jemals einschlagen sollte. Schon lange hatte sie das Empfinden, eine Art Erfüllung darin zu finden, wenn sich ihr Herausforderungen stellten. Sie wusste um ihre Fähigkeit, Verantwortung zu übernehmen, wenn sonst kein anderer gefunden wurde, um dieser entgegenzutreten, und längst war ihr bewusst, wenn sie ehrlich zu sich selbst war, dass sie das Leben, das sie im Hause ihres Vaters führte, nicht länger ertragen wollte.

In jenen Tagen, die aus Starrheit und drückender Monotonie zu bestehen schienen, hatte sie sich oft in Gedanken zu jenem faszinierenden Buch verloren, das Mr. Cahill mit ihnen über Alexander den Großen besprochen hatte. Jenem furchtlosen Eroberer, dessen Taten und Errungenschaften, wie sie wusste, einzig der Männerwelt vorbehalten waren. Es war einzig ihnen gestattet, in die Ferne zu ziehen, Neuland zu ergründen und Abenteuer zu ergreifen, so zumindest hatte sie bislang angenommen. Doch das nun bevorstehende Abenteuer war womöglich geeignet, ihr selbst einen solchen Weg zu eröffnen ... und wenn sie auf diesem Weg aus diesem tristen Dasein heraus gelänge, und wenn dies dazu führte, dass das Leben für Isabella wieder erträglicher würde ... Denn in der Tat, sollte niemand gezwungen sein, die trübselige Existenz, die ihnen auferlegt war, auf immer und ewig zu erdulden.

Die Aussicht auf eine Übersiedelung nach Amerika konnte womöglich alles grundlegend ändern. Womöglich war dies die Gelegenheit für Isabella, sich aus den düsteren Fesseln der Schwermut zu befreien.

Madeleine wollte sogleich das Gespräch mit Isabella suchen. Schlaf blieb ihr ohnehin verwehrt. Behände entwirrte sie sich aus der Decke, die sich aufgrund ihres unruhigen Umherwälzens um ihre Beine gewickelt hatte und erhob sich mit Entschlossenheit. Sie zog sich ihren Morgenmantel über und verließ das Zimmer, um Isabella aufzusuchen.

„Isabella?", flüsterte Madeleine, als sie ihre Augen anstrengte, etwas in der Düsternis zu erblicken.

Ein leises „Hm...", erhob sich aus der Richtung von Isabellas Bett. „Komm nur näher."

Mit einiger Erleichterung zog Madeleine die Tür hinter sich leise zu. Sie ließ den Morgenmantel zu Boden gleiten und schlüpfte unter die Bettdecke ihrer großen Schwester, wie sie es so oft getan hatte, solange sie zurück denken konnte.

Isabellas Bett war wunderbar warm.

„Auch du kannst keinen Schlaf finden?", flüsterte sie Isabella leise ins Ohr.

„Wie könnte ich, nach solch einer Neuigkeit?"

Trotz der Dunkelheit konnte Madeleine Isabellas Gesicht erkennen, denn der Mond schien silbern durch das Fenster. „Ich hege die Hoffnung, dass uns Amerika Glück bringt."

Isabella schwieg eine Weile, dann drehte sie sich auf die Seite in Richtung Madeleine und bettete ihren Kopf auf ihren Händen. Isabellas Atem streifte Madeleine sachte, doch sie sprach kein Wort, sondern überließ sich dem stillen Weinen. Madeleine schwieg ebenfalls und veharrte still an ihrer Seite.

Seit jeher, soweit Madeleines Erinnerung reichte, hatte sie in Isabells Nähe Trost gefunden, in der Zuwendung ihrer Schwester. Doch jetzt schien Isabella der Mut entschwunden, die Rolle der großen Schwester zu erfüllen.

„Cuireann sé isteach go mór orm, a Ísa, agus is mian liom go bhféadfainn cabhrú leat.[64] ...", flüsterte sie.

„Níl aon rud ann a chabhróidh liom[65]."

„Vielleicht", sprach Madeleine hoffnungsvoll, "wird es erträglicher, indem wir in der Ferne ein neues Dasein beginnen, weit fort von hier..."

„Es ist einerlei", antwortete Isabella, während bittere Tränen in ihren Augen glitzerten, „wo ich ohne sie bin, - ohne Jane ist jeglicher Sinn aus meinem Leben entschwunden ..."

---

[64]Ausgesprochen: „Cwir-an schay iss-tyok guh mohr or-um, a I-sa, agus iss mian lium guh vayd-inn kaw-roo lat", heißt in etwa: „Es bedrückt mich so, Isa, und ich wünschte, ich könnte dir helfen."

[65]Ausgesprochen: "Neel ayn rud ahn a khow-roh lim", bedeutet in etwa: „Es gibt nichts, das mir helfen könnte"

Am Morgen, als das erste Licht die Nebelschwaden durchdrang und die Bäume in ein goldenes Schimmern tauchte, entschloss sich Jules Dubois jene Angelegenheit auszuführen. Er konnte es nicht länger aufschieben. Es galt, die nächstmögliche Passage zu buchen, um die Sache keinen weiteren Gefahren durch weiteren Aufschub auszusetzen.

Er trat durch das Eingangsportal Adhmaid Houses, dessen Türen mit kunstvollen Holzschnitzereien jener vergangenen Ära der einstigen Besitzer verziert waren, welche dieses Haus schon lange vor ihm in Besitz hatten, den O'Monroes, hinaus in die kühle Frische des Morgens. Es war wahrlich ein schwerer Gang, ohne Zweifel. Dieses Haus trug die Erinnerungen der langen und verschlungenen Geschichte der Dubois und der O'Monroes, deren Schicksalsfäden sich hier verwoben hatten. Würden sie Adhmaid House verlassen, so wäre wohl auch diese Vergangenheit dem Vergessen preisgegeben. Doch welcherlei Wahl stand ihm offen? Sein Ziel war eindeutig: Es galt, sich eilends zu Dr. Baker zu begeben, um diesem das Silber für Carter zu überbringen, damit jener die Fahrkarten erwerben konnte. In der Morgenröte würde er Aodhán satteln und sogleich in aller Frühe und vor dem Erwachen der übrigen Hausbewohner aufbrechen.

Doch kaum dass Jules seine Schritte auf den mit Kies bedeckten Pfad setzte, gewahrte er zu seiner vollkommenen Überraschung, dass Madeleine ihm mit großer Eile entgegenkam. Unverzüglich fiel ihm auf, dass eine Unruhe von ihrer sonst unbeschwerten Erscheinung Besitz ergriffen hatte. Indes, Jules vermochte nicht zu ergründen, ob ihre Verunsicherung allein daher rührte, ihn unerwartet zu dieser frühen Stunde zu sehen.

„Vater …“

„Madeleine. Dass ich dich zu solch früher Stunde hier antreffe?“, erwiderte Jules.

„Oh, darüber verzeih' meine Neugierde“, fuhr sie fort, „doch wohin führt dein Weg dich?“, fragte sie mit einem scharfsinnig fragenden Ausdruck, gemischt mit einer tiefen Unruhe in den Augen.

Jules empfand die Frage durchaus als indiskret. Doch bevor er eine passende Antwort formulieren konnte, wurde er von Madeleines aufgebrachten Worten unterbrochen. „Verzeih´, doch die Sache duldet keinen Aufschub: Ich bemerkte, dass jemand aus dem Gebüsch das Anwesen beobachtet. Ein kurzes Aufblitzen, wie von einer Glasscheibe oder möglicherweise einer Linse – ich hegte einen Verdacht und verfolgte ihn, nun bin ich gewiss, dass dort jemand lauert."

Ein unbestimmtes Gefühl des Unbehagens beschlich Jules, denn ihm wurde bewusst, dass sein Vorhaben wohl in Gefahr sein könnte, und er geriet in eine gedankliche Zwickmühle: die Wichtigkeit seiner Mission zu Dr. Baker zu gelangen, doch auch das Risiko, welches Madeleine ihm gerade durch ihre Bekundungen offenbart hatte.

Was tun? In dieser Ungewissheit verharren oder einen klügeren Plan erdenken? Schließlich gelangte er zu dem Schluss, dass es weniger Verdacht erregte, würde ein anderer, womöglich gar Madeleine, an seiner Statt die Aufgabe übernehmen, zu Dr. Baker zu reiten. Mit der sich deutlich aufbauenden neuen Bedrängnis schien eine neue Entscheidung getroffen werden zu müssen.

Madeleine, obwohl wahrlich beunruhigt, hatte keine Zeit, um ihren Gedanken nachzuhängen. Kaum hatte ihr Vater ihr das Lederetui, welches sie zu Dr. Baker verbringen sollte, in die Hände übergeben, machte sie sich eilends auf den Weg.

Sie erinnerte sich deutlich an den Weg, den sie nur ein einziges Mal zuvor zurückgelegt hatte, damals jedoch hoch zu Ross auf Aodhán, mit Sheehan an ihrer Seite.

Madeleine lief eilig über die modrigen Wege. Es war trübes Wetter. Der Sommer, so schien es, hatte Irland in diesem Jahr vergessen. Tage von wahrhaft frühsommerlichem Glanz waren rar gesät, weshalb das Land in eine allgegenwärtige Feuchtigkeit und bleierne Trübnis gehüllt war.

Madeleine zog das Cape enger um ihre Schultern und setzte ihren eiligen Gang fort. Sie wusste, dass sie nicht nur Geld trug, sondern auch ihrer aller Zukunft sicherzustellen half.

Die karge Weite der Landschaft dehnte sich unter einem

Himmel von verhangenem Grau. Eine stille Einsamkeit, nur hier und da von der silhouettehaften Präsenz der Bauern belebt, die pflichtbewusst ihrer Tätigkeit auf den Feldern nachgingen, umgab sie.

Als Madeleine bereits ein beträchtliches Stück des Pfades bewältigt hatte, lenkte eine aufkeimende Unruhe ihren Blick rückwärts, und zu ihrem Erstaunen erblickte sie zwei Reiter, die sich aus dem silbrig-dunstigen Horizont herauslösten. Die Reiter drängten näher, und bald vermochte sie die Uniformen zu erkennen, die sie trugen. Vor ihr lag eine Strecke von unbestimmter Länge, die zu Fuß eine nicht unerhebliche Herausforderung darstellte. Instinktiv beschleunigte sie ihre Schritte, selbst ohne den eigentlichen Grund für ihre plötzliche Hast benennen zu können.

Schließlich holten die Reiter sie ein, und obwohl der Verstand ihr versicherte, sie würden lediglich vorüberziehen, machte sich ein unbestimmtes Unbehagen in ihr bemerkbar. Ihr Blick huschte verstohlen zu den beiden Männern, die nun in ihrem Tempo verharrten, ehe sie kehrtmachten und ihre Pferde unmittelbar vor ihre Füße lenkten.

Madeleine fasste den Entschluss, ihren Weg ohne Aufsehen weiterzuführen, doch da stieg einer der Männer von seinem Pferd ab, mit einer unnachgiebig förmlichen Haltung und ohne große Umschweife. „Entschuldigen Sie Miss, sind Sie die Tochter von Mr. Jules Dubois?"

Madeleine ließ ihren Blick unsicher von einem der beiden Männer zum anderen gleiten. „Ja", antwortete sie zögerlich.

„Wir sind Detective Collins und Detective Hetridge von der Irisch Constabulary", verkündete einer der Männer, während das Wappen seines Amtsrosts leise im windstillen Morgenlicht glänzte.

Ein flüchtiger Gedanke an die Dringlichkeit ihrer gegenwärtigen Mission durchzog Madeleines Bewusstsein, ließ die Fäden ihrer Besorgnis sich enger schnüren. Was konnten die Detectives von ihr wünschen? Sie ahnte, dass sie sich nicht mit unnötigem Geplänkel aufhalten durfte; sie musste mit einer gewissen Eile dem Weg zu Dr. Baker folgen. Ihr Vater hatte unzweideutig betont, wie bedeutungsvoll dies war. „Sir, was ist Ihr Anliegen?", fragte Madeleine schließlich, bemüht, ihrer Stimme einen Anstrich von Ruhe und Bestimmtheit zu verleihen, die sie nicht empfand.

„Wir müssen Sie in der Tat darum ersuchen, dass Sie sich mit uns nach Cork begeben", erklärte Detective Collins in einem höflichen Ton, der jedoch nichts von der Entschiedenheit seiner Forderung verhüllte.

Madeleine konnte ihren Schrecken kaum verbergen. Welche Umstände hatten dazu geführt, dass die Detectives auf sie aufmerksam geworden waren? Waren sie es gewesen, die das Anwesen beobachtet hatten? „Leider kann ich dieser Bitte nicht Folge leisten, da meine Pflichten ein drängendes Anliegen umfassen, welches keinerlei Aufschub duldet", antwortete sie mit sicherer Stimme.

„Wohin beabsichtigen Sie sich denn zu begeben?", erkundigte sich Detective Hetridge, seinen unbestechlichen Blick auf sie gerichtet. „Welches Anliegen kann von solcher Wichtigkeit sein, sich der Krone uz widersetzen?"

Die Entscheidung, ob sie die Wahrheit preisgeben sollte, hing schwer über ihr. Zugleich wusste sie wohl, dass möglicherweise kein Ausweg blieb. „Ich ...", begann sie, doch ihre Worte wurden von Detective Collins unterbrochen.

„Sehen Sie, Nun geschieht folgendes: Detective Collins wird sich sogleich auf den Weg machen, um unsere Kollegen aufzusuchen – von dort aus wird er eine geeignete Kutsche für uns anfordern. Mit dieser werden Sie uns nach Cork begleiten, und erst dann mögen all Ihre Angelegenheiten Beachtung finden, sobald wir mit Ihrem verehrten Vater gesprochen haben. Wenn wir diesen in Kenntnis setzen, dass Sie sich unter unserem .. Schutz befinden, wird er gewiss unverzüglich nach Cork eilen, um Sie nach Hause zu bringen", erklärte er, seine Stimme eine Mischung aus offizieller Höflichkeit und subtiler Beharrlichkeit, die keinen Widerspruch duldete. Sein Blick fand den seines Kollegen, und zwischen ihnen schien eine stumme Korrespondenz zu verlaufen, deren Bedeutung Madeleine indes verschlossen blieb.

Ein kaum merkliches Zittern ergriff Madeleine, das von ihrer Unsicherheit und ihrem Unbehagen herrührte und sie wusste nicht, welchen Schritt sie als Nächstes wagen sollte.

Der andere Detective, sichtbar von Entschlossenheit getrieben, schwang sich mit geübtem Geschick auf den Rücken seines Pferdes und trieb es vorwärts, die Hufe schlugen rhythmische Klänge auf dem feuchten, morastigen Boden. Madeleines Augen folgten ihm für einen Augenblick, doch der Gedanke, selbst die Flucht zu ergreifen, wurde sogleich von der nüchternen Erkenntnis zunichte gemacht: Ein so rasches Vorankommen zu Fuß lag jenseits ihrer Möglichkeiten, und der Reiter würde sie mit Leichtigkeit einholen.

„Es wird gewiss eine Weile dauern, bis Detective Collins mit der Kutsche zurückkehrt. Wollen Sie sich derweil auf mein Pferd setzen? Der Boden ist schließlich allzu morastig", schlug Detective Hetridge in einem freundlichen, wenngleich beseelten Tonfall vor, der sie zwar anscheinend beruhigen sollte, Madeleines bedrückende Beklemmung gleichwohl nicht zu mindern vermochte.

Madeleine zögerte, das Angebot anzunehmen, denn es widerstrebte ihr, sich dieser ihr noch unklaren Fügung zu beugen. Ein inneres Ringen zwischen Misstrauen und der Vernunft ihrer Lage entbrannte in ihr, worauf sie mit einem Anklang von Widerstand in ihrer Stimme erwiderte: „Aus welchem Grunde soll ich Ihnen nachfolgen?"

„Es gilt, mit Ihrem Vater eine Unterredung zu führen. Und es ist doch ohne Frage, dass er gewillter sein wird, unserer Einladung zu folgen, wenn er weiß, dass sich seine Tochter in unserer Obhut befindet", sprach Detective Hetridge, seine Stimme durchwoben von einer merkwürdigen Mischung aus vordergründiger Fürsorglichkeit und einer leisen, unterschwelligen Triumphalität, die Madeleine gleichwohl irritiert herauszuhören vermochte.

Madeleine verstand nicht recht, welchen Gehalt diese Aussage barg. Sie hinterließ eine drückende Unruhe in ihrem Innern. Diese Männer hegten keine wohlwollenden Absichten gegenüber ihrem Vater, dessen war sie sich gewiss. Eine übermächtige Überzeugung breitete sich in ihr aus, dass sie dieser misslichen Lage entkommen musste. Doch so drängend die Notwendigkeit war, so sehr fehlte ihr ein geeigneter Weg, um der drohenden Konfrontation auszuweichen.

Könnte die Einladung, sich auf das Pferd zu setzen, eine unerwartete Gelegenheit zur Flucht bieten? Der Gedanke rührte ein Aufbäumen ihrer Entschlossenheit in ihr an. Doch der Constabler würde das Pferd gut festhalten. Nein, auf den Rücken dieses Pferdes würde sie sich keinesfalls begeben. Es erschien ihr als vorzugswürdiger, mit festem Stand auf dem morastigen Boden zu verbleiben. Auch wenn die Feuchtigkeit unlängst in ihre Schuhe drang.

Inzwischen war der Constabler selbst in den Sattel gestiegen.

Mit jedem verstrichenen Augenblick wuchs in Madeleine die Furcht, dass der andere Detective bald zurückkehren könnte. Die Ungewissheit nagte an ihr, ein unbarmherziger Begleiter in dieser bedrängten Stunde, doch plötzlich durchdrang eine vertraute Stimme die dichte Atmosphäre ihrer Besorgnis. „A Madeleine, maidin mhaith.[66]", erklang es hinter ihr.

Mit einem jähen Ruck wandte sie sich um und ihr Herz machte einen freudigen Sprung. „A Uasail Sheehan, cad a thugann anseo thú?[67]?", brachte sie voller Erleichterung hervor.

„Nun, ich kam zufällig hier vorbei und habe Sie gesehen." Sein Blick schweifte zwischen der besorgten Madeleine und dem fremden Detective hin und her.

„Das ist Detective Hetridge. Er wünscht, dass ich ihn nach Cork begleite, obgleich ich in höchster Eile bin." Während sie sprach, suchte Madeleines eindringlicher Blick denjenigen von Sheehan, in der stummen Hoffnung um seinen Beistand.

Sheehan nickte kaum merklich und richtete seinen Blick auf Detective Hetridge. Eine kurze Phase des Sinnens und Überlegens schien ihn zu erfassen, ehe er die stille Spannung mit wohlgewählten Worten durchbrach. „Nun, es ist ganz und gar unbestritten, dass die Weisung eines Constablers ein Gebot ist, welchem unverzögert Folge zu leisten ist. Da gibt es freilich keinen Raum für Widerspruch, nicht wahr, Detective Hetridge?"

„Gewiss, so verhält es sich", entgegnete Hetridge, trocken und knapp.

---

[66] Ausgespr.: „Ah Madeleine, mah-djin wah", bedeutet in etwa: „Miss Madeleine, einen guten Morgen wünsche ich!"

[67] Ausgespr.: „a oo-uh-sil hyan, kod a hu-guhn an-shuh hoo?", bedeutet in etwa: „Mr. Sheehan, was führt sie hierher?"

„Allein, ein Umstand scheint mir Erwähnung finden zu müssen, Sir. Es scheint mir, dass Euer Ross den linken Hinterfuß auf eine Weise setzt, die mir ungewöhnlich erscheint. Ich pflege über viel Jahre hinweg die edlen Pferde des Hauses Dubois. So wäre es mir wohl ein Leichtes, einen Blick dem Huf des Tieres zu gönnen, ist Euch dies recht?"

Der Detective erhob erstaunt die Brauen. „Meinen Sie wirklich?", fragte er mit sichtlicher Irritation.

„Gewiss, wenn das arme Tier einen Splitter im Huf verspürt, so ist dessen Entfernung durchaus ratsam, bevor Ihr den weiten Ritt ins ferne Cork unternehmt", erwiderte Sheehan in um-sorgender Tonlage, die seine Sachkenntnis unterstrich.

„Nun, bis meine Kollegen eintreffen, so scheint mir, haben wir noch einige Zeit zu überbrücken."

„In diesem Fall würde ich höflichst ersuchen, dass Ihr Euch von Eurem Ross herabbegebt."

„Indes, ist dies wahrhaft vonnöten?"

„Es mag nicht zwingend erforderlich erscheinen, doch zuweilen ist mir untergekommen, dass ein edler Hengst, der das Ungemach eines Splitters im Huf verspürt, unter dem Einwirken plötzlicher Berührung einen ungestümen Satz wagt und dadurch den Reiter herabzuwerfen vermag. Ich würde Euch bitten, abzusteigen und etwas bei Seite zu stehen. Ein Tier, das Schmerzen verspürt, kann sich sehr sprunghaft und unberechenbar zeigen." Mr. Sheehan heftete seinen Blick erwartungsvoll auf den Detective, der in einen Moment des Überdenkens versank.

„Nun denn, ein kurzer, prüfender Blick auf den Huf zur Gewährleistung der Sicherheit kann gewiss nicht schaden." Mit diesen Worten schwang Detective Hetridge behände sein Bein über des Pferdes Rücken und kam mit einem geschickten Satz am Boden auf.

Madeleine beobachtete mit feinem Gespür und unermüdlicher Aufmerksamkeit, wie Mr. Sheehan höflich dem Detective empfahl, sich zur Seite zu begeben, alsbald er sich vorgenommen hatte, dem Tierleid auf den Grund zu gehen. Ein stummer Verdacht formte sich in ihrem Geist, während sie in gespannter Erwartung der Szene harrte. Sie hatte, als das Tier herangeritten kam, bereits bemerkt, dass es mit unverkennbarer Geschmeidigkeit seinen Schritt setzte, durchaus ohne jedwedes Anzeichen des Vermeidens.

Indes näherte sich Sheehan bedächtig der Flanke des prächtigen Pferdes und erbat mit sanfter Handgeste die Erhebung des Hinterbeins. Der Constabler weilte inzwischen jenseits des Tieres, unfähig, die genauen Handlungen Sheehans zu erblicken.

Madeleine beobachtete Sheehans Handlungen mit erhöhter Aufmerksamkeit.

In diesem Augenblick hob Sheehan seinen Blick, der im Vorübergleiten ein augenzwinckerndes Einverständnis mit Madeleine austauschte. Ihre Gedanken verklärten sich in rascher Entschlossenheit, auf die Geschehnisse vorbereitet.

Mit einer kühnen Kopfgeste deutete Sheehan auf das Ross und rief zugleich: „Ho, Detective, dort erblicke ich schon Eure werten Gefährten herbeieilen!"

Madeleine gewahrte, dass Detective Hertridge sich in die Richtung drehte, in die sein Begleiter geritten war. Einen Moment sah er somit in die entgegengesetzte Richtung Madeleines, des Pferdes und Sheehans.

Der gewandte Sheehan, nunmehr entschlossen, löste die enge Umklammerung des Hufes und vollführte mit geschickter Eleganz einen beherzten Sprung auf des Pferdes Rücken. Mit klarer und souveräner Bewegung wandte er dasselbe herum, ergriff geistesgegenwärtig Madeleines Hand und zog sie sicher und ohne Zögern empor.

Da wandte sich der Detective mit einem Ausdruck des erstaunten Verwunderns zu ihnen um, denn er konnte niemanden entdecken, wo keiner war. Just in diesem Augenblick drückte Sheehan seine Beine fest in die Flanken des Pferdes und es setzte sich augenblicklich in Bewegung.

„Halt, verbleibt hier!", rief der Detective mit hörbarer Empörung und in vergeblicher Hoffnung, sein eigenes Ross zu beherrschen, aus, während er eilfertig nebenher zu laufen begann. Doch Sheehan, mit unerschütterlicher Entschlossenheit in seinem Vorhaben, spornte das Pferd zu einem noch geschwinderen Schritt an, sodass der tüchtige Constabler keine Gelegenheit fand, des Zügels habhaft zu werden, ehe das Tier mit ungebändigter Energie davonzustürmen begann.

„Haltet ein! Auf der Stelle!", erklang dessen Ruf hinter den davoneilenden Gestalten der Reiter, ein letztes Echo seines verzweifelten Bemühens sie zum Verweilen zu bewegen.

Madeleine's Herz pochte in schnellem Takt, erfüllt von jener Aufregung und Anspannung, die ihren Ursprung nicht in dem schnellen Ritt fand, sondern vielmehr in der bestehenden Gefährnis, welcher sie bis vor wenigen Augenblicken ausgeliefert gewesen war. Mit inniger Dankbarkeit und Erleichterung hielt sie sich fest an Sheehan's Rücken, da er sie aus dieser Klemme befreit hatte.

„Wohin reiten wir, Miss Madeleine?", vernahm sie in diesem Augenblick seine Stimme.

„Zu Dr. Baker! Doch der Constabler darf nicht erkennen, in welche Richtung wir reiten!"

„Ganz, wie Sie wünschen!", erwiderte Sheehan mit entschlossener Stimme.

Demgemäß lenkte er das Pferd gen Westen, fernab jener Strecke, die zu den Feldern führte; in eine Richtung, die von einem dichten Waldstück geschirmt und verborgen lag. Diese bewaldete Gegend versprach Schutz und Deckung im Verborgenen, weit mehr als die offenen Landwege, die sie letztlich zu Dr. Baker führen sollten.

In jenen Momenten, als der Wind ihr um die Wangen strich und das Pferd unter ihnen mit schnellen Schritten durch die weite Landschaft flog, war Madeleine von einem Gefühl der Glückseligkeit erfüllt, welche in scharfem Kontrast zu der bis vor wenigen Augenblicken empfundenen Bedrängnis stand. Etwas Erhabenes lag in diesem Streich, den sie zusammen mit Sheehan den fremden Männern gespielt hatte, nun wo sie in ungezügeltem Galopp ihren Blicken entschwanden.

Bald hatten sie den Wald erreicht. Dort, im Schutz der Bäume und Sträucher, setzten sie ab und ließen das Pferd zu Atem kommen.

„Meine Dankbarkeit ist grenzenlos, Sheehan, wahrlich knapp war das Unterfangen! Hätte mich Ihr Beistand nicht erreicht, wo stünde ich nun? Go raith maith agat![68]"

---

[68] „Vielen Dank."

„Es war mir eine Ehre, Miss Madeleine. Wohl war unser Treffen nicht von Zufall; schon bei Adhmaid House war mir gewahr, dass diese Männer Ihrer Spur nachstreben", entgegnete Sheehan mit einem wissenden Lächeln.

Madeleine blickte Sheehan fragend an. „Welches Interesse verfolgen sie?"

„Mein Eindruck, der sich mir aus wiederkehrenden Beobachtungen formte, ist, dass ihre Aufmerksamkeit Sir Adrian Carter gilt", sprach Sheehan mit einem Ton zwischen Vermutung und Gewissheit.

Madeleine, ob seines Hinweises in Verwirrung gestürzt, hielt einen Moment in gedankenschweren Grübeln inne. „Es ist mir nunmehr von Nöten, meinen Weg zu Dr. Baker fortzuführen," sagte sie schließlich.

Cork, Irland

William Cahill senkte das Fernrohr von seinen Augen und sein Mund verzog sich zu einem siegesgewissen Lächeln. Seine Eingebungen hatten ihm abermals treue Dienste erwiesen. Daoiri O'Monroe hatte erneut die Schwelle zu Caoimhe Brennans Unterkunft überschritten. Bedauerlicherweise blieb ihm der Grund dieses Besuches schleierhaft, ebenso wie das anhaltende Ausbleiben Tadhg Brennans ihm ein Rätsel war. Gleichwohl, durch das Fernglas hindurch vermochte er Daoiri nun aufmerksam zu verfolgen und seine Überzeugung wuchs, dass jener kein anderer war als Sir Adrian Carter persönlich.

Diese Ahnung fand zusätzliche Bestätigung, als Kerry unvermittelt neben ihm erschien. „Was führt Sie hierher, Kerry?"

„Ich verfolge die Fährten Carters, ganz gemäß Ihrem Befehl", erwiderte Kerry mit der gewohnten Loyalität.

„Bezieht sich Ihre Suche auf diesen Herrn dort?", erkundigte sich William, indes er Kerry das Fernrohr reichte und mit einem bedeutungsvollen Fingerzeig Richtung Daoiri O'Monroe deutete.

Kerry nahm das Instrument und richtete seinen Blick auf den

in der Ferne verweilenden Mann. „Das ist durchaus derselbe. Welch seltsame Umgebung für einen mann seiner Herkunft!"

„In der Tat, doch ich bin imstande, Ihnen eine Erklärung zu geben. Dieser Herr führt ein Leben unter doppelter Identität, so hege ich seit langem den Verdacht."

„Sollten Sie Adrian Carter meinen?", fragte Kerry, aus dessen Stimme eine gewisse Fassungslosigkeit durchaus herausklang.

„Gewiss, Sie liegen korrekt", bestätigte William mit kühler Überzeugung. „Adrian Carter hat keinerlei Verbindung zu den Brennans. Hingegen O'Monroe scheint eine Beziehung zu den Brennans zu führen. Dieses Faktum jedoch bedarf der Verifizierung. Ferner glaube ich, der Verdacht sei begründet, dass O'Monroes wiederholte Besuche in irgendeiner Weise mit dem rätselhaften Verschwinden Brennans zusammenhängen. Doch auch dieses Thema harrt noch der gesicherten Erkenntnis. Bis zum heutigen Tage bleibt Brennan verschwunden, während O'Monroe hier nur gelegentlich seine Visiten tätigt."

„Welch verworrene Zustände", erwiderte Kerry, nicht ohne die Spur eines Zweifels im Ton.

„Wir dürfen diesen Mann nun keineswegs aus den Augen verlieren", sprach William, als ihm erneut Isabella durch den Sinn ging und sein unermüdliches Streben, die Hintermänner der Verschwörung gegen die Krone ans Licht zu bringen, ihm wie ein Hindernis für seinen Entschluss schien, diese zu heiraten. Doch sein Starrsinn gebot ihm, seiner Spur weiter zu folgen. Denn nachdem die Verhafteten mangels stichhaltiger Beweise Stück für Stück freigelassen werden mussten, erwuchs ein neuerlicher Drang in ihm, die Geheimnisse eigenhändig zu lüften. In ihm wuchs jedoch auch die Angst, Dubois könne seine Schritte spüren und ihn als den wahren Ursprung dieser Nachforschungen erkennen. Und nun, da Andrew aus dem Hospital entlassen war, hatten sie begonnen, gemeinsam die ersten Vorkehrungen für die bevorstehende Heirat zu treffen. Sein jüngstes Gespräch mit Dubois war ebenfalls durchaus zu seiner Zufriedenheit verlaufen; jener hatte ihm das Vertrauen geschenkt, die Vorbereitungen für das Ereignis zu organisieren. Es durfte somit nicht geschehen, dass Dubois Verdacht schöpfte und William als seinen fortwährenden Verfolger erkannte.

Keine Stunde war verstrichen, als William Cahill sich in Begleitung des pflichtbewussten Kerry in einer diskreten Entfernung wiederfand, während er mit wachsamem Auge beobachtete, wie Sir Adrian Carter, alias Daoiri O'Monroe, seinen Weg zu den Anlegestellen suchte und dort offensichtlich eine Schiffspassage erwarb.

Sobald jener die Docks verließ, verfolgte Kerry gewissenhaft seine Spur, während William seinerseits zügigen Schrittes den Weg zum Ticketschalter nahm. Dort angekommen, offenbarte er seine Autorität als Constabler. „Welch Herr war es, der gerade hier eine Passage zu erwerben beliebte?", erkundigte sich William in einem Ton, der keinen Widerspruch duldete.

Der Herr am Schalter zögerte nicht lange und wendete mit flinken Fingern die Seiten seines Buches, bis er den gesuchten Eintrag fand. „Der Name lautet O'Monroe. Daoiri O'Monroe, Sir. Zwei Tickets für die Überfahrt nach Amerika wurden von ihm erworben."

William zog nachdenklich die Brauen zusammen. Er wollte sich soeben wieder auf den Heimweg machen, als eine junge Frau an den Schalter im Hafen trat. Er starrte sie verblüfft an. Ohne jeden Zweifel. Es handelte sich um Caoimhe Brennan! Eilig zog er seinen Hut in die Stirn und wandte sich von ihr ab, damit sie ihn nicht erkannte.

„Ma'am, in welcher Angelegenheit kann ich Ihnen behilflich sein?", sprach der Herr am Schalter mit der üblichen Routine.

Mit zitternden Händen zog Caoimhe ein Bündel Geldscheine hervor, das ihr Daoiri zuvor anvertraut hatte. „Bitte, ich möchte für die nächste Amerikapassage Tickets erwerben."

Nun war es unzweifelhaft entschieden. In ihrem Inneren wusste sie, dass sie alles auf diese Gelegenheit gesetzt hatte; auf diese Karten, die sie nun mit zittrigen Händen umklammerte. Niemals zuvor waren solch hohe Summen durch ihre Finger geflossen, und ein beträchtlicher Teil des von Daoiri übergebenen Kapitals war just nun für dieses Vorhaben verwendet worden. Es war nun unaufhaltsam: Sie mussten die Ufer Irlands hinter sich lassen. Welch ein Wagnis.

Daoiri O'Monroe, mit der feinen Wachsamkeit eines Mannes gesegnet, der lange auf unsicheren Pfaden wandelte, entging nicht, dass er aus der Ferne beobachtet wurde. Sein Instinkt bewahrte ihn stets davor, die Bedrohung, die sich wie ein Schatten um ihn legte, zu ignorieren. Mit der gleichmütigen Miene eines Geübten wusste er wohl, dass jene ihm Folgenden den kühnen Versuch scheuen würden, inmitten öffentlicher Blicke zuzuschlagen.

Dennoch musste er sein Misstrauen bezwingen. Es galt, diese Verfolger schnellstmöglich aus der Spur zu werfen, ehe der nächste Tag anbräche, der ihn mit der bedeutungsvollen Übergabe der Tickets an Jules betraute. Obschon die Herausforderung bedeutend war, so fand er ein seltsames Vergnügen in diesem Geplänkel mit Gefahren, und zugleich war ihm die Bedeutung bewusst, denn es ging um nicht mehr und nicht weniger als den Bestand der Häuser Dubois und O'Monroe.

Laurence Hutton schritt mit einem gemessenen Schritt an den Schalter heran, nachdem die junge Frau vor ihm ihren Weg fortgesetzt hatte.

Der Mann hinter dem Verkaufstresen, ein Herr von zurückhaltender Erscheinung, blickte mit einem etwas linkischen Blinzeln über die Ränder seiner Brillengläser hinweg. „Ich hoffe, Ihnen schwebt nicht ebenfalls der Kauf von Passagen für Ihre gesamte Familie vor?", bemerkte er mit nachdenklicher Miene. Sogleich fuhr es Laurence durch den Sinn, dass keine Bemerkung weniger passend hätte sein können. In Wahrheit war er wohl der Einzige, der sicher in der Absicht war, seine Familie nicht zur Begleitung zu erwählen. In gedämpftem Ton erwiderte er: „Nein, ich reise allein." Die Hoffnung, dass nicht etwa bereits alle Karten vergeben waren, schwang unausgesprochen in seinen Worten mit.

Der Schalterbeamte musterte Laurence nun mit einem prüfenderen Blick. „Ich nehme an, ein Ticket für die Kajüte ist nach Ihrem Wunsch?", fragte er, nunmehr die Sorgfalt eines Kaufmanns an den Tag legend.

„Nein, keineswegs, es soll das Zwischendeck sein", entgegnete Laurence mit knapper Bestimmtheit.

„Aha, aha, in der Tat. Nun, wenn Sie darauf insistieren. Hier, dies ist das letzte verfügbare Ticket."

Mit dem wohlerworbenen Ticket in der Hand kehrte Laurence dem Schalter den Rücken und entschied sich, seinen Pfad nun in die entgegengesetzte Richtung zu lenken. Nur noch eine weitere Nacht in den gastlichen Mauern der kleinen Pension, dann würde er die vertrauten Ufer hinter sich lassen und sich in ein unbekanntes Abenteuer begeben.

Das Einzige, was seine Gedanken mit einer melancholischen Färbung durchdrang, war die Tatsache, dass er Lizzy im Hause seiner Eltern zurücklassen musste, doch jene Unternehmung auf einer weiten Schifffahrt, mit dem Geschaukel des Ozeans und den ungewissen Abenteuern, welche jenseits der Horizontlinie lagen, erschien ihm gänzlich unpassend für einen Hund von solchem Gemüt.

Warner tat einen tiefen Seufzer kund, wie ein Mann, der die Schwere der zukünftigen Entscheidungen überdeutlich spürt. Wahrlich, es war ein Dilemma, welches seiner Aufmerksamkeit bedurfte und der raschen Lösung harrte.

„Erlauben Sie mir die Frage zu wiederholen: Wann, nach Ihrer Kenntnis, ist das Amerika-Schiff im Begriff, seine Reise zu beginnen?"

William richtete seinen ernsten Blick auf Warner. „Bereits am morgigen Tag, um exakt elf Uhr dreißig zur Mittagsstunde."

„Und darf ich annehmen, dass Ihre Person Zeuge dessen war, dass Sir Adrian Carter bereits die Fahrbillets erworben hat?", fragte Warner, ein Hauch von Besorgnis in seiner Stimme, die seine Statur als Mann von hoher Stellung und klarem Verstand indes nicht schmälerte.

„In der Tat", entgegnete William. „Ich habe nun mit unumstößlicher Sicherheit eruiert, dass Sir Adrian Carter und Daoiri O'Monroe ein und derselbe Mann sind. Der Herr hat sich am Schalter unter dem Namen O'Monroe vorgestellt. Sollten wir den Plan verfolgen, ihn zu verhaften, so wird der morgige Tag uns die Gelegenheit bieten, ihn noch vor dem Ablegen des

Schiffes zur Strecke zu bringen." Er ließ eine bedeutungsvolle Pause einfließen, um behutsam das Interesse und die ungeduldige Spannung Warners zu wecken. „Ein weiteres bemerkenswertes Schauspiel habe ich zu beobachten vermocht. Ich stellte fest, dass auch die Gattin Tadhg Brennan die nötigen Reisedokumente erwarb. Dies kann nur bedeuten, dass sie in den Besitz einer nicht unbeträchtlichen Summe geraten ist, welche ihr mit großer Wahrscheinlichkeit von der Hand O'Monroes, alias Carter, überreicht wurde, denn ich erblickte ihn nur wenig zuvor, wie er unter ihrem Dach weilte." Die Schlussfolgerungen waren gewichtig und glänzten in der kalten Logik einer anglikanischen Kirchenuhr. „Dies lässt jedoch auch darauf schließen, dass am morgigen Tage auch Tadhg Brennan am Hafendamm auftauchen wird. Seine Gemahlin wird sich kaum ohne ihn auf solch eine Reise begeben. So wird uns die Gelegenheit geschenkt, am morgigen Tage beide, um nicht zu sagen alle drei, gleichzeitig der Justiz zu überantworten."

Warner nahm einen tiefen Atemzug, als ob er die Bedeutung der bevorstehenden Entscheidungen in sich aufnehmen wollte. „Es wird gewiss nicht einfach sein, beide zu ergreifen, ohne unnötiges Aufsehen zu erregen. Besonders da Brennan mit seiner Familie die Reise antreten wird. Indessen müssen wir unser Augenmerk auf Carter richten. Der Herr hat ohnehin in dieser Angelegenheit das größere Gewicht." Er verweilte für einen Moment im stillen Nachdenken, als ob er die Gedanken in seinem Innern ordnete und zu einem wohlbedachten Beschluss gelangte. „Der Imperativ lautet fortan, Carter vor seiner Abreise zu stellen, koste es, was es wolle. Die Devise sei Diskretion, soweit die Umstände dieses zulassen. Und nur, sollte es sich absolut nicht vermeiden lassen, doch selbst dann, um Himmels willen, so heimlich, wie es uns nur möglich ist. Sollten wir Carter in Gewahrsam nehmen, so wird der Beweis für seine Identität als O'Monroe unweigerlich durch den Erwerb der Fahrkarten manifest. Denn jener Kauf lässt sich ohne Zweifel O'Monroe zuschreiben". sprach Warner, das leise Funkeln der Überzeugung in seinen Augen.

Ein siegessicheres Lächeln umspielte Williams Lippen, denn er wusste, dies war der Augenblick, auf den er lange hingearbeitet hatte — die goldene Gelegenheit, den Schleier der Täuschung, den Carter so kunstvoll gewebt hatte, endgültig zu lüften und die Wahrheit ans Licht zu bringen.

Adhmaid House, County Cork, Irland

Der Uhrzeiger bewegte sich unaufhaltsam auf die achte Stunde zu, und Jules begann, die letzten Vorbereitungen für die geplante Reise seiner ältesten Töchter zu treffen.

Als Madeleine vor ihm stand, ruhte sein nachdenklicher Blick auf seiner Tochter; er verspürte Zweifel, ob sie wohl den nicht unerheblichen Herausforderungen, die auf dieser Reise lauern mochten, gewachsen sei. Indes entschloss sich Jules, seinen Geist nicht länger mit diesen Überlegungen zu belasten, da es ihm schien, als sei dies der einzige gangbare Weg.

Mit ernster Miene überreichte Jules seiner Tochter Madeleine einen Beutel aus Leder. „Dieses Geld wirst du mit dir führen", sprach er. „Du musst darauf wohlbedacht achten. Es ist das Kapital unserer Zukunft, welches in New York seinen Wert finden soll. Mit diesem Geld hältst du sämtliche Verantwortung in Händen. Gib besonders darauf acht, und verberge es gut, indem du es in das Gewebe deines Rockes einnähst."

Madeleine blickte verblüfft auf, und eine neue Schattierung des Zweifels legte sich über ihre Miene. „Vater, warum trägst du das Geld nicht selbst bei dir, da ihr uns bald folgen werdet?"

Jules blickte Madeleine nachdenklichan, denn die Wahrheit lag schwer auf seinen Schultern, eine Last, die er mit ihr nicht teilen konnte. Die Realität, dass er mit der ständigen Angst vor einer unheilvollen Verhaftung lebte, welche ihn gezwungen hatte, seine Töchter umgehend und mit all ihrem Besitz Irland gen Amerika zu entsenden, vermochte er nicht preiszugeben. Stattdessen wählte er den Weg der bewussten Unklarheit und sprach: „Ich habe entschieden, dass es so das Klügste ist. Du musst das Geld unter deiner Kleidung tragen und sprich zu keinem davon."

„Und Isabella?"

Isabella? Jules atmete tief durch. Ihm war bewusst, dass Madesprach er mit Ernst und wohlbedachter Strenge: „Auch Isabella wirst du nicht sagen, wie hoch die Summe ist, die ihr mit euch führt."

„Wann werden Mutter, du, Melissa und Elizabeth folgen?" Jules wog seine Antwort mit der Sorgfalt ab, die diese schwere Stunde verlangte. „Ich schätze, dass es deiner Mutter gewiss in spätestens vier Wochen so gut ergeht, dass wir in See stechen können. Bis dahin seid ihr zweifelsohne bereits sicher in New York angelangt und werdet ein Heim ausgemacht haben, das unsere Niederlassung ermöglicht. Sobald ihr wohlbehalten und sicher angelangt seid, so lasst mich wissen, zu welcher Adresse unsere Briefe eintreffen dürfen."

Cove, 3. Juni 1848

Der Hafen lag nun in Sichtweite vor ihnen, gleich einer stummen Verheißung an den Horizont geschmiedet. Der bescheidene Fuhrwagen Dr. Bakers rollte mit einer gleichmäßigen Monotonie dahin, bis er in einer eleganten Kurve aus ihrem Blickfeld entschwand.

Daoiri O'Monroe ließ seine Augen von der einen zur anderen Nichte wandern. Es war einer jener bedeutsamen Augenblicke, in denen er zutiefst bedauerte, dass jene nicht im Geringsten ahnten, dass er in Wahrheit ihr leiblicher Onkel und der Bruder ihrer Mutter war. Doch besagte Geheimhaltung war von unerlässlicher Wichtigkeit, denn eine neue Identität verlangte die umfassendste aller Konsequenzen. Welch ungeheuerliche Vorstellung, wenn ein unbedarftes Kind unwillentlich die verborgene Wahrheit preisgab. Sie waren nun junge Damen geworden und es war sein Vorschlag gewesen, sie der neuen Welt entgegenzuschicken, ein Unterfangen, das sicherlich als Waghalsigkeit bezeichnet werden konnte. Dessen war er sich wohl gewiss. Doch, keine Alternative bot sich dar. Maire selbst vermochte nicht zu reisen; solch eine Unternehmung wäre für sie fraglos der Abschied von dieser Welt gewesen, während hingegen die Familie Dubois fliehen musste, um dem unwiderruflichen Schicksal zu entgehen, das sich nunmehr anbahnte.

Isabella und Madeleine, in ihrer unbeschwerten Unwissenheit offenbarten dennoch jene unverkennbaren Tugenden der Jugend – Gewitztheit, Geist und eine unerschütterliche Verbundenheit, welche zur Grundlage ihrer unzähligen Möglichkeiten und einer unverwüstlichen Stärke zu werden vermochte.

Zahlreiche junge Damen begaben sich auf ähnliche Reisen, konfrontierten sie doch die gleichen Herausforderungen, die eine solche Unternehmung mit sich brachte. Doch sollte hierbei nicht unbedacht bleiben, dass Isabella und Madeleine über eine nicht unerhebliche Summe Geldes verfügten, welche ihnen die Möglichkeiten in New York mit Sicherheit weit auftun würde. Sie waren O'Monroes und Dubois: Sie konnten dieses Abenteuer bestehen, dessen war er sich gewiss. Fürwahr, es stünde ihnen eine unliebsame Überraschung bevor, wenn sie feststellen würden, dass ihr Weg sie ins beengte Zwischendeck führte. Angesichts ihrer Jugend und Gesundheit jedoch, war Daoiri O'Monroe der festen Überzeugung, dass sie selbst dieser Unannehmlichkeit mit hinreichender Widerstandskraft begegnen würden. Er hatte Tadhs Familie jene Billets verschaffen müssen. So würde auch sein alter Gefährte aus frühester Kindheit imstande sein, dieser trostlosen Kargheit zu entfliehen und eine andere Zukunft in dem freien Land jenseits des Meeres zu finden.

Sie würden ihn, Daoiri, nicht auf das Schiff entkommen lassen. Dessen war er sich sicher.

Er seufzte.

Gleichwohl, er vertraute auf sein Findigkeitsvermögen und war überzeugt, dass ihm bald ein Einfall beschieden sein würde, um die aufmerksamen Widersacher geschickt hinter sich zu lassen.

„Wir wollen uns aufmachen zum Schiff", sprach er knapp, mit einem entschlossenen Ton und ergriff beherzt die Kiste.

Nach kurzem Wandern erreichten sie den Hafen. Während sie sich ihren Weg durch die tummelige Menge bahnten, ließ Daoiri seinen Blick umherstreifen, um möglicherweise Argwohn erregende Personen auszumachen. Und siehe, dort waren sie – gleich Schattenfiguren, die sich in das Gemenge des pulsierenden Hafens mischten. Fluchend murmelte er bei sich ob der Omnipräsenz dieser Bedrohung.

„Isabella, hast du jemals so viele Menschen gesehen? Sieh doch nur! Wo kommen sie alle her? Wollen sie alle auf das Schiff?", hörte er in diesem Augenblick Madeleine fragen.

„Ich hoffe nicht! Bitte bleibe dicht bei mir; wir werden uns sonst gewiss verlieren!" Isabella fasste ihre Schwester bei der Hand und zog sie weiter durch die Menschenmassen.

Als sie sich den Anlegestellen ein weiteres Stück genähert hatten, und eine Gruppe von Menschen ihnen Platz gemacht hatte, tat sich das Schiff vor ihnen auf.

„Ist sie das? Ist das die „Joy of Erin"?", wandte sich Madeleine an ihn.

Mr. Carter nickte und klappte seine Uhr auf. „Noch eine Stunde bis sie ablegt. Es wird Zeit, dass Sie an Bord gehen!" Es war nicht einfach den Lärm der Menschen um sie herum zu übertönen.

Er stellte die Kiste ab. Seine Finger schmerzten von dem schweren Ding. „Sie müssen jetzt das Schiff besteigen." sprach er und deutete auf die Gangway, wo eine schier die Passagiere sich drängend ihren Weg auf das Schiff bahnten. Madeleine griff nach ihrem Gepäck und erfasste einen der Henkel der Kiste mit nachdrücklicher Entschlossenheit. Sie nahm dankend die Billets entgegen, welche Daoiri ihr reichte und die sie bisher weder gesehen noch in Berührung gehabt hatte.

Er ahnte mit Sorge die bevorstehende Überraschung, welche die Mädchen beim Eintritt ins beengte Zwischendeck erfahren würden. Doch ihm blieben die Hände gebunden durch die unvermeidlichen Umstände.

In eben jenem Augenblick, als seine Nichten ihren Platz in der Reihe vor der Gangway einnahmen, fühlte Daoiri den unerwartet festen Druck einer Hand sich um seinen Nacken legen. „Mitkommen, sofort!", kam es als finstere Zischlaute seinem Ohr entgegen, begleitet von einem Atem, der den kühlen Geruch starken Tabakrauches trug.

Noch bevor er neuer Gedanken fähig war, erkannte Daoiri die unerbittliche Realität, dass sie ihn umstellt hatten. Zu seinen beiden Seiten und sowohl vor ihm als auch hinter seiner Gestalt hatten sie sich postiert, und er wurde resolut an den Armen ergriffen. „Verteidigen Sie sich nicht und leisten Sie keinen Widerstand. Sie sind verhaftet."

Laurence stand an der Reling, während das stolze Schiff in die Weiten des offenen Meeres hinaussegelte. Der Horizont war Zeuge, wie das Antlitz der alten Welt langsam in der Ferne herabsank, gleich einem vergehenden Traum. Der kühle Wind blies ihm mit frischer Lebhaftigkeit ins Gesicht und weckte seinen Geist aus der Lethargie der inneren Leere.

Ganz sacht und gewogen, wie die Wellen, durch die das Schiff glitt, begann sich seine Traurigkeit zu lösen und ein erstes Gefühl der Vorfreude erwachte in ihm. Er fühlte sich frei.

Ende

Das Land der Treuen

Ich gehe dahin, Jean,
Wie Schneeflocken im Tau, Jean,
Ich gehe dahin
In das Land der Treuen.

Dort gibt es kein Leid, Jean,
Dort gibt es weder Kälte noch Sorge, Jean,
Der Tag ist immer schön
Im Land der Treuen.

Du warst immer treu und wahr, Jean,
Deine Aufgabe ist nun beendet, Jean,
Und ich werde dich willkommen heißen
Im Land der Treuen.

Unser hübsches Kind ist dort, Jean,
Es war sowohl gut als auch schön, Jean,
Und wir haben es sehr vermisst
Im Land der Treuen.

Trockne nun diese tränenvollen Augen, Jean,
Meine Seele sehnt sich danach, frei zu sein, Jean,
Und Engel warten auf mich
Im Land der Treuen.

Nun lebe wohl, mein eigener Jean,
Die Sorgen dieser Welt sind vergeblich, Jean,
Wir werden uns wiedersehen und immer glücklich sein
Im Land der Treuen.

STAMMBAUM DER FAMILIE DUBOIS

```
        ETIENNE        +        THERÉSE
      20.4.1546    18.7.1569   3.6.1552
            I
            I
         JULES        +        EUGÉNIÉ
      1570-5.5.1638  25.5.1599   1582
            I
            I
   GASPARD UND ALAIN       THERÉSE       EMANUEL
    1601      1601-1622     1604      1608-1638


        GASPARD  +   JEANNE 1610
              29.9.1627
               I
               I
JEANNE-HÉLÈNE  HENRY  LEON  MARIE-LOUISE  CHARLES
   1628         1630  1633     1635         1636


     HENRY  9.8.1630  +  BABETTE 1639
        I
        I
     LEON     RENÉ    JEANNE    LOUIS    MARLÈNE
  FEBR. 1658   1660     1663     1667     1669
```

Personenliste:

Mr. Jules Dubois
Mrs. Mary Dubois
Isabella Dubois
Madeleine Dubois
Mr. Carter, Bekannter und Geschäftspartner von Mr. Dubois
Miss Coughlan, Haushälterin
Margret, Köchin
Mrs. Leahy, Gouvernante
Grace, Stubenmädchen
Cilian Sheehan, Gärtner
Dr. Baker
Dr. Fitzgerald, Klavierlehrer
Lord John Huton
Lady Catherine Huton
John Huton
Jacob Huton
Laurence Huton
Eliza Huton
Lady Elizabeth Huton
Alexander Huton
Lord Thomas Thornton
Lady Joana Thornton
Lydia Thornton
Lord Albert Cartwrite
Elionora Cartwrite
Tom Cartwrite
Henry Cartwrite
Cara Cartwrite
Andrew Cahill, Lehrer von Isabella und Madeleine
William (Will) Cahill, Bruder von A. Und J. Cahill
Jane Cahill, Schwester von A. und E. Cahill
Mr. Warner, William Cahills Vorgesetzter
Kate, Bedienstete im Hause Cahill
Taghd Brennan (gesprochen: Tige)
Caoimhe Brennan (gesprochen: Kiewa)
Daoiri O'Monroe, (gesprochen Derry) Freund von Tadhg Brennan